정유각집

상

박제가 朴齊家

1750~1805. 조선 후기 실학자로 특히 연암 박지원과 함께 18세기 북학파(北學派)의 거장이다. 본관은 밀양(密陽), 자는 차수(次修)·재선(在先)·수기(修其), 호는 초정(楚亭)·정유(貞蕤)·위항도인(葦杭道人)이다. 승지(承旨) 박평(朴坪)의 서자로, 서울에서 태어났다. 1778년 사은사 채제공(蔡濟恭)의 수행원으로 청나라에 다녀와서 『북학의』(北學議)를 저술했다. 청나라의 선진 문물을 본받아 생산 기술을 향상시키고, 통상무역을 통하여 이용후생(利用厚生)을 실현할 것을 역설하였다. 정조의 서얼허통(庶孽許通) 정책에 따라 이덕무·유득공·서이수 등과 함께 규장각 검서관(檢書官)이 되었다. 기상은 컸고 성격은 굳고 곧았다. 시문은 첨신(尖新)하며 활달했고, 필세(筆勢)는 날카롭고 굳세었다. 학문은 개혁적이면서도 실용적이었는데, 다산 정약용과 추사 김정희에게 영향을 주었다. 저서에 『정유집』(貞蕤集) 『북학의』(北學議) 등이 있다.

정유각집 상 시집 1권, 2권

정민·이승수·박수밀·박종훈·이홍식·황인건·박동주 옮김

2010년 2월 22일 초판 1쇄 발행

펴낸이 한철희 | 펴낸곳 돌베개 | 등록 1979년 8월 25일 제406-2003-018호
주소 (413-756) 경기도 파주시 교하읍 문발리 파주출판도시 532-4
전화 (031)955-5020 | 팩스 (031)955-5050
홈페이지 www.dolbegae.com | 전자우편 book@dolbegae.co.kr

책임편집 이경아 | 편집 조성웅·김희진·신귀영
표지디자인 민진기 | 본문디자인 이은정·박정영
제작·관리 윤국중·이수민 | 마케팅 심찬식·고운성 | 인쇄 한영문화사 | 제본 경일제책

ISBN 978-89-7199-376-7 94810
ISBN 978-89-7199-375-0 (세트)

이 도서의 국립중앙도서관 출판시도서목록(CIP)은 e-CIP 홈페이지
(http://www.nl.go.kr/cip.php)에서 이용하실 수 있습니다. (CIP제어번호:CIP2010000426)

* 이 책은 2004년 한국학술진흥재단의 지원에 의하여 연구되었으며, 2008년 출판지원사업의 출판비 지원을 받아 출간되었음(KRF-2004-071-AS2020).
  This work was supported by Korea Research Foundation Grant(KRF-2004-071-AS2020).

북학파의 선구 초정 박제가 전집

박제가 지음 ─ 정민, 이승수, 박수밀 외 옮김

貞蕤閣集

정유각집

《상》

● —시집詩集 1권, 2권

돌베개

책머리에

　박제가의 초상화는 청나라 나빙(羅聘, 1733~1799)이 그렸다. 강단 있는 몸집에 형형한 눈빛을 지닌 사내가 손에 부채를 들고 서 있다. 「소전」(小傳)에서 스스로를 물소 이마에 칼날 눈썹, 검은 눈동자에 하얀 귀를 지녔다고 술회했던 그 모습 그대로다. 그는 다부지게 한 세상과 맞서 소신을 굽힘없이 제 할 말을 다하며 살다 갔다.

　네 차례나 연경을 드나들며 당대의 명류들과 교유를 맺었다. 툭 터진 시야에서 뿜어 나온 경륜과 안목은 조선을 좁다 하였다. 그는 국제인이었다. 답답한 현실에 숨막혀 했고, 꼭 닫힌 마음들을 안타까워했다. 서얼 신분은 벗어날 수 없는 그의 족쇄였다. 사회적 인정이 높아졌어도 뜻대로 된 것은 하나도 없었다.

　이 『정유각집』 3책은 『북학의』를 제외한 초정 박제가의 시문집 전체를 번역한 것이다. 시가 820제 1,721수이고, 문이 123편이다. 『정유각집』은 국사편찬위원회에서 1960년대에 이미 원문을 활자화하여 간행했다. 그 중요성을 미리 살펴 안 것이다. 전집의 영인도 세 차례나 이루어졌다. 하지만 지금껏 소규모 선집 외에 전작 번역은 나온 적이 없다.

　이 작업은 2004년 9월부터 2006년 8월까지 2년간 한국학술진흥재단

청나라 화가 나빙이 그린 박제가 초상화 원본은 불타서 없고 사진만 남았다.

고전국역사업의 지원을 받아 이루어졌다. 번역은 난관의 연속이었다. 강독 모임을 가진 지 몇 달이 안 되어 우리는 여태 완역이 되지 못한 이유를 알아차렸다. 도무지 가늠이 안 되는 전거가 구절마다 복병처럼 숨어 있었다. 아무리 달아도 주석은 끝이 없었다. 그래도 의미는 여전히 오리무중이었다. 어떤 것은 끝내 무슨 말인지 알 수조차 없어 답답하고 실망스러웠다. 2년의 시간이 그렇게 흘렀다. 미치지 못하는 안타까움의 탄식만 쌓여 갔다.

그 후로도 우리는 여러 해 동안 매주 한 차례씩 모여 아침부터 저녁까지 『정유각집』을 읽고 또 읽었다. 앞쪽의 오역이 더러 눈에 들어왔다. 장님의 코끼리가 조금씩 모습을 보여 주는 듯도 싶었다. 연구 기간이 종료되고, 결과 보고를 마친 뒤 3년의 시간을 더 쩔쩔맨 뒤에야 이제 겨우 출판에 부친다. 상태가 흡족해서가 아니라 더 이상 어쩔 수 없겠다 싶어서다. 끝도 없는 긴 터널을 겨우 빠져나온 느낌이다.

이제 이렇게 초정의 작품 세계 전모를 펼쳐 보이게 되니 자부와 자괴가 교차한다. 초정의 정신 궤적이 이 책 안에 오롯이 담겨 있다. 진작에 이루어진 『청장관전서』와 『연암집』의 국역 완간에 이어, 금번 『정유각집』의 완역으로 연암그룹 핵심 3인방의 전작 번역이 마무리되었다. 이나마 책의 모양새를 갖추게 된 것은 순전히 돌베개 편집팀의 노고 덕분이다. 빈틈 많은 원고를 워낙 맵짜게 다듬으며 매정하리만치 요구가 많았다. 이 과정에서 수백 개의 각주가 지워지고 새로 채워졌다. 이경아 선생께 각별한 뜻을 새긴다.

5년여 초정과 실랑이를 벌이는 동안, 동학들의 글눈이 한결 밝아진 것은 큰 소득이다. 초정의 자취를 찾아 떠난 북경 답사와 몇 차례의 국내 여행도 잊을 수 없다. 깊은 동지애를 느낀다. 작업 과정에 여러 사람이 함께 수고했다. 연구책임자, 전임연구원, 연구보조원 등 여러 이름으로 함께했지만 모두 당당한 공동 번역자들이어서 함께 이름을 올린다.

시일이 많이 천연되었음에도 출판비까지 지원하며 성원해 준 한국학술진흥재단(현 한국연구재단)의 도움에 깊이 감사드린다. 곳곳에 오류가 적지 않을 것이다. 대방의 질정을 바란다.

2010년 새봄, 번역자를 대표하여
행당서실에서 정민 씀

貞蕤閣集

차례

책머리에 005
일러두기 023

『정유각집』서문 貞蕤閣集序 이덕무 025
『정유각집』서문 貞蕤閣集序 반정균 029
시집 1 035
시집 2 283

『정유각집』해제 539
박제가 연보 557
찾아보기 570
이 책에 수록된 작품의 원제 찾아보기 585

봉선사에서 奉先寺作　　　　　　　　　　　　　　　　　035

필계의 작은 모임 筆溪小　　　　　　　　　　　　　　　035

연못 가 池上　　　　　　　　　　　　　　　　　　　036

헤어지며 贈別　　　　　　　　　　　　　　　　　　036

종이 연 노래 紙鳶謠　　　　　　　　　　　　　　　　037

탄식 4수 有歎 四首　　　　　　　　　　　　　　　　037

매화 지고 달은 휘영청 梅落月盈　　　　　　　　　　　038

산정에서 이유동과 만나기로 약속하고 約山亭逢李儒東　039

접시꽃 葵花　　　　　　　　　　　　　　　　　　　039

시냇가 집의 가을 정경 澗屋新秋　　　　　　　　　　040

회포를 적다 書懷　　　　　　　　　　　　　　　　　040

세검정에서 헤어지고 別洗劍亭　　　　　　　　　　　041

어느덧 忽忽　　　　　　　　　　　　　　　　　　　041

섣달그믐 밤 除夕　　　　　　　　　　　　　　　　　042

종이 연 紙鳶　　　　　　　　　　　　　　　　　　　042

대보름 다음 날 손님을 보내며 上元翌日送客　　　　043

서쪽 교외 이른 걸음 西郊早行　　　　　　　　　　　043

공덕리 孔德里　　　　　　　　　　　　　　　　　　044

남이청의 서실에서 묵다 2수 宿南而淸書室 二首　　044

작은 누각 小閣　　　　　　　　　　　　　　　　　　045

변소에서 厠上　　　　　　　　　　　　　　　　　　045

버드나무 노래. 안악으로 가는 자형 임공을 전송하며 3수 楊柳詞 送任姊兄之安岳 三首　046

비 갠 뒤 雨收　　　　　　　　　　　　　　　　　　047

뜰에 누워 庭臥　　　　　　　　　　　　　　　　　　047

천우각에서 무관 이덕무와 함께 선(蟬) 자를 운자로 얻다 泉雨閣 同懋官得蟬字　048

몽답정 夢踏亭　　　　　　　　　　　　　　　　　　049

읍청정 5수 挹淸亭 五首　　　　　　　　　　　　　　049

충훈부 忠勳府　　　　　　　　　　　　　　　　　　051

9일 이덕무와 세심정 아래 배를 띄우다 5수 九日同李炯菴 放舟洗心亭下 五首　051

관재 서상수의 동쪽 집에서 이덕무와 유득공 등 여러 사람과 모였다. 왼쪽 산기슭　053

에 보덕암이란 작은 암자가 있는데 중이 십여 명이었다. 손님 중에 퉁소 부는 황생이 있었다. 徐觀齋東莊 會李懋官 柳惠風諸人 左麓有普德小菴 僧指百餘 客有黃生吹洞簫者

밤에 필계에 앉아 임홍상 의지의 시에 차운하다 筆溪夜坐 次任弘常毅之   053

삼소헌의 눈 오는 밤 三疎軒雪夜   054

저물녘 형암을 찾아가다 黃昏訪炯菴   055

밤에 유연옥을 찾아가다 6수〔짧은 서문과 함께〕夜訪柳連玉 六首〔幷小序(柳璉)〕   056

〔부〕착암의 시 4수 附窄菴詩 四首   058

청장관의 벽에 쓰다 書靑莊館壁   059

서상수를 위해 지은 입춘시 2수 立春詩爲觀齋賦 二首   060

영변의 못가 정자에 쓰다 題寧邊池亭   061

약산에서 저물녘 돌아오다 藥山暮歸   061

묘향산 보현사 香山普賢寺   062

무릉폭포 武陵瀑   062

밤에 연광정에 오르다 夜登練光亭   063

백련봉에서 이른 아침 눈을 구경하다 白蓮峯早朝賞雪   063

관재가 새로 이사하여 觀齋新移   064

태상시의 서쪽 정원 太常西園   065

육각봉에서 이덕무의 상화시에 차운하다 六角峯 次懋官賞花   066

길가의 초당에서 거문고 소리를 듣고 路傍草堂 有琴聲   066

북쪽 병영 北營   067

일식〔짧은 서문과 함께〕日有食之〔幷小序〕   067

비 때문에 소헌에 머물다 滯雨疎軒   070

형암에게 부치다 寄炯菴   071

가을 생각 秋懷   072

장인 이관상 공을 슬퍼하며 5수 外舅李公〔觀祥〕挽 五首   076

평양에 가는 이덕무를 전송하며 送李懋官之平壤   078

봄날 심원에 모여 6수 春集沈園 六首   078

경회루의 옛 연못 慶會樓古池   081

동교에서 東郊   081

무더위 苦熱   082

좌소산인을 방문하다 訪左蘇山人   082

가을 서재에서 빗소리를 듣다 秋齋聞雨   083

동래 수영으로 떠나는 백동수와 헤어지며 주다 贈別白齣齋〔東修〕客東萊水營   083

세검정 물가에서 석파가 그림 그리던 곳에 걸터앉아 洗劒亭水上 余結趺石坡草畫處   086

북한산에서 北漢 087

문수문을 넘어 踰文殊門 087

부왕사에서 밤에 이유동을 만나 두보 시에 차운하다 扶旺寺 夜逢李〔儒東〕次杜 088

백운대 꼭대기에 오르며 3수 登白雲臺絶頂 三首 089

석파도인과 남한산성의 개원사에서 만나기로 약속하고, 나는 엄고개의 선친 묘소에 091
들렀다가 저물녘에 도착했다 期石坡道人于南漢開元寺 余歷崦峴丙舍暮至

남한산성에서 석파와 함께 南漢同石坡 092

동림사에서 돌아오는 길에 東林寺歸路 093

법화암 法華庵 093

9월 9일 重陽 094

달여울 잡절 4수 月瀨雜絶 四首 095

화개동에서 혜풍의 시에 차운하다 3수 花開洞 次惠風 三首 096

갓 개어, 감재의 시에 차운하다 新晴 次紝齋 097

이희경의 십삼재에서 빗소리를 듣다가 李十三齋中 聽雨 098

홍대용의 모정에서 원운에 차운하다 2수 洪湛軒〔大容〕茅亭 次原韻 二首 099

자형 임은수가 이인역승이 되어 떠나며 시를 청하다 任恩叟姊兄利仁驛丞 臨行請詩 101

이희경을 방문하다 訪李十三 102

진재 김윤겸의 북방 유람을 전송하며 4수 送金眞宰〔允謙〕北遊 四首 102

홍대용·박지원·이덕무 등과 함께 승가사에 올랐다. 이덕무가 먼저 돌아가기에 가 104
는 길에 보통정에서 만나기로 약속했다. 북한산을 거쳐 조계에서 놀다가 다
시 서상수와 이덕무를 만나 묵으며 기행시를 지었다. 同湛軒燕巖炯菴登僧伽
寺 炯菴先歸 約以歸路會普通亭 而歷北漢遊曹溪 再合觀軒炯菴 宿紀行之什

저물녘 이덕무가 왔는데 마침 비바람이 쳐서 머물게 하고 함께 자며 지었다 3수 108
懋官暮至 適有風雨 留之共宿 三首

청수옥에서 밤중에 앉아 짓다 6수 淸受屋夜坐 六首 109

다시 차운하여 청수옥에 부치다 6수 再次寄淸受屋 六首 112

새벽에 동작 나루를 건너다 曉渡銅雀津 116

진위에서 振威 117

소사에서 2수 素沙 二首 117

여관 벽에 쓰다 題店壁 118

온양에서 돌아오며 2수 還自溫陽 二首 119

진진수정을 넘어가며 越眞樹亭 120

저물녘에야 유천의 숙소에 이르다 暝抵上柳川宿 121

갈산 여관의 새벽 비 葛山店舍曉雨 121

아침에 내린 눈 朝雪 122

집에서 지은 절구 3수 家居 絶句三首 122

금강산에 들려고 금수정에 올랐는데 동행이 오지 않아 기다리며 將入金剛 登金水 123
亭 候同伴不至

팔담에서 八潭 124

동해에 임하여 臨東海 124

이덕무가 밀랍을 녹여 매화를 만들고는 윤회화라 이름 붙였다 懋官鑄蠟爲梅 名曰 125
輪回花

상복을 벗은 뒤 이소 어른을 찾아뵈었다. 군이 시로 나를 권면하시며 "그대가 글 짓 127
는 것을 보지 못한 것이 오래다"라 하시고, 그 아들 이희경과 함께 자게 하셨
다 4수 免喪後謁李丈爐 苦勸余以詩云 不見子落筆久矣 使其子十三伴宿 四首

이희경에게 차운하다 次李君十三 130

밤에 서유년의 셋집을 찾아가 글을 읽는데, 이덕무와 유득공이 차례로 왔다 2수 130
夜訪徐稼雲貰屋讀書 時李懋官柳惠風續至 二首

인지의 서재에서 仁之書舍 132

관재에서 밤에 술을 마시며 觀齋夜飮 132

이희경의 서루에서 十三書樓 133

이유동의 시에 차운하여 次韻翠眉李儒東 134

밤에 앉아 회포를 적어 관헌에게 부쳐 보이다 夜坐書懷 寄示觀軒 134

빗속에 雨中 135

율원장에서 이유일을 만나다 栗園庄遇李有一 135

저물녘 黃昏 136

소석산방에 부치다 5수 寄小石山房 五首 137

화중 이광섭의 광주 거처에 쓰다 題李〔光燮〕和仲廣州庄舍 138

처사 이광석의 심계초당에서 이틀을 묵다 9수 信宿李處士光錫心溪草堂 九首 139

광흥창 아래 배에서 자고 이경에 조수를 타고 운양나루에 이르다 舟宿廣興倉下 二 144
更乘潮 至雲陽渡

배를 타고 가며 8수 舟行雜詠 八首 146

저녁에 농가를 찾아 夕訪農舍 150

중양절에 두보 시에 차운하다 九日 次杜 151

두시에 차운하여 이의암에게 보이다 6수 次杜 示李宜菴 六首 151

추수를 보며 觀穫 155

황정평을 벗어나며 出黃精坪 155

저물녘 사천에 이르러 3수 暮到斜泉 三首 156

그림에 부치다 題畫 158

밤에 사천의 집에 들어가 이덕무와 함께 밤새도록 술 마시고 놀았다. 새벽에 큰 눈 158

이 내렸다 2수 夜入麝泉 與靑莊李子 劇飮達宵 曉大雪 二首

달빛 밝고 소위정을 방문하다 2수 乘月訪所謂亭 二首   159

밤중에 허명애·이존암과 모여 夜集許明厓李存菴   160

효효재 김용겸의 잡영에 대한 화답 8수 和嘐嘐齋金公用謙雜詠 八首   161

사재 김문목공의 연시시 운으로 思齋金文穆公延諡詩韻   163

장선을 곡하며 哭張僎幼輔   164

율교에서 栗郊   167

중유 남덕린을 애도하며 2수 南德隣仲有挽 二首   168

설옹 유후의 시에 차운하다 次雪翁柳公逅   168

초여름 初夏   169

이여강이 청산현으로 근친 가면서 시를 구하기에 李汝剛 將覲靑山縣 索詩   170

술회 4수 述懷 四首   170

기하 유공께서 연경에서 돌아오셨기에 그 협실에 쓰다 幾何柳公歸自燕邸書其夾室   173

원옹의 서루에서 비에 막혀 滯雨元翁書樓   174

임하상이 두보의 봉선사 시에 차운한 것에 화답하여 和任夏常次杜奉先寺韻   174

기하실에 앉아 坐幾何室   175

하교의 처가에서 빗속에 짓다 河橋甥館雨中   175

이경지에게 주다 贈李耕之   176

기하실이 소장한 운룡산인의 작은 초상화에 쓰다 題幾何室所藏雲龍山人小照   177

홍대용이 소장한 반정균의 묵적에 쓰다 題洪湛軒所藏潘舍人〔庭筠〕墨蹟   179

병중에 우촌 선생을 그리며 病中有懷雨村先生   179

6월 13일 낙목암에 모여 六月十三日集落木菴   180

백문에서 박지원을 만나다 白門逢朴燕巖〔趾源〕   181

송석운룡도가. 연암을 위해 장난삼아 짓다 松石雲龍圖歌 戲爲燕巖作   181

유안재 이보천 공의 만사 3수 遺安齋李公〔輔天〕挽 三首   183

풍정원의 뜻을 본뜨다 3수 效馮定遠意 三首   184

저물어 사천 이희경을 방문하다 暮訪麝泉   185

관운장의 사당 關侯廟   186

못가에서 池上   186

정현목 군을 애도하며 3수 悼鄭君〔玄穆〕三首   187

곽담원이 도산에 들어갔단 말을 듣고 7수 聞澹園郭氏入道山 七首   189

단좌헌에 제하다 題端坐軒   192

연암 선생께 寄燕巖   192

중양일에 심계처사가 성에 들었고, 다음 날은 형암이 자기 아버님을 모시고 그와 함   193
께 나왔다. 내가 이를 기쁜 마음으로 부러워하여 광주 걸음을 하게 되었다

8수 重陽日 心溪處士入城 翌日炯庵陪其大人 與之同出 余欣然羨之 於是有廣
州之行 八首

심계초당에 쓰다 6언 4수 書心溪草堂 六言四首　197

통진 가는 길에 2수 通津途中 二首　198

사립문 柴門　199

농가에서 홀로 앉아 農家獨坐　199

벼 베기 풍경 觀刈卽事　200

거미줄 蛛絲　200

저물녘 이수당에 이르다 暮到夷樹堂　201

가을 들 秋野　202

감회 2수 感懷 二首　202

벗을 그리며 2수 思友 二首　203

이수당의 저녁 생각 2수 夷樹堂夕思 二首　204

배 타고 돌아오며 舟還　206

행주에 정박하다 泊杏洲　206

영변의 명생에게 3수 寄寧邊明生 三首　207

현천 원중거가 장원서에서 숙직하다가 효효재 김용겸 공과 이덕무를 만나 운자를 나누　208
어 장(嶂) 자를 얻었다 元玄川掌苑署直中 遇嘐嘐金公〔用謙〕李懋官分韻得嶂字

정월 초이레 입춘에 이서구와 함께 시를 짓다 人日立春偕薑山賦　209

밤에 이서구의 집에서 자며 10수 夜宿薑山 十首　210

이덕무의 철각도를 노래하다, 이서구의 시에 차운하여 李懋官鐵脚圖歌 次薑山　219

〔부〕 이서구의 원운 〔附〕薑山原韻　221

〔부〕 이덕무의 차운 〔附〕炯菴次韻　223

〔부〕 유득공의 차운 〔附〕泠菴次韻　225

비 때문에 청장관에 머물면서 유득공과 이서구에게 보이다 滯雨靑莊館示泠菴薑山　227

봄추위 春寒　229

다시 앞 시의 운으로 지어서 이덕무에게 부치다 3수 再用前韻寄炯菴 三首　229

새벽의 작별 曉別　231

난타선생의 「원석」에 차운하여 중목에게 화답하다 和仲牧次蘭坨先生元夕　231

정월 보름밤 관재에 모여 원시에 차운하다 2수 元夕集觀齋次元詩 二首　232

호동에 묵으며 사간 김복휴에게 드리다 宿壺衕呈金司諫復休　233

순도의 집을 찾아 책을 읽다가 매화시를 보다 訪舜徒僑居讀書觀梅花詩　235

『옥사집』의 시에 차운하다 次玉笥集　235

차운하여 소헌의 영남시권에 쓰다 次題疎軒嶺南詩卷　236

미루에서 소헌 등 여러 사람과 밤중에 모여서 짓다 2수 薇樓夜集疎軒諸人 二首　237

장난삼아 왕어양의 세모회인시 60수를 본떠 짓다〔짧은 서문과 함께〕 戲傚王漁洋歲 238
　　暮懷人六十首〔幷小序〕

홍제원에서 말 타고 전송하는 사람 서른 명에게 시를 주어 헤어지다 弘濟院送者三 261
　　十騎贈詩爲別

말에 오르면서 운자를 정해 말에서 내릴 때 시를 짓되 어기는 사람은 벌을 받기로 261
　　서장관과 약속하고, 상사와 이덕무에게도 알려 파주에서 시작하였다 書狀官
　　約上馬分韻 下馬題詩 違者有罰 幷報上使及懋官 自坡州始

개성에 이르다 抵崧京 262

청석동 靑石洞 263

총수산 葱秀 264

서흥 瑞興 264

평양 平壤 265

밤중에 아영에 이르다 夜赴亞營 266

기녀에게 贈妓 266

보통문을 나서며 지은 도사의 시에 차운하다 次都事出普通門 267

백상루에 올라 登百祥樓 267

가산에서 嘉山 268

용천의 양책관에서 짓다 절구 5수 龍川良策館 絶句五首 269

의주에서 화중에게 주다 義州贈和仲 270

서장관께 드림 呈書狀 271

노숙하며 野宿 271

총수에서 葱秀 272

마천령. 속명은 회령이다 摩天嶺 俗名會寧 272

요양주에서 짓다 遼陽州作 273

김과예의 시에 차운하다 次金科豫 274

담 자 운을 써서 김과예에게 주다 分談字贈金科豫 275

상사의 시를 차운하여 신민둔의 약방 주인에게 주다 贈新民屯藥肆主人次上使 275

태자하 太子河 276

대황기보에서 큰바람을 만나다 大黃旗堡遇大風 277

실제 失題 277

북진묘 2수 北鎭廟 二首 278

송산보. 여기는 유정이 싸우던 곳이다. 이곳부터는 경관이 많다. 松山堡 此蓋劉綎 279
　　戰地 自此多京觀

동노하에서 포자경에게 주다 東潞河贈鮑紫卿 279

가을의 느낌. 아내에게 秋感 贈內 283

시골집에서 번민을 풀다 田舍遣悶 283

연경으로 가는 부사 윤방을 전송하며 5수 奉送尹副使坊之燕 五首 284

새벽에 앉아 회포를 쓰다 7수 曉坐書懷 七首 287

은수 형이 심양에서 돌아오다 恩叟兄歸自瀋陽 292

원외 당원항의 증별시에 차운하다 次韻唐員外鴛港贈別 292

　　〔부〕당낙우의 원운 附元韻〔唐樂宇〕 293

영남 객중의 소헌 윤가기에게 부치다 寄疎軒嶺南客中 294

달밤에 유득공을 방문하다 月夕訪泠菴 294

큰 소리로 노래하여 유득공의 말을 부연하다 放歌行 演泠菴語 295

반천학사를 위하여 낙매시를 짓다 落梅詩 爲礬泉學士 296

북악으로 이사 간 진사 이영실의 시에 차운하다 次韻李英實進士移居北岳 296

산운실에서 묵다 宿山雲室 297

소헌 윤가기가 영남 군막에서 지은 시에 차운하다 3수 次韻疎軒嶺營客中 三首 298

양구로 가는 조카를 전송하며 送楊口族姪 300

삼수재의 밤 이야기 三秀齋夜話 301

도성 동쪽에 모여 集東城 302

남소영의 활쏘기 南小營射侯 303

관재의 작은 술자리 2수 觀齋小酌 二首 303

산인 조태암의 석소산방에 쓰다 2수 題趙山人〔泰岩〕石巢山房 二首 304

규장각의 8경. 왕명을 받들어 奎章閣八景應令 305

응제로 지은 ‘영주에 올라’ 20운〔짧은 서문과 함께〕登瀛洲二十韻應令〔幷小序〕 311

낙동 조 진사의 서루에서 酪洞趙進士書樓 314

직각 정지검이 용만 부윤으로 가는 것을 전송하며 2수 送鄭直閣〔志儉〕之尹龍灣 二首 315

규장각에서 연사례가 있던 날 왕명을 받들어 짓다〔짧은 서문과 함께〕奎章閣燕射禮 316
日應令〔幷小序〕

결성현에 부임하는 정언 이사조를 전송하며 送李正言思祚 赴任結城縣 321

성주목에 부임하는 승지 남학문을 전송하며 送南承旨鶴聞 赴任星州牧 322

김연숙의 서실에서 육유의 시에 차운하여 金淵叔書室 次放翁 323

북청부로 부임하는 승지 최태형을 전송하며 送崔承旨〔台衡〕赴任北靑府 324

김연숙의 북행을 전송하며 送金淵叔北行 324

임덕여의 처소에서 진계유의 시에 차운하여 任德女〔厚常〕所 次陳眉公 325

이문원 절구 12수 擒文院 絶句十二首 326

요금문 밖에서 짓다 曜金門外即事 330

서대에서 봄을 기다리며 西臺春望 330

중서성 지각에서 앞의 시에 차운하여 中書省池閣次前韻 331

필운대에서 육유의 시에 차운하여, 대성 남헌로 진사 임희묵과 함께 弼雲臺次放翁 331
　　同南大成〔玄老〕任進士〔希默〕

혜화문을 나서서 성을 따라 서쪽으로 가니, 2리쯤 되는 곳에 성북둔이라는 창고가 있 331
　　다. 백성들이 모두 복숭아를 심어 붉은 안개가 성에 어린 듯하다. 언덕을 사이
　　에 두고 무너진 절터가 있으니, 이른바 북사동이라는 곳이다. 2수 出惠化門 循
　　城而西 二里有倉曰城北屯 居民皆種桃 紅霧蒸城 隔岡有破寺所 謂北寺洞者 二首

혼혼정 2수 混混亭 二首 333

현도, 덕여, 외심 제군들이 금강산으로 가는 것을 전송하며 4수 送玄道德汝畏心諸 334
　　君 入金剛山 四首

성초 임하상의 강릉 관사에 부치다 寄任盛初〔夏常〕江陵子舍 337

묵계에서 여러 사람의 시에 차운하다 次韻墨溪諸子 337

홍천협으로 가는 윤암 이희경을 전송하며 그의 시를 차운하여 次韻綸菴送之洪川峽 338

객중의 가운 서유년에게 寄徐稼雲客中 339

동악시단 東岳詩壇 339

방희의 시에 차운하다 次韻方喜 340

설옹 유후 만시 2수 柳雪翁〔逅〕挽 二首 340

자형 임공의 「난동유거」에 차운하다 次韻任姊兄蘭衕幽居 341

임참봉의 「금수정의 가을 놀이」 시에 차운하다 次韻任參奉金水亭秋遊 342

치재의 옛집에서 매화를 감상하며 제공의 작품에 화답하다 卮齋舊宅賞梅 和諸作 343

숙직 나가는 무관 이덕무에게 부쳐 寄懋官出直 343

영숙문 밖 별장청에서 숙직하며 4수 永肅門外別將廳寓直 四首 344

창경궁 앞 계방에서 숙직하며 2수 昌慶宮前桂坊寓直 二首 345

규장지보가 새로 만들어져, 모시고 춘당대까지 갔다. 이날 도정이 있었다 2수 346
　　奎章之寶新成 陪進至春塘臺 是日都政 二首

당직 도중 비 내린 뒤 直中雨後 347

동료인 청장관 이덕무가 내이문원에서 『팔자백선』 인출을 감독했는데, 권(弓) 자의 348
　　음과 뜻을 변정한 것이 몹시 자세하여 여러 학사에게 크게 칭찬 받았다는 말
　　을 듣고 시를 지어 축하하다 靑莊寮兄 監印八子百選於內擒文院 聞其辨弓字
　　音義甚詳 大爲諸學士稱賞 詩以賀之

밤에 유득공·서이수 두 동료와 더불어 임금께서 지으신 「강의조문」을 써서 바쳤 349
　　다. 이튿날 부채를 내리시는 은사가 있어, 삼가 기록한다 4수 夜與柳徐二寮
　　書進御製講義條問 翌日 有賜扇之恩 恭紀 四首

제용감에서 봉사 허주와 함께 체직되다 濟用監 與許奉事〔溎〕遞直 351

염서에서 숙직하다가 두시에 차운하다 染署直中 次杜 351

중양절에 이문원에 숙직을 섰다. 이때 이덕무는 사도시에서, 유득공은 상의원에서 352
　　숙직을 섰다. 시전지를 보내 차례로 시를 지으니, 자못 상쾌한 일이었다. 重
　　陽 鎖直摛文院 時懋官直粲寺 惠甫直尙方 飛牋迭唱 頗勝事也

밤에 앉아 유득공에게 다시 부치다 夜坐 再寄惠風 353

이문원에서 절구 5수 摛文院 絶句五首 354

직각 정지검의 「기은시」를 받들어 화운하다〔짧은 서문과 함께〕奉和鄭直提學紀恩 356
　　詩〔幷小序〕

염서의 겸사에서 숙직하며 直染署兼司 359

이문원에서 눈을 노래하다 14운〔짧은 서문과 함께〕摛文院賦雪 十四韻〔幷小序〕 359

규장각에서 춘첩자를 쓰다 閣試春帖子 361

평구 송일휴와 동료 이덕무 등이 장령 유환덕의 남동 원옥에서 작은 모임을 갖다 362
　　宋平丘日休 李寮懋官 小集于柳掌令〔煥德〕南衕園屋

초계문신의 강제와 임금의 초상화를 봉심하는 날, 통례원의 관리가 문득 참예하였 363
　　다. 상께서 그 수고로움을 여러 번 칭찬하셨다. 세모에는 시관과 강원, 그리
　　고 차비관에게 차례로 상을 내리셨다. 임은수 형이 또한 후추를 하사 받고
　　감격하여 작품을 짓고는 여러 사람의 화답을 두루 구하였다. 抄啓文臣講製
　　及御眞奉審日 通禮院官輒與焉 上數稱其勞 歲旣暮 試官講員差備官 以次受
　　賞 任兄恩叟亦蒙胡椒之賜 感而有作 遍求諸和

진태허의 매화시에 차운하여 재간 임희성에게 화답하다 次韻秦太虛梅花詩 和任在 364
　　澗〔希聖〕

유득공이 상의원에서 숙직하며 지은 시에 장난으로 화답하다 2수 戲和柳惠甫尙衣 366
　　院直中 二首

겸사에서 숙직하며 兼司直中 366

임인년 3월 6일 윤암 이희경을 이끌고 필운대에 올라 살구꽃을 구경한 뒤, 산 아래 367
　　동산의 집에서 몇 잔 마시고 붓을 달려 짓다 壬寅春季之六 携綸菴李君 登弼
　　雲 眺杏花 小飮于山底園屋 走筆

술자리에서 소동파 시의 운을 뽑아 순천부로 부임하는 승지 이혜조를 전송하다 酒 369
　　席拈東坡韻 送李承旨〔惠祚〕赴任順天府

성지를 받들어 병풍을 써서 올린 일로 동료 유득공이 긴 노래를 지었으므로 그 뜻 370
　　에 화답하였다. 이때는 임인년 4월 20일이다 有旨書進屛風 一事 柳寮爲作長

歌 和其意 時壬寅四月二十日也

주부 남사수가 남영의 수각에서 더위를 피해 지은 시에 차운하다　375
　次士樹南主簿 南營水閣避暑之作

백당에서 읊조리다 白堂口號　376

숙직을 마치고 나와서 出直　376

이희경의 산골 집에 부치다 寄李十三峽居　378

탐라 말을 내려 주시다 賜耽羅馬　378

상림의 벼를 하사하시고, 원내에서 모여 먹으라는 전교가 있었다. 사람이 많아 일　379
　정하게 나눌 수가 없었다. 삼가 기록한다. 賜上林稻 有會食院中之敎 蓋人多
　不可以升龠分也 恭紀

정 직학이 쌀을 하사 받고 지은 시에 화운하다 3수 和鄭直學賜稻 三首　380

문효세자께서 태어나신 지 7일째인 9월 13일은 영조대왕의 탄신일로 음식을 내리셨　381
　기에 삼가 적는다 文孝世子誕生第七日 爲九月十三日 英祖大王誕辰宣飯 恭記

저녁 이문원을 거닐다 동료 이덕무를 그리는 마음이 있어 夕日 散步擒文院堂中 有　382
　懷靑莊寮兄

이인역 우정에서 차운하여 금정에 있는 유득공에게 보내다 利仁郵亭 次寄金井柳寮　383

다시 금정역승의 시에 차운하다. 이때 함께 영보정에 놀러 갈 것을 약속했다. 再次　387
　金井丞 時約同遊永保亭

역정에서 『서피집』의 시에 차운하다 2수 驛亭次西陂集 二首　390

제주목사로 부임하는 승지 엄사만을 전송하며 2수 送嚴承旨思晚赴任濟州牧 二首　391

임 봉사가 과거에 낙방하여 지은 시에 차운하여 次韻任奉事下第　393

영보정 장편시에 세 번째 차운하여 화산역승 이덕무에게 부치다 三次永保亭長篇 寄　394
　花山丞

　〔부〕청장관 이덕무가 차운하여 철재 학사에게 바치다 靑莊次韻 奉獻徹齋學士　396

〔보유〕화산우에 돌아와 다시 유득공의 장편에 차운하여 이문원 동료에게 부치다　399
　還到花山郵 復次柳惠甫長篇韻 却寄擒院同寮

숙직하며 가을의 회포를 읊다 禁直秋懷　402

숙직소가 새로 이루어져 여러 동료에게 보이다 直廬新成 示諸寮　402

진사 양덕정이 차를 보내 준 것을 사례하다 謝梁進士〔德貞〕惠茶　404

연기 땅의 동진을 건너며 渡燕岐銅津　404

계산 주막을 아침 일찍 출발하여 서원으로 향하다 早發溪山店 向西原　405

서원 西原　405

충주 가는 길에 동행에게 보이다 忠州道中 示人　407

탄금대의 신립 장군 사당에서 彈琴臺 申將軍祠　409

제천 堤川　411

의림지 義林池 412

영춘의 노은치를 넘으며 2수 踰永春蘆隱峙 二首 414

영춘잡절 3수 永春雜絶 三首 414

사인암을 능호공 이인상이 운영석이라고 이름 붙여 주었다 舍人巖 凌壺公贈名雲英石 416

진의산장에서 철재 학사께 받들어 부치다 振衣山莊 奉寄徹齋學士 418

도담 島潭 419

청풍 가는 배 안에서 淸風舟中 420

역관에서, 진사 조진대가 잉어 두 마리를 보내온 것을 사례하다 5수 驛館 謝趙進士 420
〔鎭大〕惠雙鯉 五首

『몽오집』의 시에 차운하여 집안사람 심규진에게 보이다 3수 次夢寤集 示沈戚從奎 422
鎭 三首

집안사람 심규진에게 부치다 3수 寄沈戚從 三首 424

청림으로 참봉 이교년을 찾아가서 두보의 시에 차운하다 2수 訪靑林李參奉喬年 次 426
杜 二首

함재 심염조 학사의 죽음을 슬퍼하며 5수 涵齋沈學士念祖挽 五首 428

차운하여 동료 유득공에게 주다 4수 次贈冷齋寮友 四首 431

차령에서 車嶺 434

모로원에서 慕老院 434

정월 보름날 규장각 동료들에게 보내다 上元日 寄閣僚 435

차운하여 덕평 유거에 있는 윤원지에게 주다 次贈尹元之德坪幽居 436

평암이 방문하여 역정에서 헤어지며 2수 萍菴見訪 驛亭送別 二首 436

이몽로가 찾아와서 李夢老見訪 438

추정 고국태의『소지집』중의 운자에 차운하다 4수 次顆秋亭國泰所知集中韻 四首 438

규암에 배를 띄워 거슬러 올라가 창강에 이르다 잡절 5수 舟泛窺岩 溯流至滄江 雜 440
絶五首

배 안에서, 차운하여 평암에게 부치다 2수 舟中 次寄萍菴 二首 443

평암이 와서 묵다 萍菴來宿 444

차운하여 종손 윤사에게 보이다 次示宗孫胤思 444

차운하여 친척 심씨에게 부치다 次寄沈戚 445

친척 엄원리가 와서 묵다 嚴戚〔元理〕來宿 446

엄초부에게 화답하여 주다 2수 和贈嚴樵夫 二首 446

몽뢰정의 주인 조행원에게 주다 2수 贈夢賚亭主人趙行源 二首 448

오천당 숙부의 유거 시에 삼가 차운하여 奉次梧川堂叔父幽居韻 449

심규진의 장편시에 차운하다 次沈戚長篇 449

숙직이 끝나던 날 원중거와 자애 두 어른을 모시고 술을 마시며, 왕사정의 시에 차 452

운하다 3수 脫直日 奉邀玄川紫厓諸老人飲酒 次漁洋 三首

양허당 김재행의 생일 시에 차운하여 부치다 次寄養虛堂金公在行生日詩韻 454

부솔 이교년이 소를 타고 지나가다 역사를 방문하였다 李副率喬年 騎牛過訪於驛舍 455

차운하여 심규진에게 부치다 次寄沈戚從〔奎鎭〕 455

이동익 군이 강가에서 약초를 캐다가 물에 빠져 죽었다는 말을 듣고 짓다 2수 聞李 456
　　君〔東瀷〕緣江采藥溺死 二首

9월 9일 이문원에서 여러 날 숙직하며 남반천 승지에게 술을 보내다 九日鎖直撝文 457
　　院 送酒南攀泉承旨

서장관 장령 송전이 연경에 가는 것을 전송하며〔을사년(1785)〕送書狀官宋掌令 458
　　〔銓〕赴燕〔乙巳〕

숙직하며 우연히 짓다 直中遇成 459

나이를 묻는 사람이 있어 시로 대답해 주었다 有人問年 詩以答之 459

정월에 대교의 시에 차운하여 月正 次待教韻 460

벗 사천 이희경에게 부치다 寄麝泉李友 460

상신일에 임금 수레를 수행하여 사직단에서 곡식 신에게 빌다 上辛日 扈駕 社壇祈穀 461

단향 때 삼가 기록하다 壇享恭記 462

설날에 임금께서 종묘를 알현하고, 다음으로 영희전·육상궁·창의궁·연우궁·경모 463
　　궁에 이르러 예를 갖추었다. 앞 운을 써서 구호하다 歲首 上謁太廟 次詣永禧
　　殿 毓祥宮 彰義宮 延祐宮 景慕宮禮也 口號用前韻

　　〔부〕영재의 차운 泠齋次韻 465

김응환 그림 2수 金應煥畫 二首 466

양두섬섬곡 兩頭纖纖曲 466

그림책에 쓰다 2수 題畫冊 二首 467

연경 가는 사천 이희경을 전송하다 送麝泉李君之燕 468

적성 사군에게 부치다. 사군은 막 『송사』를 초(抄)하고 있었다 寄積城使君 使君方 469
　　抄宋史

이문원에서 지난 일을 생각하다 撝文院感舊 469

숙직 중에 군함에 부치면서, 계사에서 복직시켜 발탁해 쓰라는 명이 있으므로, 삼 470
　　가 지어 감격함을 기록한다 直中 因付軍銜 啓辭有復職調用之命 恭賦志感

발을 걷으며 鉤簾 470

내각에서 숙직하며 內閣直中 471

저서 著書 471

낮잠 畫眠 472

동이루에서 우연히 짓다 東二樓 偶成 473

당직을 서던 밤에 약간 취해서 直夜小醉 473

빗속에 은휘각에서 恩暉閣雨中 474

강화의 마니산 꼭대기에서 함께 간 사람의 시에 차운하다 江華摩尼絶頂 次同伴 474

연미정에서 한림 이곤수의 시에 차운하다 燕尾亭 次李翰林〔崑秀〕 475

유득공에게 차운하여 보내다 次寄柳惠風 476

유득공과 함께 숙직하고 나갔는데 송서가 때마침 왔다 同柳惠風出直 宋瑞適至 476

유득공의 「관사에서 받은 시」에 차운하다 次惠風官齋見寄韻 478

회포를 풀어내어 윤사에게 화답하다 自述和胤思 478

상방에서 숙직하며 尙方直中 482

장경교 절구 17수〔짧은 서문과 함께〕 長慶橋 絶句十七首〔幷小序〕 482

진령원의 어애송 노래 眞冷園御愛松歌 488

성대중의 중양아집에 차운하다 9수 次成祕書重陽雅集 九首 491

앞 시의 운을 써서 상주의 사군 홍원섭에게 부치다 寄尙州洪使君元燮 用前韻 497

하석 송일휴(宋日休) 유거에 부치다 寄霞石幽居 499

연경으로 가는 공서 이군을 전송하며 送公瑞李君赴燕 500

대전의 생신날 근무가 끝난 뒤 옛 동료에게 읊어 보이다 2수 大殿誕日起居罷後 吟 501
　　示舊寮 二首

밤중에 초당에 앉아 蕉堂夜坐 502

일본의 방야도 병풍 노래 日本芳埜圖屛風歌 502

천록을 새긴 필산 노래, 윤암 이희경을 위해 짓다 天祿筆山歌 爲綸菴李生作 505

흠당의 시에 화답하다 和欽堂 507

사천과 녹은의 집에 들러 거문고 연주를 듣고 우산 전겸익의 시에 차운하여 짓다 508
　　過麝泉鹿隱 聽琴 次虞山

다시 차운하여 사천 이희경 등에게 보여 주다 2수 示麝泉諸子 二首 511

연암 어른 집에서 앞 시에 차운하다 燕巖室 次前韻 512

흠당에서 술에 취해 欽堂醉書 512

실의에 젖어서 濩落 513

윤암 이희경 형제와 녹은이 찾아왔기에 어양 왕사정의 시에 차운하여 짓다 綸菴兄 514
　　弟及鹿隱來訪 次漁洋

낙산의 가을 생각 2수 酪山秋思 二首 514

네 사람을 애도하는 시 4수 四悼詩 四首 515

달밤, 이덕무에게 부치는 짧은 노래 夜月 寄靑莊短歌 521

흠당이 찾아와 준 데 대해 감사하여 주다 謝贈欽堂見訪 522

꿀에 절인 지분자를 먹다가 우연히 소동파의 체를 본받아 짓다 服蜜漬地盆子 偶效坡體 523

판서 윤숙 공께서 수레 타고 누추한 집을 찾아와 지은 작품에 차운하다 次尹判書塾 524
　　往駕弊廬之作

그림에 제하다 2절 題畫 二絶   525

녹은과 사천한테 들러 석호의 시에 차운하다. 나는 평소 시를 빨리 짓지 못하지만,   526
    이날 밤에는 술기운에 붓을 달려 같은 운으로 열 수를 지었다. 過鹿隱 麝泉
      次石湖 余素不善疾作 而是夜爲酒所使 走成十疊

이덕무의 아우 검서관 이무상이 묘궁의 행차에 따라가는 날 찾아오다 靑莊弟懋賞   533
      檢書 於廟宮陪班日 見訪

경산 이한진의 동산 집에서 성대중·송교관·유득공과 함께 거문고를 듣다가 짓다   534
      京山園屋 偕成秘書 宋教官 柳奉事 聽琴作

일러두기

이 책은 다음 원칙에 따랐다.

1. 이 책은 아세아문화사에서 영인 간행한 『초정전서』(1992)에 수록된 시문집을 대본으로 하되, 여강문화사 편 『정유각전집』(1986)과 한국문집총간의 『정유각집』(2002) 외 여러 필사본을 참고하여 국역하였다.
2. 상권 끝에 해제와 연보를 붙여, 박제가의 생애와 작품 세계, 문집 현황 및 관련 정보를 정리하였다.
3. 판본에 따라 작품에 출입이 있을 경우, 〔보유〕의 형식으로 보완 수록하였다.
4. 원문은 시의 경우 번역과 함께, 산문은 국역문 뒤에 따로 첨부하였다.
5. 이본간 원문의 차이는 대교하여 바로잡았다. 교감은 사소한 차이는 따로 표시하지 않고, 의미 있는 내용만 각주에서 설명하였다.
6. 주석은 하단 각주로 처리하되, 내용이 간단할 경우 간주(間註)로 풀이하였다.
7. 한자는 괄호 속에 제시하였다.
8. 원문 목차는 따로 만들지 않고 번역문 차례에 함께 넣었다. 단, 각권 끝에 '이 책에 수록된 작품의 원제 찾아보기'를 가나다 순으로 정리·수록하여 작품을 쉽게 찾아볼 수 있도록 하였다.
9. 맞춤법과 띄어쓰기는 한글 맞춤법과 표준어 규정을 따랐다. 시 번역의 경우 가락을 고려하여 간혹 이를 무시한 경우도 있다.
10. 이 책에서 사용한 부호는 다음과 같다.

　" ": 대화 등의 인용문을 묶는다.

　' ': " " 안의 재인용이나 강조 표시로 쓴다.

　「 」: 편명을 표시한다.

　『 』: 서명을 표시한다.

　〈 〉: 그림을 표시한다.

　〔 〕: 번역문과 뜻은 같으나 음이 다른 한자를 표시한다. 또한 제목 중 급수가 낮은 글자를 표시한다.

『정유각집』 서문[1] 貞蕤閣集序

이덕무(李德懋)

갑신년(1764)에 내가 성명방(誠明坊)[2]에 있는 백영숙의 집에 들렀다가, 문설주에 걸어둔 '인재'(靭齋)[3]라는 두 글자를 보았다. 글자가 모두 성난 듯한 파임을 활기 있게 써서 사슴 정강이만 한 크기였다. 영숙이 자랑하여 말했다. "이것은 나와 한 마을에 사는 고 박 승지의 아들, 열다섯 살 난 동자가 쓴 것일세." 내가 눈이 휘둥그레져서 다시금 돌아보며 여태 만나보지 못한 것을 탄식하였다. 하지만 그 글씨만 알았고 시까지 짓는 줄은 몰랐다. 2년 뒤 겨울에 김자신(金子愼)이 내게 시 두 폭을 주며 말했다. "이것은 백영숙 집의 문설주 글씨를 썼던 동자의 시라네." 시와 글씨가 엇비슷하였으므로 돌아보며 어여쁘게 여겼다. 하지만 시가 있는 줄만 알았고, 그 모습이나 마음 씀이 어떠한지는 알지 못했다.

1. **『정유각집』 서문** 이 글은 『청장관전서』의 『아정유고』 권3에 「초정시고서」(楚亭詩稿序)라는 제목으로 실렸다. 글자 출입이 상당한 것으로 보아, 이덕무가 자신의 문집에 실으면서 다시 고쳤음을 알 수 있다. 여기서는 원래대로 싣는다.
2. **성명방** 한성부 남쪽의 지명. 「초정시고서」에는 '훈도방'(薰陶坊)으로 되어 있다. 글을 고친 시점 때문에 생긴 차이로 보인다.
3. **인재** 「초정시고서」에는 '초어정'(樵漁亭)으로 되어 있다.

이때 나는 어머님의 상중(喪中)이었으므로 몸소 찾아가 만날 수가 없었다. 매번 백영숙과 김자신 두 사람을 만나면 문득 그 생김새와 마음 씀이 어떤지를 물어보곤 했다. 이렇게 오래 되고 보니, 생김새는 귀에 익고, 마음 씀은 생각 속에 녹아들어, 그 모습은 거의 열에 일고여덟은 얻었고, 마음은 거의 열에 너덧은 얻은 듯하였다.

이듬해 봄에 내가 다시 백영숙에게 들렀다. 시냇물이 남산에서 흘러나와 문밖으로 콸콸 흘러가고 있었다. 동자가 문을 나서더니 우쭐우쭐 걸으며 냇가를 따라서 북쪽으로 갔다. 흰 겹옷에 초록 허리띠를 하고서 득의(得意)로웠다. 이마가 훤칠하고 눈길은 응시하는 듯하였으며, 낯빛은 환한 기색이 감도는 기남자였다. 나는 속으로 그가 바로 박씨네 아들인 줄을 알아차렸다. 길에서 눈길을 주었더니 동자 또한 마치 마음이 와 닿는다는 듯이 한참을 살피더니 지나갔다. 내가 속으로 이 사람도 틀림없이 내 뒤를 따라 백영숙의 집으로 올 것이라고 생각했다. 조금 있으려니까 동자가 과연 오더니만 매화시를 가져와서 폐백으로 삼았다.

내가 신기(神氣)를 살펴보고, 말을 시험해 보며, 지절(志節)을 점검하고, 성령(性靈)을 비춰 보고는 기쁘게 마음이 맞아 즐거움을 견딜 수 없었다. 나중에 동자가 내게 들러 시 5백 언을 주었는데, 옛날 군자들의 사귐 풀이가 있었다. 재선(在先)은 나와 마주하기만 하면 비록 말을 하지 않으려 해도 그만 둘 수가 없었다. 때때로 비바람 들이치는 부서진 집에서 쓸쓸히 서로 마주하여, 백 질(帙)이나 되는 책을 어지러이 늘어놓고, 그 중간에 등불을 밝혀 두고 마음을 쏟아 이야기를 털어 놓아 감추는 바가 전혀 없었다. 천지의 왕복과 사생(死生)의 성쇠, 고금의 흥망과 출처의 득실에서부터 산수간 붕우의 즐거움과 서화와 시문의 운치에 이르기까지, 격동되면 슬퍼했고 누그러지면 기뻐하다가, 이윽고 조용히 말없이 서로 바라보며 웃기도 하였으니, 대개 그 연유를 알지 못하겠다.

재선의 재예(才藝)는 비록 따라할 수 있다 해도 재선의 욕심 적은 것은 따라할 수가 없다. 그런 까닭에 그 시는 담박하고도 시원스러워, 능히 그 사람과 꼭 닮았다. 지난해 이미 내게 『초정시집』(楚亭詩集)을 평선(評選)해 달라고 부탁했는데, 이제 또다시 평선을 부탁하였다. 내가 평선하고 전부 덮고 웃으며 말했다. "무슨 놈의 평이 앞에서는 칭찬해 놓고 나중에는 비판했을까?" 재선이 말했다. "이것으로 우의(友誼)를 살필 수 있겠습니다그려." 재선이 평선을 살펴보고 나서 웃으며 말했다. "어째서 시가 먼젓번에는 어여쁘다 해 놓고 나중에는 깎아 말했는지요?" 내가 말했다. "이것으로 시의 도를 볼 수가 있다네. 내가 말하지 않았던가? 세대마다 시가 있고, 사람마다 시가 있는 법이어서 시는 서로 답습할 수가 없다고. 서로 답습한 것은 가짜 시라네. 자네도 진작에 이를 깨달았다고 했었지."

아, 재선이여! 재선이 19년을 사는 동안, 재선의 마음을 안 자가 무릇 몇이나 될까. 무자년(1768) 가을, 완산 이덕무 무관이 짓다.

歲甲申, 予過白永叔誠明坊第. 見其楣揭?齋二字, 字皆怒?活摩鹿脛大也. 永叔詑曰: "此予同閈故朴承旨之子十五歲童子之爲也." 予瞠然却顧, 嘆未曾見. 然知有書而不知有詩也. 越二年冬, 金子愼貽予詩二幅曰: "此爲永叔之楣之書之童子之詩也." 詩與書角而顧媚焉. 然知有詩而不知其貌與心之何如也.

時予居母喪, 不得躬往從之, 每遇白金二子, 輒問訊其貌與心之何如也. 旣久之, 貌與耳熟, 心與想融, 於貌幾得十之七八, 於心幾得十之四五.

越明年春, 予更過永叔. 溪出南山, 渙渙而流逝于門外. 童子出門, 嶷嶷而步, 遵溪而北, 白袂綠帶, 于于如也. 頷穹然而目凝然, 而色敷嫵而奇男子也. 予心知其爲朴氏子也, 目送於道. 童子亦若心會, 熟視灑過. 予心以爲是子必踵予於白氏之室, 少焉童子果至, 持㮑花詩爲贄.

予調之以神氣, 試之以言譚, 叩之以志節, 照之以性靈, 驩然相契, 樂不可堪. 後童子過予, 貽詩五百言, 有古君子結交解. 在先對予, 雖不欲言, 其可得已.

有時乎破屋風雨, 蕭然相對, 百帙橫縱, 放燈中閒, 盡情談吐, 靡有攸隱. 天地之往復, 死生之乘除, 古今之興敗, 出處之得失, 以至溪山友朋之樂, 書畫詩文之致, 激之則相悲, 按之則相悅. 已而寂然無言, 相視以笑, 蓋不知其何故也.

雖然在先之才藝, 可能也, 在先之寡欲, 不可能也, 故其詩澹泊瀟洒, 克肖其人. 往年旣屬予評選楚亭詩集, 今又再屬評選. 予評選已覆全副, 而笑曰: "是何評前襃而後刺也?" 在先曰: "是可以攷友誼也." 在先閱評選而笑曰: "是何詩前媚而後峭也?" 予曰: "是可以見詩道也. 予不云乎? 代各有詩, 人各有詩, 詩不可相襲. 相襲贗詩也. 在先蓋嘗悟之云."

嗟在先! 在先之一十九年, 知夫在先心者凡幾人矣. 戊子秋日, 完山李德懋楙官譔.

『정유각집』서문[1] 貞蕤閣集序

천하의 시를 잘 짓는 자는 만 권의 책을 읽고 만 리 길을 가 보지 않고 는 안 된다. 한 고을 한 마을 안의 우뚝한 선비로도 능히 만 권의 책을 본 자는 적지가 않다. 하지만 혹 발자취가 향리(鄕里)를 벗어나지 못하므로 이 따금 강산의 도움은 적다. 그러나 장사치나 수자리 사는 사람이 또 힘겹게 길을 간다 해도, 필묵이 익숙지 않고 보면 지나는 명산대천의 기뻐할 만하 고 놀랄 만한 형상을 글로 풀어서 전달하지 못한다. 이 두 가지의 것이 다 병통이 된다. 시를 잘 짓기 어려움이 심하구나.

박초정은 해동에서 태어나, 책을 읽음에 홍범(洪範) 이하로부터 무릇 나라 사람이 지은 것을 평소에 익혀 왔다. 중국의 사부(四部)의 책으로 그 나라에서 교역하여 구입할 수 있는 것은 더욱 독실히 좋아하여 깊이 생각 하였으니, 능히 배움에 힘쓰는 자라고 말할 만하다. 지은 시가 풍부하여 환하게 책을 이룬 것이 또한 마땅하다. 그러나 그가 올라 보아 미친 바가

---

1. **『정유각집』서문** 이 서문은 한국문집총간본 『정유각집』의 저본이 된 국립중앙도서관 소장 『정 유각집』에는 글쓴이의 이름이 누락되어 있다. 본 『초정전서』본에는 추기(追記)로 반정균이 쓴 것으 로 밝혀 놓았는데, 한국문집총간 해제에서는 이 글 또한 이덕무가 쓴 것으로 보았다. 반정균의 것 으로 바로잡는다.

다만 8도의 21개 도회 가운데 있을 뿐 강역 밖의 경관²은 내달려 보지 못했다면, 그 시가 비록 아름다워 기뻐할 만하더라도 혹 여기에 그치고 말지 않았을까 생각된다. 이제 사신을 따라서 압록강을 건너고 봉황성을 지나, 공동(崆峒)과 대두(戴斗)³의 교외에서 말을 채찍질하고, 황도(皇都)의 장려(壯麗)함을 우러러보고, 제경(帝京)의 경물을 살펴, 아득히 천하의 큰 경관을 다 보아 가슴을 활짝 열고 학식을 더하였으니, 나는 그 시격(詩格)이 더욱 진보했음을 알겠다.

객이 말했다. "박자(朴子)는 나이가 아주 젊고 뜻이 몹시 원대하다. 그가 미치는 바가 다시금 바다의 배에 올라 남쪽으로 오처도(吾妻島)⁴에 이르고, 서쪽으로 구라파의 나라에 이르게 하여, 아득히 제멋대로 가고 싶은 대로 가게 한 뒤에 붓을 흔들어 노래하게 한다면 기이한 기운을 펼쳐 써서, 그 시가 더욱 훌륭해지지 않겠는가?"

나는 그렇게 생각하지 않는다. 시를 배우는 것은 삼당(三唐)과 양송(兩宋)으로부터 위로 한위(漢魏)를 엿보고, 연원을 거슬러 올라가서 『시경』 3백 편에 이르면 그친다. 만약 아송(雅頌)의 밖에서 이른바 황아(皇娥)와 백제(白帝)의 노래⁵를 별도로 구하고자 하여 마음으로 본뜨고 손으로 이를 따른다면 훌륭하다고 할 수 있겠는가. 천리의 방기(邦畿)는 다만 백성이 멈추는 바이니, 이제 박자는 멈출 곳을 안 것이다. 크게 보탬이 됨이 다만 시에 능한 것뿐만은 아닐 것이다. 또 어찌 먼데까지 내달리는 것만 취하겠는가?

---

2. **강역 밖의 경관** 원문에는 성외지관(城外之觀)으로 되어 있는데, 앞뒤 문맥을 살펴 '역외지관'(域外之觀)으로 바로잡는다.
3. **공동과 대두** 공동은 중국 계주에 있는 산으로, 헌원씨가 신선인 광성자를 만났다는 곳이고, 대두는 중국의 북방 끝에 있다는 산이다.
4. **오처도** 일본 혼슈 도쿄만 서남쪽의 항구 요코수카橫須賀의 이름. 여기서는 일본을 가리키는 의미로 썼다.
5. **황아와 백제의 노래** 가사가 전해지지 않는 상나라 때의 무가 계통의 노래.

만약 객의 말과 같다면 도리어 너무 커서 머물 곳을 잃게 될까 염려스럽다. 박자의 시집이 이루어진다면 내 말을 출발점으로 삼아도 괜찮을 것이다.

전당(錢塘) 반정균 향조(香祖)가 쓴다.

天下之工詩者, 非讀萬卷書行萬里路, 不可. 一郡一邑之間, 穎異之士, 能流覽萬卷者, 不少. 或足跡不出鄉里, 往往少江山之助. 而估客戍人, 間關行役, 又若未嫻筆墨, 所過名山大川可喜可愕之境, 不解以文言達之, 病此二者. 甚矣, 詩之難工也.

朴子楚亭生於海東, 讀書自洪範以下, 凡國人之撰着, 固所素習. 而中朝四部之書, 爲其國所易購者, 尤篤好而深思焉, 可謂能力學者矣, 吟詠之富, 斐然成卷亦宜也. 然竊疑其登覽所及, 惟在八道二十一都之中, 未馳域外之觀, 其詩雖瑰麗可喜, 或者止於此. 于今乃隨使臣, 渡鴨綠江, 過鳳凰城, 策馬於峚峒戴斗之郊, 瞻皇都之壯麗, 覽帝京之景物, 洋洋乎極天下之巨觀, 拓心胸而增學識, 吾知其詩格之益進也.

客曰: "朴子年甚壯志甚遠, 使其逮也, 復登海舶, 南至於吾妻之島, 西至於歐邏巴之洲, 汪洋恣肆, 縱其所如然後, 搖筆放謌, 抒寫奇氣, 其詩不更工乎." 余則以爲不然. 詩之學, 自三唐兩宋, 上窺漢魏, 沿流溯源, 至三百篇而止. 若欲於雅頌之外, 別求所謂皇娥白帝之謌, 心摹而手追之, 可以謂之工乎. 邦畿千里, 惟民所止, 今朴子知所止矣. 神益者大, 非特工於詩而已, 又奚取乎遠騖哉. 如客之說, 轉慮其窮大而失居也. 朴子之集成, 卽以余言爲緣起可耳.

錢塘潘庭筠 香祖 書.

시집

1

詩集

봉선사[1]에서 奉先寺作

꽃잎은 절집 문을 수북 덮었고　　　　　　花覆寺門深
외론 안개 위로는 바람이 맑다.　　　　　　風淡孤烟上
새 울어도 스님은 오지를 않고　　　　　　鳥啼僧不來
먼 풍경만 이따금 혼자서 운다.　　　　　　遠磬時自響
여라 덩굴 사이로 길 있음 알고　　　　　　蘿際知有徑
구름 샘 아득히 혼자서 간다.　　　　　　　雲泉杳獨往

필계의 작은 모임 筆溪小集

맑은 시내 한 줄기 섬돌을 따라 돌고　　　　清溪一道循階除
초당은 다만 겨우 천 권 책을 용납하네.　　　草堂纔容千卷書
청산은 마주해도 둘 다 서로 물리잖고　　　　青山相對兩不厭
다시금 외론 구름 한가로이 떠간다.　　　　　更有孤雲閒卷舒
손님 와 말을 묶어 뜨락 나무 닳았고　　　　客來繫馬磨庭樹
나무 그림자 부평인 양 흩어졌다 되모이네.　樹影如萍散還聚
술 깨어 차 마시고 홀로 서서 있자니　　　　酒醒茶歇獨立時
석류꽃은 시들고 파초에 날 저무네.　　　　　榴火離離綠天暮

1. **봉선사**　경기도 남양주시 진접읍(榛接邑) 부평리(富坪里)에 있는 절. 박제가가 젊은 날 공부했던 곳이다.

연못 가 池上

섬돌 덮은 방초에는 가을 향내 물씬한데
건들바람 나무 쳐서 저녁 한기 보내온다.
사람이 앉은 곳엔 연못 가득 붉은 연꽃
흰 구름에 외로운 새 먼 산은 아득하다.

覆階芳草已秋香
撲樹回風送夕涼
紅藕一池人坐處
白雲孤鳥遠山長

헤어지며 贈別

하늘가 바라보면 요화(瑤花)는 이들이들
8월이라 남쪽 고을 그리운 사람 있네.
거친 성엔 보슬비, 매미 울음 끊긴 곳에
가을바람 외론 배에 기러기 돌아온다.
노량 나루 가에는 구름에 잠긴 나무
연자루(燕子樓) 앞머리서 길은 갈려 나간다.
꿈속에도 오히려 고개 돌려 묻노니
그대 말 거푸 운다 어딜 가려 하는가.

瑤華采采望天涯
八月南州有所思
細雨荒城蟬斷處
西風孤艇雁歸時
鷺梁津畔空雲樹
燕子樓前是路歧
夢裏猶爲回首問
連嘶君馬欲何之

종이 연 노래 紙鳶謠

바람은 쌩쌩	風吹吹
대추는 흔들흔들.	棗搖搖
찬 성엔 교목이 둘러서 있고	寒城帶喬木
드넓은 들판 위로 적막한 하늘.	野曠天寂寥
산 저편 돌아보니 아스라이 눈 쌓였고	回看山際雪嵯峨
연 꼬리 해 등지고 구름 속에 나부낀다.	鳶尾背日輕雲飄

탄식 4수 有歎 四首

1

남몰래 시커먼 속을 감추고	暗藏黑夜心
억지로 깨끗하다 말을 하누나.	强爲靑天語
설령 남이 안다고 하지 않아도	縱不曰人知
도리어 내 스스로 부끄러우리.	還應自覰汝

2

침묵해선 안 될 데서 입을 다물고	或默不默處
웃지 않아야 할 곳에선 비웃는다네.	或笑不笑處
아첨하고 거만함이 어째 이럴까?	阿傲何不眞
하늘 법도 이래서 질서를 잃네.	天常乃失序

3

뜻있어도 가난하면 성취 어렵고	有志貧難就
할 만하면 건방 떨며 하려 않누나.	可爲驕不肯
온전한 재주를 하늘 아끼니	天應惜全材
국한됨은 마침내 매한가질세.	所限終相等

4

사람이 옛 예를 행하려 하면	古禮人或行
무리 지어 비웃고 성을 낸다네.	群聚笑更嗔
자기가 배우지 않을 뿐더러	非徒己不學
남조차 따르지 못하게 막네.	重沮人所遵

매화 지고 달은 휘영청 梅落月盈

창 아래 몇 가지 매화가 있고	窓下數枝梅
창 앞엔 둥그런 달이 떴구나.	窓前一輪月
맑은 빛 빈 등걸 비치어 드니	淸光入空査
시든 꽃 뒤이어 피어나는 듯.	似續殘花發

산정에서 이유동²과 만나기로 약속하고 約山亭逢李儒東

봄옷을 지어 놓고 날씨를 살피고는　　　　　既成春服試氣氲
시냇가를 소요하며 흰 구름을 보누나.　　　溪上逍遙見白雲
한들한들 봄바람 좋은 시절 돌아오고　　　　滾滾東風佳節返
뉘엿뉘엿 고운 해에 거문고 소리 들려.　　　遲遲麗日素琴聞
산 참새 다 울고는 날아가 적막하고　　　　已啼山雀飛還寂
꺾지 않은 숲 꽃은 한들한들 술 취한 듯.　　未折林花動欲醺
산에 갈 땐 함께 가자 약속할 필요 없네　　不必登臨行約伴
좋은 곳 곧장 와서 문득 그댈 만났으니.　　　直來勝處便逢君

접시꽃 葵花

아침 꽃 더딘 해를 함께못함 괴롭더니　　　朝花遲日苦難齊
간신히 꽃 피우자 해는 서산 뉘엿하다.　　　纔到花開日欲西
내일 아침 첫 해가 떠오르길 기다려도　　　也待明朝初日出
시든 꽃 하마 져서 잎만 고개 떨구리.　　　殘花已落葉空低

2. **이유동**　　1753~1787. 호는 취미(翠眉). 강세황(姜世晃)의 손녀사위이다.

시냇가 집의 가을 정경 澗屋新秋

가을 소리 손꼽을 수 없이 많아도	秋聲不可數
잎 질 때 다듬이 소리 더욱 슬퍼라.	木落砧杵悲
조금씩 벌레 소리 일어나더니	漸覺蟲語起
밤낮으로 뜨락에 가득하구나.	日夜滿庭陲
하늘 운행 그 누가 시킨 것인가	天機誰使然
백 년 인생 고요할 때가 없구나.	百年無靜時

회포를 적다 書懷

외기러기 쓸쓸히 날아가더니	一鴈蕭蕭去
온 숲엔 우수수 바람이 많다.	千林颯颯增
가을벌레 앓는 듯 신음을 하고	霜蟲吟似病
찬 성벽엔 서릿발 생겨나누나.	寒堞起多稜
비바람에 그대를 그리는 이 밤	風雨懷人夜
세모를 밝히는 교외의 등불.	郊墟歲暮燈
명산이 꿈속에 자주 보임은	名山頻入夢
요전 날 그대를 보내서일세.	前日送親朋

세검정[3]에서 헤어지고 別洗劍亭

빈산 걸음마다 물소리 멀어지고　　　　空山步步水聲遙

안개 속 가는 나귀 외나무다리 지나네.　　烟際歸驢獨木橋

내일은 붉은 난간 사람은 보이잖고　　　來日朱欄人不在

시든 단풍 찬비만 홀로 쓸쓸하리라.　　殘楓寒雨自蕭蕭

어느덧 忽忽

넋 놓고 오두마니 앉아 있다가　　　　忽忽身仍坐

유유히 한 밤도 날이 새누나.　　　　悠悠夜始歸

별들은 추운지 혼자서 떨고　　　　亂星寒自動

놀란 잎 달려가 서로 기댄다.　　　驚葉走相依

경계는 멀어서 텅 비어 있고　　　境遠爲虛白

온갖 소리 번잡해 시비하는 듯.　　籟繁如是非

갈바람 언젠가 끝이 있겠지　　　秋風終有極

기러긴 얼마나 날아가려나.　　　鴻雁幾時飛

3. **세검정**　서울 종로구 신영동에 있는 정자. 조선 영조 때 서울을 방비하고 북한산성의 수비를 담당하기 위해 총융청을 이곳으로 옮기면서 군사들이 쉬는 자리로 지은 정자이다.

섣달그믐 밤 除夕

땅 피해 하늘가로 떠나갔건만	避地天涯去
어느새 올해도 다 지나갔네.	猶然此歲迴
빛 흔들려 촛불 녹임 안타까운데	光搖憐蝕燭
꽃 없으니 매화 당겨 원망하노라.	花缺怨攀梅
밤빛은 싸늘하기 그지없어서	夜色寒無際
시 근심 아득히 열리지 않네.	詩愁澒未開
뜬 인생 언제나 이와 같거니	浮生長若是
현재와 훗날이 다름없으리.	現在復方來

종이 연 紙鳶

들 좁고 바람 없어 뜻을 얻지 못하니	野小風微不得意
햇빛에 흔들흔들 짐짓 서로 당긴다.	日光搖曳故相牽
드넓은 천지 사이 한 그루 홰나무엔	削平天地槐花樹
새는 없고 구름 날아 마음 시원하여라.	鳥沒雲飛逈浩然

대보름 다음 날 손님을 보내며 上元翌日送客

광통교에 종 울리고 십 리는 안개인데	鍾轉長橋十里烟
밤 깊은 성곽은 유난히도 푸르구나.	夜深城郭特蒼然
퉁소 소리 노래와 곡(哭) 잇따라 들리는 곳	籟生歌哭相連處
툭 터진 누대에서 아득히 바라보네.	界盡樓臺極望邊
술도 벗을 못 붙들어 산 술이 아까운데	酒未留朋沽可惜
달은 막 절기 넘겨 개인 모습 어여뻐라.	月纔違節霽還憐
으슬으슬 추위를 물리칠 길이 없어	輕寒惻惻消難遣
책을 쌓아 끼고 앉아 다시 잠을 청한다.	坐擁書城且一眠

서쪽 교외 이른 걸음 西郊早行

새벽빛 여태도 나무 걸렸고	晨光猶在樹
성 아래는 온통 모두 안개 잠겼네.	城下盡如烟
황량한 객점은 눈에 덮였고	雪壓荒郊店
극포의 배들은 얼어붙었다.	水膠極浦船
쇠똥 깔린 저 너머로 길은 이어져	徑隨牛矢外
까치 나는 저편에 들판은 넓다.	野曠鵲飛邊
십 리 길 돌아가는 말을 보자니	十里看歸騎
무너진 다리 먼 하늘로 들어가누나.	崩橋入遠天

공덕리 孔德里

눈 덮인 언덕 위 누구 집일까	岸雪誰人家
울타리 밑 묵은 둥치 남아 있구나.	籬根擁老槎
한낮에도 닭 울음 길게 들리고	鷄聲當午永
나귀의 그림자는 다리로 든다.	驢影入橋斜
성 나무 올 적의 길 따라 섰고	城樹來時路
강 마을 묵을 곳엔 노을이 지네.	江村宿處霞
밥 연기 곧게 오름 멀리 보이니	遙看烟縷直
저자 파해 갈까마귀 우짖는구나.	市罷有啼鴉

남이청의 서실에서 묵다 2수 宿南而清書室 二首

1

훤칠한 생김새가 말라 더욱 맑은데	眉宇憐渠瘦更清
매창에 봄이 들자 시 읊는 소리 난다.	梅窓春入詠詩聲
등불 앞의 술자리는 환하기 달과 같고	燈前酒浪明如月
시렁 위엔 책 상자가 성처럼 꽂혔구나.	架上書函挿若城

2

남은 매화 빛깔 엷어 술 깬 사람 비슷한데	殘梅色淡似人醒
이 모두 맑은 새벽 해 보내는 마음일세.	俱是清晨送歲情
누대 종이 울리는 곳 일어나 살펴보니	起視樓臺鍾動處

옅은 어둠 깔리었고 별빛 아직 남았네.　　　　　　　　輕陰漠漠尙餘星

작은 누각 <small>小閣</small>

주렴 걸린 작은 집은 밤새도록 해맑은데　　　　小閣鉤簾一夜淸
창 앞의 옥수(玉樹)에는 이슬이 가득하다.　　　窓前玉樹露盈盈
큰길에 종 울리자 그믐달이 돋아나고　　　　　鍾鳴大道生虛月
안개 짙은 누대에선 먼 소리 퍼져 가네.　　　　烟宿樓臺沸遠聲

변소에서 <small>厠上</small>

1
담장 머리 해가 뜨니 꽃 그림자 짧아지고　　　牆頭日上花影短
담 밑에선 쉴 새 없이 개미가 흩어진다.　　　　牆根潑潑玄蟻散
땅 풀리자 돌 움직여 애벌레가 나오더니　　　　土解石動蟲子出
뱃짓하며 다리 놀려 모두 다 굼실굼실.　　　　弄腹伸股皆蠢蠢

2
봄 산은 푸르고 봄은 가없는데　　　　　　　　春山綠碧春無涯
하늘가 외론 구름 그 또한 한때로다.　　　　　天際孤雲亦一時

어느덧 봄바람이 오고 가고 하는 중에 　　忽忽東風來去中
풀싹들 날마다 자라남을 보노라. 　　但看芽草日參差

버드나무 노래. 안악으로 가는 자형 임공[4]을 전송하며 3수
楊柳詞 送任姊兄之安岳 三首

1

버드나무 천 가지 만 가지 드리우니 　　楊柳千枝復萬枝
가지마다 봄빛에 떠난 임을 그린다네. 　　枝枝春色別人思
해마다 다 꺾으니 봄엔 응당 줄런만 　　年年折盡春應減
이별 정은 어이해 꺾기 전과 같은가. 　　別意何如未折時

2

홍제교(洪霽橋)[5] 가에는 저물녘 구름 깔려 　　洪霽橋邊日暮雲
작별할 때 첫 꾀꼬리 울 만도 하건만, 　　初鶯可作別時聞
오늘 밤 양산관의 하룻밤 꿈속에는 　　今宵一夢楊山館
버들개지 하늘하늘 그댄 뵈지 않으리. 　　柳絮搖搖不見君

---

4. **임공**　원문은 임자형(任姊兄). 임희택(任希澤, 1744~1799). 치재(巵齋) 임정(任珽)의 서자로, 박제가의 네 살 위 누이와 1760년에 혼인하였다. 임희택의 집안에 대해서는 김영진, 「유득공의 생애와 교유, 연보」, 『문헌과 해석』 29(문헌과해석사, 2004) 참조.
5. **홍제교**　한성 북부 연은방(延恩坊) 홍제원계(弘濟院契)에 있던 다리.

3

여릿여릿 꽃들은 잎 사이에 기대 있고	微微花在葉間依
마음 아픈 사람은 풀숲으로 돌아온다.	黯黯人從草際歸
장정(長亭)의 버드나무 이르지도 못한 채	不及長亭楊柳樹
홀로 능히 서편 보며 석양빛에 섰노라.	自能西望立斜暉

비 갠 뒤 雨收

고개 위 누런 구름 무지개 비슷한데	嶺上雲黃似有虹
빗소리는 콩 꽃 사이 여태도 남았구나.	雨聲猶在荳花中
도롱이 쓴 늙은이는 방죽 밖에 서 있고	戴蓑老叟立堤外
뽕나무 동편에서 도랑물 쏟아진다.	溝水出來桑樹東

뜰에 누워 庭臥

푸른 하늘 어이 저리 온통 푸른가	青天一何碧
구름 빛 하나도 안 움직인다.	了無雲彩動
거미줄 그 사이에 하늘거려서	蛛絲颺其間
햇살이 공중에 아롱거리네.	日色空中弄
너울너울 마음도 아마득해져	裊娜心俱遠

아득히 꿈나라로 들어가는 듯.　　　　　　茫茫欲成夢

천우각[6]에서 무관 이덕무와 함께 선(蟬) 자를 운자로 얻다
泉雨閣 同懋官得蟬字

갠 날도 싸늘하게 비가 내림은　　　　　晴亦冷冷雨
네 계절 돌 샘이 울어서일세.　　　　　四時鳴石泉
텅 빈 산에 무엇이 있을 것인가　　　　山空何所有
구름 피어 샘과 함께 흐를 뿐이지.　　　雲出與之然
시든 버들 먼지 앉기 쉽다 하지만　　　衰柳蒙塵易
높은 솔은 그늘 먼저 보내 준다네.　　　高松送蔭先
붉은 누각 여름날을 보내는 이곳　　　　朱樓消夏處
한 선비가 외론 매미 감상하누나.　　　一士感孤蟬

6. **천우각**　　남산 북쪽 기슭 한옥 마을이 들어선 필동 언저리는 조선 시대만 해도 맑은 물 흐르는
산골짜기에 천우각(泉雨閣)이 있어 여름철 피서를 겸한 놀이터로 장안에서 이름 있던 곳이며, 청
학이 사는 선향이라 하여 청학동(靑鶴洞)으로 불렸다.

몽답정[7] 夢踏亭

만 줄기 꽃대 속에 연꽃 홀로 서 있는데　　荷花孤立萬莖心
수각(水閣) 그늘 사람 소리 바람결에 들려온다.　人語風來水閣陰
대보단(大報壇)[8] 서편으로 지는 해 빗긴 뒤에　大報壇西斜照後
매미 울음소리 지자 녹음이 짙었구나.　　一聲蟬去碧深深

읍청정 5수 挹淸亭 五首

1

솔 아래 혼자 앉아 있는 이　　獨坐松下人
멀리서 봐도 누구인지 바로 알겠네.　遠看知是誰
턱 괴고 오랫동안 안 일어나니　支頤久不起
똑똑한 듯싶다가도 멍청해 보여.　似識還似癡

2

두 마리 잠자리 날갯짓하다　　搖搖兩蜻蜓
날아가니 간 곳을 모르겠구나.　飛去不知處

---

7. **몽답정**　창덕궁 후원 안에 있는 누각으로, 숙종 때 지었다.
8. **대보단**　조선 시대에 명나라 태조·신종(神宗)·의종(毅宗)을 제사 지낸 사당. 임진왜란 때 원군을 보낸 신종의 은의(恩義)를 기리기 위해 1705년(숙종 31) 창덕궁 금원(禁苑) 옆에 설치했다. 처음에는 신종의 위패만 존치하여 제사 지냈으나, 영조 때에 명나라 태조와 명나라 마지막 임금 의종까지 합사(合祠)했다.

흰 구름 담장을 넘어서 와도　　　　白雲過牆來
높은 나무 푸를 뿐 말이 없구나.　　高樹碧無語

3
붉은 누각 서늘한데 손님이 와서　　客來紅閣凉
초록 그늘 덮인 곳에 말을 묶는다.　馬繫綠陰合
그 사람 속된 모습 찾을 수 없고　　人旣無俗顔
말 또한 갈기를 드리웠다네.　　　　馬亦聞垂鬣

4
숲 바람 끝없이 불어오더니　　　　林風吹不盡
매미들 울음소리 점차 멎는다.　　衆蟬鳴漸歇
산속에서 사물의 변화를 보며　　山中觀物化
마른 몸 오두마니 앉아 있노라.　傷然坐瘦骨

5
칠석날 인간 세상 비가 내려도　　　七夕人間雨
늦더위 마저 다 걷히진 않네.　　　晩炎都未收
가만히 혼자서 읊조리다가　　　　忽覺微吟際
성근 눈썹 가을 옴을 문득 깨닫네.　疎眉已有秋

충훈부[9] 忠勳府

도처에 매미 울어 내 거처와 함께하니	到處蟬鳴同我居
해묵은 충훈부는 낮에도 늘 비었구나.	忠勳古府晝常虛
이른 가을 찾아온 뒤 술병을 손에 들고	提壺挈榼早秋後
새 비가 갓 갠 뒤에 손과 함께 오른다.	與客登樓新雨餘
나무 위 까치 위로 햇살은 내리쬐고	日脚偏明樹上鵲
연못 속 물고기에 구름 그늘 윤기 나네.	雲陰乍潤池中魚
굽은 난간 아래로 푸른 대 소리 내니	儵儵翠竹曲欄下
우연히 시를 이뤄 생각대로 써 본다.	偶爾詩成隨意書

9일 이덕무와 세심정[10] 아래 배를 띄우다 5수

九日同李炯菴 放舟洗心亭下 五首

1

만 리의 가을 하늘 깨끗도 한데	萬里秋天潔
달빛은 저문 물결 맞닿았구나.	空明襯暮濤
조각배엔 한 가지 물건도 없이	扁舟無一物
뱃전을 두드리며 이소를 읊네.	鼓枻誦離騷

---

9. **충훈부**   조선 시대에 공을 세운 공신이나 그 자손을 대우하기 위해 설치했던 관청.
10. **세심정**   이덕무의 시에도 여러 차례 나온다. 그 위치는 정확하지 않은데, 이덕무 시의 내용으로 보아 서울 한강 하류에 있던 정자로 보인다.

2

극포(極浦)의 돛단배 멀리 보자니 　　　　遙看極浦帆
아득히 돛을 높이 걷고 가누나. 　　　　黯黯高捲去
뱃머리 사람은 하마 서편에 　　　　　　船頭人已西
그래도 동쪽 섬을 바라보누나. 　　　　猶自望東嶼

3

찬 저녁 구름 비늘 펼치어 있고 　　　　雲鱗布寒夕
햇살은 서편에 엷게 비친다. 　　　　　　日光澹西弄
먼 산이 한 귀퉁이 키질을 하니 　　　　遙山簁一角
배 떠나도 물결이 흔들리누나. 　　　　船去波猶動

4

가을바람 나무 끝서 일어나더니 　　　　秋風起木末
기러기 물가에서 우짖는구나. 　　　　　　來鴈響洲渚
아스라이 소슬한 물가에 서서 　　　　　蒼蒼瑟瑟邊
그대와 나 이렇듯 한가롭구나. 　　　　吾與子容與

5

강 머리 국화꽃 무리 져 피니 　　　　　江頭菊花叢
내일은 중양절이 아니건마는. 　　　　　明日非重陽
구슬피 차마 능히 못 돌아가고 　　　　惆悵不能歸
찬 물결 오래도록 앉아서 본다. 　　　　坐對寒波長

관재 서상수[11]의 동쪽 집에서 이덕무와 유득공 등 여러 사람과 모였다. 왼쪽 산기슭에 보덕암이란 작은 암자가 있는데 중이 십여 명이었다. 손님 중에 통소 부는 황생이 있었다.

徐觀齋東莊 會李懋官 柳惠風諸人 左麓有普德小菴 僧指百餘 客有黃生吹洞簫者

첩첩 바위 구름 쌓여 몇 봉우리 걸쳐 있고	堆雲疊石數峯橫
숲 속의 절집에는 길도 나지 않았네.	樹裏招提路不生
집 지음은 그림 뜻을 잘 앎을 높이 치고	置屋貴能知畫意
벗 사귐은 시성(詩聲)이 있어야만 한다 하네.	論交盡道有詩聲
노승은 합장하고 연기는 고물고물	老僧合掌螺烟立
가을 선비 통소 멎자 기러기 줄져 난다.	秋士停簫鴈陣行
다시금 폭포의 깊은 곳에 가 앉으니	還到水簾深處坐
산새가 제 이름 부름에 놀라누나.	忽驚山鳥自呼名

밤에 필계에 앉아 임홍상 의지의 시에 차운하다

筆溪夜坐 次任弘常毅之

가물가물 잠 쏟아져 겹 깁으로 누르는 듯	昏昏睡睫壓重紗
한번 취해 무심히 세월만 안타깝다.	一醉無心戀歲華

---

11. **서상수(徐常修)**　1735~1793. 조선 후기의 화가이자 서화고동(書畫古董)의 감식가이다. 자는 여오(汝五)·백오(佰吾)이고, 호는 관재(觀齋), 관헌(觀軒)이다. 박지원은 그를 가리켜 "김광수(金光洙)가 감상지학(鑑賞之學)의 개창자라면, 서상수는 한 걸음 더 나아가 묘경(妙境)을 깨달은 사람이다"라고 격찬했다. 전하는 유작은 없다.

이웃 손님 시를 지어 이 밤을 기약하고　　　隣客有詩期此夜
상 위 분매 눈처럼 흰 꽃을 터뜨리네.　　　床梅如雪綻其花
깊은 등불 무리 지자 도서가 드러나고　　　深燈暈屋圖書現
초승달 성 삼키니 샛별[12]이 기우누나.　　　細月吞城畢昂斜
동녘에서 비로소 작은 기미 일더니만　　　始自東方微籟起
온 집의 닭과 개가 어느새 우짖는다.　　　須臾鷄犬萬人家

삼소헌[13]의 눈 오는 밤 三疎軒雪夜

구름 그늘 눈 내리니 어두운 중에 밝고　　　雲陰降雪暗中明
있던 나무 안 보이고 헛그림자 생겨나네.　　有樹如無虛影生
사람은 말없이 등불 아래 앉았는데　　　寂爾人從燈裏坐
바람은 지붕 머리 울리며 지나간다.　　　瑟然風自屋頭行
서로 보며 술 데우니 추운 기색 가득하고　　相看煖酒俱寒意
저녁 종 울리더니 새벽종 또 울린다.　　　俄聽昏鍾又曉聲
안타까이 매화 보고 세모임에 깜짝 놀라　　稍稍梅花驚歲暮

---

12. 샛별　원문은 필묘(畢昴). 필성(畢星)과 묘성(昴星). 새벽 동쪽 하늘에 보이는 별. 사마상여의
「장문부」(長門賦)에 "뭇별의 행렬을 바라보는데 필묘가 동방에서 나오는구나"(觀衆星之行列兮, 畢
昴出於東方.)라 하였다.

13. 삼소헌　윤가기(尹可基)의 당호이다. 자는 증약(曾若). 윤광빈(尹光賓, 1728~1779)의 4남 2녀
중 장남이다. 『파평윤씨노종파보』(坡平尹氏魯宗派譜) 권1 「문정공파」(文正公派)에 따르면, 그의
아우 필기(必基) 내외와 모친 의령 남씨 및 여러 조카의 묘소가 유득공의 묘소와 함께 송산(松山)
에 있다고 한다.

쓸쓸히 이불 덮고 서성에서 밤 보냈네.

蕭條襆被又西城

저물녘 형암을 찾아가다 黃昏訪炯菴

도성의 하늘가엔 빛이 아직 남았는데　　　日下天邊光未已
집집마다 밥 연기에 먼 자줏빛 엉기었네.　萬戶炊烟凝遠紫
여기저기 가는 사람 발걸음이 급해지고　歸人處處行欲急
언 신발은 자박자박 찬 소리가 일어난다.　凍履雜雜寒聲起
시장통에 기름등이 이윽고 켜지더니　　　脂燈初點屠市中
종각 다락 동편으로 때로 개가 짖는구나.　犬聲時在鍾樓東
어둑한 서편 골짝 노송나무 눈 쌓였고　　西峽蒼蒼檜頂雪
태백성 별 하나가 제일 먼저 나왔구나.　　太白一星當先出
땅거미가 기와 비늘 평평하게 만들더니　暝色能令瓦鱗平
멀리 뵈던 홍교(虹橋)가 지워짐 근심겹다.　望眼更愁橋虹滅
추위 속에 종종걸음 어디로 가는 겐가　　踟躕衝寒何所去
백탑의 바로 아래 매화꽃 핀 곳일세.　　　白塔之下梅花發

밤에 유연옥[14]을 찾아가다 6수〔짧은 서문과 함께〕

夜訪柳連玉 六首〔幷小序(柳璉)〕

희미한 달빛이 어스름하다. 이러한 때 벗을 찾지 않는다면 벗은 있어 무엇에 쓰겠는가. 이에 돈 10전을 움켜쥐고 『이소경』을 품고서 고탑 북쪽 착암의 대문을 두드려 막걸리를 사서 마셨다. 연옥은 때마침 책상에 기대 어린 두 딸이 등불 아래서 재롱을 떠는 것을 보고 있었다. 나를 보더니 일어나 해금을 연주했다. 잠시 후 눈이 내려 뜰에 가득 쌓였다. 각자 짧은 시를 지어 작은 종이에 멋대로 쓰고 이름을 '혜금지아'(嵇琴之雅), 즉 혜금이 어우러진 아집(雅集)이라 했다. 장차 잠자는 이덕무를 놀래키러 가려 하므로 내가 이에 노래를 지었다. "올 적에는 달빛이 희미했는데, 취중에 눈은 깊이 쌓였다. 이러한 때 친구가 있지 않으면, 장차 무엇으로 견딜 것인가. 나는 『이소』 지녔으니 그대는 해금 끼고, 한밤중에 문을 나서 이자(李子)를 찾아가세." 이날 밤 이덕무의 집에서 잠깐 눈을 붙였다.

微月朦然, 此時不見友, 友何爲? 迺攫十錢, 抱離騷, 扣窄菴之門於古塔之北. 買濁酒喫, 連玉方隱几, 觀二幼女戲於燈下, 見我而起, 彈嵇琴焉. 俄而雪下滿庭, 各賦小詩. 縱橫書之小幅, 命曰嵇琴之雅. 將去驚戀官睡也, 余爰作歌曰: "來時月陰, 醉中雪深. 不有友生, 將何以堪? 我有離騷, 子挾嵇琴, 夜半出門, 于李子尋." 是夜蹔交睫于靑莊之館.

---

14. 유연옥　유득공의 숙부 유금(柳琴, 1741~1788)의 호이다. 기하학에 능통하여 호를 기하(幾何)라고 했다. 자는 연옥(連玉)·탄소(彈素)이다. 그의 초명은 원래 련(璉)인데, 연경 사행을 갔던 길에 자신의 이름을 금(琴)으로 개명하였다. 그의 부친은 통덕랑(通德郞)을 지낸 바 있는 한상(漢相)이다. 1776년, 그는 유득공·이덕무·박제가·이서구 네 사람의 시 400수를 뽑아 『한객건연집』(韓客巾衍集)을 엮어 중국에 가지고 들어간 바 있다. 착암(窄菴)은 유금의 별호인 듯하다.

1

밤길이 어찌나 미끄럽던지
시냇길은 높고 낮고 울퉁불퉁해.
남은 눈 옷자락을 비추이는데
자던 새 나막신 소리에 깬다.

夜行何蹜蹜
澗道多低仰
餘雪照衣裾
棲禽驚屐響

2

길에서 마주 오는 사람을 보고
혹시나 내 벗이 아닌가 싶어,
한참을 보아도 분명치 않아
멍하니 가는 모습 바라보았네.

道見一來者
或非我友生
相看久不辨
猶自望其行

3

어둑어둑 저자도 끝난 곳에서
등불 하나 나직이 보이는구나.
북두성은 이마 위에 높이 떠 있고
삿갓 서쪽 초승달이 힐끗 보인다.

蒼蒼市盡處
惟見一燈低
斗柄當額上
纖月睨笠西

4

초저녁 유군을 만나 보고는
새벽에 이자(李子)를 찾아가누나.
오늘 밤도 반 너머 지나갔으니
이처럼 한 해도 저물어 가리.

初更逢柳君
四更尋李子
今宵亦云半
如是歲暮矣

5

등불도 스러지고 추위 더해도

燈燼寒漸墮

술자리 오히려 벌여 있다네.   杯杓猶羅列

홀연히 들려오는 소리가 있어   耳閴忽有籟

창밖의 흰눈에 술이 깨누나.   酒醒窓外雪

6

오늘 밤 몇이나 잠들었을까   今夜幾人眠

다리와 거리를 혼자 걷노라.   獨行橋與陌

나보다 앞서 간 사람 있는지   已有先我者

눈 위에 발자국이 찍혀 있구나.   雪上有數跡

〔부〕 착암의 시 4수 附窄菴詩 四首

1

흐릿한 상현달이 떠오르더니   濛濛上弦月

황혼 무렵 눈이 펑펑 퍼붓는구나.   脈脈黃昏雪

손님이 흥이 일어 찾아와서는   有客乘興來

주머니서 술 살 돈을 꺼내는구나.   囊中酒錢出

2

손님은 『이소경』을 품에 지니고   客持離騷經

눈 오는 한밤중에 나를 찾았네.   訪我雪夜半

그대의 불평한 마음을 알아   知君不平心

「광릉산」(廣陵散)[15] 한 곡조를 연주하노라.   一彈廣陵散

3

해금은 가락이 붙지를 않고　　　　　　　　奚琴不成律
막걸리는 시기가 살구 같구나.　　　　　　濁酒杏子酸
한 곡조 연주하고 한 잔 마시며　　　　　　一彈聊一飮
무에 그리 즐겁냐고 웃으며 묻네.　　　　　笑問有何歡

4

눈 속에 벗 찾아옴 기뻐하다가　　　　　　雪裏喜朋來
취중에 한 해 저묾 아쉬워한다.　　　　　　醉中惜年暮
경신일 좋은 모임 가진 뒤로도　　　　　　庚申雅集後
어느새 사흘 밤이 지나갔구려.　　　　　　居然三夜度

청장관의 벽에 쓰다 書青莊館壁

탑머리 구름에 그늘 지더니　　　　　　　雲陰塔之末
아침 눈 그대 집을 덮어 버렸네.　　　　　朝雪覆君家
그대 집엔 오래된 나무가 있어　　　　　　君家惟古木
까막까치 세밑에 유난히 많다.　　　　　　烏鵲歲時多

15. 「광릉산」　거문고 곡명. 죽림칠현의 한 사람인 혜강(慧康)이 서쪽 지방을 유랑할 때 객관에서
한 이인(異人)에게서 전수했는데, 남에게 전하지 않고 죽어 전설 속의 이름으로만 남은 곡명이다.

서상수를 위해 지은 입춘시 2수 立春詩爲觀齋賦 二首

1

남산엔 자욱한 기운이 빗겨 있어	南山有氣藹然斜
술을 데울 때처럼 노을이 피어나네.	如酒將溫忽湧霞
땅에 파초 심으면 능히 절로 자라겠고	地種蕉心能自卷
하늘이 꾀꼬리 내니 뉘 능히 가르치리.	天生鸎舌孰教它
산들바람 건듯건듯 거세게 불지 않고	輕風淡淡不爲厲
높은 나무 뭉게뭉게 다시 꽃을 피울 듯해.	喬木濛濛欲再華
빛깔 좋은 음식[16]이야 죄다 속된 물건이나	彩勝辛盤都俗物
입춘방 이것만은 뽐냄이 마땅하리.	宜春帖子只堪誇

2

길하고 상서로운 말 봄과 함께 이르니	與春偕到吉祥言
군자의 좋은 거처 화기가 감도누나.	君子攸居和氣存
오작은 무리 져도 저 사는 나무 있듯	烏鵲群飛各有樹
집안일 꾸리느라 문조차 열지 않네.	砧舂自得不開門
푸르른 연기 올라 하늘은 아득하고	靑靑烟立天何遠
요란스런 닭 울음에 햇볕 잠깐 따뜻하다.	裊裊鷄鳴日乍溫
울적해 갑자기 옷과 띠가 무겁길래	悠鬱忽如衣帶重
구슬피 매화 아래 술잔을 따르누나.	悄然梅下湛芳樽

---

16. 음식　원문은 신반(辛盤)으로, 오신반(五辛盤)의 준말이다. 파·마늘·부추·여뀌 잎·겨자를 섞어 만든 음식이다. 원단(元旦)에 이것을 먹으면 오장의 기가 통하여 건강해진다고 한다.

영변[17]의 못가 정자에 쓰다 題寧邊池亭

놀던 고기 힘차게 헤엄쳐 가니　　　　　游魚方潑潑
봄물은 잘도 돌아 흩어지누나.　　　　　春水善回散
날 밝아 작은 미끼 또렷도 하고　　　　　晴天明小餌
꽃다운 풀 언덕 저편 비추는구나.　　　　芳草照隔岸
바람 불어 온종일 담박하더니　　　　　　風來澹終日
누각에 버들개지 어지러워라.　　　　　　樓中柳絮亂

약산[18]에서 저물녘 돌아오다 藥山暮歸

개성서 온 초립동이 검은 두건 썼는데　　開城草笠黑紗巾
파초 빛 홑적삼의 어여쁜 소년일세.　　　蕉色輕衫美少年
저물녘 동대에서 폭포를 바라보다　　　　日暮東臺看瀑布
빗속에 말을 타고 앞개울을 건너간다.　　雨中騎馬渡前川

---

17. 영변　박제가가 20세 때인 1769년, 한 살 위의 처남 이몽직과 함께 영변도호부사로 부임하는 장인 이관상을 수행하여 묘향산을 유람했다. 이하 몇 수의 시는 이때 지은 것이다.

18. 약산　평안북도 영변 서쪽에 있는 산. 관서 팔경의 하나인 영변동대(寧邊東臺)가 있다.

묘향산 보현사 香山普賢寺

관서 땅 천 리의 나그네 되어	千里客西州
한 해를 마치도록 널리 노니네.	終年博此游
외론 절 저녁에 종이 울리고	鳴鍾孤寺夕
여린 단풍 가을날 돌길이로다.	綴石細楓秋
담박한 경치에 기쁘더니만	淡境初生悅
먼 생각 어느덧 근심 잠긴다.	遐情忽爾愁
산속에 물시계 다 스러지고	山中諸漏盡
가부좌 틀고 앉아 샘 소리 듣네.	趺坐聽泉流

무릉폭포 武陵瀑

남여(藍輿)를 삐걱대며 골짝 덤불 지나다	藍輿伊軋峽蕞蕞
넓은 하늘 올려다보니 기러기 떼 비친다.	仰視濛天映數鴻
백 길의 나는 폭포 가로 걸린 돌은 흰데	百丈飛泉橫石白
갓 떠오른 아침 해가 사람 붉게 물들이네.	一竿初日犯人紅
구불구불 숲 사이로 스님 모습 사라지고	逶迤樹隔歸僧沒
구슬피 구름 깊어 갈 길이 막혔구나.	惆悵雲深去路窮
고생 잊고 꼭대기를 찾은 것 후회하니	却悔忘勞尋絶頂
기이한 일 없건만 괜스레 서둘렀네.	了無奇事只悾傯

밤에 연광정[19]에 오르다 夜登練光亭

여린 물결 밤 되자 연광정에 일렁이고　　　微波夜動練光亭
희디흰 성 밑자락엔 어지런 별 떨어진다.　白白城根倒亂星
찬 달이 안개 뚫고 허공으로 오르더니　　冷月升空烟降地
베를 짜듯 노는 울고 나무는 푸르구나.　　櫓鳴如織樹蒼青

백련봉에서 이른 아침 눈을 구경하다 白蓮峯早朝賞雪

주렴 걷자 오싹하나 추위는 아랑곳 않고　卷簾寒多不妨寒
가슴 펴 띠를 매고 난간에 나가선다.　　襟曠帶脩當欄干
매화는 불을 밝혀 반짝이는 것만 같고　梅花炯炯欲明滅
엷은 그늘 아직도 병풍 사이 남았네.　　微陰猶在窓屛間
앞산은 한 빛이라 갈라진 주름 없고　　前山一色無皴坼
먼 데 눈은 햇발에 희미한 황색일세.　　遠雪微黃射日脚
바위 아래 시골집은 피어난 버섯 같고　巖下如菌邨屋頭
한 쌍 까치 꼬리 들고 푸드덕 날개 치네.　舉尾翛翛坐雙鵲
검은 연기 허공에 수직으로 오르더니　黑烟烟空久不斜
반으로 허공 갈라 푸른 안개 되었구나.　一半界天爲蒼霞
문 나서 사방 보면 다만 온통 아득한데　出門四顧只茫然

---

19. 연광정　평안남도 평양의 대동강 가에 있는 누각. 관서 팔경의 하나로, 대동강을 내려다볼 수 있는 덕암(德巖)이라는 바위 위에 있다. 조선 중종 때 허굉(許硡)이 건립했다.

되비치는 햇살에 두 눈이 아찔하네. 金絲糶積交眼花

아이더러 멋대로 밟게 하지 마려무나 莫敎兒童番狼藉

뜨락이 발자국에 더럽힐까 염려되니. 政恐階庭汙人跡

이내 몸 철저하게 얼음이 되려 하고 我身徹底將化氷

산의 뼈 땅에 들어 응당 모두 흰 것이라. 山骨入地皆應白

밤 들어 달 밝을 때 기억을 떠올리니 憶得夜來月明時

언덕 저편 물가 풀숲[20] 헛것이 보이는 듯. 隔岸幻出河之麋

낡은 집엔 소금 산이 무겁게 쌓인 듯 老屋堆積鹽山重

둘러친 담 소복하니 회칠한 성벽인가. 繚垣崢嶸粉堞疑

패고 솟는 변화 곡절 가늠하지 못하나니 窪隆起伏不可際

어느 화가 있어서 이 마음 얻으려나? 此意畫師誰相契

흰 물감 튕겨 내어 산수 가득 그리고선 滿繪山水彈粉弓

엷은 먹을 하늘 밖에 다시금 뿌렸도다. 淡墨更灑蒼茫外

관재[21]가 새로 이사하여 觀齋新移

꽃가지 흔들흔들 소매를 서로 끌며 花枝瞥瞥袂相携

저 멀리 탑 서편으로 나란히 걸어갔지. 聯步趵然遠塔西

까치 서로 부르면서 작은 나무 옮겨 날고 巽樹移飛相命鵲

---

20. 물가 풀숲   원문은 출하지미(出河之麋). 『시경』「교언」(巧言)에 "저것은 어떤 자인가? 강가 풀숲에 자리를 잡았네"(彼何人斯, 居河之麋.)라는 비슷한 용례가 보이는데, 이때 '미'(麋)는 고라니라는 의미라 아니라, 물풀이 섞여 있는 것을 말한다.
21. 관재   서상수(徐常修, 1735~1793)의 호.

대낮 시렁 깊숙이 홀로 가는 닭 보이네.　　　　午棚浹見獨行鷄
봄날이 나른하니 어디에다 맘 붙이리　　　　春情似睡終何著
아지랑이 허공인 듯 어느새 어지럽다.　　　　烟性如空却是迷
새집의 진면목을 꼬집어 내자 하니　　　　拈出新移眞面目
화주(畫厨)와 서가가 일시에 나란하다.　　　　畫厨書架一時齊

태상시의 서쪽 정원 太常西園

서원(西園)의 저문 빛이 취한 중에 깊은데　　　　西園返照醉中深
술 바다 아스라이 먹 숲에 기대었네.　　　　酒海蒼茫倚墨林
개미 문에 벌집인 양 길목이 구불구불　　　　蟻戶蜂房街細折
용이 날고 봉 춤추듯 산이 가로누웠네.　　　　龍飛鳳舞嶽橫臨
아지랑이 더운 볕을 견디지 못하는데　　　　游絲不耐暄暄境
우는 새는 근질대는 그 마음을 못 가누네.　　　　啼鳥難禁癢癢心
봄 졸음이 괴롭게 두 눈자위 짓누르니　　　　兩睫苦爲春所壓
아득히 끝도 없이 잠이 쏟아지누나.　　　　渺然無際睡來尋

육각봉에서 이덕무의 상화시에 차운하다[22] 六角峯 次懋官賞花

모두들 등고하러 밖으로 나가	摠爲登高出
집에는 한 사람도 있지 않겠네.	應無人在家
볕 받은 벌 고운 풀에 진을 치겠고	暖蜂屯豓草
나비는 활짝 핀 꽃 한데 섞였네.	風蝶混繁花
고요한 과녁에선 아지랑이 피고	帿靜游絲發
환한 길은 비단을 비스듬 편 듯.	蹊明匹練斜
저물녘 산 빛깔 더욱 고운데	暮山增設色
연기가 멀리서 먼저 깔리네.	烟氣遠先加

길가의 초당에서 거문고 소리를 듣고 路傍草堂 有琴聲

두 창문 텅 비어 비추이는데	雙牖虛相映
안쪽에 책들이 바라다뵌다.	圖書望更深
봄바람 아지랑이 흔들어 대고	春風搖野馬
저녁 꽃에 숲 속 새 담박하구나.	夕蘂淡林禽
얼굴은 멀어서 분간 어렵고	眉宇遙難辨
거문고 소리만 멀리 들린다.	琴聲異可尋
그대 위해 그림 흥취 보태 주느라	爲君添畫意

---

22. 육각봉에서~차운하다 『청장관전서』권9 「아정유고」1에 따르면, 이덕무는 육각봉에서 꽃을 구경하면서 5언 율시 2수를 남겼다.

나귀 등서 천천히 읊조리노라. 　　　　　　　驢背一遲吟

북쪽 병영 北營

빈 뜰에 고요한 낮 꽃 지는 소리 나고　　　　　空庭晝靜落花聞
말쑥한 나무 저 멀리 양털구름 꿰맨다.　　　　　霽樹遙縫隊隊雲
천억으로 흩어져 여기저기 놀고파라　　　　　　身欲遍遊千億散
아까운 봄 남은 것이 열에 두셋뿐일세.　　　　　春憐餘在二三分
연못 볕은 집을 당겨 그림자 얼비치고　　　　　池暉攝屋飜爲影
푸른 시내 사람에게 향내를 보내오네.　　　　　澗翠沾人自送薰
언덕 올라 바라보니 방초는 푸른데　　　　　　一望坡坨芳草綠
회 바른 벽 서편에서 무리 지어 활을 쏜다.　　　粉墻西畔射成群

일식〔짧은 서문과 함께〕日有食之〔并小序〕

내가 일식을 보고 나서 차마 해가 되살아나는 것을 보지 않을 수 없어서
물 위를 주목하며 앉아서 기다렸다. 나중에는 눈앞에 아지랑이 같은 것이
사흘이나 어른거렸다.

余旣見其食, 不忍不見其蘇也, 注目於水, 坐以待之. 旣而眼有游絲凡三日.

5월이라 초하루 사시(巳時)[23]가 되자	夏中朔之巳
동남쪽 해 모서리 이지러졌네.	日體缺其巽
구름 기운 마치도 흰 안개 같아	雲氣如白烟
또렷하게 빛살들이 뒤섞이누나.	脈脈光相混
지붕 기와 한꺼번에 창백해지고	屋皆憔悴瓦
정원 나무 저마다 시들어졌네.	園各潦倒樹
옷 무늬 누렇게 됨 근심하다가	衣紋悄欲黃
돌아보며 모두들 움츠렸다네.	相顧盡踦踽
어릿어릿 눈동자를 자주 비비며	迷離眸屢拭
입안은 타는 듯 떨떠름했지.	囌澁口疑焦
그림자는 잠자리 날개인 듯이	人影如蜓翼
얇기가 한 겹의 명주 같았네.	淺失一重綃
남은 빛 어지러이 쏘아 대거니	餘光尙亂射
하민(下民)이 어이 감히 우러르리오.	下民焉敢仰
대얏물 위에서도 밝게 빛나니	炯炯匜中水
잔잔한 물 해 모양을 알 수 있겠네.	水靜知日樣
마치도 둥근 떡을 한 입 베물어	有如嚼圓餠
한 귀퉁이 이빨 자국 떨려 나간 듯.	口角齒痕脫
다시금 구리로 만든 갈고리	還如古銅鉤
녹슨 채 땅에서 솟아나온 듯.	剝落地中出
점차 검게 파먹어 들어가더니	漸黑駁駁朽
반짝반짝 빛남이 목구멍 같네.	纔明耿耿咽
장군의 부절이 안 합쳐진 듯	未合將軍符
쫓겨난 신하 결옥이 그저 남은 듯.	空留逐臣玦

23. **사시** 오전 아홉 시부터 열한 시까지의 시간을 말한다.

테두리 갑자기 깊이 패더니	圈子忽深凹
우멍하게 서리어 닫힐 듯했네.	窈然蟄將閉
중천에 이르지도 못한 이때에	未及中天時
어느새 산을 삼킬 기세가 있네.	已有銜山勢
『춘추』에는 일식을 꼭 기록했고	春秋食必書
「윤정」(胤征)[24]에선 악관이 북을 쳤다네.	胤征瞽奏鼓
일식 당해 잠식됨은 재앙 아니니	當食食非災
이 때문에 두려워할 필요가 없네.	不妨因此懼
어둡던 곳 되살아남 기뻐 보자니	喜瞻魄轉醒
흡사 셋에 둘쯤 되살아난 듯.	恰生三之二
희화 수레[25] 온 바퀴 보전한 듯이	羲車保全轍
화오(火烏)[26]의 왼편 날개 되살아난 듯.	火烏蘇左翅
세상서는 저승에 삽살개 있어	俗云瞑國犾
해 깨물어 입에 물고 간다고 하네.	嚙日要銜去
바보들 알려 줘도 수긍 않고서	愚夫喩不肯
삽살개 혀 크다고 말을 하누나.	乃云猋舌巨
내 장차 이를 불러오게 하여서	吾且召之來
앉혀 놓고 마땅히 네게 말하리.	使坐當語汝
예전에 잘못된 말이 돌아서	往昔訛言興
오이밭 한 뙈기가 있다 하였지.[27]	有瓜經一畝
종놈 와 다투어 말들 하길래	奴來競傳播

---

24. 「윤정」 『서경』의 편명.
25. 희화 수레 희화(羲和)는 중국 고대 전설상의 인물로, 태양의 마부라고도 하고 태양을 낳은 어머니라고도 한다. 일반적으로 태양의 여신으로 알려져 있다.
26. 화오 태양 속에 있다는 전설의 까마귀. 삼족오(三足烏)라고도 한다.
27. 오이밭~하였지 일식의 그늘진 부분을 오이밭에 견주어 말한 듯하나 출전을 알 수 없다.

진짜로 보았는가 급히 물었지. 遽問眞見否

손뼉 치며 틀림없다 맹서했지만 拍手誓無欺

나중엔 과연 그렇지 않아 已而果不然

물러가 말 말라고 야단 놓았네. 喝退勿復陳

다시금 해가 이미 둥근 것 보니 且看日已圓

빠르기 등잔에 기름 부은 듯 快似燈添油

햇무리 사라지고 햇빛 눈부셔. 暈消燄獨朗

갑자기 귀 열려 소리 듣거니 忽覺耳開聽

온 길에 사람 소리 상쾌도 하다. 滿道人聲爽

비 때문에 소헌에 머물다 滯雨疎軒

그대 집 내 집보다 편하게 여겨지니 卽知君所便吾居

설령 그대 온다 해도 나 또한 같으리라. 縱使君來我亦如

이제 빌려 타려 하나[28] 말 있는 이 누구며 今也借乘誰有馬

칼집 치며[29] 돌아감이 어이 고기 없어서랴? 歸乎彈鋏豈無魚

간밤 이후 가을 소리 조짐이 드러나고 秋聲已兆前宵後

---

28. 빌려 타려 하나 『논어』「위령공」(衛靈公)에 "말이 있는 사람은 남에게 이를 빌려 주어 타게 한다"(有馬者借人乘之)는 구절이 있다. 타고 갈 말이 없어 우중에 머물고 있다는 뜻으로 썼다.

29. 칼집 치며 원문은 탄협(彈鋏). 제나라 맹상군의 문객 중에 풍환(馮驩)이란 자가 있었다. 맹상군이 자신을 잘 대해 주지 않자 칼집을 치면서 "돌아가야겠다. 밥을 먹으려 해도 고기반찬이 없구나. 돌아가야겠다. 밖에 나가려 해도 수레가 없구나"라고 노래했다고 한다. 『사기』「맹상군열전」(孟嘗君列傳)에 보인다.

이 비 개면 추위가 마땅히 이어지리.　　　寒事應連此雨餘
대추 익고 복숭아 달린 깊은 곳에 앉았자니　　棗重桃垂深處坐
저녁 주렴 잠겨 있고 온 뜰은 텅 비었네.　　夕簾涵泳一庭虛

형암에게 부치다 寄炯菴

선비 되어 가을을 슬퍼 않을까[30]　　　爲士不悲秋
여우와 삵 삼킴 당함 늘 염려스럽네.　　常恐狐狸噉
책 읽다 기이한 글자 마주칠 때면　　讀書奇字過
보고서도 마치 못 본 듯하지.　　視之如不覽
속투를 따르는 데 급급하여서　　汲汲循俗套
다시금 크게 펼침 감히 못하네.　　更張大不敢
가을 소리 사람 깊이 스며 들어와　　秋聲入人深
귓불에 까닭 없이 느낌이 있네.　　耳朶無由感
아아! 나는 또한 무엇이던가　　嗟余亦么麼
약관에다 욕심 없는 사람이건만,　　弱冠且恬憺
고개 들어 가을빛 바라보자니　　擧頭見秋色
마음이 동요되어 문득 슬퍼라.　　心動忽自憯
충신과 의사의 전기를 펼쳐　　忠臣義士傳

---

30. 가을을 슬퍼 않을까　원문은 불비추(不悲秋). 송옥(宋玉)의 「구변」(九辯)에 "슬프구나! 가을의 기운은"(悲哉秋之爲氣也)이 보인다.

창촉(昌歜)[31]을 즐기듯 즐겨 읽누나.	嗜讀如昌歜
오열을 차마 능히 못 그치는데	嗚咽不能已
게다가 해마저 어두워졌네.	況復日慘慘
쓸쓸히 나뭇잎은 물가에 지고	蕭蕭葉下皐
애달피 벌레는 구멍에 드네.	切切虫入坎
가을비는 기러기의 등에 퍼붓고	白雨連鴻背
찬바람은 매미 입을 봉해 버렸네.	寒風鎖蟬頷
시내 돌길 국화는 봉오리 벌고	溪礎破菊蕾
누각 못엔 연꽃도 지고 없다네.	池閣敗菡萏
파초 술잔 당김을 막을 수 없어	不禁蕉杯引
정 못 이겨 혜초의 띠를 잡노라.	多情蕙帶攬
문득 하늘가 먼 곳을 보니	頓覺天際遠
새털구름 주름 지고 담박도 하다.	細雲皺而澹
마음속 그대를 그리워하나	所懷意中人
무성한 갈대숲 저편에 있네.	蒼蒼隔葭菼

가을 생각 秋懷

1

내 전생과 후생을 가만히 안다 해도	吾前吾後默然知

---

31. **창촉** 창포(菖蒲)를 말한다. 주나라 문왕이 창촉을 좋아했는데, 공자가 문왕을 사모하여 창촉을 먹으면서 음미했다는 것에서 유래했다. 뒤에는 전현(前賢)의 기호물을 비유하게 되었다.

모두 다 아득하니 누구를 믿겠는가? 盡付蒼茫却信誰

방명(芳名)을 남기고자 혼자 애를 썼지만 本欲留芳先自苦

세상길 어려워 억지 바보 되었네. 終難涉世强爲癡

옛사람도 거짓으로 미친 이가 있었고[32] 古人遂有佯狂者

하사(下士)들은 예로부터 크게 이를 비웃었네.[33] 下士由來大笑之

덜 바쁘고 한가함이 마땅히 으뜸이니 忙少閒多當第一

떠들썩한 중에서도 기뻐할 만하다네. 可囂囂上亦怡怡

2

단풍잎 오동잎이 바람 맞아 소리 내니 策策楓梧遞響風

허공 보고 혀를 차며 기러기를 원망하네. 仰空咄咄罵征鴻

애를 써도 못 벗어남 서생의 곤궁이요 研磨不出書生困

책상 자리 구멍 남은 지사의 가난일세. 楊坐皆穿志士窮

모났다가 둥근 것은 천축의 지팡이니 方或爲圓天竺杖

초인(楚人)의 활 얻음이 잃음과 어떠한가?[34] 得何如失楚人弓

가을 들어 이런저런 오만 가지 궁리들이 秋來一切懷長短

찬 밤 홑이불로 온통 스며드는구나. 摠入寒宵薄被中

---

32. **옛사람도~있었고** 거짓으로 미친 체함은 목숨을 보존하거나 욕을 당하지 않기 위해 일부러 그러한 것이다. 기자(箕子)가 조카 주(紂)의 학대를 피해 머리를 풀어 헤치고 거짓 미친 체한 것이 유명하다.

33. **하사들은~비웃었네** 『노자』 41장에 "상사(上士)는 도를 들으면 부지런히 행하고, 중사(中士)는 도를 들으면 들은 듯 만 듯하며, 하사(下士)는 도를 들으면 크게 웃는다"고 했다.

34. **초인의~어떠한가** 초(楚)나라 공왕(恭王)이 사냥을 나갔다가 활을 잃어 좌우의 신하들이 찾으려 하자, 왕이 멈추게 하고 "초나라 왕이 잃은 활이니 초나라 사람이 얻을 것이다. 굳이 찾을 것 없다"라고 한 고사를 가리킨다. 『공자가어』(孔子家語) 「호생」(好生)에 보인다. 윗 구에 나오는 천축의 지팡이는 전고가 분명치 않다.

3

지난밤 꿈에 간 곳 어디인지 몰라도	不知何處昨之宵
평생에 뜻만 커서 꿈 또한 아득해라.	志大平生夢亦遙
채소밭 밟은 양[35]의 헛된 이치 못 믿겠고	幻理難憑羊踏菜
파초에 사슴 감춘 우언[36]은 알 만해라.	寓言都悟鹿藏蕉
뉘 집 베개에서 기장밥이 익어가나[37]	誰家小枕黃粱熟
눈앞 찬 등불에 붉은 잎만 흔들리네.	卽事寒燈赤葉搖
우두커니 누워서 남곽자(南郭子)[38]를 생각하니	嗒臥逡爲南郭想
이부자리 변함없고 벽이 훤해 오누나.	蒲團兀兀壁仍朝

4

산 오르고 물가 서자 마음이 즐거운데	登山臨水若爲悰
서릿발 푸르고 잎새엔 단풍 든다.	霜脚嵌青葉眷形
천지는 쓸쓸해라 승냥이도 제사하는데[39]	天地蕭蕭豺祭獸

---

35. 채소밭 밟은 양 옛날에 어떤 사람이 늘 나물만 먹고 살다가 어느 날 양고기를 먹자, 꿈에 오장신(五臟神)이 나타나 "양이 채소밭을 밟아 못쓰게 했네"라고 했다는 고사를 가리킨다.

36. 파초에 사슴 감춘 우언 옛날 정(鄭)나라 사람이 나무를 하다가 사슴 한 마리를 잡았다. 남이 볼세라 웅덩이 속에 감추고 파초잎으로 덮었다. 마치 꿈에서 겪은 일인 듯하여 집에 가면서, 사슴을 잡아 웅덩이 속에 감추었는데 꿈인지 생시인지 모른다는 내용의 노래를 부르며 갔다. 그런데 이 말을 들은 이웃 사람이 밑져야 본전이라 하여 그 웅덩이에 가서 사슴을 찾아 가져왔다. 이로 인해 두 사람 사이에 송사가 벌어졌다. 『열자』(列子) 「주목왕」(周穆王)에 보인다.

37. 뉘 집~익어가나 당나라 소설 『침중기』(枕中記)의 내용이다. 노생(盧生)이 한단에 와서 신세한탄을 하자, 한 진인이 베개를 주며 베고 자라고 했다. 노생은 꿈속에서 일생의 부귀영화를 누렸는데, 깨어 보니 자기 전에 들여놓은 기장밥이 익기도 전이었다. 한단몽(邯鄲夢)이라고도 한다. 여기서는 달콤한 꿈에 젖어 잔다는 뜻으로 쓰였다.

38. 남곽자 『장자』「제물론」(齊物論)에 나오는 남곽자기(南郭子綦)를 가리킨다.

39. 승냥이도 제사하는데 승냥이나 수달 같은 미물도 보본(報本)을 알아, 사냥하여 잡은 짐승을 사방에 늘어놓는 버릇이 있다. 그 모습이 사람이 제물을 갖추어 제사 지내는 것과 비슷하다고 하여 시제(豺祭) 또는 달제(獺祭)라고 한다.

벗들은 드문드문 거(駏)가 공(蛩)을 의지한 듯.[40]　　朋友落落駏依蛩

붓 도끼 휘둘러서 가짜 글 단죄하고　　　　　閒將筆鉞誅書贗

뿔잔 배를 속히 저어[41] 게으른 병 고치누나.　快棹觥船濟病慵

국화 향기 너무 찬 것 도리어 안타깝네　　　却恨黃花香太冷

나처럼 성품이 질탕하지 못해서라.　　　　也應如我性非濃

5

가난을 잘 견디는 방법이 있나니　　　　　祇有方便善耐貧

책 읽어 증험하면 눈빛이 참되리라.　　　　讀書相證眼光眞

죽도록 무명씨로 남음이 부끄러워[42]　　　羞爲沒世無名氏

오늘의 상등인을 만나 보기 원하노라.　　　願見如今上等人

마음[43]으론 괴상한 말 능히 가릴 줄 알고[44]　皮裏能知堅白辨

미간에는 세속 티끌 들이지 않는다네.　　　眉間不掛軟紅塵

부지런히 어딜 가도 마땅찮음 없으리니　　蕭然安往非吾適

---

40. 거가 공을 의지한 듯　거(駏)와 공(蛩)은 모두 짐승 이름이다. 둘이 늘 어울려 있기에, 늘 모이는 것, 또는 어려울 때 서로 의지하는 것을 비유하는 말로 많이 사용되었다. 『이아』(爾雅)에 보인다.

41. 뿔잔 배를 속히 저어　술잔을 거푸 들이켠다는 의미이다.

42. 죽도록~부끄러워　『논어』 「위령공」(衛靈公)의 "군자는 종신토록 이름이 일컬어지지 못함을 싫어한다"(君子疾沒世而名不稱焉)라는 구절에서 따온 말이다.

43. 마음　원문은 피리(皮裏). 가죽 속, 즉 '마음으로는'이란 뜻이다. '피리춘추'(皮裏春秋)란 말이 있는데, 입으로는 좋고 나쁨을 말하지 않아도 마음속으로는 옳고 그름을 예리하게 판단하고 있다는 뜻이다. 『진서』(晉書) 「저포전」(褚裒傳)에 보인다.

44. 마음으론~알고　전국시대 조(趙)나라 공손룡(公孫龍)의 말로, 그는 "돌은 하나인 것 같으나 단단한 성질과 흰 빛깔은 각각 다른 것이다. 그것은 촉각(觸覺)으로 아는 돌과 시각(視覺)으로 보는 돌이 따로 있다"는 독특한 논리를 고집했다. 굳고 흰 돌은 눈으로 보면 흰 것만을 알게 되고 만져 보면 굳은 것만을 알게 되니, 흰 돌과 굳은 돌은 다른 것이라 한 것이다. 제자들이 그 이론을 고집하여 횡행천하했으므로 묵자(墨子)가 변명했다. 유교에서는 이단으로 배척한다. 『묵자』(墨子)에 보인다.

갈매기도 기심 잊어 친히 지낼 만하여라.　　海鳥忘機尙可親

6

이소는 원망하는 사람의 노래라서　　　　　離騷只是怨人歌
속뜻만 어지럽히니 아끼지 말지니라.　　　徒亂中情勿愛他
가을 되니 두 뺨은 더욱더 거칠고　　　　　牙頰逢秋頗磈磊
의관은 시속 따라 나날이 어지럽네.　　　　衣冠與俗日婆娑
『태현경』[45] 전해진들 아는 이 누구랴　　太玄行世誰知否
큰 술잔 앞에 두고 안 마시고 어이하리.　大白當前不飮何
이내 몸 해맑게 죽게 하려 함인지　　　　　定使吾身淸死了
국화꽃 단풍잎에 달빛 서리 가득해라.　　黃花紅樹月霜多

장인 이관상[46] 공을 슬퍼하며 5수 外舅李公〔觀祥〕挽 五首

1

월초에 전하기를 어르신 강건하여　　　　丈人强健月初傳
말 타도 끄떡없고 활은 과녁 뚫는다 했지.　騎不身欹射則穿
날마다 가마 타고 고을 경계 돌아보니　　日日筍輿巡郡堞
산천 살펴 경영함을 멀리서도 알았었네.　遙知經略察山川

---

45. 『태현경』　한나라 양웅이 주역을 모방하여 지은 책이지만, 당대에는 세상 사람들에게 외면당하고 후세에 비로소 인정을 받았다. 여기서 『태현경』은 양웅, 곧 시인 자신을 가리킨다.
46. 이관상　1716~1770. 본관은 덕수(德水)이고, 충무공 이순신의 5세손이다. 초정 박제가의 장인이고, 이봉직은 그의 아들이다.

2

도호부 가운데에 살구꽃 피었을 제   杏花都護府中開
사위는 시를 짓고 기생(妓生) 서서 재촉했지.   嬌客詩成妓立催
자제들이 손님 맞는 예를 갖춰 행하니   子弟之行賓士禮
붉은 담요 위에 앉아 은 술잔을 맛보았네.   紅氍毹上賞銀杯

3

연꽃 정자 술자리에 북소리 요란터니   荷亭置酒鼓聲殷
옹은 담뿍 취하고 사위 또한 얼큰했네.   翁旣忘形婿亦醺
그때는 몰랐었네 먼저 느낌 있어서   誰識當時先自感
서글피 한참 동안 가을 구름 보셨음을.   慘然良久看秋雲

4

야단을 치시던 일 잊을 수가 없으니   太不能忘以至訶
돌아감을 고하던 날 머리 쓰다듬으셨지.   告歸之日頂攀拏
널 사랑함이 나만 한 이 없다고 하셨으니   謂吾愛汝無如我
이 때문에 공 떠남에 마음 더욱 아파라.   由是公亡痛甚他

5

올해도 얼굴 터럭 응당 쇠하셨겠지만   今年顔髮或應衰
떠올려 볼 적마다 옛 모습만 생각나네.   每到思時只舊時
공과 헤어진 뒤로부터 턱수염이 거뭇해도   自別公來頤細黑
공의 넋은 수염 여태 없는 줄로 아시겠지.   公靈知我尙無髭

평양에 가는 이덕무를 전송하며 送李懋官之平壤

능라도 향해 가서 그 안에서 살고지고	欲向綾羅島裏居
아름다운 꽃 가운데 한 칸 집을 얽어 두고,	名花中著一精廬
뱃머리로 달려가 춘래주를 사서는	船頭去買春來酒
성채 밖서 말을 몰아 저문 방죽⁴⁷ 돌아오리.	柵外驅歸日暮猪

봄날 심원에 모여 6수 春集沈園 六首

1

먼 데 나무 동글동글 푸르렀는데	遠樹團圓綠
아지랑이 비치며 감도는구나.	游烟映帶遲
진종일 나 혼자 읊조리자니	孤吟吾盡日
새들 서로 부르며 때를 즐기네.	相命鳥欣時
그림자 비치는 물 사랑스럽고	照影水堪愛
향기로운 꽃들은 가장 기이해.	聞香花最奇
평생에 이 사람 품고 있는 뜻	平生此子意
구학을 알맞게 배치하는 것.	丘壑置之宜

2

산보하다 저절로 멀리 나오니	幽步自然遠

---

47. **저문 방죽** 원문의 '처'(豬)는 방죽을 나타내는 '저'(瀦)와 혼용해 쓴다.

흐르는 샘 가늘고 더디 흐르네.　流泉細更遲

봄 깊어 술 사 와 마시는 곳서　春深沽酒地

고요한 밤 비둘기 울음 듣는다.　夜靜聽鳩時

저 멀리 고운 연기 가리키노니　遙指孤烟豔

참된 경계 기이함은 말로 못하리.　難言眞境奇

함께할 벗이야 어이 없으랴　豈無同好友

편지[48]로 불러옴이 마땅하리라.　招以赫蹏宜

3

흐르는 물 술잔을 잠시 멈추고　逝水停觴暫

빈 산에서 낮 보내니 더디기만 해.　空山送晝遲

여러 명 자제들을 데리고 오니　共携群子弟

좋은 날씨 다 함께 따르는구나.　俱趁好天時

송골매[49] 멀리서 언뜻 보이고　迅羽遙明滅

매달린 꽃 짝을 지어 기이하구나.　懸花互耦奇

백 그루 휘늘어진 수양버들 밑　百章垂柳下

꾀꼬리 소리 가서 듣기 마침 맞구나.　往聽栗留宜

4

고운 나비 서로서로 따라와서는　嫩蝶相隨至

팔랑팔랑 내리려다 머뭇거리네.　翩翩下復遲

높이 올라 밥 짓는 연기를 보고　人烟登覽後

---

48. 편지　원문은 혁제(赫蹏). 고대에는 글씨를 쓰는 작은 명주 조각을 일컬었고, 여기서는 편지를 가리킨다.

49. 송골매　원문은 신우(迅羽). 매를 달리 부르는 이름이다.

바람결에 앉아서 나를 잊을 때.　　　　　天籟坐忘時
계율 깨고 시 짓기는 무리 따르고　　　破戒詩從衆
근심 쫓자 술 마시니 더욱 거나해.　　　攻愁酒出奇
잔 씻음은 연못가가 가장 알맞고　　　洗尊池上可
먹 갈기는 바위 가가 제일 좋다네.　　　磨墨石邊宜

5

모두들 봄날에 잔뜩 취하니　　　　　總爲春醉重
손과 주인 이야기 느긋도 하이.　　　賓主話俱遲
개미는 옷 사이로 뚫고 들어오고　　　蟻子穿衣處
벌 소리 벼루 위로 지나가누나.　　　鑊聲過硏時
형태 갖춤 꽃이 가장 아름다우며　　　具形花絶妙
색깔 칠함 버들이 제일 기이해.　　　設色柳何奇
석양을 붓으로 옮기려 하면　　　　　欲試斜陽筆
노란색50을 봉우리에 덧칠해야지.　　　雄黃抹峀宜

6

봄 산은 마음으로 아끼는 바라　　　春山心所愛
약속 댐을 서두르지 않을 수 없네.　　赴約不能遲
푸른 허공 사람 소리 들리지 않고　　空翠人聲外
향기 품고 꽃들은 피어나누나.　　　生香花發時
흐리고 갬 이처럼 마침 맞으니　　　陰晴如此適
사물도 저절로 기이할밖에.　　　　品物自然奇

---

50. 노란색　　원문은 웅황(雄黃). 천연적으로 계관석(鷄冠石)이 분해하여 되는 광물로 석웅황(石雄黃)을 가리킨다. 노란색 염료로 쓰인다.

부앙함에 홀로 운치 이룸은 　　　　　　　　俯仰獨成趣
바람 좋은 갠 낮이 으뜸이라네. 　　　　　　好風淸晝宜

경회루의 옛 연못 慶會樓古池

놀란 황새 깍깍대며 소나무로 오르니 　　　　格格驚飛鶴上松
못가 어뀌 얕은 무늬 물고기 자국 있네. 　　池莚淺縐有魚蹤
아지랑이 지척인데 찾지를 못하겠고 　　　游絲咫尺無尋處
이따금 푸른 뫼에 사람 소리 울리누나. 　　時聽人聲響碧峯

동교에서 東郊

버들실 늘어진 곳 봄 새는 재잘재잘 　　　　春禽多舌柳多絲
나그네 고운 아씨 잠시 헤어지는 듯해. 　　游子紅閨暫別離
계절을 고루 나눠 이처럼 늦었는데 　　　節序平分如此晚
무수한 갈림길에 나아감이 슬퍼라. 　　　路歧無數自前悲
세 갈래 흐르는 물 졸졸졸 흘러가고 　　　三叉流水潺湲響
한 오리 구름 산은 어여쁜 자태로다. 　　　一髮雲山綽約姿
가다가 궁궁이풀 우거진 곳 이르니 　　　行到蘼蕪最深處
뉘 있어 나 홀로 지날 때를 생각할까. 　　有誰思我獨過時

무더위 苦熱

마음대로 변할 수 있다고 하면　　　　　　化身如可期
내 마땅히 무엇이 되어 볼거나.　　　　　　儂當作何念
원컨대 파초의 줄기가 되어　　　　　　　　願作芭蕉心
맑은 새벽 흰 이슬로 점 찍으리라.　　　　清晨白露點

좌소산인[51]을 방문하다 訪左蘇山人

하늘하늘 나비는 허공으로 날아가고　　　悠揚蝴蝶映天飛
초가을 숲 속 집엔 푸른 산이 바라뵈네.　　林屋初秋望翠微
보슬비 맞고 와서 머리터럭 젖었고　　　　細雨冒來滋鬢髮
간편한 옷 입고 나와 허리둘레 줄었네.　　便衣徑出減腰圍
고운 새 날개 접고 안개 속에 지저귀고　　文禽接翼烟中語
먼 물은 바람 품어 버들 밑을 지나간다.　　遠水縈風柳底歸
아득한 산과 물에 솔솔바람 싸늘한데　　　極目山河凉剪剪
서글퍼서 작은 다리 차마 못 기대겠네.　　小橋惆悵不堪依

---

51. 좌소산인 　서유구의 형 서유본(徐有本, 1762~1822)을 가리킨다. 자는 혼원(混源)이고, 연암 박
지원의 「증좌소산인」(贈左蘇山人)으로 인해 이름이 잘 알려졌다.

가을 서재에서 빗소리를 듣다 秋齋聞雨

빈집 빗줄기가 발 무늬를 쫓아와서　　　　　空齋白雨逐簾紋
멍청히 바보처럼 저녁까지 앉았었네.　　　　塊坐如愚抵日曛
도(道)란 가슴속에 묵은 물건 없음이니　　　道是胸中無宿物
글맛에 잠깐 빠져 맑은 기운 가득해라.　　　蹔聽書味一氤氳

동래 수영으로 떠나는 백동수와 헤어지며 주다[52]
贈別白靭齋〔東修〕客東萊水營

이 땅에 사내로 태어났으니　　　　　　　　墮地爲男子
살아선 군부 은혜 갚아야 하네.　　　　　　生當報君父
어이 꼭 벼슬을 해야만 하리　　　　　　　　何必自做官
백성으로 살아도 갚을 수 있네.　　　　　　編氓亦水土
벌열도 하물며 그대만 하랴　　　　　　　　閥閱矧如君
충성되고 곧은 맘 선조 뜻 품어,[53]　　　　忠貞懷乃祖
그대 재주 참으로 송곳과 같아　　　　　　　君才寔穎脫
진실로 멍청한 이 견줄 수 없네.　　　　　　諒弗比齒莽
사적으론 알아주는 친구가 있고　　　　　　在私有知己

---

52. **동래~주다**　백동수가 동래 수영으로 떠난 것은 1770년 봄의 일이다.
53. **충성되고~품어**　선조는 백동수의 증조부 백시구(白時耉, 1649[1]~1722)로, 평안도 병마절도사를 지낸 고위 무관이다. 신임사화에 연루되어 이상집·김시대·유취장·삼진 등과 함께 죽음을 택했는데, 노론에서는 의리를 지키며 죽음을 택한 이들을 '오절도'(五節度)라 불렀다.

나랏일엔 외적 방비할 만해.	於國猶禦侮
영웅이 스스로 칼을 잡으니	英雄自捉刀
큰 재주 도끼를 휘둠 아닐세.	大巧非弄斧
글은 족히 경사(經史)를 말할 만하지	文足談經史
무예는 활과 쇠뇌 당길 만하지.	武足挽弓弩
기개는 국경 수비 너끈하겠고	氣足壯關防
체구는 망루(望樓)⁵⁴처럼 크고 군세네.	幹足雄樓櫓
광부는 숨은 화로 두려워하고⁵⁵	礦人懼隱爐
창고 관리 빈 장부에 꼼짝 못하지.	廥吏服虛簿
입 매섭게 수리(水利)를 진술하면서	刺口陳水利
주머니서 고을 문서 꺼내는구나.	探囊取郡譜
명사를 좇아서 노닐었지만	多從名士游
명사인들 가난을 어이 도울까.	名士貧何補
다만 마음이 강개해서니	只緣心慷慨
구부리고 우러름을 잘하질 못해.	不能善俯仰
사람마다 그 누가 그댈 아끼리	人人誰憐汝
술 취하면 꽥꽥 토하여 대니.	醉酒喀喀吐
협객의 소굴에 이름 전하고	俠藪傳名姓
청루에선 노래와 춤 멋들어졌네.	青樓弄歌舞
차고 덥기 잠깐 사이 달린 것이요	凉燠在須臾
천금도 흩어졌다 모이곤 하지.	千金手散聚
사람 사귐 서른 해나 되었지마는	交人三十載

---

54. **망루**　원문은 누노(樓櫓). 고대 군대에서 적을 망보는 지붕 없는 누대로, 땅이나 수레·배 위에
설치한 망루이다.
55. **광부는~두려워하고**　전거가 분명치 않음. 일이 많아지는 것을 성가시게 여긴다는 의미로 쓴
듯하다.

우뚝이 허락함 많지 않았네.　　落落少眉宇

지난날 향리의 젊은 사람들　　昨日鄕里兒

벼슬길에 걸음을 내딛었는데,　　風雲隨步武

이제 그대 혼자서 무엇하다가　　今君獨何爲

영락하여 지는 깃[56]을 슬퍼하는가.　　飄零悲落羽

애꿎게 해묵은 석벽(石癖)[57]만 남아　　空餘舊石癖

굶주림 속에서도 어루만지네.　　雖飢亦摩撫

무단히 경륜을 품고 있어서　　無端抱經綸

농사도 장사 일도 문제없다네.　　農可賈則賈

이 사람 비록 우습다 해도　　此公雖可笑

그 속에 또한 취할 바 있네.　　其中亦有取

남에게 속음은 열 배나 되도　　欺於人十倍

남 속임은 요만큼도 하지 않았지.　　不欺人毫縷

녹녹함 어이해 개 닭 같으랴　　錄錄何鷄狗

반반함 무소나 범인 듯해라.　　斑斑猶兕虎

남방이라 일천 리 머나먼 길에　　南方一千里

떠나가 영부(營府)에 머문다 하네.　　去去客營府

수죽(脩竹)의 고장에 봄 돌아오면　　春生脩竹鄕

왜(倭) 지키는 수영에 꽃이 피겠지.　　花發番倭墅

근심 일어 동해 바다 바라다 보면　　憂來望東海

가슴속 한바탕 시원해지리.　　胸次一爲歈

파도 위로 붉은 해가 솟아오르고　　波濤出紅日

물가 나무 외론 섬에 가물거리리.　　水樹迷孤嶼

---

56. **영락하여 지는 깃**　새의 깃이 떨어진 것으로, 실의(失意)함을 비유한다.
57. **석벽**　수석에 대한 벽. 백동수가 돌을 수집하는 벽이 있었다는 뜻으로 말했다.

다락배에 앉아서 군사 살피다	樓船坐觀兵
흥 일면 혼자서 북채를 잡네.	興發自檣鼓
장부가 안 나가면 그뿐이지만	丈夫不出已
나가면 주장함을 보여야 하리.	出亦觀所主
공 이룸을 남들이야 모르겠지만	功成人不知
바른 뜻은 홍곡(鴻鵠)이 솟음 같으리.[58]	矯如鴻鵠擧

세검정 물가에서 석파[59]가 그림 그리던 곳에 걸터앉아

洗劍亭水上 余結趺石坡草畫處

성곽을 이삼 리쯤 벗어 나오니	出郭二三里
가슴속에 거칠게 시상(詩想)이 있네.	胸中略有詩
어여뻐라 사물의 자태 참되어	可憐眞物態
예전의 곱고 추함 따르지 않네.	不襲古妍媸
작은 벼루 물소리 스치더니만	小硏泉聲歷
벗은 신엔 국화 그림자 언뜻 비친다.	空鞋菊影窺
뒷사람 이상타 여기겠지만	後人應見異

---

58. 홍곡이 솟음 같으리　『사기』「유후세가」(留侯世家)에 "홍곡이 높이 나니 한 번 솟아 천리를 간다"고 했다. 앞길이 창창함을 가리킨다.

59. 석파　김용행(金龍行, 1753~1778). 자는 순필(舜弼)이고, 호는 석파도인(石坡道人)·파황거사(破簧居士)·육불암(六佛菴)·포도인(泡道人)이다. 김윤겸(金允謙, 1711~1775)의 차남이며, 노가재(老稼齋) 김창업(金昌業)의 손자이다. 윤겸은 자가 극양(克讓)이고 호는 신재(眞宰)로 김창업의 서자인데, 이 시기의 유명한 서화가이다.

이 순간은 참으로 이와 같았네.　　　　　　　　　　此刻正如斯

북한산에서 北漢

산천을 응접함은 바쁠 것이 없느니　　　　　　山川應接不須忙
곳마다 여유로워 온갖 일을 잊는다.　　　　　　到處翛然萬事忘
물 흐르는 냇가가 그중 가장 호젓하여　　　　流水之邊最蕭瑟
옛사람도 여기에서 서성이곤 했었지.　　　　古人於此定彷徨
단풍 숲은 서리에 온통 모두 잠겨 있고　　　　楓林徹底塡霜暈
선비는 온몸 가득 술 향기에 젖었구나.　　　　名士通身貯酒香
앞서 가던 그대 어이 날 보며 가리키나　　　　前去伊何看我指
저 하늘 아스라이 석양빛에 물드네.　　　　　諸天縹緲入斜陽

문수문을 넘어 踰文殊門

나그네 아득히 구름 사이 들어가니　　　　　　遙遙行李入雲間
구불구불 험한 길을 더위잡고 올라가네.　　　鳥道縈紆摠是攀
지는 해에 안개는 현도국(懸度國)[60]서 생겨나고　　落日烟生懸度國
가을바람 나그네는 철위산(鐵圍山)[61]에 있구나.　　秋風客在鐵圍山
서리 내린 숲 사이로 선방이 언뜻 뵈고　　　　禪房掩映霜千樹

물굽이엔 뿔피리 소리만 아득하다.　　　　畫角蒼茫水一灣
때가 맑아 공연히 험한 길도 기뻐하니　　　且喜時淸空險阻
성가퀴는 구름 사이 아스라이 기댔구나.　　女城高倚片雲開

부왕사[62]에서 밤에 이유동을 만나 두보 시에 차운하다

扶旺寺 夜逢李〔儒東〕次杜

곧추서자 하늘 바람 흰 난간에 닥쳐오고　　拱立天風逼素欄
석문은 아주 맑아 밤에 여울 불어오네.　　　石門淸絶夜吹湍
안개 서리 아득하여 수은을 머금은 듯　　　烟霜逈似涵銀汞
잣나무 우뚝하여 돛대와 맞잡이라.　　　　檜柏高應敵颿竿
사찰[63]은 아득히 등불 밝게 비추고　　　　初地依依燈照白
시월이라 나뭇잎은 점차 붉게 물든다.　　　孟冬歷歷葉渝丹

60. 현도국　지금의 아프가니스탄 동부 지방에 있는 나라인데, 산골짜기가 너무 험하여 밧줄을 걸
고 건너간다고 해서 현도(懸渡) 또는 현도(縣度)라고 한다. 여기서는 깊은 골짜기에서 안개가 일어
난다는 의미이다.

61. 철위산　불교의 세계관에서, 세계의 가장 끝에 있다고 하는 산이다. 철륜위산(鐵輪圍山) 또는
금강산(金剛山), 금강위산(金剛圍山)이라고도 한다. 불교 세계관에 따르면, 세상의 한가운데에는
수미산이 있고, 9개의 산과 8개의 바다가 이 수미산을 둘러싸고 있다. 이를 구산팔해(九山八海)라
하는데, 이 중 가장 바깥쪽에 있는 산을 이르는 말이다. 이 산은 철분이 많아서 햇빛을 받으면 붉
게 보인다고 한다. 산 바깥쪽은 우주의 끝으로 어둡고 캄캄하며 무서운 암흑이 펼쳐진다. 미륵보
살이 아난과 함께 이 산에서 대승경전을 결집했다고 한다. 아주 멀다는 의미로 쓰였다.

62. 부왕사　북한산에 있는 사찰이다.

63. 사찰　원문은 초지(初地). 보살(菩薩)이 불과(佛果)에 이르는 52단계 중 십지(十地)의 첫 단계
로서 희환지(喜歡地)를 가리키는데, 여기에서는 사찰을 말한다.

그대를 만나서 너무나도 기쁘거니 　　　　　逢君不作尋常喜

좋은 벗과 이름난 산 함께 보긴 어려운 법. 　佳友名山湊合難

백운대[64] 꼭대기에 오르며 3수 登白雲臺絶頂 三首

1

삼봉(三峯)[65]에 아침 해가 붉은빛을 쏘아 대니 　　三峯初日射微頳

천 길 절벽 한칼로 쪼개어 이뤄진 듯. 　　　　千仞都將一劈成

새 짐승 모두 다 종경 소리 머금었고 　　　　鳥獸俱含鐘磬響

구름 노을 언제나 금석(金石) 정기 드러내네. 　雲霞常現石金精

사람들 내 머리 밟듯 뒤꿈치만 보이니[66] 　　人方履頂吾看趾

우러르면 혹 달린 듯[67] 굽어보매 아찔해라. 　仰似懸疣俯眩晴

높은 곳은 아득히 먼 형세뿐일러니 　　　　高處茫茫惟遠勢

희고 푸른 빛이 얽혀 손가락 끝 걸려 있네. 　縈靑繚白指端橫

64. **백운대**　북한산의 최고봉.

65. **삼봉**　북한산의 백운대와 인수봉, 만경대가 삐죽이 고개를 내밀고 있어 예부터 삼각산이라고 불렸다.

66. **사람들~보이니**　마제백(馬第伯)의 『봉선의기』(封禪儀記)에 "뒷사람은 앞사람의 뒤꿈치만 보이고, 앞사람은 뒷사람의 이마만 보인다"(後人見前人履底, 前人見後人頂.)고 한 것이 있다.

67. **혹 달린 듯**　현우(懸疣)는 군살이나 혹을 말한다. 『장자』(莊子) 「대종사」(大宗師) "그들은 삶을 군살이나 혹이 달라붙고 매달린 것처럼 생각한다"(彼以生爲附贅懸疣)에 보인다. 사람이 매달려 있는 듯한 모습을 형용한 것이다.

2

땅과 물 다 아득해 마침내 끝이 나고　　　　地水俱纖竟是涯
하늘에 덮인 곳 그 경계 실낱같네.　　　　　圓蒼所覆界如絲
뜬 인생 부질없다 좁쌀만도 못하거니　　　　浮生不翅微於粟
앉아서 산 마르고 돌 썩을 때 생각하네.[68]　坐念山枯石爛時

3

바위 있어 기전(畿甸)[69]들에 우뚝 솟으니　　　有石超畿甸
아득히 경계가 원만하구나.　　　　　　　　遅哉眺幅圓
가뭄이라 기우제 올릴 생각뿐이요　　　　　荒思民奠日
주름은 물 줄어든 흔적일러라.　　　　　　　皴是水疎痕
먼 숲은 형상 따라 옅어져 가고　　　　　　遠樹形因淡
깊은 골 바닥은 어둑어둑해.　　　　　　　　深崖底欲昏
배고픈 중 때때로 혼자 보는 곳　　　　　　飢僧時獨望
연기 이는 저곳에 밥이 있으리.　　　　　　烟處飯應存

---

68. 땅과 물~생각하네　『정유각전서』에는 이 두 번째 수가 빠져 있다. 한국은행 소장 『정유각초집』에 따라 수록한다.
69. 기전　한양 주변의 교외를 가리킨다. 기(畿)는 도성에서 사방 100리 이내의 땅을 말한다.

석파도인[70]과 남한산성의 개원사[71]에서 만나기로 약속하고, 나는 엄고개[72]의 선친 묘소에 들렀다가 저물녘에 도착했다

期石坡道人于南漢開元寺 余歷崦峴丙舍暮至

내가 늦어 마땅히 기다렸으리	我遲應見待
이곳에서 오래전에 기약했었네.	此地久期君
석양빛 소나무 끝 여태 남았고	返照猶松頂
여린 안개 절 문을 반쯤 가렸네.	輕烟半寺門
발소리 듣고서 왔음을 아니	辨跫先認至
문밖서도 안에 있음 알아보았지.	隔戶也知存
마음 통함 오늘이 처음 아니니	相契非今日
불경 상자 마주하여 말이 없구나.	經函對不言

70. 석파도인 김용행(金龍行, 1753~1778)의 호. 이 책 상권 86쪽 각주 59번 참조.

71. 개원사 남한산성에 있던 아홉 사찰의 하나로, 남한산성 승군을 지휘하는 남한총섭이 머물던 곳이다. 1907년 일제가 남한산성의 주요 시설을 폭파할 때 함께 없어졌다가 근래 복원되었다. 홍경모(洪敬謨)가 지은 『중정남한지』(重訂南漢志)에 기록이 자세하고, 임상원(任相元)의 『염헌집』(恬軒集)에도 관련 설화와 함께 시문이 실려 있다.

72. 엄고개 지금의 경기도 광주시 중부면 엄미리 초입의 은고개 일대를 가리키는 것으로 보인다. 엄미리는 엄고개(지금의 은고개)와 미라울이 합쳐져 만들어진 지명인데, 미라울은 옛날 밀양 박씨들이 묘소를 많이 썼던 때문에 생긴 이름이라고 한다. 이곳에 박제가의 부친 박평(朴坪)의 묘소가 있었고, 그 자신 또한 여기에 묻힌 것으로 족보에 전한다. 하지만 아직 박제가 묘소의 위치는 확인되지 않았다.

남한산성에서 석파와 함께 南漢同石坡

1

두 선비 함께 와 남한에서 시 지으니	南漢題詩二士同
가을 회포 다시금 한잔 술에 통하였네.	秋懷更與酒襟通
청음(淸陰)[73]의 그때 이후 삼나무만 늙었고	楓杉老大淸陰後
안개비 백제 땅에 스러져 잠겨 있네.	烟雨消沈百濟中
한 줄기 하늘은 못물에 비쳐 희고	一線天含池水白
반쯤 기운 햇빛 비쳐 절 문이 붉었어라.	半規日射寺門紅
옆으로 쓴 글자[74]를 그 누가 알아보리	何人解得旁行字
초록 기와 없는 집 돌무늬에 가을 깊네.	石語秋深綠瓦宮

2

부처 광배 삿갓의 그림자와 한가지라	聖佛圓光笠影同
시원스레 한 번 웃자 성령이 통하누나.	哦然一笑性靈通
높은 가을 제천(諸天) 밖서 지팡이 짚으면서	高秋杖策諸天外
지는 해에 낙엽 속을 읊조리며 길을 가네.	落日行吟積葉中
차운 산 성가퀴는 옛 푸른 속 이어지고	女堞寒山連古翠
늘어선 승영(僧營)[75] 깃발 붉은빛이 반짝인다.	僧營列幟閃殷紅
슬프다 온조(溫祚) 사당[76] 앞에 선 잣나무는	可憐溫祚祠前栢
여태 홀로 푸르러 옛 궁궐을 향해 섰네.	猶自靑靑向舊宮

---

73. 청음 병자호란 당시 척화파의 거두였던 김상헌(金尙憲, 1570~1652)의 호이다. 김용행의 5대 조이다. 남한산성에는 삼학사의 위패를 모신 현절사(顯節祠)가 있는데, 1711년 세 사람 외에 김상헌과 정온(鄭蘊, 1569~1641)이 추가로 배향되었다.

74. 옆으로 쓴 글자 가로로 쓴 청나라 글자를 가리킨다.

75. 승영 당시 산성의 수축과 수비를 담당하던 승군(僧軍)들의 군영.

동림사[77]에서 돌아오는 길에 東林寺歸路

스님에게 술 찾음은 군지(軍持)[78]를 믿어서니	從僧覓酒信軍持
술 취해 무료하면 필히 시를 지으리.	酣醉無聊必有詩
작은 구멍 흐르는 샘 또랑또랑 울리고	小竇流泉鳴甚慧
등걸엔 새 한 마리 멍청하니 앉아 있네.	橫槎孤鳥坐如癡
흩어졌다 모였다 흰 구름 날 따르니	白雲舒卷長隨我
단풍에 배회하며 누군가를 그리는 듯.	紅葉徘徊欲戀誰
때마침 저물녘에 함께 가는 동행 없어	正是夕陽無伴侶
찬 산 굽이마다 한참을 서 있었네.	寒山萬皺立移時

법화암[79] 法華庵

불탑은 아득해라 부처의 집일러니	浮圖縹緲梵王宮

---

76. **온조 사당**　1636년 청군을 피해 농성할 때 김상헌의 건의에 따라 온조에게 제사를 지냈고, 1639년에 사당을 세우고 백제시조묘라 했다. 온조의 사당인 숭렬전(崇烈殿)의 건립 경위에 대해서는 이희목, 「우리나라 역대 시조의 祀典에 대한 연구」(『인문과학』 31, 성균관대 인문과학연구소, 2001.) 참조.
77. **동림사**　남한산성 아홉 승군 사찰의 하나로 동쪽 벌봉 아래 있었는데, 봉암외성을 방비하던 승군의 숙소였다. 지금은 터만 남아 있다.
78. **군지**　범어의 음차로, 승려가 외유할 때 맑은 물을 담아서 마시기도 하고 손도 씻던 그릇이다.
79. **법화암**　남한산성 동쪽 봉암외성 밖에 있던 절이다. 병자호란과 관련한 연기 설화가 전해진다. 통일신라 말에 세워진 사찰로 추정하는 견해도 있다. 지금은 터만 남아 있다. 이 시에 대해 이조원은 '청아탈속'(淸雅脫俗)이라 평했다.

푸른 숲서 처마 끝 풍경 소리 들려온다.　　　簷馬丁當積翠中
천 권의 패엽경이 꽃비 되어 흩어지고　　　貝葉千卷散花雨
찻물이 한 번 끓자 솔바람 소리 나네.　　　茶聲一沸悟松風
가는 새 저 멀리 몇 점 남지 않았는데　　　歸禽入遠無多點
허공을 가득 채워 지는 해 온통 붉네.　　　落日盈空摠是紅
오래 앉아 구름이 무릎 감쌈 몰랐더니　　　坐久不知雲繞膝
반쯤 묻힌 이끼 낀 돌 몇 그루 단풍나무.　　半根苔石數株楓

9월 9일 重陽

중양절 돌아오니 서글픔을 어찌하나　　　重陽節返悵何如
단풍은 곱지 않고 국화도 안 피었네.　　　楓樹無妍菊未舒
등고의 옛 풍속을 다시금 해 보나니　　　舊俗登高聊復爾
그때에 모자 떨궈 모두 함께 웃었지.[80]　　當時落帽一軒渠
서리 오는 즈음이라[81] 시 근심 아득하고　　詩愁莽渺迎霜際
빗방울 떨어지자 술자리가 조용하다.　　　酒所從容墮雨初
한 해 중에 사람들은 오직 이날 슬퍼하니　　一歲人惟悲此日
기러기는 날아오고 제비는 떠나가네.　　　鴻來作客燕辭居

---

80. 그때에~웃었지　중양절에 높은 곳에 올랐는데, 한 사람의 모자가 바람에 떨어지자, 이를 놀리는 시를 주고받으며 즐겁게 보낸 고사를 가리킨다. 그 뒤로 모자를 떨어뜨린다는 낙모(落帽)는 중양절을 나타내는 전고가 되었다. 『진서』(晉書) 「맹희전」(孟嘉傳)에 보인다.
81. 서리 오는 즈음이라　원문은 영상제(迎霜際). 중양절 전후에 사람들을 초청하여 술자리를 베풀던 풍속이다. 『일하구문고』(日下舊聞考)에 보인다.

달여울 잡절 4수 月瀨雜絶 四首

1

'붉다'는 하나의 글자 가지고　　　　　毋將一紅字
온갖 꽃 통틀어 말하지 마라.　　　　　泛稱滿眼華
꽃술엔 많고 적음 차이 있으니　　　　　華鬚有多少
세심하게 하나하나 보아야 하리.　　　　細心一看過

2

강둑의 빛깔은 깊고 얕으니　　　　　　坡坨色深淺
초록 풀 바람결에 무리지누나.　　　　　綠草風以暈
앵두를 문 한 마리 새가 있어서　　　　獨有含櫻鳥
때로 와서 붉은 부리 닦고 가누나.　　　時來刷紅吻

3

물고기 또렷하게 모이었길래　　　　　了了魚相聚
내 가만히 숨죽여 그냥 있었지.　　　　寥寥人屛息
갑자기 웃음을 터뜨리노니　　　　　　啞然忽發笑
광대뼈 지척에 비치었구나.[82]　　　　顴影寫咫尺

4

쾌활하고 덩치 큰 머슴 녀석이　　　　快活昆侖奴
발꿈치로 푸르른 진흙을 밟네.　　　　青泥蹋赤踵

---

82. **광대뼈 지척에 비치었구나**　　수면에 얼굴을 대고서 물고기를 보다가 거기 비친 자기 얼굴을 보고 한바탕 웃었다는 뜻이다.

허리 낫은 달빛과 밝음 다툴 듯 　　要鎌明賽月
점심밥은 무덤보다 높이 솟았다. 　　午飯高於塚

화개동에서 혜풍의 시에 차운하다 3수 花開洞 次惠風 三首

1

복사꽃 피는 땅에 물은 흐르고 　　流水桃花地
편석촌(片石村)엔 외론 구름 흘러가누나. 　　孤雲片石村
뜻 높은 선비 원래 쌀쌀맞은 법 　　高人元似冷
좋은 술은 굳이 데울 필요가 없네. 　　名酒不須溫
거문고 타는 그림자 나무 흔들고 　　樹拂彈琴影
벼루 씻은 자취엔 이끼가 깊다. 　　苔深洗硯痕
열 번을 놀았어도 이번만 못해 　　十游無此適
마주 앉아 황혼까지 이르렀다네. 　　偶坐遂黃昏

2

주인은 아직도 기억할는지 　　主人曾記否
손꼽아 전에 온 일 헤아리누나. 　　屈指數前尋
봄날도 이제 장차 다 가려 하고 　　春序將歸閏
꽃철도 반 너머 지나갔다오. 　　花辰半入陰
서글피 나무에 기대 읊으니 　　倚吟惆悵樹
어여쁜 날새들 모여드누나. 　　飛集可憐禽
저물녘에 쓸쓸히 음악 소리만 　　日暮空絲管

여기저기 누대에서 소리가 나네.　　　　　　樓臺處處音

3

알겠네 올봄엔 비가 많아서　　　　　　　　可識今春雨
이 정원 다만 겨우 한 번 찾았네.　　　　　　玆園只一尋
가로 뻗은 가지의 꽃 가장 하얗고　　　　　　橫枝花最白
잎이 나서 나무 능히 그늘 이뤘네.　　　　　　成葉樹能陰
빈 들창 나비의 통로가 되고　　　　　　　　虛牖通歸蝶
굽은 난간 어린 새들 쉼터 되었지.　　　　　　迴欄憩騺禽
뉘 능히 한마디에 깨달으리오　　　　　　　誰能言下悟
그윽한 경계가 당음(唐音)과 같네.　　　　　幽境似唐音

갓 개어. 감재[83]의 시에 차운하다 新晴 次繁齋

산기슭 모두 다 밝고 빛나니　　　　　　　　山麓皆明膩
날 개자 햇빛은 배나 밝구나.　　　　　　　新晴倍日光
아지랑이 물결 위로 피어오르고　　　　　　遊絲勻水纈
꽃비에 진흙은 향기 머금네.　　　　　　　紅雨合泥香
낟알에 벌레 나옴 의논을 하고　　　　　　粒有蟲來議
둥지 보며 제비는 가늠하누나.　　　　　　巢看燕自量
기쁘게 사물의 변화를 보니　　　　　　　怡然觀物化

83. **감재**　호인 듯하나 누구인지 알 수 없다.

바쁜 봄 어이해 애석타 하리.　　　　　　何用惜春忙

이희경[84]의 십삼재에서 빗소리를 듣다가 李十三齋中 聽雨

나뭇잎 크다고 싫다 않으며　　　　　　樹葉不嫌大
빗발이 거친 것도 마다 않누나.　　　　雨脚不嫌麤
거센 바람 한바탕 회오리치자　　　　　長風一回旋
온갖 소리 어지러이 차례로 이네.　　　萬籟肆迭趨
때마침 황혼 빛 맞이하여서　　　　　　正値黃昏色
창문에 수묵 빛이 젖어드누나.　　　　　牕櫳水墨濡
출렁이는 이곳은 그 어디멘가　　　　　泓渟此何境
마주하매 마치도 강호인 듯해.　　　　　相對如江湖
가만히 정신이 떠나가서는　　　　　　兀兀將神去
아득히 물풀 속을 들어가노라.　　　　遙遙入菰蒲

---

84. **이희경(李喜經)**　1745~?. 자는 십삼(十三)·성위(聖緯)·사천(麝泉)이고, 호는 설수(雪岫)·윤암(綸菴)·광명거사(廣明居士)이며, 본관은 양성(陽城)이다.

홍대용의 모정에서 원운에 차운하다 2수

洪湛軒〔大容〕茅亭 次原韻 二首

1

단정하게 동산 나무 손질을 하고	端正治園木
정갈하게 띳집 정자 엮어 지었네.	蕭閒結草廬
길지 않은[85] 가을 길은 가느다란데	數弓秋徑細
삿갓 같은 한낮 처마 텅 비었구나.	一笠午簷虛
물 긷는 소리 때로 집을 울리고	汲綆時鳴院
원추리는 섬돌 가에 흔들리누나.	風萱自美除
초은(招隱)의 곡조[86]는 듣지도 않고	未聞招隱操
부질없이 혜강의 절교서(絕交書)[87] 짓네.	空著絕交書
드넓은 중원을 갔다 오고선	身入中原闊
마음은 세속과 소원했다오.	心於世俗疎
바람은 지기 만나 죽는 것일 뿐	願逢知己死
모든 사람 기림은 받지 않으리.	不受每人譽
갈옷 입고 웅크려 잠을 자고서	偃蹇眠被褐
즐거이 나물 밥 마주하였지.	婆娑飯帶蔬
장한 회포 하늘 끝에 닿을 듯하고	壯懷天際薄
기이한 뜻 집 속에서 뿜어 나오네.	奇氣屋中噓
손님 가면 서둘러 대문을 닫고	客去關門早
시 짓고는 지팡이 짚고 서성거리지.	詩成倚杖徐

---

85. **길지 않은**　원문은 수궁(數弓). 활 쏘는 거리의 두 배 되는 거리이다.
86. **초은의 곡조**　은자를 부르는 노래로, 굴원(屈原)의 『초사』(楚辭) 가운데 한 작품이다.
87. **혜강의 절교서**　혜강(慧康)이 산거원(山巨源)에게 보낸 절교서를 두고 하는 말이다.

| 서글피 올해도 저물어 가니 | 棲棲今歲暮 |
| 그 누가 취미가 이와 같으리. | 臭味孰同予 |

2

동산은 들빛에 덧보태지고	爲園添野色
울타리 만든 법식 시골집 같네.	籬法似鄉廬
띠 지붕 밑둥마다 깨끗도 하고	茅蓋根根潔
난간 문은 사방이 텅 비었구나.	欄排面面虛
나무 그늘 궤장을 나누더니만	樹陰分几杖
샘물이 뜨락 가를 차지하였네.	泉脉占庭除
여주 항주 선비를 한 번 만나곤[88]	一遇餘杭士
언제나 수리의 책을 본다네.	常觀數理書
멀리 놀아 세속 좁음 잊어버리고	遠遊忘俗隘
벗 사귐에 성근 교제 드물었다네.	尚友罕交疎
집은 실로 법도 있고 가지런하며	家有眞經濟
몸엔 기리고 헐뜯는 망령됨 없네.	身無妄毁譽
취향(醉鄉)은 흰머리를 받아 주나니	醉鄉容素髮
고기반찬 찬 나물로 대신하누나.	肉食代寒蔬
권세를 누리기에 충분했지만[89]	熱手堪羞炙
벼슬길엔 기대려 하지 않았네.	青雲不藉嘘
차 향기가 고요히 불어 가더니	茶香吹去靜
거문고 소리 둥둥 더디 오누나.	琴韻泛來徐

---

88. **여주 항주~만나곤** 홍대용이 중국에 연행 가서 강남의 선비인 엄성과 반정균 등을 만나 일생에 우정을 나눈 일을 말한다.

89. **권세를 누리기에 충분했지만** 원문의 열수(熱手)는 손을 덥혀 뜨겁게 하는 것이니, 권세가 대단히 성대한 것을 비유해서 하는 말이다.

한 해 마침 애오라지 이와 같거니　　　　　卒歲聊如是

노닒에 나를 감히 업신여기랴.[90]　　　　　　優遊敢侮予

자형 임은수가 이인역승이 되어 떠나며 시를 청하다

任恩叟姊兄利仁驛丞 臨行請詩

일 없어 낮잠 한숨 청하기에 알맞은데　　　無事眞堪睡一遭

역참에서 가을 죽순 관청 술로 함께하네.　　驛亭秋筍伴官醪

서산의 맑은 기운 아침마다 다르거니[91]　　西山爽氣朝朝別

고향 시름 젖는 것만 마조(馬曹)[92]와 비슷해라.　只是鄕愁似馬曹

---

90. **동산은~업신여기랴**　　『담헌서』(湛軒書)에는 홍대용의 「제시원운」(題詩原韻)에 차운한 이정
호·이덕무·박제가·유득공·손유의·이송·김재행의 시가 실려 있다. 두 수 중 제2수는 『초정전서』
에 빠졌는데 한국은행본 『정유각초집』에는 실려 있다.

91. **서산의~다르거니**　　진(晉)나라 때, 왕휘지(王徽之)가 환충(桓沖)의 기병참군(騎兵參軍)이 되었
을 때 직무에 전혀 마음을 쓰지 않던 관계로, 환충이 그에게 묻기를 "경(卿)이 어느 조(曹)에 근
무하는가?" 하자, 대답하기를 "마조(馬曹)인 듯하다" 하므로, 다시 "말을 몇 마리나 관장하는가?"
하니, 대답하기를 "말도 모르는데 말의 숫자를 어떻게 알겠는가?" 하였고, 또 환충이 그에게 부(府)
에 근무한 시 오래이니 의당 직무를 잘 수행하리라는 물음에 대해서는 아예 대답도 않다가 한참 뒤
에야 산을 쳐다보면서 수판(手版)으로 턱을 괴고 "서산(西山)이 아침에는 상쾌한 기운이 있다"는
엉뚱한 말을 했다고 한다. 『진서』(晉書)에 보인다.

92. **마조**　　왕휘지의 별칭이다. 마조는 말을 관장하는 관청으로, 임은수가 이인역승으로 역마를 관
장하기 때문에 한 말이다.

이희경을 방문하다 訪李十三

긴 여름 덤불이 온 땅 가득 푸른데	長夏蓬蒿滿地青
한 벗이 찾아와서 정자에서 얘기하네.	一朋時到話孤亭
창포 잎에 앉은 잠자리 허리가 알록달록	菖蒲葉脊蜻腰纈
패랭이꽃 곁의 나비 분가루가 떨어지네.	石竹花邊蝶粉零
사물 변화 영롱함을 자세히 관찰하다	物化玲瓏歸細玩
재잘대는 새 울음을 한가로이 듣노라.	禽鳴瑣碎入閒聽
취향(醉鄉)의 해와 달은 당당히 지나가니	醉鄉日月堂堂逝
평씨(萍氏)[93]의 은미한 뜻 그 누가 알리오.	微意誰知掌酒萍

진재 김윤겸[94]의 북방 유람을 전송하며 4수

送金眞宰〔允謙〕北遊 四首

1

느릅나무 이른 가을 북쪽 하늘 맑은데	黃楡秋早塞天淸

93. 평씨   원문의 장주평(掌酒萍)은 술을 감독하는 관리인 평씨(萍氏)를 말한다. 『주례』(周禮) 「추관」(秋官)에 "평씨는 술을 기찰(幾察)하고 조심시키는 일을 관장한다"(萍氏掌國之水禁幾酒)라 했는데, 주석에 "술을 기찰한다는 것은 술 매매가 지나치게 많은 것과 시기가 아닌 것을 기찰하는 것이고, 조심시킨다는 것은 백성에게 씀씀이를 절약해서 항시 마시지 못하게 함이다"라고 기록했다.
94. 김윤겸   1711~1775. 조선 시대의 화가로 본관은 안동이고, 자는 극양(克讓)이며, 호는 진재(眞宰)·산초(山樵)·묵초(默樵)이다. 척화 대신 김상헌(金尙憲)의 현손이며, 김수항(金壽恒)의 넷째 아들 창업(昌業)의 서자로 태어났다.

말갈 땅에 석양빛 가벼이 물들리라.　　靺羯斜陽著色輕
초본 그림 꿈틀꿈틀 격문(檄文)을 쓴 듯하여　　艸畫淋漓如草檄
우수수 종잇장서 변방 소리 들려오네.　　颼颼紙面作邊聲

2

먼 길의 해와 달에 멋대로 읊조리며　　長程日月縱吟間
서수라(西水羅)[95] 끝에서 길 다하면 돌아오소.　　西水羅邊地盡還
울창하게 선왕께서 일어나신 고장이라[96]　　鬱鬱先王豊沛邑
아득한 동해의 조종(祖宗) 되는 산이로다.　　魂魂左海祖宗山

3

객지 생활 오래라도 새로운 견문 기뻐하니　　還憐客久見聞新
바닷가라 오랑캐의 풍속과도 가깝구나.　　臨海邊胡俗共親
날렵한 차림으로 말달리는 아가씨들　　縹緲輕裝馳馬女
재빠른 자맥질로 고기 잡는 백성일세.　　翩佪水技刺魚民

4

숙신(肅愼)[97]의 남은 터에 옛날 조상하는 노래　　肅愼遺墟弔古歌

---

95. 서수라　함경도에 있는 땅 이름이다.
96. 울창하게~고장이라　원문의 풍패(豊沛)는 왕조의 본향을 뜻하는 말이다. 즉, '풍패'란 한(漢)나라 고조 유방의 출생지 풍현(豊縣)과 성장지 패현(沛縣)을 아울러 지칭하는 용어이다.
97. 숙신　고조선 시대 만주 북동 방면에서 수렵 생활을 했다. 숙신이라는 호칭은 중국의 『국어』·『사어』(史語) 및 그밖의 고전에서 볼 수 있고, 특히 『국어』의 숙신공시(肅愼貢矢)는 전설로도 유명하여, 성천자(聖天子)의 출현과 그들의 입조공헌(入朝貢獻)을 결부시켜 설명하기도 한다. 중국의 『사기』에는 식신(息愼)·직신(稷愼) 등으로 기록되어 있다. 고구려 서천왕(西川王) 때 일부가 고구려에 복속되었으며, 398년(광개토대왕 8) 완전히 병합되었다. 뒤에 일어난 읍루·말갈 종족이 숙신의 후예로 추측되기도 한다. 한편, 당나라 때는 선진 시대의 북동 방면 거주 민족의 총칭으로 쓰였다.

큰 강이 동쪽으로 흐르니 그 뜻이 어떠한가.　　　大江東去意如何
말채찍 한가로이 모래밭 파헤치면　　　　　　　閑將馬箠挑沙磧
즐비한 돌화살촉 많이도 줍겠구나.　　　　　　　愛拾珊珊石鏃多

홍대용·박지원·이덕무 등과 함께 승가사[98]에 올랐다. 이덕무가 먼저 돌아가기에 가는 길에 보통정에서 만나기로 약속했다. 북한산을 거쳐 조계에서 놀다가 다시 서상수와 이덕무를 만나 묵으며 기행시를 지었다. 同湛軒燕巖炯菴登僧伽寺 炯菴先歸 約以歸路會普通亭 而歷北漢遊曹溪 再合觀軒炯菴 宿紀行之什

태곳적 이래로 북한산이 열렸으니　　　　　　　太古以來開北漢
울창한 숲 큰 바위 모두가 웅장하다.　　　　　　穹林鉅石相雄長
연암 선생 구름 신발 날 듯이 오르시고　　　　　燕巖先生飛雲履
담헌 선생 청려장을 짚고서 따르시네.　　　　　湛軒夫子青藜杖
좋은 가을 때마침 어르신들 노니시니　　　　　　高秋正值長者遊
집에 말도 하지 않고 듣자마자 떠났지.　　　　　我不辭家聞卽往
탕춘대 옆으로는 물결이 구불구불　　　　　　　蕩春臺畔水逶迤
승가사 꼭대기엔 저녁볕이 명랑하다.　　　　　　僧伽寺末斜陽朗
들쭉날쭉 숲길은 앞선 벗을 숨기고　　　　　　　樵路參差隱前侶
숲 저편 대답 소리 빈산에 울리누나.　　　　　　隔林唯諾空山響

---

98. 승가사　북한산 비봉 동쪽에 있다. 경덕왕 15년(756), 낭적사의 승려 수태(秀台)가 창건하고, 당나라 고종 때 경복사(景福寺)에서 대중을 가르쳤던 승가(僧伽)를 기리는 뜻에서 승가사라 이름 지었다.

무너진 돌 이리저리 계단처럼 끼고 가니	縱橫崩石夾如陸
여왕(麗王)이 달리던 길 어렴풋이 생각난다.[99]	麗王馳道依俙想
서남쪽엔 물과 뭍이 함께 나뉘어 열려 있어	西南水陸俱分披
통쾌해라 암자 올라 앞쪽을 바라보네.	快哉始登菴前望
목멱산[100] 꼭대기엔 반달이 솟아오르고	木覓山尖出半眉
어여뻐라 성읍엔 밥 짓는 연기 자욱하다.	可憐城邑人烟漲
반짝반짝 큰 별이 동방에 걸렸는데	煌煌大星懸東方
나뭇잎이 날아들고 물결 소리 노래하네.	木葉飛入潮音唱
쟁글대는 풍경 소리 마애불(磨崖佛)[101]을 지키고	郞當鈴護磨崖佛
파리한 단풍나무 수태(秀台)[102]상에 기댔구나.	憔悴楓依秀台像
스님 만나 길 묻고는 머물러 하루 묵고	逢僧問路且止宿
이튿날 옷을 걷고 층층 뫼를 넘었지.	明日褰衣踰疊嶂
이때에 아침 해는 하얗게 젖어들어	是時朝陽白欲漬
서리 깊은 골짜기엔 찬 기운 가득하다.	霜深澗谷多悽愴
뜬 이내 무겁잖아 산 주름 희미한데	浮嵐不重嫩勢微
고송도 포개어져 파도 흔적 비슷하다.	古松相疊濤痕漾
창릉의 주막집은 나무 사이 숨어 있고	昌陵店屋隱樹中
이 사이의 한 굽이는 더욱 볼만하여라.	此間一曲猶堪賞
가파른 바위 문 산성으로 들어가니	崎嶇巖門入山城

99. 여왕이~생각난다 1010년 거란이 40만 대군을 이끌고 고려를 침공하자 고려 현종이 삼각산 중흥동 일대로 피난했던 일을 두고 한 말이다. 현종은 즉위 이전에 삼각산 신혈사(神穴寺)에서 승려 생활을 했다.

100. 목멱산 남산의 다른 이름이다.

101. 마애불 승가사 대웅전 뒤편으로 나 있는 108개의 계단을 올라가면 넓은 바위에 마애불 좌상이 새겨져 있다. 바위의 좌우와 위아래에 네모난 구멍이 뚫려 있어 마애불 앞에 목조 가구가 있었음을 알 수 있다.

102. 수태 승가사를 창건한 스님이다.

원각암[103] 높이 솟아 부왕사와 이웃했네.	圓覺岩嶢隣扶旺
몇 리를 숲 속 길로 들어서 가노라니	數里身入樹中行
빗방울이 후두두 나뭇잎에 떨어진다.	雨點踈踈葉聲仰
절에 닿자 비가 세져 더 나가지 못하는데	到寺雨大不得前
소 울음 잦은 곳서 벌써 두 밤 묵는구나.	數牛之鳴宿已兩
노적봉(露積峰)[104] 꼭대기는 장독을 엎어 둔 듯	露積峰頂若倒甕
산영루(山映樓)[105] 둘레에는 코끼리도 싣겠구나.	山映樓圍可載象
참으로 기위하여 마음 먼저 감복하니	信是奇偉心所服
물과 바위, 단풍 숲이 멋대로 질탕하다.	水石楓林恣跌宕
동문 비쭉 솟은 곳서 동쪽 교외 굽어보니	東門戌削瞰東郊
땅 기운 막 개어서 하늘도 맑고 넓다.	地氛初霽天晴曠
넓은 물 소슬하여 말로는 할 수 없고	泓渟蕭瑟不可言
먼 기러기 슬피 울고 국화는 갓 피었네.	遠雁流哀菊初放
뭇 산이 모인 것은 치맛주름 포개진 듯	群山聚似襞積皺
가로 걸린 큰길은 비단 필이 날리는 듯.	大道橫如匹帛颺
조계폭포[106] 그 명성이 백 년에 으뜸이라	曹溪瀑名擅百年
머잖은 곳 있다길래 방향을 돌렸다네.	距玆無多遂轉向
앞쪽으로 들지 않고 뒤로 돌아 찾아가니	不從前入還倒尋
험한 비탈 아랜지라 내려가기 어렵구나.	峻岅之下難於上

---

103. **원각암**　북한산의 중봉과 나월봉 사이의 능선에 있던 바위. 근처에 원각사와 부왕사가 있었다.
104. **노적봉**　북한산 백운대 남서쪽에 자리한 노적봉(716m)은 북한산에서 두 번째로 큰 암장이다.
105. **산영루**　태고사 계곡과 중흥사 계곡 사이 절벽 위에 자리하고 있었는데, 경치가 아름다워 조선 시대에 시회가 자주 열렸던 곳이다. 현재 누각은 화재로 소실되고 주춧돌만 남아 있다. 경기도에서 복원을 추진 중이라고 한다.
106. **조계폭포**　『신증동국여지승람』 권3 「한성부」에 "조계동은 북한산성 동문 밖에 있으며, 7층 폭포가 있다"고 되어 있다.

험한 바위 웅크려 온 골짜기 덮었는데	危石蹲蹲被全壑
장마 때면 물 기운이 자못 대단하다 하네.	聞道霖雨水頗壯
다 보자 피곤해서 골을 돌아 나오려니	覽極神疲旋出洞
검은 벼랑 다 지나자 겨우 흰 땅 보인다.	黑崖過盡纔白壤
발치에는 밤송이가 걸음마다 널렸고	履頭栗殼遍步武
볏단 사이 풀벌레는 한 길이나 솟는구나.	禾間草蟲跳尋丈
보통정 정자는 지금은 어떻는지	普通亭子今何如
주인과 약속하여 세 번을 찾았네.	主人有約曾三訪
회칠 담장 둘레로는 물소리 깊어 있고	粉墻周遭水聲深
홰나무 멀찍 서서 뜨락 그늘 드리웠지.	古槐離立庭陰敞
어언간에 만나고서 마치 마음 맞은 듯해	於焉邂逅若合契
뜻하잖게 악수하곤 그래도 경황없다.	握手非意還惝怳
형암산인(炯菴山人) 나란히 말 타고 길 나서니	炯菴山人聯騎出
더벅머리 어린 종이 새 술을 가져온다.	鬌頭小奚携新釀
쓸쓸히 집 떠난 지 사나흘이 지났건만	落落離家三四日
문득 둘러 모이니 모두들 건강하다.	忽然圓聚皆無恙
남쪽 처마 퉁소 소리 가을을 원망하고	洞簫南榮怨秋音
북쪽 집의 관솔불은 밤참을 재촉하네.	松明北院催夜餉
읊조리다 어느새 지난해를 떠올리곤	沈吟却憶前度年
올 때 모습 끝도 없이 차례로 얘기하네.	絮話各敍來時狀
진솔함을 따를 뿐 구속 따위 내던지고	惟將眞率破拘束
껄껄대며 크게 웃다 손바닥을 쳐 댔네.	大笑呵呵仍抵掌
그 누가 이 밤을 썩지 않게 할 것인가	誰令此夜久不朽
바라건대 글로 적어 벗들에게 전하리라.	願將文字傳吾黨
멍하니 일 지난 뒤 기다리지 마시게나	莫待悠悠事過後
번화도 적막도 모두 다 서글프다.	繁華寂寞俱惆悵

내가 지은 이 시도 새날이 밝고 나면　　　　　我作此詩已隔晨

진경(眞境)만은 못해도 잊기는 어려우리.　　　不如眞境終難忘

저물녘 이덕무가 왔는데 마침 비바람이 쳐서 머물게 하고 함께 자며 지었다 3수 懋官暮至 適有風雨 留之共宿 三首

1

오만하게 해 넘도록 다락에만 머물더니　　　嘯傲經年不下樓

뻗쳐 가는 가을 기운 누르기가 어려웠나.　　終難磨滅氣橫秋

책 속의 스승과 벗 얼굴 맞대 얘기하고　　　卷中師友眉相語

그림 속 산천은 누워 홀로 노닐었네.　　　畫裏山川臥自遊

다듬이 소리 막 울리자 서리도 내려오고　　一杵初鳴霜始至

온갖 벌레 함께 울자 달은 서편 흘러간다.　百蟲皆作月西流

등불 앞에 오가는 술 빠름을 염려 말게　　燈前莫怕飛觥速

명사라면 모름지기 통음(痛飮)해야 하느니.　名士須從痛飮求

2

목욕한 듯 비 지나고 달이 누각 드리우니　雨痕如沐月垂樓

오늘 밤 가만 앉아 만 리 가을 깨닫네.　　坐覺今宵萬里秋

서쪽 보고 웃는[107] 맹인 헛된 생각 많은 게고　西笑盲人多妄想

남명(南溟) 가는 붕새는 어디에서 노닐려나.　南圖鵬鳥欲何游

하늘 보니 가물가물 은하수는 어지럽고　　眺空仄仄星河亂

땅에선 우수수 낙엽이 구르누나.　　　　聆地溜溜木葉流

내 마음 깊은 근심 그대가 잘 풀어 주니 　　　　　我有幽憂君善解
두 사람 만났거늘 다시 무얼 구하리오. 　　　　　二人相得復何求

3
백 질 되는 시서를 다락 위에 건사하고 　　　　　詩書百帙庋之樓
때로 다시 글을 짓다 가을이 다 되었네. 　　　　　時復爲文以抵秋
하지만 막걸리도 도리어 예이거니 　　　　　　　濁酒雖然還是禮
이처럼 맑은 밤에 어이 노닒 없으랴. 　　　　　　淸宵如此詎無游
울타리에 이슬 져서 거미줄이 찢어지고 　　　　　籬間露重蛛絲裂
집 모롱이 등불 지고 기러기 떼 날아간다. 　　　　屋角燈虛雁字流
선비라면 평생에 뜻 맞는 이 많다 하나 　　　　　士也平生靑眼貯
원래부터 지기(知己)는 한마디로 구한다네. 　　　　元來知己一言求

청수옥에서 밤중에 앉아 짓다 6수 淸受屋夜坐 六首

1
누대 끝 아득토록 저녁 서리 흩날려 　　　　　　樓臺極目夕霜飛
우리 집 뜨락 가지 잎들 모두 떨구누나. 　　　　　使我庭柯葉邃稀

---

107. **서쪽 보고 웃는**　서소(西笑)는 서쪽을 바라보며 웃는다는 뜻이다. 한(漢)나라 환담(桓譚)의
『신론』(新論)에 "관동의 속담에 사람이 장안의 음악을 들으면 문을 나와 서쪽을 향해 웃는다"(關
東鄙語日 人聞長安樂, 則出門西向而笑.)란 말이 있는데, 장안은 관동의 서쪽에 자리 잡고 있기에
생긴 말이다.

어느새 가을 모습 화보(畫譜)와 같아지고　　頓覺秋容如畫譜
주령(酒令)이 『시귀』(詩歸)와[108] 비슷함을 기뻐하니.　還憐酒令似詩歸
비 온 뒤 벌레 울음 등불 둘레 가득하고　　蟲鳴雨後偏圍燭
추운 속에 푸른 산 빛 사립문에 배나 짙다.　山翠寒來倍映扉
청수옥(清閟屋) 작은 집의 도서를 기뻐하다　差喜圖書清小屋
한 차례 서글퍼져 새 옷을 꺼내 입네.　　　一番惆悵御新衣

2

높은 하늘 기러기는 남녘으로 모두 가고　　天高無雁不南飛
은하수 막 비끼자 바람 소리 희미하다.　　星漢初橫地籟稀
붉은 나무 가운데 그대 홀로 사노니　　　　紅樹之中君獨住
국화꽃 다 지도록 나는 뉘게 돌아갈꼬.　　黃花也盡我誰歸
홀로 가서 난간 기대 가을 산을 바라보다　憑欄自去看秋巘
발길 따라 때로 와서 밤 사립을 두드리네.　信步時來款夜扉
술 취하면 구슬퍼 자주 무릎 맞대다가　　酒後悽然頻促膝
등불 돋워 일어나 소변[109]을 보는도다.　　倩人扶燭起更衣

3

그대 집 갈 때마다 걸음걸이 날 듯해도　　每到君家步屧飛
평소에는 내 스스로 문 나섬은 드물었지.　常時吾自出門稀
국화 덤불 가운데서 등불 밝혀 얘기하다　菊花叢裏張燈話
시냇물 소리 속에 뒷짐 지고 돌아오네.　　澗水聲中負手歸

---

108. 주령이 『시귀』와　　주령은 술 자리의 규칙이다. 『시귀』는 명나라 시인 종성(鍾惺)과 담원춘(譚元春)이 함께 저술한 책으로, 일세를 풍미한 경릉파(竟陵派)의 대표적인 저술이다. 이날 술자리에서 정한 규칙이 『시귀』에 나오는 내용과 비슷하다는 뜻.

109. 소변　　원문의 갱의(更衣)는 소변보는 것을 말한다.

시서(詩書)로 부질없이 마음 나눔 기뻐하니　　　不愧詩書空契活
벗들과 사립문을 함께함만 흐뭇해라.　　　　　自憐朋友共柴扉
옛사람 바퀴 던짐 바로 지금 형국이라[110]　　古人投轄眞今是
달 지고 샛별 나도 다시 옷깃 당기누나.　　　月落參橫且挽衣

4

지는 잎에 기러기 떼 일시에 날아가니　　　　驚鴻落木一時飛
이제는 국화꽃도 다시 보기 어렵겠네.　　　　自此黃花亦復稀
등불 잡고 노는 것은 진정 까닭 있나니[111]　秉燭爲游良有以
그대 만나 안 취하곤 돌아가지 않으리라.　　逢君不醉定無歸
찬 겨울 솔바람은 빈방으로 불어오고　　　　歲寒松韻生虛室
고요한 밤 독경 소리 먼 집까지 건너가네.　夜靜經聲度遠扉
앉아서 시간 꼽다 물시계도 끝이 나니　　　坐數卽當銀漏咽
반짝이는 서릿발이 주렴 끝에 달렸구나.　　輝輝霜脚倒簾衣

5

수레와 말들로 저잣거리 먼지 나니　　　　車車馬馬市塵飛
성안을 돌아봐도 친한 벗이 드물다.　　　　回首城中朋友稀
앉아 세월 아끼다가 어느새 날 저물어　　　坐惜光陰成晼晚
등불 아래 돌아가 의지할 만하여라.　　　　可堪燈火作依歸
쓸쓸한 일 너머로 누런 국화 남아 있고　　蕭然事外餘黃菊
잎 다 진 산 앞에는 흰 사립만 비스듬.　　搖落山前偃白扉

---

110. **옛사람~형국이라**　한나라의 진준(陳遵)이 마음 맞는 손님과 술을 마실 때면 문을 닫아걸고,
손님들이 타고 온 수레바퀴를 우물 속에 던져 버려, 급한 일이 있어도 돌아가지 못하게 했다는 고
사를 가리킨다.
111. **등불 잡고~까닭 있나니**　이백의 「춘야연도리원서」(春夜宴桃李園序)에서 따왔다.

잎 무성턴 정자 언덕 온통 모두 말끔하고 萬葉亭皐都淨盡
달빛은 강물 같아 옷깃을 쉬 적시네. 月如流水易沾衣

6

바람 자니 연기는 해맑게 혼자 날고 風靜香烟淡自飛
바로 앉아 눈 감으니 속된 인연 드물구나. 端居瞑目俗緣稀
가을 소리 태반은 시 가운데 들어오고 秋聲太半詩中入
밤빛은 뜬금없이 술 속으로 돌아간다. 夜色無端酒裏歸
가물대는 푸른 불빛 작은 집을 밝히었고 脈脈靑燈含小屋
흩날리는 찬 잎은 빈 사립에 몰려오네. 蹌蹌寒葉赴虛扉
이따금 개 한 마리 표범처럼 짖어 대고 有時一犬鳴如豹
가지 끝의 별빛은 다투어 옷에 진다. 樹杪星光競滴衣

다시 차운하여 청수옥에 부치다 6수 再次寄清受屋 六首

1

성근 울엔 서리 끼고 이슬은 날리는데 霜集疎籬露碎飛
산뽕나무 잎 다 지고 가을벌레 스러졌네. 山桑隕盡候蟲稀
가을 겨울 어름이라 뜻 다잡기 어려우니 最難爲意秋冬際
장차 마음 맞는 벗과 같이 돌아가리라. 將以同吾惠好歸
천 리라 벗 생각에 달려가고 싶지만112 千里思朋須命駕
바다 같은 사람 틈에 홀로 사립 닫고 있네. 萬人如海獨關扉
술 깨자 시절 대해 더욱 느낌 많은데 酒醒時節偏多感

먼 데 옷을 부치려는가 다듬이 소리 빨라지네.　砧急誰家寄遠衣

2

정갈한 공부방서 술잔이 오가는데　　　書筵瀟灑羽觴飛

궤안 기대 아득히 좋은 표현 드물구나.　隱几蒼茫綺語稀

세상 나감 애초에 소초(小草)[113] 비웃자 함 아니로되 出世初非嘲小草

막힌 길[114]서 그 누가 당귀(當歸)[115]를 주겠는가?　窮途誰與贈當歸

깊은 가을 비바람에 낙엽 소리 서글프고　九秋風雨牢騷葉

온 골짝에 날 저무니 사립문도 적막하다.　萬壑黃昏寂寞扉

생각하매 마음이 깨끗한 선현들이　　想見前修心皦潔

강 건너 연잎 따서 옷 짓던 일[116] 보는 듯.　涉江行採芰荷衣

---

112. **천 리라~달려가고 싶지만**　『진서』(晉書) 「혜강전」(嵇康傳)에 "동평의 여안은 혜강의 높은 인격에 감복하여 생각날 때마다 천 리를 수레를 몰아 찾았다"(東平呂安, 服康高致, 每一相思, 輒千里命駕.)라는 구절이 보인다.

113. **소초**　풀 이름으로, 원지(遠志)라고도 한다. 동진 시대 사안(謝安)이 대사마(大司馬) 환온(桓溫)의 부름을 받고 처음 나아갔을 때, 마침 환온에게 올려진 약초 중 원지가 있었다. 이에 환온이 사안에게 물었다. "이 약초를 소초라고도 하는데, 어찌하여 하나의 물건을 두 이름으로 부르는가?" 사안이 대답하지 못하고 머뭇거리자 자리에 있던 학륭(郝隆)이 대답했다. "그야 간단한 이치지요. 처(處)하면 원지가 되고 출(出)하면 소초(小草)가 되는 것 아닙니까?" 그러자 사안이 부끄러워했다. 『세설신어』(世說新語) 「배조」(排調)에 보인다.

114. **막힌 길**　진(晉)의 완적(阮籍)은 때때로 마음 내키는 대로 혼자 수레를 몰고 나갔는데, 길로 다니지 않았다. 그러다가 길이 막히면 문득 통곡하고 돌아왔다. 『진서』(晉書) 「완적전」(阮籍傳)에 보인다. 완적은 본디 제세(濟世)의 뜻을 지녔다. 그러나 세상이 어지러워 자신의 뜻을 펼 수 없음을 알고 세속의 규범과 예법을 조소하며 임하(林下)에서 유유자적하였다. 길이 막히면 통곡하고 돌아왔다는 것은, 세상을 용납하지 못하고 그렇다고 세상에 용납되기도 거부했던 방외지사(方外之士)의 울분과 상실감의 표현이다.

115. **당귀**　약초 이름으로, 숭검초라고도 한다. '마땅히 돌아가야 한다'는 뜻이니, 당귀를 주며 함께한다는 것은 함께 뜻을 꺾고 돌아간다는 뜻이다.

116. **연잎 따서 옷 짓던 일**　원문의 기(芰)와 하(荷)는 모두 물에서 자라는 연의 한 종류다. 『초사』(楚辭) 「초혼」(招魂)에 나온다. 기하(芰荷)는 은자의 옷을 뜻하기도 한다.

3

빈집은 찬비 속에 연기에 둘려 있고　　　空齋冷雨帶烟飛
네 벽도 쓸쓸하여 한 가지 일도 없네.　　　四壁蕭然一事稀
지사의 눈썹 끝엔 빈곤도 못 이르고　　　志士眉端貧不到
시인의 살쩍 위로 한 해가 돌아간다.　　　騷人鬢上歲云歸
낮잠이 달콤하여 도로 베개 기대고　　　黑甜最妙還欹枕
낮술이 거나하여 다시 사립 의지하네.　　　白醉多情更靠扉
내 벗들 와 잘 대접함 괴이하게 여기지만　　　怪我朋來能濟勝
시집올 때 입었던 옷 자주 전당 잡혔다오.　　　細君頻典嫁時衣

4

의기는 때때로 떨쳐 날려 하건만　　　意氣時時欲奮飛
잠 오면 도리어 책 잡는 일 드물다네.　　　睡來還復把書稀
시를 읊조리다 보면 괜한 시름 많아지니　　　閒愁多在沈吟處
세상일 통음하고 돌아옴만 같음 없네.　　　世事無如痛飮歸
둘러선 청산은 고요한 방 엿보고　　　一抹青山窺靜几
몇 그루 고목은 궁한 사립 지키누나.　　　數株枯木守窮扉
가슴속 번화한 생각 말끔히 씻어 내고　　　胸中淨盡繁華想
천 길 벼랑 꼭대기서 옷깃 떪을 생각하네.[117]　　　千仞岡頭憶振衣

5

고니는 하늘 끝을 홀로 높이 나는데　　　冥鴻天末自高飛
사람은 새만 못해 솟구쳐 날 수 없네.[118]　　　人不如禽色擧稀

---

117. 천 길~생각하네　높은 곳에 올라 속념을 떨쳐 내는 것이다. 『문선』(文選) 「영사시」(詠史詩) 에 "천 길의 벼랑에서 옷깃을 털고, 만 리의 강물에다 발을 씻노라"(振衣千仞岡, 濯足萬里流.)라 하 였다.

요임금 적 늙은이는 매산은(買山隱)이 없었는데[119]　　堯世翁無買山隱
당나라 때 선비는 호수 얻어 돌아갔지.[120]　　唐時士有乞湖歸
잠깐 성시에 노닐면서 어이 불평 품으랴　　薄游城市寧懷刺
도처가 연하(烟霞)거니 사립문 엮을 만해.　　到處烟霞可結扉
마구간의 저 흰말[121]을 노래한 이 누구던가　　皎皎場駒誰所詠
호현(好賢)함 그대 홀로 「치의」(緇衣)[122] 시와　　好賢君獨似緇衣
　비슷해라.

6

낙엽이 날리는데 서성이며 못 떠나니　　盤桓不去葉飛飛
뜻 잃고 낙백함 나만 한 이 없구나.　　搖落之人似我稀
날 저물고 길 막히니 이 어떤 세상인가　　日暮途窮何世界
산 오르고 물가 임해 돌아감을 전송하네.[123]　　登山臨水送將歸

118. **사람은~날 수 없네**　원문의 색거(色擧)는 '색사거의'(色斯擧矣)의 줄임말이다. 새가 사람의 안색이 좋지 못함을 보고 놀라 날아간다는 뜻이다. 『논어』「향당」(鄕黨)에 나온다.
119. **요임금 적~없었는데**　『세설신어』(世說新語)「배조하」(排調下)에 이런 이야기가 전한다. 지도림(支道林)이 심공(深公)에게 나아가 인산(印山)을 사려 하자 심공이 대답하기를, "옛날 요임금 때 허유와 소부가 산을 사서 은거했다는 말은 듣지 못했소"라고 했다. 은거의 헛된 명예만을 얻으려 하는 속물 근성을 나무란 내용이다.
120. **당나라 때~돌아갔지**　당나라의 하지장(賀知章)이 고향으로 돌아가려 하자 황제가 경호(鏡湖)를 하사하고 직접 시를 지어 전송한 일을 말한다.
121. **마구간의 저 흰말**　『시경』「백구」(白駒)의 "하얀 흰말이 저 빈 골짝에 있네"(皎皎白駒, 在彼空谷.)에서 가져온 말이다. 현인이 쓰이지 못하고 재야에 있음을 비유한 것이다.
122. **「치의」**　『시경』정풍「치의」(緇衣)이다. 치의는 관리가 조정에서 입던 옷이다. 『모시』(毛詩)의 서(序)에서는 이 시를 두고 "무공(武公)이 현인을 좋아함을 기린 시"라고 하였다. 위에서는 현자를 좋아할 줄 아는 인물이라고 상대방을 칭송한 것이다.
123. **산 오르고~전송하네**　이별을 슬퍼한다는 의미로, 송옥(宋玉)의 「구변」(九辯), "슬프다, 가을이어. 쓸쓸해라, 초목이 져서 쇠하니. 구슬퍼라, 흡사 멀리 떠나 있는 듯. 산에 오르고 물에 임해 돌아갈 이 보내노라"(悲哉秋之爲氣也, 蕭瑟兮草木搖落而變衰, 憭慄兮若在遠行, 登山臨水兮送將歸.)에 보인다.

뿔피리 처량한데 기러긴 비껴 날고　　　　凄凉畫角橫霜雁
쓸쓸한 주막 깃발 사립문서 날리누나.　　蕭瑟風帘颭酒扉
애끊는 규방에선 둥근 부채 원망하고[124]　腸斷紅閨團扇怨
그 옛날 입던 옷엔 향기 모두 스러졌다.　篋香消歇舊熏衣

새벽에 동작 나루를 건너다 曉渡銅雀津

따각따각 말 소리 빈 배에 울려 대고　　馬踏空船霍霍鳴
강물 아래 찬 별은 일렁이다 반짝이네.　寒星江底漾還明
어두워서 서 있는 사공조차 안 보이고　冥濛不辨梢工立
삐죽삐죽 행렬은 장사치들 무리인가.　　犖确相隨賈客行
성 밖엔 불빛 남아 여태도 밤빛인데　　郭外殘燈猶夜色
길가 어느 나무에서 가을 소리 나는 겐지.　路傍何樹作秋聲
어둠 속에 구릉이 움직임에 놀랐더니　　飜驚暝裏丘陵轉
해 뜨자 내린 서리 갓끈에 가득하다.　　日出飛霜滿客纓

124. 둥근 부채 원망하고　　원문의 단비원(團扉怨)은 버림받은 원망을 말한다. 한(漢)나라 성제(成帝)의 후궁(後宮) 중에 재색(才色)이 뛰어났던 반첩여(班婕妤)가, 한때는 성제의 총애를 독차지했다가 뒤에 조비연(趙飛燕)으로 인해 총애를 잃고는 스스로 동궁(東宮)에 물러나 지내며 자신을 깁부채에 비유하여 「원가행」(怨歌行)을 지어 노래했다. 그 노래의 대략은 다음과 같다. "항상 걱정했지, 가을이 와서 서늘한 바람이 더위를 앗아가 상자 속에 그대로 버려져 은정이 중도에 끊어질까." (常恐秋節至, 凉風奪炎熱. 棄捐篋笥中, 恩情中道絶.)

진위[125]에서 振威

이슬 내려 옷 적시니 소매 온통 늘어져도	零露沾衣袂盡垂
길가의 바위 만나 우연히 시를 적네.	路傍逢石偶題詩
난간 비친 붉은 해에 찬 산이 드러나고	闌干紅日寒山出
무성한 느릅나무 옛 고을임 알겠구나.	老大黃楡故郡知
아득해라 가을 선비 감회 어이 금하리	極目那禁秋士感
물가 임해 혼자서 초사를 읊조리네.	臨水自詠楚人辭
남쪽 길 가도가도 누굴 기대 얘기하리	南行去去憑誰話
좋은 곳 구름 안개 가만히 적어 둔다.	佳處雲烟獨識之

소사에서 2수 素沙 二首

1

어스름 저물녘에 옛 싸움터[126] 지나가니	薄暮行經古戰場
기러기 떼 날아가고 먼 안개 빛 누렇구나.	亂鴻飛盡遠烟黃
흩어지는 구름은 수레바퀴가 토하는 듯	崩雲吐似車輪轉

---

125. **진위** 경기도 평택군에 있던 지명.
126. **옛 싸움터** 직산(稷山) 북방 소사평(素沙坪)을 말한다. 이곳은 왜장(倭將) 구로다 나가마사(黑田長政)의 군대를 맞아 대파한 싸움터이다. 이 전투는 평양(平壤), 행주(幸州)와 더불어 왜란(倭亂) 육전(陸戰) 삼대첩(三大捷)의 하나로 꼽는다. 선조 30년(1597)에 있었다. 9월 5일 새벽 명나라의 부총병 해생(解生) 등이 왜군을 만나 하루에 여섯 번 회전(會戰)하여 모두 승리를 거두었고, 다음 날인 6일에도 전세를 만회하려고 달려든 왜군을 재차 대파하였다. 『연려실기술』(燃藜室記述)에 보인다.

지는 해는 엉기어 폭포 빛이 되었네.　　　　落日凝成瀑布光
이 땅을 그 누가 꿈결 같게 하여서　　　　此地誰令如夢寐
무슨 마음 홀로 오래 서성이게 하는가?　　何心更自久徊徨
모래 묻힌 꺾인 창이 그댈 외려 불쌍타 하니　沈沙折戟還憐汝
차가운 비 시린 바람 몇 번이나 바빴던고?　冷雨凄風幾度忙

2

가죽신 배에 올라 채찍 허공 휘두르니　　空闊鞭梢革履舟
말 앞에 가로걸려 큰 강이 흘러가네.　　　馬前橫著大江流
가을 하늘 아득해라 휘파람 날리며　　　　秋天杳杳堪舒嘯
지는 해에 쓸쓸히 홀로 먼 길 노니네.　　　落日荒荒獨遠遊
끄는 소리 극포에 잠겨듦을 깨단다가　　　漸覺拏音沈極浦
구름 그림자 빈 모래톱 스러짐을 보는구나.　俄看雲影幻虛洲
우두커니 멍하게 백사장에 서 있자니　　沙頭佇立茫然久
단풍잎 갈대꽃에 갈 길만 근심겹다.　　　楓葉蘆花去路愁

여관 벽에 쓰다 題店壁

갈림길은 하늘 닿아 끝 간 데 알 수 없고　岐路連天不可端
집 나선 지 사흘에 다시 강가 섰구나.　　出門三日又江干
호남의 산과 물은 끝없이 펼쳐졌고　　　湖南山水綿綿色
늦가을 동산 숲은 너무도 싸늘해라.　　　秋季園林歷歷寒
자는 곳의 별빛은 밤참에 비쳐들고　　　宿處星光侵夜飯

기러기 그림자는 새벽 안장에 떨어진다.　　起來鴻影落晨鞍

사나이 발길이라 정처 없이 노닐지만　　男兒儘是遊無定

이렇듯이 세월이 흘러감이 두렵구나.　　秪恐如斯歲月闌

온양에서 돌아오며 2수 還自溫陽 二首

1

이따금 벼이삭 소리 쓸쓸도 한데　　禾聲時瑟瑟

한낮에야 마을에 이르렀구나.　　亭午到人墟

먼 산은 푸르기 그린 듯하고　　遠峀靑如寫

백사장은 깨끗하여 글씨 쓸 만해.　　平沙淨可書

서릿발에 까마귀는 추워하는데　　霜飛烏舅冷

물 줄자 기러기는 보기 드물다.　　水落雁奴踈

혼자서 마음속 생각해 보면　　獨自心中念

옛집엔 국화꽃 가득하겠네.　　黃花滿故廬

2

말 머리로 기러기 힘껏 날더니　　馬首鴻飛勁

바람에 나뭇잎 높이 날린다.　　天風木葉高

술병을 두드림127은 참된 지사요　　擊壺眞志士

칼집을 치는 것128은 바로 우리라.　　彈鋏定吾曹

농익은 감 밝기가 불과 같은데　　晚柿明如火

빈 강은 칼처럼 싸늘도 해라.　　空江冷似刀

갈대숲 근심에 겨운 곳에서　　　　　　　　蒹葭愁絶處
굴원을 흉내 내 「이소」를 짓네.　　　　　　擬賦續離騷

진수정을 넘어가며 越眞樹亭

석양 무렵 찬 산은 깎은 듯이 서 있는데　　寒山皺削夕陽時
넓은 들 말을 타고 표연히 달려가네.　　　曠野飄然一馬騎
하늘빛 하도 맑아 얼굴마저 비칠 듯　　　　天色至淸顔可映
구름결 너무 고와 입김에도 날려 갈 듯.　　雲膚極細口堪吹
가는 세월 얽혀 있는 나무에 맡겨 두고　　流年付與婆娑樹
온종일 울퉁불퉁 시를 읊조리누나.　　　　終日吟成磈礧詩
나그네로 국화 보매 시름만 겨운데　　　　客裏黃花愁已老
꺾어 와 내음 맡고 누굴 주려 하는가?　　折來三嗅欲貽誰

---

127. 술병을 두드림　　원문의 격호(擊壺)는 왕돈(王敦)과 관련된 고사로, 장한 뜻을 굽히지 않는 지사(志士)의 절개를 빗대어 표현한 것이다. 『진서』(晉書) 「왕돈전」(王敦傳)에 "언제나 술에 취하면 위나라 문제의 악부를 노래하였다. '늙은 준마는 마구간에 엎드려 있어도 뜻은 천 리 밖에 있고, 열사는 늘그막에도 장대한 마음은 그치지 않는다'(老驥伏櫪, 志在千里. 烈士暮年, 壯心不己.)라고 술병을 두드리며 노래하였다"고 한다.
128. 칼집을 치는 것　　제(齊)나라 맹상군(孟嘗君)의 식객(食客) 풍환(馮驩)이 칼자루를 두드리며 자신의 불편한 심사를 노래한 고사이다.

저물녘에야 유천의 숙소에 이르다 暝抵上柳川宿

낡은 여관 뉘 집 찾아 잠을 청하나	古店尋誰宿
바람 먼지 두건 위로 자욱하구나.	風埃滿幅巾
가로걸린 안개는 강물과 같고	横沈烟似水
저만치 선 수숫단은 사람 같구나.	離立黍疑人
말여물 씹는 소리 베개맡에 설핏하고	馬齕殘依枕
벌레는 새벽까지 애닯게 운다.	蟲鳴懇到晨
뜬금없이 바로 이 등불 아래서	無端此燈下
또다시 하룻밤의 인연 맺었네.	又作一宵因

갈산 여관의 새벽 비 葛山店舍曉雨

누워 갈 길 헤다가 잠을 못 이루니	臥數歸程睡不成
벗들 그려 다시금 평생을 생각하네.	懷群更自念平生
마음의 근심은 육신 부림 때문이니	心勞大底由形役
수고로움 원래부터 노닒보다 낫다네.	苦住元來勝樂行
남국의 산과 물엔 기러기들 많은데	南國山河多雁影
한밤중 비바람에 닭 울음 또 들린다.	中宵風雨又鷄聲
삐걱삐걱 베 짜는 소리 아이 울음 뒤섞이니	鳴機軋軋啼兒混
여관 주인 한평생이 도리어 유정해라.	店主生涯倒有情

아침에 내린 눈 朝雪

막막한 그늘에 새 더디 날아가고   漠漠輕陰鳥去遲
얼키설키 온갖 나무 해도 뜨려 하는 때.   杈枒萬木日遲時
때마침 신묘년 겨울 눈을 만나니   政逢辛卯年冬雪
한유가 지은 옛 시[129] 문득 생각나는도다.   却憶昌黎伯古詩
차 끓이는 아이는 무릎 안고 앉아 졸고   坐睡茶童雙膝抱
시를 읊는 산 나그네 흰 눈썹 드리웠네.   行吟山客皓眉垂
가련쿠나 내 벗은 언 벼루 자주 녹일 테니   遙憐吾友頻呵硏
글 속의 그윽한 빛 문 닫고도 알겠네.   書裏幽光閉戶知

집에서 지은 절구 3수 家居 絶句三首

1

하늘빛 때마침 푸르고 넓어   天光正綠闊
오늘 하루 노닐기 꼭 알맞겠네.   今日好逍遙
흰 구름 보기만도 배가 부른데   白雲望可飽
거닐며 읊조리며 노래 부른다.   行吟以爲謠

2

푸른 나무 너머론 아지랑이 빛   游絲綠樹外

---

129. **한유가 지은 옛 시**   한유의 시 중에 「신묘년설」(辛卯年雪)이란 작품이 있다.

마을 위로 퍼져 가는 밥 짓는 연기. 烟氣復闔闔

다시금 그대를 생각하느라 且以思君故

먼 눈길 끝없이 바라보았지. 極目到無際

3

아내가 봄 들어 병이 많아서 細君春多病

집에 가면 대꾸하기 귀찮기만 해. 歸家厭酬對

의원을 찾다가 땅거미 지고 尋醫薄暮過

초승달이 등 뒤로 떠올랐구나. 纖月在人背

금강산에 들려고 금수정에 올랐는데 동행이 오지 않아 기다리며 將入金剛 登金水亭 候同伴不至

정자 아래 바위 밑동 물이 돌아 흐르고 亭根石趾水環環

아침 햇살 아스라이 삿갓 끝에 비치네. 朝日蒼茫在笠端

먼 멧부리 흐리고 갬 구슬피 바라보니 遠岀陰晴堪悵望

안개 물결 굽이굽이 빗겨 들어 보인다. 烟波皺展入橫看

꽃 덤불에 이슬 맺혀 봄추위가 잦아들고 花叢有露春寒淺

모래 언덕 사람 없고 빗방울만 듣누나. 沙岸無人雨點殘

푸른 풀, 모래톱, 어느 길로 오려나 綠草汀洲何處路

그대가 오지 않아 난간에 기대서네. 思君不見倚欄干

팔담[130]에서 八潭

흰 바위 푸른 시내 화성(化城)[131]을 에워싸고　　石素川靑繞化城
석양빛 스러져도 골짜기는 밝아라.　　　　　　夕陽收盡洞還明
향 내렸던 중사(中使)[132]는 아무런 소식 없고　降香中使無消息
범패 소리 쓸쓸히 바다 밖 소리 전해 주네.　梵唄空傳海外聲

동해에 임하여 臨東海

깊고 얕음 어이 능히 눈으로 볼 수 있으랴　深淺何能目力求
바람 천둥 갖은 괴이함 한데 모여 그윽하다.　風霆百怪溢爲幽
하이(鰕夷)[133]의 열전은 삼사(三史)엔 아예 없고　鰕夷列傳無三史
서불(徐市)의 밥 연기는 구주(九州)의 밖일레라.[134]　徐市人烟外九州

---

130. 팔담　금강산에는 팔담(八潭)이 두 곳 있는데, 내금강의 만폭동 구역에 있는 내팔담(內八潭)과 구룡폭포 위의 상팔담(上八潭)이 그것이다. 상팔담에는 '선녀와 나무꾼 전설'이 전해 온다. 구룡대에서 발 아래를 굽어보면 구룡폭포 위쪽으로 8개의 큰 구멍이 난 듯한 소(沼)가 간격을 두고 계속 이어져 내려오므로 상팔담이라고 부른다.

131. 화성　『법화경』(法華經)에 보이는데, 법화도사(法華道師)가 험한 길 가운데서 변화(變化)를 부려 한 성(城)을 만들어 피로한 대중(大衆)을 그 안에 들어가서 쉬게 했다. 여기서는 팔담을 의미한다.

132. 향 내렸던 중사　염제신(廉悌臣, 1304~1382)과 관련된 고사다. 염제신은 자는 개숙(愷叔), 호는 매헌(梅軒)으로 곡성(曲城) 사람이다. 원(元)나라에서 자랐으며, 태정(泰定) 황제를 시중하여 총애를 받고 상의사(尙衣使)로 있다가 편모(片母)의 봉양을 위하여 귀국을 요청하니 황제가 명하여 금강산에 향(香)을 내리게 했다.

133. 하이　일본의 별칭이다.

이 언덕서 내 마땅히 해돋이를 보리니　　　　此岸吾當觀日出
이번 길에 고래 노넒 못 만남이 안타깝네.　　今行恨未値鯨游
언제나 신라 때의 기남자(奇男子)[135]를 그리노니　永懷羅代奇男子
가을비에 낙엽 배[136]를 함께 바라보았으면.　　秋雨同觀落葉舟

이덕무가 밀랍을 녹여 매화를 만들고는 윤회화라 이름 붙였다[137] 懋官鑄蠟爲梅 名日輪回花

그 이름 밀랍이라 벌통에서 나왔으나　　其名爲蠟出蜂竉
오행으로 못 나누어 단맛에 붙이었네.　　五行難分强屬甘
빙설 같은 살결에다 성품을 고쳐서　　　氷雪肌膚從革性
이제껏 꽃나라서 몸을 세 번 바꾸었네.　　至今香國度身三

푸른 받침 벌어짐은 해당화와 비슷하고　　青跗坼似小裳兒
콩꼬투리 반쪽인 양 다섯 잎이 늘어섰네.　　五出撗翻半荳皮
손놀림은 등불 아래 더더욱 교묘해서　　　手勢偏於燈下巧

134. 서불의~밖일레라　진 시황 때 서불은 동남동녀 3천 명을 싣고 삼신산의 불로초를 찾아 동해로 떠났는데, 그가 일본 쪽으로 갔다고 믿었으므로 이렇게 표현했다.

135. 신라 때의 기남자　신라 사람 대세(大世)와 구칠(仇柒)을 말한다. 배를 타고 바깥세상으로 떠나 돌아오지 않았다.

136. 낙엽 배　낙엽을 배 삼아 물에 띄운 고사를 말한다. 『삼국사기』(三國史記) 진평왕조(眞平王條)에 보면, 신라 사람 대세(大世)와 구칠(仇柒)은 인간 세상을 초탈하려는 뜻이 있었다. 두 사람은 남산(南山)의 절간에서 만나 비가 고인 물에 낙엽을 배 삼아 띄워 놓고 그것이 가는 선후에 따라 떠나자고 하였다. 둘은 함께 남해에서 배를 타고 떠났는데, 그들이 간 곳을 알지 못한다.

이리저리 붙일 적에 더운 기운 힘입는다.　　　　　黏來黏去煖堪資

생화를 직접 보고 밀랍을 빚노라니　　　　　　　　目擊生花釀蠟時
어느새 매화 피어 가지에 오르누나.　　　　　　　旋看梅發竣騰枝
풍륜(風輪)[138]의 갖은 조화 저를 보고 깨달으니　　風輪幻化從渠覺
다른 생을 믿잖으면 나는 곧 누구던가.　　　　　　不信他生我是誰

향기 없는 그림자라 자취를 의심하여　　　　　　有影無香跡似疑
휘장 열고 가까이 다가가 보지 마라.　　　　　　披帷愼勿逼看之
때때로 손님들이 느닷없이 웃지만　　　　　　　時時有客哦然笑
운치는 그 이전 안 웃을 때 훨씬 낫네.　　　　趣絶從前不笑時

---

137. 이덕무가~이름 붙였다　『청장관전서』「청비록」권4에 보인다. "윤회매, 내가 창안하여 밀을 녹여 매화를 만들었다. 화심(花心)은 털로 만들고 꽃받침은 종이로 만들어 푸른 가지에 붙이니, 환하고 아름다워 사랑할 만했다. 인하여 다음과 같은 시를 지었다〔이하 언언 율시 3수가 보인다. 각각 이덕무, 유득공, 박제가의 작품. 위의 시는 5~8구만을 적은 것이다. 1~4구는 다음과 같다. '꽃 만들고 밀 빚는 것 보았는데, 문득 매화 되어 가지에 올랐구나. 윤회한다는 변화 너로부터 깨달았거니, 타생을 믿지 않는다면 나는 무엇인가.'(目擊生花釀蠟時, 旋看梅發竣騰枝. 風輪幻化從渠覺, 不信他生我是誰).〕. 윤회매라 한 것은, 벌이 꽃술을 채집하여 꿀을 만들고 꿀이 밀이 되고 밀이 다시 꽃이 되는 것이 불교의 윤회설, 3생설과 같기 때문이다. 내가 일찍이 윤회매를 만드는 데 편리한 방법을 엮어 「윤회매십전」을 저술했는데 그 글을 보지 않고서는 이 시의 묘함을 모를 것이다"라고 하였다.
「윤회매십전」은 『청장관전서』 권62에 있다. 『청장관전서』「영처시고」(嬰處詩稿) 권2에도 다음과 같은 시제(詩題)가 보인다. "이아탕주인(爾雅宕主人)의 윤회매(輪回梅) 운(韻)을 차운하여 정이옥(鄭耳玉) 수(琇)에게 겸하여 보임 8수, 내가 밀랍으로 매화를 만들었는데 털로 만든 꽃수염과 종이로 만든 꽃받침이 교랑(皎朗)하여 어여쁜지라 김 진사 일여(逸如) 사의(思義)가 좋은 술 한 병으로 한 판(板)을 사고, 또 정이옥과 더불어 칠절시(七絶詩)를 지어 좌계(左契)를 삼았다. 윤회매는 내가 이름 지은 것으로, 꽃가루를 빚어서 밀〔蠟〕을 만들고 밀로 꽃을 만들었으니 서로 순환한 것이다."
138. 풍륜　불가(佛家)에서 말하는 삼륜(三輪)의 하나로, 이 세상을 붙들어 받치고 있는 삼륜 중 맨 밑에 있는 윤.

비슷한 것 진짜는 아니라고 말하지만 　纔言似處卽非天
이제 와 진짜 꽃이 도리어 무색하다. 　到此眞花倒索然
쌍둥이 형제의 뜻 가만히 생각하니 　想得孿生兄弟意
저 또한 나를 닮아 아끼는 맘 곱절일세. 　緣渠肖我倍相憐

벌이 채집 않았을 땐 나도 이와 같았거니 　蠭之未採我如斯
중간에 전전함은 마침내 모르겠네. 　輾轉中間了不知
동산의 꽃나무 속 있을 적을 떠올리니 　記取東園花樹裏
아무 해 아무 나달 바람 불 때였지. 　某年月日遇風時

상복을 벗은 뒤 이소[139] 어른을 찾아뵈었다. 굳이 시로 나를 권면하시며 "그대가 글 짓는 것을 보지 못한 것이 오래다"라 하시고, 그 아들 이희경과 함께 자게 하셨다 4수

免喪後謁李丈熽 苦勸余以詩云 不見子落筆久矣 使其子十三伴宿 四首

1

세월은 물과 같고 세상일은 연기 같아 　光陰如水事如烟
슬픔과 즐거움이 눈앞에는 머물잖네. 　哀樂都無住眼前
술 데우며 인간 세상 세월 감을 근심하다 　酒煖人間愁失日
푸른 산서 뜻밖에 망년교를 허락했네. 　山靑分外許忘年
자야곡 한 곡조를 양금으로 연주하니 　宮商子夜西琴作

139. 이소　1728~1796. 자는 치회(穉晦), 호는 하유재(何有齋)로 이희경의 아버지이다.

운무 낀 중당에는 절강 그림 걸렸구나.　　　　雲霧中堂淅畫懸
저 멀리 하늘에 눈비 내려 싸늘한데　　　　　極目凄凄天雨雪
온 세상 잠든 속에 닭 한 마리 홰를 친다.　　一鷄孤唱萬家眠

　　이장(李丈)의 아들 희경은 철사금을 배웠고, 항주 선비 육비·엄성·반정균의
　　그림이 있다. 李丈子喜經學鐵絲琴, 有杭土陸飛嚴誠潘庭筠畫.

2

약 솥에 장작 연기 어느덧 사라지고　　　　藥竈新消榾柮烟
찬 날씨에 등불은 입춘의 이전일세.　　　　歲寒燈火立春前
매화 같은 사람은 임화정(林和靖)¹⁴⁰에 견주고　梅花人比林和靖
눈 갠 산의 모습 조대년(趙大年)¹⁴¹과 비슷하다.　雪霽山如趙大年
세상은 본래 황토 빚어¹⁴² 만든 것이요　　　世界元知黃土弄
하늘 별 또렷하여 주기성(酒旗星)¹⁴³이 걸렸구나.　天星宛見酒旗懸
방석 앉아 한가로운 재미를 깨달으니　　　　蒲團悟得閒滋味
홰나무 구멍으로 옮겨 가서 잠 청하네.¹⁴⁴　　槐穴輪他試小眠

---

140. 임화정　화정(和靖)은 북송(北宋) 시인 임포(林逋, 967~1028)의 시호이다. 부귀를 추구하지
않고, 서호(西湖)의 고산(孤山)에 은거하며, 매화와 학을 사랑하면서 독신으로 생애를 마쳤다. 매
화 시인으로 불릴 정도로 매화를 노래한 작품에 걸작이 많이 있다. 『임화정집』(林和靖集)이 있다.
141. 조대년　대년(大年)은 송(宋)나라 조영양(趙令穰)의 자이다. 훌륭한 재주와 고상한 행실이 있
었고, 문학에 조예가 깊었다. 『송사』(宋史) 권38에 보인다.
142. 황토 빚어　황토롱(黃土弄)은 사람으로 태어났음을 의미한다. 『태평어람』(太平御覽)에 "천지
가 처음 개벽했을 때 사람이 없어서 여와가 황토를 이겨서 사람을 만들었다. 도중에 일이 너무 많
아 힘이 미치지 못하자 새끼를 진흙 속에 넣어서 사람을 만들었는데, 부귀하고 현명하며 지혜로운
사람은 황토로 만든 사람이요, 빈천하고 평범하며 어리석은 사람은 새끼로 만든 사람이다"(天地初
開闢, 未有人民. 女媧團黃土爲人. 劇務, 力不暇供, 乃引繩於泥中, 擧以爲人. 故凡富貴賢智者, 黃土
人也. 貧賤凡愚者, 引組也.)라는 기록이 있다.
143. 주기성　별 이름이다. 『진서』(晉書) 「천문지」(天文志)에 "주관(酒官)의 기(旗)이니, 5성(星)이
와서 지키고 있으면 임금이 온 백성에게 주식(酒食)을 나누어 주는 은전이 내린다"라고 하였다.

3

산마루 끝 하늘 멀고 눈은 안개 되었는데　　嶺末天長雪化烟
먹빛 같은 먼 데 솔은 누각 앞에 어둡다.　　遙松墨色暝樓前
찬 저녁에 초승달 먼저 나옴 어여뻐라　　堪憐細月先寒夕
성근 매화 곁에 서서 가는 해를 붙드네.　　獨傍踈梅餞逝年
너울너울 추는 춤은 어지러운 대숲 같고　　舞已翩翩如竹亂
마음은 어이 이리 매달린 깃발 같나.　　心何忽忽似旌懸
문 나서 언제나 그대들 찾아가니　　出門信步惟君輩
손잡고 서로 맞아 다리 베고 잠자네.　　握手相迎枕股眠

4

눈 덮인 집 뭉게뭉게 저녁연기 피어나고　　雪屋漫漫撦澂烟
황량한 시골 마을 문 앞에 펼쳐 있네.　　荒村一帶卽門前
별 기울고 달이 지니 이 밤 어느 밤인가　　參橫月落今何夕
막걸리에 푸른 등불 지난해와 비슷하다.　　酒白燈靑似舊年
시 지어 황보(皇甫) 서문[145] 받으려 하지 않고　　作賦休須皇甫序
책 써서 나라 문에 매달던 일 우스워라.[146]　　著書堪笑國門懸
이 몸 장차 숨으리니 이름을 무엇하나　　身將隱矣名安用
높은 산 깊은 골에 베옷 안고 잠을 자리.　　絶壑嶙峋擁褐眠

---

144. **홰나무~청하네**　당(唐)나라 순우분(淳于棼)이 홰나무 밑에서 술을 마시다가 취하여 잠이 들
었는데, 꿈속에서 괴안국의 부마가 되고 남가군의 태수가 되어 30년 동안이나 부귀와 영화를 누렸
다. 잠을 깨고 보니 꿈속의 괴안국은 홰나무 아래 개미굴이었다.
145. **황보 서문**　황보(皇甫)는 진(晉)나라 황보밀(皇甫謐)인데, 그가 일찍이 좌사(左思)가 지은 「삼
도부」(三都賦)의 서문(序文)을 써 주자, 장안의 지가(紙價)가 폭등했다는 일화가 있다.
146. **책 써서~우스워라**　여불위가 자신의 저서 『여씨춘추』(呂氏春秋)를 국문(國門)에 진열하고 그
위에 천금을 걸어 놓고서 한 글자라도 잘못을 지적하여 고치면 천금을 주겠다고 한 일이 있다. 여
기서는 세상의 기림을 구하지 않겠다는 뜻으로 썼다.

이희경에게 차운하다 次李君十三

푸른 등불 창호지는 얇기만 한데	燈青窓紙薄
낡은 집 찬 숲을 두르고 있네.	老屋著寒林
달빛은 가녀린 그림자 안고	月抱纖纖影
매화는 꿋꿋한 마음 지녔지.	梅存耿耿心
벗들은 장년이 이미 아닌데	友朋非壯歲
천지엔 홀연히 그늘이 깊다.	天地忽窮陰
그대 집 문 앞의 눈을 아끼니	愛汝門前雪
황혼 녘 길 찾기 쉬워서일세.	黃昏徑易尋

밤에 서유년[147]의 셋집을 찾아가 글을 읽는데, 이덕무와 유득공이 차례로 왔다 2수

夜訪徐稼雲賃屋讀書 時李懋官柳惠風續至 二首

1

초저녁 등불 빛이 문 안쪽을 비추더니	初更燈火映門深
이공 유공 뜻하잖게 차례로 찾아왔네.	李柳翩翩不意臨
지극한 벗 이 세상에 함께 내려왔어도	至友元同斯世降
참된 시는 제가끔 자기 소릴 내는 법.	眞詩各出自家音

---

147. 서유년(徐有秊)　1756~1793. 서상수(徐常修, 1735~1793)의 맏아들. 호는 가운(稼雲)이다. 1777년에 진사하고 북부도사(北部都事)를 역임했는데, 연암 주변 인물들과 교유가 있다.

한 조각 열구름에 하늘가엔 달이 떴고　　　　　輕雲一點天邊月
궁원 북쪽 숲에는 천 그루에 눈 쌓였네.　　　　積雪千章苑北林
살풋 취해 올 한 해를 돌이켜 살펴보니　　　　小醉回頭仍此歲
깊은 근심 반년 넘게 매일 찾아다녔구나.　　　幽憂强半日侵尋

2

몇 날 밤 눈보라에 문을 굳게 닫았거니　　　　連宵風雪掩關深
한 달도 중순 되어 한 해가 마쳐 간다.　　　　月逼中旬歲已臨
열흘 동안 평원군은 주량이 거나하고[148]　　　十日平原眞善飮
큰아들 문거는 나를 아는 벗이로다.[149]　　　大兒文擧是知音
천리마에 붙어서도 천 리 간다 들었지만　　　徒聞付驥行千里
까마귀라 상림(上林)의 가지를 못 빌렸네.[150]　不及飛鳥借上林
비로소 인간 세상 여관임을 알겠거니　　　　始信人間皆逆旅
이부자리 다시 들고 누구를 찾을거나.　　　　重携樸被定誰尋

---

148. **열흘 동안~거나하고**　전국시대 조(趙)나라의 공자로, 전국사군(戰國四君)의 하나인 평원군(平原君)을 가리킨다. 진(秦)나라 소왕(昭王)이 그를 유혹하기 위해 "짐짓 열흘 동안 함께 술을 마셔 보자"(寡人願與君爲十日之飮)라고 청한 고사가 있다. 『사기』(史記) 「범수채택열전」(范雎蔡澤列傳)에 보인다.

149. **큰아들~벗이로다**　후한(後漢) 때 북해상(北海相)을 지낸 공융(孔融)으로, 자는 문거이다. 선비들을 좋아하였고 특히 후진(後進)들의 앞길을 이끌어 주었으므로, 한직(閑職)에 물러난 뒤에도 빈객들이 날마다 집에 가득하였다고 한다. 『후한서』(後漢書) 권103에 보인다. 예형(禰衡)은 공문거를 대아, 양덕조를 소아라고 하여 좋게 평했다.

150. **까마귀라~못 빌렸네**　당(唐)나라 때 이의부(李義府)가 태종(太宗)의 부름을 받고 들어가 영오시(詠烏詩)를 짓게 하자, 이의부는 "태양은 아침에 나부끼고 거문고에선 야제곡이 들리누나. 상림원에 나무가 저리 많건만, 한 가지도 빌려 주지 않네"(日影颺朝彩, 琴中聞夜啼. 上林多少樹, 不借一枝棲.)라 읊조리니, 태종이 "어찌 한 가지뿐이겠는가, 내 장차 너에게 모든 가지를 빌려 주리라"(吾將全樹借汝, 豈惟一枝.)고 대답했다는 고사가 있다. 『당서』(唐書) 「이의부전」(李義府傳)에 보인다.

인지[151]의 서재에서 仁之書舍

손님 붙들고 정답게 술을 자주 따르니	留賓細細酒頻添
깨끗한 방 불은 밝고 삐뚜름히 갓을 썼네.	淨室燈輝仄帽簷
한 오리 둥근 연기 살쩍을 감돌더니	一線螺烟靑繞鬢
그믐의 눈썹달이 주렴 가에 맑구나.	下弦眉月澹橫簾
양홍은 한평생 남의 도움 받잖았고[152]	生平鴻不因人熱
『주역』에선 잠룡이 되라고 하셨지.[153]	大易龍居勿用潛
문 닫고 『병사』(甁史)[154] 초고 다시 이어 짓느라	閉戶續修甁史草
매화꽃 피는 시절 두 해를 겸하였네.	梅花節候二年兼

관재에서 밤에 술을 마시며 觀齋夜飮

특별한 풍류는 지금 내게 있건만	別樣風懷現在吾

---

151. **인지** 정조 때 시인이었던 윤선대(尹善大, 1753~?)이다. 인지는 그의 자이고, 호는 지비헌(知非軒)이다.
152. **양홍은~받잖았고** 양홍(梁鴻)이 남의 불로 밥을 짓지 않았다는 고사에서 비롯된 것으로, 남의 힘이나 덕을 의존하지 않았다는 고사이다. 『동관한기』(東觀漢記) 「양홍전」(梁鴻傳)에 보인다.
153. **『주역』에선~하셨지** 『주역』 「건괘」(乾卦)의 초구(初九: 맨 아래 괘)의 효사에 "잠룡물용"(潛龍勿用)이라 하였다. 이에 대해 공자는 "용의 덕이 있으면서 숨은 자이다. 세상에 따라 뜻을 변하지 않고 이름을 이루려 하지 않는다. 세상을 피해도 걱정하지 않고, 인정을 받지 못해도 근심하지 않는다. 즐거우면 행하고 근심스러우면 어긴다. 확고하여 흔들리지 않는 존재가 잠룡이다"(龍德而隱者也. 不易乎世, 不成乎名, 遯世無悶, 不見是而無悶, 樂則行之, 憂則違之, 確乎其不可拔, 潛龍也.)라고 하였다.
154. **『병사』** 명나라의 원굉도(袁宏道)가 꽃의 감상법을 쓴 책이다.

스물여섯 해 되도록 이룬 것 하나 없네.   居然二十六年無

호탕한 문장은 천 년의 사업이요   文章浩蕩千秋業

가슴엔 울근불근 오악도가 들어 있네.   心肺槎枒五嶽圖

향 연기 스러져도 사람은 가지 않고   水麝烟殘人未去

퉁소 소리 그치니 자리 다시 외로워라.   洞簫聲歇坐還孤

남쪽 처마 이지러진 달 추위 장차 숨으려니   南榮缺月寒將隱

떨어지는 물시계 소리 시름겨워 들노라.   愁聽丁東漏咽壺

이희경의 서루에서 十三書樓

암담함 속에서도 계절은 밀려들어   氣候潛推黯淡中

봄 오자 며칠 동안 바람만 끊임없다.   春來數日不禁風

솔바람 파도 소리 빈집을 에워싸고   松濤減沒圍虛屋

눈 기운 자옥하게 허공에 쌓여 있네.   雪意升沈貯碧空

처사 본시 수북(水北)[155]에 살려 한 것 아니니   處士初非居水北

고인은 원래부터 성 동편[156]에 숨는다네.   高人元自隱墻東

한 해가 다 가도록 무엇을 얻었던가   窮年兀兀吾何有

초목과 충어의 같고 다름 견줘 볼 뿐.   草木蟲魚較異同

---

155. 수북 중국 낙수(洛水)의 북쪽으로, 당(唐)나라의 석홍(石洪)이 이곳에 십 년 동안 은거하여 '수북산인'(水北山人)이라 불리었으나 이후에 출사했다. 『신당서』(新唐書) 「석홍전」(石洪傳)에 보인다.
156. 성 동편 동한(東漢)의 왕군공(王君公)이 난리 통에도 시정(市井)을 떠나지 않고 소를 매매하는 거간꾼 노릇을 하면서 숨어 살자 사람들이 '피세장동왕군공'(避世牆東王君公)이라 일컬었다는 고사가 있다. 『후한서』(後漢書) 「일민열전」(逸民列傳)에 보인다.

이유동의 시에 차운하여 次韻翠眉李儒東

그림 속 산속에선 거문고 소리 나려 하고   彈絲欲響畵中山
오른편의 매화는 『서명』(西銘)[157]을 대신한다.   座右梅花代訂頑
종소리 울리는 곳 안개 숲 너머 있고   鍾外不知烟樹隔
달빛 가엔 끝도 없이 성가퀴 둘려 있네.   月邊無際女城環
비단 주렴 밤 이야기 심심한 병 간데없어   緗簾夜話消閒病
이불 덮고 봄추위에 취한 얼굴 함께하네.   襆被春寒感酒顔
외론 집이 작은 배와 같다고 말해 놓고   已道孤齋如小舫
먼 불빛 다시 보자 어촌 포구 비슷해라.   更看遙火似漁灣

밤에 앉아 회포를 적어 관헌에게 부쳐 보이다

夜坐書懷 寄示觀軒

서리 같은 저 달이 있기만 하면   自有如霜月
봄인지 가을인지 관계치 않네.   非關春與秋
좁은 집 밖에는 버들 성글고   柳疎稠屋外
고요한 섬돌 위론 사람이 희다.   人白靜堦頭
그림자 돌아보며 말할 이 없어   顧影無誰語

---

157. 『서명』　원문은 정완(訂頑). 정완은 장재(張載)가 지은 『서명』(西銘)의 원래 이름이다. 장재는 강학할 때 양쪽 창 위에 각각 격언을 써 붙였는데, 동쪽은 '폄우'(貶愚), 서쪽은 '정완'(訂頑)이었다. 그 뜻이 너무 거창하다는 정이천(程伊川)의 지적을 받고 각각 '동명'(東銘)과 '서명'(西銘)으로 고쳤다.

그대 그려 이처럼 근심만 겹네.   思君似此愁

속된 소리 능히 잘 감응하나니   俗音能善感

저 멀리 새 노래를 펼쳐 보이네.   遠遠發新謳

빗속에 雨中

빈 주렴 속 그림자는 미풍에 흔들리고 虛簾浪影度微風

찬비에 복사꽃은 붉은 꽃이 채 안 폈네. 雨冷桃花不放紅

몸은 여기 있으면서 생각은 하늘가에 思入天涯身在此

닫아건 문 가운데 연산(研山)[158]이 푸르구나. 研山蒼翠閉門中

율원장에서 이유일을 만나다 栗園庄遇李有一

수염 눈썹 쉴 새 없이 일제히 웃어 대니 歷落須眉一笑齊

하찮은 작은 선비 초파리 다름없네.   雕蟲小士摠醯雞

강성(江城) 밤비에 소나무 삼나무 울부짖고 江城夜雨松杉嘯

주렴 속 봄바람에 촛불 심지 눈물짓네. 簾幕春風蠟燭啼

좋은 사람 신 끌고 찾아옴에 놀라니   好事人驚携屐厲

---

158. **연산** 감상용으로 만든 기암괴석 산 모양을 두른 두른 벼루를 말한다.

다정한 술병이 문 두드림 기뻐한다.　　　多情酒喜扣門低

창가에서 시 읊던 곳 생각해 내려는데　當窓記取哦詩處

홀을 괴자[159] 서편으로 산 빛이 내려앉네.　嶽色平沈拄笏西

저물녘 黃昏

부서진 집 푸른 등불 나무뿌리 비추고　　破屋靑燈映樹根

책 읽는 소리 잠시 멎자 황혼이 되었구나.　書聲暫輟爲黃昏

귀뚜리 귀뚤귀뚤 방울 소리 울리고　　　搖來蟋蟀叢鈴響

은하수도 물에 잠겨 거친 비질 자국 있네.　蘸了天河堊等痕

지사(志士)는 세 폭의 눈물[160] 금치 못하고　志士難禁三幅淚

명산(名山)은 일가의 말을 짓자 하누나.　　名山欲著一家言

솟구치던 의기야 해마다 있었지만　　　　飛騰意氣年年在

적막히 가을 만나 또다시 문을 닫네.　　　寂寞逢秋又閉門

---

159. **홀을 괴자**　원문은 주홀(拄笏). 진(晉)나라 왕휘지(王徽之)가 환충(桓沖)의 참군(參軍)으로 있을 때 환충이 그에게 요즘 무슨 직무를 보았느냐고 묻자, 홀(笏)을 턱에 괴고 말하기를 "서산에 아침이 찾아오면 상쾌한 기운이 감돈다"고 대답했다는 데서 나온 말로, 관직에 있는 몸으로서 여유롭고 청아한 정취가 있는 것을 말한다. 『세설신어』(世說新語) 「간오」(簡傲)에 보인다.

160. **세 폭 눈물**　세 폭은 가난한 선비의 몸을 채 가리지 못하는 홑이불을 가리킨다. 서거정의 「한야음」(寒夜吟)에 "세 폭의 찬 이불은 딱딱하기 쇠와 같다"(三幅冷衾堅似鐵)라 한 것이 있다. 빈한한 삶의 고통을 말한 것이다.

소석산방에 부치다 5수 寄小石山房 五首

1

이웃 가려 집 사는[161] 뜻 알지 못하니   不識買隣義
밥 싸 가는 어짊[162]이야 어찌 알리오.   寧知裹飯仁
한평생 언제나 못 잊는 것은   平生不可忘
『논어』의 밭 갈던 사람이라네.[163]   論語耦耕人

2

아침 볕에 이슬 젖은 알밤을 줍고   朝陽拾露栭
밤 불빛에 서리 맞은 게[164]를 잡으리.   夜火編霜蟹
매만지며 누군가를 주려 하다가   摩挲欲贈誰
백 번을 들었다간 그만두겠지.   持玩百回罷

3

펑지 마을 집이 트여 시원스러워   材平屋不礙
시골 달이 서울보다 더욱 곱겠네.   鄕月比京多
그림자 돌아보며 장난을 치니   顧影還相謔

---

161. **이웃 가려 집 사는**　『남사』(南史) 「여승진전」(呂僧珍傳)에 보인다. 중국 남북조 시대에 송계아(宋季雅)가 여승진(呂僧珍)의 집 옆에 집을 사서 살았다. 승진이 집값을 물으니, "일천일백만 냥을 주었는데, 집값은 일백만 냥이요 이웃이 일천만 냥"이라고 대답했다고 한다.

162. **밥 싸 가는 어짊**　『장자』(莊子) 「대종사」(大宗師)에 보인다. 자여(子輿)와 자상(子桑)은 친구로 지냈다. 그런데 장마가 열흘이나 계속되자, 자여가 "자상은 가난해 굶주려 병이 났을지도 모르겠군" 히고서는 밥올 싸 가지고 가서 먹이려 했다. 자상의 문 앞에 이르자 거문고를 뜯으며 읊조리는 소리가 들려 그 연유를 묻자, "자신을 가난하게 한 것은 운명일 것이다"고 대답했다.

163. **『논어』의~사람이라네**　『논어』에 나오는 밭 갈던 은자 장저(長沮)와 걸닉(桀溺)를 가리키는 말이다. 『논어』 「미자」(微子)에 보인다.

164. **서리 맞은 게**　서리가 내릴 무렵의 게가 가장 맛이 좋다고 한다.

너울너울 그대를 어이하리오.　　　　　　婆娑奈爾何

4

깊이 감춘 도서를 꺼내어 오면　　　　　圖史發深藏
곁에선 아내가 향을 사르리.　　　　　　燒香傍細君
때때로 다시금 손님 같음은　　　　　　時時還似客
오래도록 무리를 떠나서일세.　　　　　只是舊離群

5

그대 위해 한 가지 생각을 했지　　　　爲君設一想
그대 미쳐 구를 듯 기뻐할 일을.　　　　令君狂欲顚
그대가 생각지도 못한 틈타서　　　　　乘君不意中
그대 문 앞 곧장 열고 들어감일세.　　　直入君門前

화중 이광섭[165]의 광주 거처에 쓰다　題李〔光燮〕和仲廣州庄舍

부서진 집 거친 울타리 가에　　　　　　敗屋龘籬畔
사람은 찾지 않고 이슬만 깊다.　　　　　人稀白露深
병중에도 거침없는 태도 더하고　　　　病添捫蝨態

---

165. 이광섭　　이덕무의 당질, 훈련대장 이경무(李敬懋)의 아들이다. 영·정조 때의 문인으로, 충청
병사를 지냈다. 전서와 예서를 잘 썼고, 그림과 음악에 조예가 깊었다. 1771년 이덕무·박지원·백
동수 등과 평양을 유람한 기록이 남아 있다. 김홍도·이한진 등과도 활발히 교유한 것으로 보인다.

가난하나 볕 쬘 마음 넉넉하구나.　　　　　貧足負暄心
해묵은 꿀통에 덮개 씌우고　　　　　　　宿蜜筒加帽
새로 익은 술 항아리 이불을 덮네.　　　　新醅甕冒衾
쓸쓸한 바람 소리 듣지 못함은　　　　　　不堪聞瑟瑟
시든 잎에 벌레 소리 섞여서일세.　　　　衰葉褓蟲音

처사 이광석의 심계초당에서 이틀을 묵다 9수

信宿李處士光錫心溪草堂 九首

1

계수나무 숲 속의 그대를 그리니　　　　　山中桂樹隱思君
초택(草澤)에서 어이하여 새 짐승과 무리 하나.[166]　草澤胡爲鳥獸群
먼 물은 흘러가고 사람도 홀로 가니　　　遠水縱橫人獨去
들판도 황량해라 어렴풋이 길 나뉘네.　　野田蕭瑟路微分
대낮의 빈 마을은 바람 소리 그뿐인데　　午時虛落惟天籟
'묘'(卯) 자로 된 사립문은 글자 모양 그대롤세.　卯字柴門宛古文
삿갓 같은 정자 그늘 애오라지 함께 쉬니　一笠亭陰聊共憩
가을 하늘 아득히 외론 구름 피어나네.　　秋空杳杳潑孤雲

---

166. **새 짐승과 무리 하나**　공자가 길을 가다가 은자(隱者)인 장저(長沮)와 걸닉(桀溺)에게, "안 될 줄 알면서 억지로 하려는 사람"이라는 조롱을 들었다. 공자는, "새와 짐승과 같이 떼〔群〕를 할 수 없으니 내가 이 사람을 버리고 누구와 함께 살까" 하였다. 『논어』 「미자」(微子)에 보인다.

2

깊은 정 꺼내 놓고 그대와 얘기하니	盡把衷情說與君
닭장 속에 갇혀 지냄[167] 차마 못 건디겠네.	不堪籠鎖在鷄群
우연히 지은 시구 삼상(三上)[168]이 아니거니	偶然覓句非三上
마음껏 군세(軍勢) 펼침[169] 팔분(八分)[170]에 가까워라.	率爾張軍僅八分
달빛 지고 바람 스친 가난한 선비 집에	抹月批風貧士宅
천지를 경위 삼는 고인의 글이로다.	經天緯地古人文
글 지어 도 밝힘을 장차 뉘게 맡기리오	著書明道將安托
내 이제 후세의 양자운(揚子雲)[171]이 되려 하네.	今我還爲後子雲

3

유문(儒門)의 시학이야 그대만 함 뉘 있을까	儒門詩學孰如君
풍아(風雅)의 남은 소리 함께할 만하도다.	風雅遺音儘可群
어느덧 가을은 시든 잎 따라 찾아오고	約略秋從黃葉入

167. **닭장 속에 갇혀 지냄**　계군(鷄群)은 닭의 무리로, 평범한 사람을 비유한다. 계군학(鷄群鶴)은 평범한 무리 가운데서 뛰어난 사람을 말한다. 『세설신어』(世說新語) 「용지」(容止) "혜연조는 들 학이 닭 무리에 있는 것처럼 특출하다"(稽延祖卓卓如野鶴之在鷄群.)에 보인다.

168. **삼상**　시문을 구상하기 좋은 세 곳, 곧 마상(馬上)·침상(枕上)·측상(廁上)을 가리킨다.

169. **군세 펼침**　장군(張軍)은 장오군(張吾軍)의 준말로, 한유(韓愈)의 「취증장비서」(醉贈張秘書)에 "아매는 글자는 알지 못하지만 팔분체는 제법 쓸 줄 알기에, 내가 시를 지어 그에게 쓰게 한다면 또한 내 군세를 펼치기에 넉넉하다네"(阿買不識字, 頗知書八分, 詩成使之寫, 亦足張吾軍.)라고 보인다. 여기서는 시고를 쓴 글씨체를 뜻한다.

170. **팔분**　서체의 하나로 예서(隸書)와 전서(篆書)를 절충하여 만들었는데, 예서에서 이분, 전서에서 팔분을 땄기 때문이다.

171. **후세의 양자운**　양자운은 한나라 때 양웅(揚雄)의 자이다. 그가 『태현경』을 지을 때 그 벗이 지금 세상에 누가 그 어려운 책을 읽겠느냐고, 후세에 장독대의 덮개로나 쓰기 알맞다고 하자, 지금 세상이 아니라 후세에라도 나를 알아줄 한 사람의 양자운이 있으면 그뿐이라고 한 데서 나온 말. 박제가 자신이 이광석의 양자운이 되겠다는 의미로 한 말이다.

높고 낮은 집들은 산 중턱을 나누었네.   參差屋向翠微分
원컨대 술자리에 유익한 벗[172] 부르리니   願言盃酒延三益
명성이란 엽전 한 푼 값어치도 못 된다네.   未擬聲名直一文
손님이 찾아올 때 바야흐로 해 저무니   客子來時方落日
높은 관에 뒷짐 지고 정운(停雲)[173] 시를 노래하리.   峩冠負手詠停雲

4

그대 수레 모는 것을 어찌해 사양하리[174]   跋涉寧辭御李君
깊은 골짝 높은 자취 무리 짓기 어려워라.   高蹤澗壑邈難群
마을 사람 세상일을 말하는 법이 없고   居民少說風塵事
어린애도 의리 구분 능히 할 줄 아는도다.   稚子能知利義分
가을 밭 감잎[175]에다 야사를 기록하고   柿葉秋田抄野史
흙집 관솔불에 옛글을 외우누나.   松明土室誦朱文
객 머묾을 싫다 않고 푸짐히 밥 먹이니   不嫌留客豊年飯
벼이삭 아득히 만경 구름 맞닿았네.   稻稏遙連萬頃雲

---

172. **유익한 벗**　원문은 삼익(三益). 『논어』 「계씨」에 보이는 유익한 세 벗으로, 우직(友直)·우량(友諒)·우다문(友多聞)이다.

173. **정운**　도잠의 시 「정운」을 말하는데, 이 시는 친구에 대한 간절한 마음을 비유적으로 표현한 것이다.

174. **그대 수레~사양하리**　원문의 어이군(御李君)은 어진 이를 가까이에서 대하였다는 뜻이다. 이군은 본래 이응(李膺)을 가리킨다. 여기서는 이광석이다. 동한(東漢) 때 이응이 어질다는 명성이 있었다. 어느 날 순상(荀爽)이란 사람이 이응을 찾아가서는 이응이 탄 수레를 몰게 되었는데, 집에 돌아와서 다른 사람들에게 말하기를, "오늘에야 내가 이응의 수레를 몰 수 있게 되었다"(今日得御李君矣.)라 하였다. 『후한서』(後漢書) 「이응열전」(李膺列傳)에 보인다.

175. **감잎**　시엽(柿葉)은 감잎으로, 당(唐)나라 때 정건(鄭虔)은 시서화(詩書畫) 삼절(三絶)로 일컬어질 만큼 재명(才名)이 뛰어났으나 매양 빈궁에 쪼들렸고, 어려서는 종이가 없어서 감나무 잎〔柿葉〕에다 글씨를 익혔다. 『신당서』(新唐書) 「정건열전」(鄭虔列傳)에 보인다.

5

굳은 절개 도연명[176]에 적군(翟君)[177]을 함께하니	苦節柴桑共翟君
때때로 낚싯대 들고 갈매기 떼 찾아가네.	時時把釣入鷗群
옆방에선 아이의 책 읽는 소리 들려오고	兒令隔壁書聲送
책상 앞에 손님은 잠 맛이 달콤하다.	客許聯床睡味分
마음 노닒 만물을 스승 삼음 있으니	只有游心師萬物
한 손으로 사문(斯文) 지킴 감히 논한다네.	敢論隻手衛斯文
그대 집 가을 산의 바로 아래 있으니	儂家政在秋山下
쇠등에서 그 누가 저녁 구름 바라보나.	牛背何人望夕雲

6

밭 사잇길 가만 걸어 홀로 그댈 찾으니	田間幽步獨尋君
저녁볕에 소와 양도 한 무리를 이루었네.	殘照牛羊又一群
먼 산의 푸른빛이 옷 위로 떨어지고	邐岜空靑衣上落
긴 숲의 푸른빛은 그림 속에 있는 듯해.	長林金碧畫中分
빗기운에 하루살이 떼를 지어 날아가고	蠛蠓知雨爲行陣
벌레 찾는 딱따구리 주문을 외우누나.	啄木求虫有呪文
천기를 모두 모아 안목 아래 두고서	盡拾天機歸眼底
표연히 방외에서 나는 구름 밟는 듯.	飄然方外躡飛雲

---

176. 도연명   원문은 시상(柴桑). 옛 고을 이름인데, 진나라 도잠의 고향이 시상에 있었기에 도잠을 가리킨다.

177. 적군   적공(翟公)으로, 한(漢)나라 문제(文帝) 때 사람. 정위(廷尉)에 있을 적에는 문전성시(門前成市)를 이루더니, 벼슬을 그만둔 뒤에는 참새 그물을 쳐 놓을 정도로 대문 밖이 한산했다는 고사가 전한다. 『사기』 「급정열전」(汲鄭列傳)에 보인다.

7

백 번 다짐 굳센 의지 다만 그댈 믿으니　　　百鍊强腸只信君
어지러이 개미 떼가 나무를 흔드누나.[178]　　紛紛撼樹蚍蜉群
식구들 다 데리고 방외에서 노닐며　　　　　盡携家室游方外
옛 경전 홀로 펼쳐 한밤중에 앉아 있네.　　獨抱遺經坐夜分
거침없는[179] 경륜은 참으로 속되잖고　　　　捫蝨經綸眞不俗
나오는 말 꽃과 같아[180] 모두 글을 이루네.　粲花牙頰摠成文
옛사람이 나 먼저 기막힌 말 얻었으니　　　古人先獲鍾情語
'동야는 용이 되고 나는 구름 될 테야.'[181]　東野爲龍我是雲

8

고기 잡고 술을 걸러 모두 그대 따르니　　叉魚釃酒盡隨君
들 나그네 와서 보매 곳마다 무리 짓네.　　野客來看處處群
한 기러기 돌아오니 가을은 깊었는가　　　一雁初廻秋幾許
바라뵈는 몇 집은 물에 어려 나뉘었네.　　數家相望水中分
따뜻한 해에 벼 이삭은 금물결을 이루고　禾頭暖日生波暈
허공의 아지랑이 비단 무늬 갈라진 듯.　　空裏游絲裂縠文

178. **어지러이~흔드누나**　원진(元稹)이 이백(李白)과 두보(杜甫) 시의 우열을 논하면서 이백보다 두보를 앞에 두자, 한유(韓愈)가 "개미가 큰 나무를 흔들려고 하니, 자기 역량 모르는 게 가소롭다"라 하며 원진을 조롱한 일이 있다. 호자(胡仔)의 『어은총화』(漁隱總話)에 보인다.
179. **거침없는**　원문은 문슬(捫蝨). 남이 보는 앞에서 이를 잡는다는 뜻으로, 방약무인(傍若無人)한 태도를 이른다. 『진서』(晉書) 「왕맹전」(王猛傳)에 보인다.
180. **꽃과 같아**　원문은 찬화(粲花). 봄꽃처럼 전아(典雅)하고 준묘(雋妙)하다는 의미로, 이백의 성품을 논하며 그의 말이 아름다워 이 사이에서 꽃이 피어나는 듯하다고 한 데서 나왔다. 왕인유(王仁裕)의 『개원천보유사』(開元天寶遺事) 「찬화지론」(粲花之論)에 보인다.
181. **동야는~될 테야**　한유(韓愈)가 맹교(孟郊)를 추앙하며 지은 「취유동야」(醉留東野)의 "나는 구름이 되고, 동야는 용이 되길 바라노라"(吾願身爲雲, 東野變爲龍.)는 구절을 차용했다. 맹교가 용이 되면 한유 자신은 용을 따르는 구름이 되어 헤어짐 없이 평생 맹교를 따르겠다고 다짐한 대목인데, 여기서는 이광석을 맹교에 자신을 한유에 비긴 것이다.

십 리라 전원에 눈에 가득 시뿐이니　　　　十里田園詩滿眼
느긋한 마음으로 안개 구름 짝하노라.　　　開將心事伴烟雲

9

가을 회포 쓸쓸킬래 그대와 함께하니　　　秋懷搖落共夫君
하늘 끝 기러기 떼 마음을 놀래키네.　　　天末驚心送雁群
비단 같은 안개 속에 나무는 잠기었고　　　幾樹消沈烟一匹
반 뜰엔 희미하게 달빛이 해맑아라.　　　牛庭淸淺月三分
지금 세상 다정한 말 듣기를 아끼면서　　　愛聽今世多情語
옛사람의 득의의 글 읽기를 좋아하네.　　　喜讀先民得意文
시골 술 맛없다고 말하지는 마시게나　　　莫道村醪無厚味
이 가운데 높은 의리 구름보다 더 높나니.[182]　此中高義薄曾雲

광흥창[183] 아래 배에서 자고 이경에 조수를 타고 운양나루[184]에 이르다 舟宿廣興倉下 二更乘潮 至雲陽渡

큰 배에선 굿하느라 소리 온통 시끄럽고　　大船祈神喧咽咽

---

182. 이 가운데~높나니　원문의 증운(曾雲)은 높이 솟는 뭉게구름이다. 이광석의 높은 의리가 뭉게구름을 낮추 볼 정도라는 의미이다.
183. 광흥창　조선 시대 관리들의 녹봉을 관리하던 호조의 한 부서로, 와우산(臥牛山) 남쪽 기슭에 있었다. 와우산은 현재의 홍익대학교 뒷산으로, 높이는 해발 101.9미터이다.
184. 운양나루　정확한 위치는 알기 어려우나, 한강 하류가 지나는 김포시 양촌면 운양리 일대에 있었던 나루로 추정된다.

작은 배선 술 파느라 등불이 꺼지잖네.	小船沽酒燈未滅
돛대 너머 낮은 하늘 초승달 걸려 있고	檣背天低影纖月
둥둥둥 북소리는 어지럽게 들려온다.	鼕鼕擊鼓無鼓節
닻줄 풀자 영차 소리 멀어져 들리잖고	解纜呼邪聲欲絶
강 마을 아가씨는 이별만 근심겹다.	江村女兒愁離別
서남쪽은 바람 급해 '안'(雁) 자[185]로 갈라지고	風急西南雁字裂
장년의 삼로(三老)[186]는 누더기 옷을 입었구나.	長年三老衣百結
포구에 조수 들자 산이 이지러지는 듯	浦口潮生山似玦
밤들자 선실 틈에 서리가 날려드네.	飛霜夜入孤篷缺
봉창 밑은 좁고 깊어 몸 놀리기 어려워도	篷底湫深坐臥劣
살 도리 갖췄으니 마음 외려 기쁘구나.	生涯備具情還悅
선반엔 바가지와 부싯돌을 지니고서	懸瓠閣柴帶燧鐵
구불구불 물 긷는 곳 굴뚝과 통해 있네.	逶迤汲道通烟穴
내 손수 가벼운 배 한 척 만들고자	我欲手製輕舸一
통나무 가운데를 반반하게 깎으리라.	中邊削木平如漆
먼지 하나 터럭 위에 앉지 못하게 하고	點塵不令棲鬢髮
뱃밥[187]으로 터진 구멍 막을 일 없으리라.	敗袽初無防隙決
책상과 침상을 병풍으로 둘러 두고	屛几帷床遮曲折
걸린 닻과 걸린 노도 모두 새로 마련하리.	帆橫櫓縱皆新潔
다닐 때는 거마 삼고 쉴 때는 집 삼으면	車馬於行屋於歇
몇 식구 처자식 먹고살 일 걱정 없네.	數口不愁妻孥挈

---

185. **안 자**　기러기가 'Ｖ' 자 모양으로 줄지어 날아가듯 물줄기가 갈라진다는 의미이다.
186. **장년의 삼로**　뱃사공을 가리킨다. 두보의 「발민」(撥悶)에서 "장년의 삼로가 멀리서 너를 아껴, 노 저어 뱃머리 여니 민첩하여 정신 드네"(長年三老遙憐汝, 捩柁開頭捷有神.)라 한 데서 나왔다.
187. **뱃밥**　원문은 패녀(敗袽). 패녀는 배의 빈틈을 막아 물이 새지 못하도록 하는 해진 옷을 이르는 말. 뱃밥으로 구멍 막을 일이 없다는 것은 통나무 배이므로 물 샐 곳이 없다는 뜻으로 한 말이다.

눈처럼 흰 그물을 석양볕에 널어 놓고　　　　　斜陽持曬網如雪
대숲 밖서 쏘가리를 팔고서 돌아오리.[188]　　　竹外賣歸桃花鱖
선비 이름 내버리고 장사꾼의 무리 들어　　　　刊落士名入商列
강회와 오월 땅을 왔다 갔다 하리라.[189]　　　往來江淮與吳越

배를 타고 가며 8수 舟行雜詠 八首

1

황량한 밭 언덕에 귀뚜리 울 때　　　　　蟋蟀荒田岸
수숫대 바람에 배를 맡겼지.　　　　　　倚舟蜀黍風
한강에는 초승달 희게 빛나고　　　　　祖江纖月白
남산에 봉홧불이 자주 오르네.　　　　　木覓數烽紅
안개 서리 밖에는 작은 집 한 채　　　　蟹舍烟霜外
갈대밭 가운데서 그물을 친다.　　　　　漁罾荻葦中
몸소 밭 가는 일 원망 않으니　　　　　躬耕吾不怨
부족해도 한 경전에 통달하였네.[190]　　身乏一經通

---

188. 대숲 밖서~돌아오리　　장지화(張志和)의 「어부가」(漁父歌)에 "서색산 앞으로는 백로가 날아 예고, 복사꽃 흐르는 물결 쏘가리 살졌구나"(西塞山前白鷺飛, 桃花流水鱖魚肥.)란 구절이 있다.
189. 강회와~하리라　　당대(唐代)의 시인 맹호연(孟浩然)이 40세에야 비로소 진사시에 응했으나 낙제하고 일찍이 강회(江淮)·오월(吳越) 등지를 떠돌며 유랑한 일이 있으므로, 명리를 저버리고 자적하며 노니는 모습을 가리킨다.
190. 한 경전에 통달하였네　　원문은 일경통(一經通). 『무량수경』(無量壽經)에 "하나의 경전을 통달하면 일체의 경전을 통달하게 된다"(一經通, 一切經通.)란 말이 있다.

2

작은 배는 마치 콩깍지 같고　　　　小船如荳殼

백로는 실바람 속 오고 가누나.　　來往鷺絲風

바위 꼴은 먹빛으로 그을려 있고　石法多焦墨

단풍나무 빨갛게 물들어 있다.　　楓身摠老紅

밥 연기 한줄기로 피어오르고　　人烟從一上

가을빛은 허공 중에 일어나누나.　秋色起空中

물결의 늘고 줆을 바라보자니　　目擊潮增減

달과 함께 통해 있음 알 수 있겠네.　方知與月通

3

갑판이 때때로 울부짖으니　　　　船板時時吼

높은 돛대 바람을 견디지 못해.　　高檣不抵風

먼 구름에 기러기 목은 하얗고　　遠雲鴻頸白

깊은 물에 잉어의 수염 붉어라.　　深水鯉鬚紅

눈으로 아득한 곳 바라보면서　　目盡蕭疎際

몸은 호탕한 물결 따라가누나.　　身從浩蕩中

삼십 리 바깥을 바라보자니　　　試看三十里

하늘은 해문과 닿아 있구나.　　　天壓海門通

4

비단 주머니 속에 세 치의 붓이　錦囊三寸管

자잘하게 민풍을 기록한다네.　　零瑣記民風

물 맑으니 구름의 비늘이 희고　　水淨雲鱗白

가뭄 들어 밥알의 색깔이 붉네.　田荒飯粒紅

미친 노래 부르며 서울을 떠나　狂歌辭日下

무릎을 감싸 안고 배 안에 드네.	抱膝入舟中
유자가(孺子歌)[191]서 노래한 창랑의 의미	孺子滄浪意
내가 바로 초나라 접여(接輿)[192]로구나.	吾其楚陸通

5

하늘과 강물이 달라붙은 곳	天水相黏處
가는 배는 바람을 빗겨서 받네.	歸帆側受風
저문 산엔 어느새 자줏빛 돌고	暮山旋變紫
서리 맞은 나무는 더욱 붉어라.	霜樹頓添紅
해오라기 두리번대며[193] 서 있는 사이	鷺立然疑頃
날아가는 큰 기러기 눈에 드누나.	鴻飛阿堵中
들판 다리는 소로길로 연이어 있어	野橋連細逕
이따금 한 사람이 지나가누나.	時有一人通

6

| 농사를 권면하는 천 년의 마음 | 明農千載意 |
| 서글피「빈풍」장을 읊조리노라.[194] | 惆悵詠豳風 |

---

191. 유자가 세태에 따라 삶의 태도를 슬기롭게 정해야 한다는 노래로, 『맹자』「이루」(離婁)에 나온다. 노래 가사는 다음과 같다. "창랑의 물이 맑으면 갓끈을 씻으면 되고, 창랑의 물이 탁하면 발을 씻어야 하리."(滄浪之水淸兮, 可以濯我纓, 滄浪之水濁兮, 可以濯我足.)

192. 초나라 접여 원문은 초육통(楚陸通). 초(楚)나라의 접여(接輿)인데, 그의 이름이 육통(陸通)이다. 접여는 초나라의 미치광이로 공자의 수레 앞을 지나면서 노래하기를, "봉새여, 봉새여! 어찌 그리도 덕이 쇠했는고"(鳳兮鳳兮, 何德之衰.)라 한 바 있다. 『논어』「미자」(微子)에 보인다.

193. 두리번대며 원문은 연의(然疑). 반신반의하며 이러지도 저러지도 못하는 모양이다.

194. 서글피~읊조리노라 『시경』「빈풍」은 주나라 주공(周公)이 섭정을 그만두고 경험이 부족한 성왕(成王)을 등극시킨 뒤 백성들의 농사짓는 어려움을 알리기 위해 지은 것으로, 월령체의 형식을 빌려 매달 농가에서 힘써 하는 일이 무엇인가를 설명한 내용을 담고 있다.

그럭저럭 문필에 뜻을 품고서   碌碌懷鉛槧

때때로 티끌세상 돌아다니지.   時時踏軟紅

가랑이 밑 기어감을 달게 여겨도[195]   有身甘胯下

주머니를 뚫고 나올 지혜는 없네.[196]   無智扣囊中

우스워라, 구차한 삶 도모함이여   自笑謀生拙

말똥구리 말똥을 안음과 같네.   蛣蜣抱馬通

7

뱃사람이 음양을 공부했는지   黃帽陰陽學

다음 날 바람 붊을 능히 안다네.   能知隔日風

장비 수염 씻어도 더욱더 검고   拳鬚湔更黑

검은 뺨 취해도 안 붉어지네.   犁頰醉難紅

도롱이 위에는 가을빛이요   秋色簑衣上

코 골며 조수의 소리를 듣네.   潮聲鼾睡中

하늘 기운 질박하게 받고 태어나   天氣生質朴

묘처를 절로 능히 통한 것이리.   妙處自能通

8

궁벽한 시골에다 집을 사고서   窮鄕將買屋

차라리 문풍을 떨쳐나 볼까.   寧擬振文風

시예(詩禮)로 유자의 업을 전하고   詩禮傳儒業

길쌈으로 아녀자의 일을 익히네.   桑麻習女紅

---

195. **가랑이 밑~여겨도**   무명 시절 가랑이 사이로 지나다니면서도 모욕을 감수했다는 한신(韓信)의 고사를 말한다. 『사기』「회음후열전」(淮陰侯列傳)에 보인다.

196. **주머니를~지혜는 없네**   모수(毛遂)가 스스로를 '주머니 속의 송곳'에 비유하여 평원군에게 자천(自薦)한 일.

뜬 이름은 공령문 밖에나 있고　　　　　　浮名功令外
진정한 뜻 농사일 힘씀에 있지.　　　　　　眞意力田中
방초(芳草)[197] 자취 사라질까 걱정이 되어　　恐沒芳草跡
『이소경』 한 편을 베껴 쓰노라.　　　　　　離騷寫一通

저녁에 농가를 찾아 夕訪農舍

밭 사이로 물길이 설핏 하얀데　　　　　　片白田間水
송사리 말발굽에 숨어드누나.　　　　　　針魚匿馬蹄
잠자리는 아직도 허공 맴돌고　　　　　　蜻蜓還邁邁
기러기 떼 서둘러 날아가누나.　　　　　　鴻雁亦棲棲
갈림길서 마음은 머뭇대는데　　　　　　岐路心猶豫
깊은 근심 술 취한 듯 엉기는구나.　　　　幽憂醉似泥
조그만 초가집[198]에 저녁 내리고　　　　瓜牛廬畔夕
조각달 서편에 내가 서 있네.　　　　　　人在月弦西

---

197. 방초　고운 마음과 어진 덕을 지닌 사람을 상징하는 말로, 굴원의 「이소」에 나온다.
198. 조그만 초가집　원문은 과우려(瓜牛廬). 달팽이 집같이 작은 집으로, 누추한 집을 가리킨다.
과(瓜)는 와(蝸)이다.
199. 중양절에~차운하다　두보(杜甫)의 시 「추흥 8수」(秋興八首) 중 첫 수를 차운했다.

중양절에 두보 시에 차운하다[199] 九日 次杜

문무(文武) 사업 헤매다 전원에 못 갔는데   書劍倐倐未返林
가을 오매 기러기 떼 쓸쓸하게 비치네.   秋廻雁字映蕭森
도랑은 굽이굽이 논둑길로 통하고   魚梁曲折通禾徑
외양간 황량하게 나무 그늘 맞닿았다.   牛屋荒寒接樹陰
바다 위 여러 산도 이처럼 저무니   海上諸山如是暮
농가의 중양절은 그 마음 어떠하리.   田間九日若爲心
농민들 입기보다 먹는 일 다급하여   農家口急身猶綏
집집마다 방아 찧고 몇 집만 다듬이 소리.   百戶舂聲數戶砧

두시에 차운하여 이의암에게 보이다 6수 次杜 示李宜菴 六首

1
마음이 고요하니 좁은 집도 큰 집 같고   心靜還知丈室寬
신 막걸리 시원하여 한때나마 기쁘구나.   酒酸猶博片時歡
십 년간 그대 삶은 제문(齊門)의 거문고[200]요   十年人似齊門瑟
반평생 문장은 남 흉내만 내었구나.[201]   半世文多楚相冠
세모를 재촉하는 벌레 소리 들으면서   感此孤蟲催歲暮
표연히 빈 들판서 찬 시리 밟으리라.   飄然曠野履霜寒

---

200. 제문의 거문고   제문(齊門)에서 거문고를 타는 것은 자신이 좋아하는 바를 할 뿐이지 복록을
위해 그 즐거움을 바꾸지 않는다는 의미이다. 한유(韓愈)의 「답진상서」(荅陳商書)에 나온다.

시골 마을 적막하여 잠자리 일찍 들어　　　　　鄕村寂寞眠常早
사립에 달 떠오자 그제야 나와 보네.　　　　　　月壓柴荊始出看

2

얕은 숲 안개 깔려 들은 더욱 넓은데　　　　　烟低樹短野何寬
아득한 하늘 끝서 옛 즐거움 떠올리네.　　　　　落落天涯念舊歡
단풍잎 쌓인 곳에 밟는 소리 들리더니　　　　　紅葉初深聞葛屨
황혼 녘에 홀로 서서 관 쓴 그대 보이누나.　　　黃昏獨立見方冠
강 비 계속되니 잉어가 소식 전하겠고[202]　　　鯉魚書信連江雨
대지에 추위 드니 귀뚜리 소리 잦아진다.　　　　蟋蟀繁音滿地寒
고향 떠나 술잔을 구슬피 바라보며　　　　　　恨望盃樽違故里
밝은 달에 가을꽃을 차마 보지 못하겠네.　　　　秋花明月不成看

3

가을 들자 술 인심이 한결 더 넉넉해져　　　　　秋來飮戶十分寬
바닷가서 만나니 며칠이나 즐거웠나.　　　　　　海上萍逢幾日歡

---

201. 남 흉내만 내었구나　　원문은 초상관(楚相冠). 초나라 재상 손숙오(孫叔敖)와 관련된, 『사기』(史記) 「골계열전」(滑稽列傳)에 보이는 말이다. 손숙오는 우맹이 어진 사람임을 알고 그를 잘 대우했다. 자신이 병들어 죽게 되자 그 자식이 빈곤해졌다. 우맹이 손숙오의 의관을 걸치고 손숙오와 같은 행동을 했다. 초왕이 우맹을 보고 손숙오가 다시 살아온 것으로 여겨 재상을 삼고자 했다. 우맹은 "돌아가 아내와 의논해 보겠다"고 하고선 물러났다. 우맹이 다시 초왕에게 말하였다. "초나라 재상이란 족히 할 것이 못 됩니다. 손숙오와 같은 재상은 충성과 청렴을 다해 초나라를 다스렸고, 초왕은 패자가 될 수 있었습니다. 그가 죽자 그 아들은 빈곤하여 땔나무를 져서 먹을 것을 마련합니다. 만약에 손숙오와 같이 된다면 스스로 목숨을 끊으니만 못합니다." 이후 초왕은 손숙오의 자식을 불러 땅을 주고 아버지의 제사를 받게 하였다. 여기서는 남의 흉내나 낸다는 뜻으로 쓰였다.
202. 잉어가 소식 전하겠고　　한나라 채옹(蔡邕)의 「음마장성굴행」(飮馬長城窟行)에 "손이 먼 곳에서 오는데, 잉어 두 마리를 보냈네. 아이 불러 잉어를 삶게 하니, 그 안에 흰 편지가 있다네"(客從遠方來, 遺我雙鯉魚. 呼兒烹鯉魚, 中有尺素書.)라 하였다. 이후 잉어는 편지를 지칭하게 되었다.

낙담하여 밝은 달에 함께 칼집 두드리고[203]　　　落拓共彈明月鋏

높이 솟은 절운관(切雲冠)[204]을 머리에 쓴다네.　　崔嵬猶戴切雲冠

〈빈풍도〉(豳風圖)[205] 그림 속에 국화는 시들었고　豳風畫裏黃花老

농장성(農丈星)[206] 그 옆으로 흰 이슬 차가워라.　農丈星邊白露寒

초가집 푸른 등불 마음 더욱 기꺼워　　　　　　蔀屋靑燈情轉勝

주머니 속[207] 시 초고를 밤 깊어 꺼내 보네.　　奚囊詩草夜深看

4

낯선 땅서 호구하느라 허리띠 헐렁하여　　　　殊鄕糊口帶圍寬

꿈속에 고향 가도 조금도 기쁘잖네.　　　　　夢裏歸家不是歡

예로부터 어진 이는 밭두둑에 많았거니　　　　終古名賢多畎畝

빈천한 이내 신세 유관(儒冠)이 한스럽다.　　至今貧賤恨儒冠

울타리 가 풀벌레는 달빛 아래 울고 있고　　草虫籬落暗明月

하늘가 기러기는 추위를 원망한다.　　　　　客雁天衢怨薄寒

『효경』「서인장」(庶人章)의 좋은 뜻[208] 탄식하니　歎息庶人章旨好

태항산 흰 구름을 누굴 위해 바라보나.[209]　　太行雲白爲誰看

---

203. **칼집 두드리고**　맹상군의 식객 풍환의 탄협(彈鋏) 고사.

204. **절운관**　『초사』(楚辭)「구장」(九章)「섭강」(涉江)에 "빛나는 장협을 차고, 높은 절운관 썼네"(帶長鋏之陸離兮, 冠切雲之崔嵬.)라는 구절이 있다. 위로 높이 솟은 관으로, 굴원(屈原)이 쫓겨나 강가를 떠돌 적에 쓰던 관이다.

205. **〈빈풍도〉**　원(元)나라 조맹부(趙孟頫)가 그린 그림이다. 『시경』의 빈풍「칠월」(七月)을 그림으로 형상화한 작품으로, 이후 '빈풍도'는 농사와 관련된 그림을 범칭하게 되었다.

206. **농장성**　별 이름으로, 남극성 서남쪽에 있다. 수확을 주관하는 별이다.

207. **주머니 속**　원문은 해낭(奚囊). 당나라의 이하(李賀)가 명승지를 구경하며 얻은 시를 해노(奚奴)가 가지고 다니는 주머니에 넣은 고사. 전하여 시초(詩草)를 넣어 두는 주머니.

208. **「서인장」의 좋은 뜻**　『효경』「서인장」(庶人章)에, "하늘의 도를 이용하고 땅의 이익을 나누어 부지런히 아껴 써서 어버이를 봉양하는 것, 이것이 서인의 효도이다"(用天之道 分地之利 謹身節用 以養父母 此庶人之孝也.)라는 구절이 있다. 여기에 맞게 부모를 봉양하지 못함을 한탄한 것이다.

5

세상인심 겪고 보니 저절로 넉넉해져	閱盡人情且自寬
인정의 농담(濃淡) 따라 기쁨 슬픔 지을쏜가.	肯隨濃淡作悲歡
빚 같은 농사일에 문서 태울 생각하고[210]	田如宿債思焚券
못난 선비 신세라 관에 오줌 쌀 만해라.[211]	身是迂儒可溺冠
비바람 흩뿌리자 저물녘이 되었고	風雨紛披爲薄暮
강산도 물드니 첫 추위가 닥치누나.	江山渲染入初寒
해마다 백 리 길에 물결 위 나그네로	年年百里乘潮客
떡갈나무 마을에서 벼 타작을 보노라.	槲葉村中打稻看

6

막걸리는 못난 사내 넉넉하게 만드니	醇醪合使薄夫寬
오랜 객이 도리어 눈물 씻고 기뻐하네.	久客飜爲破涕歡
오히려 서향(書香)[212] 있어 이삼 일 머무는데	猶有書香留信宿
어느덧 들판 빛깔 의관에 물들었네.	居然野色染衣冠
버석버석 낙엽에 서릿발은 하얀데	多聲木葉流霜白

---

209. 태항산~바라보나 당(唐)나라의 적인걸(狄仁傑)은 그의 부모가 하양(河陽)에 살고 있었는데, 태항산(太行山)에 올라 흰 구름 한 덩이가 떠가는 것을 보고 옆 사람에게 "우리 부모가 저 아래에 살고 계신다" 하고 한동안 슬프게 바라보다가 그 구름이 가 버린 뒤에 자리를 떠났다고 한다. 『신당서』(新唐書) 「적인걸전」(狄仁傑傳)에 보인다.

210. 문서 태울 생각하고 원문의 분권(焚券)은 빚 문서를 태운다는 말이다. 풍환(馮驩)은 전국(戰國)시대 제(齊)나라 맹상군(孟嘗君)의 식객(食客)이었는데, 맹상군의 심부름으로 설(薛) 땅의 빚을 거두러 갔다가 군명(君命)을 핑계하고 백성들이 변상해야 할 채권(債券)을 모두 합하여 불에 태워 버렸다. 뒤에 맹상군이 궁지에 몰려 설 땅으로 돌아갔을 때 백성들이 그를 대환영했다. 『전국책』(戰國策) 「제책」(齊策)에 보인다.

211. 관에 오줌 쌀 만해라 한나라 고조 유방(劉邦)은 유자들을 좋아하지 않아, 빈객 중 유관을 쓰고 오는 자가 있으면 그 유관을 빼앗아 오줌을 싸 버렸다. 이 일화는 『사기』 「역생육가열전」(酈生陸賈列傳)에 보이는데, 이후 요관(溺冠)은 유생을 욕보이는 말이 되었다.

212. 서향 글 읽는 습속, 독서의 분위기.

어슴푸레 띳집엔 달빛만 싸늘해라.　　　　　未曙茅茨淡月寒

콩꼬투리 벼 들판과 헤어지고 난 뒤에　　　豆殼禾叢離別後

언제나 꿈속에서 만날는지 모르겠네.　　　不知何日夢中看

추수를 보며 觀穫

소 발굽은 흰 안개에 자옥히 둘려 있고　　　牛蹄白霧遠沴沴

피어나는 구름[213]은 새벽 해를 머금었다.　　十斛螺鬟曉日啣

앉은 곳에 약간의 거친 그늘 지길래　　　約略麤陰生坐處

부들 자리 낚싯대로 가을 배를 흉내 낸다.　一竿蒲席學秋帆

황정평을 벗어나며 出黃精坪

갈대숲 마른 소리 길을 따라 가을인데　　　茅葦乾聲夾路秋

석양 무렵 찬 길 옆엔 만두 같은 무덤일세.　夕陽寒傍土饅頭

빨리 날아 무슨 샌지 알아보지 못하겠고　　迅飛不辨何毛鳥

먼발치에 어지러이 물 건너는 소가 있네.　　遠脚相交亂渡牛

백 리라 구름 산을 그림 속에 옮겨 오고　　百里雲山輸畫卷

---

213. **피어나는 구름**　　나환(螺鬟)은 구름 안개가 뭉게뭉게 솟아오르는 모양이다.

낚싯대 단출한 짐 고깃배에 부쳤노라.　一竿行李付漁舟

이대로 표연히 연꽃 나라 들어가　飄然願入荷花國

흰 달빛 맑은 물결 술을 싣고 놀았으면.　晧月澄波載酒遊

저물녘 사천²¹⁴에 이르러 3수 暮到麝泉 三首

1

저물녘 안개 서리 어우러지자　薄暮烟霜合

물새도 젖어서 날지 못하네.　溪禽濕不飛

책 상자 지고 온 이 같이 만나서　相逢携笈者

나무해서 돌아오길 기다리누나.　共待拾樵歸

촛불 빛 둥근 창에 새어 나오고　燭影穿圓牖

글 읽는 소리 푸른 산에 떨어지누나.　書聲落翠微

가난한 처 우아한 운치가 많아　貧妻饒雅致

산에 갈 때 입을 옷 마련했다네.　料理入山衣

2

새벽까지 쉬지 않고 읊조리는데　苦吟晨不輟

빈집 달은 서편으로 달리어 가네.　虛閣月西飛

나무들 그림자 엇갈려 지고　衆樹交生影

---

214. 사천　사천은 박제가의 벗인 이희경(李喜經)의 자(字)이다. 이희경의 집을 찾아가서 지은 시다.

안개는 반나마 남아 있구나.　　　　　　停烟半不歸
산 날씨 추워서 불꽃도 작고　　　　　山寒燈焰小
적막한 창 벼루 향기 희미하여라.　　窓闃硏香微
탄식 말게, 함께 덮은 이불이 좁아　　莫歎聯衾窄
그대의 솜옷을 귀찮게 함을.[215]　　　煩君吉貝衣

3
무성히 꽃답던 그늘의 나무　　　　　歷歷芳陰樹
지금은 날릴 만한 잎 하나 없네.　　今無葉可飛
국화는 꽃병 아래 아직 살았고　　　寒花甁底活
외로운 달 꿈속에 돌아오누나.　　　孤月夢中歸
이곳에는 서대(書帶)[216]가 아예 없으니　此地空書帶
어느 누가 소미성(少微星)[217]을 바라보리오.　何人望少微
그대 보러 깊은 산을 자주 찾아서　　尋君頻絶巘
바위 위에 옷 벗어 걸어 두리라.　　石角解鉤衣

---

215. **솜옷을 귀찮게 함** 　원문의 길패(吉貝)는 면화를 말한다. 이불이 작아 함께 덮지 못하자 이
희경이 손님에게 이불을 양보하고 솜옷을 꺼내 입은 것을 말한다.

216. **서대** 　서대는 '서대초'를 말한다. 한나라 정현의 제자들이 서대초를 취하여 책을 묶었다고 한
다. 또 중국의 정광성(鄭廣成)이라는 사람이 늘 잔디같이 생긴 서대초라는 풀 위에서 공부했다고
한다. 이로 말미암아 공부하는 공간의 의미로 쓰인다.

217. **소미성** 　별자리 이름으로, 사대부 또는 처사의 지위를 나타낸다. 여기서는 사천 이희경(李喜
經)을 가리켜 한 말이다.

그림에 부치다 題畫

대지팡이 빗겨 놓고 허리띠 날리면서	衣帶飛揚竹杖橫
석염(石染) 옷[218]을 입은 이 물속 달을 향하였네.	石染偏向水中明
무슨 일로 그대는 바람 맞고 서 있는가	問君何事當風立
호리병 하나에다 술을 사러 가는 게지.	一隻葫蘆買酒行

밤에 사천의 집에 들어가 이덕무와 함께 밤새도록 술 마시고 놀았다. 새벽에 큰 눈이 내렸다 2수

夜入霹泉 與靑莊李子 劇飮達宵 曉大雪 二首

1

성안은 아득하고 집 뒤엔 뫼가 있어	城裏迢迢屋後峰
봉황은 천 길 높이 큰 자취 감추었다.	鳳凰千仞秘高蹤
안개 어린 하계에는 자취 모두 하나되고	群烟下界痕俱合
중천에 외로운 달 자태 더욱 농염하다.	獨月中天態逾濃
젊은지라 석 잔 술 연거푸 마시고서[219]	年少猶爲棼尾觶
찬 날씨에 아니 시든 소나무를 마주하네.	歲寒長對後凋松
그대들과 한 이름을 얻기 참말 어려우니	與君一名眞難得

---

218. **석염 옷**　주사(朱砂)나 반석 등 광물을 이용하여 물들인 옷을 뜻한다. 여기서는 그림 속 인물을 나타낸다.

219. **석 잔~마시고서**　원문은 남미(棼尾). 옛날 술잔이 한 순배 돌았을 때 마지막 사람이 석 잔 연거푸 마시던 일을 말한다.

낙백 신세 우리를 그 누가 용납하리. 　　　　落魄平生我孰容

2

눈과 안개 한데 섞여 집은 반쯤 잠겨 있고 　　和雪和烟屋半沈
굶주린 참새 떼는 높은 숲서 지저귄다. 　　忍飢群雀響脩林
옷에는 천 봉의 빛 어리어 빛이 나고 　　　衣裳照映千峰色
등불은 집 깊은 곳에 저 홀로 빛나누나. 　　燈火空明一院心
열변을 토하느라[220] 매화꽃도 떨어지고 　　談屑飛將梅共墜
경전 상자 같이 앉아 세월 함께 깊어지네. 　　經函坐與歲俱深
앞마을의 길 위에 술통이 분주하니 　　　　篠篠酒榼前村路
대삿갓 집어 쓰고 먼 밤길 다녀오네. 　　　篛笠披使冒遠陰

달빛 밟고 소위정을 방문하다 2수 乘月訪所謂亭 二首

1

다락 앞에 달빛은 넘쳐흘러서 　　　　　一色樓前月
옷소매를 흥건히 적시려 하네. 　　　　　盈盈欲漬衣
봄바람은 별원까지 전해져 오고 　　　　春風傳別院
등잔불이 달빛을 이어받았네. 　　　　　膏燭嗣寒暉
중배끼 소반이 처음 나오자 　　　　　粗粆盤初出
쌍륙판에 비로소 둘러앉았네. 　　　　　樗蒲座始圍

---

220. **열변을 토하느라**　원문은 담설(談屑). 말이 유창하여 끊이지 않는 모양을 말한다.

젊은 날의 즐거움을 따르려거든　　　　　　且從年少樂

밤 깊어 돌아감을 겁내지 마라.　　　　　　休怕夜深歸

2

손님과 주인의 뜻 고요도 하여　　　　　　寂然賓主意

가부좌한 채 판향의 내음을 맡네.　　　　　跌坐瓣香聞

술 덥히자 봄이 온 것 사랑스럽고　　　　　酒煖憐春至

옷이 차서 밤중임을 알아차리네.　　　　　衣寒覺夜分

매화에 흰 달빛이 흘러넘치고　　　　　　梅花流素月

은하수엔 옅은 구름 끊어졌구나.　　　　　河漢絶纖雲

인간 세상 맑기가 이와 같으니　　　　　　人境淸如許

그댈 어이 그리지 아니하리오.　　　　　　胡爲不憶君

밤중에 허명애·이존암[221]과 모여 夜集許明厓李存菴

예전 묵던 마을 가에 까치 둥지 떠올리니　　曾宿村邊記鵲巢

밥 짓는 연기가 길에 서로 얽혔었지.　　　　數家烟火路相交

가는 곳 청산에는 옷 그림자 환하고　　　　靑山去處明衣影

흰 달은 날아와서 나무 끝에 사라지네.　　　白月飛來失樹梢

---

221. **이존암**　이숭운(李崇運). 정조 때 문신. 자는 사진(士鎭)이고, 호는 존암(存菴)이며, 본관은 함평이다. 허명애(許明厓)는 미상.

당대의 시단에서 함께 만남 기뻐하며	當代詩城欣弁遇
주국(酒國)[222]에서 괜한 시름 모두 다 버렸노라.	閒愁酒國屬全抛
바로 오늘 어른께서 제 집을 들르시니	丈人今日高軒過
깃발 날려 준교(浚郊) 찾음 영예롭기 그지없네.[223]	榮甚干旄訪浚郊

효효재 김용겸[224]의 잡영에 대한 화답 8수
和嘐嘐齋金公用謙雜詠 八首

산 山

지경 안의 산들은 온통 푸른데	一碧境中山
그 아래 백 년 된 집이 있도다.	百年家在下
예전에 기댔던 난간 아래엔	欄干昔倚處
대나무가 어느새 굵어졌으리.	脩竹已盈把

이내 嵐

| 구름 끝 북악산은 주름졌는데 | 雲頭北嶽皴 |

---

222. **주국**　술 취해 느끼는 별천지. 취향(醉鄉)이라고도 한다.

223. **깃발~그지없네**　『시경』 용풍의 「간모」(干旄)는 대부가 제후의 사자로서 초야의 어진 은자를 찾아가는 모습을 그린 것이다. 여기에 "나풀대는 깃발이, 준교에 나부끼네"(孑孑干旄, 在浚之郊.)라는 구절이 있다. 자신을 찾아 준 사람에 대한 헌사이다.

224. **김용겸**　1702～1789. 김창집(金昌緝)의 아들이다. 자는 제대(濟大)이고, 호는 효효재(嘐嘐齋) 또는 포천(匏泉)이다. 명문의 후예이지만 평생 벼슬하지 않았다. 시와 예악에 밝았으며 풍류를 즐겼다. 백악산 아래 살면서 담연(湛燕) 그룹의 종장 노릇을 하며 중부와 숙부인 농암(農巖)과 삼연(三淵)의 유풍을 후배들에게 전해 주었다.

태양은 어찌 저리 밝고 환한가.　白日何明膩
때때로 새가 날아 지나는 곁에　時從鳥過邊
반짝반짝 푸른 허공 헤집는구나.　爍爍翻空翠

물 水

물의 본성 하나의 종류 아니니　水機非一種
신령한 변화 문득 끝이 없다네.　靈幻忽無端
유리 향해 증명을 하려 하여도　欲向玻瓈證
유리는 도리어 딱딱한 것을.　玻瓈倒是頑

달 月

잔 먼지는 밟아도 일지 않으니　纖塵踏不動
땅 가득 온통 모두 은빛 강일세.　遍地皆銀江
인간 세상 위에서 홀로 선 채로　獨立人間世
어지러운 중생의 꿈 웃고 있구나.　婆娑笑衆夢

꽃 花

꽃은 흰데 능히 붉게 무리가 지고　花白能紅暈
실바람에 향기를 멀리 보내네.　風微亦遠香
옛집이라 우뚝 선 나무가 있어　古家喬木在
봄볕 받은 세월이 일흔다섯 해.　七十五春光

단풍 楓

단풍나무 높이 솟아 집 외려 작고　楓高屋還小
잎 날아와 기왓고랑 가득 메웠네.　葉飛塡瓦溝
연지(研池)는 붉은 물로 적시어 있고　研池紅溜濕

의복에는 자줏빛이 흐르는구나.　　　　　　衣褶紫暉流

서책 書

뜰 그림자 느릿느릿 옮기어 오니　　　　　庭晷移來緩
주렴의 안쪽은 텅 비어 있네.　　　　　　簾衣望裏虛
자주 술을 싣고 올 사람도 없어[225]　　　無人頻載酒
베개 옆 책 위로 꽃이 지누나.　　　　　　花落枕邊書

거문고 琴

잠긴 고기 해맑게 튀어 오르고　　　　　　泠泠起潛鱗
다락의 새 깜짝 놀라 깍깍대누나.　　　　格格驚樓羽
미물도 천기를 다 드러내나니　　　　　　微物盡天機
저절로 태고 시절 희음(希音)[226]이라네.　希音自太古

사재 김문목공[227]의 연시시[228] 운으로　思齋金文穆公延諡詩韻

당적이 환하게 이백 년을 내려오니　　　　黨籍昭昭二百年
강하가 끊기잖고 해와 별이 매달린 듯.　　江河不廢日星懸

---

225. **자주 술을~사람도 없어**　한나라 때 양웅이 가난하나 술을 좋아했는데, 유분(劉棻)이란 사람이 이따금 술과 안주를 싣고 와서 기이한 글자에 대해 묻곤 했다는 고사가 있다.
226. **희음**　세상에 드문 소리. 『도덕경』(道德經) 41장의 "큰 세계는 구석이 없고, 큰 그릇은 늦게 이루어지고, 위대한 음악은 소리가 드물고, 큰 존재는 형체가 없다"(大方無隅, 大器晚成, 大音希聲, 大象無形.)에서 가져온 것이다.

줄 이은 악대[229]는 단고(丹誥)[230]를 따라오고   逶迤細仗隨丹誥

아마득히 전하는 말 하늘에서 내려온다.   縹緲臚音下碧天

무덤엔 빛이 나고 큰 비석 써 있는데   丘墓有光書大石

후손들 경사 맞아 큰 잔치를 베풀었네.   雲仍相慶設長筵

정문(程門)의 어록이야 원래 구별 없나니[231]   程門語錄元無別

두 분 형제[232] 사문에서 적통으로 전해진다.   兄弟斯文幷嫡傳

장선[233]을 곡하며 哭張倩幼輔

우리나라 이학(理學)은 너무 성대해   吾東盛理學

터럭 끝 차이로 문로(門路) 다투네.   門路爭毫末

동서(東西)는 사칠 논쟁 따져 싸우고   東西辨四七

양호(兩湖)에선 인물성(人物性)만 논하고 있다.[234]   兩湖論人物

---

227. 사재 김문목공   김정국(金正國, 1485~1541). 모재(慕齋) 김안국(金安國)의 동생이다. 자는 국필(國弼)이요, 호는 사재(思齋)·팔여거사(八餘居士)이며, 본관은 의성이다. 김굉필(金宏弼)의 문인이다.

228. 연시시   연시(延諡)는 조상에게 내린 시호를 이어받는 것이고, 연시시(延諡詩)는 그 자리를 축하하는 시이다.

229. 악대   원문은 세장(細仗). 황제가 조회나 출행할 때의 의장대 이름이다.

230. 단고   붉은 비단에 싼 임금의 고명(誥命)을 가리킨다.

231. 정문의~구별 없나니   정이천(程伊川)·정호(程顥) 형제의 어록은 구분이 없어, 누구의 말인지 분간할 수 없는 것을 이른다.

232. 두 분 형제   김정국이 형 김안국(1478~1543)과 더불어 학자로서 높은 명성이 전해져 온다는 뜻이다.

233. 장선   박명원(朴明源, 1725~1790)의 사위.

문자로 날마다 서로 따지니	文字日相尋
현혹됨 말로는 다할 수 없다.	眩惑不可述
내 벗은 날 때부터 기이함 있어	我友生有異
약관에 깊은 이치 통달했다네.	弱冠善究竟
베옷조차 견디지 못할 듯해도	絺衣若不勝
우뚝히 마음속에 중심 있었지.	嶷然中有秉
외물에도 오히려 잃지 않거늘	外物尙不遺
하물며 성명(性命)을 말함임에랴.	矧此談性命
주역으로 어려운 뜻 펼쳐 보임은	籤書設難義
관리가 옥률(獄律)을 다스리는 듯.	如吏持獄律
말할 때는 헛된 기운 떨어 없애니	出言祛浮氣
대장장이 무쇠를 단련하는 듯.	如冶鍊眞鐵
정밀한 기운과 번다한 기운	精氣與繁氣
한 근원의 시초에서 갈라졌다네.	己判一原初
기이하다 남당(南塘)의 그 학설이여[235]	異哉南塘說
용촌(榕村)[236]의 글과도 꼭 맞는도다.	暗合榕村書
문 닫고 위기(爲己)의 배움 힘쓰며	杜門學爲己
사우(師友)와 무리를 짓지 않았네.	不敢黨師友

234. 양호에선~논하고 있다 인물성이론(人物性異論)을 주장한 남당(南塘) 한원진(韓元震)의 견해에 동조하는 학자들은 주로 호서(湖西: 지금의 충청도 일대) 지방에 거주했고, 인물성동론(人物性同論)을 주장한 이간(李柬)의 견해에 동조하는 학자들은 주로 낙하(洛下: 지금의 서울 일대) 지방에서 거주했기 때문에 그들 간에 전개된 인물성동이론을 그들의 거주지를 중심으로 하여 지칭한 것이 호락논쟁(湖洛論爭)이다.

235. 기이하다~학설이여 남당 한원진의 인물성이론은 인(人)이 오상(五常)을 모두 갖추었음에 비해 초목금수 같은 물(物)에는 그것이 치우치게 존재하여, 인성과 물성이 근본적으로 다르다는 것이었다. 전통적인 입장에 서 있는 이러한 주장은 사람과 금수의 근본적 차이를 강조하여 인간의 존엄성을 높이는 데 기여한다는 인식에서 나온 것이었다.

47편의 『예기』(禮記)[237]를 줄줄 외우고	誦禮四十七
309개 한비(漢碑) 글씨 익히었다네.	習碑三百九
측량하는 기술은 서양서 왔고	質測從泰西
소학은 허씨(鄦氏)[238]를 으뜸 삼누나.	小學宗鄦氏
지금 사람 즐겨 하지 않는 바이라	今人所不屑
이 길을 가는 이는 그대뿐이리.	此道君而已
때때로 키 큰 말에 올라타고서	時時高骨馬
날 찾아와 저물어야 돌아갔었네.	訪我日斜去
만나면 모두들 기꺼워하니	相逢總唯唯
그대만이 남의 말을 알아서였지.	惟君解人語
시속(時俗)은 문명에 액운을 만나[239]	流俗厄文明
홍역이 젊은이를 속이었구나.	紅疹欺年少
나머지는 재주 있는 사람 아닌데	餘子果非才
이제 그대 홀로 먼저 세상 떠났네.	今君獨先殀
붉은 명정 한번 가면 다시 못 오고	丹旐去不廻
그 모습 나날이 멀어만 지리.	形神日以杳
저승에는 강학의 자리 없으니	泉原無講席

---

236. 용촌 청나라 학자 이광지(李光地)를 이른다. 자는 진경(晉卿)이고, 호는 원암(原庵) 또는 용촌(榕村)이다. 복건성(福建省) 안계현(安溪縣) 출신으로, 강희제(康熙帝) 때 관리에 등용되어 문연각(文淵閣) 대학사(大學士) 및 이부상서(吏部尙書)에 이르렀다. 고염무(顧炎武)를 추종하였으며, 저서로는 합찬(合纂)한 『음운천미』(音韻闡微) 외에 『용촌운서』(榕村韻書)·『운전』(韻箋) 등이 전한다.
237. 47편의 『예기』 원래 『예기』는 49편으로 되어 있는데, 송대에 이르러 주자는 「대학」과 「중용」 두 편을 『예기』에서 독립시켜 『논어』·『맹자』와 병립하여 사서(四書)로 삼았다. 그 이후 『예기』라고 하면 본래 49편에서 「대학」과 「중용」 편을 제외한 47편을 일컫게 되었다.
238. 허씨 『설문해자』(說文解字)를 지은 허신(許愼)을 지칭한다. 원문의 허(鄦)는 허(許)와 같은 글자이다.
239. 시속은~액운을 만나 장선이 시속을 문명으로 이끌 만한 인재였는데 그가 병으로 갑작스레 죽었으므로 액운이라 표현했다.

적막히 그 누구와 마주하려나.　　　　寂寞誰相對

여우는 황량한 무덤서 울고　　　　　狐狸嘯荒墳

귀신불은 서대(書帶)[240]에 이르는도다.　鬼火延書帶

아득타 백 년의 인생길에서　　　　　茫茫百年間

조각돌에 한 글자 남김이 없네.　　　片碣邃無字

그 누가 알았으리 흙구덩이에　　　　誰知土一坎

뜻 못 이룬 그대를 묻게 될 줄을.　　埋君未了志

율교에서 　栗郊

냇물 자꾸 깊어져 언덕 점차 바뀌니　　溪水年深岸漸違

돌 뿌리 다 보이고 눈 흔적 희미하다.　石根猶見雪痕微

풀들은 먼 포구의 옆을 끼고 돌아나고　草從極浦橫邊出

사람은 둥근 언덕 끊긴 곳서 돌아온다.　人自圓坡斷處歸

북곽의 까마귀에 저녁 기운 떠 있는데　北郭烏鴉浮夕氣

서산의 버들가지 별빛을 희롱하네.　　西山楊柳弄星輝

빈 뜰에서 늦는 벗을 한참 서서 기다리니　虛庭遲友移時立

구슬픈 봄바람이 옷 속을 파고드네.　　惻愴春風善入衣

240. 서대　서대초로 공부하는 공간을 가리킨다.

중유 남덕린을 애도하며 2수 南德隣仲有挽 二首

1

새로 삶은 복어도 아무 맛 알 수 없어	河豚無味報新烹
수저 놓고 골똘히 삶과 죽음 생각하네.	落筯丁寧感死生
마을 골목 봄날이 쓸쓸히 저무는데	里巷青春凄欲暮
살구꽃 모두 지고 곡소리만 들리누나.	杏花凋盡哭君聲

2

휘장을 들춰 보니 예서 비문 남아 있고	披帷斯在八分碑
인주함엔 향기 지고 작은 인장 놓였구나.[241]	朱盒香殘小印敧
아마득한 지하엔 재주 많은 그대 있어	地下茫茫才子子
어머니로 하여금 한 맺힌 시 읊게 하네.	錯敎慈母恨吟詩

설옹 유후[242]의 시에 차운하다 次雪翁柳公逅

큰 어른 누가 찾아 문안하리오	耆舊誰相問

---

241. 인주함엔~놓였구나 그가 사용하던 인주와 인장만 덩그러니 놓여 있다는 의미이다.

242. 유후 자는 자상(子相)이고, 호는 취설(醉雪)이다. 생몰년 및 자세한 인적 사항은 미상. 다만 이덕무의 「청비록」 권1 '유취설'(柳醉雪)에 "지금 나이가 89세인데도 계속 시를 읊고 있다"고 했으니, 「청비록」의 저술 연대를 통해 그의 생년을 추정할 수 있다. 또 이덕무의 아들 광규가 편찬한 「선고부군유사」(先考府君遺事)에는 이덕무가 평소 심복한 사람으로 유후와 원중거를 들었던 것으로 보아, 유후 또한 이덕무와 비슷한 처지의 중인 서얼이었음을 추정할 수 있다. 1747년에 통신서기(通信書記)의 일원으로 일본에 다녀왔다.

궁벽한 산 푸른 이끼 짙게 자랐네.　　窮山長碧苔

사립문엔 성근 버들 새싹이 돋고　　柴門疎柳出

봇도랑엔 꽃잎 하나 떠내려온다.　　溝水片花來

벽곡(辟穀)하여 신선 기운 왕성해지고　　絕粒仙緣旺

병서 읽다 세상 생각 재가 되었네.　　橫經世念灰

후생에겐 별다른 재주 없는데[243]　　後生無可畏

큰 술잔 베푸시니 감격스럽네.　　感激設深杯

초여름 初夏

붉은 소반 행주어(杏州魚)가 실눈과 같이 희고　　紅盤縷雪杏州魚

잎에 싸인 앵두 열매 5월도 초순일세.　　包葉櫻桃五月初

제일로 좋은 것은 석양볕 남았을 때　　最是斜陽消不得

밝은 창서 솔경서(率更書)[244]를 연습하는 일이라네.　明窓試撝率更書

---

243. 후생에겐~없는데　『논어』「자한」(子罕) 편의 공자의 말에 "뒷사람은 두려워할 만하니, 어찌 뒤에 올 사람이 지금 사람 같지 못하다 장담할 수 있겠는가?"(後生可畏, 焉知來者之不如今也.) 에서 가져온 표현이다. 자신을 낮춰 겸양한 표현이다.

244. 솔경서　당나라의 유명한 서예가 구양순(歐陽詢)의 글씨를 가리킨다. 구양순이 솔경령(率更 令)을 지냈으므로 이렇게 말한다. 안진경의 글씨와 더불어 해서체의 모범으로 기려진다.

이여강이 청산현[245]으로 근친 가면서 시를 구하기에

李汝剛 將覲青山縣 索詩

관루에서 글씨 쓰다 날이 조금 길어지니	官樓書課日初長
잠깐 떠난 고향 생각 금하지 못하겠지.	小別那禁憶故鄉
혼자서 술병 들고 들녘을 찾을 제면	獨自携壺尋野色
보리 바람 건듯 불고 대추꽃 향기로우리.	麥風吹斷棗花香

술회 4수 述懷 四首

1

풍류가 넘쳐나는 진사 서상수	風流徐進士
날 위해 옹문금(雍門琴)[246]을 연주하누나.	彈我雍門琴
맹상군만 같지 못함 부끄러워서	慙非孟嘗賢
한갓되이 눈물로 옷깃 적신다.	徒使涕沾襟
문장은 진작부터 기림을 받아	文章播早譽
예부터 좋아하는 사람 많았네.	夙昔多好心
아침엔 푸른 연못 아래서 놀고	朝游碧潭下
밤중엔 꽃나무 그늘서 잔다.	夜眠花樹陰

245. **청산현** 충청북도 옥천군 청산면 지방을 중심으로 있던 고려 시대의 행정 구역명.
246. **옹문금** 옹문(雍門)은 옹문자주(雍門子周)라는 거문고의 명수이다. 『설원』(說苑)에, 옹문자주가 맹상군(孟嘗君)을 찾아가 거문고를 연주하여 그의 마음을 슬프게 한 고사가 전한다. 이후 서로의 마음과 처지를 깊이 이해한 고사가 되었다.

용모는 어찌 그리 아름다운지	容貌一何麗
말 타고 서로 쫓아 찾아다녔네.	鞍馬相追尋
나이는 어느새 지긋해져도	年華忽已謝
한 사람 지음조차 못 만났구나.	未遇一賞音
산천은 만 리나 떨어졌어도	山川隔萬里
지금 세상 계신 것 감탄하노라.	感歎良在今

2

깨끗하고 해맑은 청장 이덕무	皎彼青莊士
평생토록 끼니를 잇기 어렵네.	終年獲飯遲
오히려 신천옹이 물결 엿보며	猶如信天翁
꼼짝 않고 서 있음과 다름 없다네.	窺波立不移
30년 동안이나 문 닫아거니	閉門三十載
옷 위에 먼지 앉음 알지 못했지.	衣塵集不知
책 속에 자신만의 세계가 있어	書中有世界
혼자 웃다 홀연히 눈썹을 펴네.	孤笑忽伸眉
번화함은 높은 성품 짝을 이루고	繁華配高性
문장과 곧은 자태 부합한다네.	文藻合貞姿
선현께서 명절(名節)로 경계했지만	前修愼名節
백 년의 굶주림을 참은 이 적네.	少忍百年飢
갈림길의 그대에게 말 붙이노라	寄語岐路子
애를 써서 다시금 무엇 하려오.	棲棲復何爲

3

우뚝한 이희경과 이희명 등은	卓犖經明輩
본래부터 풍진(風塵) 선비 아니었다네.	本非風塵士

궁한 집서 날 한 번 만나 보고는	窮廬一見我
강개하여 죽음조차 허락했다네.	慷慨許相死
도 행함엔 감히 함을 편안해해도	行道卽安敢
사람 사귐 부끄럽게 생각한다네.	交人以爲恥
공연히 물결 헤칠 뜻[247]을 품고서	空懷破浪志
슬픈 노래 저자에는 들지 않았지.[248]	未入悲歌市
좋은 정원 누대와 연못이 있어	名園有臺沼
바람과 해 비로소 맑고 어여뻐.	風日始淸美
술 없다고 괜시리 근심 마시게	無酒莫浪愁
손님 있어 도리어 기쁘잖은가.	有客還可喜
호미를 휘두르며 경륜 펼치니	揮鋤試經綸
붉은 작약 정원에 가득하구나.	紅藥滿庭圮

4

사람 좋고 따스한 혜풍 유득공	溫溫柳惠風
어느 누가 이 사람 시기하는가.	媚嫉誠何人
하는 말 언제나 이치 갖췄고	恒言具至理
꼼꼼한 생각은 짝이 없었네.	細思入無倫
소매 속엔 아름다운 문장을 적고	藻采袖中記
위의(威儀)는 좌중의 보배였다네.	威儀席上珍
서남쪽 지친 유람 마치고 오니	西南罷倦遊
옛집의 가마솥엔 먼지 쌓였다.	舊屋甑生塵

247. 물결 헤칠 뜻 원문은 파랑지(破浪志). 파도를 헤치고 전진함, 또는 뜻이 원대하여 험함을 두려워하지 않고 분발하고 전진함을 말한다.

248. 슬픈 노래~들지 않았지 원문의 비가시(悲歌市)는 저자에서 비분강개의 노래를 부른다는 의미. 뜻을 얻지 못해 불우한 처지에 있어도 장한 뜻을 잃지 않아 불평의 마음을 품지 않았다는 뜻이다.

지난날 희멀건 죽만 먹어서 　　　　　前日鬻饘䴲

불 때는 일 드물어 이웃 놀랐네. 　　　　稀烟驚四隣

지난해엔 비바람 많기도 해서 　　　　　往歲風雨多

초당은 어느새 무너졌구나. 　　　　　　草堂遂已淪

노금(爐金)이 상서롭지 않으리오만[249] 　　爐金豈不祥

관옥 같은 그대 외려 늘 가난하네. 　　　冠玉猶長貧

어쩔거나 하늘의 운명이거니 　　　　　已矣天所命

나 또한 생일이 그대와 같네. 　　　　　我亦同生辰

혜풍과 나는 모두 11월 5일에 태어났다. 惠風與余, 皆生十一月初五日.

기하 유공께서 연경에서 돌아오셨기에 그 협실에 쓰다

幾何柳公歸自燕邸書其夾室

작은 집 뜨락 넓어 도리어 쓸쓸한데 　　屋小庭多轉寂廖

바람과 해 흙 담장엔 채소 꽃 흔들린다. 　土垣風日菜花搖

그대 덕에 유연(幽燕)의 꿈[250] 찬찬히 푼다 해도 　憑君細繹幽燕夢

향 연기가 몽글몽글 스러짐만 하리오. 　爭似香烟冉冉消

249. **노금이~않으리오만** 대장장이는 화로에 쇳물을 녹여 필요에 따라 물건을 만드는데, 만약 쇳물이 스스로 훌륭한 검이 되겠다고 한다면 대장장이는 그 쇠를 상서롭지 못한 것으로 여기리라는 말이다. 『장자』 「대종사」 편에 나온다. 여기서는 유득공이 뛰어난 역량을 지녔지만 스스로 나서지 않는다는 뜻으로 썼다.

250. **유연의 꿈** 유연(幽燕)은 지금의 북경 일대를 가리키는 옛 지명이다. 유연의 꿈은 청나라 문물에 대한 동경을 뜻한다. 박제가가 막 사행 길에서 돌아온 유금의 집에 들러 청나라 문물에 대한 이야기를 듣고 있음을 말한 것이다.

원옹[251]의 서루에서 비에 막혀 滯雨元翁書樓

술은 적고 근심 깊어 취함이 더디거니   酒淺憂深澆下遲
문 나서 홀로 가도 뉘 있어 알겠는가?   出門孤往有誰知
저물녘 남산 향해 잠자리 찾아가니   黃昏却向南山宿
원로(元老)의 집에서 빗소리 들을 땔세.   元老齋中聽雨時

임하상이 두보의 봉선사 시[252]에 차운한 것에 화답하여
和任夏常次杜奉先寺韻

온갖 생각 하나도 일지 않으니   萬念俱不起
이것이 그 어떤 경지이던가.   敢問此何境
주렴 빛은 대낮이라 물결과 같고   簾光晝如水
채소 꽃 새 그림자 한들거린다.   菜花搖新影
향로의 재는 절로 사그라들고   香爐灰自陷
약솥의 연기는 다 식었구나.   藥竈烟初冷
고요 익혀 선(禪)에는 안 떨어지니   習靜不墮禪

---

251. 원옹   현천(玄川) 원중거(元重擧, 1719~1790)인 듯하다. 원중거는 1763년 통신사로 일본에 가서 문명을 떨친 뒤에 국내에서도 명성을 얻기 시작했다. 『정유문집』 권1에는 1776년에 박제가가 낙향하는 원중거를 배웅하며 쓴 「송원현천중거서」(送元玄川重擧序)가 있으며, 박제가와 이덕무 등은 같은 해 3월 25일에 뚝섬에서 배를 타고 가 원중거를 만난 일이 있다.

252. 두보의 봉선사 시   두보의 봉선사 시란 「유용문봉선사」(遊龍門奉先寺)를 가리킨다. 이 시는 개원(開元) 24년(736) 무렵, 두보가 낙양에서 거행된 과거 시험에서 낙방한 직후 낙양에 있는 봉선사에서 머물며 지은 선리시(禪理詩)이다.

말하면 경계를 능히 살피네.　　　　　言下疇能省

기하실에 앉아 坐幾何室

홰나무는 푸르고 누런빛 섞여　　　　槐樹雜靑黃
저 멀리 먼 담장에 솟아 있구나.　　　冥濛出遠牆
천 리의 안목을 어찌 견디리　　　　　那堪千里目
하늘 끝에 또다시 해가 기운다.　　　　天末又斜陽

하교[253]의 처가에서 빗속에 짓다 河橋甥館雨中

누각 머리 남은 더위 일시에 물러가고　　樓頭殘暑一時空
성근 발에 빗발 날려 바람만 거세구나.　　吹雨疎簾狼藉風
남쪽 이웃 회나무 한 그루만 없다면　　　除却南隣槐樹外
아스라이 모두가 물과 구름 속일레라.　　微茫都入水雲中

---

253. 하교　청계천에 놓였던 다리인 하랑교(河浪橋). 『동국여지비고』(東國輿地備攷)와 『한경지략』
(漢京識略)에 보면, 하랑교란 명칭은 다리 근처에 하랑위(河浪尉)의 집이 있었기 때문에 그렇게 부
르게 된 것이며, 새로 놓은 다리라 해서 신교(新橋)라고도 한다. 또 다리 부근에 화류장을 파는 장
롱집이 있어 화류교(樺榴橋)라 했던 것이 변하여 '하리곳다리' 또는 하랑교, 하교(河橋), 화교(花
橋)라고 했다. 현재 청계 3가 센트럴관광호텔 지점에 있었던 것으로 추정된다.

이경지에게 주다 贈李耕之

생각나면 그 즉시 그대 찾으니	意到卽尋君
자네 집 좁은 줄 알지 못했네.	不識君家小
골목 좁아 산조차 보이지 않고	隘巷不見山
창 밝아도 저녁 해 쉽게 기우네.	窓暉夕易了
이렇듯 가난한 집 아래에도	愛玆席門下
책 읽는 사람 있음 사랑스럽다.	猶有人讀書
장한 노닒 화표주(華表柱)[254]를 곧장 지났고	壯遊絶華表
새 소식은 『우초신지』(虞初新志)[255] 힘을 쏟았지.	新聞邁虞初
시 주머니 열라고 재촉을 하니	催君發歸橐
자잘한 향기가 펼쳐지누나.	瑣細羅芬馥
문 닫고 날 붙들어 술을 마시니	關門止我飮
작은 잔은 중국 풍속 따른 것일세.	小杯從華俗
냉금지(冷金紙) 좋은 종이 연이어 펼쳐	聯翩冷金箋
향 사르며 내 글씨를 써 달라 했지.	焚香索我字
애틋한 그대 뜻 감격하노니	感君意纏綿
이 세상에 진실로 쉽지가 않네.	斯世良不易
바람 맞아 한바탕 붓 휘두르니	臨風一揮灑

---

254. **화표주** 궁성이나 성곽 등의 출입구에 세워 두는 망주석인데, 여기서는 요동 성문의 화표주를 가리킨다. 한(漢)나라 때 요동(遼東) 사람 정령위(丁令威)가 영허산(靈虛山)에서 도를 닦아 신선이 되었다. 그 뒤 학(鶴)이 되어 돌아와 이 화표주에 앉아 시를 읊었다고 한다. 사신들의 연행 기록에 요동의 화표주를 지나왔다는 언급이 자주 나타난다.

255. **『우초신지』** 청초(淸初)에 장조(張潮, 1650~1707)가 편찬한 패사소품집. 이 책은 조선 후기에 인기리에 읽혔다. 김려와 김조순 등은 이와 유사한 작품들을 지어 1792년 무렵 『우초속지』(虞初續志)를 만들기까지 했다. 여기서는 이경지가 중국에 다녀왔고 『우초신지』를 열심히 읽었다는 의미로 썼다. 이경지의 이름은 확인되지 않는다.

혹시나 평생의 뜻 드러날는지.　　　　　　　　儻見平生志

기하실이 소장한 운룡산인[256]의 작은 초상화에 쓰다
題幾何室所藏雲龍山人小照

민산과 아미산은 천하에 높아	岷峨碧天下
강수가 여기서 솟아난다네.	江水所自出
장경성(長庚星)[257]이 오얏나무 비추더니만	長庚照李樹
우뚝한 그 기운 호걸이 났네.	間氣挺豪傑
가슴속엔 대와 바위 서리어 있고	胸次蟠竹石
문장은 천지를 꿰뚫었구나.	詞源貫天地
언제나 아득한 뜻을 품으니	常存遐擧情
벼슬길 얽매임 어이 즐기리.	肯爲簪組累
지난날 내 벗을 만났을 적엔	前日遇吾友
한마디 한마디가 참된 뜻이라.	片言輸眞意
중원과 외방은 한집안이니	中外卽一家
이런저런 의논이야 말할 게 없다.	群議不足道
계림 땅 한 권의 서책일랑은	鷄林一卷書

256. **운룡산인**　이조원(李調元)을 말한다. 자는 갱당(羹堂)이고, 호는 우촌(雨村)이다. 사천(四川) 나강(羅江) 사람이다. 운룡산(雲龍山) 아래 거주하여 별호를 운룡산인이라 했다. 이조원은 유금과 잘 아는 사이였는데, 유금에게 『월동황화집』(粵東皇華集)과 작은 초상화를 보내왔다.
257. **장경성**　금성(金星) 혹은 계명성(啓明星)을 가리킨다. 당(唐)나라 시인(詩人) 이백(李白)의 어머니가 이백을 낳을 때 꿈에 장경성을 삼켰다고 한다.

모과로 경요에 보답함일세.[258]　　　　　　　　木瓜瓊瑤報

시 속에 알아주는 벗 있다 하여　　　　　　　詩中有知己

진중한 한마디로 붙이었구나.　　　　　　　　珍重一言付

작은 초상 상쾌하게 이리로 오니　　　　　　　小照來颯爽

아득히 압록강을 건넌 것이라.　　　　　　　　迢迢鴨水渡

만 리의 밖에서 태어난 날은　　　　　　　　　萬里懸弧日

인간의 섣달 초닷새였네.　　　　　　　　　　人間蠟月五

생사를 촌심에 맺어 두고서　　　　　　　　　生死結寸心

한 잔 술에 향 하나를 사르는구나.　　　　　　酒一香一炷

청비각(淸閟閣)에 오르진 못하였지만[259]　　　未登淸閟閣

완릉(宛陵)[260]의 구절은 수놓고 싶네.　　　　欲繡宛陵句

부처에게 절하듯이 절 올리노니　　　　　　　拜像如拜佛

윤집(閏集)[261]으로 천고를 견뎌 내리라.　　　閏集堪千古

---

258. 모과를 경요에 보답함일세　　『시경』 위풍 「모과」(木瓜)에 "나에게 모과를 보내 주셨으니, 아름다운 패옥으로 보답합니다. 보답하는 게 아니라, 영원히 잘 지내자는 겁니다"(投我以木瓜, 報之以瓊琚. 非報也, 永以爲好也.)라 하였다. 마음으로 선물을 주고받으며 우의를 다지는 노래이다.

259. 청비각에 오르진 못하였지만　　청비(淸閟)는 맑고 그윽한 곳으로, 보통 대궐을 가리킨다. 청비각(淸閟閣)은 원나라의 고사 예찬(倪瓚)의 장서각 이름이다. 강소성 무석현(無錫縣) 동쪽에 있었다. 온갖 기화·괴석·서적·골동품을 갖추어 놓았는데, 아무나 함부로 들어갈 수 없었다고 한다.

260. 완릉　　송나라 때 매요신(梅堯臣)을 가리킨다. 자(字)는 성유(聖兪)이다. 사람들이 완릉 선생(宛陵先生)이라 일컬었다. 지방의 관리로 전전하다가 친구 구양수(歐陽修)의 추천으로 중앙의 관리인 국자감직강(國子監直講)이 되었다. 소순흠(蘇舜欽)·구양수 등과 함께 성당(盛唐)의 시를 본으로 하여 당시 유행하던 서곤체(西崑體)의 섬교(纖巧)한 폐풍을 일소하고, 새로운 송시(宋詩)의 개조(開祖)가 되었다.

261. 윤집　　예전 선집을 엮을 때 정집(正集) 뒤에 부록으로 승려나 도사, 규방의 작품을 따로 모아 엮은 것을 말한다. 이조원이 우수한 작품성에도 불구하고 신분이 낮아 윤집에밖에 실릴 수 없다는 의미로 한 말이다.

홍대용이 소장한 반정균[262]의 묵적에 쓰다

題洪湛軒所藏潘舍人〔庭筠〕墨蹟

남쪽 바다 언제나 모두 말라서	南海何時竭
초나라 땅 평지로 이어질 건가.	楚岸連平地
반 수재(潘秀才) 그대와 서로 만나면	相逢潘秀才
마땅히 전생의 일 이야기하리.	應話前生事

병중에 우촌[263] 선생을 그리며 病中有懷雨村先生

무성한 동산 나무 매미 소리 아득한데	沈沈園樹一蟬遙
원추리 풀, 원추리 꽃 빗방울이 떨어진다.	萱草萱花雨未消
만 리에 이름 앎은 오히려 딴 일이요	萬里知名猶外事
한 몸엔 병이 많아 오늘 아침 맞았네.	一身多病又今朝
사는 곳 흡족하게 가을 달을 보내오고	僑居恰送秋天月
나그네 길 빈번히 제5교[264]를 지나리라.	客路頻從第五橋
이 사람 홀로 있어 차마 잊지 못하거니	獨有伊人忘不得

---

262. 반정균 1666년 홍대용이 북경 유리창에서 만나 교유한 사람 중 하나이다. 이름은 정균(庭筠)이고, 자는 향조(香祖)·난공(蘭公), 호는 추루(秋庫)·난타(蘭坨)이다. 유리창에서 필담을 나눌 때 반정균이 홍대용에게 그림과 글씨를 준 적이 있는데, 이 묵적은 그중 하나였던 것으로 보인다.
263. 우촌 이조원(李調元)의 호이다. 1777년 1월, 유금은 이덕무, 박제가 등 네 사람의 시집을 들고 이조원을 찾아가 서문을 부탁했다. 이 시는 유금이 이조원의 서문을 받아서 돌아온 4월 이후 쓴 것으로 보인다.

부성문(阜城門)[265] 밖에는 기러기만 멀리 나네.　　　阜城門外雁迢迢

6월 13일 낙목암에 모여 六月十三日集落木菴

구름도 한 점 없는 무더위를 어이하리　　　那堪大暑絶纖雲

여름옷 물결무늬 마음을 달래 보네.　　　慰得生衣細浪文

빈산 솔 아래 앉았던 일 떠올리다　　　緬憶空山松下坐

홀연히 들려오는 빗소리에 정신 드네.　　　翻思忽地雨聲聞

그대 함께 천 섬의 시름을 내던지고　　　與君撥棄愁千斛

온종일 정신없이 술이나 퍼마시세.　　　終日憒騰飮十分

한상(漢上)의 제금집(題襟集)[266]도 애오라지　　　漢上題襟聊爾爾
　　그뿐이니

높이 솟아 속인 틈엔 들어가지 않으리.　　　翶翔不入俗人群

264. **제5교**　장안 남쪽 위곡(韋曲) 부근의 명승이다. 두보의 시에 "제5교 동쪽 물에 한을 흘려보내고, 황자파 북쪽 정자 시름이 서렸어라"(第五橋東流恨水, 皇陂岸北結愁亭.)라는 구절이 있다. 여기서는 이조원의 거처 가까이에 있던 다리의 이름으로 보인다.

265. **부성문**　자금성 서쪽에 있는 성문이다. 석탄을 운반하는 수레가 지나는 출입문이었다.

266. **제금집**　1766년 1월 유리창에서 홍대용과 반정균 등이 만나 교유한 이후, 조선과 청 인사들이 주고받은 시문과 편지 등을 모아 『일하제금집』(日下題襟集) 6권을 간행한 바 있다. 서문은 주문조(朱文藻)가 썼다.

백문에서 박지원을 만나다 白門逢朴燕巖〔趾源〕

푸른 잎 서편으로 초승달 빛 흘리고	纖月流輝碧葉西
엷은 구름 남은 더위 더디욱 쓸쓸해라.	薄雲殘暑更凄迷
어이해 알았으리 서너 사람 만나서	何知邂逅人三四
밤새도록 가을벌레 소리 함께 들을 줄.	共聽秋蟲一夜啼

송석운룡도가. 연암을 위해 장난삼아 짓다
松石雲龍圖歌 戲爲燕巖作

연암 선생 기이한 옛것을 좋아하여	燕巖先生好奇古
웃통 벗어 걷어붙여[267] 등불 앞에 춤을 추네.	解衣盤礴燈前舞
서둘러 먹 갈라고 술 취해 소리치니	酒酣大呼疾磨墨
사발 물 늘어서고 구리 국자 놓였구나.	碗水羅列銅斗側
쉭쉭 들리느니 붓 달리는 소리라	颼颼但聽筆聲走
신명이 깃인 듯이 멈추지를 못하누나.	似有神來停不得
쓱쓱[268] 그어 잎이 되고 붓을 당겨 뿌리 되니	爬行爲葉拏爲根

267. 웃통 벗어 걷어붙여　원문은 해의반박(解衣盤礴), 자의작화(恣意作畫)이다. 『장자』 「전자방」(田子方)에 "송나라 원군이 화공을 모아 그림을 그리게 했는데, 한 화공이 늦게 도착해 서둘지 않고 유유히 명령을 받자 절하고 자기 숙소로 가 버렸다. 원군이 사람을 시켜 살펴보게 했더니, 그는 옷을 벗고 두 다리를 내뻗은 채 벌거숭이로 쉬고 있었다. 이 말을 듣고 원군은 '그야말로 참된 화공이다'고 말했다"라는 글이 보인다. 여기에서 '반박'이란 말이 나오는데, 다리를 뻗고 앉아서 벌거벗은 채로 있는 것을 의미한다.
268. 쓱쓱　원문은 파행(爬行). 벌레, 짐승 등이 땅에 몸을 대고 기어 다니는 것을 뜻한다.

짙고 옅음 저절로 푸른빛을 이뤘구나.	濃淡自成靑碧色
소나무를 우러르니 높이가 백 척이요	仰看松身高百尺
울퉁불퉁 구불구불 바위에 얹혀 있네.	佶屈偃蹇蹲奇石
잠깐 만에 하늘가에 두 눈동자 솟더니만	須臾空際凸雙瞳
어느새 발톱 생겨 진짜 용이 되었구나.	倏然爪甲生眞龍
물 구름 종이 가득 하늘도 젖을 듯이	水雲滿紙天欲濕
불 날개 번뜩이자 바람 우레 뒤쫓는다.	火翅閃疾風雷從
파도가 집 벽을 한꺼번에 뒤집어서	只恐波濤翻屋壁
내 집 속에 있는 여러 물건들이	使我樓中之物
하루아침 떠내려가 하백(河伯)[269]을 따르겠네.	漂流一朝隨河伯
용 그리기 진실로 쉽지 않으니	畫龍固未易
용 또한 한 종류만이 아닐세.	龍亦非一類
내 설령 진짜 용의 변화함은 못 봤어도	我縱不見眞龍之變化
마땅히 하늘 솟고 땅으로 들어가리.	也應升天入地
뼈마디 까부름은 마땅히 이 같거니	簸弄骨節當如是
어이해 긴 휘파람 가을 하늘 바라보리.	胡爲長歗視秋空
뒤흔들어 일부러 긴 바람 불러오고	搖曳故令生長風
쟁그렁 붓 던지자 무지개 기운이라.	鏗然擲筆氣如虹
방 안 가득 손님들은 적막히 말이 없고	滿堂賓客寂不語
오직 작은 등불만 남은 불꽃 흔들린다.	惟有小燭搖殘紅
그대 보지 못했는가.	君不見
공손대랑(公孫大娘)[270] 검무 보고 초서를 깨달음을	公孫舞劒悟草書
내 이제 시 지으니 그만 못함 부끄럽다.	我今作詩慚未工

---

269. 하백　강물의 신. 여기서는 화면 위의 물이 넘쳐 강물에 다 쏠려 내려갈까 염려가 된다는 뜻이다.

유안재 이보천271 공의 만사 3수 遺安齋李公〔輔天〕挽 三首

1

성곽 밖 나부끼는 영정 눈물 함께 날려가고 　郭外風旌和淚飛
옛 동산 서대초(書帶草)엔 부슬비만 내린다. 　故山書帶雨霏霏
육십여 년 생애 일이 쏜살같이 지나가 　　悠然六十餘年事
인간에는 물들잖은 옷가지만 남았구려. 　留取人間不染衣

2

책 속의 푸른 등불 새벽 빛 분명하고 　　書裏靑燈曉色分
한강 남쪽 누른 잎은 지붕 위에 어지럽다. 　漢南黃葉屋頭紛
지금까지 향사(鄕社)에 소 타고 가던 벗들 　至今鄕社騎牛侶
당시의 서묘문(誓墓文)을 여태도 얘기하네.272 　猶說當時誓墓文

3

생꼴 한 묶음을 저승문에 맡겨 두니 　　生蒭一束托幽扃
석마산 둘레에 묘막(墓幕)273이 푸르구나. 　石馬山圍丙舍靑
인간 세상 참 처사를 이미 모두 알았거니 　已驗人間眞處士

---

270. **공손대랑**　당나라 때 교방(敎坊)의 기녀(妓女)였다. 그녀는 검무(劍舞)를 매우 잘 추었는데, 그녀가 혼탈무를 출 때 승려 회소(懷素)는 초서(草書)의 묘(妙)를 터득했고, 서가인 장욱(張旭) 역시 그 춤을 보고서 초서에 커다란 진전을 가져왔다고 한다.
271. **이보천**　1714~1777. 연암의 장인이다. 세종의 아들 계양군(桂陽君)의 후예로, 농암 김창협의 제자 어유봉의 문인이자 그의 사위였다. 연암은 그를 스승으로 여겼고, 제문을 썼다.
272. **당시의~얘기하네**　진(晉)의 왕희지가 말년에 관직을 버리고 선영에 나아가 서묘문을 지은 뒤 은거한 채 다시 출세(出世)하지 않았던 일을 빌려 박지원의 장인 이보천이 벼슬에 뜻을 두지 않았음을 기린 내용이다.
273. **묘막**　원문은 병사(丙舍). 무덤가의 묘막(墓幕)을 뜻한다.

어지러이 소미성(少微星)²⁷⁴을 두려워하지 마라.　　紛紛休怕少微星

풍정원²⁷⁵의 뜻을 본뜨다 3수 效馮定遠意 三首

1

오동잎 커다란 섬돌에 연기 나니　　　　　　梧桐葉大砌流烟

빈집의 귀뚜리 소리 더더욱 애처롭다.　　　　促織虛堂更可憐

지척의 은하수는 못 건넘을 근심하니　　　　咫尺天河愁未渡

견우성 곁에 달이 배처럼 떠 있구나.　　　　牽牛星畔月如船

2

맑은 물결 흰 눈 속에 회문(回文)²⁷⁶을 떠올리니　澄波皎雪憶回文

소식은 뜬금없기 꿈속의 구름 같다.　　　　消息無端夢裏雲

다만 강남 향하여 귤나무를 두드리다　　　　但向江南敲橘樹

편지 써서 동정호의 그대에게 보내노라.　　　將書寄與洞庭君

---

274. 소미성　사대부 또는 처사의 지위를 나타내는 별자리.

275. 풍정원　풍반(馮班, 1602~1671)을 이른다. 청초(淸初)의 시인으로 자가 정원(定遠)이고, 호는 둔음노인(鈍吟老人)이다. 형 풍서(馮舒)와 함께 명성을 얻어 '이풍'(二馮)으로 병칭되었다. 어렸을 때는 유명한 제생(諸生)이었지만, 형과 함께 여러 차례 시험에 응시했으나 합격하지 못했다. 이에 발분하여 학문에 몰두한 결과, 심원한 학문의 경지에 오르게 되었다. 명나라가 망하자 미친 척하고 세상을 등졌기 때문에 사람들이 '이치'(二痴)라고 불렀다.

276. 회문　풍정원과 관련이 있는 고사인 듯한데 분명히 알 수 없다. 회문(回文)은 순서대로 읽으나 거꾸로 읽으나 뜻이 통하는 서체의 일종이다.

3

은하수 집 드리워 나무가 희미한데 　　　　明河垂屋樹熹微

반딧불이 짝을 지어 문 밖에서 나는구나. 　　螢火雙雙戶外飛

그대 집 소소(蘇小)[277]에게 말하여 알리노니 　爲報君家蘇小道

심랑(沈郎)[278]의 마른 뼈는 옷조차 못 이기리. 　沈郎秋骨不勝衣

저물어 사천 이희경을 방문하다 暮訪麝泉

골짜기 속 인가 있고 밭이 몇 이랑인데 　　　谷裏人家數頃田

황혼의 가시 울이 서로 가만 당기네. 　　　　黃昏棘刺暗相牽

땅바닥의 희미한 달 박쥐가 푸득대듯 　　　　地膚微月蝠如沸

호박잎에 찬바람 쓰르라미 맘 졸이리. 　　　　瓠葉淒風蟪始煎

구름 놀 변함없이 물결침을 감추고 　　　　依舊雲霞藏拂水

지금껏 화석(花石)은 평천장(平泉莊)[279]을 　　　至今花石笑平泉
　비웃누나.

동남쪽 한 골짝은 오히려 문채(文彩)가 나 　　東南一堅猶文藻
좋은 벗들 높이 올라 지난해를 생각하네. 　　佳客登臨憶去年

277. **소소**　중국의 유명한 기생 이름이다.
278. **심랑**　남북조 시대 남제(南齊) 사람 심약(沈約)을 이른다. 그는 몸이 매우 수척하여 옷도 이기지 못할 정도였다고 한다.
279. **평천장**　당나라 때 재상 이덕유(李德裕)가 낙양에서 30리 떨어진 곳에 세운 장원. 기석이목(奇石異木)이 많은 것으로 일컬어졌다. 이희경의 거처가 평천장 못지않게 아름답다는 의미이다.

관운장의 사당 關侯廟

고요한 사당에 자물쇠 열고	廟靜聞開鎖
깊이 드니 마치도 꿈속 같구나.	行深夢裏如
봉해짐 백기(白起)[280]와 다름이 없고	封名同白起
제사 의식 주허(朱虛)[281]를 이어받았네.	祀典繼朱虛
푸른 기와 가을 안개 잠기어 있고	碧瓦秋烟合
긴 회랑엔 지는 볕만 남아 있구나.	脩廊落照餘
정천(井泉)[282]에서 보첩(譜牒)을 구해서 보니	井泉徵譜牒
호사가 몇 사람이 글을 썼구나.	好事幾人書

못가에서 池上

한가로이 흰 담을 지나가다가	閒行過粉牆
앉아 보니 그윽한 못 사랑스럽네.	輒坐愛幽塘
물총새 고기 물고 빠르게 날고	翡翠啣魚疾
파초 잎 바위 옆에 시원도 해라.	芭蕉伴石凉

---

280. 백기 전국시대 진(秦)나라의 명장이다. 소양왕(昭襄王) 때 무안군(武安君)에 봉해졌다. 용병을 잘하여 적국의 70여 성을 빼앗았고, 기원전 260년에는 장평(長平)에서 조(趙)나라의 대군을 격파하여 40만의 항졸을 생매장했다. 후에 응후(應侯)·범저(范睢)와 사이가 틀어져 파면당했다가 다시 죽음을 당했다.

281. 주허 한나라 주허후(朱虛侯) 유장(劉章)을 가리킨다.

282. 정천 관운장 사당의 어떤 장소를 가리키는 듯하나 분명치 않다.

청산은 좁은 길로 잇닿아 있고 青山連小徑
먼 숲엔 희미한 볕 돌아드누나. 平楚轉微陽
봄비가 벽도화에 떨어지더니 春雨碧桃在
샘 아래서 향기가 풍기는 듯해. 猶聞泉底香

정현목 군을 애도하며 3수 悼鄭君〔玄穆〕三首

1

몇 살을 살았던가 동오(童烏)[283]의 두 배이니 纔看年壽倍童烏
인간 세상 백수 유자(儒者) 부끄러워 죽었구나. 羞死人間白首儒
날려 가다 잠시 응함 채색 깃털[284] 같았더니 飛去暫應如彩羽
잃고 나선 혼자서 늘 밝은 구슬 한탄했네. 失來長自恨明珠
천문은 서양화에 적막하기 그지없고[285] 天文寂寞西洋畫
안개비는 북한도(北漢圖)[286]에 스러져 잠기었네. 烟雨消沈北漢圖
백손(伯孫) 무덤 명(銘) 짓던 날 문득 생각나니 却憶伯孫銘墓日
창문 앞 맷돌은 그대 함께 마련했지. 窓前磨石與君俱

283. **동오**　한나라 양웅의 아들이다. 9세 때 아버지가 『태현경』을 짓는 것을 도왔다. 정현목이 18세에 세상을 뜬 것을 두고 한 말이다.
284. **채색 깃털**　원문은 채우(彩羽). 천재의 영롱한 재주를 비유하여 일컫는 말로, 인간 세상에 잠시 머물다 간 것을 가리킨다.
285. **천문은~그지없고**　'서양화' 세 글자는 판본에 따라 결락된 것도 있다. 정현목이 즐겨 보던 서양화만 남아 있다는 의미인 듯하다.
286. **북한도**　정현목이 북한산을 그린 그림을 가리키는 말인 듯하다.

백손은 이씨의 아들로 내게 배웠다. 임진년에 죽었다. 내가 묘지명을 지었다.
伯孫李氏子, 學於余, 壬辰年沒. 余撰墓誌銘.

2

최홍(崔鴻)의 방대한 책 옛적의 약속인데[287]	汗簡崔鴻夙昔期
위랑(衛郞)[288]의 명리는 지금껏 생각나네.	衛郞名理到今思
시문(時文)을 두루 봄은 그대 벗이 아닐 테고	時文閱盡非君友
소자(小字)를 불러오니 또한 나의 스승이라.[289]	小字呼來亦我師
한 마리 제비 생관(甥館) 길에 봄이 돌아왔건만	隻燕廻春甥館路
청산은 영평(永平) 시에 눈물을 흘리누나.[290]	青山淚入永平詩
정화롭고 빼난 기운 혼히 있음 아닐러니	精華間氣無多在
아득히 붓을 멈춰 좌해(左海)를 슬퍼하네.	停筆茫茫左海悲

3

때때로 술을 싣고 자운정(子雲亭)에 이르면	時時載酒子雲亭
젊은 그대 깜짝 놀라 신 거꾸로 신었지.	倒屣飜驚一妙齡
종정(鐘鼎)의 볼거리는 향탑(響搨)에 남아 있고	鐘鼎奇觀留響搨
곤여(坤輿)의 먼 형세는 도경(圖經)을 베꼈지.[291]	坤輿遠勢拓圖經
태백성이 금싸라기 아님 어이 알겠나만[292]	安知太白非金粟

287. 최홍의~약속인데 최홍은 북위(北魏)의 역사가로 102권이나 되는 『십육국춘추』(十六國春秋)를 저술했다. 여기서는 정현목이 이와 같이 방대한 역사책을 쓰겠다고 다짐했던 것을 말한다.
288. 위랑 최홍이 북위의 황문시랑 벼슬을 지냈으므로 한 말이다.
289. 또한 나의 스승이라 그의 학문이 대단하여 배울 점이 많았음을 돌려서 말한 것이다.
290. 한 마리~흘리누나 정현목이 남긴 시와 관련이 있을 듯하나 확인할 수 없다.
291. 종정의~베꼈었지 정현목의 집에 그가 즐겨 감상하던 청동기와 외국의 지도를 베낀 것이 그대로 남아 있음을 말한 내용이다. 종정(鐘鼎)에 새겨진 문양과 지도를 새긴 도경(圖經)을 베껴 펼쳐 놓고 감상한 일을 말했다.

동방 샛별 세성(歲星)인 줄 이제 겨우 믿겠네.　　　纔信東方是歲星
페르시아서 찾아와 무덤 묻게 하지 마라[293]　　莫遺波斯來問塚
그 마음 응당 변해 푸른 산이 되었으리.　　　　片心應化遠山靑

곽담원이 도산에 들어갔단 말을 듣고 7수

聞澹園郭氏入道山 七首

1

분하(汾河) 땅 신선이 백운향(白雲鄕)에 들어가니[294]　汾河仙子白雲鄕
어느 곳 청산에서 옛 금낭(錦囊)[295]에 시 담을까?　何處靑山古錦囊
인간 세상 한 방울 지기의 눈물이　　　　　　　　一點人間知己淚
흐르는 강물 따라 부상(搏桑)까지 이르렀네.　　應隨流水到搏桑

2

북방의 시구는 말이 외려 높은데　　　　　　　　北方詩句語還高

---

292. **태백성이~알겠나만**　당나라 양형(楊炯)의 「노인성부」(老人星賦)에 노인성의 밝음을 금속(金粟), 즉 금싸라기에 견준 내용이 보인다. 예전 두 사람이 옛 시문의 전거를 앞에 두고 논쟁했던 일을 회고한 내용이다.
293. **페르시아서~하지 마라**　파사(波斯)는 페르시아를 말한다. 그의 죽음을 애석히 여겨 말한 것이다.
294. **분하 땅~들어가니**　분하는 강물 이름으로 산서성에 있다. 산서 사람 곽담원이 도산으로 들어간 것을 이렇게 표현했다.
295. **금낭**　유람하면서 지은 시고를 담는 비단 주머니를 말한다. 당나라 이하(李賀)의 고사에서 나왔다.

높은 산의 집과 정원 채색 붓에 기대었네.　嶰崒家園倚彩毫
상당(上黨)²⁹⁶은 원래부터 천하의 척추거늘　上黨元來天下脊
곽봉규(郭封圭)²⁹⁷는 그 홀로 한때의 호걸이라.　封圭自是一時豪

3
뜨락 나무 꽃이 피매 달빛 밟고 돌아오니　庭樹花肥踏月歸
문 들자 마치도 도사 옷을 본 듯해라.　入門如見羽人衣
시 속의 그 풍경이 또렷이 생각나니　分明憶得詩中景
이 마음속 인간 세상 벗어난 것 같구나.　似此胸襟烟火非

4
산서 땅은 대대로 문풍을 떨쳤나니　山西家世振文風
양가(楊賈)²⁹⁸의 시명이 해동까지 떨쳤다네.　楊賈詩名遍海東
연경(燕京)²⁹⁹서 선우기(先友記)³⁰⁰를 다투어 전하니　日下爭傳先友記
강남서 첫손 꼽는 특출한 사람일세.　江南首數別裁翁

5
푸른 비단 미불(米芾) 글씨 탑본하여 박아 내니　青綾手撨米元章
깊은 상자 여태도 만 리 향이 나는구나.³⁰¹　深篋猶傳萬里香

296. **상당**　산서성 동남부에 있던 상당군을 가리킨다.
297. **곽봉규**　봉규(封圭)는 담원(澹園) 곽집환(郭執桓)의 자(字)이다.
298. **양가**　양(楊)은 당나라 때 양형(楊炯)이다. 가(賈)는 가도(賈島)를 가리키는 듯하다.
299. **연경**　원문은 일하(日下). 연경을 말한다.
300. **선우기**　당송팔대가의 한 사람인 유종원의 작품이다. 유종원 역시 산서성 출신이다.
301. **푸른 비단~나는구나**　미불은 송나라 때 유명한 서화가이다. 푸른 비단으로 꾸민 그의 글씨를 탑본한 것에서 먹 향기가 풍겨 옴을 말했다. 아마도 곽집환이 보내온 선물 중에 소동파 글씨 탑본이 있었던 듯하다.

동파 노인 그 시절엔 마음 굳셈 쇠와 같아   坡老當年心似鐵
흰머리로 어이해 운당곡(篔簹谷)[302]을 기억했나.   白頭那得記篔簹

6

평생에 삼절(三絶) 중 두 가지를 얻었으니   三絶平生兩得之
다시금 난초 칠 때 문득문득 생각났지.   翩翩更憶畫蘭時
한가할 땐 시필(詩筆)로 남은 뜻을 미루나니   閒將詩筆推餘意
바람 맞고 이슬 젖는 그 자태 떠오르네.   想見翻風泣露姿

7

신교(神交)로 그릇되이 속인 놀램 입었더니   神交枉被俗人驚
태어난 인생이면 모두가 형제일세.   落地人生摠弟兄
석양 향해 서편 고개 바라보려 하는 것은   欲向斜陽西峴望
양허(養虛)가 지난날에 엄성(嚴誠)을 곡함일세.[303]   養虛前日哭嚴誠

---

302. **운당곡** 대나무가 많이 나는 골짜기를 이른다. 소동파의 글 가운데 「문여가화운당곡언죽기」
(文與可畫篔簹谷偃竹記)가 있다. 곽담원이 보낸 탑본의 내용을 두고 한 말이다.
303. **양허가~곡함일세** 양허(養虛)는 홍대용과 절친한 사이였던 김평중(金平仲)을 말한다. 홍대
용과 함께 연행에 참여하였다. 엄성(嚴誠)은 중국 항주의 학자로 자는 역암(力闇), 호는 철교(鐵橋)
이다. 홍대용을 비롯한 실학자들이 중국에서 육비, 반정균과 더불어 절친한 사귐을 이루었던 인물
이다. 그가 죽자 홍대용과 김평중 등이 그의 고향 쪽을 향해 제물을 진설하고 곡을 했던 일이 있다.

단좌헌[304]에 제하다 題端坐軒

술 마시며 돌아가지 않고 있는데	飮酒不歸去
담장 머리 누렇게 석양 비치네.	牆頭夕照黃
그대여 시절 늦음 바라보게나	君看時節晚
찬 이슬에 석류 열매 갈라 터졌네.	寒露柝榴房

연암 선생께 寄燕巖

낙백하여 때때로 주광(酒狂)으로 불리니	落魄時時號酒狂
인간 세상 어느 곳에 우경당(耦耕堂)[305]이 있는가?	人間何處耦耕堂
젊어서는 도리어 뗏목 탈 뜻[306] 품었더니	少年却抱乘桴志
중년에 도리어 벽곡방(辟穀方)[307]을 구하네.	豐歲還求辟穀方
차라리 경륜 품고 시정(市井)에 지낼망정	寧以經綸爲市井
과거 보아 문장으로 인정받진 마옵소서.	莫將科擧認文章
흰머리에 남루한 옷 아이들도 비웃지만	白頭屢被兒童笑
벌열로 이 같음이 맹광(孟光)[308]에게 부끄럽다.	閥閱如今愧孟光

---

304. **단좌헌** 이덕무의 당호이다.
305. **우경당** 청나라 학자 전겸익(錢謙益)의 당호. 연암을 전겸익에 비겨서 말한 것이다.
306. **뗏목 탈 뜻** 잘못된 세상을 탄식하며 다른 곳으로 떠나고 싶어 하는 마음을 말한다. 『논어』
「공야장」(公冶長)에 "도가 행해지지 않으니 뗏목이라도 타고 바다에 나갈까 보다"(道不行, 乘桴浮
于海.)라는 말이 있다.
307. **벽곡방** 불에 익힌 음식을 먹지 않는 신선 수련술의 하나.

중양일에 심계처사[309]가 성에 들었고, 다음 날은 형암이 자기 아버님을 모시고 그와 함께 나왔다. 내가 이를 기쁜 마음으로 부러워하여 광주 걸음을 하게 되었다 8수 重陽日 心溪處士入城 翌日炯庵陪其大人 與之同出 余欣然羨之 於是有廣州之行 八首

1

어르신의 걸음을 편히 하려고	丈人且安步
돌아갈 땐 이웃집 소를 빌렸네.	歸卽借隣牛
높은 선비 엄숙히 앞서 이끄나	高士肅前導
문생은 어지런 길 잘도 가누나.[310]	門生能亂流
차림새가 시속과 자못 달라서	衣冠頗異俗
길 가던 이 모두들 돌아본다네.	行路盡回頭
고운 아들 현명한 막내 있으니	令子有賢季
집안에 근심 걱정 하나 없겠네.	可無家室憂

2

옛 성 아래 한 바퀴 돌아들어서	循此古城下
다시금 강물 위 배를 찾는다.	復尋江上船
오솔길에 잠자리 분분히 날고	蜻蜓滿少路

---

308. 맹광 동한(東漢) 때의 은사 양홍(梁鴻)의 아내로, 자는 덕요(德曜)이다. 부부가 패릉산(覇陵山) 가운데 숨어 지내면서 밭 갈고 베 짜는 것으로 생계를 꾸렸다. 연암이 벌열의 가문임에도 형편이 어려워 그의 어진 아내에게 부끄럽다는 의미다.

309. 심계처사 이덕무의 족질인 이광석(李光錫)의 호이다. 이광석은 백탑시파의 일원으로, 서얼 문사이다. 자는 여범(汝範)·추월자(秋月子), 호는 심계(心溪)이다.

310. 높은 선비~잘도 가누나 높은 선비는 이덕무를, 문생은 그의 집안 조카이자 문인인 이광석을 가리킨다. 이덕무의 아버지를 태운 소의 고삐를 이덕무가 잡고, 이광석이 앞길을 열며 가는 모습을 형용했다.

푸른 하늘 갈매기 떠서 나누나.　　　　鷗鷺浮靑天
달은 벌써 서산에 기울어 갈 때　　　　月早依山際
황포 돛이 물가에 어리어 있다.　　　　帆黃映水邊
잠시나마 들에 노는 흥취 얻으니　　　　暫得郊原趣
어찌 서로 어울림을 사양하리오.　　　　寧辭相後先

3

사람 사귐 황금이야 비록 적어도　　　　結客少黃金
재주를 아끼는 진심이 있네.　　　　　　憐才有赤心
바람 서리 험함을 겁내지 않고　　　　　風霜不憚險
이틀 밤을 머물며 지음(知音) 되었지.　　信宿爲知音
저녁 해는 자진곡(子眞谷)[311]에 저물어 가고　　日暮子眞谷
한 잔 술에 「양보음」(梁父吟)[312]을 즐겨 부르네.　酒酣梁父吟
헤어짐에 임하여 정표 없어도　　　　　臨分曾無物
산림을 기약하며 가리킨다네.　　　　　相指期山林

4

선현께서 남겨 두신 지극한 말씀　　　　先民有至言
분수 지켜 시골로 가라 했거늘.[313]　　　守拙歸田園
온 세상이 돌아감을 알지 못하니　　　　擧世不知返

---

311. 자진곡　자진(子眞)은 한나라 때 포중(褒中) 사람 정박(鄭樸)의 자이다. 골짝 어귀〔谷口〕에 살았으므로 세상에서는 '곡구자진'(谷口子眞)이라 불렀다. 도를 닦으며 숨어 지냈고, 한나라 성제 때 대장군 왕봉이 예를 갖추어 초빙했으나 응하지 않았다. 심계가 사는 광주의 골짜기를 은자의 거처로 높인 표현이다.

312. 「양보음」　악부 가사의 이름으로, 제갈량(諸葛亮)이 숨어 살 때 지었다고 한다. 사람이 죽어 태산(泰山)에 장사 지내는 것을 노래한 것으로, 만가(挽歌)와 비슷하다고 한다.

집을 옮겨 속세를 피하는구나.	移家聊避喧
새하얀 바위 사이 소요하면서	消搖白石間
푸른 솔 뿌리에 짝해 앉누나.	耦坐靑松根
생계 꾸릴 지혜는 비록 없어도	雖乏營生智
밭을 갈아 자손에게 남겨 주려네.	躬耕遺子孫

5

풀길 헤쳐 가을 시내 지나가는데	披草歷秋川
동산 숲이 때마침 울창하구나.	園林時翳然
성긴 별은 띳집을 씻어 내리고	疏星灑茅屋
밝은 달은 여울 안개 풀어 헤친다.	明月破溪烟
다행히 막걸리에 물림이 없어	濁酒幸無厭
벗들과 애오라지 서로 붙잡네.	親朋聊共延
간밤에 맑은 서리 내리고 나서	淸霜昨夜至
국화꽃 어여쁨을 사랑한다오.	愛此黃花姸

6

피라미 떼 형체도 없는 것처럼	儵魚若無質
환히 텅 빈 물속에 비쳐 섰구나.	映立水空明
간신히 눈 두 개만 갖추고 있어	纔具一雙眼
고작 세 치 크기의 고무래 같네.	强如三寸丁
가을 하늘 옅은 구름 머금고 있고	秋天含淺白

---

313. 선현께서~했거늘 진(晉)나라 도잠(陶潛)의 시를 말한다. 『도연명집』(陶淵明集) 「귀전원거」 (歸田園居)에 "남쪽 들판 한끝을 개간하고서, 본성 지키려 전원으로 돌아왔네"(開荒南野際, 守拙歸田園.)라는 구절이 있다.

물속에선 푸른 이끼 너울거리네. 　　　　苔蘚舞深青

사람의 그림자에 놀라지 마라 　　　　莫便驚人影

낚시질할 마음을 다 잊었나니. 　　　　已忘垂釣情

7

가을 산 해가 벌써 기울어 가니 　　　　秋山日已荒

뽕잎이 먼저 알아 누른빛 띠네. 　　　　桑葉知先黃

그물 들어 맑은 물가 따라가다가 　　　　舉網緣淸沚

옷깃 걷고 들꽃을 손으로 따네. 　　　　褰裳擷野芳

행인은 저녁 해가 근심겨운데 　　　　行人愁落日

떠돌이는 중양절을 생각한다네. 　　　　遊子念重陽

저 멀리 아스라한 저편을 보니 　　　　遙見莽蒼際

몇몇 집서 다듬이질 소리 바쁘다. 　　　　數家砧杵忙

8

굽은 둑길 너머로 논밭이 있어 　　　　廻隄隔禾黍

참새가 재잘대며 돌아오누나. 　　　　鳥雀鳴相還

몇 십 리³¹⁴ 밖에는 아지랑이가 　　　　野馬由旬外

바로 앞엔 지는 해가 다가서 있네. 　　　　斜陽尋丈間

백제 땅 나무엔 가을이 맑고 　　　　秋晴百濟樹

한양의 산들은 하늘로 드네. 　　　　天入漢陽山

먼 데 빛깔 서리가 내리려는지 　　　　遠色將霜意

사흘 만에 낯빛이 문득 다르다. 　　　　頓殊三日顏

314. 몇 십 리　원문은 유순(由旬). 유순나(由旬那)의 약칭으로, 범어의 음역이다. 길의 거리, 곧 노정의 단위를 나타내는데, 16리·30리·40리의 여러 설이 있다.

심계초당에 쓰다 6언 4수 書心溪草堂 六言四首

1

옻나무 숲 곧추세운 서옥(書屋)에
지는 해에 담담한 고기 그물.
돌길서 옷 입고서 절하는 아이
손잡고 가을 들판 길에 오른다.

漆林亭亭書屋
落日澹澹漁罾
披衣石徑兒拜
携手秋原客登

2

도연명 시집 한 권 홀로 들고서
반상(半床)의 남은 꿈이 누굴 찾는가.
서암(西崦)의 인가는 길이 어둡고
남산(南山)의 콩밭엔 가을 깊었다.

一卷陶詩獨把
半床殘夢誰尋
西崦人家路暗
南山豆畝秋深

3

밝은 달 검푸른빛 겨우 깔리자
흰 구름은 은가루를 뿌려 놓은 듯.
가을마당 새로 쓸며 기뻐하다가
사람 그림자 어지러워도 사랑스럽다.

明月纔鋪黝色
白雲如潑銀泥
秋場已喜新掃
人影堪憐乍迷

4

화로 재에 밤 굽느라 밤중엔 입김 불고
아침엔 닭 잡느라 횃대에 깃털 날리네.
술 마실 땐 취한 뺨 비치더니만
보내는 곳 마른 지팡이만 홀로 돌아오네.

煨栗爐灰夜歊
殺鷄塒羽朝飛
飮時酡頰對映
送處枯筇獨歸

통진 가는 길에 2수 通津途中 二首

1

바람에 옷자락은 주름이 지고	風衣從萬皺
허리띠는 두 가닥이 마구 날리네.	帶綬俄雙飛
바다 어귀 가을 산 가느다랗고	海口秋山細
하늘가의 낮달은 희미하구나.	天邊晝月微
벼 자라니 시골집 작아 보이고	禾深村屋小
안개 엷은 술집엔 사람 드물다.	烟淡店人稀
나무꾼 어깨 위로 해 저무는데	落日樵肩上
쓸쓸히 한 짐 지고 돌아가누나.	蕭蕭一擔歸

2

천 년 땅에 낙조가 드리우더니	落照千年地
가을 산은 강화 땅[315]과 맞닿았구나	秋山接沁洲
흰 구름에 기러기 짝지어 날고	白雲雙去雁
소 한 마리 단풍 숲서 밭을 가누나.	紅樹一耕牛
함께 밭 간 장저(長沮) 걸닉(桀溺)[316] 생각하다가	結耦懷沮溺
비석을 같이했던 설유(薛劉) 그렸네.[317]	同碑慕薛劉

---

315. **강화 땅**　원문은 심주(沁洲). 강화도를 말한다.
316. **장저 걸닉**　장저와 걸닉은 공자와 같은 시대에 살았던 초(楚)나라의 두 은자(隱者)이다. 공자가 제자들과 함께 천하를 돌아다니다가 초나라에서 장저와 걸닉이 짝을 지어 밭을 갈고 있는 것을 보고는 자로에게 나루터가 어디 있는지를 물어보게 했던 일화를 말한다. 『논어』 「미자」(微子)에 이들에 대한 기록이 나온다.
317. **비석을~그렸네**　설유는 백거이의 시 「억항주매화」(憶杭州梅花) 시에 나오는 인물로 당대에 가객으로 이름 높던 설씨와 유씨 두 사람을 가리킨다. 두 사람은 차례로 나란히 묻혀서 같은 비석에다 이름을 새겼다.

국화 핀 강해의 길 위에다가　　黃花江海路
우리 도(道)를 유유히 부치는도다.　　吾道付悠悠

사립문 柴門

새벽 산엔 반 초록이 답쌓여 있고　　曉山堆半綠
아침 해는 연지처럼 떠오르누나.　　初旭出臙脂
사립문 밖에는 보슬비 오니　　小雨柴門外
추운 날씨 잎이 지는 시절이로다.　　寒天落葉時
절구 소리 성긴 집을 둘러 감싸고　　春聲帶疎屋
가을 울타리 사이로 들빛 스민다.　　野色入秋籬
눈앞의 일 흔쾌히 마음 맞으니　　卽事欣相契
간데없이 그림 속의 한 수 시일세.　　森然畫裏詩

농가에서 홀로 앉아 農家獨坐

빈집이라 대낮에도 쓸쓸터니만　　空屋晝蕭騷
민둥산이 야트막이 초가 품었네.　　土山低擁茅
한가하면 거울 자주 들여다보고　　閒來頻照鏡
피곤하면 혼자서 칼을 간다네.　　倦極自磨刀

고양이는 부뚜막에 기대어 졸고 潛睡猫依竈
닭은 여물통 위를 혼자서 가네. 獨行雞上槽
이 중에 아름다운 시구가 있어 此中有佳句
힘든 줄도 모르고 머리만 긁네. 搔首不知勞

벼 베기 풍경 觀刈卽事

벼 사이로 흰 옷이 바라뵈더니 衣白禾間望
웬 사람이 쇠등을 타고서 오네. 何人牛背來
넓은 하늘 들 자리를 빙 둘러 있고 寥天圍野席
낙엽은 가을 잔에 떨어지누나. 晚葉落秋盃
샘물 소리 갑자기 봇물 터진 듯 泉響忽如決
구름 비늘 때로 홀로 맴도는구나. 雲鱗時自廻
서리 내린 언덕엔 귀뚜리 남아 霜堤餘蟋蟀
어쩌다 한 소리 구슬프도다. 偶爾一聲哀

거미줄 蛛絲

거미줄에 지극한 이치가 있어 蛛絲有至理
풀벌레 가지고서 장난을 치네. 草蟲持堪玩

어찌 꼭 유식자의 도움 받으리 　　寧惟助多識
성정이 한결같이 깨끗한 것을. 　　性情一蕭散
오호라, 창아(蒼鴉)³¹⁸란 이름조차도 　　嗚呼蒼鴉名
나라 사람 반도 채 듣지 못했네. 　　擧國聞未半
나 또한 소학에 뜻을 두고도 　　余亦志小學
들쭉날쭉 하다 만 것 탄식하노라. 　　差池半塗歎

저물녘 이수당에 이르다 暮到夷樹堂

저녁녘 농부 서로 위로하는데 　　農人暮相慰
마을 얘기 예전과 다름이 없네. 　　鄕里話依然
이른 등불 창밖은 외려 푸르고 　　燈早窓猶碧
달빛 짙어 산은 더욱 그윽하구나. 　　月濃山更玄
땅엔 이제 가을벌레 드물어지고 　　霜蟲稀在地
찬 기러기 하늘로 쉽게 나누나. 　　寒鴈易流天
삿갓 쓰고 앞마을 길 걸어가노니 　　篛笠前村路
별 두 개가 깜빡깜빡 걸리어 있네. 　　雙星矚矚懸

318. **창아**　거미의 별칭으로 쓴 궁벽한 용례가 있는 듯하나 확인하지 못했다.

가을 들 秋野

석양빛 반짝반짝 오리 붉게 물들이고	夕陽閃閃紅粉鶩
성근 울 밑동이 비스듬히 집 안았네.[319]	麋眼疎籬斜抱屋
반 굽이 맑은 호수 갈대 뿌리 적셨고	半灣淸湖浸蘆根
한 자락 가을 안개 산자락을 끊었네.	一匹秋烟斷山足
마을 옆 논둑길엔 사람 환히 비치고	村邊稻畦映人明
그림자 비친 어량에선 황소가 물 마신다.	倒影魚梁飮黃犢
최씨네 비석 앞에 오솔길이 많은데	崔氏碑前細路多
이슬 내려 사람 가고 가을 풀만 푸르네.	露下人歸寒草綠

감회 2수 感懷 二首

1

말을 빌리기도 수고로워서	借馬亦云勞
걸어가며 나 홀로 홍취가 높네.	徒行也自高
단풍 든 두세 그루 나무가 있어	兩三黃葉樹
짐 내리고 숲 언덕서 숨을 돌리네.	歇擔憩林皐

2

남쪽 밭 거친 줄 익히 알고도	厭聽南畮荒

319. **성근 울~안았네** 원문의 궤안(麋眼)은 울타리의 밑부분을 가리킨다.

시름 속에 매서운 북풍을 본다.	愁看北風勁
음덕을 뿌린 일 아예 없기에	旣無種陰德
잠시 예서 고행을 닦고 있다네.	暫此修苦行

벗을 그리며 2수 思友 二首

1

가까운 벗 손꼽아도 가난함 늘 근심하니	親朋屈指患長貧
등불 심지 잘라 가며 자주 잠을 못 이룬다.	手剔燈火不寐頻
『파아집』(稑秕集)320 가운데 말을 탄 나그네요	稑秕集中騎馬客
부용봉(芙蓉峰)321 안에는 책을 낀 사람일세.	芙蓉峰裏挾書人
흰 이슬은 시골 마을 저녁 무렵 뚝뚝 듣고	村墟白露涓涓夕
마당엔 엷은 서리 해맑은 새벽이라.	井臼微霜澹澹晨
이처럼 가을 깊도록 돌아오지 못하니	如此秋深歸不得
고깃배 따라 자주 통진(通津)까지 가 본다오.	屢隨漁艇泊通津

이덕무가 천안군에서 추수를 감독했는데, 그 문집의 제목을 『파아집』이라 했다. 유득공의 「독서부용봉」이란 시가 있다. 懇官觀獲天安郡, 題其集曰稑秕,

---

320.『파아집』 이덕무는 벼슬길에 나가기 전에 해마다 전장(田莊)이 있는 천안에 가서 추수를 감독했다.『청장관전서』권70 부록 「선고적성현감부군연보상」(先考積城縣監府君年譜上)의 '기축년조'에 보인다. 추수철의 농촌 풍경을 읊은 시들을 모아『파아집』(稑秕集)이라고 했던 사실은 이덕무 스스로도 말한 바 있다.『청장관전서』권34 「청비록」권3에 있다.

321. 부용봉 유득공의 집 전장에 있던 산 이름으로 보인다. 유득공의『영재집』에 '부용봉정사'(芙蓉峰精舍) 등의 용어가 보인다. 하지만 박제가가 덧붙여 말한 「독서부용봉」이란 시는 현재 남아 있지 않다.

惠風有讀書芙蓉峰詩.

2

못 믿을 우리들 이 바로 소인이라　　　　　不信吾儕是小人
망망타 속생각을 누구에게 풀어 볼까.　　茫茫心計向誰陳
젊어선 코를 쥐며 녹봉 구함 부끄러워했고　初年捉鼻羞干祿
평소 재물 가벼이 여겨 이웃 산 일[322] 비웃었지.　平日輕財笑買隣
어느 산에 토실 지어 별장을 열 건가　　　土室何山開別業
내년엔 수차(水車)로 경륜을 시험하리.　　水車來歲試經綸
해마다 열 명 벗들 책을 같이 구입하여　　年年十友書同購
늙도록 다함께 숨어 삶을 기약하리.　　　白首相期共隱淪

이수당의 저녁 생각 2수 夷樹堂夕思 二首

1

강과 바다 가을 소리 밤낮으로 소란한데　　江海秋聲日夜喧
억새꽃에 바람 일자 해등(蟹燈)[323]은 많고 많다.　荻花風起蟹燈繁
긴 물결 기러기 떼 외론 언덕 떠돌고　　　長波帶雁漂孤岸
찬비는 사람 따라 먼 마을에 이르렀네.　　寒雨隨人到遠村
낙엽 진 곳 다듬이 소리 어딘지 알 수 없고　砧杵不分黃葉處

---

322. **이웃 산 일**　이웃을 선택하여 거주한다는 말. 이 책 상권 137쪽 각주 161번 참조.
323. **해등**　게를 잡기 위해 밝혀 둔 등불이다.

사립문서 저 멀리 푸른 산을 가리킨다.　　　衡門遙指碧山痕

이수당 앞 저녁 풍경 어이 차마 견디리오　　那堪夷樹堂前夕

화의(畫意)와 시정(詩情)이 애간장을 끊누나.　　畫意詩情摠斷魂

2

공명도 원치 않고 신선도 원치 않고　　　　不願功名不願仙

먹고 살 마련하다 젊음 잃음 후회하네.　　治生端悔失靑年

주판 퉁긴 왕융(王戎)의 인색함 괴이타 마소[324]　執籌休怪王戎鄙

집터 물은 허사(許氾) 어짊 이제야 알겠구나.[325]　問舍方知許氾賢

이자와 본전은 장날에 오고 가고　　　　　子母靑錢通亥市

이르고 늦은 붉은 벼 가을밭에 연이었네.　弟兄紅稻接秋田

훗날 푸른 강물 위에 집을 한 채 지어 두고　他年置屋滄江上

천 그루 긴 대 심고 달빛 아래 배 띄우리.　脩竹千竿月一船

324. **주판 퉁긴~괴이타 마소**　　왕융(王戎)은 진(晉)나라 사람으로 자는 준중(濬仲), 시호는 원(元)이다. 죽림칠현(竹林七賢) 중의 한 사람이다. 혜제(惠帝) 때 가후(賈后)에게 신임을 받아 사도(司徒)가 되었으나 한 일이 없었고, 욕심이 많아 전원(田園)을 각 주(州)에 두고서 친히 주판을 놓아 밤낮 회계를 맞추었으며, 집에 좋은 오얏나무가 있었는데 누가 종자를 받을까 싶어 씨에다 송곳질을 했다 한다. 『진서』(晉書) 권43에 보인다.

325. **집터 물은~알겠구나**　　허사(許氾)는 삼국시대 위(魏)나라 사람이다. 유비(劉備)와 당시의 호사(豪士) 진등(陳登)을 평할 적에 "내가 난리에 하비(下邳)를 지나다가 그를 찾았을 적에, 손님을 대접할 줄 몰라 자기는 높은 평상, 손님은 낮은 평상에 눕게 했다"고 하자, 유비가 "그대는 고사(高士)라면서 나라에 충성할 마음은 갖지 않고 농토나 구하고 집터나 묻기 때문에 그처럼 박대한 것이다"라고 하였다. 『삼국지』(三國志) 「진등전」(陳登傳)에 보인다.

배 타고 돌아오며 舟還

맑은 강 굽어봐도 씻은 듯 텅 비었고	淸江俯眼洗還空
봉창에서 갈옷 입고 북풍 소리 듣노라.	擁褐蓬窓聽北風
말 머리의 소유(巢由)는 얼굴 더욱 두껍고[326]	馬首巢由顔更厚
방 안의 한범(韓范)은 공 없음을 다투누나.[327]	室中韓范鬪無功
무성한 나무는 가을 되자 빛바래고	蕭森群木三秋變
아스라이 이은 산들 백 리가 한가질세.	隱約連山百里同
돛을 늦춰 지는 볕에 푸른 물가 가노라니	緩帆斜陽綠渚去
나루 어귀 기러기는 하늘 덮고 날아가네.	渡頭飛盡蔽天鴻

행주에 정박하다 泊杏洲

언덕은 툭 트여서 뱃전은 얕고	岸濶船舷淺
먼 산은 한결같이 푸르른 이때	遙山一碧時
저녁 조수 보름 맞아 높이 차 오고	暮潮因月盛
가을 버들 안개 속에 시들어 가네.	秋柳入烟衰

---

326. 말 머리의~두껍고 원문의 소유(巢由)는 소부(巢父)와 허유(許由)로, 모두 요(堯)임금 때의 은사이다. 자신도 허유·소부와 같은 은사의 삶을 꿈꾸지만 그에 견주면 부끄럽다는 뜻으로 말한 듯하다.

327. 방 안의~다투누나 원문의 한범(韓范)은 송나라 때의 명상(名相)인 한기(韓琦)와 범중엄(范仲淹)을 병칭하는 말이다. 그들이 변방을 맡자 오랑캐가 감히 쳐들어오지 못했다. 벼슬하지 못해 나라를 위해 공을 세울 기회가 없음을 돌려서 말한 것이다.

외기러기 높이 날며 경계를 하고	獨雁高猶警
다듬이 소리 끊기자 더욱 구슬퍼	稠砧斷更悲
슬프다 고기잡이 등불 저편에	可憐漁火外
포개어진 조그만 초가지붕들.	重疊小茅茨

행주는 서울 어귀의 하류로, 자못 누대의 경치가 빼어나다. 杏州京口下流, 頗有樓臺之勝.

영변의 명생에게 3수 寄寧邊明生 三首

1

불현듯 이십 대 초반을 생각하니	翩翩更憶弱冠初
서쪽 선비 지금처럼 기뻐 나를 맞았네.	西士如今競說余
고운 아씨 모두 불러 작은 배에 태워 두고	盡喚紅娘乘小艇
흐드러진 연꽃 속에 큰 글씨[328]를 휘둘렀지.	荷花蕩裏擘窠書

2

맑은 물 서늘하고 나무 그늘 짙은데	濯水追涼樹影多
얼음 샘에 초록색 참외를 담갔었네.	氷泉自泛綠沈瓜
어르신은 자꾸만 웬일이냐 물었는데	丈人頻問郎何事
명군(明君)이 술을 싣고 내세로 들렀었지.	又被明君載酒過

328. 큰 글씨   원문은 벽과(擘窠). 전각에 쓰는 서체로, 일설에는 큰 글자를 가리킨다고도 한다.

3

사람 일 잠깐 사이[329] 그르침을 어이하리	人事那堪轉眼非
옛 놀던 소식은 십 년간 끊어졌네.	舊遊消息十年稀
약산 동대 앞길은 서주 가는 길이거니	東臺路是西州路
양공(羊公)[330]이 술 취해 돌아옴 배우지 마시게나.	莫學羊公醉後歸

현천 원중거가 장원서[331]에서 숙직하다가 효효재 김용겸 공과 이덕무를 만나 운자를 나누어 장(嶂) 자를 얻었다

元玄川掌苑署直中 遇嘐嘐金公〔用謙〕李懋官分韻得嶂字

관리가 청렴하여 과수(菓樹) 맡기니	官淸惟典菓
관사는 푸른 산을 이웃했구나.	廨舍隣靑嶂
이따금 와 뜰 섬돌에 이르러 보면	時來到庭堦
밝은 해에 솔 물결이 불어 넘친다.	白日松濤漲
너울너울 숙직하는 늙은이 있어	婆娑寓直翁
술자리 갖추어 서로 향하네.	杯杓森相向
시절 사물 꽃답고 화려도 한데	時物亦芳華

---

329. 잠깐 사이 원문은 전안(轉眼). 눈알을 돌릴 만큼의 아주 짧은 시간을 말한다.
330 양공 양호(羊祜)를 말한다. 진(晉)나라 사람으로 자는 숙자(叔子)이다. 형주도독으로 십여 년간 선정을 베풀었다. 그는 늘 가벼운 갖옷과 느슨한 띠로 현산(峴山)에서 풍류를 즐기곤 했다. 그가 세상을 떠나자 남주 사람들이 철시하고 슬퍼했다고 한다. 양호처럼 어진 정사를 베풀되 지나친 풍류는 삼가라는 의미로 썼다.
331. 장원서 조선 시대에 과채(果菜), 화초에 관한 일을 맡았던 관아이다.

새봄이라 날짜는 16일일세.	新春月旣望
여린 풀은 새싹을 내밀려 하고	柔草碧初抽
먼 꽃은 붉은빛 터뜨릴 듯해.	遠花紅欲放
우는 새 화답하는 소리 들리고	鳴禽有和聲
건들바람 술잔 위로 불어오누나.	好風吹酒浪
돌샘의 흐름을 굽어보다가	俯泳石泉流
드넓은 하늘을 우러러보네.	仰視天宇曠
절사(節士)의 심은 뜻을 괜시리 품어	空懷節士植
초단(醮壇)[332]을 만들던 때 생각을 했지.	緬憶醮壇創
옛사람 자취는 얼마나 되리	古人跡有幾
에서 놀다 기뻐서 마음 열리네.	玆游懽始暢
애틋하여 차마 능히 못 떠나는데	依戀不能去
지는 해 나무 위에 걸리어 있다.	斜暉掛樹上

정월 초이레[333] 입춘에 이서구와 함께 시를 짓다
人日立春偕薑山賦

예전엔 사이좋게 밤중 대화 잦았거니	伊昔聯翩夜話頻
번화함 문득 끊겨 몇 해 봄이 지났는가.	繁華斷却幾年春

---

332. **초단**　도사가 제사 지내는 단이다.
333. **정월 초이레**　원문은 인일(人日)이며, 음력 정월 초이레의 아침이다. 고대에 이날의 기후 여하로 그해의 길흉을 점쳤다.

가슴속에 자욱한[334] 맛 스스로 족하였고　　胸中自足氤氳味
천하에 뜻 큰 사람 부질없이 그렸었네.　　海內空思磊落人
찬 뜨락엔 진눈깨비 돌이끼에 내려앉고　　薄雪寒庭依石髮
초라한 집 아침 볕은 책 먼지를 비추누나.　　朝陽破屋映書塵
좋은 시절 어느덧 돌아옴 너무 기뻐　　劇憐佳節忽忽返
외로이 읊조리다 이 신세를 웃노라.　　只爲孤吟笑此身

밤에 이서구의 집에서 자며 10수 夜宿薑山 十首

1
등불이 마음을 환히 비추는　　燈花照心硏
이 반듯한 거실을 사랑하노라.　　愛此端居室
종소리 들렸다간 잠잠해지고　　鐘聲俄復沈
초승달 흘러가 쉬 사라진다.　　纖月流易失
봄바람에 계집 녀(女) 자 모양의 매화[335]　　春風女字梅
어지러이 책들과 함께 놓였네.　　零亂伴書帙
소반엔 세시(歲時)의 과자 놓이고　　盤中歲時菓
손 마주해 이야기도 막 끝이 났네.　　對客談初畢
둘이 함께 추수도(秋樹圖)를 가리키면서　　共指秋樹圖

---

334. 자욱한　원문은 인온(氤氳). 음양의 기가 한데 모여 분화하지 않은 상태로, 기운이 화평한 모양이나 구름과 안개가 자욱한 모양을 나타낸다.
335. 계집 녀 자 모양의 매화　매화의 중심 줄기가 계집 녀 자 모양으로 교차된 모양의 매화를 말한다.

석치(石癡)³³⁶의 그림을 찾아본다네.   閒尋石癡筆

나직이 읊조리니 사방 고요해   沈吟境逾靜

담박한 사귐이 더욱 가깝네.   淡泊交還密

이불 덮고 앉아서 한기 막는데   鋪衾坐待煖

빈 뜰에선 한 마리 학이 우누나.   空庭鶴鳴一

2

사흘이나 집으로 안 돌아가니   三日不歸家

매화 진 꽃잎이 방 가득하다.   落梅花滿室

하물며 우리네 백 년의 사귐   矧玆百年交

잠깐인들 어이 서로 떨어지겠나.   眉睫寧相失

좋은 일은 받은 날이 없는 법이니   好事無卜日

읊조리다 조그만 책이 되었네.   偶吟成小帙

촛농 녹아 쌓인 것이 오래이건만   燭跋堆已久

차 마시는 일은 아직 끝이 안 났네.   茶事猶未畢

바야흐로 술기운 거나할 때면   方其酒酣時

느닷없이 함께 붓 휘둘렀다네.   率然俱命筆

새봄이라 달그림자 희미하건만   新春月影稀

미풍에 눈 소리 촘촘하구나.   微風雪聲密

예전 한 말 뒤집어 생각하노니   虞飜昔有言

지기(知己)는 하나면 충분하겠네.   足矣知己一

---

336. 석치   정철조(鄭喆祚, 1730~1781)의 호이다. 본관은 해주, 자는 성백(誠伯)이다. 1774년 문과에 급제하여 정언(正言)을 지냈고 박지원, 홍대용 등과 교유하였다. 벼루에 미쳐 호도 아예 석치(石癡)라 하였다.

3

형제지만 기운을 나누지 않고	兄弟也非氣
부부면서 한집에 살지를 않네.[337]	夫婦而不室
사람이 하루라도 벗이 없다면	人無一日友
양쪽 팔 잃은 것과 한가지라네.	如手左右失
경황지(硬黃紙)[338]에 옛 그림 베껴 그리고	硬黃搨古畫
비단 주렴 흰 책을 포장하누나.	緗簾裹素帙
서로 따라 세월도 잊어버리니	相隨忘歲月
이 즐거움 언제나 끝이 날 건가.	此樂何時畢
파초 새 잎 두루마리 잡아당기듯	新蕉若抽卷
먼 메는 뾰족한 붓끝과 같네.	遠峯如卓筆
자욱이 마음과 눈 기쁘게 하니	森然悅心目
음미하며 감춰진 뜻 헤아려 보네.	玩繹窮微密
다투고 따짐이야 없을까마는	豈無爭與辨
마침내는 그대 함께 하나 된다네.	與子終歸一

4

자네와 나 평소 품은 뜻이 있었지	伊余有素志
명산에다 두 채의 집을 짓는 일.	名山雙築室

---

337. 형제지만~살지를 않네　친구 사이의 우정이 피를 나누지 않은 형제요, 한집에 살지 않는 부부 같다는 뜻으로 한 말이다. 연암의 우정론에서도 같은 표현이 나온다.

338. 경황지　종이의 이름이다. 황벽을 밀랍에 섞어 물들인 종이인데, 지질이 질기고 투명해서 탁본할 때 많이 쓴다.

339. 단사의 우물　사정(砂井)이라고도 한다. 고대에 있었다는 전설상의 샘으로, 이 샘 아래 단사가 묻혀 있어서 그 물을 마신 사람은 모두 장수했다고 한다. 『포박자』(抱朴子)에 보인다.

340. 고깃배는~쉽다네　두 채의 집을 지은 곳이 단사정이 있는 선경이라 쉬 찾아들기 어려움을 표현한 것이다.

단사(丹砂)의 우물[339]이 여기에 있어 　　　丹砂井在玆

고깃배는 길 잃기 아주 쉽다네.[340] 　　　漁舟路易失

둘이 같이 약을 캐러 길 떠날 때는 　　　相携采藥行

도가서(道家書) 서너 질을 챙겨서 가리. 　　　道藏三四帙

봄이면 곡식 농사 함께 밭 갈고 　　　秫畝春共耕

세금은 초가을에 모두 갚으리. 　　　官稅早秋畢

아내는 관솔불에 길쌈을 하고 　　　績妻理松火

아이는 갈대 붓으로 공부하겠네. 　　　兒童課荻筆

글 읽는 소리는 늦도록 맑고 　　　書聲歲晏淸

눈 온 집 대숲은 무성도 하리. 　　　雪屋叢篁密

이름이야 따지지 않는다 해도 　　　不須辨名姓

『고사전』(高士傳) 속 사람과 한가질러라. 　　　高士傳中一

5

가파르게 우뚝한 오언(五言)의 성채[341] 　　　峥嶸五言城

사방 한 자 남짓한 깨끗한 방 안. 　　　瀟灑方丈室

문장은 괜한 근심 끌어안았고 　　　文章抱杞憂

부귀는 초실(楚失)[342]을 우습게 보네. 　　　富貴輕楚失

비바람에 외론 등불 비치는 중에 　　　風雨照孤燈

가로세로 책을 온통 늘어놓았지. 　　　攤盡縱橫帙

새봄 들어 정좌(靜坐)에 익숙해져서 　　　新春習靜坐

---

341. **오언의 성채**　당나라 시인 유장경(劉長卿)이 오언시를 잘하여 사람들이 오언장성(五言長城)
이라 일컬은 데서 따온 말이다.

342. **초실**　한 고조(漢高祖)는 장량(張良)·한신(韓信)·소하(蕭何) 등을 얻어 나라를 얻었고, 초
의 항우(項羽)는 범증(范增)을 잃어 천하를 잃었다. 초실은 초나라가 잃은 인재의 의미로, 이서구
가 뛰어난 재주에도 불구하고 인정을 못 받았음을 안타까워하는 내용인 듯하나 분명치 않다.

맑은 새벽 연진(嚥津)³⁴³을 마치었다네.　　清曉嚥津畢

밤색 짙은 화로엔 향기가 깊고　　香深栗色爐

대추나무 붓에는 먹이 엉겼네.　　墨滯棗心筆

가만히 임종(林宗)³⁴⁴을 비웃다가는　　棲棲笑林宗

적막히 고밀(高密)³⁴⁵에 부끄러워라.　　寂寂慙高密

매화에 담담히 말을 잊고서　　梅花澹忘言

한 사람 고상한 이 마주하노라.　　相對高人一

6

빗기운 온 세상에 자욱도 한데　　雨色連萬家

밥 짓는 연기 온 집에 끊기었구나.　　炊烟斷一室

꽃답던 얼굴도 이제 떠나니　　韶顔自此去

장한 계획 어그러짐 탄식하노라.　　壯圖嗟已失

봄바람 대문으로 들어와서는　　春風入堂戶

환하게 서책 위로 불어오누나.　　爛然吹百帙

만고를 향한 하릴없는 맘　　廻薄萬古心

술 마시다 모두 다 드러났구나.　　酒中呈露畢

빼어난 평들을 주고받으며　　嘘吸餐花評

대나무와 바위 그림 펼쳐 놓았지.　　森羅竹石筆

---

343. 연진　양생법의 한 가지이다. 입천장을 혀끝으로 둥글게 돌리면 입 안에 침이 고이는데, 가득 고이면 삼키기를 되풀이하는 방법이다.

344. 임종　후한(後漢) 사람 곽태(郭泰)인데, 그의 자가 임종(林宗)이다. 학문이 대단하고 제자가 수천 명에 달했는데, 언젠가 비를 만나 그가 쓴 두건 한쪽 귀가 꺾어 있었다. 그를 본 당시 사람들이 일부러 모두 그렇게 한쪽 귀를 접어서 쓰면서 그 두건을 일러 임종건(林宗巾)이라고 하였다. 『후한서』(後漢書) 권98에 보인다.

345. 고밀　후한 때의 경학자(經學者) 정현(鄭玄)을 이른다. 그가 고밀 땅 사람이므로 이렇게 불렀다.

말세라 정 나눔을 볼 수가 없어   末路少情鍾
지금 사람 벗 친함을 몹시 꺼리네.   今人忌友密
우리의 죽타공[346]을 홀로 아끼니   獨憐東竹垞
장서가 천일각(天一閣)[347]과 맞잡이라네.   藏書敵天一

7

진번(陳蕃)의 걸상[348]을 직접 풀고서   自解陳蕃榻
방공(龐公)의 방[349]으로 곧장 들었지.[350]   徑入龐公室
녹의주(綠蟻酒)[351] 봄 술잔을 가져와서는   春杯綠蟻來
빗속에 새벽닭 안 욺 야단을 했네.[352]   雨詎晨鷄失
시 속의 근심은 바다와 같아   詩愁忽如海
어지러운 서책 곁서 머리를 긁네.   搔首傍亂帙
은하수 희미하게 걷히려는데   河漢欲微霽
구름은 아직도 남아 있구나.   流雲去未畢

346. **우리의 죽타공**   원문은 동죽타(東竹垞). 죽타(竹垞)는 청나라 주이존(朱彝尊)의 별호이다. 집에 대나무 언덕이 있었다. 동죽타는 우리나라의 죽타란 말인데, 여기서는 이서구를 가리킨다.
347. **천일각**   명나라 때 절강(浙江) 근현(勤縣)에 있던 범흠(范欽)의 장서각. 7만여 권의 장서 규모를 자랑했다.
348. **진번의 걸상**   후한 사람 진번이 태수가 되었을 때 손님을 일절 대접하지 않다가, 서치(徐穉)가 오면 특별히 걸상을 내리고 가고 나면 그 걸상을 다시 매달아 두었다는 고사를 가리킨다.
349. **방공의 방**   방공은 후한(後漢) 때 제갈량(諸葛亮)이 존경했던 방덕공(龐德公)을 말한다. 유표(劉表)의 간청도 뿌리친 채 처자를 데리고 녹문산(鹿門山)에 들어가 약초를 캐며 살았다. 당시의 고사였던 사마휘(司馬徽)가 방공의 집을 방문했을 때, 마침 방공이 성묘하러 산에 올라가고 집에 없자 사마휘가 대신 주인 행세를 했다는 고사가 전한다. 『고사전』(高士傳)과 『후한서』에 보인다.
350. **진번의~곧장 들었지**   박제가가 특별한 정을 가지고 이서구의 집을 찾아간 것을 진번의 걸상과 방공의 방을 들어 비유한 것이다.
351. **녹의주**   녹의는 술구더기라고도 하는데, 술이 익어 가면서 위로 떠오르는 푸르스름한 거품이 마치 개미가 기어가는 것 같아 붙여진 이름이다. 녹의주는 우리의 동동주를 가리키는 말로도 쓰이는데, 부의주(浮蟻酒)라고도 한다.
352. **빗속에~야단을 했네**   밤을 새워 술을 마셨다는 뜻이다.

푸른 산은 수묵 빛처럼 어둡고	蒼山暗水墨
마른 숲은 무지러진 붓인 듯해라.	枯林辨敗筆
등불 빛 고요해 으스스한데	燈光澹將寒
연기는 멀어서 더욱 촘촘타.	烟氣遠逾密
『병화사』(瓶花史) 본떠서 엮으려 하니	擬纂瓶花史
좋은 벗은 달도 그중 하나일래라.	佳朋月之一

8

첩경은 종남산(終南山)만 한 곳이 없지만[353]	捷徑無終南
값어치는 소실산(小室山)[354]에 못 미친다네.	索價非小室
나는야 시서(詩書)를 자득하건만	詩書吾自得
그대는 갈림길서 어찌 잃는가?	岐路爾何失
충어(蟲魚)는 사전 찾아 구별을 하고	蟲魚辨字部
산수는 그림책을 펼쳐 보누나.	山水披畫帙
장민(張敏)[355]은 신교(神交)를 나누었었고	張敏神交在
혜강(嵇康)은 지극한 소원 이뤘네.	嵇康至願畢
찻잎은 술 사발을 두르고 있고	茶槍帶酒碗
두시(杜詩)에 한필(韓筆)이 어우러졌네.[356]	杜詩配韓筆

---

353. 첩경은~없지만 당나라 때의 은사(隱士) 사마승정(司馬承禎)이 천태산(天台山)으로 들어가니, 노장용(盧藏用)이 종남산을 가리키면서 "이 속에도 숨을 만한 좋은 곳이 많은데 하필 천태산으로 가는가"라고 말하였다. 이에 사마승정이 웃으면서 "내가 볼 때에 종남산은 벼슬하는 빠른 길일 뿐일세"라고 대답하였다. 종남산에 숨어 살면서 은사라는 이름을 얻은 뒤에 벼슬길에 오른 노장용을 풍자한 말이다.

354. 소실산 중국의 산 이름. 당나라 제원(濟源) 사람인 노동(盧仝)은 소실산(小室山)에 숨어 살면서 간의대부(諫議大夫)로 불렸으나 나아가지 않았다고 한다.

355. 장민 중국 전국시대 인물로, 고혜(高惠)와 더불어 벗이 되어 매양 서로 그리워하였으나 만날 수 없었다. 이에 장민이 꿈속에 찾아갔으나 길이 너무 먼 나머지 중도에 길을 잃고 돌아왔다고 한다. 『사문유취』(事文類聚) 권24에 보인다.

행장(行藏)은 비록 모두 낙척했어도	行藏雖落拓
문리(文理)는 더더욱 꼼꼼하였지.	文理逾縝密
속인의 얽어맴 받지 않으니	不受俗人羈
본디 마음 언제나 한결같구나.	素心長如一

9

원진 백거이와 한 시대 사람	元白旣並世
육기와 육운은 한집안이라.[357]	機雲復同室
그대와 만나는 건 가끔이지만	與子開闔稀
만나면 온갖 근심 간데가 없네.	相逢百憂失
시절은 새봄을 맞이하였고	維時屬新春
맑은 달 책장을 비추는구나.	淸月照幽帙
북어포 안주 삼아 시 얘기하며	鯗魚佐談詩
앉아서 통금 풀림 기다린다네.	坐待嚴鼓畢
아무리 읊조려도 피곤치 않아	吟哦不知疲
입가에 마른 붓을 머금었구나.[358]	口角含殘筆
새벽 등불 먹 향기 스러져 가고	晨燈墨香斷
매합(梅閤)엔 꽃받침 촘촘도 해라.[359]	煖閤花跗密
사방엔 인기척 하나 없는데	耳根闃四隣
말없이 한 잔 술을 따르는도다.	湛湛酒杯一

---

356. 두시에 한필이 어우러졌네　이서구의 시가 두보에 필적하고, 글씨는 한석봉과 맞먹는다는 뜻이다.

357. 육기와 육운은 한집안이라　오(吳)나라의 대사마(大司馬)를 역임했던 육씨 집안의 육기(陸機)와 육운(陸雲)은 형제이다. 이서구의 문학 수준이 이들과 맞겨룰 만하다는 의미.

358. 입가에~머금었구나　붓 끝이 말라 글씨를 쓰려고 붓 끝을 씹어 마른 붓을 푸는 모양을 형용한 것이다.

359. 매합엔~촘촘도 해라　원문은 난합(煖閤). 당시 사대부의 사랑방에 난방 장치를 하고 매화 화분을 기르는 작은 방이 있었는데, 여기 분매에 매화꽃이 가득 핀 것을 가리킨다.

10

젊은 날 불후(不朽)에 기약을 두고	靑春期不朽
책 써서 석실에 보관하려 했지.	著書藏石室
베껴 쓰다 굳은살 손에 박이고	間抄手已胝
기이한 얘기 잠을 자주 설치었었지.	異話睡頻失
서화는 오장(吳裝)³⁶⁰만 구입을 하고	書畫購吳裝
풍아(風雅)는 파질(巴帙)³⁶¹을 가져왔었네.	風雅來巴帙
척독을 띳집에서 비춰 읽으니	尺牘照茅屋
사해의 이름난 이 다 모였구나.	四海名姓畢
장우(張羽)³⁶²의 부채를 늘 지니고서	常持張羽扇
진욱(陳旭)³⁶³의 붓을 즐겨 쓴다네.	喜用陳旭筆
만 리라 물건이 더욱 귀해도	萬里物加貴
한집의 사람처럼 나누어 쓰네.³⁶⁴	同堂人匪密
그대 능히 이 뜻을 안다고 하면	若能知此意
나와는 둘이면서 한사람인 셈.	與我二而一

360. 오장 중국 강남 지역에서 표구하여 수입해 온 고급 품질의 서화를 말한다.
361. 파질 파촉(巴蜀), 즉 강남 지역에서 간행된 서책이다.
362. 장우 오중사걸(吳中四傑) 중의 한 명으로, 후인들에 의해 명대(明代) 최고의 시인으로 평가되고 있다. 그의 글 속에 일본에서 중국에 바친 왜선(倭扇)에 관한 내용이 있는 것으로 보아 장우의 부채는 일본 부채를 가리키는 것으로 보인다.
363. 진욱 명나라 인물이다. 그의 열전이 『명사』(明史) 권146에 실려 있으나 따로 관련 기록은 보이지 않는다. 진욱이 즐겨 쓰던 붓을 이서구가 쓴다는 의미.
364. 한집의 사람처럼 나누어 쓰네 원문의 비밀(匪密)은 친밀하게 나누어 쓴다는 뜻이다.
365. 철각도 철각(鐵脚)은 새의 이름이다. 서가(徐珂)의 『청패유초』(清稗類鈔) 「철각」(鐵脚)에, "철각은 천진에 있는데, 그 발톱이 검기 때문에 붙여진 이름이다. 몸은 마작(麻雀: 참새) 크기이고 머리털에는 남색(藍色)이 있으며, 꼬리 양쪽은 흰색이다. 봄철이 되어야 비로소 날아드니, 먹을 수도 있다"라고 했다.

이덕무의 철각도[365]를 노래하다, 이서구의 시에 차운하여

李懋官鐵脚圖歌 次薑山

동방의 혜안 지닌 청장관 이덕무	東方慧眼靑莊氏
새 그리는 솜씨 능해 온갖 기량 다하였네.	畫鳥偏能盡鳥技
꼬맹이는 잡으려 하고 아낙네는 의심하니[366]	奚兒欲捕婦人疑
밝은 창에 붙여 놓고 빙그레 웃음 짓네.	鉗紙明窓一莞爾
붉은 먹을 가지고서 붓을 그어 칠을 하니	都將硃墨抹成鴉
원중의 제생과는 한 가지도 같지 않네.[367]	院中諸生無一似
우연히 휘둔 필묵 황전(黃筌)[368]을 압도하여	偶然筆墨壓黃筌
다투어 서가에서 청리(靑李)[369]가 나온 듯해.	爭似書家出靑李
범성대(范成大)[370]의 시 가운데 남겨진 뜻이 있고	石湖詩中有餘意
진사왕(陳思王)[371]의 작품 속에 전생이 담겼구나.	陳思賦裏前身是
목을 빼어 볕을 쬐며 눈꺼풀 반 감겼고	翹吭曬暉睡半睫

---

366. 꼬맹이는~의심하니 그림이 하도 사실적으로 그려져 있어 살아 있는 새인가 의심할 정도라는 뜻.

367. 원중의~같지 않네 원문의 원(院)은 도화서(圖畫署)를 말하고, 제생과 같지 않다는 것은 '이덕무의 화풍이 도화서 소속 화원들과 같지 않음'을 말한다.

368. 황전 송나라 때 화가. 촉(蜀) 지방 사람으로, 황전 부자(父子)가 꽃을 그린 그림은 색소를 잘 쓰는 데 신묘함이 있었고, 붓이 극히 가늘어서 거의 먹의 흔적을 알아볼 수 없을 정도였다고 한다. 새 그림에 특히 능하였다.

369. 청리 진(晉)나라 명필 왕희지(王羲之)가 '청리내금'(靑李來禽)이라 써서 서첩(書帖)을 만들었다. 청리는 오얏, 내금은 능금이다.

370. 범성대 원문의 석호(石湖)는 송나라 범성대의 호이다. 시를 잘 지어 양만리와 아울러 일컬어신다.

371. 진사왕 조식(曹植)을 말한다. 조식은 중국 삼국시대 위(魏)나라의 문제 조비의 아우로, 자는 자건(子建)이다. 시문에 뛰어나고, 「칠보시」(七步詩)의 고사로 유명하다. 『문심조룡』(文心雕龍) 「시서」(時序)에 "진사왕 조식은 공자라는 호화로운 신분이면서도 한번 붓을 잡으면 주옥처럼 아름다운 문장을 지었다"고 하였다.

어깨와 등 자줏빛에 겨드랑인 흰빛이라.　素腋分明肩背紫

가는 발톱 가지 잡은 그 형세 어여쁘고　爪細猶憐握枝勢

몸이 작아 오래도록 하늘 날지 못하였네.　身微久絶飛天理

인간 세상 섣달에 다리에 그물 걸려　人間臘日足網罟

다른 집 동산 나무 들어가지 못하겠네.　不入他家園樹裏

비둘기는 약빠르고 까치는 교활하여　鳩兒太俊鵲太黠

쌀알 몇 낱 노리고서 와서 염탐하는구나.　睢盱數粒來探旨

내가 새 말 대신하여 이 그림 평하노니　我代禽言評此卷

풍자함 스스로 영모사(翎毛史)[372]에 의탁했네.　風刺自托翎毛史

처마 끝서 밤잠 자며 낮엔 주렴 곁에 노니　夜宿簷端晝傍簾

주인이 기심(機心) 잊음 새가 홀로 아는구나.　主人忘機鳥獨揣

쪼지 않고 울지도 않으니 아는 이 누굴런가　不啄不鳴誰知者

지금 세상 사람들은 사광(師曠)의 귀[373] 없는 것을.　今世人無師曠耳

강남의 무성한 나무에 살지 못함 한스러워　江南雲木恨未棲

깃털은 꺾이었고 천 리 길 막히었네.　羽毛摧頹阻千里

떠나갈 제 널 데리고 밭 사이에 누워서　行當驅汝臥田間

입택(笠澤)의 잔경(殘經)[374] 보며 쟁기 가래 고치리라.　笠澤殘經補耒耜

새 깃들면 잠을 자고 새 나오면 잠을 깨니　鳥棲而眠鳥出寤

늙은이의 하루 일이 항상 이럴 뿐일러라.　老夫晨昏斯已矣

손에 걷어 양쪽 들고 망아지에 실어서는　雙荷收掌付阿駒

가집을 간행[375]할 때 함께 새겨 넣으리라.　家集行時並入梓

---

372. **영모사**　새의 역사라는 뜻이다.

373. **사광의 귀**　중국 고대의 전설적인 음악가. 소리를 듣는 데 방해가 된다 하며 두 눈을 찔러 소경이 되었다.

374. **입택의 잔경**　당나라 육구몽(陸龜蒙)이 엮은 『입택총서』(笠澤叢書)를 가리키는 듯하다.

〔부〕 이서구의 원운 〔附〕薑山原韻

신라엔 솔거(率居)[376] 고려엔 이영(李寧)[377] 있었으나	前有率居後李寧
요즘 우리나라엔 기막힌 솜씨 없네.	東方近日無絶技
사생(寫生)이 빼어나도 아는 사람 드물어	寫生佳處知者稀
빈 배에서 취해 잠을 한갓 그릴 뿐이라네.	虛舟醉眠徒爲爾
이금(泥金)으로 그린 대숲 학은 울타리에 갇혀 있고[378]	泥金竹鶴涉樊籬
채색한 꽃과 새는 본 모양과 다르다.	設色花鳥虧形似
뉘 능히 들밭의 누런 새를 그릴까?	誰能畫此野田黃
동편 이웃 이덕무가 눈앞에 우뚝하다.	眼前突兀東隣李
만 권 책을 다 읽어 사물을 잘 알아서	讀書萬卷工體物
우연히 장난처도 전생에 화가였던 듯.	偶然游戱前身是
일본의 좋은 종이 달걀같이 하얀데	日本名紙雞子白
고려의 공묵(貢墨)[379]은 까마귀 빛 자주색일세.	高麗貢墨雅光紫
밝은 창 눈 쌓인 집 그려 색칠하고 보니	明窓雪屋供點染
묘한 깨달음 신령 통해 지극한 이치 갖추었네.	妙解通靈具至理

---

375. **간행**　원문은 입재(入榟). 가래나무로 판각을 했기 때문에, 서적을 판각하고 인쇄하는 것을 말한다.

376. **솔거**　신라 진흥왕 때의 화가로, 그가 그린 황룡사의 〈노송도〉(老松圖)는 새들이 살아 있는 노송인 줄 알고 날아들었다가 벽에 부딪혀 떨어졌다고 한다. 『삼국사기』(三國史記)에 보인다.

377. **이영**　고려 인종 때의 화가로, 본관은 전주다. 그림에 뛰어나 인종과 의종의 총애를 받았다. 추밀사(樞密使) 이자덕(李資德)을 따라 송나라에 가서 휘종(徽宗)에게 〈예성강도〉(禮成江圖)를 그려 올리고 포상을 받았다. 『고려사』(高麗史) 권122, 「이영전」(李寧傳)에 보인다.

378. **이금으로~갇혀 있고**　금박 가루를 아교에 갠 것으로, 글씨를 쓰거나 그림을 그리는 데 쓴다. 검은 바탕에 이금으로 죽학도(竹鶴圖)를 그려도 늘 학을 울타리 속에 가둬 둔다는 의미. 투식을 벗어나지 못한다는 뜻임.

379. **고려의 공묵**　중국에 조공품으로 진상하는, 우리나라에서 만든 최고급의 먹.

바른 꼬리 곁 깃털[380]에 자태 몹시 빼어나고   正翹側刷態殊絶
산호와 비파가 붓 끝 안에 모였구나.   珊瑚琵琶叢刺裏
내게 정신으로 옛날 본 것 돌려주니   使我神明還舊觀
그림 속에 시의 뜻을 꼭 맞게 얻었구려.   畫中定得詩中旨
게다가 화급하게 공력을 더 보태니   且須火急添功力
호양(濠梁)의 최씨[381]도 대단한 솜씨 아니라네. 濠梁之崔非良史
지금 사람 정어중(鄭漁仲)[382] 알지 못함 그대   君不見今人不識
　　보지 못했나   　鄭漁仲
이 뜻의 유래는 나만 홀로 헤아리네.   此意由來吾獨揣
대장부가 평생에 뜻을 얻지 못하면   丈夫平生不得志
물고기와 벌레 이름에 주석 닮도 훌륭하리.   疏魚注蟲眞佳耳
어찌하면 그대 좇아 그 비결을 엿볼거나   安得從君窺指訣
다른 해에 돌아가 전원에 누우리라.   歸歟他年臥田里
본초경(本草經)[383] 밖에서 조수를 변별하고   本草經外辨鳥獸
농작도(農作圖) 가운데서 쟁기를 잡으리라.[384]   農作圖中把耒耜
포의로 바라는 바 다만 이와 같거니와   布衣所願只如此
풍진 세상 낙척하여 다만 탄식뿐이로다.   風塵落拓嗟已矣
시 다 짓고 긴 노래로 거듭 크게 탄식하니   題罷長歌重太息
옛 동산 봄빛에 뽕나무 가래나무[385] 아득하네.   故園春色迷桑梓

---

380. **바른 꼬리 곁 깃털**　철각조의 긴 꼬리와 몸통의 깃털을 실감나게 표현한 것을 말함.
381. **호양의 최씨**　호양은 장자가 혜시(惠施)와 함께 물고기의 즐거움에 대해 토론을 벌인 곳이다. 최씨는 물고기를 잘 그린 중국의 화가 이름인 듯하나 분명히 알 수 없다.
382. **정어중**　송나라 학자 정초(鄭樵)를 말한다. 어중(漁仲)은 정초의 자이다.
383. **본초경**　신농씨 이래로 풀로써 약의 근본을 삼았던 데서 나온 말로, 한방에서 약재나 약학이 적혀 있는 경(經)을 일컫는다.
384. **본초경~잡으리라**　전원으로 돌아가 직접 새 짐승을 관찰하고 쟁기를 잡아 농사짓겠다는 의미임.

〔부〕 이덕무의 차운 〔附〕炯菴次韻

우리 어찌 뇌락(磊落)한 사람이 아니랴만 　　我輩豈非磊落人
적막함을 어찌 못해 작은 재주 부려 보네. 　不堪寥寂出小技
근정(近正)한 학문에 푸는 법을 따로 정해 　近正之學別俱解
새 이름은 아(雅)가 되고 꽃 이름은 이(爾)가 되네. 鳥名爲雅花爲爾
이아(爾雅)는 심안(心眼)으로 자세히 봐야 하니 爾雅先從心眼細
그것이 있어야만 같아질 수 있다네. 　　惟其有之是以似
이 구절을 누구에게 조분조분 얘기하나 　此句向誰談亹亹[386]
다행히도 정초(鄭樵)[387]가 우리 일가에서 나왔네. 鄭樵復出吾宗李
우리 일가 완정(玩亭)[388]은 모시(毛詩)를 공부하여 吾宗玩亭業毛詩
찾아낸 주석이 하나하나 틀림없네. 　　拈出箋疏頭頭是
내가 한번 시험 삼아 철각새를 그렸나니 　我試遊戲摹鐵脚
낯빛을 색칠하니 머리깃[389]은 자주일세. 　渲染顏色爵弁紫
세세하게 깃털 부리 두루 모두 갖췄으니 細瑣幺麼翎嘴具
그 구상에 자못 능히 여러 시간 허비했네. 意匠頗能費料理
머리는 마늘 같고 눈은 산초 같은데 　　頭如顆蒜眼劈椒
종이에서 살아나서 짹짹 찍찍 지저귄다. 唶唶嘖嘖活紙裏

---

385. **뽕나무 가래나무**　원문의 상재(桑梓)는 부모님을 가리키는 말이다. 『시경』 「소변」(小弁)에 "뽕나무와 가래나무도 반드시 공경해야 한다"(維桑與梓, 必恭敬止.)고 보인다. 뽕나무와 가래나무도 부모님이 심은 것이기에 반드시 공경해야 한다는 내용이다.
386. **此句向誰談亹亹**　판본에 따라 "이 묘함 누굴 향해 자세히 말해 줄까"(此妙誰向談妮妮.)로 되어 있는 것도 있다.
387. **정초**　판본에 따라 어중(漁仲)으로 되어 있는 것도 있다.
388. **완정**　소완정(素玩亭) 이서구를 말한다.
389. **머리깃**　원문은 작변(爵弁). 붉고 약간 검은색을 띤 관(冠)의 이름. 제도는 면관과 비슷하되 아래로 드리운 수술이 없다. 여기서는 새의 머리에 솟아난 깃털을 가리킨다.

지금 자네 빼놓고서 그 누구와 감상하리.	伊今鑑賞舍君誰
그림 밖의 깊은 뜻을 꿰뚫어 아는도다.	果然透得畫外旨
회향 곁에 오리 졸고 홍초(紅蕉)[390] 밑에 학 있으나	茴香睡鵝紅蕉鶴
뻔뻔하기 짝이 없어 용렬한 솜씨일세.	壓越只是庸畫史
서생의 붓 기운은 보통 사람과 다르니	書生筆氣常人殊
은미한 뜻 깃들여도 그대 벌써 알아채네.	略寓微情君能揣
두 메추리 가지 않고 참새 떼를 지키니	兩鷃忘歸群雀保
석호(石湖)의 소시(小詩)를 귀에 대고 있는 듯.[391]	石湖小詩如提耳
이것으로 화제 쓰자 그림 뜻이 분명쿠나	以此題畫畫意明
왕상(王祥)[392]의 마을에는 아예 날아들지 마라.	愼勿飛入王祥里
마시고 쫌 황곡(黃鵠)[393]을 부러워하지 않고	飮啄不羨黃鵠志
진왕(陳王)[394]이 농사 그만둔 것 도리어 비웃는다.	却笑陳王輟耕耜
부드런 깃 거센 바람도 아무 걱정 없으니	綿毳寧愁刮地風
낟알 몇 개 먹에 차면 그것으로 만족하네.	數粒盈嗉斯足矣

---

390. 홍초 홍만선의 『산림경제』에 따르면, 홍초는 중국 복건성에서 주로 나는 것으로 난초(蘭蕉) 혹은 미인초(美人蕉)라 불리는 식물이다. 꽃은 난초꽃 같고 색은 석류꽃과 비슷하다.

391. 석호의~있는 듯 석호는 송나라 범성대(范成大)의 호이다. 이덕무는 사근역으로 돌아가면서 이서구에게 『석호집』을 빌린 적이 있다. 형암은 공무를 끝낸 뒤에 이 시집을 자주 읽고 외웠다. 그 중에 황거채(黃居寀)의 〈작죽도〉(雀竹圖)에 부친 2수의 시가 있는데, 그 모습이 형암의 철각도와 상응하는 점이 있다. '석호의 소시를 귀에 대고 있는 듯'하다는 것은 형암의 그림과 석호 시 사이의 유사성을 염두에 두고 한 말로 보인다.

392. 왕상 진나라 때의 효자이다. 한 번은 계모가 병으로 누워 참새고기를 먹고 싶다 하여 왕상이 문 앞에서 울부짖자 참새 수십 마리가 날아들었으므로 잡아서 공양했다고 한다. 『진서』(晉書) 「왕상전」(王祥傳) 참조.

393. 황곡 고니의 일종으로 한 번 날면 천 리를 간다 한다.

394. 진왕 진승(陳勝)이다. 그는 품팔이꾼으로 농사일을 하다가 "이 다음 부귀하게 되면 잊지 않겠다" 하니 사람들이 품팔이 주제에 무슨 부귀냐고 비웃었다. 진승은 "작은 새야 어찌 홍곡의 뜻을 알겠는가?" 하며 농사일을 걷어치웠다. 뒤에 오광(吳廣)과 함께 군중을 모아 폭정을 자행하던 진(秦)에 반기를 들고 스스로 왕이 되었다. 『사기』 「진섭세가」(陳涉世家)에 보인다.

어느 곳 산 나무인들 모여들지 못하리오   何處山木不宜集

배 대추 매화 살구 대 오동 가래나무 다 괜찮네.   梨棗梅杏竹桐梓

〔부〕 유득공의 차운 〔附〕泠菴次韻

그대 보지 못했나   君不見

지금의 재자(才子)들 삼절(三絶)[395]을 배웠어도   今之才子學三絶

석서(石鼠)[396]의 많은 재주 없는 것과 한가질세.   石鼠多技反無技

그대는 편히 앉아 차와 밥을 드시게나   請君安坐喫茶飯

붓과 먹 써보았자 한갓 수고로우리.   費筆費墨徒勞爾

대저 그 그림이 잘 그리긴 했어도   大抵其畫非不工

새는 새와 꼭 같고 벌레도 비슷하다.   鳥與鳥同蟲卽似

본래부터 조금의 독서 기운 없으니   元無半點讀書氣

보기만 해도 쓴 오얏[397]과 같은 줄을 알겠네.   望而知之如苦李

고상한 사람 붓 대어 미물을 얻었다기   高人落筆得微物

---

395. **삼절** 시서화(詩書畫) 세 가지에 모두 뛰어남을 말한다.

396. **석서** 쥐의 일종이다. 다섯 가지 재능이 있으나 모두 능통하지 못하다. 즉 날기는 하지만 지붕을 뛰어넘지 못하고, 기어오르기는 하나 나무 끝까지 가지는 못하고, 헤엄치기는 하나 골짜기를 건너지는 못하고, 땅을 파기는 하나 제 몸 하나 감추지 못하고, 달리기는 하나 사람을 피하지 못한다고 한다. 『중화고금주』(中華古今註)에 보인다.

397. **쓴 오얏** 원문은 고리(苦李). 남조 때 유의경(劉義慶)의 고사. 길가 오얏나무에 열매가 주렁주렁 달린 것을 보고 아이들이 달려가자 그는 꼼짝도 않고 있었는데, 이유를 묻자 길가에 있는데도 아무도 따지 않으니 맛이 쓸 것이라고 대답했다. 과연 오얏이 맛이 써서 먹을 수가 없었다. 『세설신어』(世說新語)에 나온다. 여기서는 이덕무의 그림 솜씨가 시원치 않다는 뜻으로 골려준 것이다.

어떠한지 옆 사람에게 두루 물어 보았네.　遍問傍人是不是

옅고 붉은 담묵으로 사이사이 색칠하여　輕朱淡墨間發色

배경이 아스라이 짙은 보랏빛 되었구나.　見背依俙成黯紫

형체의 시비는 물을 것이 없나니　形貌是非不足問

참새를 그리려면 성질 먼저 알아야지.　畫雀先須講雀理

봄참새는 펄펄 날고 겨울참새 모이는 법　春雀翹翹冬雀團

이는 바로 누구네 집 눈 쌓인 나무일세.　此正誰家雪樹裏

비록 거만한 이 장군(李將軍)은 아니어도　雖非盤礴李將軍

절로 풍류객인 조 승지(趙承旨)에 가깝도다.[398]　自是風流趙承旨

남종(南宗)과 북종(北宗)의 화법을 버려두고　南宗北宗行當捨

육경(六經)과 삼사(三史)에서 이를 구하였구려.[399]　求之六經與三史

이 뜻을 전하려도 전할 수가 없으니　此意欲傳傳不得

거친 마음 졸렬한 솜씨를 가늠하기 어렵네.　難以麤心笨手揣

이따금 와서 북창 아래 시험삼아 걸어두면　間來試掛北窓下

짹짹대는 소리 들려 귀에 근심 가득하리.　如聞啾啾滿愁耳

농가에 가는 비는 고개 동편에 내리고　田家細雨勻陂東

벼이삭 가을바람에 천 리 고향 꿈꾸네.　穭稼秋風夢千里

어느 때 손을 잡고 옛 동산에 돌아가리　何當携手返故山

들 물 하늘과 맞닿은 곳에 가래 쟁기 보인다.　野水連天看杷耜

그대 참새 그림이 벼슬 구함 아닌 줄 알겠으니[400]　知君畫爵不求爵

---

398. 비록~조 승지로다　이 장군은 당나라 때 화가 이소도(李昭道)를 가리킨다. 조 승지는 원(元)나라의 화가인 조맹부(趙孟頫)를 가리킨다. 한림학사승지를 지냈다. 이 장군 정도는 못 되어도 조 승지와는 비슷하다는 의미다.

399. 남종 북종의~구하였구려　남종과 북종은 남종화와 북종화의 화법을 가리킨다. 여기서는 이덕무의 그림이 회화적 기법으로 그린 것이 아니라 학문의 이치를 깃들여 그린 것이라는 뜻.

400. 그대 참새~알겠으니　벼슬 작(爵)과 참새 작(雀)의 음이 같으므로 한 말이다.

능히 한 마리 잡으면 이것으로 족하리라.　　　　能傾一爵斯足矣
그대 함께 이 장귀조(將歸操)[401] 가락을 뜯으리니　　對君彈此將歸操
어이 의나무, 오동나무, 가래나무 베어　　　　　奚伐琴瑟椅桐梓
　금슬을 만들거나.[402]

비 때문에 청장관에 머물면서 유득공과 이서구에게 보이다 滯雨靑莊館示泠菴薑山

짧은 버들 새벽 털어 우는 까마귀 일으키니　　髳柳拂曙啼雅起
봄 시름 막막하다 천 리에 가득해라.　　　　　春愁漠漠彌千里
조계사(曹溪寺) 탑[403] 가에는 흰 연기 올라가고　曹溪塔半白煙長
인경산(引慶山)[404] 남쪽 자락 빗발이 서는구나.　引慶山南雨脚始
가난한 청장관은 미끄런 길 근심하니　　　　　靑莊貧士愁路滑
나가려도 옷이 없고 다니려도 신이 없네.　　　出無衣兮行無履

---

401. **장귀조**　장귀조는 옛 거문고 곡명이다. 공자가 지은 것으로 전한다. 조나라에서 공자를 초빙했는데, 명독(鳴犢)과 두주(竇犨)가 죽음을 당하는 것을 본 공자가 수레를 돌려 돌아가면서 부른 노래라 한다.
402. **어찌하면~만들거나**　춘추시대 위(衛)나라 의공이 적(狄)에게 망하고 문공이 즉위했는데, 초구(楚丘)로 도읍을 옮겨 궁실을 짓고 나무를 심으며 정사를 부지런히 하였다. 이에 그 나라 사람들이 이렇게 찬미했다. "개암나무·밤나무·의나무·오동나무·가래나무·옻나무를 심으니, 베어서 비파와 거문고를 만들리라."(樹之榛栗梧桐梓漆, 爰伐琴瑟.) 본문은 여기에서 따왔다.
403. **조계사 탑**　조계사는 서울 종로구 견지동에 있는 사찰로, 조계종의 총본산이다. 조계사 대웅전 앞에는 지금도 7층 석탑이 서 있다.
404. **인경산**　남산의 원래 이름이다. 조선 왕조가 한양에 도읍한 뒤 경복궁의 남쪽에 있는 안산(案山)이라 하여 남산으로 이름이 바뀌었다.

그래도 새해에는 좋은 일이 많으리니　　　尚覺新年好事多
밤 대화 이어진 뒤 갓 든 잠이 달콤해라.　　夜話頻煩睡初美
희미하게 나무 홈통 물소리 들은 듯한데　　依俙似聞春槽滴
깨고 보니 처마 빗물 소리가 들려오네.　　覺來簷溜時入耳
어지런 꿈 영롱하여 다시금 이어져서　　　亂夢玲瓏更相續
정 없고 조리 없는 그 세계 신묘해라.　　　妙哉無情復無理
어제는 남의 집서 초서 편지 답장하니　　　昨從人家草書廻
비바람 치는 소리 열 손가락 전해지네.[405]　風雨聲猶連十指
아침나절 느닷없이 문 두드림 다급하니　　朝來忽驚敲門急
벗님의 시 재촉이 군색하기 그지없네.　　　故人催詩窘未已
봄누에 제 몸 묶음[406] 한탄할 것 없겠구나　春蠶自縛不須恨
벌이 낡은 종이 뚫음[407] 애오라지 그러할 뿐.　故鯊鑽紙聊復爾
문 열고 씩 웃으며 강호를 그리나니　　　開門莞爾江湖思
평지에 넘실넘실 석 자 물이 흐른다.　　　平地漫漫三尺水

405. 비바람~전해지네　초서 편지를 쓰는데 끊임없이 이어지는 비바람 소리가 초서 글씨를 쓰는 열 손가락에 옮겨 가서 획이 끊어지지 않고 연이어 썼다는 의미이다.

406. 제 몸 묶음　원문은 자박(自縛). 『한서』(漢書) 「유협전」(遊俠傳)에 처음으로 이 용어가 보이는데, 궁지에 몰린 사람이 자신의 몸을 묶어 관대한 용서를 빈다는 뜻으로 썼다. 시에서는 스스로 번뇌를 일으키고 그 때문에 괴로워한다는 불가적 의미로 사용한 것인데, 『전등록』(傳燈錄) 권29에 "성문(聲聞)이 법을 지키고 좌선하는 것은 누에가 실을 토해 내어 스스로를 묶는 것과 같다"(聲聞執法坐禪, 如蠶吐絲自縛.)라 하여 그 용례가 보인다. 자승자박의 의미로 썼다.

407. 벌이 낡은 종이 뚫음　『전등록』 권8에 '봉찬고지'(蜂鑽故紙)라는 이야기가 나온다. 고령(古靈) 선사가 하루는 창문 아래서 경전을 읽고 있는데, 마침 벌이 창호지에 몸을 부딪히며 나가려고 했다. 이를 본 선사는 "세계가 이렇게 넓은데 나가려고 하지 않고, 묵은 창호지만을 뚫으려 하는구나"라고 탄식했다. 죽을 때까지 경전만 보면서 깨달음을 구하지 않는 승려를 조롱한 뜻이다.

봄추위 春寒

구슬피 다시금 무얼 그리나	惻惻復何戀
봄추위 참으로 가련하구나.	春寒眞可憐
푸른 시내 사람이 건너간 뒤에	碧溪人渡後
미처 술이 깨기 전에 날이 밝았네.	紅旭酒醒前
나무 베니 어느새 눈은 녹았고	伐木已殘雪
차 덖느라 새로 막 연기가 인다.	焙茶初發烟
산처(山妻)는 아침 일찍 죽을 권하나	山妻早勸粥
아랫목 찾아들어 잠을 청하네.	就煖却添眠

다시 앞 시의 운으로 지어서 이덕무에게 부치다 3수
再用前韻寄炯菴 三首

1

예전엔 품은 뜻 드높았건만	夙昔崢嶸志
눈썹 깔고 연민을 즐겨 받누나.	低眉肯受憐
지은 시 천 리 길 밖에 전하고	詩傳千里外
사람은 백 년 전과 비슷하여라.	人似百年前
좋은 벗 타산(它山)의 돌408과 같거니	勝友如它石

---

408. 타산의 돌 타산지석(他山之石)의 줄임말이다. "다른 산의 돌로, 내 옥을 다듬을 수 있다"(他山之石, 可以攻玉.)는 『시경』「학명」(鶴鳴)의 구절은 뒤에 잘못을 바로잡아 주는 벗의 아름다운 행위를 뜻하는 말로 사용되었다.

어진 형[409]은 연기가 다르지 않네.　　　　　賢兄不異烟
남산서도 가장 깊은 곳이라　　　　　　　南山最深處
부서진 집 다만 높이 잠을 자누나.　　　破屋只高眠

2
홀로 감을 남들은 비웃겠지만　　　　　　獨往人頗笑
다정함을 나 홀로 사랑한다네.　　　　　多情我自憐
흰 구름 속으로 집을 옮기어　　　　　　移家白雲裏
푸른 숲 앞에다 길을 열었네.　　　　　開逕翠微前
한 손님 이따금 술을 사 오고　　　　　一客時沽酒
봄날엔 간혹 가다 연기 끊겼지.　　　　三春或斷烟
초가집 처마엔 참새 몇 마리　　　　　茅簷八九雀
마주 보며 햇볕 향해 졸고 있겠지.　　相對向陽眠

3
깨끗한 경계에 몸 깃들이니　　　　　　棲身乾淨界
풍물이 저절로 사랑스럽다.　　　　　　風物自堪憐
구름 낀 나무는 가없이 뵈고　　　　　雲木望無盡
봄 산은 언제나 앞에 서 있네.　　　　春山長在前
돌상 위 달빛에 서성이자면　　　　　裵裵石床月
대〔竹〕화로에 연기가 흩어지누나.　飄散竹爐烟
진창길 모름지기 나서지 않고　　　　泥路不須出

---

409. 어진 형　　벗 사이에서 상대방을 높이는 말이다. 두보의 「광가행증사형」(狂歌行贈四兄)에 "형
과 나는 나이가 한 살 터울인데, 형은 어질고 아우는 어리석다"(與兄行年較一歲, 賢者是兄愚者弟.)
라고 보인다. 구절의 의미는 분명치 않다.

책 안고 낮잠에 빠져들리라.　　　　　　　　　　擁書成小眠

새벽의 작별 曉別

앞산의 눈보라에 인적이 끊겼는데　　　　　前山風雪斷人行
달 지고 별 기울자 닭이 다시 우는구나.　　月落河傾鷄復鳴
한 점의 은 등자가 근심 속에 홀로 가니　　一點銀鐙愁獨去
문 여는 소리 놀라 새벽 까마귀 흩어지네.　曙鴉驚散角門聲

난타선생[410]의 「원석」에 차운하여 중목[411]에게 화답하다

和仲牧次蘭坨先生元夕

봄바람 선리(仙李)의 나라[412]에 불고　　春風仙李國
한산주(漢山州)[413]라 이곳엔 달이 밝구나.　明月漢山州
바다 밖 좋은 시절 함께하는데　　　　　海外同佳節

---

410. **난타선생**　반정균(潘庭筠)의 호.
411. **중목**　이서구의 사촌동생인 이정구(李鼎九, 1756~1783)의 자(字)이다. 호는 간수(簡秀), 본관은 전주(全州)이다. 이서구와 함께 이덕무를 스승으로 모시고 공부했다.
412. **선리의 나라**　태조 이성계가 건국한 조선을 미화하여 부른 표현이다.
413. **한산주**　신라 때 지금의 서울을 부르던 말이다.

하늘가엔 빼어난 무리가 많네.　　　　天涯足勝流
새 적삼엔 약한 취기 사라져 가고　　新衫消半醉
빠른 말에 겨운 근심 깨어지누나.　　快馬破閒愁
우습다, 초가집서 사는 선비가　　　　自笑蓬廬士
평생 동안 원유(遠遊)의 뜻 품고 있다니.　平生志遠遊

정월 보름밤 관재[414]에 모여 원시에 차운하다 2수
元夕集觀齋次元詩 二首

1

좋은 날 나막신 신고 기뻐 서로 다니니　　佳辰步屧喜相通
오늘 밤 어떤 별이 해동(海東)에 모였는가.　此夜何星聚海東
달빛 아래 송문(松門)[415]엔 사람들 온통 희고　月下松門人盡白
눈 내린 서옥에는 붉은 등불 희미해라.　　雪邊書屋燭微紅
삼경에도 두 뺨엔 취기가 남아 있고　　　三更頰影留殘醉
베갯머리 찻주전자 바람 소리 울리누나.　一枕茶漚響遠風
원컨대 제군 얼굴 초상화로 옮겨다가　　願把諸君移小照
초당도(草堂圖) 그림 속의 노홍(盧鴻)[416]과　　草堂圖裏配盧鴻

---

414. **관재**　서상수(徐常修)의 호.
415. **송문**　규방(閨房)이나 사찰 등의 의미로 쓰이기도 하는데, 여기서는 서상무의 집 솔문을 가리키는 것으로 보인다.
416. **노홍**　〈종남초당도〉(終南草堂圖)를 남긴 노홍을(盧鴻乙)을 가리킨다. 노홍을의 〈종남초당도〉처럼 관재에 모인 벗들의 모습을 그려 예전의 풍류와 견주어 보고 싶다는 뜻.

짝지우리.

2

평범한 손님과는 사귐을 아예 끊고	尋常賓客絶交通
옛 탑 동쪽에서 문조(文藻)를 뒤따르네.[417]	文藻追隨古塔東
끊어 보낸 종이 연은 천 점이나 희고 흰데	斷送紙鳶千點白
새로 쪄 낸 찰밥은 백 근이나 붉어라.[418]	蒸成糯飯百斤紅
얼음 녹아 스러지고 숲에는 달이 떠서	氷流滅沒修林月
들쭉날쭉 다리 그림자 소매 가득 바람일세.	橋影參差飽袖風
날이 새는 종 울리자 혼자 외려 웃는데	漏盡鐘鳴還獨笑
많은 사람 모두 다 자취 없이 사라졌네.[419]	萬人都似踏泥鴻

호동에 묵으며 사간 김복휴에게 드리다 宿壺衕呈金司諫復休

그 옛날 죽마 타고 놀던 시절엔	憶昔騎竹年
가까운 이웃에서 살고 계셨네.	婆娑在鄰曲
어머니는 세상에 살아 계신데	猶及夫人世
숙부 백부 공보다 먼저 뜨셨지.	諸父先公速

417. **옛 탑~ 뒤따르네** 백탑 근처에 살았던 연암 박지원과 그 일파를 좇아 교유했음을 일컫는다.
418. **끊어 보낸~붉어라** 대보름에 액을 털어내려고 집집마다 날리는 연이 하늘에 가득하고, 액을 막으려고 팥을 넣어 지은 붉은 찰밥이 백 근이나 된다는 말. 푸짐하고 흥성스런 정경을 노래했다.
419. **자취 없이 사라졌네** 원문은 답니홍(踏泥鴻). 설니홍조(雪泥鴻瓜)에서 나온 말로, 눈 위에 새겨진 기러기 발자국처럼 자취가 쉬 사라짐을 일컫는다.

자손들 모습도 들쭉날쭉해 　　　　　阿孫貌參差

나더러 책을 함께 읽으라셨네. 　　　　詔余來伴讀

집 옮겨 함께 지냄 허락하시니 　　　　移家許同儵

새 복 나눠 주심을 기뻐했다네. 　　　　志喜分新祿

어느덧 삼십 년이 흘러갔지만 　　　　居然三十載

마음과 눈 속에는 또렷하여라. 　　　　依依在心目

이별 뒤 반겨 주는 사람은 없고 　　　　別離少眼靑

공명은 귀밑머리 함께 시든다. 　　　　功名凋鬢綠

완구(宛丘)[420]의 시편을 읊조리다가 　　却誦宛丘詩

자하의 곡소리[421]에 깜짝 놀라네. 　　飜驚子夏哭

옛 마을 아닌 곳에 와서 묵으니 　　　　來宿非古里

빈 골짝엔 발소리도 끊기었구나. 　　　　跫音斷空谷

별빛 달빛 밤 창문에 비치어 들고 　　星月鑒夜牕

솔바람 띳집 위로 불어 가누나. 　　　　松濤駕茅屋

빈방서 내 스승께 절을 올리니 　　　　虛堂拜我師

외로움 무엇으로 위로하리오. 　　　　無以慰幽獨

고단함 그 누가 씻어 주려나 　　　　　伶俜孰開蒙

그 은혜 마음속에 맺혀 있는데. 　　　　唧恩結心腹

청산의 풀빛은 하마 묵었고 　　　　　靑山草已宿

옥 같은 이 구슬피 그리워하네. 　　　　恨望人如玉

---

420. **완구**　　『시경』의 「완구」(宛丘) 편을 가리킨다. 탕자가 호쾌하게 노닒을 노래한 내용이다. 여기서는 김복휴가 유람을 가려다가 갑자기 자식을 잃는 슬픔을 겪은 것을 말한 듯하다.

421. **자하의 곡소리**　　자하(子夏)가 서하에 있을 때 자식을 잃고 너무 슬피 운 나머지 소경이 된 고사에서 온 말로, 자식을 잃은 슬픔을 빗대어 서하지통(西河之痛)이라 한다.

순도[422]의 집을 찾아 책을 읽다가 매화시를 보다

訪舜徒僑居讀書觀梅花詩

저물녘 앞장선 이 따라 걸어서 　晩步從先導
예를 갖춰 나란히 당에 올랐네. 　聯裾儼上堂
뜰 모퉁이 잔설은 환히 빛나고 　庭隅明淺雪
나무 끝엔 저녁 볕 스러지누나. 　木末斂斜陽
삼성(參星)이 걸린 저녁 매화는 지고 　梅落參橫夕
열 겹으로 향을 싼 시가 고와라. 　詩憐什襲香
등불 빛 집 모롱이 흘러 나가니 　燈光流屋角
깜짝 놀란 새 한 마리 날아서 가네. 　驚起一禽翔

『옥사집』[423]의 시에 차운하다 次玉笥集

발묵(潑墨)한 듯 소나무엔 희끗한 눈도 녹고 　潑墨千松點雪消
샛노란[424] 가는 버들 새 가지 희롱하네. 　鵝黃細柳弄新條

---

422. **순도** 　순도(舜徒)는 홍병선(洪秉善)의 자(字)다. 이덕무의 『아정유고』에도 관련 글이 두 편 보이는데, 행적은 자세하지 않다.

423. **『옥사집』** 　원명(元明) 간에 살았던 장헌(張憲)의 문집이다. 장헌의 자는 사렴(思廉)이고, 집이 옥사산(玉笥山)에 있었기 때문에 옥사생(玉笥生)이라 자호했다. 재주가 높음을 자부하면서도 유랑하여 얽매이지 않았다. 도읍에 이르러 천하사를 마음대로 늘어놓았으므로 미치광이 취급을 받기도 했고, 나중에는 부춘산(富春山)으로 돌아와 승려들 틈에 종적을 감추었다.

424. **샛노란** 　원문은 아황(鵝黃)으로, 거위의 새끼를 말한다. 거위의 새끼는 빛이 노랗고 아름다우므로, 노랗고 아름다운 물건의 비유로 쓴다.

매화의 시절은 해낭(奚囊) 속에 지나가고[425]　　　　　梅花日月奚囊晚
해동의 산하엔 옥 등불 빛나누나.　　　　　　　　　　仙李山河玉燭調
상쾌한 의복 향내 순령군(荀令君)의 좌석[426]이요　　瀟灑衣香荀令座
하늘하늘 혁대 구멍 심약(沈約)의 허리[427]일세.　　婆娑帶孔沈郎腰
비단 주렴 바로 곁에 봄빛은 바다 같고　　　　　　　緗簾咫尺春如海
술 물결은 바람 없이 저 홀로 일렁인다.　　　　　　酒浪無風也自搖

차운하여 소헌의 영남시권에 쓰다 次題疎軒嶺南詩卷

젊은이 웅장한 뜻 시원스레 품고서　　　　　　　　翩翩自倚少年雄
만 리 바람 나그네 옷 떨치며 가는구나.　　　　　　拂盡征衫萬里風
푸른 바다 세 사람이 반달을 노래하니　　　　　　　滄海三人詩半月
동남쪽 아스라이 물은 하늘 맞닿았네.　　　　　　　東南一眼水連空
단풍 숲 속 옛 수자리 이따금 말을 몰고　　　　　　楓林古戍時驅馬

---

425. 매화의~지나가고　　해낭은 시초(詩草)를 넣는 주머니로, 당나라 시인 이하(李賀)가 명승지를 돌며 지은 시를 해노(奚奴, 종)가 가지고 다니는 주머니에 넣었던 고사에서 나온 말이다. 시 짓다가 봄날이 다 가 버렸다는 뜻.
426. 순령군의 좌석　　동한(東漢) 때 순령군(荀令君)으로 칭송되었던 순욱(荀彧)과 관련된 고사에서 나온 말이다. 『세설』(世說)에 "유화계(劉和季)가 일찍이 '순령군(荀令君)이 남의 집에 왔다가 가면 그가 앉았던 곳에는 항상 사흘 동안 향기가 머물러 있다'고 말했다"는 구절이 있다.
427. 심약의 허리　　남조(南朝) 시대 양(梁)나라 사람 심약(沈約)이 노쇠하여 병든 나머지 백여 일이 지나는 사이에 허리띠의 구멍을 자꾸만 새로 뚫게 되고, 손으로 팔뚝을 만져 보면 부쩍부쩍 말라만 갔다는 고사에서 나온 말이다. 『양서』(梁書)「심약전」(沈約傳)에 보인다. 여기서는 시 창작에 몰두하느라 야위어 간다는 뜻이다.

유자 익는 가을 병영 큰 기러기 사냥하리.	橘柚秋營看射鴻
이날에 서생들이 득의를 뽐냈거니	此日書生誇得意
해 질 녘 다락배에 서로 기대 취했다네.	樓船扶醉夕陽中

미루에서 소헌 등 여러 사람과 밤중에 모여서 짓다 2수

薇樓夜集疎軒諸人 二首

1

뜬 이내 푸른 기운 그대 집 감도는데	浮嵐煖翠隱君堂
산뜻하게 당건(唐巾)⁴²⁸ 쓰고 돌상 위에 짝하였네.	瀟灑唐巾伴石床
산속에 홀로 앉아 흰 콧날 바라보며⁴²⁹	獨坐山中觀鼻白
하늘 끝 외론 맘을 한 심지 향에 사르노라.	孤懷天末炷心香
좋은 이웃 간밤 새에 시성(詩城)을 이루겠고	芳隣一夜詩城近
삼춘(三春)의 좋은 얘기 술맛이 거나하다.	佳話三春酒味長
집 지키는 계집종⁴³⁰에 분부하여 놓았거니	守屋樵靑分付了

---

428. **당건**　중국의 관모이다. 언제부터 사용했는지는 확실하지 않으나, 당나라 때의 그림에 제왕이 많이 쓰고 있는 것으로 보아 원래 사대부의 것은 아닌 듯하다. 한국의 관모 중에는 당건이라는 명칭은 없으나 조선 전기 백관들의 사모가 당건과 매우 흡사한 형태이다.

429. **흰 콧날 바라보며**　원문의 관비(觀鼻)는 심란할 때 콧등을 4~5분간 집중해서 보는 좌선의 한 가지 방법이다.

430. **계집종**　원문은 초청(樵靑). 당(唐)나라 안진경(顔眞卿)의 「낭적선생현진자장지화비」(浪迹先生玄眞子張志和碑)에 "숙종이 일찍이 노비를 각각 한 사람씩 하사하였다. 현진이 짝을 지어 부부가 되게 하고는, 지아비는 어동이라 하고 그 처는 초청이라 불렀다"(肅宗嘗錫奴婢各一, 玄眞配爲夫妻, 名夫曰漁僮, 妻曰樵靑.)라는 구절이 보이는데, 초청(樵靑)은 계집종을 가리킨다.

선생께선 돌아감을 서두르지 마소서.　　　先生歸去不須忙

2

남북의 시종(詩宗)들이 이 집에 다 모이니　　詩宗南北擅斯堂
한자리에 꿈 다른들 무엇이 문제리오.　　　各夢何妨共臥床
숲 그림자 술 물결이 등불에 흔들리고　　　酒浪燈搖千樹影
화로 향기 흰 귀밑머리 바람에 휘날린다.　　鬢絲風颺一爐香
산중에 봄눈 내려 띳집은 조그맣고　　　　山中春雪茅茨小
문밖의 성근 별에 나막신 소리 길다.　　　門外稀星步屧長
송골매 낚아채듯한[431] 미친 글씨 기뻐하니　頗喜狂書如鶻落
이들과 또 몇 번이나 자주 모임 가질거나.　因人又作幾番忙

장난삼아 왕어양의 세모회인시 60수를 본떠 짓다〔짧은 서문과 함께〕 戲倣王漁洋歲暮懷人六十首〔幷小序〕

나는 백 가지 중에 하나도 능한 것이 없지만, 어진 사대부와 함께 노닐기를 즐긴다. 이들과 친해지면 또 하루 종일 마음을 쏟아 그만둘 수가 없다. 사람들이 한가할 날이 없다고 웃곤 한다.
余百無一能, 樂與賢士大夫遊. 旣與之交好, 又終日矗矗不能已也. 人頗笑其無閒日焉.

---

431. 송골매 낚아채듯한　움직임이 영활(靈活)함을 뜻한다.

1

고인과 예사들이 서로를 뒤따르니　　　　　　　高人藝士鎭相隨

화벽(畫癖)에다 서음(書淫)이라 내 절로 바보 같네.⁴³²　畫癖書淫我自癡

온종일 우스개로 자주 배를 잡으니　　　　　　終日詼諧頻絕倒

사자가 공놀이할 때를 그 누가 알겠는가?⁴³³　　誰知獅子弄毬時

2　청장산인 이덕무 靑莊山人李〔德懋〕

청장이 굶어 죽은들 무슨 상관 있으리　　　　青莊饑死也何妨

죽는대도 시서(詩書)에선 향기가 날 터인데.　縱死詩書骨亦香

적막함과 번화함이 한 이치임 알았으니　　　寂寞繁華知一致

영화와 근심으로 나고 듦을 묻지 말게.　　　莫將榮悴問行藏

3　연암 박지원 朴燕巖〔趾源〕

연암 선생 문필은 사마천과 한유를 아우르니　燕巖文筆馬韓兼

고금을 섭렵하여 깨달음을 얻었다네.　　　　竪古橫今悟字拈

이로부터 경륜을 내달려 이르노니　　　　　自是經綸馳騁到

아마도 허생(許生)이 규염객(虯髥客)⁴³⁴은 아닐는지.　許生不信是虯髥

4　관헌 서상수 徐觀軒〔常修〕

맑은 새벽 먹을 가니 온갖 생각 경쾌하고　　磨墨清晨萬慮輕

화로 연기 오리오리 주렴 가에 걸렸구나.　　爐烟不斷一簾橫

---

432. **화벽에다~바보 같네**　화벽은 그림을, 서음은 책을 미치도록 아끼고 사랑하는 것을 말하는데, 박제가 자신이 스스로 그러함을 밝힌 구절이다. 원문의 벽(癖)과 음(淫)과 치(癡)는 모두 같은 뜻으로 쓰였다.

433. **사자가~알겠는가**　사자에게 공을 던져 주면 공을 잡으려고 뛰고 뒹구느라 체모도 없이 몰두하므로 한 말. 자신들의 노닒이 그와 같다는 의미로 썼다.

차 끓임은 오직 다만 김성중(金成仲)[435]을 허락하니　煎茶獨許金成仲

송풍성(松風聲)과 회우성(檜雨聲)[436]을 알아듣기　解聽松風檜雨聲
때문일세.

5　기하 유금 柳幾何〔琴〕

붉은 대문 귀한 집을 가만히 찾아갈 제　珍重朱門且曳裾

하늘 끝 좋은 바람 나는 수레 맡기었네.　好風天末托飛車

찬 집 아침상에 나물조차 없나니[437]　莫欺寒屋朝虀闕

벼슬아치 고기 삶아 먹는다고 하지 마오.　吏部家人爲煮魚

6　영재 유득공 柳泠齋〔得恭〕

지기는 천애라도 절로 이웃 되는 법　知己天涯自有隣

시의 명성 저 멀리 촉강(蜀江)까지 알려졌네.　詩名遠落蜀江濱

---

434. 규염객　규염객은 전기소설 속의 인물인데, 당나라 두광정(杜光庭, 850~933)이 지은 『규염객전』에 보인다. 『규염객전』은 황소의 난으로 혼란해진 당나라 말기에 지어진 작품이다. 어지럽고 혼탁한 시대에 도탄에 빠진 민중을 구하고자 당나라 태종이 의분을 일으켰다가 여의치 않아 당 태조 이정과 함께 도망치는데, 그 도중에 규염객이란 인물을 만난다. 규염객은 이정의 비범함을 알아보고 자신의 재산을 전부 물려주고 더불어 나라를 건국하는 방도까지 가르쳐 준다. 그리고 자신은 해적을 거느리고 부여국으로 들어가 그곳의 왕을 죽이고 스스로 왕이 된다. 연암의 소설 「허생전」속에 나오는 주인공 허생도 바로 이 규염객을 모델로 한 것은 아닐지 모르겠다고 말한 것이다.

435. 김성중　성중(成仲)은 김광수(金光遂, 1699~1770)의 자이다. 호는 상고당(尙古堂)인데, 고동 서화에 벽이 있었고, 차에도 깊은 조예가 있었다.

436. 송풍성과 회우성　숯불 위에서 물을 끓일 때 나는 소리를 문학적으로 표현한 말. 송풍성은 소나무에 바람이 이는 소리이고, 회우성은 전나무에 빗방울이 떨어지는 소리다. 이를 줄여서 송풍회우(松風檜雨)라 한다. 송풍성은 물이 끓을 때 나는 소리이고, 회우성은 물이 한창 끓을 때 나는 소리다. 회우성을 듣고 나면 화로에서 물을 분리해야 한다. 물이 쇠어지기 때문이다. 여기서는 김성중과 서상수가 물 끓는 소리를 잘 분간해서 차를 맛있게 끓일 줄 안다는 의미.

437. 찬 집~없나니　조제모염(朝虀暮鹽)은 아침에는 냉이를 저녁에는 소금을 먹는다는 뜻으로, 몹시 가난한 생활을 말한다.

그대 성 유씨와 비슷함을 사랑하여   憐君姓柳眞相似

전당에선 버드나무 그린 사람[438] 있었다네.   已有錢塘畫柳人

7 삼소헌 윤가기 尹疎軒

젊은이의 글 지음이 민첩함[439]에 모두 놀라   靑年詞賦八叉驚

장옥(場屋)에선 수호(繡虎)[440]라는 이름으로   場屋皆傳繡虎名
  전해진다.

근자에 영남에서 지은 시구[441] 뛰어나니   近日嶺南詩句好

하늘이 적수 보내 변생(邊生)[442]을 만났다네.   天敎敵手遇邊生

8 십삼 이사천 李十三麝泉

협강(峽江)의 봄날에 조각배로 왕래하니   扁舟來往峽江春

아우 인품 형의 재주 절세의 보배로다.   弟品兄才絶世珍

선비 사업 농사일 못하는 일 없느니   做士做農無不可

결단코 압록강 동쪽 사람 아닐레라.   要非鴨水以東人

---

438. **전당에선 버드나무 그린 사람**   이조원을 말한다. 전당은 이조원이 숨어 살던 곳이다. 그가 유득공을 위해 버드나무 그림을 그려 준 일이 있었던 듯하다.

439. **민첩함**   원문은 팔차(八叉). 시를 빨리 짓는다는 뜻이다. 『전당시화』(全唐詩話)에 "온정균(溫庭筠)은 언제나 손을 여덟 번만 마주 잡으면 팔운(八韻)을 다 지어 내니, 당시 사람들이 온팔차(溫八叉)라 불렀다"고 하였다.

440. **수호**   시문(詩文)에 뛰어나고, 또 내용이 화려한 문장을 이름이다. 삼국시대 위(魏)나라 조자건(曹子建)의 문장이 뛰어나므로, 세상에서는 그를 수호라고 했다 한다. 『세설신어』(世說新語)에 보인다.

441. **영남에서 지은 시구**   삼소헌 윤가기의 영남시권을 가리킨다.

442. **변생**   변일휴(邊日休, 1740~1778)가 아닐까 한다. 변일휴도 백탑시파의 일원으로, 서얼 문사이다.

9

속국의 생애가 참으로 서글픈데	屬國生涯盡可哀
거친 밭 띳집에서 풍진 속에 늙어 가네.	石田茅屋老風埃
해마다 앞 다투어 압록강 건너가도	年年鴨水人爭渡
농사짓는 방법을 배워 온 이 없도다.	不學耕桑一法來

10 **심계 이광석** 李心溪〔光錫〕

맑은 밤 함장(函丈)[443]께서 예경(禮經)을 강론하니	函丈淸宵講禮經
온 산 가을 달도 그댈 위해 멈추누나.	萬山秋月爲君停
옛 마음 옛 모습 누구에게 있단 말가?	古心古貌今誰在
이 사람 남겨 두어 전형으로 삼았구나.	留與斯人作典刑

11 **운수 이만중** 李雲隨〔晩中〕

대기(大器)[444]는 우뚝한 한때의 선비거니	大器嶢嶢一代儒
십 년간 보지 못해 여윈 모습 생각하네.	十年不見想淸癯
광풍제월 맑은 마음 가난 근심 못 이르니	貧愁不到光風地
계당(溪堂)에서 태극도를 홀로 안고 있으리라.	獨抱溪堂太極圖

12 **강산 이서구** 李薑山〔書九〕

일단의 풍류가 해동에 남았거니	一段風流海外存
십 년을 이덕무의 대문과 마주했지.	十年長對炯菴門
강산이 차갑다고 사람들은 말하지만	它人盡道薑山冷
한밤중에 사분사분 얘기함을 못 봐설세.	不見霏霏半夜言

---

443. 함장 상대에 대한 존경을 담아 부르는 호칭. 여기서는 이광석의 부친을 가리키는 듯.
444. 대기 이만중(李晩中)의 자(字)이다.

13 석파 김용행 金石坡〔龍行〕

굽이굽이 가파른 뫼 자가의 풍격이니   欽崟歷落自家風

깊은 골 구름 안개 뱃속에 들었구나.   丘壑雲烟腹簡中

정밀한 규모 속을 이르러 살펴보면   却到規模縝密處

봉새 새끼 마침내 반나마 영웅일세.   鳳雛終是半英雄

14 설옹 유후 柳雪翁〔逅〕

서옥의 매화는 낮잠 속에 떨어지고   書屋梅花落晝眠

남산의 봄빛은 날로 짙어 가는구나.   南山春色日儵然

고인(高人)의 백발은 삼천 장인 듯 길고   高人白髮三千丈

골목길 맑은 바람 구십 년 세월이라.   里巷淸風九十年

15 효효선생 김용겸 金嘐嘐先生〔用謙〕

긴긴 낮 이웃 사람 술 싣고 찾아오면[445]   晝永鄰人載酒初

새 봄날 창을 열고 글자를 찾는구나.   新春檢字拓窓餘

후생들 신속함에 휘둥그레 놀라는데   後生多怪恖恖甚

그 즉시 돌려주고 빌리지는 않는다네.   如遽還書莫借書

16 재간 임희성[446] 任在澗〔希聖〕

어린아이 뛰노는 건 도리어 천진하니   小兒跳躍反天眞

흙 인형 높다 한들 가짜 몸에 불과해라.   土偶雖尊是假身

중외의 문장에서 유파가 다른 곳에   中外文章流別處

---

445. 술 싣고 찾아오면   원문은 재주(載酒). 술을 싣고 기이한 문자를 물으러 간다는 뜻이다. 한나라의 유분(劉棻)은 양웅에게서 기자(奇字) 짓는 방법을 배웠다. 집은 가난하고 술은 좋아하는데, 찾아오는 사람이 드물었다. 당시 한 호사자가 있어 술과 안주를 싣고 와서 기자 짓는 방법을 배웠다. 『한서』(漢書) 「양웅전」(揚雄傳)에 보인다.

서하(西河)[447]의 월조평(月朝評)[448]이 유독 정신　　　西河月朝獨精神
지녔구나.

17　낙목암 홍희영[449] 落木菴洪〔希泳〕

중화의 서목(書目)이 어떠한가 물어보니　　中華書目問如何
황하 물을 마신 듯[450] 낱낱이 비쳐 주네.　　檢鏡人人似飮河
괴이하다![451] 옛 벗인 양 이름을 부르는데　　怪煞號名如舊友
명청 선비 붕어 떼처럼 많고도 많구나.　　明淸士比鯽魚多

18　포의 이만운[452] 李布衣〔萬運〕

전쟁을 겪은 뒤로 옛 전적 없어지고　　干戈亂後舊章殘
정파가 나뉜 때[453]에 역사 세움 어려워라.　　洛蜀分時正史難

---

446. 임희성　1712~1783. 조선 후기의 학자다. 본관은 풍천(豊川), 자는 자시(子時), 호는 재간(在
澗)·간옹(澗翁)이다. 학문에 있어서는 문사(文詞)보다 실천에 힘썼다. 잠언(箴言)과 지일십계(至日
十誡) 등을 지어 수신의 지표로 삼는 한편 자손 교육의 지침으로 삼았고, 경전을 연구하여 의심나
는 곳에 주해를 하고, 성리학은 이이(李珥)의 설을 지지했다.
447. 서하　서하는 임(任)씨의 연원이 서하(西河)에서 나온 것을 두고 한 말. 임희성을 가리킨다.
『오주연문장전산고』(五洲衍文長箋散稿) 「증보산림경제변증설」(增補山林經濟辨證說)에도 임희성
을 '서하'라 일컫고 있다.
448. 월조평　인물을 품평하는 일을 말한다. 후한(後漢) 때 허소(許劭)가 향당(鄕黨)의 인물을 핵
론(覈論)하되 매월 그 품제(品題)를 변경했던 데서 유래한다. 『후한서』(後漢書) 「허소전」(許劭傳)
에 보인다.
449. 홍희영　자세한 행적은 알려진 바가 없다. 박제가도 앞서 낙목암(落木菴)에 갔던 적이 있고,
이덕무도 시를 지어 남기고 있는 것으로 보아 이덕무와 박제가 등이 존숭했던 동류의 인물로 추정
된다.
450. 황하 물을 마신 듯　『산해경』(山海經)에 과보(夸父)가 태양과 달리기 경주를 한 뒤 목이 말라
황하의 물을 마셨는데, 황하가 말라 버려 마실 물이 모자랐다는 이야기가 전한다. 지식의 규모와
사유의 크기가 광대함을 비유한 것으로 보인다.
451. 괴이하다　명청(明淸) 선비의 이름과 문집을 마치 자기 친구 이름 부르듯 줄줄이 꿰고 있다는
의미.

오늘날 문헌 적음 근심할 것 없나니　　　　不患如今文獻少
가슴속의 월표(月表)가 삼한(三韓)까지 이었다오.[454]　胸中月表際三韓

19　양허당 김재행[455] 金養虛〔在行〕

연경에서 따라 노닒 십 년 세월 저편인데　　日下追遊已十霜
우뚝한 한 선비가 동방에 누웠구나.　　　　峻嶒一士臥東方
유유히 평생의 뜻 저버리지 않았으니　　　便便不負平生腹
절반은 시수(詩愁)요, 절반은 주향(酒香)일세.[456]　半是詩愁半酒香

20　담헌 홍대용 洪湛軒〔大容〕

책 읽던 여가에 만 리 밖 그리노니　　　　朱墨餘閒萬里愁
최고운의 옛 고장[457]서 중원을 꿈꾸었네.　孤雲舊縣夢中州

---

452. **이만운**　자는 중심(仲心)이고, 본관은 함평이다. 전고에 밝은 인물로 선발되어 『증보동국문헌비고』를 보정하는 작업에 참여했다. 1777년에는 이덕무와 함께 『기년아람』을 편찬했다. 박제가와는 이 시절에 알게 된 것으로 보인다. 그밖의 저술로 『조두록』(爼豆錄)과 『풍천음』(風泉吟)이 있다.

453. **정파가 나뉜 때**　원문의 낙촉(洛蜀)은 송나라 철종(哲宗) 때의 당파를 이른다. 당시 송나라 조정에는 낙양인 정이(程頤)를 당수로 하는 낙당, 촉인(蜀人) 소식(蘇軾)을 당수로 하는 촉당, 그리고 유지(劉摯)를 당수로 하는 삭당(朔黨)이 팽팽하게 대립했다. 당시 조선의 경우도 당파의 대립이 극심하여 역사를 보는 관점도 거기에 따라 판이하게 달라지는 사정을 말한 것이다.

454. **가슴속의~이었다오**　월표는 시대에 따라 월별로 중요한 사건을 쓴 것인데, 이만운이 역사에 조예가 깊어 삼한 시대의 역사까지 꿰뚫었음을 말한 것이다.

455. **김재행**　자는 평중(平仲), 호는 양허당(養虛堂), 본관은 안동이다. 생몰년 및 생애는 알려지지 않았다. 1765년 홍대용과 함께 북경을 다녀왔다. 그때 청나라의 문사들과 대화하는 가운데 청음 김상헌을 족조(族祖)라 하였으나, 아직까지 족보에서 그의 이름을 발견하지 못했다. 그의 행적은 알려진 게 없지만, 홍대용이 지은 「김양허재행절항척독발」(金養虛在行浙杭尺牘跋, 『담헌내집』 권3)과 청나라 엄성이 지은 「양허당기」(養虛堂記, 『청장관전서』 권63권, 「천애지기서」) 등을 보면, 뛰어난 능력을 갖추었으면서도 서얼이라는 신분 때문에 입신이 막힌 인물임을 알 수 있다.

456. **절반은~주향일세**　김재행이 평생토록 시를 짓느라 고심했고, 술을 무척이나 즐겼음을 표현한 것이다.

만약에 우리 인생 서양 배에 오른다면   人生若上西洋舶
관내의 제후보다 장사꾼이 더 나으리.   估客優於關內侯

21 현천 원중거[458] 元玄川〔重擧〕

해 뜨는 바닷가[459]서 푸른 안개 토해 내니   吐納靑霞日出濱
현천의 빼어난 기상 막중(幕中)에 귀빈이라.[460]   玄川奇氣幕中賓
사부(詞賦)로야 화국(華國) 못함 진작에 알았거니   元知詞賦非華國
그 홀로 풍요 모아 이웃 나라 살폈다네.[461]   獨采風謠善覘鄰

22 진사 이소 李進士〔熽〕

사방관(四方冠) 한 번 쓰고 풍진 세상 벗어나   方冠一著出風塵
예맥의 땅 화전 일궈 먼 물은 봄날이라.   貊國畬烟遠水春
눈썹 사이 협기는 아직도 남았던가   俠氣眉間消盡否
푸른 산서 이를 잡는[462] 늙은 시인이시여.   靑山捫蝨老詩人

---

457. **최고운의 옛 고장**   전라북도 태인으로, 홍대용이 벼슬살이하던 곳이다.
458. **원중거**   자는 자재(子才), 호는 현천(玄川)·물천(勿川)·손암(遜菴)이며, 본관은 원주(原州)다. 1763년 계미통신사행에 성대중(成大中), 김인겸(金仁謙)과 함께 서기로 수행했다. 이후 목천현감을 지낸 뒤 지평(砥平)의 물천(勿川)에 은거하다가, 1789년 규장각에서 해동읍지(海東邑誌)를 편찬할 때 이덕무·박제가 등과 함께 참여했다.
459. **해 뜨는 바닷가**   일본을 말한다.
460. **막중에 귀빈이라**   조선 통신사의 일원으로 일본에 건너가서 시문으로 명성을 떨친 일을 말한다.
461. **사부로야~살폈다네**   신분이 서얼이어서 출사하여 조정의 문사를 담당하지 못할 것을 알아, 이웃 나라 일본을 다녀온 정황을 소상하게 기록하여 일본의 사정을 엿볼 수 있도록 했다는 뜻으로 읽힌다. 이덕무는 『청비록』에서, 그의 손자 이규경은 『오주연문장전산고』에서 원중거의 『화국지』(和國志)를 인용하였고, 이덕무의 『청령국지』(蜻蛉國志)도 원중거의 저술에서 많은 영향을 받았다고 밝혔다.
462. **이를 잡는**   원문은 문슬(捫蝨). 남이 보는 앞에서 이를 잡는다는 뜻으로, 방약무인한 태도를 이른다.

23 운소 임병호 林雲巢〔秉浩〕

운소가 금강산에 세 차례 들어가서
『참동계』 다 읽고야 고향으로 돌아왔네.
내 가만히 석만(石曼)[463]을 따르고자 하였더니
어느 사람 물색이 광황(光黃)[464]에 있단 말가.

雲巢三度入金剛
閱盡參同始返鄕
我欲陰求從石曼
何人物色在光黃

24 훈암 이영 李薰菴〔瑩〕

예로부터 경설에는 이견이 많았으니
옛 두건 한가로이 푸른 솔과 마주하네.
이웃 사람 십 년 동안 얼굴을 본 이 없고
밤마다 책 읽는 소리 흰머리가 되었구나.

經說伊來聚訟憂
古巾閒對碧松幽
隣人十載稀知面
夜夜書聲到白頭

25 용촌 임배후 林龍村〔配垕〕

내 벗의 맑은 시를 지금껏 감상터니
외로운 배 마땅히 녹라(綠蘿) 옷깃 씻으리라.
매화꽃 피더니만 봄 강물 불어나서
황려(黃驪)[465]의 임 처사가 갑자기 생각났지.

吾友淸詩玩至今
孤舟應洗綠蘿襟
梅花發後春江闊
却憶黃驪處士林

26 경암 조연귀 趙敬菴〔衍龜〕

하루 종일 글 베끼느라 소리조차 없더니만

抄書終日不聞聲

---

463. **석만** 송나라 때 석만경(石曼卿)을 가리킨다. 젊어 과거에 합격했으나, 소송이 걸려 합격이 취소되자 다른 탈락자는 울며 일어났으나 그는 껄껄 웃고 앞으로는 과거 시험을 버리고 사방으로 떠돌며 지내겠노라는 시를 짓고 떠났다. 여기서는 임병호를 석만경에 비긴 것이다.

464. **광황** 중국 하남성의 광주(光州)와 호북성의 황강(黃岡)을 가리키는 말. 소동파의 「방산자전」(方山子傳)에 은자인 방산자가 숨어 살던 곳이 광황의 사이라고 하였다. 여기서는 은자의 거처를 나타내는 의미로 썼다.

465. **황려** 여주 땅을 가리킨다.

갑자기 장막 걷어 객이 깜짝 놀라네.　　　忽漫披帷客始驚

기억난다, 봄 산에 사람들이 몰려들어　　　記得春山人似海

솔 뿌리에 바로 앉은 선생 알아보던 일이.　松根危坐認先生

27　익찬 황윤석 黃翊贊〔胤錫〕

나라말이 잘못되어 사성(四聲)이 흐려지고　　方音訛誤四聲微

서양 법 전하지 않아 칠정(七政)[466]이 어긋났네.　西法無傳七政違

그래도 남쪽 땅에 황익찬이 있어서　　　　惟有南中黃翊贊

기하학, 반절법의 깊은 비밀 알았다네.　　幾何翻切洞玄機

28　혜환 이용휴 李惠寰

혜환은 우뚝하여 청신함을 펼쳐 내니　　　惠寰超妙出淸新

연꽃이 진흙에도 물들잖음 같구나.　　　　譬似蓮花不染塵

사가의 법안을 한번 열어 주고부터　　　　一自詞家開法眼

동방에는 독서인이 하나도 없게 됐지.　　　東方無箇讀書人

29　표암 강세황 姜豹菴〔世晃〕

비단 종이 문을 메워 날마다 재촉하니　　　縑素塡門日日催

만 동강 먹을 갈다 흰머리가 되었구려.　　　磨人萬墨白頭來

회심의 서화는 많지가 않겠지만　　　　　會心書畫無多了

사람더러 버선 재료[467] 삼으라곤 하지 마소.　莫向時人抵襪材

---

466. 칠정　일월(日月)과 수화목금토(水火木金土)의 5성을 가리킨다. 여기서는 서양의 천문학이 들어오지 않아 천문 관측의 도수가 맞지 않게 된 것을 말한다.

30 석치 정철조 鄭石癡〔喆祚〕

구리 동전 삼백 닢에 술꾼이라 부르니,	靑銅三百酒人乎
신후문장(身後文章)[468]이란 말이 나를 웃게 하는도다.	身後文章笑殺吾
서양 사람 『의상지』(儀象志)[469]를 찬찬히 살펴보고	繙罷洋人儀象志
창가에서 해어도(海魚圖)를 베껴서 그렸다네.	閒窓搨得海魚圖

31 존암 이숭운 李存菴〔崇運〕

오릉(五陵)[470]의 봄날에 오사모에 시낭 차니	詩囊烏帽五陵春
한 달을 고루 나눠 연거푸 숙직 드네.	一月平分鎖直辰
병든 눈 황예록(黃裔錄)[471]을 원망하지 마시게나	病眼休讐黃裔錄
흰머리로 미관말직 마땅히 비웃으리.	冷官應笑白頭人

32 토목와 최중순 土木窩崔〔重純〕

덧없는 형해(形骸)로 한 잔 술 걸치고서	忽忽形骸酒一觴
서글피 예전 지은 시편을 생각하네.	黯然猶憶古詩章

---

467. 버선 재료 송나라 때 시문과 서화에 뛰어났던 문여가(文與可)와 관련된 고사에서 나온 말이다. 문여가는 대나무를 잘 그렸는데, 그의 그림을 구하는 자가 너무 많았다. 이를 싫어한 문여가는 그림을 그리던 명주 천을 집어던지며 버선으로 만들 것이라고 말했다. 이를 들은 소동파는 버선의 재료가 문여가에게 더 많이 모일 거라 말하며 그의 재주를 치켜세웠다.

468. 신후문장 살아서는 인정을 못 받고 죽어서야 문장으로 인정받는다는 의미.

469. 『의상지』 『신제영대의상지』(新制靈臺儀象志), 『영대의상지』라고도 한다. 청나라 강희제(康熙帝) 때 벨기에 선교사 베르비스트(Ferdinand Verbiest, 중국명 남회인南懷仁)가 흠천감부(欽天監副)로 임명되었을 때 짓고, 유성덕(劉聖德)이 기술한 것이다. 조선에서는 1715년(숙종 41) 4월 관상감정(觀象監正)으로 있던 역관 허원(許遠)이 청나라에 가서 하석(河錫)에게 역법을 배우고 돌아올 때 가지고 온 뒤 관상감에서 13책, 그림 2책으로 모사(模寫)·간행하여 관상에 이용했다. 정철조가 천문학에 깊은 조예가 있었으므로 한 말이다.

470. 오릉 장안(長安)의 북쪽에 한(漢)나라 다섯 황제의 능이 있었다. 이곳에 사방의 부호들을 이주하여 살게 한 뒤로부터, 번화한 도성 거리를 뜻하는 말로도 쓰인다.

471. 황예록 서얼의 후예란 의미인 듯하나 분명치 않다.

차라리 날마다 당인(唐人) 시집 읽는 것이
　　　　　　　　　　　　　無寧日讀唐人集
과거 시험 준비하는 바쁨보다 나으리라.
　　　　　　　　　　　　　猶勝黃槐擧子忙

33　취미 이유동 李翠眉〔儒東〕

시문으로 헐고 기림 너무도 비루하니
　　　　　　　　　　　　　雕蟲毁譽太卑卑
무릎 세우고 비파 타던 그때를 못 보았나.
　　　　　　　　　　　　　不見琵琶企腳時
곧바로 너울너울 구욕무(鸜鵒舞)[472] 춤을 추니
　　　　　　　　　　　　　直到偓偓鸜鵒舞
이 사람은 반드시 문사에만 있지 않네.
　　　　　　　　　　　　　斯人未必在文辭

34　대아 박종산[473] 朴大雅〔宗山〕

송도 당도 아니면서 저 홀로 우뚝하니
　　　　　　　　　　　　　非宋非唐獨了然
자신만의 예술을 누구에게 전하리오.
　　　　　　　　　　　　　自家談藝妙誰傳
문장으로 새 기림을 구하지 않았건만
　　　　　　　　　　　　　文章未必求新譽
평생토록 박치천엔 미치지 못하리라.
　　　　　　　　　　　　　不及平生一稚川

35　족형 박도룡 族兄朴〔道龍〕

당고(唐皐)를 읽을수록 운명이 어떠했나
　　　　　　　　　　　　　愈讀唐皐命若何
가난해도 과거에는 나아가지 않았다네.
　　　　　　　　　　　　　家貧不赴力田科
신동(神童)의 쾌한 승리 노루 곁에 사슴인데[474]
　　　　　　　　　　　　　神童快勝䴥邊鹿
좌객들 어이하여 따로 거위 물으시나.
　　　　　　　　　　　　　座客何須別問鵝

---

472. 구욕무　이익의 『성호사설』에 따르면, 구욕무(鸜鵒舞)는 만세무(萬歲舞)라 불리는 악곡(樂曲)의 한 종류다. 당나라 무후(武后) 때 궁중에서 기르던 새가 사람처럼 말을 잘하되 늘 만세(萬歲)라고 일컬은 까닭에 이 악곡을 만들었다고 한다. 구욕은 사람 말을 잘 흉내내는 새 이름이다.

473. 박종산　이덕무의 외사촌이다. 『청장관전서』에 「기내제박치천상홍」(寄內弟朴穉川相洪) 등 관련 시가 몇 편 전한다. 치(稚)와 치(穉)는 통용해서 쓴다.

36 대아 정문조 鄭大雅〔文祚〕

속인들 틈에 갇힘 부끄러워할 만하니	俗子牢籠大可羞
순순함 옳게 갖춰 절로 명류 되었네.	循循雅飭自名流
기린아 지난날 어짊이 짝이 없어	麟兒昔日賢無比
속된 말 입에 올림 부끄러워했다네.	俚語猶慚入話頭

37 만산초부 유환덕[475] 萬山樵夫柳〔煥德〕

서화 전함 드물지만 품격은 더욱 높아	書畫稀傳品更尊
성 가득 수레와 말 홀로 문을 닫거네.	滿城車馬獨關門
풍진의 득실이야 나와 무슨 상관인가	風塵得失吾何與
다만 말을 더듬으며 감히 말을 않는다오.	只是期期不敢言

38 이주서 李注書

신서(新書)를 예로 삼아 기하(幾何)를 부연하니[476]	比例新書演幾何
원고지에 옮겨 오는 먹글씨가 많아라.	文瀾移上墨君多
규장각 책문 위에 빛나는 임금 비답	煌煌御批奎章策
박학홍사과(博學鴻詞科)[477]에 부족함이 없겠구려.	不負鴻詞博學科

---

474. **신동의~사슴인데** 왕안석의 아들인 왕방(王雱, 1044~1076)에 관한 고사이다. 왕방은 어릴 적부터 영리하고 똑똑해 신동으로 불렸다. 다섯 살 때 아버지의 친구가 노루와 사슴 한 마리를 가져왔다. 친구는 왕방이 매우 총명하다는 소문을 들었던지라 그를 시험해 보려고 물었다. "어느 것이 노루고, 어느 것이 사슴이지?" 왕방은 두 동물을 보지도 않은 채 다음과 같이 대답했다. "노루옆에 있는 것이 사슴이고, 사슴 곁에 있는 것이 노루입니다."

475. **유환덕** 자가 화중(和仲)으로 문과에 올랐으며, 서얼이다. 전서와 팔분을 잘해서, 명관의 요청에 이바지했다. 그는 그림도 잘 그렸는데 그리는 방법이 유묘(幽渺)하여 필묵의 속된 자태를 초연히 벗어났다.

476. **신서를~부연하니** 서양서를 참고하여 기하학의 깊은 내용을 부연하여 설명했다는 뜻.

39 선달 백동수 白先達〔東修〕

시절 맑아 장사(壯士)는 밭 갈기를 즐겨 하여	時淸壯士樂躬耕
가족 끌고 기린협의 안쪽으로 떠났다네.	盡室麒麟峽裏行
듣자니 지난 겨울 잔설이 녹은 뒤에	聞道前冬殘雪後
매 데리고 동쪽 나서 지평현을 지났다지.	携鷹東出過砥平

40 대아 이영장[478] 李大雅〔英章〕

빈 골짝 가는 노새 불러올 수가 없고	空谷歸騾不可招
맑은 바람 좁은 길엔 눈이 막 녹는구나.	淸風棧道雪初消
언승(彦昇)의 골목도 지금에 적막하니[479]	彦昇門巷今寥落
묻노라, 그 누가 「광절교론」(廣絶交論)[480] 지을 건가.	爲問何人廣絶交

41 대아 이희산[481] 李大雅〔義山〕

건란(建蘭)의 새 탁본을 쌍구(雙鉤)로 시험하고	建蘭新搨試雙鉤
가만히 종(鐘)을 찍어 소전(小篆)을 구한다네.[482]	私印鐘岡小篆求

---

477. **박학홍사과**　인재 등용을 위한 과거 이름이다. 당 현종 때 육지(陸贄)가 박학굉사(博學宏詞)로 등과(登科)했고, 송나라 때는 정식 과거가 되었다. 청나라 때도 있었는데,『청회전』(淸會典) 예부(禮部)에 의하면, "박학홍사와 경학(經學)은 조명[詔]이 있어야 시행하는데, 황제가 순행하면 소시(召試)한다"고 했으니, 역시 정기적인 과거는 아니었다. 여기서는 이주서가 대단히 박학하다는 의미로 썼다.

478. **이영장**　조선 후기 서화가 이인상(李麟祥, 1710~1760)의 둘째 아들이다.

479. **언승의~적막하니**　언승은 양(梁)나라 임방(任昉)의 자이다. 임방은『술이기』(述異記)의 저자이다. 임방의 가문이 몰락해 있음을 말한 것이다.

480. **「광절교론」**　양(梁)나라 유준(劉峻)이 지은「광절교론」은, 한때 황문시랑(黃門侍郎)을 지냈고 당대의 대문장가였던 임방(任昉)의 아들들이 몰락하여 떠돌아다녀도 친지들이 거들떠보지 않는 것을 보고 한탄하여 지은 글이다. 한(漢)나라 주목(朱穆)이「절교론」을 지었는데 그것을 부연한다는 뜻에서「광절교론」이라 이름한 것이다.『문선』(文選)「광절교론」(廣絶交論)에 보인다.

481. **이희산**　이윤영(李胤永, 1714~1759)의 서자로, 그림을 잘 그렸다.

482. **가만히~구한다네**　청동기의 겉면에 새겨진 소전체의 글씨를 탁본함을 말한다.

소리장군(小李將軍)[483]으로 그대 부름 마땅하니　　小李將軍堪喚汝

그림으로 수정루(水精樓)[484]를 다시 휘어잡았도다.　　丹靑重擅水精樓

42　금산 김두열[485]　金錦山〔斗烈〕

오늘날 전서 예서 으뜸을 꼽는다면　　當今篆隷推眉目

모두들 입을 모아 김금산을 말한다네.　　盡道翩翩金錦山

삼백구 개 한비(漢碑)를 얇은 종이에 탁본하여　　三百九碑蟬翅揚

이를 모두 보아야만 동쪽으로 돌아오리.　　若爲看盡始東還

43　선전 이광섭[486]　李宣傳〔光燮〕

장군은 선비 아끼고 풍정까지 지녀서　　將軍愛士亦風情

육예(六藝)로 상대하니 세속이 놀라누나.　　六藝相看世俗驚

주문(朱門)[487]을 떠나서 게으른 몸 옮겨 가　　去矣朱門移懶骨

바둑으로 소일하며 선성(宣城)[488]에서 내기했지.　　暫消棊局睹宣城

---

483. **소리장군**　당나라 화가 이소도(李昭道)를 가리킨다. 그의 아버지 이사훈(李思訓)을 대리장군 (大李將軍)이라 한 데서 나온 말이다. 박제가는 이것을 그대로 차용하여 이윤영을 대리장군, 그의 아들 이희산을 소리장군이라 일컬었다.

484. **수정루**　이인상(李麟祥)의 「수정루기」에 따르면, 수정루는 이윤영이 가졌던 서루(書樓)의 이름이다. 수정루를 다시 휘어잡았다 함은 아버지만큼 그림을 잘 그리게 되었음을 일컫는다.

485. **김두열**　자는 영중(英中), 호는 남촌(南村)·갈관재(褐寬齋), 본관은 광산(光山)이다. 시문에 뛰어났으며, 글씨와 도서 및 인장(印章) 등에도 정통하였다. 그중에서도 전서(篆書)가 특히 세상에 이름을 떨쳤다.

486. **이광섭**　이덕무의 당질. 이 책 상권 138쪽 각주 165번 참조.

487. **주문**　제후 왕과 귀족의 저택을 말한다. 한(漢)나라 때 그 집의 대문을 주홍색으로 칠했던 데 에서 유래한 것이다.

44 진사 유사모[489] 柳進士〔師模〕

젊은이 중 그 누가 옛것 능히 좋아하리	年少何人能好古
유군의 반듯함[490]은 또한 나의 스승일세.	柳君魚雅亦吾師
싸리 꺾어[491] 땅에 쓰며 창사(倉史)[492]를 얘기하니	班荊畫地談倉史
신무문(神武門)[493] 바로 앞에 봄풀 푸른 때였네.	神武門前芳草時

45 이공무[494]는 청장관의 아우이고 원유진[495]은 현천의 아들이다

李功懋靑莊弟也元有鎭玄川子也

명물의 이치에 환히 밝은 이공무	解聽名理李功懋
인간의 밝은 길을 사랑하는 원약허.	愛好人倫元若虛
이 모두 두 집안의 훌륭한 자제로서	儘是兩家佳子弟
다시금 겸하여 부형의 책 읽는도다.	更兼知讀父兄書

---

488. 선성 제(齊)나라의 시인 사조(謝朓)가 태수로 부임한 곳인데, 사조는 이곳에 멋진 산장을 지어 놓고 빼어난 산수를 즐겼다고 한다. 이광섭 또한 사조와 같은 풍치를 지녔던 모양이다. 한편, 평안도 선천(宣川)을 선성(宣城)이라고도 불렀는데 당시 이광섭이 선천도호부에 선전관으로 나가 있었던 듯하다.

489. 유사모 자는 자용(子容)이고, 아버지는 유형(柳瀅)이다. 제주목사, 안동부사, 강계부사 등을 역임했다.

490. 반듯함 원문은 어아(魚雅). 어어아아(魚魚雅雅)의 준말로, 위의가 정숙하다는 뜻이다. 한유의 「원화성덕시」(元和聖德詩)에 "열두 마리 용을 타니, 위의가 정숙하다"(駕龍十二, 魚魚雅雅.)란 구절이 보인다.

491. 싸리 꺾어 원문은 반형(班荊). 반형도고(班荊道故)는 싸리를 꺾어 펴고 앉아 옛이야기를 나눈다는 뜻으로, 길에서 친구를 만나 옛정을 나눔을 비유하는 말이다.

492. 창사 고려 때 향리(鄕史)의 한 구실로, 9등 향직(九等鄕職)의 여덟째 등급이다. 창고를 지키는 직분이다. 본문은 우연히 반갑게 해후하여 현재 맡은 미관말직의 직분에 대해 대화를 나누었다는 의미인 듯하나 분명치 않다.

493. 신무문 경복궁의 북문. 경복궁 궁장의 중앙에 자리하지 않고 약간 서쪽으로 치우쳐 있고, 신무문 안쪽에는 태원전·회안전·문경전 등의 부속 건물들이 있었다.

494. 이공무 1787년에 성해응과 함께 검서로 들어갔다.

495. 원유진 약허는 자이고, 현천 원중거의 장남이다.

46 간수 이정구 李簡秀〔鼎九〕

조그만 유리 거울에 새옷을 비쳐 보니　　　　　玻瓈小鏡照新衣

분 바른 하랑(何郞)[496]이 절세에 빼어나다.　　　傳粉何郞絶世稀

『주객도』(主客圖)[497] 가운데서 함께 식사하는데　主客圖中堪配食

나무 그늘 꾀꼬리가 사방으로 나는구나.　　　　綠陰黃鳥四隣飛

47 대아 이유수 李大雅〔儒秀〕

그림을 보고 나서 수레 의복 따라 하고　　　　　車服偏從讀畵餘

풍요(風謠)에 대해서는 패관서(稗官書)를 보았다네.　風謠却見稗官書

그대 홀로 중원벽(中原癖)이 있음을 아끼나니　　憐君獨有中原癖

『좌전』의 당양(當陽)[498]과는 마땅히 같지 않네.　左傳當陽定不如

48 우촌 이조원 李雨邨〔調元〕

작은 초상 동쪽에 와 열수당(洌水堂)에 이르니　小照東來洌水堂

솔바람 솔솔 책상 위로 불어온다.　　　　　　　松風諰諰讀書床

하늘가의 사백(詞伯)이라 아는 이 하나 없어　　天涯詞伯無人識

---

496. 하랑　삼국시대 위(魏)나라 사람이다. 미남인데다가 늘 얼굴에 흰 분을 바르고 다녀, 한때 유행이 되기도 하였다. 『삼국지』(三國志)에 보인다. 여기서는 이정구가 대단한 멋쟁이라는 의미로 썼다.

497. 『주객도』　당(唐)나라 사람 장위(張爲)가 『주객도』(主客圖)를 찬(撰)하면서 시가(詩家) 6인을 세워 주(主)를 만들고, 나머지는 입실(入室)·승당(升堂)·급문(及門)으로 나누어 객(客)을 삼았다. 백거이(白居易)는 광대교화주, 맹운경(孟雲卿)은 고고오일주(高古奧逸主), 이익(李益)은 청기아정주(淸奇雅正主), 맹교(孟郊)는 청기벽고주(淸奇僻古主), 포용(鮑溶)은 박용굉발주(博容宏拔主), 무원형(武元衡)은 괴기미려주(瓌奇美麗主)라 하였다.

498. 『좌전』의 당양　천자가 남쪽을 바라보고 앉아 천하를 다스리므로 당양(當陽)이라 한다. 『좌전』(左傳) 「문공」(文公) 3년에 "천자는 양(陽)에 당하며 제후(諸侯)는 명을 듣는다" 하였고, 그 주에 "양은 해〔日〕를 이름이니 천자는 해에 해당하고, 제후는 이슬에 해당한다는 것을 말함이다"라고 하였다. 여기서는 이유수의 중원벽이 맹목적인 사대의식에서 나온 것이 아니라는 뜻이다.

홀로 향을 사르니 그림 맛이 유장해라.　　　　獨熱名香畫味長

49　소음 육비 陸篠飮〔飛〕

집 동쪽에 대나무는 근래에 어떠한가　　　　齋東竹篠近何如
육기(陸機) 육운(陸雲)[499] 낙양으로 처음 들 때　　遠憶機雲入洛初
　생각하네.
술 사발과 찻그릇 그 소식이 좋으니[500]　　　　酒椀茶槍消息好
바람결에 사인(舍人) 편지 큰절을 올리노라.　　臨風頂禮舍人書

50　추루 반정균 潘秋庫〔庭筠〕

반랑(潘郎)의 문채는 동오(東吳)[501]서도 특출나　潘郎文采出東吳
접부채에 그린 그림 계림(鷄林)에서 비싸도다.　價重鷄林摺扇圖
생각자니 봄이 오면 자주 숙직 들면서　　　　料道春來頻鑠直
풍월을 마주하여 서호(西湖)[502]를 그리겠지.　　可應風月憶西湖

51　허한당 철보[503] 鐵虛閑堂〔保〕

장백산 천 년토록 쌓인 기운 깊어 있어　　　　長白千年積氣深

---

499. 육기 육운　서진(西晉) 시대의 문장가. 육기와 육운은 형제다. 이들 형제는 오군(吳郡) 사람으로, 낙양으로 와서 태상(太常) 장화(張華)의 추천으로 하루아침에 이름이 천하에 가득했다. 이들 형제가 낙양에 처음 들어와 문명을 떨쳤듯이 육비 또한 연경으로 들어와 문명을 떨쳤음을 빗대어 한 말로 보인다.

500. 술 사발과~좋으니　육비는 송나라 때 장지화를 사모하여 배 한 척을 만들어 처자와 차 끓이는 도구를 다 싣고서 서호를 노닐었다. 이때 이런 내용의 편지가 이르렀던 듯하다.

501. 동오　절강성 일대를 말하는데, 반정균은 절강성 전당 사람이다.

502. 서호　절강성 항주시의 성 밖에 있는 유명한 호수이다.

503. 철보　만주 사람으로, 자는 야정(冶亭)이다. 시에 능하고 특히 글씨를 잘 써서 유용·옹방강과 나란히 이름을 떨쳤다.

야정(冶亭)의 시구에선 큰 소리 울리누나.　　冶亭詩句發鴻音
연경에서 술에 취해 천 장 종이 글씨 쓰니　　燕京酒後書千紙
선비 옷에 협객 마음 감춘 것을 누가 알리.　　那識儒衣裏俠心

52　박명[504] 博[明]

중강(中江) 각사(榷使) 박명은 저서에 재주 있어　　中江榷使著書才
명산 석실(石室)에 보관된 책을 두루 보고　　石室名山泛覽廻
　돌아왔네.
다시금 고려 선비 나걸(羅杰)[505]을 만나서는　　又被高麗羅碩士
아침 내내 공비(碩妃) 유래 묻고 대답했다오.[506]　　終朝問答碩妃來

53　서림 오영방[507] 吳西林[潁芳]

흰머리로 강남 땅 만 리의 물가에서　　頭白江南萬里涯
피리 불며 새 기록이 키만 함[508]을 뽐내누나.　　吹關新錄等身誇
선생이 부처 믿는다 그대여 웃지 마오　　先生侫佛君休笑

---

504. 박명　만주 사람으로, 호는 석재(晰齋)·서재(西齋)다. 원 세조(쿠빌라이 칸)의 후예로 건륭(乾隆) 연간에 진사에 오르고, 한림편수(翰林編修) 등을 거쳐 병부원외랑(兵部員外郞)을 지냈다. 유명한 고증학자인 옹방강과 절친하였다. 조선 사행을 상대로 장사하여 부를 축적한 북경 상인 황씨(黃氏) 집안의 사위가 되어, 조선 사신들과 빈번히 교유하였다. 학문이 넓어 저술이 많은데다가 글씨에도 능했다.

505. 나걸　자는 중흥(仲興)이다. 근년에 간행된 족보인 『안정나씨세보』(安定羅氏世譜, 1988)에 따르면, 나걸의 형 열(烈)의 행적은 비교적 소상한 데 반해 걸에 대해서는 생몰년도 없이 "문장으로 유명하고 유고가 있다"고만 되어 있다.

506. 아침 내내~대답했다오　이덕무의 『청장관전서』에 "우리나라의 씨족에 관한 책들을 널리 상고해 보면 본래 공(碩) 자의 성이 없는데, 나걸이 연경에 들어가서 박명에게 공비에 관한 것을 묻자 박명이 '공비는 원나라의 원비(元妃)로 그 사실이 『태상지』(太常志)에 보인다'라고 하였다"는 기록이 보인다.

507. 오영방　서림은 그의 자이고, 항주 사람이다. 포의로 박학다식하다.

508. 새 기록이 키만 함　새로 지은 저서가 자기 키만큼 많다는 뜻.

주례(周禮)에도 오히려 효자 집안 있었다네. 周禮猶存孝子家

54 운초 심초[509] 沈雲椒〔初〕

이부(吏部) 향한 그리움이 여행 중에 새로운데 吏部相思客裏新
오산(吳山)[510]으로 배 떠나니 풍진 가로막혔네. 吳山一棹隔風塵
뉘 알리 역사(驛舍) 벽에 글 써 붙인 나그네가 那知驛壁懸書客
산동 땅 전각하던 바로 그 사람임을. 便是山東篆石人

55 서상 원매[511] 袁庶常〔枚〕

하늘가의 소식이 수레 타고 돌아오니 消息天涯返輶軒
앵화 두곡(鶯花杜曲)[512] 가락에 넋이 온통 녹는구나. 鶯花杜曲一消魂
그 누가 사훈(司勳)[513]의 묘 능히 알아 오르겠나 何人解上司勳墓
다만 오직 강동 땅 원매의 영사시(詠史詩)[514]라. 只有江東詠史袁

---

509. 심초 절강성 평호 사람이다.
510. 오산 절강성 항주 서호 동남쪽에 있는 산이다.
511. 원매 1716~1797. 자는 자재(子才), 호는 간재(簡齋)·수원(隨園)이다. 절강성(浙江省) 전당현(錢塘縣) 출신이다. 1755년에 관직에서 물러난 후, 강녕(江寧)의 소창산(小倉山)에 저택을 구입하여 이를 수원이라 이름하였으므로 이후 수원 선생이라 불렸다. 그는 성령설(性靈說)을 주장하여 복고주의적 사조에 반대했고, 시는 성정(性情)이 유로(流露)하는 대로 자유롭게 노래해야 하며, 고인(古人)이나 기교에 얽매여서는 안 된다고 주장했다.
512. 앵화 두곡 원매의 「두목묘」(杜牧墓)를 일컫는다. 이 시 속에 앵화(鶯花)와 두곡(杜曲) 관련 구절이 보인다. 인용하면 다음과 같다. "소랑 두목이 백마 타고 종군했는데, 저문 날 번천에서 자운을 조상했네. 봄철 여행길서 두곡에 이르렀는데, 당조에서 사훈에 임명된 것 한스럽네. 택로의 일 장담하여 삼만 군대 파견케 했고, 양주의 일 논정하고 나니 밤이 이경(二更)이었네. 부용화 꺾어 놓고 술 한 잔 올리니, 누가 그대의 풍골과 흡사하리."(蕭郎白馬遠從軍, 落日樊川弔紫雲. 客裏鶯花逢杜曲, 唐朝春恨屬司勳. 高談澤潞兵三萬, 論定揚州月二分, 手折芙蓉來醉酒, 有人風骨類夫君.)
513. 사훈 관리의 훈적과 고신을 맡는 관명인데, 두목이 일찍이 이 벼슬을 하였다.
514. 원매의 영사시 원매는 회고시(懷古詩)에 능했다고 한다. 여기서는 원매의 「두목묘」(杜牧墓)란 시를 두고 한 말.

56 학대 농장개[515] 瀧鶴臺〔長愷〕

2월이라 부상(榑桑)[516] 땅에 조선 배가 정박하니	榑桑二月泊韓船
열 길 높이 고운 매화 해맑게 보이누나.	淸見梅花十丈姸
이등(伊藤)[517]의 『동자문』(童子問)을 강독하여 마쳤으니	講罷伊藤童子問
어이 진작 이학(理學)을 조선에 양보하리.	何曾理學讓朝鮮

57 축상[518] 쓴〔常〕

춘추의 사령(辭令)이 지금껏 남았으니	春秋辭令至今存
봉건 천 년에 속성은 원씨(源氏)[519]일세.	封建千年姓是源
한 부 초중(蕉中)의 영목(鈴木)의 일[520]일랑은	一部蕉中鈴木事
『사기』『한서』 곧장 좇아 중원을 능가했지.	直追班史駕中原

58 광원대사 주규 光源大師〔周奎〕

중국 음 소리 높여 『시경』 한번 읽으니	朗讀華音一遍詩
우신(羽申)의 서화가 찌든 태를 벗어났네.	羽申書畫出塵姿
왜 땅의 스님네들 참으로 부럽구나	倭中釋子眞堪羨

---

515. **농장개** 일본 장문주(長門州) 사람으로, 오규 소라이(荻生徂徠, 1666~1728)의 제자이다.
516. **부상** 해 뜨는 곳으로, 일본을 가리킨다.
517. **이등** 일본 학자 이토 코레사다(伊藤維禎, 1617~1705)로, 호는 인재(仁齋)이다. 양명학을 숭상하였고 『동자문』(童子問) 3권을 지었다. 『어맹고의』(語孟古義), 『어맹자의』(語孟字義) 두 책이 세상에 유행했다.
518. **축상** 중이었으나 전고를 깊이 알았고, 성품이 또 침착해서 옛사람의 풍치가 있었다. 목홍공의 〈겸가당아집도〉(蒹葭堂雅集圖)에 서문을 썼다.
519. **원씨** 일본의 명문 성씨이다.
520. **초중의 영목의 일** 초중은 일본 승려 축상의 호. 문장이 뛰어나 옥사(獄事)를 다룬 「영목전」(鈴木傳)을 지었는데 필치가 몹시 빼어나 조선 문인들에게도 높은 평가를 받았다. 성해응(成海應)의 『연경재전집』에 나온다.

천태산(天台山) 안탕산(雁蕩山)의 기이함 얘기하니.　說到天台雁蕩奇

59　목홍공[521] 木〔弘恭〕

학반사(學半社) 가운데서 강석을 열었거니　學半社中開講席

겸가당(蒹葭堂) 안에는 문유(文儒)도 성대하다.　蒹葭堂裏盛文儒

그 풍류 어이해 성 서기(成書記)[522]에 한하리오　風流何限成書記

만 리라 아집도(雅集圖)를 지니고서 오셨구려.　萬里携來雅集圖

60　강전의생의 동생 유주[523] 岡田宜生弟〔惟周〕

난정(蘭亭)[524]의 일파가 설루(雪樓)[525]를 보았으나　蘭亭一派雪樓看

그 집에 이르러선 기염이 시들했네.　且到渠家氣燄殘

두 형제의 시명이 바다 밖을 놀래키니　伯仲詩名驚海外

강전은 원매와 짝이 될 만하도다.　岡田可以配公安

---

521. 목홍공　자는 세숙(世肅)이고, 일본 대판(大坂)의 상인이다. 낭화강 가에 거주하며 술을 팔아서 살림을 모았다. 날마다 귀한 손님을 초대해서 시를 짓고, 서적 3만 권을 사들였는데, 1년 비용이 수천여 금이었다. 축현(筑縣)에서 강호(江戶)까지 수천 리에 이르는 곳에서 선비로서 어질거나 어질지 않거나 간에 모두 목홍공을 칭송했다. 강가에 겸가당(蒹葭堂)을 짓고 축상 등 여러 사람과 더불어 당 위에서 조촐한 모임을 가지기도 했다. 영조 4년(1764)에 성대중이 일본에 갔다가 목홍공에게 청해서 〈겸가당아집도〉를 만들었다. 목홍공이 손수 그렸고 여러 사람이 시축에다 시를 썼는데, 축상은 서문을 지어 주었다.

522. 성 서기　성대중을 가리킨다.

523. 유주　자는 중임(仲任)이고, 호는 대학(大壑)이다.

524. 난정　일본의 에도 시대에 활동했던 시인 다카노 이케이(高野惟馨, 1704~1757)을 가리킨다. 자는 자식(子式), 호는 동리(東里) 혹은 난정(蘭亭)이다. 오규 소라이의 문인이다. 처음에는 당나라 시인들의 체에 빠졌으나, 뒤에는 명나라 이반룡의 시에 전력하여 그 체를 얻었다. 지은 시가 1만여 편이었는데 모두 불에 태우고 남은 것이 없으므로 몇몇 제자들이 기록해 두었던 것을 모았으나 1천 수가 채 되지 못했다. 그의 문집이 일본의 『난정집』이다.

525. 설루　이반룡의 호가 백설루였으므로 이를 줄여 설루라 했다. 『청장관전서』 권32에 "평양을 유람할 적에 함구문 밑에 있는 오생의 집에서 『난정집』을 보았는데, 이는 곧 일본 시인의 시로서 사조(詞藻)가 기위(奇偉)하고 웅건하여 설루(雪樓)의 경지에 이르렀다"라는 구절이 있다.

홍제원[526]에서 말 타고 전송하는 사람 서른 명에게 시를 주어 헤어지다[527] 弘濟院送者三十騎贈詩爲別

모랫길 끝이 없고 물은 굽이 도는데	沙路綿綿水縈抱
언덕엔 누런 지초(芷草) 봄은 아직 이르다.	微黃岸芷春猶早
구슬퍼라, 돌아보면 사람은 뵈지 않고	回頭悵然不見人
숭례문 서쪽으로 좁은 길만 나 있네.	崇禮門西有鳥道

말에 오르면서 운자를 정해 말에서 내릴 때 시를 짓되 어기는 사람은 벌을 받기로 서장관[528]과 약속하고, 상사와 이덕무에게도 알려 파주에서 시작하였다[529]

書狀官約上馬分韻 下馬題詩 違者有罰 幷報上使及懋官 自坡州始

만 리 길 떠나가는 삼한(三韓)의 사신	萬里三韓使

526. 홍제원 조선 시대 서울~의주 대로에 설치했던 국영 숙소로, 지금의 서대문구 홍제동에 있었다. 여기서 연행사를 위한 전송연이 벌어졌으며, 명청의 사신들도 서울에 들어오기 전에 여기서 묵었다.

527. 홍제원에서~헤어지다 1778년 3월, 전해 동지사 편에 보낸 주문(奏文)에 불손한 구절이 있다는 질책을 받고 이를 해명하기 위해 사절이 떠났다. 이때 이덕무는 정사 채제공의 종사관으로, 박제가는 서장관 심염조(沈念祖, 1734~1783)의 종사관으로 수행했다. 북경에서 이덕무와 박제가는 그림자처럼 동행하며 많은 경험을 한다. 이 연행 체험을 바탕으로 채제공은 『함인록』(含忍錄) 두 권을, 이덕무는 「입연기」(入燕記)와 시 28수를 남긴다. 심염조도 많은 시문을 지은 것으로 나타나는데, 현재 규장각에 있는 『초재집』(樵齋集)에는 시 한 수밖에 남아 있지 않다. 박제가는 연행을 다녀와 『북학의』를 지었다. 이 시 이하 27제 30수의 시는 모두 당시 연행 도중 지은 것이다.

교외라 네 마리 말 나란하구나. 　　　郊坰四牡齊

관도(官道)[530]의 북쪽으로 길은 이었고 　艸連官道北

작은 성 서편에 강은 숨었네. 　　　江隱小城西

여행길 배부름이 좋긴 하지만 　　　旅食憐皤腹

집 소식 이로부터 아예 끊기리. 　　　家書斷赫蹏

개성에 이르다 抵崧京

하늘가에 구름 당겨 황새가 환한데 　天際拏雲鸛鶴明

온 땅 가득 봄 그늘 강물은 소리 없네. 　春陰滿地水無聲

서생이 바람 맞아 홀연 웃음 지으니 　書生忽作臨風笑

한 필 말 만 리의 정 아득히 끝없어라. 　一騎迢迢萬里情

---

528. 서장관　심염조(沈念祖, 1734~1783)를 가리킨다. 자는 백수(伯修), 호는 함재(涵齋) 또는 초재(樵齋). 본관은 청송이다. 심상규(沈象奎)의 부친. 문과에 급제하여 대사성, 황해도 관찰사 등을 지냈다. 규장각에 문집 『초재집』(樵齋集)이 남아 있다.

529. 말에~시작하였다　원래 율시였는데 마지막 두 구절이 떨어져 나간 것으로 보인다. 여강본에는 '일구락'(一句落)이란 주가 달려 있다.

530. 관도　조선 시대 서울에서 지방으로 통하는 10개의 큰길을 가리킨다. 이 중 서울에서 벽제·파주·송도·평양을 거쳐 의주로 이어지는 길은 의주대로, 관서대로, 연행로 등으로 불렸다.

청석동[531] 青石洞

떳집 주막 그 누가 술을 파는가   茅店誰沽酒
주막 연 이 늙은이 혼자뿐일세.   開沼獨老翁
어지런 산 대낮에도 어둑하거니   亂山欺白日
병든 말 봄바람을 무서워한다.   病馬怯春風
묵은 밭 연기 너머 얘기 들리고   人語菑烟外
좁다란 돌길 옆엔 시냇물 소리.   溪聲石棧中
남은 추위 참으로 인색하여서   餘寒眞可惜
붉은 꽃 한 송이도 피지 않았네.   不放一花紅

한 줄기 깊은 물이 나무 사이 흘러가고   一水泓渟樹裏經
숭경(崧京)의 서북쪽엔 돌산만 푸르구나.   崧京西北石山青
북쪽 언덕 고요한 낮 방울 소리 들려오니   陰厓晝閴聞征鐸
봄 깊은 관도(官道)에는 사신들이 머무누나.   官道春深駐使星
몇 리만의 외론 연기 새로 지은 주막이요   數里孤烟新店舍
옛 백사장 기우는 해 반 자 남짓 남았구나.   半竿斜日舊沙汀
문 나서면 이로부터 하늘 끝 가까우리   出門自此天涯近
보슬비 실바람은 가도가도 그치잖네.   絲雨絲風去不停

---

531. 청석동   개성에서 평양으로 가는 큰길에 있다. 좌우의 산줄기가 험준한 협곡을 이룬 곳으로서 북쪽을 방어하는 매우 중요한 요새였으니, 개성 북동쪽의 대흥산성이 이것과 짝을 이루는 방어 기지였다.

총수산[532] 蔥秀

옛 절벽 글씨 흔적 상기도 또렷한데   古壁題痕尙宛然
마른 숲 등성이엔 석양이 걸렸구나.   枯林拳曲夕陽懸
그때 만약 주지번(朱之蕃)[533]이 들르지 않았다면   當年不有朱天使
동방엔 옥유천(玉乳泉)이 생기지 않았으리.   遮莫東方漏乳泉

서흥 瑞興

안장 얹은 말들이 평원으로 들어가니   迢迢鞍馬入平蕪
바람 먼지 얼굴 스쳐 계주(薊州)[534] 길과 비슷하다. 拂面風沙似薊途
듣자니 요양 땅은 날씨 아직 일러서   聞道遼陽天尙早
봄빛은 거란 땅[535]에 이르지도 않았다네.   春光不到契丹圖

532. 총수산 현재 황해남도 평천군(조선 시대에는 황해도 평산읍)에 있는 산으로, 원래 이름은 총수(聽秀)였으나 고려에 온 송의 사신 동월(董越)이 산이 파처럼 파랗다고 하여 '聽'을 '蔥'으로 바꾸었다고 한다. 압록강 건너 책문에 이르기 전에도 같은 이름의 산이 있는데, 두 산의 모습이 너무 흡사해 조선 사신들이 붙인 이름이라고 한다.
533. 주지번 선조 39년(1606)에 명나라 황제의 명을 받아 황태자의 탄생을 알리는 조서를 가지고 조선에 왔던 사신. 문명이 높아 많은 일화를 남겼다. 총수산에 '옥류천'(玉溜泉), '청천선답'(聽泉仙榻), '옥유영천'(玉乳靈泉)이란 글씨를 새겼다고 한다.
534. 계주 북경 근처에 있는 도시이다. 요령성과 하북성 일대에 걸친 연행로를 가리킬 때 요계(遼薊: 요양과 계주)나 유연(幽燕: 유주와 연경) 또는 유계(幽薊: 유주와 계주)라는 말을 많이 썼다. 계도(薊途)는 연행로를 뜻한다.
535. 거란 땅 원문은 거란도(契丹圖). 거란의 판도, 즉 옛날 거란족이 할거했던 요동 일대를 지칭한다.

평양 平壤

옥피리 소리 속에 술 나라는 봄빛인데	玉笛聲中酒國春
붉은 난간 둘레로 고운 아씨[536] 어여뻐라.	紅闌一帶遠山顰
그림 배[537]엔 비가 오고 가벼운 돛엔 나무 비쳐	輕帆樹映畫船雨
꽃길로 사람 가니 말에선 먼지 인다.	芳徑人歸細馬塵
만 리에 솟구침은 기미(箕尾)의 분야[538]인데	萬里飛騰箕尾野
십 년의 잠시 이별 패강(浿江)의 물가일세.	十年小別浿江濱
지는 해에 가로막혀 걸음을 멈추려니	不堪行李衝斜日
길 가득 돌개바람 두건 꺾어 부누나.[539]	滿路番風吹墊巾

536. **고운 아씨**　원문은 원산(遠山). 원산미(遠山眉)의 줄임말로 '미인의 눈썹'을 뜻한다. 옛날 사마상여의 아내 탁문군(卓文君)의 눈썹은 먹칠하지 않아도 먼 산을 보는 듯했다고 한다. 여기서는 중의적으로 쓰여, 평양의 먼 산 풍경과 기녀들의 자태 어느 것으로 풀어도 무방하다.

537. **그림 배**　원문은 화선(畫船). 문집에는 서선(書船)으로 되어 있는데, 화선(畫船: 그림으로 화려하게 장식한 배)의 오기로 보아 바로잡았다.

538. **기미의 분야**　원문은 기미야(箕尾野). 기미는 24수의 별자리 중 하나의 이름으로, 동북방을 가리킨다. 야(野)는 분야(分野)의 뜻. 하늘의 항성인 24수의 별자리 위치를 24개 분야로 나누면 조선은 동북방 기미의 분야에 해당한다.

539. **길 가득~부누나**　원문의 점(墊)은 '꺾다'의 뜻이다. 후한의 곽태(郭泰)가 여러 고을을 주유하다가 진(陳) 땅과 양(梁) 땅 사이에서 비를 만났는데 그만 건의 일각이 꺾어지고 말았다. 당시 사람들이 건의 일각을 꺾어 임종건(林宗巾: 임종은 곽태의 자)으로 만들었다고 한다. 『후한서』(後漢書) 「곽태전」(郭泰傳)에 보인다.

밤중에 아영에 이르다 夜赴亞營

강물 위 푸른 산은 온종일 서 있는데	江上靑峰十二時
그림 다락 높은 곳서 일어남이 더디었네.	畫樓高處起來遲
지붕 위엔 은하수 하늘 바람 쌀쌀하고	星河拂瓦天風冷
허공에 뜬 섬들은 나무의 그림잔가.	島嶼浮空樹影疑
새 봄날 한 필 말로 먼 이별하려 하여	匹馬新春將遠別
깊은 밤 등불 하나 좋은 기약 찾아가네.	一燈深夜赴佳期
술잔엔 포돗빛이 찰랑찰랑 넘실거려	芳尊瀲灩葡萄色
내 지을 4운시를 저버리고 말았네.	秖負儂家四韻詩

기녀에게 贈妓

그 옛날 잔치 자리 함께 서로 만났을 젠	伊昔相逢進宴辰
얇은 적삼 호리호리 여린 몸을 감았지.	蟬衫楚楚壓纖身
이제 와 비쩍 마름 그대여 웃지 마오	如今消瘦君休笑
〈추청도〉(秋聽圖) 그림 속에 모시던 사람일세.	秋聽圖中舊侍人

왕계각이 왕서초를 위해 〈추청도〉를 그렸다.[540] 汪季角作秋聽圖爲王西樵.

---

540. 왕계각이~그렸다 원문에는 왕계각이 왕계용(汪季用)으로 되어 있는데, 왕계용은 왕계각(汪季角)의 오기인 듯하다. 계각(季角)은 왕무린(汪懋麟)의 자다. 왕무린은 청나라 강도인(江都人)으로, 강희 연간에 진사가 되었다. 시에 뛰어났으며, 왕사진(王士禛)의 문하에서 수학하였다. 서초(西樵)는 왕사록(王士祿)의 호다. 산동성 사람으로, 순치 연간에 진사가 되었다. 시에 뛰어났으며, 아우 사호(士祜)·사진(士禛)과 함께 삼왕(三王)으로 일컬어졌다. 〈추청도〉(秋聽圖)에 얽힌 고사는 관련 기록을 찾지 못했다.

보통문을 나서며 지은 도사의 시에 차운하다 次都事出普通門

봄 물결 넘실넘실 가없는데	散漫春流闊
옛 우물 나부끼는 빈 터의 연기.	墟烟古井飄
성 뒤편 버들은 몇 그루던가	背城凡幾柳
지는 해 다리 위에 반쯤 걸렸네.	落日半危橋
기자의 능묘는 여태 있건만	箕子陵猶在
동명왕의 자취는 찾을 길 없다.[541]	東明迹已消
벗님의 소식은 오지를 않고	故人書不至
대동강 물결 소리 애를 끊누나.	斷腸浿江潮

백상루[542]에 올라 登百祥樓

지는 해도 이르지 못하는 그곳	斜陽不到處
한눈에도 변방 구름 알아보겠네.	一望朔雲知
다락 그림자 정묘년을 구슬퍼하고[543]	樓影悲丁卯
강물 소리 을지문덕 생각 키우네.[544]	江聲想乙支

541. **기자의~없다**　평양성 북쪽 토산(兎山)에는 기자의 무덤과 사당이 있어 조선 시대 관서 여행객이나 연행사들은 으레 여기에 참배했다. 이것이 정확하게 언제 조성되었는지는 알 수 없지만, 고려 시대에 만들어지고 조선 시대에는 유교주의의 팽배에 따라 유자들에게 높이 받들어졌던 것으로 보인다. 반면 그보다 훨씬 후대의 인물인 추모왕(동명왕)은 조천석 등의 설화로만 남고 유적이 남아 있지 않음을 말한 것이다.

542. **백상루**　조선 시대 안주읍성 서북쪽 청천강 가에 있던 누각 이름이다. 주변 풍광이 아름다워 시인 묵객들이 많이 찾았으며, 특히 조선과 명청의 사신들이 자주 들렀다.

풀빛은 새 방죽에 새초롬한데   艸回新堰色
옛 성의 나뭇가지 늙어 있구나.   樹老古城枝
서주 길 멀다고 말하였더니   已道西州遠
서주라 다시금 길이 갈린다.   西州更路岐

가산[545]에서 嘉山

소낙비 잦아들자 고개 중턱 안개 잠겨   白雨消沈半嶺烟
살구꽃 한 그루만 뜨락 가에 곱구나.   杏花一樹近庭妍
열흘이나 집의 그림 감상도 하지 않고   經旬不讀家藏畫
미불(米芾)[546]이나 된 것처럼 가산만 바라본다. 只有嘉山似米顚

---

543. 다락~구슬퍼하고 1627년(정묘년)에 후금의 군사가 이곳까지 왔다가 강화도로 들어간 조선 조정과 형제지의를 맺고 화친하였다. 이때 수많은 백성이 포로로 잡혀갔다.

544. 강물 소리~키우네 백상루 아래 흐르는 청천강의 옛 이름은 살수(薩水)이니, 여기서 을지문덕이 수나라의 대군을 물리쳤다는 설화가 전해지기에, 그 사실을 말했다.

545. 가산 『청장관전서』의 「입연기」에 따르면, 초정 일행이 가산에 들어선 것은 1778년 4월 4일의 일이다. 가산군(嘉山郡)은 평안도 안주목 소속.

546. 미불 송나라의 화가다 . 원문의 미전(米顚)은 미불의 별칭이다. 자는 원장(元章), 호는 남궁(南宮) 또는 해악(海岳)이다. 그는 돌에 벽이 있어 좋은 돌만 만나면 절을 올리곤 했으므로 사람들이 이를 놀려 '미전'이라 불렀다. 여기서는 가산의 풍경이 그림처럼 아름다워 넋 놓고 바라본다는 뜻이다.

용천의 양책관에서 짓다[547] 절구 5수 龍川良策館 絶句五首

1

조각돌 물속에 잠기어 있고[548]　　　　片石水中央

몇 봉우리 작은 섬을 이루었다네.　　　數峯成小嶼

나무들 그림자가 어리비쳐서　　　　翻疑樹影多

물고기 노는 곳 보이지 않네.　　　　不見魚遊處

2

새 버들 푸른빛이 드리웠는데　　　　新柳碧垂徑

먼 꽃의 붉은색 가지에 있네.　　　　遠花紅穆枝

물 위로 새들은 짝지어 날아　　　　雙飛水上鳥

뒤집힌 그림자가 어지럽구나.　　　　倒影忽參差

3

옛 객관 이제 비록 황량하여도　　　　古館雖荒絶

쌍지(雙池)는 안개에 덮여 있구나.　　雙池亦靃靃

붉은 난간 기생 하나 혼자 남아서　　獨有紅欄妓

이따금 와 비쳐 보며 화장을 한다.[549]　時來照眉黛

---

547. 용천의 양책관에서 짓다　초정 일행이 용천 양책관에 도착한 것은 1778년 4월 6일이다.

548. 물속에 잠기어 있고　원문은 수중앙(水中央). 『시경』 「겸가」(蒹葭)의 "물결 건너 그대를 좇고자 하나, 그대는 강물 저편에 있네"(遡游從之, 宛在水中央.)에서 가져온 표현이다. 『시경』에서 '수중앙'(水中央)은 물 건너편이란 뜻으로 풀이되는데, 여기서는 글자 그대로 물 가운데라 해석했다.

549. 화장을 한다　원문은 미대(眉黛). 눈썹을 그리는 먹으로, 눈썹이나 여인을 가리킨다.

4

어찌하면 이 언덕 하나를 얻어　　　　　焉得此一丘
집 동산 바로 곁에 두어 볼거나.　　　　置之家園側
어여뻐라, 하늘가 한 모퉁이에　　　　　却憐天一涯
봄꽃이 저 혼자 피고 진다네.　　　　　春花自開落

5

바지 걷고 높은 언덕 타고 올라가　　　　褰裳陟高阜
돌아보며 중원 땅 마음에 품네.　　　　眷言懷九州
이미 벌써 천 리 길 헤어졌으니　　　　此別成千里
어찌 잠시 머물지 않을 것인가.　　　　那能不暫留

의주에서 화중에게 주다[550] 義州贈和仲

용만의 객사에선 새 차를 겨루는데[551]　　龍灣館裏鬪新茶
부슬부슬 섬돌 비에 살구꽃이 쌓이네.　　階雨瀟瀟積杏花
뜻밖에 만났어도 오래된 친구인 듯　　　忽漫相逢如舊識
눈 밝은 오늘 저녁 집에 온 것 같아라.　　眼明今夕似歸家

---

550. **의주의 화중에게 주다**　초정 일행은 1778년 4월 8일에 의주에서 유숙했다.
551. **새 차를 겨루는데**　중국 송나라 때 이르면 차를 마시는 방법이 당대의 전다(煎茶)에서 점다(点茶)로 바뀌었는데, 차 겨루기는 송나라 때 유행한 풍속으로, 승부의 기준은 빛깔과 향기 그리고 맛이었다고 한다.

서장관께 드림 呈書狀

고구려 땅 다하자 변방 하늘 열리고	句驪地盡朔天開
만 리라 긴 여정이 두 달로 접어든다.	萬里長程月再回
저물녘 관루에서 피리 소리 그치자	向晚官樓吹角罷
구련성 산 빛이 압록강을 건너오네.	九連山色渡江來

노숙하며[552] 野宿

금석산 앞에서 묵어 자는데[553]	金石山前宿
집 없어 한밤중 집 생각한다.	無家夜憶家
등롱[554]은 나무에 걸리어 있고	篝燈依草樹
물가 달 배꽃처럼 환히 비추네.	磧月照梨花
수많은 말들은 잠잠도 한데	寂寂千蹄馬
몇 마리 까마귀 푸드덕 난다.	翻翻數點鴉
풍경을 아끼느라 한참 섰자니	爲憐風景久
흰 이슬 온 하늘에 빗기었구나.	白露滿天斜

---

552. 노숙하며　청나라 시대 압록강과 책문(柵門) 사이는 모두 공활지여서, 마을은 물론 아무런 시설도 없었다. 조선 사신들은 압록강을 건너 책문에 이르기까지 평균 두 차례 노숙했다.

553. 금석산~자는데　박제가와 이덕무는 1778년 4월 13일경 금석산을 지났다.

554. 등롱　원문은 구등(篝燈). 바람을 막기 위해 불어리를 씌운 등이다.

총수에서 蔥秀

몇 봉우리 지나와 언덕 마주해	數峰仍對岸
말 내려 넓은 내를 바라보노라.	下馬眺平川
거울 속 꽃잎은 인끈 흔들고	鏡裏花搖綬
안개 속 버들은 솜을 떨구네.	煙中柳墮綿
거친 변방 텅 빈 좋은 곳에서	邊荒空勝地
사신들 봄날을 짝하였구나.	使价偶春天
개 닭들 울음소리 들린 듯한데	彷佛聞鷄犬
앞 뫼는 깊고도 아득하여라.	前岡深渺然

마천령.[555] 속명은 회령이다 摩天嶺 俗名會寧

흰 구름 높은 나무 끝에 걸렸고	白雲礙高樹
청산은 부슬비에 젖어 가누나.	青山濕微雨
수레 소리 대낮에도 덜그럭대고	車聲晝轣轆
줄지어 선 말은 앞길 메웠네.	列騎盤前路
골짝 들자 띳집은 고요도 한데	茅茨入谷靜
언덕 아래 옛 사당 작기도 하다.	古廟臨厓小
구름같이 어여쁜 소녀 하나가	如雲彼姝女

555. **마천령** 연행로 중 연산관(連山關)과 첨수참(甜水站) 사이에 있는 산으로, 청석령과 더불어 초기 노정 중 가장 험한 노정으로 일컬어졌다.

내 의관 보고선 가만히 웃네.　　　見我衣冠笑

오늘은 4월도 열여드렛날　　　四月十八日

관운장께 비는 기도 마쳤다 하네.　　　云祈關侯罷

조심조심 가죽신 걸어가다가　　　仄仄弓鞋步

날렵하게 송아지에 올라타누나.　　　輕輕金犢駕

물 흐르듯 평원으로 떠나가노니　　　平原去如水

푸른 풀 바람결에 나부끼는 듯.　　　綠草風流利

스님은 향불 연기 빗질을 하고　　　居僧掃香煙

과객은 예쁜 장식 주워 든다네.　　　過客拾珠翠

배꽃은 다시금 얼마쯤 될까　　　梨華復幾許

붉은 난간 아래를 바라보누나.　　　騁目紅欄底

하늘가서 골짜기를 굽어보는데　　　天邊俯萬壑

갓 갠 큰 눈에 깜짝 놀라네.　　　大雪驚初霽

요양주[556]에서 짓다 遼陽州作

아득한 동쪽 땅에 태어난 몸이　　　藐玆生東國

땅 막혀 휘파람도 못 불었다네.　　　地蹙不敢嘯

서쪽 길 울지탑(尉遲塔)[557] 마주하여서　　　西臨尉遲塔

요동 하늘 나는 새를 바라보노라.　　　決眦遼天鳥

---

556. **요양주**　현재 중국의 요령성(遼寧省) 요양시(遼陽市). 요양의 역사적 배경과 지리 특성에 대해서는 이승수 외, 『조선의 지식인들과 함께 문명의 연행길을 가다』(푸른역사, 2005) 참조.

두둥실 바다 위 배 속에 들어	翻疑入海舟
쌓인 물 사방 온통 둘러 있는 듯.	積水環四眺
시절은 들판에서 변해 가건만	時物野中變
나그네 길 여태도 끝이 없구나.	行役猶未了
뜬구름 만 리 저편 일어나는데	浮雲起萬里
강물은 아스라이 흘러가누나.	河流方森森
땅이 크고 사물 또한 장구하여서	地大物亦久
학이 되어 화표주(華表柱)[558]로 내려왔다네.	化鶴來華表
공자는 크나큰 성인인데도	尼父大聖人
동산 올라 노나라의 작음 알았지.[559]	登山知魯小

김과예[560]의 시에 차운하다 次金科豫

| 수레는 대륙을 뚫고 가는데 | 軒車穿大陸 |

557. 울지탑　원문의 위(尉)는 '울'로 읽는다. 요양시 광우사(廣祐寺) 경내에 있는 속칭 백탑(白塔)을 가리킨다. 높이가 70여 미터에 달하는 이 탑은 요동 벌판에 우뚝 솟아, 연행사들의 탄성을 자아내곤 했다. 이 탑의 조성 경위에 대해서는 이설이 분분한데, 645년 당 태종이 요동을 칠 때 수행했던 장수 울지경덕(蔚遲敬德)이 세웠다고 하는 속설도 전해진다.

558. 화표주　궁성이나 성곽 등의 출입구에 세워 두는 망주석.

559. 동산 올라~알았지　『맹자』「진심」(盡心)에 "공자는 동산에 올라 노나라를 작게 여겼고, 태산에 올라 천하를 작게 보았다"(孔子登東山而小魯, 登太山而小天下.)라는 구절이 있다.

560. 김과예　자는 선립(先立)이고, 호는 입암(笠菴)으로, 금주(錦州) 사람이다. 초정이 중국에 갔을 당시, 김과예는 심양의 남성 안에 있는 공자 서원에서 수학하고 있었다. 『청장관전서』「입연기」에 "김과예는 필세(筆勢)가 나는 것 같고 수응(酬應)하는 것이 물 흐르듯하여 삽시간에 시 2수를 지었으나 매우 거칠고 차분하지 못했다"는 기록이 보인다.

성곽은 온 요동을 내리누르네.   城郭壓全遼

만 리 길 만나 나눈 정다운 대화   萬里逢佳話

하룻밤이 천금과 맞먹는구나.   千金抵一宵

담 자 운을 써서 김과예에게 주다 分談字贈金科豫

바다 안은 모두가 형제인지라   海內皆兄弟

하늘 끝 한자리서 이야기하네.   天涯合席談

높은 뜻[561] 참으로 부끄럽구나   桑蓬眞媿我

강남 땅 가려 해도 갈 수 없으니.   不得到江南

상사의 시를 차운하여 신민둔[562]의 약방 주인에게 주다

贈新民屯藥肆主人次上使

바람 모래 잔잔한데 작은 화로 안으니   安穩風沙擁小墟

---

561. 높은 뜻   원문은 상봉(桑蓬). 천하를 위하여 일해서 공명을 세우고자 하는 뜻. 옛날에 남아가 출생하면 뽕나무 활에 쑥대 화살을 당기어 장래에 천하를 위해 큰 공을 세우기를 빌며 천지 사방에 쏘았다.

562. 신민둔   심양 북쪽에 있는 마을 이름으로, 청나라 초기에 만들어졌다. 이 마을을 기점으로 연행로는 서쪽으로 방향을 틀게 된다.

몸 숨김 비장방(費長房)의 호리병[563]과 같구나.　　藏身眞似費公壺

새 차로도 한질을 고칠 수가 있으니　　新茶也解療寒疾

그대 집 차조기[564]는 삶을 필요 없다네.　　不用君家煮紫蘇

태자하[565] 太子河

태자하 강물은 급히 흐르고　　　　太子河流急

요양 땅에 저문 빛 퍼져 가누나.　　遼陽暝色鋪

까마귀 백탑 위를 빙빙 떠돌고　　烏雅浮白塔

해와 달 푸른 벌판 경계를 짓네.　　日月限靑蕪

가없어라 천 년을 맴도는 생각　　空闊千年想

만 리 길을 마음껏 누비는구나.　　縱橫萬里途

지금껏 장사(壯士)를 구슬퍼하니　　至今悲壯士

비수로 웅장한 뜻 실패했었네.[566]　　匕首失雄圖

---

563. 비장방의 호리병　한나라 때 신선 비장방(費長房)은 약방을 하면서 밤이 되면 호리병 속으로 들어가 자고, 날이 밝으면 다시 나와 약을 팔았다는 고사가 전한다.

564. 차조기　원문은 자소(紫蘇). 꿀풀과에 속하는 일년초. 감기약을 만드는 약재였던 것으로 보인다.

565. 태자하　고구려의 옛 성 백암성(白巖城, 현재 이름은 연주산 산성燕州山山城) 아래를 흘러 요양시 북쪽을 흐르는 강. 조선 사신들에게 이 강이 지니는 역사적 의미는 이승수, 「對淸 使行과 荊軻의 문학적 형상」, 『한국한문학연구』 36(한국한문학회, 2005.12) 참조.

566. 비수로~실패했었네　자객 형가(荊軻)가 연(燕)나라 태자 단(丹)의 부탁을 받고 독을 묻힌 비수로 진 시황을 암살하려다 실패한 사건을 말한다. 『사기』 「자객열전」(刺客列傳)에 그 경위가 자세히 실려 있다.

대황기보[567]에서 큰바람을 만나다 大黃旗堡遇大風

흙비가 캄캄하여 하늘 분간 못하니	土雨冥冥不辨天
돌개바람 말에 불어 말 자꾸 넘어지네.	疾飇吹馬馬頻顚
영웅의 단련함은 본시 이와 같으니	英雄鍛鍊元如許
험난한 변경에서 바람서리 겪었다네.	看取風霜險阻邊

실제 失題

하늘 닿은 풀빛은 석양을 머금었고	連天草色夕陽銜
나그네 길 먼지 갬 새벽 비 덕분일세.	客路塵淸曉雨彡
공기도 해맑아서 육지인데 바다인 듯	游氣空明驚陸海
건들바람 시원하여 수레인 양 돛대인 듯.	輕風料峭見車帆
천 숲의 나무들은 회칠한 집 비추고	千林樹映靑灰屋
사월의 추위는 모시적삼 파고든다.	四月寒生碧苧衫
한가한 날 사신 수레[568] 참으로 한가하여	暇日輶軒眞不負
향로에 향 벗 삼아 책 한 상자 읽었네.	一爐香伴一書凾

---

567. 대황기보 지금 신민시(新民市) 서쪽에 있는 부속 마을 이름이다. 역시 청나라 초기에 만들어진 군사 고을로, 팔기(八旗)의 황기(黃旗)에서 유래한다.

568. 사신 수레 원문은 유헌(輶軒). 가뿐한 수레. 칙사(勅使)가 타는 수레.

북진묘[569] 2수 北鎭廟 二首

1

회랑은 대낮에도 사람 없어 적적하고	脩廊晝寂一人無
쓸쓸한 무지개 문 푸른 풀만 보이네.	窈窱虹門見綠蕪
더하여 서원에는 좋은 정자 있는데	更有西園亭子好
작은 바위 새롭게 어송도를 새겼네.	小巖新刻御松圖

2

요동 하늘 끝닿은 곳 줄이 하나 둘러 있고	目極遼天一線環
사당문 열린 곳에 벽돌 무늬 얼룩졌네.	廟門開處甓紋斑
돌난간 서편으로 저녁볕 넉넉하여	石欄西畔斜陽足
의무려산(醫巫閭山)[570] 만 첩 봉이 한눈에 보이누나.	看盡巫閭萬疊山

569. 북진묘 중국의 전통 사전(祀典) 체계에 있어 5진(鎭) 중 북쪽 진산에 해당되는 의무려산(醫巫閭山)의 신을 모셔 놓은 사당이다. 수(隋)나라 때 처음 세워졌는데, 청조(淸朝)에 들어서는 심양 가는 길목에 있어 더욱 중시하였다. 북진묘 내부에는 명에서 청에 이르는 시기에 세워진 많은 비석이 즐비하게 늘어서 있다.

570. 의무려산 북녕시(北寧市) 북진묘의 서쪽에 있는 산이다. 산해관 바깥에서 동북 지역을 아우르는 진산으로, 언뜻 보면 바위가 많은 모습이 관악산과 매우 닮았다. 북경을 향해 평원을 지루하게 걸으며 지쳐 있던 조선 사신 일행에게는 고국의 모습을 떠오르게 하는 곳이기도 했다. 홍대용의 명저 「의산문답」은 바로 이곳을 무대로 지어졌다. 산속에는 옥천사를 비롯한 수많은 사찰과 도관이 세워져 있고, 바위에는 수많은 문인이 남긴 시구들이 새겨져 있다.

송산보.⁵⁷¹ 여기는 유정⁵⁷²이 싸우던 곳이다. 이곳부터는
경관⁵⁷³이 많다. 松山堡 此蓋劉綖戰地 自此多京觀

푸른 풀에 바람 불어 한낮엔 적막하고	青草回風晝寂寥
밤 깊으면 산 귀신이 명나라 적 얘기하네.	夜深山鬼話前朝
그때에 규방의 꿈 어지러이 말하지만	當年謾說春閨夢
꿈 또한 사위어짐 이제 누가 알리오.	今日誰知夢亦消

동노하⁵⁷⁴에서 포자경⁵⁷⁵에게 주다 東潞河贈鮑紫卿

손님 있어 배를 타고⁵⁷⁶ 저물녘에 이르니	有客乘舟到夕陽

571. **송산보** 금주시(錦州市)에 속한 고을로, 명청 교체기 격전의 현장이었지만 지금은 아무런 흔적이 남아 있지 않다.

572. **유정** 자는 성오(省吾). 강서성(江西省) 출생의 무인. 1592년 임진왜란이 일어나자 이듬해 원병 5천을 이끌고 참전하였다. 1597년 정유재란 때 남원에서 졌다는 소식이 전해지자, 배편으로 강화도를 거쳐 입국하였다. 전세를 확인한 뒤 돌아갔다가, 이듬해 제독한토관병어왜총병관(提督漢土官兵禦倭總兵官)이 되어 대군을 이끌고 와서 도와주었다. 예교(曳橋)에서 왜군에게 패전, 왜군이 철병한 뒤 귀국하였다. 1619년(광해군 11) 조(朝)·명(明) 연합군을 이끌고 후금 군대와 싸우다가 부거(富車) 싸움에서 전사했다.

573. **경관** 승전한 다음 전공을 자랑하기 위해 적의 시체를 거두어 묻어 크게 만든 무덤.

574. **동노하** 통주(通州) 동쪽에 자리한 노하(潞河)는 연경(燕京)에서부터 40리 거리에 있다. 통주성(通州城)을 감싸 안고 옥하(玉河)와 합류하여 남으로 흘러 발해(渤海)로 들어간다.

575. **포자경** 1778년(정조 2) 사은사 채제공의 수행원으로 청나라에 가서 포자경을 만났다. 당시 포자경은 23세로 절강의 수사(秀士)였다. 전당의 서호 사람이다. 자경이 시를 부탁하자 박제가가 부채에 적어 준 작품이다.

576. **손님 있어 배를 타고** 포자경이 배를 타고 온 기록은 『청장관전서』 권66에도 보인다.

하는 말이 장가들어 소항(蘇杭)⁵⁷⁷에서 산다 하네.　自言嫁娶住蘇杭
남조의 절 밖에선 종소리 아득하고　　　　　南朝寺外鐘聲遠
서자호(西子湖)⁵⁷⁸ 물가에는 숲 그림자 길다 하네.　西子湖頭樹影長
만 리의 생애를 춘수택(春水宅)⁵⁷⁹에 맡겨 두고　萬里生涯春水宅
하룻밤 꿈속 넋은 백구향(白鷗鄕)⁵⁸⁰에 맴도네.　一天魂夢白鷗鄕
삼한 땅의 사신이 애간장이 끊어져　　　　三韓使者腸堪斷
돌아보면 안개 물결 아스라이 드누나.　　　回首烟波入渺茫

---

577. **소항**　중국 절강성(浙江省)에 있는 소주(蘇州)와 항주(杭州). 물산이 풍부하고 경치도 아름다
워 예부터 중국의 문물이 꽃피었던 지역이다.
578. **서자호**　항주 서쪽에 자리 잡은 서호(西湖)를 가리킨다. 유명한 미인 서시(西施)를 기념하는
의미로 '서자호'(西子湖)라고도 부른다.
579. **춘수택**　당나라 은사 장지화(張志和)는 호가 현진자(玄眞子)인데, 어부로서 강호(江湖)에 살
았다. 그의 배 이름이 춘수택이다.
580. **백구향**　강남의 유명한 배 이름인데, 전거는 미상.

시
집

2

詩
集

가을의 느낌. 아내에게 秋感 贈內

지친 여행 마치고 띳집에 앉아	茅齋罷倦遊
저서의 시름만 안고 있다오.	長抱著書愁
푸른 나무 비스듬히 비 뿌리는데	碧樹斜吹雨
붉은 산에 나 홀로 누에 기대네.	丹山獨倚樓
술잔 비니 뉘 함께 저녁 보낼까	尊空誰共夕
성근 터럭 어느새 가을이 왔네.	髮薄暗生秋
당신 손을 잡고서 함께 떠나가	準擬携君去
안개 물결 조각배 타 볼까 하오.	烟波駕小舟

시골집에서 번민을 풀다 田舍遣悶

나무자¹는 은은히 울리어 대고	界尺淵淵響
높은 노래, 숙취는 사위어 가네.	高歌宿醉殘
앉아서 왕도·패도 쉽게 말하나	坐談王霸易
당장에 쌀과 소금 마련 어렵네.	立辦米鹽難
비바람에 한 해는 모두 다 가고	風雨年俱往
산천은 나날이 추워지누나.	山川日以寒
찬 재를 뒤적이며 홀로 웃자니	撥灰還獨笑

---

1. **나무자**　원문은 계척(界尺). 나무로 만든 문구(文具)로, 종이에 줄을 긋거나 책을 눌러 두는 데 사용되었다. 『삼재도회』(三才圖會)에 보인다.

좋은 시구 뜬금없이 이르는구나.   佳句到無端

연경으로 가는 부사 윤방²을 전송하며 5수

奉送尹副使坊之燕 五首

1

호탕한 의관이 조선에 막히었으니	湯湯衣帶劃靑丘
서쪽 아니 가 보면 먼 노닒 못 된다네.	不到天西不遠遊
저물녘 봉화 연기 발해(渤海)로 이어지고	落日烽烟連渤海
깊은 가을 지는 잎은 유주(幽州)에 떨어지리.	深秋木葉下幽州
말에 올라 채찍 휘둠 그때의 일이요	鳴鞭躍馬當時事
물가 서고 산에 오름 이곳의 근심일세.	臨水登山此地愁
만 리의 친한 벗들 날 기억하려는지	萬里親朋知憶我
정양문(正陽門)³ 밖에는 초승달만 떠 있겠네.	正陽門外月如鉤

2

천년의 백탑은 울지경덕(尉遲敬德) 공적이요	千年白塔尉遲功
진제(秦齊) 시절 장성은 만리의 장관일세.	秦齊長城萬里雄

---

2. **윤방** 1718~1795. 조선 후기의 문신으로 본관은 파평(坡平). 자는 중례(仲禮), 호는 순재(醇齋). 1780년 황해도관찰사에 제수되었고, 1784년에 도총부 도총관이 되었다. 1789년에 대사헌을 역임하고, 1791년에는 공조판서가 되었다.

3. **정양문** 북경성의 남쪽 문 이름. 사신들은 이 정양문으로 나와 유리창에서 청나라 선비들과 만나곤 했다.

잔설 속에 태자하의 물소리 들려오고　　　　太子河聲殘雪裏

푸른 구름 너머론 의무려산 아득하리.　　　　巫呂山色碧雲中

수레 몰며 사방 보면 하늘은 일산 같고[4]　　　驅車四顧天如蓋

종일 기운 떠 있으매 나무 허공 매달린 듯.[5]　遊氣三時樹欲空

도문(都門)의 하삭음(河朔飮)[6]을 그 누가 알겠는가? 誰識都門河朔飮

지친 일정 막 마치면 붉은 등 내걸리리.　　　倦遊纔罷一燈紅

3

아득한 유류(楡柳)[7] 지역 구름 사이 들어가고　茫茫楡柳入雲間

직도(直道)에선 1만 기병 돌아옴을 알리겠지.[8]　直道初傳萬騎還

연나라 적 흰 무지개[9] 장사는 간데없고　　　燕代白虹無壯士

진나라 때 밝은 달빛 웅관(雄關)에서 떠오르리.　秦時明月自雄關

거친 가을 이적(李勣)[10]은 도호부를 열었고　　秋荒李勣曾開府

---

4. **수레~같고**　요동 벌판에서 지평선을 바라보면, 수평선처럼 일직선이지 않고 둥근 모양임을 말한 것이다. 사신들은 이 지평선의 모양을 보고 땅이 둥글다는 사실을 확인하기도 했다.

5. **종일~매달린 듯**　연행로 상에서 흔히 목격되었던 계문연수(薊門煙樹)를 가리킨다. 북경 근처의 독특한 지리와 기후 때문에 생겨난 이 현상은 일종의 신기루로, 공중에 지상의 나무들이 거꾸로 비추었던 현상이다.

6. **도문의 하삭음**　도문(都門)은 수도인 북경 입구를 뜻한다. 하삭(河朔)은 황하의 북쪽을 의미한다. 한나라 말년 유송(劉松)이 하북(河北)의 원소(袁紹)에게 들러 그의 여러 아들과 술 마시는 것으로 더위를 잊었다고 한다.

7. **유류**　지금의 내몽골 자치구의 오원현(五原縣)을 한나라 때에는 유류새(楡柳塞)라고도 일컬었다. 몽골 초원 지역을 가리킨다.

8. **직도에선~알리겠지**　직도(直道)는 진 시황이 몽염(蒙恬)을 시켜 닦게 한 남북 대로로, 지금의 내몽골에서 섬서성(陝西省) 일대를 연결했다. 여기서는 이 길을 통해 남정북벌, 특히 몽골 일대의 소요 진압에 성공한 청나라 전성기의 상황을 말한 것으로 보인다.

9. **연나라 적 흰 무지개**　원문은 연대백홍(燕代白虹). 『사기』 「노중련·추양전(魯仲連鄒陽傳)」에 보인다. 형가(荊軻)가 단(丹) 태자의 의기에 감동하여 그 뜻에 동조하자 하늘에서 감응하여 흰 무지개가 태양을 꿰뚫었다고 한다.

눈 쌓인 곳 전주(田疇)[11]가 예전 숨은 산이로다.　雪壓田疇舊隱山
말 위에서 바라봄이 참으로 통쾌해도　　　　馬上相看眞一快
하늘가서 아득히 고향집을 생각하리.　　　　天涯遮莫念刀環

4

이궁과 절집들은 우뚝하게 솟아 있어　　　　離宮佛寺出嶙峋
채색 그림 성긴 창에 이따금씩 비치리라.　　罨畫踈窓掩映頻
오사모에 넓은 도포 새로 가는 사신이요　　紗帽版袍新貢使
엷은 구름 보슬비는 지난날의 시인이라.[12]　淡雲微雨舊詩人
좋은 날 사신 수레 경오년과 차이 나고　　輶軒吉日差庚午
저물녘 화표주서 갑신년을 얘기하네.[13]　　華表斜陽話甲申
다만 그 풍광이 어제 일과 같아서　　　　　祇爲風光如昨日
꿈속 넋은 언제나 옥하(玉河)[14] 먼지 맴돈다네.　夢魂長繞玉河塵

---

10. **이적**　당나라 초기의 명장. 자는 무공(懋功), 본명은 서세적(徐世勣)인데, 당나라에 귀순하여 이
씨 성을 받았다. 고구려와의 전쟁을 여러 차례 지휘했으며, 668년 고구려가 망하자 평양에 안동도호
부를 설치했다.
11. **전주**　원소 수하의 신하로, 조조(曹操)가 요동을 정벌할 때 북방 지리에 능한 인물로 발탁되어
오환으로 가는 길을 안내했다. 그 공적과 원씨에 대한 충의를 인정받아 의랑으로 임명 받았다. 전
주가 한때 영평(永平) 일대의 서무산(徐無山)에 은거했던 사실을 말한 것이다.
12. **엷은 구름~시인이라**　척화파의 거두 김상헌이 심양에서 지은 작품 중 "담운미우소고사"(淡雲
微雨小姑祠)로 시작되는 시가 청나라 왕어양이 엮은 『감구집』(感舊集)에 실려 있다.
13. **좋은 날~얘기하네**　갑신년은 명나라가 망하고 청나라가 북경에 도읍한 1644년을 가리킨다. 경
오년의 지시 대상은 정확하지 않은데, 후금 세력이 강성해지며 명나라에 보내는 사행로를 해로로
잡았던 1630년 7월의 일을 가리키는 것으로 보인다.
14. **옥하**　북경에 있던 조선 사신들의 숙소 옥하관(玉河館)을 가리킨다. 옥하관의 위치와 변천에
대해서는, 김효민, 「연행길 길잡이」(소재영, 『연행길, 그 고난과 깨달음의 길』, 박이정출판사, 2004)
223~227쪽 참조.

5

연꽃 피던 시절의 홍교(虹橋)를 떠올리니	荷花時節記虹橋
이내 몸 돌아올 땐 잎 아니 시들었네.	自我歸來葉未凋
북쪽의 관산에 송별이 잦아지니	直北關山多送別
우리나라 문장[15]은 오래도록 쓸쓸하리.	大東杼柚久蕭條
금원(金元)이 할거턴 곳 가을은 싸늘한데	金元割據秋俱冷
당송(唐宋)의 그 세월이 한 잔 술에 지나갔네.	趙李經過酒一消
저 멀리 사신 행차 어드메서 머물 건가	望斷星槎何處泊
천 리라 노하(潞河)에는 물길이 막혔다네.	潞河千里不通潮

새벽에 앉아 회포를 쓰다 7수 曉坐書懷 七首

1

맑은 새벽 나귀의 울음을 듣고	淸曉聞驢鳴
궁벽한 산골임을 문득 깨닫네.	忽覺山邨僻
엷은 서리 시냇물에 덮이어 있어	微霜覆溪流
창 등불 찬 허공을 비추는구나.	窓燈映寒碧
무성한 마른 숲[16]을 벗어나려니	枯林出扶疎
조각난 달빛이 온통 희구나.	破月光仍白

---

15. **문장** 원문은 저유(杼柚). 유(柚)는 축(軸)과 동자(同字)다. 저유(杼柚)는 베틀의 북. 전하여 문장을 짓는 일을 가리킨다.
16. **마른 숲** 원문의 부소(扶疎). 초목의 가지가 무성한 모양을 말한다.

집 식구 모두들 여기에 있고   家人俱在玆
책상도 변한 것 하나도 없네.   床几無變易
두 사람을 보려야 볼 수 없으니   二人不可見
날 밝으면 내 장차 어디로 가리. 明發將安適

2

긴긴 밤 생각만 자꾸 많아서   夜長心轉多
일어나 앉으려다 그만두누나.   欲起還復休
먹고살 일 집착함 때문 아니니   匪直衣食戀
아득한 천지간의 근심 품었네.   遙懷天地愁
벌레 하나 이따금 울어 대더니   一蟲時咄咄
잎새들 깜짝 놀라 나부끼누나.   衆葉驚颼颼
붉은 해 어제와 다름없건만   朱炎如昨日
푸른 살쩍 어느새 가을빛 됐네.   青鬢忽已秋
천 마디로 그윽한 회포 적느라   千言賦幽懷
내 한 몸 도모할 겨를이 없네.   未暇一身謀

3

신라는 바닷가에 자리를 잡아   新羅處海濱
지금은 팔도 중의 하나가 됐네.   八分今之一
고구려 왼편에서 쳐들어오면   句驪方左侵
당(唐) 군대 우측에서 뛰쳐나왔지. 唐師由右出
곡식 창고 저절로 여유로워서   倉庾自有餘
군사 먹임 예법을 잃지 않았네.   犒饋禮無失
이 일을 따져 봄은 어째서인가   細究此何故
그 쓰임 수레와 배에 있었네.   其用在舟車

배는 능히 외국과 통하게 하고 　　　舟能通外國
수레는 나귀와 말 편안케 하지. 　　　車以便馬驢
이 두 가지 되살릴 길이 없다면 　　　二者不可復
관중과 안영[17]인들 어찌하리오. 　　　管晏將何如

4

요하(遼河)가 몽골에서 솟아나오니 　　　遼河出蒙古
물길 좁고 흐름 또한 아주 길다네. 　　　水狹流亦長
현명한 기자(箕子)는 은나라 태사 　　　明明殷太師
우리 땅 처음 세워 다스렸다네. 　　　經理肇我疆
그 옛날 공손씨(公孫氏)[18]와 발해의 왕조 　　　公孫與渤海
출몰함 모두 다 여기였다오. 　　　出沒皆自此
평원은 드넓어서 끝이 없으니 　　　平原浩無際
먹여 기른 가축이 천 리 이었지. 　　　畜牧連千里
해와 달 비록 온통 황량하여도 　　　日月雖荒裔
풍기(風氣)는 중국과 한가지라네. 　　　風氣猶華人
잃어버린 이 땅[19]을 되찾아 와서 　　　庶返汶陽田

---

17. **관중과 안영**　원문은 관안(管晏). 백 년 사이로 제(齊)나라를 열국의 패자로 만들었던 재상들이다. 이들은 공히 공리(功利)를 내세워 부국강병을 도모했으며, 경제와 군사의 가치를 윤리 도덕 앞에 두었다. 이들의 삶은 『사기』 「관안열전」(管晏列傳)에 소개되어 있다. 각각 『관자』(管子)와 『안자춘추』(晏子春秋)라는 저서를 남겼다.

18. **공손씨**　원문은 공손(公孫). 동한(東漢) 말기 중원의 혼란을 틈타 요동 일대를 장악한 뒤 산동 반도까지 영역을 넓혔던 공손탁(公孫度)의 세력을 가리킨다.

19. **잃어버린 이 땅**　원문은 문양전(汶陽田). 문양은 춘추시대 노나라 땅이다. 지금의 산동성 태안시 서남쪽 일대다. 문수(汶水)의 북쪽에 있기에 문양이라 했다. 제나라에 가까이 있어서 자주 제나라의 침범을 받았다. 노나라 사람인 공자도 문양 땅을 제나라에 빼앗겼을 때 죽음을 각오하고 제나라 경공과 담판을 지어 문양 땅을 다시 돌려받았다. 여기서 '문양전반'(汶陽田反)이란 말이 나왔다. 빼앗기거나 잃어버린 것을 다시 찾는다는 뜻으로 쓴다. 『공자가어』에 보인다.

우리 백성 가난함을 위로했으면.　　　　稍慰吾民貧

5

땅 파서 황금을 얻는다 해도　　　　　掘地得黃金
만균인들 그저 굶어 죽을 수밖에.　　　萬勻空餓死
바닷속 진주를 캐내어 와도　　　　　入海採明珠
백곡(百斛)을 개똥과 바꿔야 하리.　　　百斛換狗矢
개똥은 거름으로 쓸 수 있지만　　　　狗矢尙可糞
진주야 어디에 쓴단 말인가?　　　　明珠其奈何
육로 재화(財貨) 연경과는 통하지 않고　陸貨不通燕
바다 장사 왜(倭) 땅을 넘지 못하네.　　海賈不踰倭
비유하면 들판에 우물 있는데　　　　譬如野中井
물 못 길어 목말라 갈증 나는 격.　　　不汲將自渴
안민(安民)은 보화에 있지 않으니　　　安民不在寶
먹고살 일 날로 힘듦 염려하노라.　　　生理恐日拙
지나친 절약 백성들 즐겁지 않고　　　太儉民不樂
가난하면 도둑질이 많아진다네.　　　太窶民多竊

6

장유에서 돌아온 지 한 달쯤 되니　　壯遊一月餘
또다시 떠날 마음 일어나누나.　　　又復起遐心
나그네 길 힘들지 않을까마는　　　行役豈不勞
생각하면 흠모하는 마음이 이네.　　　所思良足欽
생각나는 그것이 무엇이던가　　　所思果何如
술 마시는 즐거움 끝이 없던 일.　　　飮酒樂未央
술 마심은 말할 것 족히 못 되나　　　飮酒不足道

그날의 풍류는 당할 수 없네.	風流不可當
내게 준 글자와 시구를 보니	贈我字與詩
달 넘어도 오히려 향기가 나네.	浹月猶芬芳
무성한 경산²⁰의 저 나무들이	茸茸景山樹
하늘 한 모서리에 또렷도 해라.	宛在天一方

7

빈방에 함께할 벗이 없으니	虛室無伴侶
먼 데 꿈 누구와 함께 말하랴.	遠夢誰與語
마음속에 남았고 눈에도 있어	存心復在眼
노닐던 곳 또렷이 기억나누나.	宛記昔遊處
서산은 저 멀리 아득히 솟아	西山出縹緲
지는 볕 구름 속에 잠기어 든다.	落景雲中沈
손잡고 푸른 강물 거슬러 가며	携手上綠河
바람 맞아 옷깃을 활짝 열었지.	迎風雙解襟
홍교에서 술 반쯤 취하여서는	虹橋酒半酣
그림 부채 얼굴 가려 가만 읊었네.	畫扇遮微吟
가깝다면 수레로 가 보겠지만	車輪走咫尺
아득하여 찾아볼 길이 없구나.	脈脈不可尋
이불 걷고 한바탕 긴 한숨 쉬니	翻衾一長吁
잠깐 사이²¹ 아득한 옛날 되었네.	隔手成古今

---

20. 경산 북경에 있는 산 이름. 자금성 북문을 나오면 경산으로 이어진다. 명나라 마지막 황제 숭정제(崇禎帝)가 이곳의 홰나무에 목매달아 죽었다. 이자성이 이끄는 반란군이 자금성을 포위하자 황제는 황후 주씨를 자결토록 하고, 16세의 공주를 울면서 찔러 죽였다. 그리고 경산에 올라 홰나무에 목을 매어 자결하였다. 지금의 경산공원이다.

21. 잠깐 사이 원문은 격수(隔手). 서로의 거리가 매우 가까운 것을 가리키는 말이다.

은수[22] 형이 심양에서 돌아오다   恩叟兄歸自瀋陽

한 편의 여행기를 원고지[23]에 써 가다가	一編行記寫烏絲
술 마시며 노래할 제 달빛이 드리웠네.	對酒當歌落月垂
발해의 광경은 마치도 꿈결 같고	渤海風烟如夢寐
중경의 밤비 속에 떠나던 일 생각나네.	中京夜雨憶分離
닭 울자 먼 강물 윤곽이 드러나고	鷄鳴遠水初生骨
잎 다 진 차가운 산 눈썹처럼 늘어섰지.	葉脫寒山自列眉
궁한 집서 늙어 죽음 말하여 무엇하리	老死窮廬何足道
그대여 젊은 날의 포부 접지 마시게나.	勸君毋負少年時

원외 당원항의 증별시에 차운하다   次韻唐員外鴛港贈別

연산(燕山)[24]에서 보낸 여름 가만히 떠올리니	燕山消夏憶遲遲
어느덧 가을바람 버들가지 흔드누나.	翻見西風撼柳絲
오늘의 만 리 이별 짧은 이별 아니거니	萬里如今非小別
옛날부터 「구가」[25](九歌)에선 생이별을 원망했네.	九歌從古怨生離
하늘 높고 바다 넓어 곰곰이 시 짓던 곳	天高海濶裁詩處

---

22. **은수**   박제가보다 네 살 많은 누이와 1760년 혼인한 임희택(任希澤, 1744~1799)이다. 임희택
또한 서얼이다.
23. **원고지**   원문은 오사(烏絲). 검은 줄로 칸을 친 원고지를 말한다.
24. **연산**   중국의 하북성 계현(薊縣) 동남쪽에 있는 산. 동쪽으로 옥전(玉田)·풍윤(豊潤)을 거쳐
바닷가로 이어진다.

달빛에 벌레 소리 먼 곳을 바라볼 제.　　　　月色蟲聲望遠時
주렴 밖의 꽃밭은 지금도 여전한지　　　　簾外花棚無恙否
짝져 놀던 아이들 너무도 보고 싶네.　　　　雙雙兒戲總堪思

〔부〕 당낙우[26]의 원운　附元韻〔唐樂宇〕

높은 누각 구름 멎고[27] 날은 한창 더딘데　　　高閣停雲日正遲
하교(河橋)[28]의 안개비는 실실이 내리누나.　　河橋烟雨又絲絲
바쁜 길 잠깐 멈춰 시를 새로 짓고는　　　　　暫勞少駐親風雅
마침내 먼 길 나서 이별을 노래하네.　　　　　竟作長程賦別離
푸른 나귀 흰옷 입고 그대가 떠나간 뒤　　　　白裕靑驢人去後
붉은 정자 푸른 술잔 기러기 떼 날아오네.　　　紅亭綠酒鴈來時
마음이 쏠리는 곳 끝없음을 알겠거니　　　　　懸知不盡關心處
코를 잡고[29] 읊조리며 먼 그리움 부치노라.　　　捫鼻長吟遠寄思

25.「구가」　굴원이 지은 『초사』의 작품명이다. "들고 날 때 아무 말도 없으시더니, 돌개바람 올라
타선 구름 깃발 세웠네. 슬픔도 생이별보다 더 슬픈 일 없으리. 즐거움은 처음 만나 알게 됨이 으
뜸일세"(入不言兮出不辭, 乘回風兮載雲旗. 悲莫悲兮生別離, 樂莫樂兮新相知.)라 한 대목이 있다.
26. 당낙우　사천성 면주(綿州) 출신으로, 호가 원항(鴛港)이다. 기계에 널리 정통한 사람으로, 박
제가와 북경에서 이야기를 나눈 적이 있다. 『북학의』에 부록으로 실린 이희경의 「용미거설」(龍尾
車說)에 그에 관한 내용이 간략하게 보인다.
27. 구름 멎고　원문은 정운(停雲). 도연명의 「정운」(停雲) 시로, 벗에 대한 그리움을 말한다.
28. 하교　당나라 시인 송지문(宋之問)의 「송두심언」(送杜審言)에 "하교에서 잡은 손 놓지 못하니,
강가 나무 아쉬움 머금었도다"(河橋不相送, 江樹遠含情.)라는 구절이 있다. 이후 하교(河橋)는 이
별을 상징하는 공간이 되었다.

영남 객중의 소헌 윤가기에게 부치다 寄疎軒嶺南客中

하늘 끝에 눈 날리어 정든 이 생각하니	天涯微雪憶情親
남쪽 지방 매화 피는 이별 뒤의 봄이로다.	南國梅花別後春
하릴없이 뜰 둘레 서너 번 서성이니	無賴繞庭三四匝
오늘 밤은 누구 위해 저 달을 읊으려나.	今宵詠月爲何人

달밤에 유득공을 방문하다 月夕訪泠菴

집 둘레 산은 비어 고요도 한데	繞屋山空靜
열린 문 안 달빛만 홀로 맑구나.	開門月自淸
천고에 품은 뜻을 그 누가 알리	誰知千古意
추운 밤 평생 일을 이야기하네.	寒夜話平生

29. **코를 잡고** 원문은 옹비(擁鼻). 코를 쥐거나 코 위에 손을 얹는다는 뜻. 진(晉)나라 사안(謝安)은 코에 병이 있어 시를 읊조릴 때 탁저음이 났는데, 당대의 명류들이 그 소리를 사랑하여 일부러 손으로 코를 잡고 흉내 냈다고 한다(『진서』, 「사안전」). 그후 옹비음(擁鼻吟)은 시를 읊조리는 모습을 뜻한다.

큰 소리로 노래하여 유득공의 말을 부연하다 放歌行 演泠菴語

그대 보지 못했나	君不見
한양성 안 저자가 저렇듯 번화해도	漢陽城中盛繁華
늘어선 많은 집에 내 집 하나 없는 것을.	撲地萬家無吾家
또 보지 못했는가	又不見
으뜸가는 기름진 땅 사방에 널렸어도	上上膏腴連四境
혜풍이 소유한 밭 한 뙈기도 없는 것을.	惠風之田無一頃
지체 높은 사람들 천백 사람 가운데	縉紳案中千百人
아무리 꼽아 봐도 먼 친척[30] 하나 없네.	歷數總無期功親
우리들 뜻을 잃고 낙척함이 이 같으나	吾曹落拓有如此
명성 있는 사람에도 주눅 들지 않으리라.	縱有時名能不愧
이따금 문 나서서 옛 친구 만나면	時時出門逢舊面
주막집에 끌고 가서 그저 한번 취한다네.	拉向旗亭偶一醉
인생의 궁달이야 본시 때가 있는 법	人生窮達自有時
예로부터 영웅은 모두가 이러했네.	古來英雄皆若斯
다만 장차 말 타고 압록강 건너가면	但將袴褶渡鴨綠
성명이 오촉(吳蜀) 땅을 놀래키기 충분하리.	姓名猶足驚吳蜀
돌아와선 조그만 오두막 집을 짓고	何不歸來築蝸廬
깨끗한 몸 주림 참고 길이 길이 글 쓰리라.	忍饑潔身長著書

---

30. 먼 친척　원문은 기공(期功). 기복(期服)과 공복(功服)으로, 모두 먼 친척의 상사(喪事) 때 입은 옷이다. 이밀의 「진정표」(陳情表)에 "밖에는 억지로 가까이할 만한 친척이 없고, 집에는 문에서 맞아 줄 동복 하나 없다"(外無期功彊近之親, 內無應門五尺之童.)라는 구절이 있다.

반천학사[31]를 위하여 낙매시를 짓다 落梅詩 爲攀泉學士

꽃피고 질 즈음을 알고자 하여	欲知開落際
땅거미 깔리도록 지켜 앉았지.	相守坐侵曛
고결함 참으로 이와 같으니	高潔正如此
쓸쓸함 다시 말해 무엇하리오.	蕭條那復云
어느 곳 역정(驛亭)에서 꺾어 왔던가	驛亭何處折
피리 소리 차마 듣지 못하겠구나.	羌笛不堪聞
밝는 날 문을 나서 떠나가리니	明日出門去
등불 멀리 지녀 가 그댈 비추리.	逈燈持照君

북악으로 이사 간 진사 이영실의 시에 차운하다
次韻李英實進士移居北岳

여러 해를 거처조차 정하지 못하더니	知道頻年未定居
북산의 소식은 요사이 어떠하뇨.	北山消息近何如
밥 짓는 연기 위로 소나무 높이 솟고	松高自出炊烟上
섬돌 아랜 곧바로 시냇물이 흘러가리.	階下仍爲澗水初
삼백 그루 매화는 어지러이 피어 있고	三百梅花開爛熳
오천의 가지와 잎 무성함을 기뻐하네.	五千枝葉說扶踈

---

31. **반천학사** 이문원 승지로 있던 남학문(南鶴聞, 1736~?)을 가리킨다. 본관은 의령, 자는 여성 (汝聲)이다. 1772년 탕평정시(蕩平庭試)에 을과로 합격했다. 아버지는 백하(伯夏), 조부는 오성(五 星)이다.

지금껏 범조(凡鳥)를 감히 쓰지 않았거니[32]   向來不敢題凡鳥

봉황새 마중 나와 날 일으킴 감사하네.   謝鳳迎門更起余

산운실에서 묵다 宿山雲室

좋은 정원 아득히 들어서자니   名園入縹緲

푸른 기운 자옥이 옷에 지누나.   山翠落衣重

좁은 길엔 달빛도 어스름한데   徑細仄微月

빈 하늘엔 그윽한 솔바람 소리.   天虛聞暗松

문장은 그대 좇아 물어보지만   文章從子問

생계를 구하는 일 게으르다네.   生理向人慵

다만 마음 알아주는 사람 있으니   但有知心在

먼 산 찾음 어이해 사양하리오.   何辭訪遠峰

---

32. 지금껏~않았거니   삼국시대 위(魏)나라 여안(呂安)은 죽림칠현의 한 사람인 혜강과 가까이 지
냈다. 한번은 여안이 혜강을 방문했는데, 마침 혜강은 외출하고 형 혜희(嵇喜)가 대신 그를 접대했
다. 여안은 안에 들어가지도 않고 돌아서면서 문에다 '봉'(鳳) 자를 써 놓았다. 혜희는 여안이 자신
을 봉황에 비유했다고 생각하여 기뻐하였다. '봉'(鳳) 자는 '범조'(凡鳥)란 두 글자를 합친 것으로,
속물인 혜희를 기롱한 말이었다. 『세설신어』에 나온다. 진사 이영실이 자신을 속물로 여기지 않고
환대해 준 것을 감사한다는 뜻으로 쓴 것이다.

소헌 윤가기가 영남 군막에서 지은 시에 차운하다 3수

次韻疎軒嶺營客中 三首

1

한가로이 지내자니 온갖 생각 일어나	忽忽閑居集百端
꿈속서도 오히려 말안장에 올라타네.	夢中猶自跨征鞍
왕회도(王會圖)[33] 그림 따라 길을 물어 가서는	路從王會圖中問
「등루부」(登樓賦)[34] 속에 들어 고향을 보는구나.	客向登樓賦裏看
신라의 산천에는 구름 나무 아득하고	羅代山川雲樹杳
당나라 때 비석은 석양에 차갑구나.	唐時碑碣夕陽寒
서로 그려 먼 길 떠남 어려운 일 아니거니	相思命駕非難事
사립문 비질하고 여안(呂安)을 기다리게.[35]	擬掃衡門候呂安

2

술기운 거나하게 손끝에 일어나면	酒氣翩翩出指端
조고문(弔古文)[36] 읊조리며 안장 위서 술 마시리.	吟成弔古飲歸鞍
막부에선 오건(烏巾) 쓴 채 군대 얘기 주고받다	烏巾幕府談兵入

---

33. 왕회도　제후나 왕이 천자에게 조회할 때, 그들의 복색이나 노정 등을 자세하게 묘사한 그림.

34. 「등루부」　한위간(漢魏間) 건안칠자(建安七子) 중 한 사람인 왕찬(王粲)의 작품. 당시 위나라는 동탁이 권력을 농단하여 중선제(仲宣帝)가 강릉의 유표에게 의탁했는데, 자주 성루에 올라 돌아가고픈 마음을 품었다. 이때 왕찬이 높은 다락에 올라 객수를 읊은 것이 「등루부」이다.

35. 여안을 기다리게　원문은 후여안(候呂安). 『진서』(晉書)「혜강전」(嵇康傳)에 "동평의 여안은 혜강의 높은 인격에 감복하여 생각날 때마다 천 리를 수레를 몰아 찾았다"(東平呂安, 康康高致, 每一相思, 輒千里命駕.)라고 했다. 자신이 여안처럼 영남으로 그를 찾아갈 테니 기다리라는 뜻으로 한 말이다.

36. 조고문　원문은 조고(弔古). 「조고전장문」(弔古戰場文)을 말하는 듯하다. 이 시는 군문에서 사람을 전송하며 지은 잠삼(岑參)의 「백설가송무판관귀경」(白雪歌送武判官歸京)과 분위기가 비슷하다. "안장 위서 술 마시리"(飲歸鞍)는 이 시의 11·12구절 "中軍置酒飲歸客, 胡琴琵琶與羌笛."에서 가져왔다.

원문(轅門)에선 화각(畫角) 소리 칼춤을 구경하네.　畫角轅門舞釰看

호해의 집집마다 대숲이 무성하고　湖海千家修竹合

만 겹의 가야산엔 흰 구름 차가워라.　伽倻萬疊白雲寒

타향에서 한겨울을 지내어 보내리니　他鄉恰送三冬月

하룻밤 다듬이 소리 잠자리 편찮겠네.　一夜風砧睡未安

3

머리 두른 비단 한 끝 빼앗아 얻고서는　奪得纏頭錦一端

노래 팔던 남도 미희 안장 위에 앉혔구나.　南姬賣曲坐雕鞍

자운(紫雲)은 여러 차례 두목지(杜牧之)의 물음
　입고[37]　紫雲屢被司勳問

명월은 다시금 유량(庾亮)과 함께 보네.[38]　明月還同庾亮看

붉은 등불 저포 놀이 툭하면 밤새우고　紅燭摴蒲頻守夜

푸른 창 음악 소리 추운 줄을 모르리라.　綠窓絲竹不知寒

타향살이 품은 뜻은 『금석록』(金石錄)을 엮음이니　僑居志在編金石

그 누가 오늘날의 이이안(李易安)[39]이 될 것인가.　誰是如今李易安

---

37. 자운은~물음 입고 자운은 당나라 때 기녀이다. 원문의 사훈(司勳)은 풍류 시인 두목(杜牧)을 가리킨다. 두목은 849년 사훈원외랑(司勛員外郞)이라는 벼슬을 지냈다. 두목이 어사가 되어 낙양을 다스릴 때, 이원(李愿)이라는 사람의 집에 기녀들이 많았는데 그중에 자운도 있었다. 한번은 술자리에서 두목이 이원에게 자운이 누구냐 물어 그녀를 얻고 싶은 뜻을 말하자, 이원은 허리를 굽혀 웃고 자운도 크게 웃었다는 이야기가 『당시기사』(唐詩紀事)에 전한다.
38. 명월은~함께 보네 유량(庾亮)은 동진(東晉)의 정치가이자 문장가. 강주(江州)에 유루(庾樓)를 세웠는데 경치가 아름다워 시인들이 자주 찾는 명소가 되었다. 유량이 이 누각에 올라 달을 본다는 '유량등루'(庾亮登樓)는 뒷날 추석을 대표하는 대련의 하나가 되었다.
39. 이이안 남송 시대의 여류 문인으로, 이름은 청조(淸照)다. 호를 이안거사(易安居士)라 했다. 시문에 능했고 특히 사(詞)로 유명했다. 18세에 조명성(趙明誠)에게 시집갔고, 남편을 도와 『금석록』(金石錄)을 만들었다. 여기서는 이이안처럼 아름답고 재주 있는 여인을 만나 『금석록』을 엮으라는 뜻으로 한 말이다.

양구로 가는 조카를 전송하며 送楊口族姪

목민(牧民)에는 크고 작음 없는 법이니	牧民無大小
작다 해도 천호(千戶)를 다스림일세.	小猶千戶統
하물며 이같은 흉년 당해선	況當此歉歲
관청 일 처리함은 남김 없어야.	官事理宜綜
산골 소금 험해도 옮겨야 하고	峽鹽險必輪
배로 곡식 내어 감은 막아야 하네.	船粟出必壅
군정(軍丁) 장부 점검함은 빈틈이 없고	點丁籍無虛
장부 고침⁴⁰ 간사하니 해선 안 되리.	舞文姦不縱
평생에 경세제민 그 뜻을 배워	平生學經濟
군자와 함께하기 바라는도다.	願與君子共
내 백성 날마다 파리해지니	吾民日憔悴
더더욱 가르쳐서 써야만 하리.	尤宜敎而用
과거 급제 배움을 못 일으키고	甲科非興學
덫 놓으니⁴¹ 송사가 어이 그치리.	鉤鉅豈止訟
농사와 양잠법이 다 폐해지니	耕桑法俱廢
양잠과 농사 먼저 가르치게나.	先須講蠶種
힘만 들고 땅의 힘을 잃게 되는 일	勞人失地力
폐단 원인 내 적이 염려하노라.	弊原吾竊恐
나라의 안위는 조정에 있고	安危有黃閣
간쟁함은 곁의 신하 충분하다네.	諫諍足侍從

---

40. **장부 고침**　원문은 무문(舞文). 문서나 장부를 뜯어고치는 일을 말한다.
41. **덫 놓으니**　원문은 구거(鉤鉅). 미늘이 있는 낚시. 삼키기는 쉬워도 뱉기가 어려워, 남을 못 빠져나가게 얽어 넣으려고 염탐하는 것을 말한다.

휠휠 날아 오리 신발[42] 타고서 가고　　翩然駕鳧舃

가마는 오로지 성 일에 쓰게.　　板輿專城供

흰 구름 설악산에 가득도 하여　　白雲滿雪岳

푸른 나무 봄인데도 찾을 길 없네.　　碧樹春無縱

서경서 잔치 연 일 생각하면서　　西京憶開宴

술 거나해 풍요(風謠)를 외우시게나.　　酒酣風謠誦

올해에 보리 노래 듣게 되면은　　今年見歌麥

양구 사람 입을 모아 칭송하리라.　　楊人口碑頌

요즈음 하는 말 배우지 말게　　莫學近時語

고을 얻자 월급 먼저 묻는다는 말.　　得州先問俸

삼수재의 밤 이야기 三秀齋夜話

깊은 밤 우물마다 성근 별 뜨고　　疎星千井夜

안개 나무 맑으니 봄이 오려나.　　烟樹澹將春

초가집엔 비 오듯 차 끓는 소리　　白屋茶鐺雨

붉은 등불 사람은 술을 사 오네.　　紅燈酒市人

풍류는 해묵음을 기뻐하는 법　　風流歡宿昔

시절 사물 청신함을 아끼는구나.　　時物愛清新

---

42. 오리 신발　원문은 부석(鳧舃). 신선의 신발. 전하여 현령을 의미한다. 후한 때 왕교(王喬)가 섭 땅의 현령이 되어 매월 삭망에 예궐하므로 현종이 거마를 보내지 않고 살펴보게 하였는데, 왕교가 올 무렵 동남쪽에서 오리 한 쌍이 날아오는 것을 보고 그물을 쳐서 잡고 보니 신발 한 짝만 있었다는 고사. 여기서는 양구현감으로 부임해 가는 조카의 행차가 소박함을 말한 것이다.

언제나 집안일을 잊고자 하니　　　　　　　每欲忘家累
매화는 사방 이웃 가득도 하다.　　　　　　梅花滿四隣

도성 동쪽에 모여 集東城

꽃가지 살랑살랑 각건(角巾)[43]에 바람 불고　　花枝澹澹角巾風
문밖 버들 푸른빛 허공에 가득하다.　　　　　門外垂楊綠漲空
집집마다 노랫가락 봄이 이제 시작되니　　　萬戶笙歌春始動
명원(名園)엔 손님들이 날마다 모여드네.　　名園賓客日相通
침음(沈吟)하는 사람은 소리 없는 악기인 듯　沈吟人似無聲樂
야트막한 먼 산들은 고운 빛깔 칠한 듯해.　平遠山如設色工
습지(習池)[44] 술에 담뿍 취해 오던 일 생각나니　尚憶習池歸酩酊
누대의 절반쯤은 석양빛에 붉구나.　　　　　樓臺一半夕陽紅

---

43. **각건**　은사(隱士)나 관직에서 은퇴한 이들이 쓰던 방건(方巾)을 말한다.
44. **습지**　습가지(習家池). 일명 고양지(高陽池)라고도 한다. 호북 양양현 산남(山南)에 있다. 양양(襄陽) 사람 습씨의 소유인 연못을 이른다. 경치가 아주 좋아 매일 많은 사람이 이곳에 모여 주연을 베풀어 술에 흠뻑 취했다고 한다. 여기서는 동성(東城)의 경치 좋은 연못을 습지에 견주어 한 말이다.

남소영[45]의 활쏘기 南小營射侯

푸른 산엔 흰 표적이 눈앞에 선명하고	青山粉鵠眼中明
차디찬 시냇물은 성을 끼고 나오누나.	澗水冷冷出夾城
누각의 그림자는 새벽 비를 머금었고	曉雨含殘樓閣影
풍악 소리 두둥실 봄 그늘로 스며드네.	春陰泛入管絃聲
준마들 매어 둔 곳 남은 꽃잎 떨어지고	銀鞍簇處餘花落
진주 신발로 오르는 옆 여린 봄풀 돋아나네.	珠履登邊軟草生
술 나라 풍류로 하루해를 보내면서	酒國風流消白日
문장 반평생의 뜬 이름을 웃노라.	文章半世笑浮名

관재의 작은 술자리 2수 觀齋小酌 二首

1

지난해 3월에는 도성 문을 나섰더니	去年三月出都門
오늘에 친한 벗들 옛 동산에 모였네.	今日親朋聚故園
집 한켠엔 바람 꽃이 눈에 온통 어지럽고	半院風花紛滿眼
주렴 가득 해 그림자 담담히 말을 잊네.	一簾天影淡忘言
갓 나온 나비는 나풀나풀 날아가고	新生蛺蝶飛初軟
예전 심은 앵두는 잎이 벌써 무성하다.	舊種櫻桃葉已繁

---

45. 남소영　조선 시대 어영청(御營廳)의 분영(分營)으로 명철방(明哲坊) 남소문(南小門) 동쪽에 있었는데, 터가 194간이나 되었다. 『신증동국여지승람』 권1 「경도」(京都) 참조.

손잡고 뜬금없이 먼 데 길을 그리자니　　　　握手無端思遠道
이제껏 입안에서 중국말 맴도누나.　　　　　口中華語至今存

2
오솔길 날리는 꽃 문 앞에 아득한데　　　　　一徑飛花峀竅門
사람들은 그림 속 서원(西園)의 모임 같네.[46]　　畫中人物似西園
서로 만나 일 있으면 새 시구를 전하다가　　　相逢有事傳新句
오래 앉아 무료하면 좋은 말을 찾누나.　　　　久坐無聊索好言
푸른 풀 건들바람 바둑돌은 흩어지고　　　　　碧草微風碁子散
고운 숲 지는 해에 새소리 넘쳐난다.　　　　　芳林落日鳥聲繁
화사한 물색을 내 붓으로 옮겨 내니　　　　　熙怡物色歸吾筆
도 비로소 존재함을 삼삼하게 목격하네.　　　目擊森然道始存

산인 조태암의 석소산방에 쓰다 2수
題趙山人〔泰岩〕石巢山房 二首

1
애석 선생 진짜로 바보가 아니어니　　　　　愛石先生眞不癡
바람서리 오만한 뼈 서로가 맞음이라.　　　　風霜傲骨立相宜

---

46. 서원의 모임 같네　　북송 때 왕선의 저택인 서원에서 소식·채조·이지의·소철·황정견·이공
린·조보지·장뢰·정가회·진관·진경원·미불·왕흠신·원통 대사·유경·왕선 등 16명의 문인 묵객
이 문아(文雅)의 자리를 함께했다는 고사를 말한다. 이 광경을 그린 〈서원아집도〉(西園雅集圖)가
많이 남아 있다.

어지러운 천고에 온전한 것 없나니 　　　　紛紛千古無完物
다만 하나 암석만이 바로 나의 스승일세. 　　只一雲根是我師

2
나무꾼이 돌 말하며 구름 속을 가리키니 　　樵人告石指雲中
빼어난 깊은 골은 아득히 같지 않네. 　　　天趣嵌空逈不同
지금 사람 기왓장과 자갈돌을 모아다가 　　莫學時人聚瓦礫
아로새겨 삼봉 만듦 배우지는 마시게나. 　　枉將雕鏤作三峯

　　미불의 서첩에 상황산의 나무꾼이 기이한 돌을 알려 주었다는 내용이 보인
　　다.[47] 米帖上皇山, 樵人以異石告.

규장각[48]의 8경. 왕명을 받들어 奎章閣八景應令

1 　봉모당(奉謨堂)[49]의 운한문(雲漢門) 奉謨雲漢
삼엄하게 문 단속해 온갖 신(神)을 지키는 곳 　　扃鐍森嚴護百神
우릉(羽陵)[50]의 가을빛은 찾기가 어려워라. 　　羽陵秋色杳難津

---

47. 미불의~보인다　미불(米芾)은 북송의 유명한 서화가다. 그는 평소 돌을 좋아했는데, 감영의 큰
돌이 매우 빼어난 것을 보고는 의관을 갖추고 돌에 절하며 형님으로 불렀다고 한다. 상황산에 살
던 나무꾼이 기이한 돌을 보고, 그 돌이 있는 곳을 미불에게 알려 준 고사가 있다.
48. 규장각　대조전 북쪽 금원(禁苑)에 있다. 어진(御眞)과 어제(御製)·어필(御筆)·보책(寶册)·인
장(印章) 등을 보관한 곳이다. 처음 1694년(숙종 20) 종부사(宗簿寺) 경내에 지었던 것을 정조 때
이곳으로 옮겼다. 1779년(정조 3) 9월에 이덕무·유득공·박제가·서리수가 검서관으로 있었는데,
하루는 주상이 규장각 8경 시를 지으라고 명하였다. 이덕무와 박제가 등이 왕명에 따라 규장각 8경
시를 모두 지었다. 정조가 각신을 불러 주사(朱砂)로 비점을 주어 이덕무의 시가 1등으로 뽑혔다.

단청 꾸민[51] 백 척의 장경각이 솟아 있고　　　　流丹百尺藏經閣

천 년의 비백체(飛白體)[52]는 사람을 압도한다.　　飛白千年望氣人

세상 드문 영재들이 한묵(翰墨)을 남기었고　　　希世精英留翰墨

하늘 가득 예악이 사륜(絲綸)[53]을 적시누나.　　彌天禮樂浹絲綸

빛나는 해와 달은 흡사 어제 일만 같아　　　　　光華日月渾如昨

자손들 길이 이어 성왕 사모 새로워라.　　　　翼子謀長聖慕新

2 서향각(書香閣)[54]의 연꽃 달 書香荷月

서풍은 건들건들 태액지(太液池)[55]엔 가을인데　　淡淡西風太液秋

49. 봉모당　조선 후기 규장각에 있던 역대 선왕의 유품을 보관하던 전각. 1776년(정조 즉위년) 규장각을 설치하면서 중심 건물인 주합루에 봉모당을 두어 역대 왕의 어제(御製)·어필(御筆)·유고(遺誥)·세보(世譜) 등을 보관했다. 예전 열무정(閱武亭) 자리로, 문의 이름을 운한문(雲漢門)이라 하였다.

50. 우릉　고대 서책을 보관하던 곳의 명칭이다.『목천자전』(穆天子傳) 권5에 "중추 갑술일에 천자가 동쪽으로 순행하여 작양에 이르니, 서책이 좀먹지 않도록 우릉에서 햇볕에 쬐고 있었다"라는 구절이 보이는데, 이후 우릉은 고대의 비밀스런 서책을 보관하던 곳을 의미하게 되었다.

51. 단청 꾸민　원문은 유단(流丹). 단청을 베풂. 왕발은「등왕각서」(滕王閣序)에 "중첩된 산봉우리가 높이 푸르니 위로 구중의 하늘이 솟아나오고, 나는 듯한 누각이 단청을 흘리니 아래로 땅이 없는 곳에 임하였다"라는 구절이 보인다.

52. 비백체　원문은 비백(飛白). 서체(書體)의 하나로, 후한 때 채옹이 처음 만들었다고 한다. 보통은 붓의 속도감에 의해 획의 가운데 부분이 희게 보이는, 힘 있는 서체를 가리킨다. 장경각의 현판 글씨를 두고 한 말이다.

53. 사륜　임금의 조서를 가리키는 말이다.

54. 서향각　규장각의 책을 보관하고 관리하던 부속 건물. 주합루 서쪽 터에 동향으로 자리 잡은 정면 8칸, 측면 3칸의 24칸 규모에 장방형 평면을 이루고 있는 초익공집으로, 부연을 둔 겹처마의 팔작지붕이다.『궁궐지』에 따르면, 원래 임금의 초상 어진(御眞)과 어필(御筆)을 수장해 두었다가 때에 따라 이안(移安) 봉폭(奉曝), 즉 바람도 쏘이고 볕말림을 하던 곳으로서 이안각(移安閣)이라 부르기도 했다.

55. 태액지　원문은 태액(太液). 애련정(愛蓮亭) 앞쪽의 네모난 연못. 애련정은 1692년(숙종 18)에 지었다. 정자 앞의 연못을 태액지(太液池) 또는 애련지(愛蓮池)라고도 불렀다. 연못 옆에 어수당(魚水堂)이라는 건물이 있었으나 지금은 없다.

성근 별에 푸른 나무 꽃 핀 물가에 숨었구나.　　疎星碧樹隱芳洲

못 위엔 천 줄기의 연꽃이 또렷하고　　　　　池光的歷荷千柄

한밤중엔 희미하게 갈고리달 걸려 있네.　　　夜色微茫月一鉤

임금 말씀 언제나 향기 좋아 가까우니　　　　天語每從香裏近

신하들 못물 위로 자주 놀러 나가네.　　　　侍臣多向鏡中遊

한가해서 오히려 하루 세 번 뵈옵나니[56]　　　清閒尙自勤三接

서화선(書畫船)[57]에 강석이 그윽히 열렸구나.　　書畫船開講席幽

3　규장각에서 선비를 시험함 奎章試士

규장각 처음 열어 명유를 선발하니　　　　　初開延閣策名儒

해동에 인문 열림 눈 씻고 보는구나.[58]　　　拭目人文闢海隅

초야서야 그 누가 삼례부(三禮賦)[59]를 올리리오　草野誰呈三禮賦

근신들은 바야흐로 백관도(百官圖)를 진상하네.　近臣方進百官圖

홰나무 꽃 떨어진 뒤 반령이 반포되고　　　　槐花落後頒功令

어진 인재[60] 읊을 적에 바른 선비 뒤따른다.　　棫樸吟時正士趨

태사(太史)는 빈번하게 오색구름 점을 치고　　太史頻占雲五色

처마 끝[61] 붉은 해는 하늘 길을 씻는도다.　　罘罳紅日盪天衢

---

56. 하루 세 번 뵈옵나니　원문은 삼접(三接). 한낮에 임금을 세 번이나 접견한다는 뜻이다.

57. 서화선　북송 때의 서화가 미불(米芾)이 배 위에 부절을 내걸어 "미불 집안의 서화선"(米家書畫船)이라 하였다. 후에 문인이나 학자들이 타고 노니는 배를 지칭하는 말로 쓰인다.

58. 눈 씻고 보는구나　원문은 식목(拭目). 눈을 씻고 자세히 본다는 뜻이다.

59. 삼례부　삼례(三禮)는 주례·의례·예기를 말하며, 삼례부(三禮賦)는 삼례의 내용을 담아 읊은 시를 뜻한다.

60. 어진 인재　원문은 역박(棫樸). 떡갈나무 덤불. 『시경』 「대아」의 편명이다. "떡갈나무가 무성하면, 베어다 쌓으리로다"(芃芃棫樸, 薪之槱之.)라는 내용인데, 현재(賢才)가 많음을 비유한 것이다.

61. 처마 끝　원문은 부시(罘罳). 궁문 안에 대나무 따위로 엮어 세운 담이나 궁문 밖에 있는 담에 낸 그물을 친 창을 뜻한다. 또는 참새·비둘기 같은 새가 앉지 못하게 하기 위해 전각의 처마에 치는 철망을 가리키기도 한다.

4 불운정(拂雲亭)[62]에서의 활쏘기[63] 拂雲觀德

구름 장막 높이 솟아 과녁과 나란한데	雲幕高臨畫鵠平
유연한 팔 마른 활로 날 갬을 기뻐하네.	手柔弓燥喜天晴
많이 이겨 무리 나눠 술 마심 자주 보고	勝多數見分曹飮
가까워도 언제나 한 자 뒤서 활을 쏘네.[64]	地近常爲襄尺行
풀밭 옆 푸른 산엔 북소리가 연이었고	草際靑山連鼓響
바람에 날던 새들 시위 소리에 움츠린다.	風中飛鳥悧弦聲
야무지게 결습[65]한 이 모두 다 군자러니	桓桓決拾皆君子
다툼 없는 군자가 다툰다고 말들 하네.[66]	道是無爭却有爭

5 개유와(皆有窩)[67]의 매화와 눈 皆有梅雪

천문을 바라보니 흰 파도 답쌓인 듯	極目千門疊素濤
궁궐의 한 나무만 홀로 맑고 고고해라.	宮筵一樹獨淸高
좋은 밤 당사(唐史)를 다듬던 일 생각하니	良宵政憶修唐史

---

62. **불운정** 규장각 주합루 동북쪽 언덕 위에 있던 정자로 연사례를 행하던 장소다.

63. **활쏘기** 원문은 관덕(觀德). 활쏘기를 가리키는 말이다. 영화당 동쪽 장원봉(壯元峰) 북쪽에 관덕정이 있었다. 1642년(인조 20)에 창건하여 취미정(翠微亭)이라 이름 하였는데, 현종 5년(1664)에 '관덕'(觀德)으로 고쳤다. 관덕이란 본래 『논어』「팔일」의 주에 "활쏘기란 덕을 보는 것이므로 맞히는 것을 중시하고 과녁 뚫는 것을 중시하지 않는다. 이는 사람의 힘이 강약이 있기 때문이다" 라고 한 구절에서 나왔다.

64. **가까워도~쏘네** 양척(襄尺)은 고대 육예 중 하나인 오사(五射). 임금과 신하가 함께 활을 쏘는 것인데, 신하가 한 걸음 뒤로 물러나 임금에게 자리를 양보하여 존비(尊卑)를 구별한다. 『주례』(周禮)「보씨」(保氏)에 보인다.

65. **결습** 활을 쏠 때 팔뚝에 차는 깍지와 팔찌. '결'은 시위를 당길 때 엄지손가락에 끼는 깍지이고, '습'은 활을 잡은 손의 소매를 걷어 매는 팔찌를 말한다. 『시경』「거공」(車攻)에 보인다.

66. **다툼 없는~말들 하네** 군자는 활쏘기 외에는 다툼이 없다고 한 데서 나온 말이다. 『논어』「팔일」에 "공자께서 말씀하셨다. 군자는 다투는 것이 없으나 반드시 활쏘기에서는 경쟁을 한다. 상대방에게 읍하고 사양하며 올라갔다가 내려와 마시니 이러한 다툼이 군자다운 다툼이다"(子曰, 君子無所爭, 必也射乎. 揖讓而升, 下而飮, 其爭也君子.)라는 구절이 있다.

빼난 운치 어이해 『이소』(離騷)를 원망하랴. 逸韻何須怨楚騷
서원의 푸른 이불 꿈조차 차가웁고 青被西垣知夢冷
동각의 붉은 깁 매운바람 겁내누나. 絳紗東閣畏風饕
몇 차례 좋은 술에 꽃 소식 잇따르니 幾番仙醞隨花信
은혜 입은 사신(詞臣)들은 언 붓을 나무라네. 恩浹詞臣呵凍毫

6 농훈각(弄熏閣)의 단풍과 국화 弄熏楓菊

거문고[68]의 온갖 물태 맑은 가락 스며드니 虞絃物態入淸彈
궁궐엔 가을이 와 먼 데 보며 생각 펴네. 玉宇蕭辰騁遠看
궁전의 찬 국화엔 새 이슬이 하얗고 禁苑寒花新露白
그림 집의 가을 나무 석양에 붉게 탄다. 畫家秋樹夕陽丹
온몸이 차고 고와 봄인 줄 착각하고 全身冷豔欺春信
본색이 맑고 높아 세모에 기대었네. 本色淸高倚歲闌
아스라이 화성(華省)의 깊은 밤을 사랑하니 最愛迢迢華省夜
밝은 놀 어린 달빛에 이끌려 서성이네. 明霞細月引盤桓

7 희우정(喜雨亭)[69]의 봄빛 喜雨陽光

구구(九九)[70] 지나 추위 녹고 상서론 해 붉으니 九九寒消瑞日紅
보련(步輦)으로 소요하며 이궁을 나서시네. 逍遙步輦出離宮
반 굽이 푸른 못엔 복사꽃 뜬 물이요 半灣碧沼桃花水

---

67. 개유와　규장각에 있던 서고의 이름이다. 정조는 세손(世孫)이었을 때부터 정색당이라는 서고를 지어 도서 수집에 힘을 쏟았다. 명나라에서 기증해 온 중국본을 모으고, 또 입연사절(入燕使節)을 통해 새로운 서적을 구입하기도 했다. 부속 기구로 서고(西庫)와 열고관(閱古館)을 두었으며, 서고에는 조선본, 열고관에는 중국본을 나누어 보관했고, 열고관의 도서가 늘어남에 따라 다시 개유와를 증축했다.

68. 거문고　원문은 우현(虞絃). 거문고를 지칭하는 말이다. 『예기』에 "예전 순임금이 다섯 줄의 거문고를 만들어 이로써 남풍가를 불렀다"(昔者舜作五弦之琴, 以歌南風.)라고 한 데서 비롯되었다.

길가에 붉은 난간 버들솜 바람일세.　　　　一路朱欄柳絮風

사슴 우는 노래[71]는 향국 밖서 이뤄지고　　呦鹿歌成香國外

고기 낚는 시편[72]은 술배 속에 들어 있네.　釣魚詩在酒帆中

임금 마음 어이해 그저 놀며 구경하리　　　宸心豈是空遊玩

어진 말씀 한조(漢詔)[73]와 한가지임 보이셨네.　已見仁言漢詔同

8　관풍각(觀豐閣)[74]의 가을걷이　觀豐秋事

가을 와도 물색은 전과 다름없는데　　　　秋來物色故依然

삿갓 쓴 정자에서 무논을 바라보네.　　　一笠紅亭看水田

궁궐[75] 옆에 농장성(農丈星)[76]은 높직이 떠서 있고　農丈星高靑瑣側

---

69. 희우정　주합루 서북쪽에 있다. 1645년(인조 23)에 초당(草堂)으로 창건하고 취향각(醉香閣)이라 이름 하였다. 1690년(숙종 16) 여름에 크게 가물어 대신들을 여러 곳에 보내어 비를 빌게 했다. 이어 비가 내렸으므로 왕이 크게 기뻐하여 금원(禁苑)의 취향정(醉香亭)을 희우정(喜雨亭)으로 이름을 고치고 명문(銘文)을 지어 사실을 말하였으며, 초개(草蓋)를 개와(蓋瓦)로 고쳤다.

70. 구구　동지로부터 81일 되는 날 또는 그동안이다. 〈구구소한도〉(九九消寒圖)란 그림이 있는데, 동짓날부터 81일간을 계산한 그림이다. 동지로부터 81일이면 추위가 완전히 사라진다고 생각하여, 동짓날 81송이의 매화를 그려 놓고 매일 한 송이씩 칠하며 봄이 오는 것을 반기던 풍속이 있었는데, 그 81송이 매화가 그려진 그림을 말한다.

71. 사슴 우는 노래　원문은 유록가(呦鹿歌). 『시경』「녹명」(鹿鳴) 편을 가리킨다. 작품 중에 "껵껵하고 사슴이 울며, 들판의 쑥을 뜯네"(呦呦鹿鳴, 食野之苹.)라 한 데서 연유하였다. 신하들과 귀한 손님에게 연회를 베푼 것을 노래한 내용이다.

72. 고기 낚는 시편　원문은 조어시(釣魚詩). 제왕이 궁중에 신하들을 초청하여 꽃을 감상하고 낚시질을 하며 술 마시고 함께 시를 짓는 습속으로 남당(南唐)에서 시작하였다. 이러한 습속은 특히 북송 시기에 성행하여 수많은 시문이 지어졌다. 여기서는 특정 시를 가리킴이 아니라 근신 간에 펼쳐지는 상화조어(賞花釣魚)의 즐거움을 범칭한 것으로 보인다.

73. 한조　한 고조 유방이 세상을 뜨면서 내린 유조(遺詔)를 가리킨다.

74. 관풍각　서내대(瑞乃臺) 동쪽에 있던 전각. 1647년(인조 25)에 천구(川溝)를 덮어 그 위에 지은 누각이다. 금원(禁苑)의 여러 못물이 모두 그 아래로 흐른다.

75. 궁궐　원문은 청쇄(靑瑣). 궁궐의 문과 창을 장식한 푸른 연환(連環) 무늬로 궁궐을 가리키는 뜻으로 쓴다.

76. 농장성　농사일을 주관하는 별이다.

대궐의 주변 풍경 〈빈풍도〉(豳風圖)[77]와 가깝도다.　豳風圖近紫宸邊

풍년에도 백성 근심 늦추지 못하시매　　　　　民憂不以豊年緩

가을걷이 오로지 성주(聖主)의 관심사라.　　　稽事偏爲聖主憐

선왕께서 농사일을 숭상하심 앙모터니　　　　久仰先王崇大本

오추의(五推儀)[78] 의례대로 몸소 따라 하신다네.　五推儀注費窮沿

응제로 지은 '영주에 올라'[79] 20운〔짧은 서문과 함께〕

登瀛洲二十韻應令〔幷小序〕

신등이 규장 8경 시를 지어 올리고 명을 받들어 입시하자 각각 운서 한 부
씩을 하사하시며 칭찬하셨다. 이어 어제를 내리셨는데, '등영주'(登瀛洲)라
하였다. 대개 신등이 처음으로 임금을 뵈옵고 지극한 광영에 견주었는데,
시를 바친 뒤에 또 종이와 붓으로 후한 상을 내리시니, 참으로 천지를 덮
을 만한 은혜였다. 이에 함께 기록해 둔다.[80]

77. 〈빈풍도〉　송나라 조맹부(趙孟頫)가 그린 그림.
78. 오추의　고대에 농기구를 가지고 가서 농사를 짓는 예의이다.
79. 영주에 올라　영주는 삼신산의 하나로, 선경을 말한다. 여기서는 청현(淸顯)한 벼슬에 올라 임
금을 모시고 영광을 누리는 것을 두고 한 말이다.
80. 신등이~기록해 둔다　『국역 청장관전서』 제4책 230쪽에도 이덕무의 아들 이광규가 쓴 "병신
년(영조 52, 1776)에 상의 명으로 규장각을 세우고 학사를 두었다. 3년 뒤 기해년(정조 3, 1779)에
다시 검서관 4명을 두었는데, 선군께서 이 관직의 수위로 선임되었다. 상이 모든 검서들에게 명하
여 규장각 8경에 대한 칠언 근체시 8편을 짓게 하였는데, 선군께서 거기에 장원을 차지하였으며, 또
등영주에 대해 20운의 칠언 배율을 짓게 하여 또다시 장원을 차지하여 상을 받았는데, 모두 차등이
있었다"라는 기록이 있고, 제4책 13쪽에는 이덕무가 지은 「등영주」 칠언 배율 20운 시가 실려 있다.

臣等旣撰進奎章八景, 承命入侍, 各賜韻書一部以奬之. 仍下御題曰: 登瀛州. 蓋以臣等初覩耿光, 擬之榮感之極, 獻詩後, 又蒙紙筆厚賞, 眞天地覆幬之恩哉. 仍并記之.

진궁(秦宮)의 서편에 상서로운 구름 뜨니	秦宮西畔靄雲浮
신선 실은 수레가 저 멀리 노니누나.	芝盖飈輪望裏遊
선리(仙李)의 풍광은 바야흐로 성세인데	仙李風光方盛世
대당(大唐)의 인물은 모두들 명류로다.	大唐人物盡名流
재명(才名)이 두드러져 대궐에 불려지니	才名特見王門召
옥적(玉籍)[81]에 실린 것과 이름이 똑같구나.	姓字眞同玉籍收
높은 명망 오늘날 막부(幕府)를 열어 놓고	雅望如今開幕府
신선 인연 예부터 영주를 말했다네.	仙緣自古說瀛洲
누구나 얻는다면 무슨 영에 있겠는가	人皆可得榮何有
이름만 알려진 곳 그 경계 그윽하다.	世但聞名境是幽
임금 섬겨 공을 세움[82] 남다른 운수러니	附翼攀鱗元異數
치마 걷고 발 적셔도 중간 중간 시름일세.	褰裳濡足只間愁
천하를 이미 좇아 걸상 높이 매달고도[83]	已從天下高懸榻
다시금 인간 향해 따로 다락 세웠구나.	更向人間別置樓
모수(毛遂)의 짝들[84]보다 사람 수는 부족하나	人數減於毛遂伴

81. 옥적　옥판에 신선의 이름을 적은 선계의 명부다.

82. 임금 섬겨 공을 세움　원문은 부익반인(附翼攀鱗). 용의 비늘을 끌어 잡고 봉황의 날개에 붙는다는 뜻으로, 영주(英主)를 섬겨 공명을 세우는 것을 이른다.

83. 걸상 높이 매달고도　원문은 현탑(懸榻). 걸상을 매달아 놓는다는 뜻이다. 후한의 진번(陳蕃)이 아무도 만나지 않다가 서치(徐穉)가 오면 걸상을 내려놓고 후히 대접하고 그가 가면 다시 그 걸상을 매달아 놓았다는 고사에서 유래하여, 귀한 손님이나 손님을 후히 대접한다는 의미로 쓰였다.

임금 은총 이응(李膺) 배[85]와 아주 흡사하도다.	寵光爭似李膺舟
아속(雅俗)이 원래부터 차이 남을 알겠고	方知雅俗生來異
선범(仙凡) 다름 지척에서 연유하여 깨닫누나.	始覺仙凡咫尺由
느닷없이 벼슬길서 말 꼬리를 뒤따르니[86]	倏忽青雲隨驥尾
아스라한 푸른 나무 자라 머리[87] 솟았구나.	微茫碧樹出鰲頭
청관(青官)[88]이 어이해 풍진 세상 물건이리	青官豈是風塵物
명사는 애초부터 익힌 음식 먹지 않네.	名士初非火食儔
성대히 단에 올라 옥황상제 조회하고	衮衮登壇朝玉帝
담담히 부(府)에 살며 부구공(浮丘公)[89]께 절 올리네.	潭潭居府揖浮丘
지경 안엔 영재들이 이처럼 가득하니	寰中妙選如斯足
바다의 이름난 산 이곳과 비슷할까?	海上名山似此不
땅은 도서(圖書)[90] 부응하여 별자리를 우러르고	地應圖書瞻列宿
하늘은 재기(才氣) 내어 신주(神州)에 으뜸일세.	天生才氣冠神州

---

84. 모수의 짝들 원문은 모수반(毛遂伴). 전국시대 조(趙)나라 평원군(平原君)의 식객이다. 진(秦)나라가 조나라를 쳤을 때 자천(自薦)하여 평원군을 따라 초나라에 가서 검을 어루만지며 초왕(楚王)을 위협하여 합종의 협약을 맺게 했다. 모수의 짝들이란, 평원군이 초나라에 구원을 요청하러 갈 때, 모수와 동행했던 19인의 식객들을 가리키는 것으로 보인다. 『사기』 「평원군열전」에 보인다.

85. 이응 배 원문은 이응주(李膺舟). 후한(後漢) 때 이응이 곽태(郭泰)와 함께 배를 타고 놀자, 사람들이 신선의 짝이라 했다 한다. 『후한서』 권98 「고사전」(高士傳)에 보인다.

86. 말 꼬리를 뒤따르니 원문은 수기미(隨驥尾). 스스로 노력하지 않고 다른 사람에게 기대어 이룸을 가리킨다. 사마천은 『사기』 「백이열전」에서 "백이 숙제가 현인이었다고는 하나 공자에게 찬양 받아 그 이름이 더욱 높아졌고, 안연이 참된 사람으로 학문을 열심히 닦았다고 하나 공자의 기미(驥尾)에 붙음으로써 그 행위가 더욱 뚜렷해졌다"라고 말했다.

87. 자라 머리 원문은 오두(鰲頭). 바다 위 삼신산의 하나인 영주는 거대한 자라의 등에 얹혀 있다 하므로 한 말이다.

88. 청관 푸른 도포를 입은 선계의 관리다.

89. 부구공 원문은 부구(浮丘). 주(周)나라 영왕(靈王) 때의 신선이다. 일찍이 왕자 진(晉)과 함께 학을 타고 생황을 불며 숭산(嵩山)에서 노닐었다고 한다.

90. 도서 하도(河圖)와 낙서(洛書)를 말한다.

별계(別界)에 가을 깊어 청릉에 숙직하니　　　　秋深別界靑綾直

붉은 문에 드는 달빛 비단 방석 비추누나.　　　月入朱門綺席留

기화(琪花)와 요초(瑤草)들은 비밀스런 볼거리요　琪草瑤花供秘玩

석거(石渠)와 천록(天祿)[91]을 제멋대로 찾는구나.　石渠天祿恣冥搜

난대(蘭臺)의 벼루에선 천향(天香)이 가득하고　天香滿帶蘭臺硏

내부의 음식상엔 좋은 술과 맛난 음식.　　　　法醞催宣內府羞

태일진인(太一眞人) 박학하단 그 말을 들어 보고　太一眞人聞博學

뛰어난 선비들이 계책을 빌려 오네.[92]　　　無雙國士借前籌

상선(上仙)은 다만 홀로 문명에서 나오나니　上仙只自文明出

하사(下士)는 그와 달리 옷과 밥만 구하누나.　下士還將服食求

어이 다만 사림으로 나라 성함 울리리오　詎但詞林鳴國盛

환하게 수립하여 큰 꾀를 우러르리.　　　煌煌樹立仰宏猷

낙동 조 진사의 서루에서 酪洞趙進士書樓

자각의 서편으로 여름 풍경 무르익고　　夏景深深紫閣西

집 머리는 짙푸른빛 진흙을 바른 듯해.　屋頭濃翠似塗泥

맑은 바람 말에서 내리니 매미 소리 요란하고　淸風下馬蟬聲急

---

91. 석거와 천록　원문은 석거천록(石渠天祿). 석거와 천록 모두 한나라 때의 장서각(藏書閣)을 말한다.

92. 계책을 빌려 오네　한(漢)나라 장량(張良)이 한왕(漢王)을 뵈오니 그가 막 식사 중이라, 양(良)이 밥상의 저를 빌려 조건을 세어 가면서 계책을 아뢰었다. 원문의 차전주(借前籌)는 여기에서 가져온 말이다.

밝은 해에 누 오르자 새들은 낮게 난다.　　　　白日登樓鳥去低

바둑판 쓸어 담고 대숲 길로 가자 하여　　　　已掃紋枰期竹逕

술통을 가지고서 안개 시내 건너가네.　　　　相將酒盍度烟溪

이제껏 박한 벼슬 말한들 무엇하리　　　　伊來薄宦何須說

그대와 벗이 되니 그것이 고마워라.　　　　還是同君惠好携

직각 정지겸[93]이 용만 부윤으로 가는 것을 전송하며 2수

送鄭直閣〔志儉〕之尹龍灣 二首

1

임금 말씀 눈 비비고 붓과 벼루 펼치니　　　　拭目天章筆硏開

서국(書局)의 얕은 재주 공연히 부끄럽다.　　　　空慚書局引微才

섬서 경략 한기(韓琦)[94]가 오늘에 다시 나니　　　　陝西經畧還今日

양관(陽關)[95]의 이별 술잔 어이해 없을쏜가.　　　　無那陽關把酒杯

93. 정지겸　　1737~1784. 본관은 동래(東萊), 자는 자상(子尙), 호는 철재(澈齋). 목사 정석범(鄭錫範)의 아들이며, 어머니는 이정룡(李挺龍)의 딸이다. 조선 후기의 문신으로 1771년(영조 47)에 진사시에 합격하고, 1773년 세손어종사세마(世孫衛從司洗馬)로 임용되어 정조와 일찍부터 친함이 있다. 정조의 특별한 지우를 받았고, 규장각 각신으로 뽑혀 들어가 정조 때 문예 진흥에 기여하였다.

94. 한기　　원문은 섬서경략(陝西經畧). 송(宋)나라 인종(仁宗) 때의 재상(宰相). 서하(西夏)가 반역하자, 섬서 경략 초토사(陝西經略招討使)가 되어 범중엄(范仲淹)과 합심하여 큰 공을 세웠다.

95. 양관　　양관곡. 원이(元二)가 안서 지방의 사신이 되어 떠날 때 왕유(王維)가 지어서 부른 시다. 전하여 송별의 시를 가리킨다.

2

맑은 가을 압록강변 말 타고 들어갈 제	淸秋馹騎鴨江頭
먼 이별 근심일랑 조금도 짓지 마소.	莫作幾微遠別愁
의기 솟아 때때로 성 위에서 바라보면	意氣時時城上望
안개 물결 해 지는 곳 청주(靑州)⁹⁶가 그곳이리.	烟波落日是靑州

규장각에서 연사례가 있던 날 왕명을 받들어 짓다⁹⁷〔짧은 서문과 함께〕 奎章閣燕射禮日應令〔幷小序〕

기해년(1779, 정조 3) 9월 25일 왕께서 규장각에 납시었다. 각신들은 책을 볕에 쪼이고 표전을 올렸다. 이어 불운정(拂雲亭)⁹⁸에서 연사례(燕射禮)⁹⁹를 행하였다. 정자는 삿갓 하나를 씌워 놓은 것 같은데, 대나무로 여섯 모퉁이에 기둥을 세워 띠로 덮었다. 시위하는 곳이 좁아 모두 섬돌 위에 자리를 마련하고, 악공들이 그 앞에 늘어섰다. 열고루(閱古樓)¹⁰⁰ 곁에 아홉 과

---

96. 청주 고대 우(禹)임금이 중국 대륙을 나눈 구주(九州) 중의 하나. 지금의 산동반도 일대.

97. 규장각에서~받들어 짓다 『정조실록』 3년 9월 25일조에 이날의 행사에 대한 기록이 실려 있다. 이 기록에 따르면, 이날 시사관(侍射官)으로 좌의정 서명선, 규장각 제학 서명응, 병조판서 홍악성, 판돈녕부사 구윤옥, 평안도 관찰사 이휘지, 우참찬 정광한, 행 도승지 홍국영, 이조참판 유언호, 행 부사직 이형규·이의익, 병조참의 홍악빈, 규장각 직각 김면주, 대교 서룡보가 참여했다. 그 밖에 이날의 행사 진행 사항도 소개되어 있다.

98. 불운정 이 책 상권 308쪽 각주 62번 참조.

99. 연사례 천자나 제후가 사신을 위로하거나 신하들과 함께 휴식할 목적으로 베풀던 활쏘기 행사. 조선 시대 연사례의 시행 배경과 의의에 대해서는 강신엽, 「조선시대 대사례의 시행과 그 운영」(『조선시대사학보』16, 2001)과 신병주, 「영조대 대사례의 실시와 대사례의궤」(『한국학보』106) 참조.

녁[101]을 설치하였다. 열고루는 도서를 수장하는 곳이다. 처음에 신등은 조금 멀리 앉아 있었는데 그 사이에 의장대가 있었다. 왕께서 가까이 오게 하시어 음식을 하사하시고, 우리 얼굴을 굽어볼 수 있도록 가까이 오게 하시었다. 쟁반은 붉게 옻칠한 둥근 것이었고, 그릇은 열다섯 개였다. 나물과 국, 생선 등의 반찬이 향기롭고 정갈했는데 사치스럽지는 않았다. 여러 신료들은 모두 고르게 앉아 모시고 식사를 하니 사가의 예와 같았다. 정오에 활쏘기의 반이 끝나자, 규장각 정전에서 술을 내리셨다. 안주와 과일, 떡 등이 나왔고 그릇은 전과 같았다. 저녁이 되자 시사자(侍射者)들은 모두 물러가고, 각신과 승지와 선전관 등은 전각에 등불을 늘어세운 곳에 서 있었다. 이어서 저녁밥을 내리셨다. 중관(中官)이 술을 따르니, 취하는 것을 법도로 하였다. 왕께서 말씀하시길, 검서관 등에게는 반드시 각자 식탁 하나씩 배정하라고 하셨다. 대개 조찬(朝饌) 때 부족하여 당상 선전관 이하는 식탁을 합석했기 때문이다. 신등은 하찮은 신분으로 외람되이 시신의 열에 있어 하루에도 성상의 말씀이 여러 번이나 술과 밥의 자질구레한 일에까지 미쳐 또한 번거롭게 깊은 생각이 여기까지 이르시니, 신등이 서로 돌아보고 감격하여 눈물을 흘리며 어찌할 줄을 몰랐다. 이때 신등은 남쪽 기둥 모퉁이에 엎드려 가끔 촛불 그림자 아래서 보노라니, 시신들은 모두 식안(食案) 아래 엎드려 있는데 그 앞에 찬의(贊儀)[102]가 가득했다. 의주(儀注) 읽기를 마치자 여러 신료가 의례에 따라 식사를 했다. 왕께서 돌아보며 즐거워하셨는데, 말씀이 민간의 일에 미치자 즐거워 그치지 않으셨다. 이윽

---

100. **열고루**　주합루 남쪽에 있던 이층 건물. 그 북쪽으로 꺾여 개유와(皆有窩)가, 서북쪽으로 서고(西庫)가 있었다. 조선 말 개유와에는 정조 원년에 구입한 『도서집성』(圖書集成) 5000권 등 많은 중국 서적을 수장하고, 서고에는 본국에서 출판된 고서들을 보관했다.

101. **아홉 과녁**　원문은 구후(九帿). 곰(熊)·범(虎)·사슴(鹿)·꿩(雉)·토끼(兎)·기러기(鴈)·물고기(魚)·수리(雕)·원숭이(猿)를 그린 과녁으로, 과녁에 따라 얻는 점수가 달랐다.

102. **찬의**　통례원에 소속된 정5품 관직으로, 행사의 사회를 맡아보는 역할을 하였다. 모든 의식에서 행동의 지시를 창(唱)하였다.

고, "이것이 이른바 천 년에 한 번 있는 일이오! 그런데 즐기기만 하고 돌이켜보지 않으면 황음에 빠지는 것이 아니겠소!"라고 말씀하셨다. 여러 신료가 일제히 소리 높여 "성사(盛事)이옵니다!"라고 하는데, 일어나서 찬탄하는 사람도 있었다. 이에 왕께서 승지 정민시(鄭民始)에게 전교를 내리기를, "그대들이 이 성대한 모임에 함께하였으니 옛 노래처럼 시를 지어 바치는 것이 좋겠소"라고 하시었다. 신이 즉시 일어나 승지에게 "가요라 함은 『시경』의 아(雅)나 송(頌)을 이르는 것입니까?" 하고 묻자 그렇다고 하였다. 이에 신 덕무(德懋), 신 득공(得恭), 신 이수(理修)가 각자 한 편씩 지어 이튿날 아침 이문원(摛文院)[103]에 제출했다.

己亥九月二十五日, 上御奎章閣. 閣臣曬書進箋, 仍行燕射禮于拂雲亭. 亭僅一笠, 楹以竹六稜覆茅. 侍衛地窄, 皆席于階上, 而樂陳于前. 設九幀於閱古樓之傍, 閱古樓者, 藏書之所也. 初臣等坐稍遠, 間以儀仗, 上命之近而賜食焉, 令其容可俯而視也. 盤朱漆而圓, 器十有五, 蔬蕆羹魚, 香淨不侈. 諸臣皆平坐侍食如家人禮. 午刻射半之, 而宣醞於奎章閣正殿, 肴菓餠餌, 器如前. 至夕侍射者皆退, 惟閣臣及承旨宣傳官等特列燭於殿, 仍宣夕飯. 中官斟酒, 以醉爲度. 上曰: "須檢書官等, 人各一卓." 盖朝饌不足, 堂上宣傳官以下合卓故也. 臣等以蟣蝨之微, 猥在侍臣之列, 一日之內, 天語屢及, 至於酒食瑣屑之事, 亦煩淘念至此, 臣等相顧感泣, 莫知攸措. 時臣等伏於南楹之曲, 往往從燭影下見, 侍臣皆伏食案, 滿前贊儀. 讀儀注訖, 諸臣侍食如儀, 上顧而樂之. 語及民間事, 亹亹不已. 曰: "此所謂千載一時者也. 如樂而不返, 則斯荒矣." 諸臣齊聲以爲盛事, 或有起立贊歎者. 於是, 上命左承旨鄭民始, 傳曰: "爾等同此盛擧, 作詩如古歌謠以獻, 可也." 臣卽起而請于承旨曰: "歌謠云者, 若詩之雅頌之謂歟?" 曰: "然矣." 乃與臣德懋 臣得恭 臣理修, 各賦一篇, 翌朝呈于摛文院.

103. 이문원 규장각 학사들이 밤에 숙직하던 곳으로, 규장각 서쪽에 있었다. 이문원 북쪽에는 대유재(大酉齋), 동쪽에는 소유재(小酉齋)가 있었고, 대유재로 연접된 동이루(東二樓)에는 많은 서적이 수장되어 있었다.

천 년에 한 번 성인께서 동방에 임하시어　　　千一聖人臨東方
하늘의 문운 받아 새 세상을 여시었네.　　　上膺奎運開鴻荒
예악을 다시 닦음 옛날의 명당(明堂)[104]이요　　　重修禮樂古明堂
필찰을 따로 주니 오늘의 천장(天章)일세.　　　別給筆札今天章
사고(四庫)[105]에 현사 모임 성당과 맞먹겠고　　　集賢四庫配盛唐
칠언의 연구들은 백량체(栢梁體)[106]를 능가하네.　　　聯句七言超栢梁
어수당(魚水堂)[107] 함께 하니 군신 모임 성대해라　　　魚水同堂際會昌
기룡(夔龍)[108]의 옥패 소리 쟁글쟁글 울리누나.　　　夔龍玉佩鳴鏘鏘
비각의 처마 끝은 하늘과 맞닿았고　　　飛閣觚稜接混茫
은하수 환히 돌아 찬란한 빛을 내네.　　　雲漢昭回爛有光
열성조의 가르침 양양히 드리우니　　　列朝謨訓垂洋洋
요순의 그 마음을 자나 깨나 우러른다.[109]　　　堯情舜思瞻羹牆
해마다 봄가을로 시절도 아름답고　　　歲歲春秋日旣良

104. **명당**　선진 시기에 제왕이 신하들을 모아 놓고 정사와 제의를 행하던 곳.

105. **사고**　성낭 시기에 현종은 한림원이나 집현원 등을 설치하여 인재를 모으고 문운을 일으켰다. 당시 집현원에서는 도서들을 네 범주로 분류하여 사고(四庫: 經庫·史庫·子庫·集庫)에 수장하였다.

106. **백량체**　원문은 백량(栢梁). BC 115년 전한(前漢)의 무제(武帝)가 장안 백양대(栢梁臺)를 낙성하였을 때 군신들을 모아 놓고 시를 지었는데, 무제를 비롯한 25명의 신하들이 칠언 시구를 한 구씩 차례로 읊은 것을 연구(聯句)한 것이 백양체이며, 각 구마다 압운이 있다.

107. **어수당**　원문은 어수(魚水). 어수(魚水)는 유비가 제갈량을 얻은 것을 고기가 물 만난 것으로 비유한 데서 비롯된 말로, 임금과 신하가 잘 만난 것을 뜻한다. 어수계(魚水契), 어수합(魚水合)이라고도 한다. 그런데 실제 규장각에는 어수당이 있었으니, 여기서는 어수당에 군신이 함께 모인 것을 뜻한다. 원문의 제회(際會)도 어진 신하가 훌륭한 임금을 만난 것을 뜻한다.

108. **기룡**　순임금의 두 신하 이름이다. 기(夔)는 예악을 담당했고, 용(龍)은 언로를 맡았다고 한다. 『서경』 「순전」(舜典)에 보인다.

109. **자나 깨나 우러르네**　원문은 갱장(羹牆). 잊지 않고 추모함을 뜻한다. 요임금이 죽자, 뒤를 이은 순임금은 요임금을 3년 동안 앙모하였으니, 앉으면 벽에서 우임금을 보고, 밥 먹을 때는 국에서 요임금을 보았다고 한다. 『후한서』 「이고전」(李固傳)에 보인다.

잔치[110] 노래 이어지매 즐거움 끝이 없네.　　　　湛露賡歌樂未央

간혹 술을 내리시면 술잔을 높이 들고　　　　　或賜之酒觶可揚

활쏘기 명하시매 시위를 당기누나.　　　　　　或命之射弓斯張

늘어선 신하들은 엄연히 줄 이루고　　　　　　陪懽列侍儼成行

임금 걸음 몸소 돌려 영소(靈沼)[111] 곁에 납시었네.　玉趾親廻靈沼傍

목란 배를 띄우자 오리 기러기[112] 함께 날고　　鳧鴈齊飛泛蘭槳

멀리 못가 위에서 서향각을 바라본다.　　　　　遙從池面望書香

때는 늦은 가을이라 엷은 서리 많이 내려　　　是時秋末多輕霜

궁궐 숲의 가을 잎들 누릇누릇 변해 가네.　　禁林秋葉點微黃

아홉 과녁 바람 불어 깃발은 펄럭이고　　　　九幠風正颭旗忙

선악(仙樂)을 연주하니 봉황음(鳳凰吟) 가락일세.　仙樂嘈嘈吟鳳凰

높은 자리 내린 음식 배불리 실컷 먹고　　　宣飯筵高飫肥粱

맑은 날 책 볕 쬐며 좀벌레[113]를 쫓는도다.　曝書天晴驅脈望

가까이 앉게 하신 그 은혜 거룩하니　　　　前席殊恩出尋常

이따금 임금 말씀 낭랑히 들려왔지.　　　　有時天語聞琅琅

---

110. 잔치　원문은 담로(湛露). 만물을 고루 적셔 주는 하늘의 은혜를 뜻하는 말이다. 『시경』 「남유가어」(南有嘉魚)에서 천자가 제후들에게 베푸는 잔치라는 뜻으로 쓰인 이후, 왕이나 천자가 베푼 연회를 뜻하게 되었다.

111. 영소　주(周) 문왕(文王)이 이궁(離宮)에 조성했던 못의 이름이다. 『시경』 「영대」(靈臺)의 "王在靈沼, 於牣魚躍"은 널리 인구에 회자되었다. 규장각 근처 영화당(暎花堂) 동쪽에 있던 못의 이름도 영소(靈沼)다.

112. 오리 기러기　원문은 부안(鳧鴈). 잔치의 외양이나 제왕의 위의가 훌륭함을 뜻하는 말이다. 『시경』 「여왈계명」(女曰鷄鳴)의 전(箋)에서 "평화로울 때 오리와 기러기를 쏘아, 손님을 접대하는 연회의 도구로 삼는다"라고 풀이하였다.

113. 좀벌레　원문은 맥망(脈望). 크기는 한 마디쯤 되고 둥근 고리처럼 생긴 상상 속의 벌레 이름. 책의 좀벌레가 세 번 '신선' 글자를 파먹으면 변하여 맥망이 되는데, 밤에 법도에 따라 별을 보면 성사(星使)가 내려와서 신선이 될 수 있다고 한다. 『유양잡조』(西陽雜俎) 「지락고중」(支諾臯中)에 보인다.

금방(金榜)을 우러르니 어찌 그리 휘황턴지	仰瞻金榜何輝煌
아홉 가지 등촉 불을 깊은 방서 꺼내 왔네.	九枝燈燭出深房
까마귀는 번뜩번뜩 사양 속에 숨어들고	歸鴉閃閃匿斜陽
먼 산과 푸른 하늘 하나인 듯 붙었구나.	遠山如一黏圓蒼
문무로 조이고 늦춤[114] 잊을 수 있겠는가?	文武弛張俾可忘
태강(太康)을 경계하는 임금 마음 보이셨네.	已見宸心戒太康
박한 재주 임금 모심 부끄럽기 짝 없는데	愧將薄技侍君王
시 지으라 명하시니 신이 어이 감당하리.	女其作詩臣堪當
구여(九如)[115]의 세 번 송축 내 술잔에 담았으니	九如三祝稱我觴
천추만세 영원토록 만수무강 비나이다.	萬歲千秋頌無彊

결성현[116]에 부임하는 정언 이사조[117]를 전송하며

送李正言思祚 赴任結城縣

강과 바다 아득한 곳 일산 하나 떠 가노니	江海迢迢皂蓋浮
간신(諫臣)이 겨를 얻어 남녘 고을 얻었구나.	諫臣休暇得南州

114. **문무로 조이고 늦춤** 원문은 문무이장(文武弛張). 『예기』「잡기 하」(雜記下)에 "한 번 당기고 한 번 놓아 주는 것이 문무의 도"(一張一弛, 文武道也)라 하였다. 평화로울 때는 군사적 긴장감을 불러일으키고, 긴장이 지속되면 힘이 소진되니 적당하게 늦춰 주어야 한다는 뜻이다.

115. **구여** 『시경』 소아(小雅)「천보」(天保)에 나오는 아홉 가지의 축복을 말한다. 즉, 여산(如山)·여부(如阜)·여강(如岡)·여릉(如陵)·여천방지(如川方至)·여월항(如月恒)·여일승(如日升)·여남산수(如南山壽)·여송백무(如松柏茂)다.

116. **결성현** 충청남도 홍성군 일부 지역의 고려 시대 행정구역이었다. 원래는 백제의 결기군(結己郡)이었는데, 신라 경덕왕 때 결성군(潔城郡)으로 개명하였으며, 1172년(명종 2) 결성현으로 개명했다. 1914년 홍성군에 병합되었다.

타향의 대나무는 하늘빛에 맞닿았고	他鄕竹樹連天色
가는 길엔 고기 새우 온 땅 가득 가을일세.	去路鰕魚滿地秋
어디에서 큰 술잔에 함께할 벗 만나 보리	何處深杯逢敵手
이따금 꿈길 따라 태수[118]에게 이르리라.	有時飛夢到遨頭
저물녘엔 오래도록 시구 찾음 알겠거니	斜陽定識尋詩久
흑치(黑齒)[119]의 황량한 성 옛적 일을 조문하리.	黑齒荒城弔古愁

성주목[120]에 부임하는 승지 남학문을 전송하며[121]

送南承旨鶴聞 赴任星州牧

듣자니 태수 급히 부임했다니	聞道凫飛急
추운 날씨 조령(鳥嶺)[122]에서 시름 겨우리.	天寒鳥嶺愁
조정에선 순리(循吏)[123]로 이름 높으니	朝廷重循吏

---

117. 이사조 1729~?. 본관은 전주(全州), 자는 자급(子伋)이다. 1764(영조 40) 별시(別試)에 병과(丙科)로 급제했다. 아버지는 필운(必運)이고, 조부는 상열(尙說)이다.

118. 태수 원문은 오두(遨頭). 송나라 때 성도(成都)에서는 정월부터 4월까지 태수가 완화계(浣花溪)에 나가 놀았는데, 이때 사람들이 대수를 가리켜 오두라고 불렀다. '오두'는 놀이의 우두머리란 뜻이다.

119. 흑치 백제가 망한 뒤, 백제 부흥 운동을 이끌었던 흑치상지(黑齒常之)를 가리킨다. 흑치상지가 지금의 홍성·예산 일대에서 군대를 일으켰으므로 한 말이다.

120. 성주목 성주는 고대 여섯 가야국의 하나인 성산가야국을 말한다. 여러 차례 변천 끝에 1895년(고종 32) 성주군으로 개칭되었다.

121. 성주목에~전송하며 남학문은 1779년 11월에 성주목사가 되었다.

122. 조령 경상북도 문경시와 충청북도 괴산군의 경계를 이루는 고개. 새재 또는 문경새재라고도 한다.

주군(州郡)에선 멋진 풍류 남김 없으리.	州郡盡名流
고적 찾아 남여 타고 두루 다니고	訪古藍輿遍
경서 읽는 학사(學舍)엔 사람 많겠네.	橫經學舍稠
홀(笏) 괴고[124] 가야산 바라보자면	伽倻堪拄笏
산 빛이 관루(官樓)에 가득하리라.	黛色滿官樓

김연숙의 서실에서 육유의 시에 차운하여 金淵叔書室 次放翁

십 년 세월 지났어도 예전 익살 여전한데	十載空餘舊滑稽
슬픔 근심 역력하여 계속하지 못하겠네.	悲懼歷歷不堪提
닭 잡아 둘이 같이 산중에서 얘기하다	殺鷄共作山中話
등불 켜고 다시금 한강 시제(詩題) 읊조렸네.	秉燭重吟漢上題
사귐을 논하면서 가난 시절 잊을쏜가[125]	豈有論交忘戴笠
여전한 벼슬길에 연려(燃藜)[126]가 부끄럽다.	居然通籍愧燃藜
뜨락 돌며 다시금 황혼 빛을 아끼는데	巡庭且愛黃昏色
엷은 달빛 비쳐 들어 국화 그림자 어지럽네.	淡月偏將菊影迷

---

123. **순리** 순량(順良)하여 법을 잘 지키는 관리를 뜻한다.
124. **홀 괴고** 이 책 상권 136쪽 각주 159번 참조.
125. **사귐을~잊을쏜가** 삿갓을 쓴다는 뜻의 대립(戴笠)은 가난을 의미한다. 이익은 『성호사설』 권 15 '논교'(論交)에서 『풍토기』(風土記) 소재 월나라 민요를 소개했는데, 그중 1·2구가 아래와 같다. "그대는 수레 타고 내가 삿갓 썼거든, 다른 날 만났을 때 수레에서 내려 읍하게나."(君乘車我戴笠, 他日相逢下車揖.)
126. **연려** 한나라 때 유향(劉向)이 천록각(天祿閣)에서 교서하였을 때 푸른 명아주 지팡이를 짚은 노인이 나타난 고사를 가리킨다.

북청부로 부임하는 승지 최태형을 전송하며

送崔承旨〔台衡〕赴任北靑府

마천령 자락의 고을이거니	摩天嶺下州
흰머리로 백성 살핌 근심겨우리.	頭白莅民愁
바다 보면 장비국(長臂國)[127] 있음 알겠고	望海知長臂
해자 수리 읍루족(挹婁族)[128] 생각나누나.	修隍想挹婁
다람쥐는 이른 눈에 배가 고프고	貂鼯饑早雪
안장 말은 깊은 가을 늙어 가누나.	鞍馬老深秋
서울서 시 지어 부칠 만하니	京洛詩堪寄
함관[129] 땅에 닷새면 도달하겠네.	咸關五日郵

김연숙의 북행을 전송하며 送金淵叔北行

함관령 눈 온 뒤에 집 편지를 받아 보고	咸關雪後見家書
황혼 무렵 관도에선 수레 소리 들리겠지.	官道黃昏聽役車
철령의 서린 뿌리 천 리에 걸쳐 있고	鐵嶺蟠根千里盡
변방 구름 저 멀리 채찍 너머 떠 있구나.	胡雲縱目一鞭餘

---

127. 장비국 원문은 장비(長臂). 장비국은 팔이 긴 사람들이 사는 전설 속의 나라로, 물속에서 고기를 잡는데 두 손에 각각 고기 한 마리씩을 잡는다 한다.
128. 읍루족 원문은 읍루(挹婁). 고대 만주 동북 지방에 살던 부족의 하나로 한(漢)나라 이전의 숙신(肅愼)이다. 본거지는 모란강부터 두만강 유역에 이르는 지역이었다.
129. 함관 함경남도 함주군과 홍원군 사이에 있는 고개. 여기서는 북청이 있는 함경도 지역을 범칭한다.

북해도(北海道)[130]의 경계에서 고깃배 물결치고 　　　漁船水拍毛夷界
숙신(肅愼)[131]의 옛 터전에 사냥 불은 길게 뻗네. 　　獵火天長肅愼墟
기마복에 장한 마음 그대 정말 부러워라 　　　　袴褶雄心眞羨汝
바보 같은 양웅의 오두막[132]이 우습도다. 　　　　龍鍾還笑草玄廬

임덕여[133]의 처소에서 진계유[134]의 시에 차운하여

任德女〔厚常〕所 次陳眉公

술 깨자 시 생각 잠깐 사이 일어나니 　　　　酒醒詩思乍凄凄
눈 온 집 푸른 등불 털모자 눌러썼네. 　　　　雪屋靑燈煖帽低
뜨락 가득 천 섬 달빛 괴로이 등지고서 　　苦負盈庭千斛月
한 덩이 흙[135] 문 막으니 몹시도 서글퍼라. 　深憐閉戶一丸泥
허물 얻은 신세는 겨울새와 한가지나 　　　得過身世同寒鳥

130. **북해도**　　원문은 모이(毛夷). 일본 북해도의 옛 이름을 하이국(蝦夷國) 혹은 모인국(毛人國)이라 한다. 『청장관전서』에서는 하이(蝦夷)는 일본의 동북 바다 가운데 있으며, 그 땅은 남북으로 길고 북으로 숙신(肅愼)과 인접하였으며, 험한 산이 많다고 했다.
131. **숙신**　　고대 동북 지역에 살았던 민족 이름. 이 책 103쪽 각주 97번 참조.
132. **양웅의 오두막**　　원문은 초현려(草玄廬). 한나라 때 양웅이 『태현경』을 저술하던 집이다. 양웅은 밭 100이랑과 집 한 채만을 소유한 채 평생 농업과 양잠으로 생업을 삼았다고 한다.
133. **임덕여**　　덕여는 임후상(任厚常, 1755~?)의 자(字)로 본관(本貫)은 풍천(豊川)이다. 1792년(정조 16), 식년시(式年試) 갑과 2(甲科二)에 급제하였다.
134. **진계유(陳繼儒)**　　1558~1639. 미공(眉公)은 그의 호이다. 시문을 잘하였으며, 서법과 회화에 뛰어났다. 벼슬하지 않고 숨어 살면서 다양한 분야의 저술을 남겼다.
135. **한 덩이 흙**　　원문은 일환니(一丸泥). 예전에 신선 방회(方回)가 문에다 진흙을 발라 두고 문을 열고 나오지 않았다는 고사에서 나온 말로, 『열선전』(列仙傳)에 보인다.

덕 온전한 그 모습은 목계(木鷄)[136]에 견줄 만해.　　全德形容比木鷄

그대가 날 머물려 묵게 함 고마우이　　多謝故人留我宿

이불 나눔 가지 빌려 깃들게 함과 같네.　　分衾何異借枝棲

이문원 절구 12수 摛文院 絶句十二首

1

영숙문(永肅門)은 어찌 저리 높기도 한지　　永肅門何高

에돌아 굽이굽이 삼백 보라네.　　紆迴三百步

깊은 숲 햇빛도 가로막혀서　　修林礙日輝

이름난 산길로 접어든 듯해.　　宛入名山路

2

이문원은 바위에 기대어 섰고　　院屋依巖趾

담장은 몇 길 높이 내리누른다.　　宮垣壓數尋

석양에도 집으로 못 돌아가고　　日斜歸不得

지팡이로 높은 곳에 올라 보았지.　　仙仗忽高臨

3

높은 나무 천 그루 둘러서 있고　　喬木匝千章

---

136. 목계　　나무로 깎은 닭이다. 『장자』 「달생」(達生)에 나온다. 최고의 경지에 이르러 무엇에도
흔들림 없는 완전한 덕을 이룬 상태를 말한다.

옅은 그늘 한 멧부리 사이에 있네.　　　微陰隔一岡
안개 저편 눈 자국 희미한 것은　　　依俙煙際雪
성균관의 담장과 닿아서인 듯.　　　似接頖宮墻

4

붉은 대문 늦어서야 활짝 열리고　　　朱戶晚雙開
깊은 샘 한 줄기 굽어 흐른다.　　　泓泉流一曲
이따금 푸른 도포 관리가 와서　　　時來綠袍官
사슴에게 과일 먹이 직접 주누나.　　　手菓餌仙鹿

5

무지개 문 동편을 저 멀리 보니　　　虹門東望遠
궁원(宮苑)의 물 강전(薑田)에 맞닿았구나.　　　苑水接薑田
춘당대(春塘臺)의 나무는 그대로여서　　　依舊春塘樹
과거 시험 보던 때를 떠올렸다네.　　　還思赴擧季

6

일만 권의 서책을 통달한다면　　　一通書萬卷
해박하고 드넓어 가없으리라.　　　博極浩無涯
서목(書目) 쓸 때 하늘에 눈 내리더니　　　抄目天方雪
다 마치자 어느새 꽃이 폈구나.　　　終篇忽見花

7

동방(東房)에선 쌓인 낙엽 군불을 때니　　　東房炊積葉
구들장 뜨뜻해 지내기 좋네.　　　炕煖起居宜
책 보는 안온함은 없다 하여도　　　不有看書穩

물러나와 퇴근함[137]을 천천히 하네.　　　　　寧敎退食遲

8

송각(宋閣)[138]과 명성(明成)[139]을 한데 모으니　　宋閣明成合
태평 시절 옛일이 남아 있구나.　　　　　　昇平故事存
한 시대의 안목을 모두 열어서　　　　　要開一世眼
다만 모두 중원을 배워야 하리.　　　　只是學中原

9

이따금 직각(直閣)[140] 따라 술을 마시고　　時從直閣飮
한림의 초대에도 자주 나가네.　　　　數赴翰林邀
이문원 들어오면 아무 일 없어　　　　入院淸無事
향 사르며 나라님께 보답한다네.　　　燒香答聖朝

10

때의 명성 독보(獨步)와는 거리가 멀어　　時名非獨步
글씨 솜씨 하인[141]조차 비웃는다네.　　書學笑重臺
하지만 찌를 찌른 삼천 자 모두　　　標識三千字
임금 열람 거쳐서 돌아온걸세.　　　都經御覽廻

---

137. 조정에서 퇴근함　　원문은 퇴식(退食). 조정에서 물러나와 식사를 하는 것, 또는 관리가 관청에서 집으로 돌아가는 것을 말한다. 『시경』 「고양」(羔羊)에 보인다.
138. 송각　　천장각(天章閣)으로, 송(宋) 진종(眞宗) 때 건립한 장서각(藏書閣) 이름이다.
139. 명성　　명나라 때 세워진 천일각(天一閣)으로, 중국 최고의 서고이다.
140. 직각　　조선 시대 규장각에 소속된 관직으로, 정원이 한 명이며, 홍문관 관원을 지낸 자로 임명한다. 사관과 지제교를 겸임하는 규장각의 실질적 책임자로, 역대 국왕의 친필 문헌과 서화, 왕실 도서의 관리 책임자다.
141. 하인　　원문은 중대(重臺). 신분이 낮은 하인을 이른다.

11

향산(香山) 땅 종이[142]에선 광채가 나고 生色香山紙
백릉지(菱花紙)[143]엔 뇌문(雷文)[144]이 찍혀 있구나. 雷文間白菱
한구자(韓遘字)[145]로 판에 얹어 장정을 엮어 裝成韓遘版
조맹부(趙孟頫)[146]의 글씨로 꾸미고 싶네. 欲繡趙吳興

12

들자니 중국의 문연각(文淵閣)[147]에선 聞說文淵閣
공문서를 비서성서 살핀다 하네.[148] 牒呈觀秘書
기르는 인재는 모두 국사(國士)라 育才皆國士
역량 없는 포의(布衣)야 어이 쓰리오. 何用布衣踈

---

142. 향산 땅 종이 원문은 향산지(香山紙). 향산은 하남성 낙양시 용문산의 동쪽에 있는데, 백거이가 이곳에 은거하였다고 한다. 백거이는 항상 규전(葵牋)을 사용했는데, 녹색(綠色)이 윤택하여 먹이 들어가면 정채(精采)가 있음을 느끼게 했다. 그 방법은 이슬 띤 촉규엽(蜀葵葉)을 따다가 짓찧어 즙을 내어 그 즙으로 종이 위를 문지르고 약간 마른 다음 돌로 눌러놓는다.

143. 백릉지 원문은 백릉(白菱). 흰색의 능화지(菱花紙)로, 주로 반자지로 쓰였던 마름꽃의 무늬가 있는 종이.

144. 뇌문 방형(方形) 또는 능형(菱形)의 선문(旋文)이 여러 겹 포개져 이루어진 무늬.

145. 한구자 원문은 한구(韓遘). 조선 숙종(肅宗) 때 한구(韓構)가 쓴 활자로, 구(遘)는 구(構)의 잘못이다.

146. 조맹부 원문은 조오흥(趙吳興). 원나라 때 송설체(松雪體)로 유명한 서예가. 오흥(吳興)은 그의 고향이다.

147. 문연각 명(明)·청(淸)의 궁정 서고(書庫)로, 한림학사가 주관하였다. 명나라 홍무제(洪武帝) 때 남경(南京) 봉천문(奉天門) 동쪽에 있었으나, 영락제(永樂帝)의 북경(北京) 천도로 북경 궁성의 남동쪽 모퉁이로 옮겨졌다. 청나라 건륭제(乾隆帝) 때는 『사고전서』를 수장하기 위해 명나라의 천일각(天一閣)을 본떠, 1776년(건륭 41) 자금성 남동쪽 모퉁이에 재건했다.

148. 공문서를~하네 원문의 첩정(牒呈)은 명청 시기 하급 관서에서 상부에 올리는 공문서를 뜻한다. 비서는 각종 전적을 담당하던 비서성, 즉 한림원을 가리키는 것으로 보인다. 한림원에서 하급 부서의 공문서도 그 가치와 의의를 살핀다는 뜻으로 풀이하였다.

요금문[149] 밖에서 짓다 曜金門外卽事

작은 언덕 봄 맞아 금잔디 파릇파릇　　　　　青草金莎小岸春
술안주 가득하고 술잔은 찰랑찰랑.　　　　　殽蔬狼藉酒鱗鱗
겉모습 꾸밈은 평생에 알지 못해　　　　　　平生不解修邊幅
신발 버선 두건과 옷 멋대로 버려두네.　　　　鞋襪巾裳一任眞

서대에서 봄을 기다리며 西臺春望

천가의 저녁 햇살 따스하길래　　　　　　　千家夕照宜
푸른 언덕 한동안 서 있었다네.　　　　　　翠岸立多時
지친 나비 꽃가루를 남기고 가고　　　　　倦蝶遺輕粉
번화한 꽃 여린 가지 섞여 있구나.　　　　繁花糝弱枝
봄날이 가는 것을 막을 길 없어　　　　　不禁春冉冉
햇살이 더딘 것만 사랑하노라.　　　　　須戀日遲遲
술집에서 베개 높이 누워 있다가　　　　酒肆容高臥
말 타고 돌아가며 흰 달 보리라.　　　　歸鞍素月期

---

149. 요금문　창덕궁의 서문(西門)인 경추문(景秋門)의 북쪽에 있는 문으로, 신자건(愼自建)이 현판 글씨를 썼다.

중서성 지각에서 앞의 시에 차운하여 中書省池閣次前韻

굽은 난간 술 마시기 참으로 좋아	携酒曲欄宜
하루 해 저물 적에 퉁소를 부네.	吹簫日暮時
연못 꽃 그림자를 함께 비추고	池花同照影
뜨락 버들 제 홀로 가지 늘인다.	院柳獨攀枝
좁은 길 옷에 잠깐 향기 스치고	狹路衣香暫
중문의 달빛은 더디기만 해.	重門月色遲
이 마음 언제나 구슬픈 것은	此情長黯黯
좋은 시절 가 버림 때문 아닐세.	不是恨佳期

필운대에서 육유의 시에 차운하여, 대성 남현로 진사 임 희묵과 함께 弼雲臺次放翁 同南大成〔玄老〕任進士〔希默〕

봄 산이 눈에 드니 시가 잘 지어지고	照眼春山句易成
한 열흘 날이 맑아 꽃들도 활짝 폈다.	盡情花發一旬晴
우물가 지나다가 고운 나비 만나고	行逢井畔娟娟蝶
술집 어귀 꾀꼴꾀꼴 노랫소리 아껴 듣네.	愛聽壚頭恰恰鶯
들 자리의 남은 바둑 푸른 풀과 하나 되고	野席殘碁靑草合
성문으로 가는 말들 먼 연기에 아득해라.	郭門歸騎遠烟平
뜬 인생의 반나절을 고개 돌려 바라보니	浮生半日堪回首
차 화로 변함없이 바위 위에 놓여 있네.	茶竈依然石上橫

혜화문[150]을 나서서 성을 따라 서쪽으로 가니, 2리쯤 되는 곳에 성북둔[151]이라는 창고가 있다. 백성들이 모두 복숭아를 심어 붉은 안개가 성에 어린 듯하다. 언덕을 사이에 두고 무너진 절터가 있으니, 이른바 북사동[152]이라는 곳이다. 2수

出惠化門 循城而西 二里有倉曰城北屯 居民皆種桃 紅霧蒸城 隔岡有破寺所 謂北寺洞者 二首

1

비 온 뒤 들판은 고운 모습 새로운데	一雨郊原麗矚新
봄날이라 몇 필 말이 고운 먼지 밟는구나.	春天數騎踏芳塵
복사꽃 핀 외진 땅 빈 곳집 뉘엿한데	桃花地僻空倉晚
빨래하는 스님 없어 옛 절은 쓸쓸하네.	浣澣僧稀古寺貧
푸른 나무 둘러싼 곳 물소리를 찾자니	碧樹圍中尋水響
어지런 산 높은 곳에 성벽이 보이누나.	亂山高處見城身
농사짓는 생애가 졸렬타고 싫다 마오	莫嫌灌圃生涯拙
우리 무리 십 년토록 이런 사람 없었나니.	我輩十年無此人

---

150. 혜화문　1397년(태조 5) 도성을 에워싸는 성곽을 쌓을 때 도성의 북동방에 설치한 문으로 동소문(東小門)이라고도 한다. 처음에는 홍화문(弘化門)이라 했다가, 1483년(성종 4) 새로 창건한 창경궁의 동문을 홍화(弘化)라고 정함에 따라 혼동을 피하기 위하여 1511년(중종 6) 혜화로 고쳤다.

151. 성북둔　서울 혜화문 밖의 도화동 어영청에 있었다. 복숭아꽃이 유명하여 필운대의 살구꽃, 흥인문 밖의 수양버들, 천연정의 연꽃, 삼청동 탕춘대의 수석과 함께 서울의 놀이터로 유명했다. 이경재, 『한양이야기(조선왕조 500년의 도읍 한양 읽기)』(가람기획, 2003) 참조.

152. 북사동　송동에서 동쪽으로 가서 혜화문을 나서면 북사동이 있다. 이곳에 어영청의 북쪽 창고가 있으므로 북둔(北屯)이라고 한다. 맑은 시냇물 양 언덕 근처에 살던 사람들이 복숭아를 심어 생업을 삼았으므로, 매년 늦은 봄에 놀러 오는 사람들의 수레와 말이 산골짜기를 메웠다. 강명관, 『조선사람들, 혜원의 그림 밖으로 걸어나오다』(푸른역사, 2001) 참조.

2

한가로워 귀와 눈이 일시에 새로우니　　　　閒來耳目一時新
들 나그네 수염 눈썹 속진에 물들잖네.　　　野客鬚眉不染塵
온 땅 가득 나는 꽃잎 봄날 저묾 깜짝 놀라　滿地飛花驚節暮
여윈 말로 성 나서니 관리 가난 비웃누나.　出城羸馬笑官貧
시냇가 바위 위에 잔묵이 남아 있고　　　　溪頭亂石留殘墨
산꼭대기 구름은 이내 몸 끌어안네.　　　　山頂流雲擁半身
석양의 이 광경이 참으로 빼어나서　　　　最是夕陽光景絶
흰모래 제방 밖서 취하여 돌아온다.　　　　白沙堤外醉歸人

혼혼정 2수 混混亭 二首

1

행락 즐김 벼슬길에 방해 받지 말지니　　　莫敎行樂妨烏紗
동산에서 구경타가 터럭은 이미 셌네.　　　看取爲園鬢已華
길 막은 나무는 집 뒤에 그늘 주고　　　　屋後陰成遮路樹
날 기다려 꽃들은 산속에 활짝 폈다.　　　山中開遍待人花
흔연히 물가 나가 자주 기대 잠자다가　　　欣然就水頻欹枕
문득 화로 가져다가 홀로 차를 끓이네.　　　便欲攜爐自煮茶
오늘 같은 좋은 모임 우리들이 다 누리니　雅集如今輸我輩
진(晉)나라 귀족이라 옆 사람들 말들 하네.　傍人錯道晉卿家

2

깁창 너머 연못에 잔물결이 일어나니	芳池吹皺一窓紗
기분 좋아 세상 만물 화려함을 깨닫누나.	情勝偏知感物華
편한 옷 갈아입고 폭포를 보러 오니	徑著便衣來看瀑
공사(公事)로 꽃구경을 저버리지 않으려네.	未將公事負尋花
봄 깊은 집 안에는 배꽃 살구꽃 환하고	梨雲杏雪春深屋
저물녘 차 끓이니 회나무 비 솔 바람 소리.[153]	檜雨松風日暮茶
말 타고 돌아갈 길 멀다고 근심 마소	歸馬不須愁路遠
손가락 끝 푸른 저편 바로 우리 집이라오.	指端空翠是吾家

현도,[154] 덕여, 외심[155] 제군들이 금강산으로 가는 것[156]을 전송하며 4首 送玄道德汝畏心諸君 入金剛山 四首

1

그대들 명산에 뜻을 두고서	愛子名山志
표연히 바닷가를 찾아가누나.	飄然海上探
나귀 탄 당나라 진사[157]에다가	騎驢唐進士

---

153. **회나무 비 솔 바람 소리** 원문은 회우송풍(檜雨松風). 찻물 끓는 소리를 나타낸다.
154. **현도** 임천상(任天常, 1751~?)의 자이다. 호는 궁오(窮悟)이며, 본관은 풍천(豊川)이다.
155. **외심** 윤영희(尹永僖, 1761~?)의 자이다. 다산 정약용과 평생 절친한 친구였다.
156. **현도~가는 것** 임희성(任希聖, 1712~1783)의 『재간집』(在澗集) 권1에 「從弟无咎〔喜吉〕, 與玄道〔天常〕, 德汝〔厚常〕兩從姪, 爲楓嶽之遊. 咎觀通州, 德省伊陽, 玄亦隨咎以行. 吟成六絶句, 分屬三弟姪, 替贐」이란 작품이 있다.

총채 떨친 진나라 청담(淸談)일러라.[158]　　揮麈晋淸談

밝은 달 신선 벗들 만나고 나면　　明月逢仙侶

깊은 꽃 불감(佛龕)[159]을 쓸어 내리라.　　深花掃佛龕

가슴에 그윽한 뜻 남아 있거든　　胸中餘窈窕

새벽녘 누워 못 위 바람 들어 보게나.　　晨臥聽風潭

2

금강산 아름답다 말들 하기에　　人道金剛勝

그대들 저절로 일행이 됐지.　　須君自一行

빽빽한 봉우리 씻은 듯하고　　稠峯皆漱濯

계곡 물에 달빛은 환히 빛나리.　　亂水盡空明

시절은 바야흐로 3월이어서　　節序方三月

바람 안개 가는 길 재촉하리라.　　風烟只數程

옛 놀던 곳 아직도 눈에 선하여　　舊遊猶在眼

홀연 다시 높은 정을 격동시키네.　　忽復動高情

3

남여 길 멀다고 말하지 마오　　未道輿行遠

절길 되레 낮음을 보게 되리니.　　還看寺路低

---

157. 당나라 진사　원문은 당진사(唐進士). 당나라 시인 맹호연(孟浩然)을 가리킨다. 맹호연이 나귀를 타고 눈을 밟으며 패교(覇橋)를 건너 매화를 찾으러 간 고사가 여러 시화에 전한다. 이는 이후 회화의 주요 소재로 활용되었다.

158. 총채 떨친~청담일러라　원문의 주(麈)는 고승이나 덕망 높은 은사가 손에 쥐던 먼지떨이다. 청담은 진나라 때 노장 사상(老莊思想), 자연 애호 기풍과 함께 성행한 세속을 떠난 담론이다. 죽림칠현을 가리킨다.

159. 불감　석굴 사원의 암벽(岩壁) 움푹 파인 곳에 불상을 새기거나 따로 모셔 예배의 대상으로 삼는 것을 말한다.

푸른 꽃 덤불져 땅에 피었고	碧花叢附地
푸른 바위 시내 반쯤 잠겨 있으리.	綠石半沈溪
벼랑 급해 하늘 항상 작기만 하고	厓急天常小
숲 깊어 대낮에도 길 잃기 쉽네.	林窮晝易迷
이번 노닒 자미(蔗尾)[160]와 같을 것이니	玆遊如蔗尾
오묘함이 이곳저곳 깔려 있다네.	妙在自東西

4

바다 근처 전체 산이 가로걸렸고	近海橫全嶺
동쪽까지 흰 멧부리 쌓여 있구나.	迤東積素峰
산 신령해 독충도 범접 못하고	山靈呵毒螯
폭포 기세 신룡도 두려워하리.	瀑勢恐神龍
절집엔 단청이 칠해져 있고	梵宇丹靑起
벼랑길에 쇠사슬 맞닥뜨리리.	陰厓鐵鎖逢
시 짓느라 세월도 잊은 사이에	尋詩忘白日
목부용은 한꺼번에 피어나리라.	開盡木芙蓉

---

160. 자미   사탕수수의 끝자락으로, 점입가경의 뜻이다. 『진서』(晉書) 「고개지」(顧愷之)에 "고개지가 매양 단 사탕수수를 먹을 때 언제나 끝에서부터 먹기 시작하여 밑동에 이르렀다. 사람들이 이상하게 여기자, '점입가경'이라고 말하였다"(豈之每食甘蔗, 恒自尾至本. 人或怪之, 云漸入佳境.)는 기록이 있다. 사탕수수가 밑동으로 내려갈수록 단맛이 더한 데서 점입가경의 의미가 나왔다.

성초 임하상의 강릉 관사에 부치다 寄任盛初〔夏常〕江陵子舍

저물녘 호수 빛이 낮게 깔리면	落日平湖色
가벼운 갈건 쓰고 술에 취하리.	輕巾被酒時
이름난 산 예국(薉國)[161]을 빙 둘러 있고	名山環薉國
푸른 바다 북해도와 맞붙어 있네.	滄海接鰕夷
흰 배서 피리 소리 울리어오고	白舫吹簫度
하인은 약초 캐러 따라나서리.	蒼頭采藥隨
다시금 자라 낚는 흥을 가지고	還將釣鰲興
한바탕 낭도사(浪淘詞)[162]를 불러 보겠지.	一唱浪淘詞

묵계에서 여러 사람의 시에 차운하다[163] 次韻墨溪諸子

내 시를 사랑하나 고르잖음 괴롭더니	吾愛吾詩苦不齊
중년 들어 홀연 다시 강서시(江西詩)[164]와 비슷하다.	中年忽復似江西
평상에서 심드렁히 구름 나옴 보다가	尋常一榻看雲出

---

161. **예국** 예국(穢國)이라고도 하는데, 강릉 지방을 중심으로 한 한반도의 동북부 일부 지역을 말한다.
162. **낭도사** 악부(樂府)의 곡사(曲辭) 이름이다. 유우석(劉禹錫)·백거이(白居易)·황보송(皇甫松) 등이 쓴 시가 있는데, 유우석은 「낭도사사」(浪淘沙詞)에서 "황하수 아홉 굽이 일만 리 모래사장, 물결이 일어나고 바람이 짓까부네"(九曲黃河萬里沙, 浪淘風簸自天涯.)라 하였다.
163. **묵계에서~차운하다** 묵계는 어디인지 알 수 없다. 『국역 청장관전서』 제2책 240쪽에 「묵계에서 임용촌 배후·이성위 희경·박재선·이성흠 희명·김순필 용행과 함께 지었다」라는 작품이 있는 것으로 보아 이때 함께 지은 작품인 듯하다.

온 숲에서 노래하는 새소리에 기뻐하네.　　怡悅千林聽鳥啼

낮잠이 오려 하여 술 취함을 꺼리고　　午睡欲來嫌酒重

이웃 노인 자주 와도 바둑 솜씨 낮음 근심하네.　　鄰翁數到患碁低

초여름 사립문에 비 내림을 사랑하니　　偏憐首夏柴門雨

꽃잎들 모두 날려 푸른 시내 가득하다.　　拂盡飛花滿碧溪

홍천협으로 가는 윤암 이희경을 전송하며 그의 시를 차운하여 次韻綸菴送之洪川峽

풍진 세상 깨끗하게 홀로 길을 달리하니　　風塵皎皎獨殊趨

인간을 향하잖코 굽혀 강호 원했다네.　　不向人間枉乞湖

봄풀이 우거진 때 그대를 보내노니　　春草方深還送汝

산골 창문 어둑하면 또한 나를 그리겠지.　　峽窓將暝也思吾

가난해도 베풀기 좋아하니 협객이라 할 만하고　　貧猶好施堪稱俠

밭 갈며 책을 보니 이 바로 선비일세.　　耕且看書等是儒

손을 잡고 세상에 지기(知己) 적음 슬퍼하니　　握手偏憐知己少

지금의 집안일은 첫 계획과 어긋났네.　　卽今家事失初圖

---

164. 강서시　　원문은 강서(江西). 강서시파(江西詩派)를 가리킨다. 송나라 때 황산곡(黃山谷)과 진사도(陳師道)를 중심으로 성률과 대구의 기교에 힘쓴 시풍으로, 점철성금(點綴成金)과 용사(用事) 등의 기법을 즐겨 썼다.

객중의 가운 서유년에게 寄徐稼雲客中

남도의 구름 아래 민요 가락 끊어지고	南雲唱斷竹枝詞
저물녘 석류꽃만 붉게붉게 피었으리.	日暮榴花的的垂
난간 기대 달빛을 보라고들 말하지만	盡道憑欄看月色
천 리 길에 그 몇이나 그리는 맘 이해하리.	幾人千里解相思

동악시단[165] 東岳詩壇

온 골짝 아득하고 석양빛 드는 동편	一壑沼沼返照東
옛집의 문풍은 백 년 세월 적막쿠나.	故家文藻百年空
높은 솔은 묵은 집을 푸르게 에워싸고	松高老屋圍全綠
이끼 낀 바위 글씨 반은 붉게 물들었네.	苔澁磨厓蝕半紅
어루만져 지난 일을 느껴 알 수 있노니	攬物偏知懷往事
술잔 멈춰 긴 바람을 혼자서 맞아 보네.	停觴聊自溯長風
시내 에워 문이 깊이 닫혔다고 하지 말게	溪廻莫道門深掩
터진 담장 도리어 오솔길이 보이나니.	墻缺還看路細通

---

165. 동악시단　동악(東岳) 이안눌(李安訥, 1571~1637)이 이호민·권필 등 당대의 명류들과 모여 시를 짓던 곳을 기념하여 바위에 '동악선생시단'(東岳先生詩壇)이라고 새겨 놓은 것을 말한다. 지금의 동국대학교 안에 있었는데 새 건물을 지으면서 글씨가 있던 바위가 파괴되어, 그 부분만 동국대학교 박물관에 옮겨 놓았다. 현재 동국대학교 학림관 앞에 이를 모의하여 새로 새겨 놓은 글씨가 있다.

방희의 시에 차운하다 次韻方喜

6월이라 인간 세상 붉은 해 겁이 나서　　六月人間怕赤暉
바위 아래 찾아들어 옷을 풀어 헤치네.　　却來巖下卸生衣
깊은 뜰 다람쥐는 초록 나무 오르고　　庭深鼮鼠緣靑樹
먼 산의 나귀 발굽 산길에 맡겨 가네.　　山遠驢蹄信翠微
또랑또랑 아이의 말 도리어 놀라니　　了了還驚童子語
어른의 기심은 그친 지가 오래로다.　　悠悠已息丈人機
대추꽃 발을 치고 얼음무늬 자리 앉아　　棗花簾子氷紋簟
화로 향내 마주하니 저녁 안개 피어나네.　　坐對爐香吐夕霏

설옹 유후 만시 2수 柳雪翁〔逅〕挽 二首

1

선친의 연배가 젊으셨으니　　先人年輩少
외가에 할아버지 계실 때라네.　　王父外家存
그 모습 늘 가까이 우러렀는데　　顔髮瞻常近
문장은 늦게야 더 높아졌지.　　文章晩更尊
손주 불러 절구를 써 주시었고　　呼孫書絶句
중원으로 가는 날 전송하셨네.　　送我入中原
만 리 밖서 건강하다 말 들었는데　　萬里聞無恙
다시 오매 눈물이 얼굴 가리네.　　重來涕淚昏

2

상여 위로 날 저묾 슬퍼하노니	魂車悲旣夕
비 뿌려 도봉산은 푸르기만 해.	灑雨道峰靑
우뚝한 선배로 사모했더니	磊落思前輩
전형(典刑)을 잃고서 방황하노라.	徊徨失典刑
동방의 『고사전』(高士傳)[166]에 오를 만하고	東方高士傳
남극의 노인성[167]에 견줄 만해라.	南極老人星
대청에 초상화가 남아 있어서	遺像中堂在
기침 소리 귓가에 들려오는 듯.	猶疑警欬聆

자형 임공의 「난동유거」에 차운하다 次韻任姊兄蘭衕幽居

흰머리로 영웅은 문 깊이 닫거니	頭白英雄閉戶深
티끌세상 말을 타고 다시 뉘 찾아오리.	風塵鞴馬更誰尋
반평생 한가한 말 많았음을 알겠거니	方知半世多閒話
때의 명성 평소 마음 저버림을 뉘우치네.	頗悔時名負素心
몇몇 벗 이웃 살며 달빛을 나누나니	數友鄰居分月色
온 집안 맑은 복이 솔 그늘에 드리웠네.	全家淸福庇松陰

---

166. **『고사전』** 중국 고대 서진(西晉)의 황보밀(皇甫謐, 215~282)이 지은 책으로, 96명의 은군자에 대한 짧막한 고사를 엮은 것이다. 유후가 조선의 『고사전』(高士傳)에 이름이 오를 만하다는 의미로 쓴 말이다.

167. 남극의 노인성 남극 가까이 있는 인간의 수명을 관장하는 별로, 남극성(南極星)이라고도 한다. 유후가 90세 이상 장수하였음을 뜻한다.

인간의 자식 혼사 모두 다 마치고는　　　　　人間昏嫁行當畢

오악도(五嶽圖)[168] 가운데서 새를 향해 쫓으리라.　五嶽圖中逐向禽

임참봉의 「금수정[169]의 가을 놀이」 시에 차운하다

次韻任參奉金水亭秋遊

중양절 술잔을 그득 따라도　　　　　深淺重陽酒

먼 나그네 심사는 쓸쓸하여라.　　　　蕭間遠客心

누각 아래 바위에선 강물 소리요　　　江聲樓底石

고을 서쪽 숲에는 가을빛일세.　　　　秋色郡西林

옛집엔 시와 글씨 남아 있거니　　　　古宅詩書在

금단(金丹)은 세월 속에 잠기어 가네.　金丹歲月沈

평생을 지나다닌 영평(永平)의 길을　平生永州道

왕희지의 산음(山陰)처럼 사랑한다네.　只愛似山陰

168. **오악도**　동서남북 중앙을 나타낸 오악(五嶽)을 그린 그림인데, 여기서는 선계(仙界)를 나타
내는 그림을 뜻하는 것으로 보인다.

169. **금수정**　경기도 포천군 창수면에 있다. 영평팔경(永平八景)의 하나. 영평의 구읍 터와 인접
해 있던 금수정은 처음에는 부사 김확(金穫)이 짓고 우두정이라 하였는데, 봉래(蓬萊) 양사언(楊士
彦)이 금수정이라 고치고 시와 풍류를 즐겼다고 한다. 한국전쟁 때 불에 타 소실되었다.

치재[170]의 옛집에서 매화를 감상하며 제공의 작품에 화답하다 厄齋舊宅賞梅 和諸作

동산 나무 지금에 이와 같아서   園木今如此

어린 가지 어느새 키를 넘었네.   孫枝已過身

꽃나무 잔치 연다 소리를 듣고   空聞花樹宴

아득히 죽림칠현 그려 보았네.   緬憶竹林人

아집도(雅集圖)[171] 속에는 달이 떠오고   雅集圖中月

오의항(烏衣巷)[172] 안에는 먼지가 인다.   烏衣巷裏塵

찬 매화 옛집에 막 피려 하니   寒梅將古屋

그 옛적 봄날과 비슷하구나.   猶似昔時春

숙직 나가는 무관 이덕무에게 부쳐 寄懋官出直

인화방(仁和坊)서 술 취해 돌아감이 늦었더니   仁和坊裏醉歸遲

---

170. **치재** 임정(任珽, 1694~1750)의 호로, 자는 성방(聖方)이다. 참판(參判) 수적(守迪)의 아들이다. 고금의 시가(詩歌)에 통달했으며, 글씨에도 뛰어났다. 강세황의 매형이다. 임희성(任希聖, 1712~1783)의 『재간집』(在澗集) 권5에 「통정대부이조참의치재임공묘갈명」(通政大夫吏曹參議厄齋任公墓碣銘)이란 작품이 있다.

171. **아집도** 문인(文人)과 고사(高士)들의 청유(淸遊)를 그린 그림이다. 이날의 모임 광경을 가리킨다.

172. **오의항** 강소성(江蘇省) 강녕현(江寧縣)의 남쪽 지명이다. 옛날 진(晉)나라 왕도(王導)와 사안(謝安) 등의 귀족들이 이곳에 살면서 자손들에게 검은 옷[烏衣]을 입혀서 생긴 이름이라고 한다. 한편으로는 동진 때 승상 왕도와 낭야의 왕씨 일족, 태보 사안을 비롯한 사씨 일족들이 이곳에 살았는데 병사들이 모두 검은 옷을 입어 그 군영을 오의영이라 한 데서 비롯되었다고도 한다.

때마침 대궐 문에 눈발이 내리누나.　　　　正是天門雪下時
봄 진창에 걸어가는 나그네를 웃노니　　　笑煞春泥徒步客
게해사(揭奚斯)[173]에겐 술추렴해 주는 이도 없구나.　無人釀贈揭奚斯

영숙문[174] 밖 별장청에서 숙직하며 4수 永肅門外別將廳寓直 四首

1
사원(詞垣)에서 감히 어깨 나란히 하였으나　　詞垣敢擬比肩行
새 명함 너무도 볼 것 없음 부끄럽다.[175]　　慚愧新銜徹底淸
원(院)에 들자 일이 없어 마음 풀 길 없는데　入院閒多消不得
솔숲은 온종일 바람 소리 내는구나.　　　　萬松終日作風聲

2
아침 해 궁궐 뜨락 처마에 비쳐 들어　　　彤庭旭日射罘罳
새벽에 문 열고야 눈 온 줄을 알았네.　　　早起開門雪始知
그 누가 각중(閣中)에서 고사를 정리하나　誰向閣中修故事

---

173. 게해사　원나라 문종 때 사람으로 일찍이 규장각 각료가 되었는데, 집이 가난하여 도보로 궐문에 들어갔다. 이덕무가 술추렴에 참석도 못하고, 게해사처럼 봄 진창을 말도 없이 걸어서 숙직을 서기 위해 가는 것을 장난삼아 놀린 것이다.

174. 영숙문　창덕궁 안 규장각의 서쪽에 있던 문으로, 1528년(중종 23)에 연산군 때 부르던 담연문(淡煙門)이란 이름을 고쳐 영숙문이라고 하였다.

175. 새 명함~부끄럽다　새 명함은 새로 임용된 관리를 말한다. 함(銜)은 명함의 뜻으로, 자신의 집안과 거쳐 온 벼슬의 경력을 차례로 적었다. 그것이 깨끗하다는 것은 명함에 적을 만한 경력이 아무것도 없다는 뜻이다.

낮은 관리 새 시를 짓는 것만 기뻐하네.	冷官偏喜作新詩

3

대궐[176]은 희미하고 나무 그림자 고른데	雙闕迷離樹影平
긴 회랑 걷는 걸음 고요해 소리 없다.	脩廊步履闃無聲
황혼 무렵 자물쇠 여는 소리 들은 듯해	黃昏彷彿聞開鎖
임금께서 부르시나 혼자 깜짝 놀랐지.	不是宣呼也自驚

4

깊은 밤 이불 덮고 금문에서 숙직하니	三宵襆被直金門
맑은 꿈속 예사로 지존께 다가가네.	淸夢尋常近至尊
괴이해라 미천한 신 하늘 또한 감응하니	却怪微臣天亦應
작은 별이 언제나 자미원 곁에 있네.[177]	小星長傍紫微垣

창경궁 앞 계방[178]에서 숙직하며 2수 昌慶宮前桂坊寓直 二首

1

지붕 가의 구리 봉황[179] 아득히 하늘 들고	金爵觚稜杳入天

176. **대궐**　원문은 쌍궐(雙闕). 망루가 있는 대궐 좌우의 문을 말한다. 전하여 대궐로 쓴다.
177. **작은~있네**　자미원(紫微垣)은 북두칠성의 북쪽에 있는 별자리로, 천자를 상징한다. 진희이 (陳希夷, 867~984)의 「자미두수」(紫微斗數)에 "紫微垣傍一小星"이란 말이 있다. 자신을 임금 곁을 지키는 작은 별에 견준 것이다.
178. **계방**　익위사(翊衛司), 곧 세자익위사의 별칭이다. 왕세자의 시위(侍衛)를 맡은 관청(官廳)으로, 조선(朝鮮) 태종(太宗) 18년(1418)에 두어 26대 고종(高宗) 32년(1895)에 폐하였다.

무성한 궁궐 나무 안개 속에 푸르도다.　　歲癸宮樹碧于烟
숙직 중의 시간 빠름 번드쳐 놀라서　　翻驚直裏光陰速
저물녘 턱을 괴고 매미 소리 듣는다.　　日暮支頤聽遠蟬

2
주렴 사이 드는 바람 옷깃을 헤치고　　巾裳披拂一簾風
침상엔 스륵스륵 풀벌레 움직인다.　　牀几倏倏動草蟲
홰나무 한밤 그늘 그윽한 물과 같고　　夜半槐陰如積水
보름달은 계방 동편 날 듯이 솟는구나.　　月輪飛出桂坊東

규장지보[180]가 새로 만들어져, 모시고 춘당대[181]까지 갔다. 이날 도정[182]이 있었다 2수 奎章之寶新成 陪進至春塘臺 是日都政 二首

1
부슬부슬 가랑비는 오사모에 방울지고　　霏霏細雨瀝烏紗

179. 지붕 가의 구리 봉황　　원문의 금작(金爵)은 지붕 위를 장식한 구리로 만든 봉황이고, 고릉(觚稜)은 전각 위의 뾰족하게 튀어나온 모서리이다.
180. 규장지보　　조선 후기 정조의 명에 따라 만든 어보(御寶). 한 변이 12.7센티미터인 것과 9.5센티미터인 것의 두 종류가 있다. 처음에는 어제(御製)에만 사용했으나, 1781년(정조 5)부터는 주자소(鑄字所)에서 인쇄한 책을 하사할 때의 내사인(內賜印)으로도 사용했다.
181. 춘당대　　처음 이름은 서총대(瑞蔥臺)로, 창경궁 후원에 있던 석대이다. 성종 때 이곳에서 한 줄기에 잎이 아홉인 파가 나와 '서총'이라 했는데, 연산군이 이곳에 돌을 쌓아 배양하고부터 서총대란 이름이 유래하였다.
182. 도정　　해마다 음력 6월과 섣달에 벼슬아치의 성적이 좋고 나쁨에 따라 벼슬자리를 떼어 버리거나 더 좋은 데로 올리거나 하던 일을 가리킨다.

태액지(太液香)[183]의 향기 바람 새벽노을 걷어 간다. 太液香風捲早霞

인간 세상 속에서 저보(邸報)[184] 찾지 아니하고 不向人間覓邸報

하늘 위로 올라와 연꽃을 감상하네. 却來天上看荷花

2

나도 몰래 몇 겹 문을 열고서 들어가니 不知身入幾重門

나무뿌리 한 옆에 검은 소가 누워 있네. 忽見烏牛臥樹根

푸른 모가 사람 비춰 나는 백로 하얀데[185] 秧綠映人飛鷺白

한 굽이 물이 흘러 마치 들판 같구나. 一灣流水似郊原

당직 도중 비 내린 뒤 直中雨後

대낮 궁궐 그윽한 경치 머금고 晝院含幽景

나무 틈 사이사이 하늘 보이네. 微分樹罅天

구름 저 너머로 오리 날아가더니 斷雲明去鶩

소낙비 우는 매미 윽박지른다. 驟雨勒鳴蟬

가을을 맞는 즈음 술 모자라고 酒淺迎秋際

아직 늙기 전이라 벼슬 바쁘네. 官忙未老前

---

183. 태액지　애련정(愛蓮亭) 앞쪽에 있던 네모난 연못.

184. 저보　경사(京師)에서 각 지역으로 보내는 공문을 가리킨다. 조령(詔令)·장주(章奏) 등을 기재한 것으로 지금의 관보(官報)와 같다.

185. 푸른~하얀데　춘당대 앞 춘당지 근처에는 왕이 친히 농사의 시범을 보이며 권농하던 내농포(內農圃)가 있었기 때문에 검은 소와 푸른 모(秧綠)를 볼 수 있었던 것으로 보인다.

터럭만큼이나마 보답한다면 　　　　　　　　絲毫如有報

감히 어찌 세월 보냄 한탄하리오. 　　　　　不敢恨流年

동료인 청장관 이덕무가 내이문원에서 『팔자백선』[186] 인출을 감독했는데, 권(弓) 자의 음과 뜻을 변정한 것이 몹시 자세하여 여러 학사에게 크게 칭찬 받았다는 말을 듣고 시를 지어 축하하다 靑莊寮兄 監印八子百選於內摛文院 聞其辨弓字音義甚詳 大爲諸學士稱賞 詩以賀之

새로 찍은 취진자(聚珍字)[187] 본 복도에 가득하니 　　聚珍新搨遍迴廊

비바람에 이따금씩 먹 냄새 끼쳐 오네. 　　　　　風雨時時潑墨香

그 사람 선화(宣和) 연간 서화[188]를 배웠는 듯 　　人似宣和書畫學

---

186. 『팔자백선』　　정조가 고문(古文)의 격식을 익히기 위해 당송팔대가(唐宋八大家)의 문장 중에서 14종 1백 편을 뽑아 모은 책으로, 정유자(丁酉字)로 찍어 반포했다. 6권 3책으로 되어 있다. 수록된 작가별 문장 편수는 한유 30편, 유종원 15편, 구양수 15편, 소순 5편, 소식 20편, 소철 5편, 왕안석 7편, 증공 3편이다. 원서명은 『당송팔자백선』이다.

187. 취진자　　1815년(순조 15) 예조판서 남공철(南公轍)이 주조한 동활자(銅活字)를 말한다. 크기는 1.1×1.5cm(대자), 1.1×0.7cm(소자)다. 중국 전겸익(錢謙益)의 취진판『초학집』(初學集)을 자본(字本)으로 하여 남공철의 시문집『금릉거사문집』(金陵居士文集)을 비롯해『우념재시초』(雨念齋詩抄),『귀은당집』(歸恩堂集),『삼산재집』(三山齋集),『만보재집』(晩保齋集) 등 모두 개인 문집을 인출하는 데 사용하였다.

188. 선화 연간 서화　　선화(宣和)는 송나라 휘종(徽宗)의 연호다. 휘종은 특히 서화에 취미가 있어 선화전(宣和殿)을 설치한 다음, 여기에서 거처하며 공부했다.『선화서보』(宣和書譜)와『선화화보』(宣和畫譜)는 이때의 서화를 모은 것이다.『선화서보』는 휘종 때 어부(御府)에 있던 고래(古來)의 묵적(墨蹟)을 모은 것으로, 찬자는 미상이고 20권으로 되어 있다.『선화화보』는 휘종 때 어부(御府)에 소장된 유명한 그림을 십문(十門)으로 분류하여 모은 것으로, 역시 찬자는 미상이고 20권이다.

벼슬은 호부의 직방랑(職方郎)[189]과 비슷해라.　官如戶部職方郎

거울 뒷면 보고 놀람 건덕(乾德)[190]을 알아서니　纔驚鏡背知乾德

별 이름 훤히 알아 주장(注張)[191]을 분별하네.　絶勝星名辨注張

황봉주(黃封酒)[192]를 빈번히 원에 내리신다니　聞道黃封頻賜院

재주 겨뤄 그대 날로 솟구침 부러워라.　羨君聯襄日翺翔

밤에 유득공·서이수 두 동료와 더불어 임금께서 지으신 「강의조문」을 써서 바쳤다. 이튿날 부채를 내리시는 은사가 있어, 삼가 기록한다 4수

夜與柳徐二寮 書進御製講義條問 翌日 有賜扇之恩 恭紀 四首

1

문치로 환한 시대 글 짓는 이 고무하니　昭代文治賁作人

규장각의 월강(月講)에서 경륜을 우러르네.　奎章月講仰經綸

지금처럼 예원(藝苑)에서 명사를 아는 것은　如今藝苑知名士

이 모두 우리 군왕 후신(後臣) 교화 공이로다.　摠是君王敎後臣

---

189. **직방랑**　직방은 『주례』(周禮)의 하관(夏官)에 속해 있는데, 천하의 지도(地圖)를 맡아보았으며 사방에서 들어오는 공물(貢物)을 관장하였다. 수나라 때는 직방시랑(職方侍郎), 당(唐)나라 때는 직방낭중(職方郎中), 명·청 때는 직방청리사(職方淸吏司)라 일컬었다.

190. **건덕**　천문을 가리킨다.

191. **주장**　주장은 별 이름으로, 27수 중 스물네 번째 별인 유성(柳星)을 가리킨다.

192. **황봉주**　원문은 황봉(黃封). 임금이 상으로 내리는 술을 말한다. 삼월 삼짇날의 풍습 중 행교의 선비들이 글을 지어 풍월을 다투었는데, 이때 장원한 사람에게는 황봉(黃封)이라 해서 술을 상품으로 주었다고 한다.

2

아득한 쌍궐(雙闕)엔 빗소리 걸려 있고　　　　　迢迢雙闕雨聲懸

내각의 화려한 등 홀로 환히 빛나누나.　　　　內閣華燈獨耿然

내일 아침 임금께서 내리실 글 급해서니　　　　只爲明朝宣賜急

윤음을 초하느라 밤새 자지 못하였네.　　　　草綸終夜不成眠

3

환하게 질문하심 몇 천 마디 말씀인가　　　　煌煌發問幾千言

좋은 종이 폭을 잇기 열 번 백 번 하였도다.　　　砑紙橫聯百十番

황공해라 소신은 채 다 쓰지 못하고서　　　　惶恐小臣書未了

삼경 되어 집현문(集賢門)[193]에 제출하러 들어가네. 三更繳入集賢門

4

유삽(油箑)[194]은 투명하여 허공 비침 보기 좋아　　油箑輕明好映空

작은 공로 기억하는 큰 은혜 무겁구나.　　　　殊恩珍重記微功

더운 날씨 뜨거운 해 지금도 이러한데　　　　炎天赫日今如許

경루(瓊樓)[195]의 한때 바람 절 올리며 감사하네.　拜謝瓊樓一陣風

193. **집현문** 『조선왕조실록』 정조 5년 윤 5월 11일조에 "…… 출번 금군(出番禁軍) 1백 명은 명정전(明政殿) 집현문(集賢門)에 입직(入直)하게 하고……"라는 기록이 남아 있는 것으로 보아, 창경궁의 정전인 명정전 부근에 있는 문임을 알 수 있다.

194. **유삽** 선면에 콩기름을 먹인 부채로, 단오 때 임금이 신하에게 하사하던 물건이다.

195. **경루** 옥으로 장식한 화려한 궁전이라는 뜻으로, 달 속에 있다는 상상의 궁전을 가리킨다.

제용감[196]에서 봉사 허주[197]와 함께 체직되다

濟用監 與許奉事〔霪〕遞直

너울대는 관아 버들 이른 가을 놀라니	婆娑官柳早驚秋
늙지 않은 관리라고 말하지 마시게나.	休說烏紗未白頭
술집에선 갈바람이 묶인 말에 불어오고	酒肆西風吹繫馬
아문에는 지는 햇빛 누에 가득 비치네.	衙門斜日滿登樓
날이 추워 작은 국화 피어도 시들하고	天寒小菊開猶澁
먼 곳의 다듬이 소리 메아리로 울리누나.	地向繁砧響易浮
다만 오직 방당(方塘)[198]에서 뜻을 부쳐 보나니	惟有方塘堪寄意
그대와 손을 잡고 노는 고기 바라본다.	與君携手看魚游

염서[199]에서 숙직하다가 두시에 차운하다 染署直中 次杜

높은 가을 관아 건물 성근 숲에 가리었고	高秋廨屋隱疎林
연못 위 바람 불어 울창한 숲 흔드누나.	池上天風動蔚森
관도(官道)의 밖에는 찬 서리 덮이었고	襆被寒霜官道外

---

196. **제용감**　『연려실기술』에 "고려에서는 '잡직서'(雜織署)라 하였다가, 뒤에 도염서(都染署)에 병합하여 '직염국'(織染局)이라 하였다. 공양왕이 또 제용고(濟用庫)를 설치하였다가 얼마 후에 보원해전고(寶源解典庫)에 병합하였다"라고 되어 있다. 1894년(고종 31) 갑오개혁 때 폐지하였다가 1904년(광무 8) 제용사(濟用司)로 고쳤으나, 1905년에 폐지하였다.
197. **허주**　조선 후기의 학자이자 서화가인 연객(烟客) 허필(許佖, 1709~1761)의 아들로 보인다. 정조대 실록에 관련 기사가 보이기는 하지만 행적이 자세하지 않다.
198. **방당**　네모진 작은 연못을 말하는데, 제용감 근처에 있었던 듯하다.

영당(影堂)의 북쪽에는 아침 햇빛 깔리었네.　　薜羅紅日影堂陰

숙직 서다 한가로이 앉아 있음 사랑하다　　頗憐寓直成閒坐

시 짓느라 장한 마음 허비함을 후회하네.　　却悔哦詩費壯心

뜨락 가 푸른 산은 쓸쓸히 눈에 들고　　庭畔靑山空入望

회랑은 적막해서 다듬이 소리 울리누나.　　廻廊寂寂響孤砧

　　목은 이색의 영정을 모신 사당이 염서의 동남쪽 벽 너머에 있다. 牧隱影堂隔
　　署東南墻.

중양절에 이문원에 숙직을 섰다. 이때 이덕무는 사도시[200]에서, 유득공은 상의원[201]에서 숙직을 섰다. 시전지를 보내 차례로 시를 지으니, 자못 상쾌한 일이었다.

重陽 鎖直摛文院 時懋官直纂寺 惠甫直尙方 飛牋迭唱 頗勝事也

　　금원(禁苑)[202]의 동편에선 밤새도록 다듬이 소리　　一夜砧聲禁苑東

　　어하(御河)의 바람 맞아 버들잎은 나부끼네.　　飄搖柳葉御河風

---

199. 염서　도염서(都染署)를 말한다. 고려 때는 '도염서'라 하였다가 뒤에 잡직서(雜織署)와 병합하여 '직염국'(織染局)이라 하였다. 그 뒤에 또 분리시켜서 '도염서'라 하였다. 태조가 고려의 제도를 답습하여 도염서를 설치해 염조(染造)하는 일을 관장하게 했는데 뒤에 제용감(濟用監)에 병합되었다.

200. 사도시　원문은 도시(纂寺). 사도시(司纂寺)는 태조 원년에 창설한 관청으로 궁내의 쌀 등 곡식과 계자 등을 맡아보는데, 비용시(備用寺)·요물고(料物庫)·공출고(供出庫)라고도 한다.

201. 상의원(尙衣院)　원문은 상방(尙方). 상의원은 어의(御衣)와 궁내 옷감 등을 관장하는 기관으로, 태조 원년에 창설되었다. 장복(掌服)·중상(中尙)·공조(供造)라고도 부른다.

202. 금원　창덕궁 북동쪽에 있는 대궐의 후원이다. 형태나 수법이 다양하여 순 한국식 건축 양식과 조경 양식을 볼 수 있는 곳이다.

이 몸이 바쁜지라 가을 감도 상관 않고 　　身忙不管秋全暮

찬 벼슬에 언제나 술병 빔만 근심하네. 　　官冷常愁酒易空

이문원의 걸친 적삼 옛 푸른빛 다 바랬고 　　鎭院荷衫渝舊綠

조천(朝天)하는 횃불은 새벽 해보다 맑다. 　　朝天蠟炬澹晨紅

모자에 수유 꽂음[203] 인간 세상 일이건만 　　茱萸揷帽人間事

금문(金門)[204]서 번을 서며[205] 헛되이 보내누나. 　　斷送金門豹直中

밤에 앉아 유득공에게 다시 부치다 夜坐 再寄惠風

일경 삼점[206] 종소리가 뎅그렁 들려오니 　　一更三點下丁東

그 종소리 끌어다가 먼 바람에 보내노라. 　　勾引鍾聲送遠風

봉각의 엷은 서리 나뭇잎 처음 지고, 　　鳳閣微霜初落葉

은빛 누대 밝은 달은 허공을 비추누나. 　　銀臺明月悠飛空

---

203. **모자에 수유 꽂음**　　원문은 수유삽모(茱萸揷帽). 수유(茱萸)는 운향과(芸香科)에 속하는 낙엽교목(落葉喬木)으로, 중양절에 높은 산에 올라가서 이 열매를 머리에 꽂으면 사기(邪氣)를 물리친다고 생각했다.

204. **금문**　　금문은 한대(漢代) 궁문(宮門)에 있던 금마문(金馬門)의 약칭으로, 후세에는 한림원(翰林院)으로 불렸다. 조선에도 금문이 존재했는데, 창경궁에 있었던 모양이다. 『신증동국여지승람』에 "승정원(承政院) 월화문(月華門) 밖에 있는데 하나는 창덕궁 인정전 동쪽에 있고, 하나는 창경궁 금마문(金馬門) 남쪽에 있다. 왕명(王命)의 출납(出納)을 관장한다"라고 기록되어 있다.

205. **번을 서며**　　원문은 표직(豹直). 여러 날 계속하여 서는 숙직을 가리킨다.

206. **일경 삼점**　　원문은 일경삼점(一更三點). 서운관의 관원인 사진(司辰)이 종루에 걸어 놓은 큰 종을 쳐서 경점(更點)을 알렸다. 파루당종법(罷漏撞鍾法)은 초경(初更)에 28수에 따라 28회 종을 쳤는데 이를 인정(人定)이라 하여 성문을 닫았고, 5경에는 33천(天)을 의미해 33회 울렸는데 이것을 파루라 하여 성문을 열었다. 일경에는 세 차례 종을 울렸다.

날씨 추워 잠깐 동안 흰 솜옷 갈아입고　　　天寒暫換新綿白

해갈하러 붉은 고욤 가져오라 불러 댄다.　　酒渴頻呼小姉紅

깊고 엄해 사람이 올 수 없음 안타까워　　　最恨深嚴人未到

원문 안 푸른 장막서 밤을 꼬박 새우네.　　終宵碧幄院門中

이문원에서 절구 5수 摛文院 絶句五首

1

높이 솟은 쌍궐은 단청 빛 아득한데　　　中天雙闕逈流丹

오사모로 달을 보며 홀로 난간 기대었네.　　望月烏紗獨倚欄

가을 와 숙직 서니 참으로 심란한데　　　禁直秋來眞楚楚

국화 화분 환하고 등불 빛은 싸늘하다.　　菊盆輝映玉燈寒

2

아침엔 영주(瀛洲) 들고[207] 저녁엔 석거(石渠)[208] 가니　　朝入瀛洲暮石渠

벼슬을 처음 맡아 여기저기 방문하네.　　新銜博訪設官初

삼통(三通)[209]과 입사(卄史)에도 우리 무리 없건만　　三通卄史無臣輩

우습다 서양에는 검서관이 있었구나.　　却笑西洋有檢書

---

207. 영주 들고　원문은 입영주(入瀛洲). 지극히 명예로운 지위에 오르는 것을 말한다. 당 태종이 천
책상장군(天策上將軍)으로 있을 때 문학관(文學館)을 지어 놓고 방현령(房玄齡)·두여회(杜如晦) 등
18학사를 불러들여 극진히 대접하자 세상 사람들이 흠모하여 '영주에 올랐다'(登瀛洲)라고 하였다
한다. 영주는 바닷속에 있는 삼신산(三神山)의 하나다. 『구당서』(舊唐書) 「저량전」(褚亮傳) 참조.
208. 석거　한나라 때의 장서각(藏書閣)인 석거각(石渠閣)을 말하는데, 여기서는 규장각을 뜻한다.

'검서관'이라는 세 글자가 『곤여도설』(坤輿圖說)[210]에 보인다. 檢書官三字, 見坤輿圖說.

3

평생에 거문고를 못 배움 한하노니	自恨平生未學琴
천문(天門)의 녹기(綠綺)[211]가 벙어리로 앉아 있네.	天門綠綺坐成瘖
풍류로 한번 노닒 등한한 일이어서	風流一著渾閒事
임금의 깊은 마음 잃게 될까 염려하네.	恐失君王解慍心

이문원에 종과 경쇠, 금과 슬을 각각 하나씩 내리셨다. 賜院鍾磬琴瑟各一.

4

유득공과 서로 만나 얼굴 펴고 웃다가	惠甫相逢笑不嚬
이덕무와 셋이 함께 붙들고 놓지 않네.	青莊鼎足解留人
경연 강의 마치고 문서 일도 끝이 나서	講筵纔罷文書靜
고수풀[212] 안주 삼아 또 한 순배 나누네.	坐撒胡荽且一巡

---

209. **삼통**   이름에 통(通) 자가 든 세 책, 곧 당나라 사람 두우(杜佑)가 지은 『통전』(通典), 송나라 사람 정초(鄭樵)가 지은 『통지』(通志), 송나라 사람 마단림(馬端臨)이 지은 『문헌통고』(文獻通考)를 아울러 이르는 말이다.

210. **『곤여도설』**   1672년 가톨릭 신부 F. 베르비스트가 북경에서 간행한 지리서다. 상·하 2권으로 되어 있는데 상권에는 지리 통설이 기술되어 있고, 하권에는 지리적 주기(註記)가 많이 실려 있다. 이 책이 처음 한국에 전래된 것은 1722년(경종 2)으로, 유척기(兪拓基)가 북경에 갔을 때 맥대성(麥大成) 신부를 통해 입수하여 가져온 것이다. 『곤여전도』보다 2년 앞서 출간되었는데, 이 책들은 마테오 리치의 『곤여만국전도』(坤輿萬國全圖)와 함께 동양 신문화의 길잡이가 되었다.

211. **녹기**   본래는 고대의 거문고 이름이다. 진(晉)나라 부현(傅玄)의 『금부』(琴賦) 서문에 "제(齊)나라 환공(桓公)의 거문고 이름은 호종(號鍾)이었고, 초(楚)나라 장왕(莊王)이 가진 거문고 이름은 요량(繞梁)이었으며, 중세에 사마상여(司馬相如)는 녹기(綠綺)를, 채옹(蔡邕)은 초미(焦尾)를 가지고 있었는데 모두 좋은 물건이다"라고 되어 있다. 이후로 녹기(綠綺)는 거문고를 가리키는 범칭으로 쓰였다.

5

북원의 솔 그늘은 유난히도 추운데	北院松陰特地寒
침류대(枕流臺)²¹³ 아래쪽은 예전의 시단일세.	枕流臺下舊詩壇
지금 사람 모두들 유희경을 말하지만	今人盡說劉希慶
당시의 총부관을 아는 이 누구일까.	誰識當時摠府官

북원은 예전 도총부의 북쪽 뜰이다. 뜰에는 유희경이 손수 심은 적송이 있다.

院舊爲都摠府北庭, 有劉村隱希慶手植赤松.

직각 정지검의 「기은시」를 받들어 화운하다〔짧은 서문과 함께〕奉和鄭直提學紀恩詩〔幷小序〕

철재(徹齋) 정지검은 서문에서 이렇게 말했다. "신축년(1781) 9월 19일 밤이고(二鼓, 밤 10시경)에 영첨(領籤)²¹⁴으로 신 지검(志儉)에게 이렇게 전교하셨다. '가을비가 막 개어 달빛이 정히 아름답다. 이렇게 좋은 밤은 쉬 얻을 수가 없다. 이에 술과 고기 굽는 도구를 내려 표직(豹直)의 무료함을 위로하노라. 모름지기 검서관과 더불어 함께할지어다. 이 일은 일력(日曆)에 기재하여 고사로 삼으라.' 신 지검과 검서관 신 제가는 삼가 은혜로운 명

---

212. **고수풀** 원문은 호유(胡荽). 고수풀은 전체에 털이 없고, 줄기는 곧고 가늘지만 속이 비어 있으며, 가지가 약간 갈라진다. 잎에서 빈대 냄새가 나고, 뿌리잎의 잎자루는 길지만 위로 올라갈수록 짧아지며, 밑쪽이 모두 잎집이 된다.

213. **침류대** 조선 선조 때의 시인 유희경이 자기 집 뒤〔창덕궁 서쪽 원동院洞(지금의 원서동)〕시냇가에 돌을 쌓아 대를 만들어 침류대라 하고, 차천로(車天輅)·이막광(李邈光)·신흠(申欽)·김현성(金玄成)·홍경신(洪慶臣)·임숙영(任叔英)·조우인(曺友仁)·성여학(成汝學) 등과 시를 지어 화답하였다. 이를 모아 『침류대시첩』을 엮기도 했다.

214. **영첨** 전교를 적은 쪽지를 말한다.

을 받자옵고 마침내 '심'(心) 자를 뽑아 각각 5언 고시 한 편씩 지어 남다른 대우를 기록하여 둔다."

徹齋序曰:"辛丑九月十九日夜二鼓, 以領籤傳于臣志儉曰:'秋雨新晴, 月色政佳. 良宵不易得也, 玆下壺酒, 兼付燒肉之具, 以慰豹直之無聊. 須與檢書官共之. 此事載之日曆, 以備故事爲可.' 臣志儉與檢書臣齊家, 祗受寵命, 遂拈心字, 各賦五言古詩一篇, 以志異數云."

학사원(學士院)[215]에 짝지어 숙직을 하고	伴直學士院
한묵(翰墨)의 숲에서 서로 따랐네.	追隨翰墨林
은혜와 광영이 한둘 아니나	恩榮固非一
남달리 대우하심 오늘에 있네.	異數偏在今
그때는 밤이 막 깊어 갈 무렵	維時夜初永
별과 달이 환하게 떠 있었다네.	星月政昭森
환한 등불 화각(華閣)에 걸려 있는데	燈輝澹華閣
찬 나무 그림자도 엇갈렸구나.	寒樹影交侵
방황하며 마치도 생각 잠긴 듯	彷徨若有思
옷깃 잡고 거듭하여 읊조리었지.	攬衣重沈吟
계단 급히 오르던 발소리 들려	鞾聲上梯急
갑자기 온 영첨에 깜짝 놀랐지.	領籤驚忽臨
숯불은 사방 자리 빛을 비추고	獸炭照四筵
붉은 냄비 보글보글 끓어올랐네.	紅鍋沸涔涔
소반 속의 고기를 훈제로 굽자	薰灼盤中肉

---

215. **학사원**　고려 초기에 사명(詞命) 짓는 일을 맡아보던 관아로, 광종 때 원봉성을 고친 것이다. 뒤에 한림원·문한서·예문관·사림원·춘추관 따위로 바꾸었다. 여기서는 예문관(藝文館)을 가리키는 듯하다.

난초(蘭椒)[216] 내음 반 너머 잠겨들었네.　蘭椒氣半沈

황봉주(黃封酒)의 빛깔은 거위와 같아　黃封色如鵞

은 술잔 넘치도록 가득 따랐네.　瀲灩銀觴斟

무릎 꿇고 은근한 뜻 바쳐 올리고　長跪致懇懃

자리 피해 옷매무새 바로 하였지.　避席仍整襟

군왕께서 좋은 밤을 아끼시어서　君王惜佳夜

정중하게 옥음을 내리시었네.　鄭重垂玉音

숙직 일도 진실로 수고로우니　豹直良亦勞

미약한 추위라도 어이 금하랴.　微寒詎能禁

낭관(郞官)[217]이 공영(公榮)보다 더 빼어나니　郞官勝公榮

서청(西廳)[218]을 스스로 찾을 만해라.　西廳自可尋

성인께서 신하 마음 헤아리시어　聖人體下情

술과 음식 마음으로 내리시었네.　酒食貤中心

예우 어이 대각 내림 같으랴마는　禮豈臺饌並

그 맛은 목살보다 더욱 깊다네.　味比項臠深

술 거나해 종이를 함께 펼쳐서　酒酣同擘牋

국화꽃 그늘에서 시를 지었지.　賦詩菊花陰

몸 미천해 아뢰진 못하였지만　身微不自達

붉은 정성 환하게 품고 있다네.　耿耿懷丹忱

붓 잡고 일력에 적어 놓아서　秉筆書日曆

영원히 후대의 공경 삼으리.　永爲後代欽

216. **난초**　향신료의 일종으로, 『열자』(列子) 「탕문」(湯問)에 "臭過蘭椒"란 구절이 보인다.
217. **낭관**　육조의 5·6품관인 정랑(正郞)과 좌랑(佐郞)의 통칭이다. 여기서는 직각(直閣) 정지검과 박제가 자신을 가리킨다. 직각은 정3품에서 종6품 사이의 관직으로, 홍문관 근무 경험이 있는 사람이 임명되었다.
218. **서청**　명례궁(明禮宮), 즉 덕수궁(서궁) 안에 있는 즉조당(卽祚堂)을 말한다. 인조가 계해년에 이 궁의 서청(西廳)에서 즉위하였기에 즉조당이라고 한다.

염서의 겸사에서 숙직하며[219] 直染署兼司

가을이라 겨울 또한 멀지 않으니	秋冬亦非遠
맑은 못의 물빛도 변해 가누나.	水色變淸池
청사는 이처럼 넓기만 하니	衙舍曠如此
낭관은 언제나 한가하리오.	郎官閒幾時
눈이 오려는지 안개 뿌옇고	烟黃知欲雪
어둑하여 나무엔 가지 없는 듯.	樹暝若無枝
홀로 앉음 꼭 시름할 일은 아니니	未必愁孤坐
창문 열고 짤막한 시를 짓노라.	開窓賦小詩

이문원에서 눈을 노래하다 14운〔짧은 서문과 함께〕

摛文院賦雪 十四韻〔幷小序〕

동짓달 24일, 나는 동료 서이수와 교대를 하였다. 그때 마침 일이 생겨 신패(申牌)[220]가 되도록 나가지 못하였다. 게다가 심염조(沈念祖)와 정지검(鄭志儉) 두 학사가 만류하는 바람에 함께 술을 마시며 눈을 감상했다. 인하여 눈〔雪〕을 시제로 삼아 영을 내리기를, "시를 지으면 그 자리에서 내보

---

219. 염서의 겸사에서 숙직하며　『정유각문집』 권1 「시학론」(詩學論) 끝에 "왕 5년(1781) 신축 초겨울 위항도인(葦杭道人)이 겸사(兼司)에서 숙직 중에 쓰다"(上之五年辛丑初冬, 葦杭道人書于兼司直中.)라고 한 것으로 보아 이 시는 이때 지은 것으로 보인다. 이 글은 또 『북학의』 외편 끝에 「북학변삼」(北學辨三)이라는 제목으로 실려 있다.
220. 신패　신시(申時)를 말한다.

내 주겠지만, 짓지 못하면 여기 있으면서 밤을 지내야 하네"라고 하였다.

至月二十四, 余與徐寮遞直, 適有事, 至申牌未出, 再被沈鄭二學士留住, 共飯賞雪, 仍命雪爲題, 令曰: "詩成卽放, 不成在此過夜."

숙직 벗어 돌아갈 마음 급한데	脫直歸心急
천천히 머뭇대다 또 한 번 하네.	遲徊又一番
어지러이 눈발이 날리더니만	漫漫初下雪
어느덧 황혼이 가까웠구나.	冉冉逢黃昏
눈구름[221] 젖은 기운 아직 안 풀려	未解同雲濕
어제의 온기를 머금었구나.	仍含昨日暄
산 그림자 저 멀리 엷어지더니	寒山遠淡影
먼 나무 자취 홀연 아니 보이네.	遠樹忽迷痕
말 장식 소리들은 모두 무겁고	珂馬聲俱重
까마귀도 묵묵히 날지 않누나.	烏雅嘿不翻
텅 비고 밝아서 쌓임도 없이	虛明若無積
흔들려 끌려다님 번거롭구나.	搖曳一何繁
눈에 가득 날벌레가 부딪히는 듯	滿目遊蟲撲
바람결에 머리카락 뒤엉키었네.	因風亂毳髡
깊게 비춰 서책들 환히 빛나고	映深輝秘帙
맵게 불어 겹겹 담장 넘어가누나.	吹劇度重垣
하늘은 산 같은 대궐 누르고	天壓嶙峋闕
안개는 깊은 문에 빗기어 섰다.	烟橫岞崿門

---

221. **눈구름** 원문은 동운(同雲). 하늘에 눈 오기 전 구름 빛이 자욱한 것을 뜻한다. 『시경』 「신남산」(信南山)에 "하늘에 구름 자욱하더니, 눈비가 어지러이 날리네"(上天同雲, 雨雪雰雰.)라고 하였다.

홍초(紅蕉)²²²를 화사(畫史)에서 찾아보나니　　　紅蕉徵畫史
비취새 깃 매화 넋을 끌어온다네.　　　翠羽引霉魂
들판서 사냥턴 일 떠올리다가　　　狂憶田間獵
대숲 마을 해맑게 그려 보았지.　　　淸思竹裏村
줄 쳐진 오사란(烏絲欄)²²³을 펼쳐 놓고서　　　烏絲披玉版
숯 위에 금 술잔을 데우는구나.　　　獸炭煖金尊
사안(謝安)의 풍류²²⁴는 여태 남았고　　　謝傅風流在
양원(梁園)²²⁵의 고사도 그대로일세.　　　梁園故事存
시 짓는 재주 차츰 퇴보해 가니　　　賦詩才漸退
사물 묘사 진부한 말 부끄럽구나.　　　象物愧陳言

규장각에서 춘첩자²²⁶를 쓰다 閣試春帖子

술잔 속 봄 술에 남산이 얼비치니　　　盃中春酒映南山

---

222. **홍초**　미인초(美人蕉)의 다른 이름.
223. **오사란**　원문은 오사(烏絲). 격자(格子)로 묵선(墨線)을 그어 놓은 종이이다.
224. **사안의 풍류**　원문은 사부풍류(謝傅風流). 사부는 동진(東晉) 때의 명사 사안(謝安)을 말한다. 죽은 뒤 태부(太傅)에 추증되었으므로 사태부(謝太傅)라 불렸다. 그는 젊어서부터 식견이 출중하여 조정의 부름을 받았으나, 매번 사양하고 회계(會稽)의 동산에서 왕희지·지둔(支遁) 등과 시와 술로 풍류를 즐겼다.
225. **양원**　한나라 양효왕(梁孝王)이 조성한 토원(兎園)이다. 양효왕이 이 정원을 지어 놓고 사방의 호걸들을 초청하자 산동(山東)의 유사(游士)들이 모여들었다고 한다.
226. **춘첩자**　입춘날 대궐의 전각 기둥에 붙이던 주련(柱聯)을 가리킨다. 정월 초하룻날 문신들이 임금에게 지어 바친 연상시(延祥詩)를 길쭉하게 자른 장광저지(長廣楮紙)에 쓰고 위에는 연잎, 아래에는 연꽃을 그렸다.

봄빛을 길이 얻어 임금 용안 지키리라.　　　　　　長得韶光護聖顔

송첩(宋帖)을 재촉하여 경전각에 바치고　　　　　宋帖催呈經典閣

기거반(起居班)은 당화(唐花)를 온통 꽂았네.　　　唐花遍揷起居班

상서론 새 기운 얻어 소리 처음 변하고　　　　　祥禽得氣聲初變

어전 버들 바람 품어 초록빛이 돌아왔네.　　　　御柳含風綠已還

임금[227]께서 백성 구휼 근심에 생각 미쳐　　　　想到堯眉憂賑貸

옥루의 더딘 해에 한가할 겨를 없네.　　　　　　玉樓遲日未應閒

평구 송일휴와 동료 이덕무 등이 장령 유환덕의 남동 원옥에서 작은 모임을 갖다

宋平丘日休 李寮懋官 小集于柳掌令〔煥德〕南衙園屋

떠들썩 술병 잡고 큰 잔에다 권하노니　　　　　驩然把酒勸深鍾

귓불 더워 비단옷을 한 겹 풀어 벗는다네.　　　耳熱綿裘卸一重

예원의 신예들이 선배 명성 힘입으니[228]　　　藝苑新聲蠅附驥

역승(驛丞)은 돌아갈 흥에 말이 마치 용과 같네.　驛丞歸興馬如龍

봄바람에 약솥은 시냇가에 울리고　　　　　　　春風藥竈鳴幽澗

---

227. 임금　원문은 요미(堯眉).『공총자』(孔叢子)「거위」(居衛)에 "옛날 요임금은 키가 10척이었고, 눈썹은 팔채로 나뉘었다"라고 했다. 팔채(八彩)는 요임금의 눈썹 혹은 제왕의 용안을 형용한다.

228. 선배 명성 힘입으니　원문은 승부기(蠅附驥). 사마천은『사기』「백이열전」에서 "백이 숙제가 현인이었다고는 하나 공자에게 찬양 받음으로써 그 이름이 더욱 높아졌고, 안연이 참된 사람으로 학문을 열심히 닦았다고 하나 공자의 기미(驥尾)에 붙음으로써 그 행위가 더욱 뚜렷해졌다"라고 말하였다. 그 주에 "파리는 말 꽁무니에 붙어 천 리를 가는 것이므로 안회(顔回)가 공자로 인하여 빛이 난 것을 비유한 말이다"(蒼蠅附驥尾而致千里, 以喩顔回因孔子而名彰.)라고 하였다.

저녁 빛에 책상자[229]는 푸른 뫼를 마주했지.　暮色書廚對碧峯

선생께서 언제나 문 닫음을 사랑하니　最愛先生長閉戶

눈이 개면 온 거리가 진창 될까 염려하네.　九街晴雪怕泥濃

초계문신[230]의 강제와 임금의 초상화를 봉심하는 날, 통례원[231]의 관리가 문득 참예하였다. 상께서 그 수고로움을 여러 번 칭찬하셨다. 세모에는 시관과 강원, 그리고 차비관[232]에게 차례로 상을 내리셨다. 임은수 형이 또한 후추를 하사 받고 감격하여 작품을 짓고는 여러 사람의 화답을 두루 구하였다.

抄啓文臣講製及御眞奉審日 通禮院官輒與焉 上數稱其勞 歲旣暮 試官講員差備官 以次受賞 任兄恩曳亦蒙胡椒之賜 感而有作 遍求諸和

여러 해를 교대로 뵙고 서향(書香)[233]을 모시었고　頻年替謁侍書香

사신(詞臣) 접대 익숙하여 환한 문장 이르렀네.　慣接詞臣到煥章

229. **책상자**　원문은 서주(書廚). 책을 읽기만 하고 뜻은 잘 해득 못하는 사람을 조롱하는 말이다. 학문이 깊고 시문을 잘 짓는 사람을 가리키기도 한다.

230. **초계문신**　조선 후기 규장각에 특별히 마련된 교육 및 연구 과정을 밟던 문신들을 말한다. 『초계문신제명록』(抄啓文臣題名錄)에 전체 명단이 정리되어 있다.

231. **통례원**　조선 시대 국가의 의식(儀式)을 맡아보던 관청이다. 1895년(고종 32) 장예원(掌禮院)으로 개칭되었다.

232. **차비관**　조선 시대의 시관은 해당 과시의 총책임자 격인 상사관 또는 주문고관과 보좌 격의 참시관으로 이루어지는 고시관과 감시관, 차비관(差備官)으로 분류된다. 고시관은 출제·채점·합격자 발표·과장의 질서 유지 등을 맡고, 감시관은 시험 부정 색출, 차비관은 여러 관사에서 차출되어 과거 시험의 보조 일을 맡았다.

233. **서향**　학문을 하는 기풍 있는 사람을 말하는데, 여기서는 정조 임금을 가리킨다.

오늘 이날 후추 받아 은혜 가장 무거우니　　　　是日胡椒恩最重
예로부터 면절(縣絕)[234]함은 예법이 남달랐네.　　　古來縣蕝禮殊常
미천한 몸 성군 만남 문명의 운세리니　　　　　微身際會文明運
말직에서 우러르매 해달같이 빛나시네.　　　　薄宦瞻依日月光
우리 임금 끼친 덕화 아득하다 말들 하니　　　　共說吾王聲教遠
바다 하늘 아득한 곳 마이(馬夷)[235]도 조공하네.　馬夷輸貢海天長

진태허[236]의 매화시에 차운하여 재간 임희성[237]에게 화답하다[238] 次韻秦太虛梅花詩 和任在澗〔希聖〕

글 쓰는 서생의 벼루 밭이 말랐는데　　　　書生食研研田槁
부서진 집 북풍이 휘몰아쳐 놀랐네.　　　　破屋翻驚北風倒
기쁘게 한 번 웃고 매화를 향해 서니　　　　怡然一笑向梅花

234. 면절　면최(縣蕞)로도 쓴다. 『사기』「유경숙손통열전」(劉敬叔孫通列傳)에 따르면, 숙손통이 한 고조를 위해 조의(朝儀)를 세우고자 하여 노(魯)나라에 사신을 보내 유생 30여 명을 데려오게 했다. 임금의 좌우에서 학문하는 자와 그의 제자들 100여 명과 함께 야외에 면최(縣蕞: 예를 강할 때 띠를 묶어 세워 존비의 차례를 표시하는 일)를 설치하여 예를 익혔다. 예를 행하는 것을 본 고조는 군신에게 명하여 이 예법을 익혀 조정에서 실시하게 하였다. 이로써 조의(朝儀)나 전장(典章)을 제정하고 정돈하는 것을 '면절'(縣蕝) 또는 '면최'(縣蕞)라 한다.
235. 마이　대마도에 사는 오랑캐를 가리킨다.
236. 진태허　태허는 진관(秦觀, 1049~1100)의 자(字)다. 중국 북송(北宋)의 문인으로 또 다른 자는 소유(少游)이고, 호는 회해거사(淮海居士)다. 고문(古文)과 시에 능하였고 특히 사(詞)에 뛰어났는데, 소식의 문하에 있으면서 황정견(黃庭堅)·장뇌(張耒)·조보지(晁補之) 등과 함께 '소문사학사'(蘇門四學士)로 일컬어졌다. 시문집으로는 『회해집』(淮海集) 40권과 그 『후집』(後集) 6권, 사집(詞集)으로『회해장단구』(淮海長短句) 3권 등이 있다.
237. 임희성　조선 후기의 학자. 이 책 상권 244쪽 각주 446번 참조.

눈썹 끝 기울여 번뇌 걸지 않으려네.　　　　不向眉端掛煩惱
시서(詩書)의 몇 곳에나 그대 이름 실렸던가　　詩書幾處載君名
고운 향기 드러남 늦어짐이 괴롭구나.　　　　拈出芳香苦不早
원래부터 한위(漢魏) 시대 이전의 사람들은　　元來漢魏以上人
열매만 먹었을 뿐 꽃 예쁨은 몰랐다네.　　　　食實摡不知花好
당나라 때 재상 송경(宋璟) 단번에 넋이 나가　唐時宰相一消魂
철석같은 간장이 씻은 듯이 녹았다네.[239]　　鐵肝石腸都如掃
산사람은 손수 심은 해도 기억 못하고서　　　山人不記手種年
흰머리로 지키면서 화분 함께 늙어 가네.　　　白頭相守瓦盆老
배고프면 물 마시고 신선의 책 읽으면서　　　饑來飮水讀仙書
고요 속에 향 사르며 방초를 기록하네.　　　　靜裏焚香譜芳草
이제야 알겠구나 문밖 온통 얼어도　　　　　　須知門外盡窮沍
눈 쌓인 뫼 하늘 높이 우뚝하게 솟았음을.　　雪嶺嵯峨揷晴昊

---

238. 태허의~화답하다 서배균(徐培均)의 전주(箋注)에 따르면, 진관(秦觀)이 매화시를 쓴 것은 원풍 3년(1080)의 일이라고 한다. 그 당시 해릉(海陵)의 우화주(耦花州) 뒤에 있는 부향정(浮香亭)에 커다란 매화나무가 한 그루 있었는데, 황자리(黃子理)가 이를 보고 복건성(福建省) 건계(建溪)에서 본 적 있는 매화를 그리워하는 내용의 시 「억건계매화」(憶建溪梅花)를 쓰자 진관이 화답시를 지었다. 이어서 참료자, 소식, 소철 등이 차례로 화운시(和韻詩) 또는 차운시(次韻詩)를 썼다고 한다(이종진 외, 『중국시와 시인』, 역락, 2004). 진관의 매화시 원작은 『회해집』에 「화황법조억건계매화」(和黃法曹憶建溪梅花)라는 제목으로 실려 있다.
239. 철석같은~녹았네 진관 또한 자신의 시 9·10구에서 '당나라 때 냉정한 철의 심장을 가졌다고 알려진 재상 송경도 매화를 읊은 「매화부」에서는 다정다감한 언어를 아끼지 않았음'을 말한 바 있다.

유득공이 상의원에서 숙직하며 지은 시에 장난으로 화답하다[240] 2수 戲和柳惠甫尙衣院直中 二首

1

쉬 시드는 냇버들의 여린 자질 혼자 웃다	自笑先衰蒲柳質
봄바람에 말을 타니 어여삐 여길 만해.	春風跨馬只堪憐
하늘은 연화(煙花)[241] 종자 끊지를 않았으니	天公不斷煙花種
그대 얼굴 소년 같음 참으로 괴이하다.	怪煞君顏如少年

2

서로 만나 큰 뜻 품음 옛 모습 그대로니	相逢磊落舊須眉
오만하게 봄 산에서 술에 취한 때로다.	傲兀春山被酒時
눈 아래 번화함은 모두 잗단 것이니	眼底繁華都細瑣
고운 여인 아이 짝함 웃으며 바라본다.	笑看紅粉伴纖兒

겸사에서 숙직하며 兼司直中

백 걸음 붉은 회랑 한낮은 일 년 같고	紅廊百步晝如年
금오리 향로[242]에선 한 줄기 맑은 향연.	金鴨香淸一炷煙
깊은 봄 오랜 숙직 그렇다 치더라도	無那深春長鎖直

---

240. 유득공이~화답하다 『영재집』권4에 「차수래상방」(次修來尙房)이 있다.
241. 연화 안개 속에 핀 봄꽃을 말한다. 여기서는 버들을 가리키니, 유득공의 성씨가 '柳'이기 때문에 한 말이다.

가런타, 남은 꿈에 그래도 조회하네.　　　　可憐殘夢尙朝天

비둘기 울음 너머 술집엔 꽃나무들　　　　青帘花木鳩音外

제비 나는 한켠으로 누대의 젓대 소리.　　　玉笛樓臺燕子邊

해맑은 연못 위의 버들을 사랑하니　　　　坐愛瀟瀟池上柳

두 줄의 새 잎이 거울 속에 곱구나.　　　　兩行新葉鏡中姸

임인년(1782) 3월 6일 윤암 이희경을 이끌고 필운대[243]에 올라 살구꽃을 구경한 뒤, 산 아래 동산의 집에서 몇 잔 마시고 붓을 달려 짓다 壬寅春季之六 携綸菴李君 登弼雲 眺杏花 小飮于山底園屋 走筆

그대가 골짜기서 왔단 말 듣고　　　　　聞君自峽來

잡아끌고 서쪽 마을 향하여 갔지.　　　　拉向城西曲

살구꽃 어느새 활짝 피어서　　　　　　杏花已瀾漫

술 사서 맑은 기슭에 자리 잡았네.　　　　沽酒坐晴麓

그대 그린 회포가 쌓여 있어서　　　　　思君積懷抱

저물도록 대화는 끝이 없었지.　　　　　日斜話諄複

근래 들어 여가 없음 괴로웁나니　　　　近日苦無暇

---

242. **금오리 향로**　원문은 금압(金鴨). 쇠붙이로 만든 향로로 그 모양이 오리와 같아 금압이라 한다.

243. **필운대**　서울시 종로구 필운동 배화여고 본관 뒤에 '필운대'(弼雲臺)라 새겨진 바위가 있는데, 조선 시대에는 이 일대를 모두 필운대라 불렀다. 문인들이 술자리를 마련하고 시를 읊으며 춘흥을 즐겼는데, 그 시첩(詩帖)을 '필운대풍월'(弼雲臺風月)이라 하였다. 정선의 『장동팔경첩』에 「필운대도」가 남아 있어 당시의 모습을 추정할 수 있게 한다. 여기에 대해서는 최완수의 『겸재의 한양진경』(동아일보사, 2004, 145~150쪽) 참조.

어찌하면 구속에서 벗어날거나.	那能免拘束
한 달 동안 집에서 밥을 못 먹고	一月不家食
일 년 내내 관복만 입고 지냈지.	終歲著公服
바람 맞아 어느새 웃음 번지니	迎風已囅然
하물며 먼 곳까지 올라 봄에랴.	何況窮迢矚
땅은 넓어 남산도 조그마하고	地濶南山小
저 멀리 수많은 집들 보이네.	迢迢見萬屋
궁궐 연못 빛깔은 물을 들인 듯	宮池色如染
물 건너엔 뻐꾹새 소리 들린다.	隔水聽布穀
높은 나무 아직 잎이 나지 않았고	高樹尙無葉
가지마다 새순은 차츰 나온다.	叢條漸抽綠
모두들 시절 고움 말을 하노니	各言節物佳
그 누가 세월을 빠르다 했나.	誰道光陰速
사람들의 분주함 그치지 않아	衆人紛未息
초연히 외로움을 동무 삼으리.	超然伴幽獨
사립문 저마다 깨끗이 하니	柴門各修潔
이 산속 풍속을 사랑하노라.	愛此山中俗
나 또한 마음 있는 사람인지라	吾亦有心人
우연한 출사는 녹봉 구함 아닐세.	偶出非干祿
그대 본시 경제의 재주 품고도	君本經濟才
갈옷 입고 빈 골짝에 남아 있구려.	被褐在空谷
맹세컨대 손잡고 숨어 살면서	誓將携手隱
농사 배워 화목(花木)을 길러 보세나.	學圃栽花木
봄 산은 발묵한 듯 번지어 가니	潑墨瀉春山
그대 함께 가리키며 읽어 보노라.	與君指點讀
땅거미에 꽃들은 더욱 하얗고	夕陰花更白

아지랑이 보드랍기 비단결일세.　　　　遊絲軟如縠

옷에 스민 맑은 향기 스러져 갈 제　　脈脈衣香失

우뚝히 말발굽을 재촉하노라.　　　　隆隆馬蹄促

서울 거리 희미한 달빛 비치니　　　　天街照淡月

다시 술집 찾아들어 묵어 자리라.　　且從酒家宿

술자리에서 소동파 시의 운을 뽑아 순천부로 부임하는 승지 이혜조[244]를 전송하다 酒席拈東坡韻 送李承旨[惠祚]赴任順天府

집 작아도 오히려 술자리 열 만하니　　　小戶猶堪飮碧筩

웅장한 글 곧바로 두통도 낮게 할 듯.[245]　雄詞直欲愈頭風

천산(千山)의 바깥에는 이정(離亭)[246]의 검은 일산　離亭皁盖千山外

4월이라 부임 길엔 꾀꼬리 노래하네.　　官道黃鸝四月中

오리(傲吏)[247]는 머리 흼을 더욱더 사랑하니　傲吏偏憐霜髮白

큰 은혜로 붉은 도포 새로이 내리셨네.　殊恩新賜茜袍紅

---

244. **이혜조**　1721~?. 본관은 전주, 자는 중양(仲養)이다. 필운(必運)의 아들이다.

245. **두통도 낮게 할 듯**　조조는 평소 두통이 있었는데, 어느 날 진림(陳琳)이 지은 격문(檄文)을 읽고 "이 글이 내 두통을 낮게 했다"라고 말한 일화가 있는데, 본문은 여기에서 따랐다. 『삼국지』 「진림전」(陳琳傳)에 보인다.

246. **이정**　떠나는 사람을 전별(餞別)하는 정자를 뜻한다.

247. **오리**　칠원(漆園)의 관리로 있던 장자(莊子)에게 초나라 사신이 와서 재상으로 초빙하려 했을 때, 장자가 자신을 더럽히지 말고 빨리 떠나라고 말한 고사가 있다. 이에 진나라 곽박(郭璞)이 장자를 '오리'라 일컬었는데, 이후 오리는 '뜻이 높아 시속에 영합하지 않는 관리'를 뜻하게 되었다. 『장자』 「추수」(秋水)에 보인다.

가야금 타던 옛 자취[248]에 흔연히 가까우니　　鳴琴舊蹟欣相近
10년간 남도 백성 우리 공을 기다렸네.　　十載南民俟我公

성지를 받들어 병풍을 써서 올린 일로 동료 유득공이 긴 노래를 지었으므로 그 뜻에 화답하였다. 이때는 임인년(1782) 4월 20일이다 有旨書進屛風一事 柳寮爲作長歌 和其意 時壬寅四月二十日也

그 옛날 선화 연간 미불이란 이가 있어　　在昔宣和米南宮
어전에 불려 가서 병풍 글씨 썼다네.　　御前召入書屛風
송나라 1만 년을 널리 펴서 베풀고　　鋪張皇宋一萬年
이왕(二王)[249]은 아이 같다 꾸짖어 물리쳤지.　　呵斥二王如兒童
생각건대 소신은 힘과 재주 부족하여　　小臣自顧才力短
옛 현인과 나란히 섬 참으로 부끄럽다.　　比蹤昔賢眞羞板
다만 장차 힘을 쏟아 작은 글자 보답할 뿐　　但將力役酬細字
어이 감히 한묵으로 유희거리 바치리오.　　寧堪翰墨供遊戲.
군왕께선 글씨 아끼고 종이 아니 아끼시니　　君王愛書不愛紙
기예 시험 모두 은혜롭고 영광일세.　　試藝總爲恩榮地
근세엔 조와 서가 이름이 나란하니　　近世齊名曺與徐

---

248. 가야금 타던 옛 자취　원문은 명금구적(鳴琴舊蹟). 공자의 제자 자유(子游)가 무성(武城)의 읍재(邑宰)가 되어 예악을 잘 가르쳤기 때문에 고을 사람들이 모두 현악(絃樂)에 맞추어 노래를 불렀다는 고사에서 따온 말이다. 『논어』「양화」에 보인다.
249. 이왕　서성(書聖)으로 일컬어진 진(晉)나라의 왕희지(王羲之)와 그의 아들 왕헌지(王獻之)를 가리킨다.

성주 조윤형과 무주 서무수[250]다. 曹星州允亨徐茂朱懋修.

금자(金字) 편액 책표지가 모두 다 그 글씨라.	金扁錦贉皆其書
강표암은 지난해에 궁궐에 들었는데[251]	豹菴去歲入禁中

관윤 강세황(姜世晃)[252]이다. 姜判尹世晃.

풍란과 노죽(露竹) 그림 온통 제평 붙었다네.	風蘭露竹題評俱
규장각의 학사들은 날마다 붓 휘두르니	奎章學士日揮毫
내부(內府)[253]에 소장한 것 무엇인들 없으리오.	內府收藏何所無
한 시대의 풍류가 이에 있어 성대하니	風流一代盛於斯
검서관의 글씨야 무엇에다 쓰겠는가.	檢書之書胡爲乎
일월 아래 갖은 진미 상 위에 가득하고	八珍日月充鼎俎
소라와 대합 또한 궁궐 주방 올랐구나.	螺蛤亦自登天廚
원내의 아전들이 질풍같이 먹을 가니	院中小吏疾磨墨
여덟 폭 궁궐 종이 냉금지(冷金紙)의 빛깔[254]일세.	八疊宮牋冷金色
한나절 전해 부름 영항[255]에 가득하여	傳呼半日亘永巷
글씨 재촉 알아듣고 숨이 차서 헐떡댔지.	知道催書猶脅息

---

250. **성주 조윤형과 무주 서무수** 　조윤형(1725~1799)의 본관은 창녕이고, 호는 송하옹(松下翁)이다. 서화에 능했는데, 특히 초서와 예서는 미불과 방불했다는 평을 들었다. 서무주의 본관은 달성으로, 서명균(徐命均)의 아들이다.

251. **강표암은~들었는데** 　1781년 8월과 9월 사이에 어용(御容)을 그리는 일로 강세황을 부른 적이 있다.

252. **강세황** 　1713~1791. 18세기를 대표하는 문인이자 서화가이다. 1777년에 한성부 우윤을 지내고, 1789년에 한성부 판윤을 지냈는데, 여기서는 전자를 지칭한 것이다. 강세황에 대해서는 변영섭의 『표암 강세황 회화 연구』(일지사, 1988)와 문영오의 『표암 강세황 시서 연구』(태학사, 1997) 참조.

253. **내부** 　내부시(內府寺)를 가리킨다. 궁중의 재화를 관리하고, 복식과 등촉 등의 출납을 맡아보던 관아다.

254. **냉금지의 빛깔** 　냉금지는 니금(泥金) 혹은 쇄금(洒金)을 첨가한 종이로, 밝은 흰색을 띤다.

255. **영항** 　궁중에 있는 긴 골방으로 죄가 있는 궁녀를 유폐하는 곳이기도 했고, 궁중의 긴 복도를 가리키기도 했다. 본문에서는 후자를 가리키는 것으로 보인다.

담장처럼 둘러서서 손 모으고 구경하니	傍觀拱手立如堵
삼감이 마땅하니 핍박 말라 말했네.	謂宜矜愼休相逼
왕어양(王漁洋)[256]의 시구는 천하에 신묘하여	漁洋詩句妙天下
붓을 믿고 그저 써도 외운 듯 하였다네.	信筆往往成誦憶
잘되고 못 되고는 모두 뒷날 맡겨 두고	都將姸醜付來日
붓 휘두름 어이하여 일각인들 허비하리.	揮灑何曾費一刻
쟁그렁 붓 던지며 때로 한 번 씩 웃으니	鏗然擲筆時一笑
천취(天趣)는 도리어 바쁜 중에 얻는 것을.	天趣還從忙處得
중화(中華)와 가까워 흐뭇이 기뻐하나	沾沾自喜近中華
입 다물고 사람 향해 뽐내어 자랑 않네.	掩口不向時人誇
지금 사람 옛것 믿고 지금 것 믿지 않아	時人信古不信今
중화조차 낮게 보니 마땅히 어이하리.	低視中華當奈何
내 듣자니 붓글씨는 서권기(書卷氣)를 높게 치나	吾聞此道貴書氣
들은 풍월 분분하여 종이 먹만 낭비하네.	耳食紛紛楮墨費
황기로(黃耆老)[257]의 초서와 한석봉의 비석 글씨	孤山草訣石峯碑
시골 아낙과 종놈처럼 풍미가 부족해라.	邨婦狂奴少風味
글씨 배움 높을수록 식견 자꾸 낮아지니	學書逾高識逾卑
압록강 동쪽 땅에 지음(知音)은 누굴런가.	鴨水以東知音誰
그대 보지 못했는가.	君不見
어린아이 글씨에는 천기가 살았으나	小兒之書天機在

---

256. 왕어양 1634~1711. 어양(漁洋)은 왕사정(王士禎)의 호다. 신운론(神韻論)을 제창하였으며, 의고주의적 풍조에서 탈피하여 개성이 강한 시를 지어, 18세기 조선 시단, 특히 북학파 시인들에게 많은 영향을 끼쳤다. 여기에 대해서는 이경수의 『한시사가의 청대시 수용 연구』(태학사, 1995) 4장 2절 「신운계열 시의 수용」 참조.

257. 황기로 원문은 고산(孤山). 조선의 명필가로 초서를 잘 써 초성이라 불렸다. 충주에 있는 승지 이번(李蕃)의 비문이 유명하다. 본관은 덕산(德山)이고, 자는 태수(鮐叟)다. 저서에 『고산집』(孤山集)이 있다.

점획 점차 익을수록 정신 날로 바뀌는 걸.	點畫漸熟神漸改
또 보지 못했던가.	不又見
소주와 항주의 서류 장부 한 조각도	蘇杭帳簿紙一片
글자 배치 어여쁘고 글씨 더욱 힘찬 것을.	可憐位置偏瀟瀟
이제야 알겠구나, 범태(凡胎)와 선골(仙骨)은	乃知凡胎與仙骨
습성의 차이일 뿐 재주의 죄 아닌 것을.	皆由習性非才罪
비파 단씨 한마디 깨달음 가르치니[258]	琵琶段氏一轉語
사람 하늘 크게 가른 경계가 되었구나.	政是人天大分界
앞서 받은 바도 없고 뒤에 받을 이도 없는	前無所承後無受
지극 경계 묘한 깨침 그대 알지 못하는가?	至境妙解君知否
백만 사람 날 알아도 조금도 안 기쁘니	百萬知我不須說
감격하여 대궐에 절 올려 조아리네.	感激天門拜稽首

지금의 서예가들은 입만 열면 종요(鍾繇, 위魏나라 시절의 서예가)와 왕희지 (王羲之, 진晉나라 시절의 서예가)를 끌어오고, 당나라 이후의 글씨는 싸잡아 보려고도 하지 않는다. 나는 일찍이 이렇게 말한 적이 있다. "위진의 글씨 를 배우는 것이 송명(宋明) 사람의 글씨를 배우느니만 못하고, 송명 사람의 글씨를 배우는 것은 곧장 지금 중국 사람의 글씨를 배우는 것만 못하다." 시험 삼아 중국의 저잣거리에서 쓰는 장부를 가져다가 살펴보면 잘 쓰고 못 쓰고를 떠나 모두 풍기가 아득히 빼어나서, 우리나라 제공들이 죽을 때 까지 배워 익혀서 미치기를 바랄 만한 것이 아니었다. 우선 이같은 관문을

---

258. 한마디 깨달음 가르치니 원문은 일전어(一轉語). 한마디 말로 학인(學人) 또는 타인의 심기 (心機)의 날 끝[機鋒]을 발양(發揚)하여 바꾸어 주는 말. 비파 단씨는 청나라 때 『설문해자주』를 펴 낸 단옥재(段玉裁)를 가리키는 듯하나 분명치 않다..

통과한 뒤에야 시대에 대해 논할 수가 있다. 또 하물며 서적이란 오래되면 오래될수록 그 참됨을 점점 더 잃게 마련이다. 이미 바다 밖에 치우쳐 있어 견문이 넓지 못하니, 어찌 일찍이 하나하나 진짜와 가짜를 가릴 수 있겠는가? 일찍이 사고재(思古齋) 안원(顏元)[259]이 쓴 『석각황정경』(石刻黃庭經)의 초탑(初搨)을 얻어 사람들에게 보여 주자, 모두들 놀라고 괴이하게 여겨 믿지를 않았으니 가소롭다 하겠다. 또 세상에서 감상가로 일컬어지는 사람들도 반드시 순화비각법첩(淳化秘閣法帖)[260]의 대추나무 목판에 새겨 은정으로 꾸민 것만을 진짜로 생각한다. 나는 말한다. 순화각첩 중에 우리나라에 온 것은 모두 이러하니, 모름지기 망령되이 앞뒤를 따질 것이 없다. 근래 한림 오성란(吳省蘭)[261]의 『주어존고』(奏御存稿)를 보니, 각첩은 반드시 은정(銀錠)의 흔적만 귀하게 여겨[262] 발문을 지어서는 안 된다고 한 대목이 있었다. 내 말과 부절을 맞추듯 부합됨을 믿게 되었다.

今書家動引鍾王, 唐以後則斁乎不欲觀也. 余嘗謂, 學魏晉書不若學宋明人書, 學宋明人書不若直學中國今人書. 試取中國市肆帳簿視之, 無論工拙, 皆風氣迥殊絶矣 有非東國諸公終身習學者所可幾及. 先透此關然後 可論時代. 又況書籍愈

---

259. **안원** 사고재(思古齋)는 그의 호다. 그는 청초에 제생(諸生)이 되었다가, 곧 벼슬을 버리고 강학에 힘썼다. 그의 학문은 기욕(嗜慾)을 참고 몸을 애써 움직여 어버이를 봉양하는 것에 주안점을 두었고, 여력이 있으면 육예를 익히고 시무를 강하여 국가의 쓰임에 대비하였다고 한다.

260. **순화비각법첩** 원문은 각첩(閣帖). 송나라 태종 순화(淳化) 3년에 역대 명필의 묵적을 선집하여 순화각에 수장하고, 이를 판각하여 '순화비각법첩'이라 하였다. 원래는 나무에 새기고 징심당지(澄心堂紙)에 찍었다.

261. **오성란** 청나라 사람으로, 자는 천지(泉之)다. 건륭 시절에 과거에 응시하여 진사가 되었다. 벼슬이 공부시랑시독학사(工部侍郎侍讀學士)에 이르렀다. 『예해주진팔집』(藝海珠珍八集)과 『왕계이집』(王棨二集)을 편집 간행하였다.

262. **은정의 흔적만 귀하게 여겨** 이규경의 『오주연문장전산고』에 여전인(余全人)의 말이 기록되어 전하는데, 다음과 같다. "송나라 말엽에 남도(南渡)하면서 『순화각법첩』을 천주(泉州)에 있는 못 가운데 묻었다. 그런데 이후 그곳에서 기이한 광채가 나타나므로, 파 보니 곧 마제(馬蹄)의 진적(眞蹟)이요, 은정(銀錠)의 환흔(擐痕)이었다." 이후 이 법첩은 은정의 흔적이 있는 것을 최상으로 여기게 되었는데, 본문은 이를 두고 한 말이다.

古愈失其眞. 旣僻在海外, 見聞不廣, 安能一一辨其眞贋. 嘗得思古齋石刻黃庭初搨
視人, 皆驚怪不信, 可笑. 又世稱鑑賞家, 必以閣帖棗木板銀錠爲眞, 余謂閣帖東
來者 都是一樣, 不須妄論先後. 近見翰林吳省蘭奏御存稿, 有閣帖不必以銀錠痕
爲貴, 作跋語云云, 方信余言有符者.

주부 남사수가 남영의 수각에서 더위를 피해 지은 시에 차운하다 次士樹南主簿 南營水閣避暑之作

시내 길의 하늘빛은 한 필의 비단 같고	澗道天光一疋明
높은 숲 양편으론 증성(曾城)[263]을 끼고 있네.	喬林左右夾曾城
맑은 시내 흰 바위는 산속에 그대로요	淸泉白石山中舊
네 마리 말 높은 수레 눈 아래 경쾌하다.	駟馬高車眼底輕
큰 잔에 술 따르자 짙은 숲이 일렁이고	把酒深栖搖積翠
화각에서 투호하니 빈 소리로 대답하네.	投壺畫閣答虛聲
기운 볕 아직도 인간 세상 달구는데	斜暉尙作人間熱
고개 돌려 천가(千家) 보니 저문 빛이 깔렸구나.	廻首千家暮色平

---

263. **증성** 곤륜산 꼭대기를 지칭하는 말이다. 『후한서』(後漢書) 「장형전」(張衡傳)에서 『회남자』
(淮南子)의 말을 인용하여, "곤륜산에 증성이 있는데 아홉 겹에 높이가 1만 리인데, 그 위의 서쪽
에 죽지 않는 나무가 있다"라고 하였다. 여기서는 높은 성을 가리키는 뜻으로 쓰였다.

백당에서 읊조리다 白堂口號

홰나무 그늘 무성하고 흰 모시옷 시원한데	槐夏脩脩白苧涼
온 다락의 푸른빛이 타는 해를 가려 주네.	一樓蒼翠蔭朱陽
생애는 인간 세상 머묾과 같지 않고	生涯不似人間住
사물 변화 고요 속에 어느새 자라나네.	物候偏從靜裏長
앉은 곳서 오로지 큰 술잔에 잔 채울 뿐	坐處惟堪浮大白
입속에 자황(雌黃) 베풂[264] 어이해 쓰겠는가?	口中何用設雌黃
문에 들어 높이 절함 이상타 묻지 마오	入門高揖休相問
후배의 풍류도 제멋대론 아니거니.	後輩風流也不狂

숙직을 마치고 나와서 出直

나흘에 한 번 겨우 집에 가는데	四日一歸家
늦은 귀가 언제나 해가 질 무렵.	歸晏日常晡
문 들어서 하인들을 흩어 놓고선	入門散徒隸
말을 매고 푸른 꼴을 먹이게 하네.	繫馬秣靑蒭
어린 자식 오랜만에 나를 보더니	稚子見我稀
오려다간 다시금 머뭇거린다.	欲來復躕躇
배로 기어 제 어미를 향해 가는데	匍匐向其母

---

264. 자황 베풂 자황은 황색의 물감이고 시문을 첨삭할 때 자황을 썼으므로, 시문의 자구를 고치는 것을 가리킨다.

문득 보니 영락없는 두꺼비로다.	忽顧如蟾蜍
작은 딸은 나이 이제 일곱 살이고	小女年始七
큰딸은 열 살이 조금 넘었네.	長女十歲餘
다퉈 와서 저녁밥을 권하더니만	爭來勸盤飧
무릎에 앉아 다시 옷깃 당기네.	繞膝復挽裾
흡사 마치 옛 도장 손잡이 위에	恰如古印鈕
새끼 사자 여러 마리 서려 있는 듯.	蟠結衆獅雛
예전에 어머님 살아 계실 적	伊昔母在堂
내 생애 처음으로 첫딸 낳았네.	余始生女初
끌어 줘도 걸음을 못 떼더니만	提挈未移步
어떤 때는 저 홀로 똑바로 섰지.	有時立不扶
사람마다 기이하다 자랑하시며	逢人詫奇事
세상에 어떤 것도 없는 듯했네.	有若世間無
한 손주에 기뻐하심도 이러했는데	一孫喜尙爾
이 모습 보신다면 어떠하실까.	見此當如何
나도 이제 부끄럽게 관리가 되어	兒今忝仕官
관복 입고 대궐에서 생활한다네.	朝服闕中趨
연이어 화성(華省)²⁶⁵에서 숙직하면서	聯翩直華省
하사품에 영예 은총 특별도 해라.	錫賚榮寵殊
차례로 세 자식을 두었지만은	次第有三子
할머니 부를 줄은 모르는구나.	不知王母呼
어느새 자식들의 애비가 되어	居然作人父
기뻐 웃고 수염 꼬며 앉아 있다네.	歡笑坐撚鬚
나무 심어 열매를 먹지 못하니	種樹不食實

---

265. **화성**　중앙의 청요직(淸要職)으로, 이름난 중요 부서를 가리킨다.

간장 녹고 눈물은 말라 버렸네.   腸摧淚眼枯

이희경의 산골 집에 부치다 寄李十三峽居

골짜기 밭 묘막과 붙어 있어서   峽田連丙舍
그대 몸소 농사짓는 일을 한다지.   之子事躬耕
시대를 바로잡을 경륜 품고도   獨抱匡時略
벼슬 구할 마음은 하나 없었네.   而無干祿情
『비아』(埤雅)[266]로 충어(蟲魚)를 궁구하면서   蟲魚窮埤雅
문장 지음[267] 남경(南京)을 모방했다네.   機杼倣南京
예전부터 함께 숨자 기약해 놓고   夙昔期偕隱
계획을 못 이룸이 부끄럽구나.   深慚計未成

탐라 말을 내려 주시다 賜耽羅馬

소매 없는 푸른 옷[268]을 입은 마부가   圉人青半臂

---

266. **『비아』** 송의 육전(陸佃)이 지은 책이다. 『이아』(爾雅)를 증보한다는 뜻으로 어(魚)·수(獸)·
조(鳥)·충(蟲)·마(馬)·목(木)·초(草)·천(天)의 여덟 편으로 분류하여 해설하였다.
267. **문장 지음** 원문은 기저(機杼). 원래 베 짜는 기계 혹은 베틀의 북을 말하지만, 문장 창작에서
는 참신하고 남다른 생각을 엮어 표현하는 것을 비유한다.

갑자기 기운차게 집 문에 섰네. 意氣忽臨門
다만 감히 글을 짓는 선비 주제에 敢以雕蟲士
말을 받는 은혜를 자주 입누나. 頻蒙錫馬恩
의심나면 두 귀를 쫑긋 세우고 疑人雙耳動
목마르면 입술을 벌름거리지. 慕水一脣翻
멀리 가지 못함을 탄식하노니 歎息無長步
탐라는 다름 아닌 대완(大宛)²⁶⁹이라네. 耽羅卽大宛

상림의 벼를 하사하시고, 원내에서 모여 먹으라는 전교가 있
었다. 사람이 많아 일정하게 나눌 수가 없었다. 삼가 기록한
다. 賜上林稻 有會食院中之敎 蓋人多不可以升龠分也 恭紀

대궐 북쪽 갈바람에 벼이삭 출렁이니 穭稴西風玉殿陰
광주리로 추수하여 경림(瓊林)²⁷⁰을 나서네. 蕟人筐筥出瓊林
그 맛은 창촉(昌歜)²⁷¹ 같아 눈이 능히 밝아지고 嗜同昌歜能明目

---

268. 소매 없는 푸른 옷 원문은 청반비(靑半臂). 조선 시대 하급 관원인 나장이 입던 옷인데, 깃·
동정·소매가 없는 바둑판무늬로 되어 있다.
269. 대완 기원전 2세기경부터 중앙아시아의 페르가나 지방에 존재했던 이란계 민족의 국가 및
그 지방에 대한 한인(漢人)의 호칭이다. 주로 보리를 재배하며 좋은 포도주를 만든다. 특히 좋은 말
이 많은데, 이 말들은 피 같은 땀을 흘린다고 한다. 여기서는 제주도가 말의 산지임을 말한 것이다.
270. 경림 상림원을 가리킨다.
271. 창촉 다른 이름은 석창포(石菖蒲)다. 『산림경제』에 따르면, 밤에 등불을 켜고 책을 볼 때 석
창포 화분을 옆에 놓아두면, 석창포가 등잔불 연기를 흡수하여 눈이 쓰리지 않는다고 한다. 또한 맑
은 날 밤에 화분을 밖으로 내놓았다가, 아침에 잎사귀 끝에 맺힌 이슬을 거두어 눈을 씻으면 눈이
밝아지고, 오래 하면 한낮에도 별을 볼 수 있을 정도가 된다고 한다. 본문은 이를 두고 한 말이다.

향기는 매화인 양 점심으로 알맞구나.　　馨比梅花當點心
돌 냄비의 푸른 연기 바람결에 풍겨 오고　石銚烟靑通御氣
화랑(畫廊)에서 방아 찧자 가을 소리 일어난다.　畫廊舂急動秋音
어이 감히 수량으로 임금 내림 논할쏜가　敢將斗斛論君賜
낟알마다 깊은 은혜 바다보다 깊어라.　　粒粒恩私並海深

정 직학이 쌀을 하사 받고 지은 시에 화운하다 3수

和鄭直學賜稻 三首

1

가난한 집 밥 짓는 연기 한 점 새로우니　蓬屋炊烟一點新
유랑(庾郎)의 부추 반찬[272] 진짜 가난 아니었네.　庾郎三九未全貧
공연히 흰 이빨이 고름[273]을 자랑하니　空將齒白誇編貝
우스워라 장안에서 쌀 구하는 사람이여.[274]　可笑長安索米人

272. **유랑의 부추 반찬**　원문은 유랑삼구(庾郎三九). 남제(南齊)의 유고(庾杲)는 청빈하여 반찬으로 늘 부추를 김치 담그고 데치고 무쳐서 먹었다. 부추〔韭〕의 음이 구(九)와 같아 세 가지 부추, 즉 삼구(三韭)를 삼구(三九)로 읽어, 어떤 사람이 유고의 집 반찬은 27가지라고 한 데서 나온 말이다. 청빈의 의미로 쓴다.
273. **고름**　원문은 편패(編貝). 조개껍데기를 죽 엮어 놓은 것처럼 고르고 고운 치아를 이른다.
274. **장안에서 쌀 구하는 사람이여**　원문은 장안색미(長安索米). 한나라 때 동방삭이 수레 모는 난쟁이를 희롱하여 무제에게 바른말을 한 일에서 나온 말이다. 자신과 난쟁이는 키 차이가 큰데도 녹을 받는 것은 같아, 난쟁이는 그것으로 살 수가 있지만 자기는 굶어 죽게 생겼다면서, 조정에서 사람을 쓰려면 마땅히 봉록을 더 많이 주어, 제 입으로 장안의 쌀을 구하게 해서는 안 된다고 한 일이 있다. 『한서』 「동방삭전」(東方朔傳)에 나오는데, 자기보다 윗사람에게 월급을 더 올려 달라고 하는 의미로 쓴다.

2

갈던 밭 황량하여 가을 와도 머리 긁고	秋來搔首硏田荒
해진 모자에 병든 나귀 타고 바삐 당직 나아가네.	破帽疲驢赴直忙
임금 주신 앵무립(鸚鵡粒)[275]을 밥 지어 먹으려니	煮得天家鸚鵡粒
반 근들이 작은 솥에 은혜의 빛 넘쳐난다.	半斤鎗裏飽恩光

3

좋은 곡식 대궐 옆[276]서 재배함 아끼나니	偏憐嘉穀日邊裁
인간 세상 가뭄 홍수 겪지 않은 것이라네.	不受人間旱澇災
임금께 농사 기술 바치려 해 보지만	擬獻天門耕種術
이제 와 그 누가 범승(氾勝)[277] 재주 지녔으리.	秪今誰是氾勝才

문효세자[278]께서 태어나신 지 7일째인 9월 13일은 영조대왕의 탄신일로 음식[279]을 내리셨기에 삼가 적는다

文孝世子誕生第七日 爲九月十三日 英祖大王誕辰宣飯 恭記

| 왕실서 탕과 국으로 잔치를 여니 | 天家湯餠局 |
| 온 세상이 국화 술잔 기울이누나. | 四海菊花尊 |

---

275. **앵무립** 앵무새의 먹이라는 뜻으로, 많지 않은 양을 이렇게 말한 것이다. 두보의 시 「추흥」(秋興)에 "향도의 남은 쌀알 앵무 쪼던 낟알이요, 벽오의 늙은 가지 봉황 깃든 가지로다"(香稻啄餘鸚鵡粒, 碧梧棲老鳳凰枝.)란 구절이 있다.
276. **대궐 옆** 원문은 일변(日邊). 임금이 계신 왕성(王城) 근처, 즉 서울을 가리킨다.
277. **범승** 한나라 때 사람 범승지(氾勝之)로, 농사(農事)를 잘 알았다. 『농서』(農書) 18편을 저술하여 파종법을 자세히 기술하였다.

묵은 경사 늦가을에 빈번하더니	舊慶頻秋季
자손 잇는 새 경사 이어졌구나.	新休屬後昆
국 보니 성모(聖慕)²⁸⁰를 가늠하겠고	見羹知聖慕
음식 받고 임금 은혜 감격하노라.	推食感君恩
노랫가락 흥얼대며 구가하던 곳	定識謳歌地
올해 다시 풍년 듦을 알 수 있겠네.	年豊又一番

저녁 이문원을 거닐다 동료 이덕무를 그리는 마음이 있어 夕日 散步摛文院堂中 有懷靑莊寮兄

세월이 물 같단 말 애초 믿지 않았거늘	不信光陰逝水然
초가을 지났는데 어느덧 겨울일세.	初秋人去恰冬天
갈까마귀 저 너머로 저물녘 잣나무요	黃昏栢樹寒鴉外
초승달 그 옆에는 대궐문²⁸¹의 매화로다.	靑瑣梅花細月邊
단사로 풍토병을 해소시킴 훌륭하니	好把丹砂消地瘴
누굴 위해 운모(雲母)²⁸²로 관아 문서 만들었나.	爲誰雲母搗官牋

278. **문효세자** 1782~1786. 정조의 장남으로, 임인(壬寅) 정조(正祖) 6년 9월 7일 궁녀 성씨(成氏)에게서 태어났다. 정조 11년 5월 3일 홍역을 앓았으나 그 다음 날 곧 나았으므로, 경사라 하여 진하(陳賀)할 채비를 하던 중 다시 별증(別症)이 발생하여 5월 10일에 죽었다.

279. **음식** 원문은 선반(宣飯). 왕이 특별한 일이 있을 때에 벼슬아치에게 내리는 밥이다.

280. **성모** 선왕을 사모하는 임금의 마음을 말한다.

281. **대궐문** 원문은 청쇄(靑瑣). 한나라 때 궁문에 쇠사슬 같은 문양을 새기고 푸른 칠을 했으므로 대궐문을 청쇄라 일컬었다.

282. **운모** 백색 화강암의 일종이다.

규장각 숙직 업무 참으로 일이 많아 　　　　奎章褘直眞多事

천 리 밖서 시 지어도 못 전할까 염려되네. 　千里裁詩恐未傳

청장관 이덕무가 사근역(沙斤驛)[283]을 다스렸는데, 풍토병이 있자 단사를 우물물에 가라앉혀 이를 막았다. 능호(凌壺) 이인상(李麟祥)[284] 공이 이곳 역승으로 있을 때, 운모를 찧어 전지(箋紙)를 만드셨으니 이것이 바로 최초의 석린간(石鱗簡)[285]이다. 사근역의 고사로 갖추어 둘 만하다.

青莊所莅沙斤驛, 有地瘴, 以丹砂浸井水, 辟之. 凌壺公作丞時, 搗雲母作箋, 卽石鱗簡之始可備. 沙斤故事.

이인역[286] 우정에서 차운하여 금정[287]에 있는 유득공에게 보내다 利仁郵亭 次寄金井柳窠

그대는 무진생 나는 경오생이니[288] 　　　君生戊辰我庚午

큰 인연 있다 해도 지나친 말 아니리. 　有大因緣非過語

교정보며 한서 향내[289] 서로 같이 나누었고 校書同分漢署香

---

283. **사근역**　경상남도 함양 동쪽 16리에 있던 역사로, 정조 5년(1781) 12월 27일 사근도 찰방에 임명되었다. 다음 해 2월 15일 부임하였다.

284. **이인상**　1710~1760. 자는 원령(元靈), 호는 능호(凌壺), 본관은 완산(完山)이다. 영조 정묘년(1747) 사근역 찰방에 도임했다가 기사년(1749) 8월에 임기가 차서 돌아갔다. 1710년(숙종 36)에 태어나 1760년(영조 36)에 세상을 떠났다. 화풍이 담백하면서도 격이 높아 후대 회화에 많은 영향을 미쳤다. 대표작으로는 〈검선도〉(劍僊圖)와 〈수석도〉(樹石圖)가 있으며, 문집에 『능호집』(凌壺集)이 있다.

285. **석린간**　석린, 즉 돌비늘은 운모 가루를 섞어서 만든 종이임을 나타낸 표현이다.

똑같이 인끈 차고 나라 말을 기른다네.[290]	佩印共牧周官圉
장정(長亭)[291] 지붕 아래서 날마다 그리노니	長亭皁蓋日相望
모두 다 우리들이 출입하던 곳이라네.	盡是吾曹出入處
우리들 모두 다 특별한 은혜 입어	吾曹摠被不世恩
언제나 겸직하며[292] 오고 가고 하는도다.	長帶兼銜來復去
강연한 지 열흘인데 임금 뵙지 못하니	講筵十日違伏謁
유유한 나그네 꿈 붉은 궁궐로 날아가네.	悠悠客夢飛紅籞
방울 소리[293] 울리잖아 아문이 고요터니	衙門鈴索靜不喧
그대가 지어 보낸 맑은 시에 놀라누나.	忽驚淸詩自君所

286. **이인역** 충청남도 공주에 있었다. 유득공은 정조 6년(1782, 35세) 가을에 충청도를 여행하면서 「영보정」이란 시를 남겼다. 위의 작품은 유득공의 「용곡 역관에서 이인승 박제가에게 부치다」(龍谷郵館, 寄利仁丞次修.)(『영재집』)란 작품에 초정이 차운하여 보낸 것이다. 이 시편에 다시 유득공이 「다시 차운하여 박제가에게 부치다」(復次前韻, 寄次修.)란 작품으로 차운하였고, 초정 또한 다음 작품인 「다시 금정역승의 시에 차운하다. 이때 함께 영보정에 놀러 갈 것을 약속했다」(再次金井丞, 時約同遊永保亭.)로 차운하였다.

287. **금정** 지금의 청양에서 예산으로 넘어가는 남양면의 구봉산 앞에 있었다.

288. **그대는~경오생이니** 유득공은 1748년생이고, 박제가는 1750년생이다.

289. **한서 향내** 원문은 한서향(漢署香). 계설향(鷄舌香)이라고도 한다. 계설이란 말 그대로 '닭의 혀'이다. 한(漢)나라 삼성고사(三省故事)로, 낭관(郞官)이 날마다 입에 계설의 향기를 머금고 임금에게 진언하였는데 그 향기가 매우 좋았다고 한 데서 이름 지어진 것이다. 여기에서는 검서관으로 있으면서 함께 정담을 나누었다는 의미로 보인다.

290. **나라 말을 기른다네** 원문은 주관어(周官圉). 어인(圉人)은 말을 관장하던 주(周)나라의 관직 이름이다. 당시 유득공·박제가 두 사람이 모두 말을 관리하는 역승 벼슬에 있었음을 말한 것이다.

291. **장정** 노정을 표시하는 정(亭)으로, 5리마다 있는 것을 단정(短亭)이라 하고, 10리마다 있는 것을 장정(長亭)이라 한다. 여기서는 이인역의 우정(郵亭)을 가리킨다.

292. **겸직하며** 원문은 겸함(兼銜). 겸직(兼職) 또는 겸관(兼官)이라고도 하는데, 다른 직책을 아울러 겸하는 것으로 행정 업무의 효율성, 유능한 인재의 활용과 국가 예산의 절감 등 넓은 이유로 시행되었다. 겸대란 표현도 있는데, 이는 한 사람의 관리가 본래의 직책 외에 다른 직책을 함께 가지는 것이다.

293. **방울 소리** 원문은 영삭(鈴索). 방울을 매단 줄이다. 당나라 때 한림원 금서는 엄밀하여 안과 밖을 마음대로 다닐 수 없었는데, 오직 방울을 매단 줄을 당겨 방울 소리를 내어 이로써 신호를 보내고 통보하였다.

봉함 뜯어 한 번 읽고 백 번을 매만지며 開緘一讀百摩挲

꽃 같은 열다섯 살 소녀처럼 기뻐하네. 劇于如花十五女

봉급 털어 주린 백성 구휼한 일 기뻐하니 欣聞捐俸賑饑口

기꺼이 우인(郵人) 시켜 석서(碩鼠)[294] 시를 肯使郵人賦碩鼠

　짓게 하네.

역승 업무 충실함[295]에 두 번 절해 경하하니 再拜賀君不負丞

조그만 은혜에도 몸과 마음 다 바치네. 小惠亦自殫心膂

봄날엔 영보정(永保亭)에 오르기 좋으리니 青春好上永保亭

바람 타면 시원하기 열자(列子)[296]와 같으리라. 御風泠然如列御

호수 멀리 읍취옹(挹翠翁)[297]의 묵은 자취 밟아 보니 湖山遠躡翠翁塵

서남쪽 아득한 곳 제초(齊楚)를 바라보리. 目盡西南望齊楚

천 척 되는 붉은 난간 조수 앞을 막아서고 朱欄千尺壓潮頭

백 리의 푸른 솔은 섬들을 끼고 있네. 百里青松夾島嶼

아침에 출발하면 저녁에는 이르리니 翩然朝發夕余至

그대 따라 한바탕 호방하게 놀아 보리. 可以從君作豪舉

안신(雁臣)[298]의 발자취가 둘이 서로 비슷하니 雁臣蹤跡兩相似

---

294. 석서 『시경』 위풍 「석서」는 과중한 세금을 풍자한 것이다. 임금이 과중하게 세금을 거두어 백성들을 잠식하여 정사는 닦지 않고, 탐욕스러우며 사람들을 두려워하여 큰 쥐와 같음을 풍자한 것이다

295. 역승 업무 충실함 원문은 불부승(不負丞). 당나라의 최사립(崔斯立)이 남정승(藍藍丞)이 되었다. 처음 부임해서는 크게 탄식하며 "승이여, 승이여. 내가 승을 저버린 것이 아니라, 승이 나를 저버린 것이다"(丞哉丞哉! 余不負丞, 而丞負余.)라고 했다는 이야기가 있다. 미관말직을 마다 않고 열심히 일한다는 뜻이다.

296. 열자 원문은 열어(列御). 열자는 바람을 타고 하늘을 날다가 보름 만에야 육지로 돌아왔다고 한다.

297. 읍취옹 원문은 취옹(翠翁). 읍취헌(挹翠軒) 박은(朴誾)을 가리킨다. 박은이 예전 영보정에 올라 지은 시가 있다.

298. 안신 고대에 가을이면 경사에 와서 조회를 하고 봄이면 다시 자신의 지역으로 돌아가는 북방 소수 민족의 수령을 말하는데, 여기서는 지방관을 가리키는 뜻으로 썼다.

규장각에 돌아가서 더위를 피하세나.　　　　　奎章閣裏歸避暑

그대 시를 잘 지음은 우게(虞揭)[299]와 비슷하고　君能吐句類虞揭

나는 또한 임모(臨摹)함이 구저(毆楮)[300]에 가까웠네. 我且臨摹逼歐楮

털보 서군 마른 이형[301] 매일 성을 내리니　　　髥徐瘦李日應嗔

오로지 자기들만 수고롭게 한다고.　　　　　　使我賢勞獨如許

그대가 오지 않음 실로 까닭 있나니　　　　　知君不歸良有以

내 풍류 본시부터 졸렬함을 비웃었지.　　　　笑我風流本齟齬

금강 북쪽 청루에서 붉은 주렴 둘러 두고　　青樓朱箔錦水陽

어인 일로 사인(詞人)은 오래도록 즐기시나.　　底事詞人久容與

진실로 뗏목을 탄 한나라 때 장건(張騫) 같아　眞似乘槎漢時客

직녀의 물가에서 그대 집에 들었네.[302]　　　偶入君家牛女渚

평생토록 『향렴집』(香奩集)[303]은 읽지도 않았으니　平生不讀香奩集

「삼도서」(三都序)[304]를 팔았다고 어찌 입에 올릴　籍口寧賣三都序
건가.

　　　내가 「혜풍시집서」를 지었다. 余作惠風詩集序.

역참에서 해 질 녘에 그대를 그리는데　　　　驛亭懷人落日時

---

299. 우게　원나라의 시인 우집(虞集)과 게해사(揭傒斯)를 병칭한 것이다.

300. 구저　당나라 때의 서예가 구양순(歐陽詢)과 저수량(楮遂良)을 병칭한 것이다.

301. 털보 서군 마른 이형　규장각 동료였던 서상수와 이덕무를 용모상의 특징으로 표현한 것이다.

302. 진실로~들었네　남조(南朝) 양종름(梁宗懍)의 『형초세시기』(荊楚歲時記)에 다음과 같은 기록이 있다. "한나라 때 사람 장건이 하수의 근원을 찾으라는 왕명을 받들고 서역 등으로 갔다. 뗏목을 타고 한 달쯤 가서 한 도시에 이르렀는데, 한 여인이 방 안에서 베를 짜고 한 남자가 소를 이끌고 물을 먹이는 것을 보았다." 본문은 여기에서 따온 것이다.

303. 『향렴집』　당나라 시인 한악(韓偓)이 지은 시집이다. 한악은 자가 치요(致堯), 호가 옥산초인(玉山樵人)이다. 10세 때 이미 시를 지을 줄 알았다. 그의 시는 강개하고 충분(忠憤)의 기가 가득 넘친다.

304. 「삼도서」　진(晉)나라 황보밀(皇甫謐)이 일찍이 좌사(左思)가 지은 '삼도부'(三都賦)의 서문(序文)을 한 번 써 주자, 장안의 지가(紙價)가 폭등했다는 일화가 있다.

흩어지는 먼 구름 물결을 닮았구려.　　　遠雲離披學浦漵
편지통이 이어서 장경교(長慶橋)305를 오가더니　　郵筒往復繼長慶
보배로이 남쪽 와서 귀한 선물306 대신하네.　　珍重南來代縞紵

다시 금정역승의 시에 차운하다. 이때 함께 영보정에 놀러 갈 것을 약속했다. 再次金井丞 時約同遊永保亭

말 기르니 전오(典午)307라 부른대도 상관없고　　掌馬不妨呼典午
꼴꾼과 목부의 말 물리도록 듣는다네.　　厭聽芻人牧人語
말뼈를 산 곽외(郭隗)308 같은 재주는 하나 없고　　買骨時無郭隗才
봉토 받은 공적은 비자(非子)309에게 부끄럽네.　　享土功慚非子圉
한가할 젠 혼자서 역루 올라 바라보니　　閒來獨上驛樓望

305. **장경교**　원문은 장경(長慶). 연건동과 이화동 사이에 있던 다리 이름이다. 궁중에서 쓰던 관곽을 제작하고 수선하던 장생전(長生殿)이 앞에 있어서 장생전교라고도 불렸다. 줄여서 장교라고도 했다.
306. **귀한 선물**　원문은 호저(縞紵). 춘추전국시대 오(吳)나라의 계찰(季札)이 정(鄭)나라를 찾아갔다. 그는 정나라의 자산(子産)을 보자 예전부터 서로 알았던 것처럼 하였고, 명주로 만든 띠를 주었다. 자산은 그 답례로 모시로 만든 옷을 계찰에게 선물했다. 오나라 땅에서는 명주를 귀히 여기고 정나라 땅에서는 모시를 귀하게 여기므로, 각기 자기가 귀하게 여기는 바를 주었던 것이다. 여기서 생겨난 말이 호저(縞紵)인데, 벗 사이에 선물 또는 깊은 정을 주고받는 것을 의미한다.
307. **전오**　말을 관리하는 직책을 맡은 관리를 말한다.
308. **곽외**　연나라 소왕의 모사로, 죽은 천리마의 뼈를 500냥을 주고 사서 천하의 천리마를 구하도록 하였다. 소왕이 천하의 인재를 모으는 데 크게 기여한 인물이다.
309. **비자**　주나라 사람으로, 비자(飛子)라고도 한다. 말을 매우 잘 길렀기에 주나라 효왕이 불러 연수와 위수 사이에서 말을 기르게 하였다. 『후한서』「채옹전」(蔡邕傳)에 "조보는 화류마로 벼슬길에 올랐고, 비자는 말 잘 길러 봉토를 받았다"(造父登御于驊騮, 非子享土于善圉.)란 구절이 있다.

이곳은 옛사람이 시를 읊던 곳이로다.　　　　此是古人哦詩處

맹세컨대 청백으로 임금 은혜 보답하고　　　　誓將淸白答君恩

몸과 이름 거두어서 내 마땅히 떠나가리.　　　　收拾身名我當去

나그네가 꿈에서도 고향을 그리듯이　　　　羈人有夢戀故園

좋은 새도 옛 동산을 그리는 정 품는다네.　　　　好鳥含情思舊籞

월급을 따지잖고 기장밭 사들였고　　　　未論俸錢買秫田

관아 하인 시켜서 작은 거처[310] 마련했지.　　　　且課衙僮開竹所

보기 싫다 부엌에는 수염 난 사내들뿐　　　　生憎廚子盡髯漢

가소롭다 관청에는 한 사람 기녀 없네.　　　　可笑官無一妓女

가련하다 아전들 생애가 궁핍하여　　　　還憐吏胥乏生涯

되 곡식 훔쳐 냄이 굶주린 쥐 같구나.　　　　升斗穿竊似饑鼠

쓸쓸해라 열 개 역에 관단마(款段馬)[311] 몇 마리　　　　蕭條十驛幾款段

발굽 없고 등짝 아파 고개를 숙이누나.　　　　蹄脫頭垂困腰脊

아득히 온갖 일을 잠시 접어 둔다 해도　　　　悠悠萬事付姑息

찾아오는 봄 시름은 막지를 못하겠네.　　　　惟有春愁不可禦

관주(官酒) 기운 뺨에 올라 얼굴 살풋 붉어지매　　　　微紅官酒乍騰頰

소리 높여 노래하니 그 소리 구성지다.　　　　自爲高歌聲半楚

높은 난간 밝은 달은 푸른 못의 동편이요　　　　危欄明月碧池東

그 아래엔 그윽한 꽃 작은 섬을 감추었네.　　　　下有幽花隱小嶼

타향의 물색이 소요하기 넉넉하니　　　　殊鄕物色足逍遙

나는야 바람 타고 먼 데까지 가 보리라.　　　　我欲乘風將遠擧

아스라한 붉은 기둥 푸른 바다 누르고　　　　迢迢朱棟壓滄海

여러 군영 음악 소리 추위 더위 가리잖네.　　　　列營絲竹無寒暑

---

310. **작은 거처**　원문은 죽소(竹所). 대숲 가운데 조성한 집으로, 유정(幽靜)한 거처를 비유적으로 말한다.

311. **관단마**　원문은 관단(款段). 걸음이 느린 작은 말을 가리킨다.

자리 앞의 미인들은 어여쁘기 짝이 없고[312]   筵前美人狎蠻素

장막 아래 편비(偏裨)들은 핫옷을 입었구나.   帳下偏裨擁遼褚

다락배는 백제 서편 가로질러 떠 있고   樓船橫泛百濟西

백의로 병법 얘기 내 스스로 자부하네.   白衣談兵吾自許

다시금 펄럭이는 유득공이 있거니와   更有翩翩柳檢書

벼슬하여 녹봉 받음 평생 뜻에 맞지 않네.   寮宷平生不齟齬

타향의 귀한 인연[313] 만나지 못했어도   萍水奇緣定不偶

우리들의 시편은 하늘이 준 것일세.   我輩詩篇天所與

기이함을 찾아내어 서로 놓지 아니하니   搜奇剔怪不相放

쇠뿔 태워 우저(牛渚) 비춤[314] 무엇이 다르리오.   何異燃犀照牛渚

봉래산의 상화조어(賞花釣魚) 잔치 함께 베풀다가   共設蓬萊花釣宴

고개 돌려 뜬금없이 계절 변화 놀라누나.   回首無端驚節序

한 쌍의 나는 수레[315] 그 누가 더딜런고   一雙飛蓋遲阿誰

풀빛은 끝도 없이 물가로 드는구나.   艸色綿綿入浦漵

312. **어여쁘기 짝이 없고**   원문은 만소(蠻素). 만소는 당나라 시인 백거이의 첩 소만(小蠻)과 번소(樊素)를 말한다. 당맹계(唐孟棨) 『본사시·사감』(本事詩·事感)에 "백거이의 백상서(白尙書) 첩 번소는 노래를 잘하였고, 기녀 소만은 춤을 잘 추었다. 일찍이 시를 지었다. '앵두 같은 번소의 입, 버들 같은 소만의 허리'라고 하였다. 후에 아름다운 첩을 이르는 말로 쓰였다. 시에서 만소를 업신여긴다고 한 것은 그녀들의 용모와 재예가 빼어남을 뜻한다.

313. **타향의 귀한 인연**   원문은 평수기연(萍水奇緣). 평수상봉(萍水相逢)이라고도 한다. 부평초가 물의 흐름에 따라 떠다니며 모이고 흩어짐이 정처가 없는 데서 사람들이 우연히 만나는 것을 의미하게 되었다. 당(唐) 왕발(王勃)의 『추일등홍부등왕각전별서』(秋日登洪府滕王閣餞別序)에서 "부평초와 물이 서로 만났으나 모두 타향의 객이로다"(萍水相逢, 盡是他鄕之客.)라고 하였다.

314. **쇠뿔 태워 우저 비춤**   원문은 연서조우저(燃犀照牛渚). 어두운 곳을 밝게 비춘다는 뜻이다. 남조(南朝) 송(宋)나라 유경숙(劉敬叔)의 『이원』(異苑)에 "진나라 온교가 우저기에 갔는데, 물 아래에서 음악 소리가 들려오는데 물이 깊어 헤아릴 수 없었다. 아래에 이상한 동물들이 많다고 전해 들었기에 무소뿔에 불을 댕겨 비처 보았다. 잠시 후 수족들의 괴이하고 이상한 형상들이 불에 비쳤다"(晉溫嶠至牛渚磯, 聞水底有音樂之聲, 水深不可測. 傳言下多怪物. 乃燃犀角而照之. 須臾, 水族覆火, 奇形異狀.)라고 하였다. 사물을 환히 통찰한다는 뜻으로 쓰인다.

그대의 회고시가 귓가에 들리는 듯　　　　擬聽君家懷古作

오서백저(烏棲白紵) 시편[316]보다 훨씬 더 뛰어나네.　不數烏棲與白紵

역정에서 『서피집』[317]의 시에 차운하다 2수 驛亭次西陂集 二首

1

여기 와서 역정 봄날 자못 실컷 누렸나니　　此來頗享驛亭春

그윽한 길 수레 타고 차례차례 돌았지.　　　幽徑篼輿取次巡

뻐꾸기 소리 속에 역말을 재촉하여　　　　布穀聲中催馹騎

살구꽃 어지런 곳 꼴꾼들 흩어 놓네.　　　杏花多處散芻人

날이 길어 책 펼치고 늘어짐이 더욱 좋고　偏憐日永攤書倦

일 없어 관인(官印)을 자주 봉함 기뻐하네.　且喜官閒鎖印頻

한번 대궐 벗어나 함께 휴가 받으니　　　一出天恩同賜沐

잘 달리는 푸른 수레 붉은 먼지 피하누나.　好飛靑蓋避紅塵

2

벼슬 살다 어느덧 깊은 봄이 되었거니　　官居忽忽已深春

---

315. **나는 수레**　원문은 비개(飛蓋). 수레나 말을 달리게 하는 것이다. 삼국(三國) 시대 위(魏)나라 조식(曹植)의 「공연」(公宴) 시에서 "청아한 밤 서원에서 노니니, 말 몰아 서로를 따르는구나"(淸夜遊西園, 飛蓋相追隨.)라고 하였다.

316. **오서백저 시편**　당나라 왕건(王建)의 악부시 「백저가」(白紵歌)를 말한다. 이 시에 "城頭烏棲休擊鼓, 靑蛾彈瑟白紵舞."란 구절이 있다. 이 구절은 유득공의 시가 왕건의 시보다 훌륭하다는 뜻이다.

317. **『서피집』**　명나라 유저수(劉儲秀)의 문집으로, 사고전서(四庫全書)에 들어 있다.

열흘의 진휼행에 구순(九巡)[318]은 간과하네.	旬賑行看過九巡
〈유민도〉(流民圖)[319]와 같은 일이 어찌 감히 있으랴만	敢有流民圖上事
순리전(循吏傳)[320] 속 사람 아님 그것이 부끄럽네.	慚非循吏傳中人
서청(西淸)[321]의 조각 꿈에 하늘 향기 가깝더니	西淸片夢天香近
남국의 새 꽃에는 밤비가 잦았구나.	南國新花夜雨頻
내일 금강에서 고개를 돌려 보면	明日錦江回首地
말발굽 지나온 곳 티끌만 자욱하리.	馬蹄離別暗征塵

제주목사로 부임하는 승지 엄사만을 전송하며[322] 2수

送嚴承旨思晚赴任濟州牧 二首

1

| 표연히 날아가서 푸른 바다 올라타니 | 飄然飛鳥駕滄溟 |

---

318. 구순 구행(九行)이라고도 하는데, 아홉 가지 선행을 뜻한다. 이 구절은 봄날 백성들을 구휼하다 보면 도덕적인 선행은 미처 챙기지 못한다는 뜻이다.

319. 〈유민도〉 북송의 정협(鄭俠)은 여러 차례 왕안석(王安石)에게 서찰을 보내 신법(新法)이 백성들에게 해를 입힌다고 말하였으나 받아들여지지 않았다. 얼마 후 그는 안상문(安上門)의 감문관이 되었다. 이때 큰 가뭄이 들어 유민(流民)이 길을 메웠는데 입지도 먹지도 못하여 수척한 모습에 심지어 차꼬를 차고 옹기와 나무를 져다 팔아 관아에 바치기까지 하였다. 정협은 이들의 모습을 그려 소장과 함께 신종(神宗)에게 바쳤는데 이 그림을 〈유민도〉(流民圖)라 하였다. 신종은 그림을 보고 몹시 탄식하다가 이튿날 청묘(靑苗)·면역(免役) 등의 신법을 혁파하였다. 『송사』(宋史) 「삼백이십일정협전」(三百二十一鄭俠傳)에 보인다.

320. 순리전 지방에 군수로 가서 선정한 사람을 순리(循吏)라고 하는데, 이들의 행적이 여러 사적 속에 순리전이란 제목으로 많이 실려 있다.

삼성혈(三姓穴)[323] 남은 터엔 풀과 나무 푸르도다.　三姓遺墟艸樹青

세계가 온통 모두 물인 줄을 믿겠거니　始信寰中皆積水

도리어 법도 밖서 샛별을 보리로다.　還從規外見明星

선산[324]의 저녁 빛은 관사에 이어지고　仙山暮色連官舍

금귤의 가을 향기 동헌 뜰에 떨어지리.　金橘秋香落訟庭

경도(瓊島)를 앞에 두고 잘못 갑을(甲乙) 따지지만　枉把瓊厓論甲乙

이번 길 원래부터 임금 신령 기댐일세.　此行元是仗王靈

2

바람 돛대 순식간에 남쪽 바다 건너가면　風帆瞬息絶南溟

한 점의 제주도가 만고에 푸르리라.　一點毛羅萬古青

보름달 맞이하여 조개의 태 둥글고　蚌蛤胎圓逢望月

방성(房星)에 감응하여 준마 기운 성하리라.[325]　驊騮氣旺感房星

마음이 웅장하면 바닷길도 도랑이요　心雄海路同衣帶

교화 멀면[326] 하늘 끝도 집 안의 뜰이라오.　化遠天涯即戶庭

앞사람의 견문한 것 한가로이 보충하려　閒補前人聞見錄

붓 들고 백록담에 신선을 찾아가소.　鹿潭携筆訪仙靈

321. **서청**　서반 청직을 가리키는 말이기도 하고, 궁중 학사가 직무를 보는 곳을 뜻하기도 한다. 여기서는 박제가 등이 직무를 보던 규장각을 가리킨다.

322. **제주목사로~전송하며**　승지 엄사만은 정조 7년(1783) 계묘 6월에 제주목사로 부임했다.

323. **삼성혈**　원문은 삼성(三姓). 제주도 삼성(三姓)인 고씨·양씨·부씨의 신화가 전해지는 곳을 말한다.

324. **선산**　신선이 사는 산을 말하지만, 여기서는 한라산을 가리킨다.

325. **방성에~성하리라**　방성은 이십팔수(二十八宿) 중 하나로, 창룡칠수의 네 번째 성수다. 말은 이 방성의 정기를 받고 태어난다 하여, 방성을 천마(天馬)를 상징하는 것으로 보았다. 제주도에 좋은 말이 많은 것을 이렇게 표현한 것이다.

326. **교화 멀면**　원문은 화원(化遠). 임금의 교화가 먼 곳까지 펼쳐짐을 두고 한 표현이다.

임 봉사가 과거에 낙방하여 지은 시에 차운하여

次韻任奉事下第

공명이 염서(染署)에는 늦게 온다 탄식 말게   休歎功名染署遲
맑은 연못 높은 나무 서로를 그린다네.   淸池喬木也相思
문 닫아 걸은 날에 봄 근심 온통 들고   春愁盡入關門日
과거에 낙방할 때 술병은 도진다네.   酒病仍添下第時
흰머리로 삼례부(三禮賦)를 바치기[327]는 싫어서   白首厭呈三禮賦
오사모로 오희시(五噫詩)[328]를 기꺼이 짓는구나.   烏紗肯作五噫詩
동산(東山)에서 코 문지름[329] 예전의 일이거니   東山捉鼻當年事
다 큰 자식 하나 있음 참으로 부끄럽다.   慚愧添丁有一兒

---

327. 흰머리로 삼례부를 바치기   두보가 천부(天寶) 초엽에 진사과에 응시했다가 낙방하자, 세 편의 「대례부」(大禮賦)를 지어 황제에게 올려 벼슬을 구한 사실을 가리킨다. 당시 두보는 병조참군(兵曹參軍)이라는 벼슬을 받았다.

328. 오희시   후한(後漢)의 양홍(梁鴻)이 지은 오희가(五噫歌)를 말한다. 양홍이 경사(京師)를 지나면서 수많은 부역에 백성들이 시달리는 것을 보고 비통한 뜻을 담아 이 시를 지었다. 다섯 마디로 된 마디 끝마다 '희'(噫) 자가 붙어 있어 오희(五噫)가 되었다. 『후한서』에 보인다.

329. 동산에서 코 문지름   계면쩍음을 뜻하는 말이다. 진나라의 사안(謝安)이 동산에서 포의로 지낼 때의 일이다. 그의 형제 중에는 부귀를 이룬 자가 있어 가문을 빛내고 경동인물(傾動人物)하였다. 유씨(劉氏) 부인이 장난으로 사안에게 말했다. "대장부라면 마땅히 이와 같아야 하지 않겠어요?" 이에 사안이 코를 만지며 대답했다. "면하지 못할까 두려울 따름이오."

영보정 장편시에 세 번째 차운하여 화산역승 이덕무에게 부치다 三次永保亭長篇 寄花山丞

유두(流頭)는 안 되었고 단오는 지났는데	流頭不及過端午
새끼 제비 지지배배 새로 말을 배운다.	雛燕呢喃學新語
한 달을 몸져누워 말을 타지 않았더니	病臥三旬不騎馬
풀빛이 푸릇푸릇 마구간에 가득하네.	草色離離滿廐圉
눈앞에서 이덕무를 못 본 지 오래이니	眼中不見李生久
팔 잡고 뉘와 함께 출처(出處)를 논하리오.	把臂誰與論出處
허명이나 훔칠까 우리는 두렵지만	常恐吾曹竊虛名
은혜 깊어 미천한 몸 감히 떠나지 못하노라.	恩重身微未敢去
집을 옮겨 궁궐 남쪽 더욱더 가까우니	移家漸近鳳城南
안개 속 나무는 아스라이 금원에 잇닿았네.	煙樹微茫接紫籞
검은 혁대 걸음 맞춰 대궐 섬돌 올라가서	烏鞓聯步上玉墀
은 붓으로 언제나 임금 처소 모신다네.	銀筆尋常侍君所
사람들의 손가락질 그 또한 두렵지만	時人指點亦可畏
궁녀들 받는 시샘 따질 게 무엇인가.[330]	美惡何論入宮女
내 자취 새장 갇힌 새 비슷함 슬퍼하나	自憐蹤跡似羈禽
세상은 우리를 간신[331] 보듯 의심하네.	世更疑吾如社鼠
앞을 향해 나아감에만 마땅히 힘을 쓰고	但當努力向前去
네 사람이 마음 모아 다시 함께 협력하세.	四人同心復共臂

---

330. 궁녀들~무엇인가　『사기』「노중연추양열전」(魯仲連鄒陽列傳)에 "여자는 예쁘든 추하든 궁에 들어가면 질투를 받게 마련이고, 선비는 어질든 어리석든 조정에 들어가면 시샘을 받게 마련이다"(女無美惡, 入宮見妬, 士無賢不肖, 入朝見嫉.)라는 말이 보인다.

331. 간신　원문은 사서(社鼠). 사람이 함부로 손댈 수 없는 사당(祠堂)에 사는 쥐를 말한다. 전하여 임금 옆에서 알랑거리는 간신을 뜻한다.

듣자니 그대 요즘 직지사(直指使)[332]를 따른다니　　　　聞君近隨直指使

그대 성품 강어(强禦)[333]를 꺼리잖음 알고 있네.　　　　知君性不憚强禦

해 가물고 춘궁기라 세금 재촉 다급하여　　　　　　　　歲饑春窮催租急

관가에서 휘두르는 매질 차마 못 보리라.　　　　　　　忍見公門紛夏楚

지리산은 높이 솟고 뇌수(瀢水)[334]는 푸르거니　　　　智異山高瀢水碧

아침에는 뫼 오르고 저녁에는 섬에 드네.　　　　　　　朝陟曾巒暮幽嶼

사귐 논함 장차 다시 방외에 맡기리니　　　　　　　　論交且可托方外

벼슬살이 과거에만 말미암지 않는다네.　　　　　　　　立朝定不由科擧

현청(縣廳)에서 은어 안주 역루(驛樓)의 술을 받아　　　縣裏銀魚驛樓酒

쾌히 마셔 하삭 더위[335] 피할 수 있겠구나.　　　　　快飮可避河朔暑

듬뿍 적신 먹물에다 운전지(雲牋紙)를 펼쳐 놓고　　　淋漓雨墨配霞牋

구름옷을 떨치면서 달빛 옷과 짝하리라.　　　　　　　飄拂雲衣伴月褚

봉래산의 별원을 그대 위해 세웠으니　　　　　　　　蓬萊別院爲君起

열흘간 끊임없이 질리도록 들었으리.　　　　　　　　十日不斷聽邪許

창가의 대숲에선 바람이 매끄럽고　　　　　　　　　當窓竹響風流利

땅 가득한 오동 그늘 달빛은 어른대리.　　　　　　　滿地桐陰月魍魎

좋은 날 술 들면서 새 누각을 낙성하니　　　　　　　良辰擧酒落新樓

하늘 끝에 그대 있어 함께 못함 안타깝다.　　　　　君在天涯恨不與

옥순반(玉筍班)[336] 가운데서 갈매기를 꿈꾸더니　　　玉筍班中鷗鷺夢

---

332. 직지사　한나라 때 조정에서 직접 지방에 파견하여 문제를 처리하게 했던 벼슬로, 우리나라의 암행어사와 같은 관직이다. 여기서는 물론 어사를 뜻한다.

333. 강어　억세어 남의 충고를 듣지 않는 사람, 호강(豪强)하여 세력이 있는 사람을 말한다.

334. 뇌수　경상남도 함양군 서쪽 뇌계(瀢溪)를 흐르는 물을 가리키는 것으로 보인다.

335. 하삭 더위　원문은 하삭서(河朔暑). 하삭지음(河朔之飮)은 피서의 주연(酒宴)을 가리킨다. 후한 유송(劉松)이 원소(袁紹)의 아들들과 삼복(三伏) 때 하삭(河朔)에 모여서 놀이한 일에서 비롯되었다.

336. 옥순반　영재들이 수두룩한 조정을 가리킨다.

거룻배 흥에 겨워 노을 물가 흘러드네.　　扁舟興入流霞渚

한가할 젠 내사서(內賜書)를 다시금 읽어 보니　　開來更讀內賜書

은하수는 어제서(御製序)에 환히 비쳐 내리네.　　雲漢昭回御製序

　　　이날 『뇌연집』(雷淵集)[337]을 내리셨다. 是日賜雷淵集.

비바람 몰아칠 제 숙직하며 새우는 밤　　風雨儵儵直廬夜

섬돌 학은 길게 울며 물가를 생각하네.　　階鶴長鳴憶浦潊

푸른 적삼 벗었어도 머리 아직 희잖으니　　靑衫脫却頭未白

함께 같이 강남에서 상저(桑苧)[338]로 늙어 가세.　　同作江南老桑苧

〔부〕 청장관 이덕무가 차운하여 철재 학사에게 바치다[339] 靑莊次韻 奉獻徹齋學士

번잡한 내각 사무 잠깐 동안 놓아두고　　且置閣務劇鎮午

영공은 시험 삼아 제 말을 들어 보오.　　令公試聽下官語

제가 혹시 영공께서 알아주심 입는다면　　下官儻受令公知

마부도 달게 여겨 사양하지 않으리다.　　不辭甘心爲僕圉

간과 폐엔 울뚝불뚝 기이한 기운 품었으니　　槎枒肝肺鬱奇氣

어찌 고개 푹 숙이고 초야에 있을쏜가.　　詎堪低垂蓬蒿處

---

337. 『뇌연집』　조선 후기의 문신이자 학자인 남유용(南有容)의 시문집이다. 1782년(정조 6) 왕명으로 교서감에서 편집·간행하였다.

338. 상저　양잠과 길쌈을 말하는데, 여기서는 지방관을 가리킨다.

339. 청장관~바치다　이 시는 『청장관전서』 제12권(『국역 청장관전서』 3권 76쪽)에 「유검서의 영보정 장편에 차운하여 철재 정 학사 지검(志儉)에게 드리다」(次柳檢書永保亭長篇韻, 奉獻徹齋鄭學士志儉.)라는 제목으로 실려 있다.

한 필 말에 올라타고 사신을 수행하여	行隨便者蹄一騎
연경이라 만 리 길을 표연히 떠났다네.	飄然萬里燕中去
옥동교(玉蝀橋)[340] 다리 위를 오락가락 서성대며	彷徨躑躅玉蝀橋
장열제(莊烈帝)[341]의 옛 궁성을 서글피 바라보네.	悵望烈皇舊紫籞
면주 땅의 이조원과 전당의 반정균은	緜州李生錢唐潘
나와 함께 큰 술집서 교분을 나누었지.	與我論交大酒所
돌아와 예전처럼 서책을 읽으니	歸來依舊一床書
아이보다 전일하고 처녀보다 고요하네.	專於嬰兒靜於女
산계(山鷄)[342]는 물에 비친 제 그림자 아끼지만	照水影好憐山鷄
한 가지 재주 없는 석서(石鼠)[343]마냥 부끄럽네.	緣木技拙慚石鼠
포의의 선비 또한 수토(水土)[344] 은혜 입었지만	韋布亦含水土恩
구구한 몸과 마음 놓아두길 원했다네.	有願區區放心膂
궁궐에 적을 둘 줄 꿈꾸지도 못했는데	通籍金門非夢思
마음 깊이 감격하여 눈물 금치 못하였네.	感激由中涕難禦
당나라 공봉(供奉)[345]과 한나라 대조(待詔)[346]처럼	唐朝供奉漢待詔
서이수와 유득공과 박제가가 서로 이었네.	接武徐郞泠與楚

---

340. **옥동교** 연경의 서화문(西華門) 서쪽에 있는 다리로 어하교(御河橋)로도 불린다.

341. **장열제** 명나라의 마지막 황제 의종(毅宗)을 말한다. 그의 연호를 따라 숭정황제(崇禎皇帝)로 불린다.

342. **산계** 꿩이라고도 하고 공작새라고도 한다. 이 새는 털이 매우 고우므로 스스로 그 빛을 사랑하여 하루 종일 물에 비춰 본다고 한다(『박물지』博物志 「물성」物性). 후대에 세상에 쓰이지 못하는 인재의 비유로 쓰이기도 하였다.

343. **석서** 쥐의 일종. 이 책 상권 225쪽 각주 396번 참조.

344. **수토** 우물을 파서 물을 먹고 농사지어 배불리 먹는 것을 말한다.

345. **당나라 공봉** 당나라 때 한림공봉(翰林供奉)을 지낸 이백(李白)을 말한다.

346. **한나라 대조** 한나라 무제 때 현랑문학(賢郎文學)의 선비들을 뽑아 대책(對策)을 시험했는데, 태상(太常)에서 공손홍(公孫弘)의 대책을 마지막에 둔 것을 무제가 발탁하여 1등에 둔 다음 박사(博士)로 삼았다. 그리고 금마문(金馬門)에서 대조(待詔)하게 했는데, 본문은 여기에서 따온 말이다.

유검서의 호는 영재(泠齋)요, 박검서의 호는 초정(楚亭)이다. 柳號泠菴, 朴號
楚亭.

학사는 큰 바다의 자줏빛 물결이요	學士紫瀾大瀛海
검서는 검은 점의 조그만 섬이로다.	檢書黑子小島嶼
영공은 동벽성(東壁星)[347]의 정기 받아 태어나서	惟公降精東壁星
문원을 주름잡아 붉은 깃발 드셨다네.	主盟詞垣赤幟舉
글 높이는 세상에서 우리 함께 태어나	吾曹生並右文世
중서성서 함께 지냄 다섯 해가 되었다네.	伴直中書今五署
깊은 우물 길으려면 긴 두레박 필요하니	汲深端合資脩綆
큰 뜻 품고 어이해 주머니에 용납될까.	懷大邪能容小褚

『장자』의 말에 "작은 주머니는 큰 것을 용납할 수 없다"고 했다. 莊子褚可以
小者不懷大.

『군서명목』 해제 지은 진진손(陳振孫)의 식견에다	群書名目解題陳
『설문해자』 책을 펴낸 허신(許愼)의 안목이라.	小學偏傍說文許
내 본디 아부 못함 너그럽게 품어 주고	容我骨相不嫵媚
별다른 재주 없음 눈감아 주시었네.	略我才具太齟齬
천인성명 변설한 백가의 말 중에서	天人性命百家語
정밀한 데 이르러선 공이 매양 허여했지.	語到精深公每與
바야흐로 황홀하고 다시금 영롱하니	方其恍惚又玲瓏
태진(太眞)의 영서(靈犀)가 우저를 비춘 듯해[348]	太眞靈犀燃牛渚
역승을 겸직함은 나에게서 비롯되니	兼銜驛丞自我始

---

347. **동벽성** 이십팔수(二十八宿) 중의 하나로, 문장을 관장한다.
348. **태진의~비춘 듯해** 태진(太眞)은 진(晉)나라 온교(溫嶠)의 자이고, 영서(靈犀)는 좋은 무소뿔
을 말한다. 우저(牛渚)는 중국 강소성 남경성에 있는 못이다. 온교가 적신(賊臣) 조약(祖約)·소준
(蘇峻)을 토벌하고 우저에 이르니 물이 깊어 측량할 수 없고 딴 괴물이 많아 건널 수 없으므로 서
각을 태워 비추고 건넜다. 『진서』(晉書) 권67 「온교전」(溫嶠傳)에 보인다.

품급은 묻지 않고 나이 차례 따랐다네.　　　　不循資格以齒序

앞자리의 쭉정이가 천 리 밖에 날려 가서　　　在前穅秕颺千里

두류산 왼쪽 자락 남뇌(灆瀨) 물가 이르렀네.　頭流之左灆瀨淑

　　남계(灆溪)와 뇌계(瀨溪)³⁴⁹는 사근역과 나란한 가까운 곳이다. 灆溪瀨溪幷沙

　　斤近地.

땅의 장기(瘴氣) 사람의 뼈마디도 마르게 해　地瘴令人骨成削

헤어진 뒤 갈바람에 모시옷을 입었다오.　　　別後秋風轉換紵

〔보유〕 화산우에 돌아와 다시 유득공의 장편에 차운하여
이문원 동료에게 부치다³⁵⁰

還到花山郵 復次柳惠甫長篇韻 却寄摛院同寮

별자리의 운수가 경오년에 해당하여　　　　命宮無乃星値午

전신이 말인지라 말의 언어 통한다네.　　　前身是馬通馬語

어이하여 풍류 좋은 네 명의 검서관이　　　如何翩翩四檢書

역마와 목마 임무 다 같이 맡았던가.　　　管領郵驛與牧圉

책 교열과 말 기름 같은 줄 알았으니　　　元知閱驫似攻駒

말로 말 아님 깨우치는 방법을 얻었노라.³⁵¹　馬喩非馬得區處

---

349. **남계와 뇌계**　남계는 경상남도 함양군 동쪽에 있는, 안음현 동천(東川)의 하류다. 뇌계는 함
양군 서쪽에 있는 계곡으로, 사근역 근처에서 남계로 흘러든다.
350. **화산우에~부치다**　이 시는 『정유각시집』에는 실려 있지 않고 『청장관전서』 제12권(국역청장
관전서 3권 77쪽)에 보인다.
351. **말로~얻었노라**　『장자』 「제물론」에서 가져온 표현으로, 책을 교정보는 일과 말을 기르는 일
이 제물(齊物)의 입장에서는 한가지임을 말한 것이다.

그대 나가면 피하듯 내가 또 들어오니	君出我入如相避
가고 가고 오며 오며 왔다가 다시 가네.	去去來來來復去
떠날 땐 새가 화살 벗어나듯 떠나가고	去時如鳥暫出罦
올 때에는 물고기 연못 들 듯 들어오네.	來時如魚方在藥
새와 같든 아니면 물고기와 같은 간에	無論如鳥復如魚
조화로 이루어져 제자리에 편안하네.	造化生成安其所
학사와 숙직하여 조석으로 모시지만	伴直學士晨夕陪
운명이 같지 않은 포주(抱裯)의 여자[352]로세.	寔命不同抱裯女
분수 재주 헤아려 벼슬을 맡기시니	揣分量才授厥職
배 작으면 조금만 마셔야 편안하네.	小腹便便飮河鼠
관리란 상하 없이 모두 왕의 신하이니	官無貴卑卽王臣
우리들 몸과 마음 다 바쳐 충성하리.	最哉吾曹殫心膂
겨울에 북경 갔다 남쪽 벼슬 맡았으니	客冬朝天又南爲
표일한 그 풍치를 뉘라서 막을쏜가.	逸興飄然誰能禦
대춧빛 붉은 말은 나는 듯 달려가니	一點棗騮疾如飛
푸른 하늘 나지막이 벌판에 잇닿았네.	碧天四垂粘平楚
해 뜰 무렵 소사교(素沙橋)서 술을 실컷 마시고	平明痛飮素沙橋
양창서(楊滄嶼)[353]의 옛 싸움을 돌이켜 생각하네.	戰蹟回憶楊滄嶼
준마에 높이 앉아 선비 곤궁 털어 내고	駿驍颯沓剔儒酸
달리며 돌아보니 호협 풍치 더하였네.	眄睐飛揚增豪擧
아름다운 강산의 천 리 길을 달리다가	行穿煙花一千里

352. 포주의 여자 홑이불 안고 자기 처소로 가는 중첩(衆妾)을 말한다. 『시경』 소남(召南) 「소성」
(小星)에 "희미한 저 작은 별이여 삼성과 묘성이로세. 공경히 밤에 감이여, 이불과 홑이불 안고 가
니 운명이 같지 않아서네" 하였는데, 이는 신분이 낮은 중첩은 임금을 모실 수 없으므로 저녁이 되
자 이불과 홑이불을 안고 집으로 돌아가면서 자기의 운명을 읊은 것이라 한다.
353. 양창서 임진왜란 때 명군을 이끌고 조선에 왔던 장수 양호(楊鎬)를 말한다. 양호의 명군이
소사에서 왜군과 전투를 벌인 적이 있다.

말 멈추니 어느덧 초여름이 되었도다.	卸鞍忽覺當初暑
붉은 대숲 속에는 정자가 서 있으니	紫竹林中婆娑亭
솜옷 벗고 가벼운 옷 갈아입으셨네.	換着輕裌脫綿褚
공무 뒤 낮 꿈에선 서울로 날았는데	罷衙午夢飛京國
깨어 보니 구름과 산 어이 그리 아득한고.	醒後雲山杳何許
배 속 가득 시서(詩書)는 저절로 우뚝한데	撑腹詩書自碨磊
가득히 쌓인 문서 어긋나기 짝 없어라.	埋頭簿牒劇齟齬
일제히 도열해 선 역리들 밉지마는	生憎郵吏鴈行立
재재재재 오랑캐 말 내 어이 간여하리.	鳥語侏離吾何與
그대를 생각하나 견우직녀 신세이니	思君不見如黃姑
한 줄기 한강수는 은하수나 다름없네.	洌水一帶銀河渚
돌아갈 날 손꼽으나 그날이 언제런가	屈指歸期知何日
오동잎 지는 가을 어느새 다가왔네.	井梧初落屆秋序
일단의 풍류 맛이 그나마 남아 있어	賴有一段風味在
남계 뇌게 물결 따라 살진 은어 올라오네.	銀魚欲上潘溪濊
한가할 땐 다시금 『계림유사』 베끼리니	開來更抄鷄林事
'저'란 글자 우리말로 모시라 부른다네.[354]	方言爲正毛施紵

---

354. '저'란~부른다네 계림의 옛일은 우리나라의 풍속과 방언을 기록한 『계림유사』(鷄林類事)를 말하는데, 거기에 저(紵)라는 방언은 모시라 하였음을 가리킨 것이다.

숙직하며 가을의 회포를 읊다 禁直秋懷

오동잎 막 날리고 대에 이슬 떨어지니	桐葉初飛竹露啼
온 마을 저녁 빛이 담장 서편 기우누나.	千家暮色掖垣西
은하수는 깨끗하게 큰 나무에 내리었고	星河皎潔臨高樹
누각은 들쭉날쭉 푸른 시내 보듬었네.	樓閣參差抱碧溪
병든 몸 일으키니 글 읽는 소리 어여쁜데	病起書聲餘嬝娜
술 깨자 등 그림자 잠깐 동안 처량하다.	酒醒燈影暫凄迷
해마다 숙직 서며 시권을 보탰나니	年年直裏添詩卷
금원의 노을 안개 제목 속에 들겠구나.	禁苑煙霞入品題

숙직소가 새로 이루어져 여러 동료에게 보이다

直廬新成 示諸寮

평생 초라한 집에 거처하였고	平生處蓬蓽
셋방살이 언제나 옮겨 다녔네.	僦屋常屢徙
어느덧 흘러 버린 네댓 해 동안	居然四五載
날마다 관서(官署)에서 이불 덮었지.	日持華省被
관아에 머물러도 집처럼 여겨	官居視如家
떠돌던 삶 쉬면서 편안하다네.	遊息以爲恃
그윽하니 깊은 방 맑은 집이라	深房與淸室
여름 겨울 아름다움 모두 갖췄지.	兩具冬夏美
어찌하여 천지간 커다란 은혜	如何天地恩

하찮은 이내 몸을 감싸 주셨나.　　偏庇一螻蟻

작은 집이 새롭게 만들어지니　　小堂落新成

옻칠한 책상이 자연스럽다.　　天然一桼几

추녀와 기둥은 덩치 작아도　　軒楹具體微

단청이 찬연하여 보기 좋구나.　　丹碧燦可喜

옥당 나무 푸르게 나뉘어 있고　　靑分玉堂樹

금교의 물소리도 맑게 들린다.　　淸聽禁橋水

밤중엔 향을 살라 모기 피하고　　焚香夜辟蚊

아침엔 햇빛 피해 발을 내린다.　　下簾朝避暑

띠 두르는 수고로움 잠시 잊고서　　稍忘束帶勞

노래하며 어디에 머무를거나.　　嘯傲安所止

좋은 집은 귀신 올까 경계를 하니[355]　　高明戒逼神

그럭저럭 갖춰지면 그뿐이로다.　　苟完斯可矣

예전의 중서(中書)를 되려 웃으며　　却笑古中書

부지런히 책시렁에 힘을 쏟는다.　　棲棲捲棚裏

총애 받음 홀연히 놀라듯하여　　居寵忽若驚

바라건대 시종일관 삼가야 하리.　　庶幾愼終始

---

355. 좋은 집은~경계를 하니　장구령(張九齡)의 「감우」(感遇) 첫째 수에 "좋은 옷은 남의 손가락
질 근심이고 좋은 집은 귀신 시샘 부른다네"(美服患人指, 高明逼神惡.)라고 보인다.

진사 양덕정[356]이 차를 보내 준 것을 사례하다

謝梁進士〔德貞〕惠茶

괴이토다 내 평생 담배는 안 피워도   怪我平生不飮煙
두강차(頭綱茶)[357]의 좋은 맛 지독히 좋아하네.   頭綱美味嗜還偏
소나무 그늘 아래 풍로에 불을 붙여   風爐活火松陰下
우정(郵亭)의 좋은 샘물 시험하여 보리라.   來試郵亭第一泉

연기 땅의 동진을 건너며 渡燕岐銅津

가을빛 찾아와도 나그네는 집 못 가니   秋色三分客未還
서남쪽 역마 길은 언제나 한가할까.   西南驛路幾時閒
저물녘 또다시 연기 땅 물 건너자니   斜陽又渡燕岐水
언덕 저편 말 위로 산이 보이는구나.   隔岸仍看馬上山

---

356. 양덕정 1732~?.『사마방목』에는 영조 32년(1756) 식년시에 진사시 합격 기록이 있다. 본관
은 용성(龍城)이고, 부친은 양정린(梁廷麟)이다.

357. 두강차 원문은 두강(頭綱). 제일 먼저 만들어서 제일 먼저 서울에 도착시켜 진상한 이른 봄
차(春茶)를 말한다. 송나라의 웅번(熊蕃)이 쓴「선화북원공다록」(宣和北苑貢茶錄)에 보면, "한 해
를 십여 강(綱)으로 나누었는데, 오직 백차(白茶)와 승설차(勝雪茶)만은 경칩 전에 차 만드는 일을
시작해서 열흘 사이에 완성하여 날랜 기병을 빨리 달리게 하여 중춘(仲春)을 넘기지 않고 서울에
이르게 하기에 두강(頭綱)이라고 한다"라고 하였다.

계산 주막을 아침 일찍 출발하여 서원으로 향하다

早發溪山店 向西原

허름한 주막 몇 집 너무도 쓸쓸한데   數家茅店劇蕭然
나그네 의탁하여 하룻밤 묵는구나.   偶托征人一夜眠
닭 울음소리 너머 나무 하나 희미하고   獨樹微茫鷄唱外
말발굽 앞 아침 안개 맑고도 여리도다.   朝霞淸淺馬蹄前
길 가며 주현(州縣)에게 수고 끼침 부끄럽고   空慚旅食煩州縣
가을빛 바라보다 문득 고향 생각하네.   忽見秋光憶墓田
단풍 숲 붉기에는 이르다고 하지 마소   休說楓林紅尙早
산 좋아함 애초부터 단풍 때문 아니거니.   好山元不爲楓姸

서원[358] 西原

연기 땅 경계에서 새벽에 묵고   曉宿燕岐界
아침에야 서원목에 이르렀구나.   朝至西原牧
40리 둘러싸인 서원의 지경   西原四十里
여러 산의 가운데 놓여 있구나.   乃在衆山腹
동쪽 멀리 산은 점점 더 많아지고   東望山漸多
오솔길은 겹쳐지며 굽어 도누나.   徑路頗迴複
앞쪽에는 큰 시내 흘러서 가고   前臨大川流

358. 서원 충청북도 청주의 신라 때 이름이다.

사면엔 구름 나무 모여 서 있네	四面攢雲木
절도사의 군영은 높기도 하여	峩峩節度營
맑은 가을 고각을 안고 있구나.	清秋擁鼓角
세 충신 의리에 모두 죽으니	三忠皆死義
광휘가 사당 건물 비추는구나.[359]	光輝映祠屋
성에 올라 길게 한 번 휘파람 불고	登陴一長嘯
옛일을 떠올리며 먼 곳을 보네.	撫古憑遐目
구름 그늘에 들 빛은 변하여 가고	雲陰變野色
긴 바람에 곡식들 흔들리누나.	長風動禾穀
비탈 못엔 찬 물이 채워져 있어	陂塘貯寒水
이따금씩 백로가 날아서 가네.	往往飛屬玉
때마침 한가위를 맞고서 보니	正值仲秋節
성묘하는 옛 풍속 남아 있구나.	上冢有遺俗
먼 옛날 동문 위에 올랐을 때도	遙憶上東門
사녀들이 어지러이 이어졌었지.	士女紛相屬

---

359. 광휘가~비추는구나　사당은 1731년 청주읍성 북문 밖에 세워진 표충사를 가리킨다. 표충사
는 삼충사라고도 하였다. 1728년 이인좌 등이 난을 일으켜 청주영을 침범했을 때, 이에 대항하다
순절한 충청병사 이봉상·영장 남연년·비장 홍림의 충절을 기리기 위해 세운 것이다.

충주 가는 길에 동행에게 보이다 忠州道中 示人

평생에 멀리 노닒[360] 사모하여서	平生慕遠遊
행로난[361]이란 말을 믿지 않았네.	不信行路難
걸어서 금강산에 들어가서는	徒步入金剛
혼자서 승방에 묵기도 했네.	寄宿僧房單
6월엔 서쪽으로 요하 건널 제	六月西渡遼
모래바람 얼굴에 맞기도 했지.	風沙撲人顏
때로 굶은 고생을 면치 못해도	那能免饑飽
꺾이어 쇠약해짐 알지 못했네.	未覺有摧殘
인생은 앞길을 알지 못하니	人生不自料
벼슬길에 올라서 우관 되었네.	筮仕作郵官
늠름한 준마가 백 필에다가	驛騮四百蹄
부리는 일꾼들은 기운 넘치네.	皂隸氣桓桓
앞은 걷고 뒤는 타서 열 지어 가매	前徒列後乘
드나들며 밥 나르는 자가 있구나.	出入有傳餐
푸른 일산 그림자 드날리더니	飛揚碧繖影
옛 유자의 괴로움 다시 없구나.	無復舊儒酸
구불구불 행렬의 뒤쪽에 서니	逶迤行部後
일정 기한 조금은 느긋하다네.	程限亦稍寬

360. 멀리 노닒　원문은 원유(遠遊). 큰 뜻을 품고 견문을 넓히기 위해 멀리 여행하는 것을 뜻한다. 굴원의 「원유편」(遠遊篇) 이래 수많은 문사가 이에 대한 동경을 노래하였다.

361. 행로난　길이 험난하다는 뜻이나, 궁극적으로는 인생살이의 어려움을 뜻한다. 이백은 「행로난」(行路難)에서 "가는 길 험난해라, 가는 길 험난해라, 갈림길이 많은데, 지금 어디쯤 있는지?"(行路難, 行路難, 多岐路, 今安在.)라고 하였고, 백거이도 「태행로」(太行路)에서 "가는 길 험난함은, 산도 아니고 물도 아니니, 인정이 뒤집히는 곳에 있을 뿐이네"(行路難, 不在山不在水, 只在人情反覆間.)라고 읊은 바 있다.

가을이라 날씨도 마침 맞으니	秋天適凉燠
나그네 마음 더욱 한가하여라.	客意增淸閒
단양은 산수가 아름다운 곳	丹陽山水地
도착하면 마음껏 보리라 했지.	邂逅思縱觀
집 나선 지 사나흘 지나지 않아	出門三四日
몸이 편치 않으니 가소롭구나.	可笑體不安
내오는 음식은 요란하여서	供張亦已盛
누린내 붉은 쟁반에 진동하누나.	腥膻窄紅盤
음식은 맛이 없어 냄새만 맡고[362]	三嗅食不甘
술 싱겁고 밥은 늘 식어 있구나.	酒淡飯常寒
맞이하고 보냄이 한둘 아니니	迎送固非一
힘 벌써 다한 것도 이상치 않네.	無怪力已殫
밤엔 누워 잠 못 들고 뒤척이다가	夜臥寐轉輾
문 닫으면 군불 연기 서리어 있네.	廢戶炊烟蟠
먼지 앉아 누런 수염 보기가 싫고	鬢黃厭棲塵
안장에 기대어서 손은 붉어라.	手紅爲據鞍
두루 보는 운치가 없지 않으나	非無歷覽勝
괴로움도 다반사로 많기만 해라.	辛苦亦多般
변화 따라 뜻도 쉬이 옮겨 가나니	升沈志易遷
즐거운 일 처해서도 기쁘지 않네.	處樂還無歡
세상 길 어려움이 이와 같으니	行路難如此
바라건대 그대여 자세히 보게.	請君仔細看

---

362. 음식은~맡고　공자가 산기슭의 암꿩을 보고 "때를 만났구나, 때를 만났어!"(時哉時哉!)라고 하자, 자로가 말뜻을 잘못 알고 꿩 요리를 만들어 바쳤다. 공자는 냄새만 세 번 맡고 자리에서 일어났다(『논어』, 「향당」). 여기서는 음식을 먹을 수가 없어 냄새만 맡고 말았다는 뜻으로 사용했다.

탄금대의 신립[363] 장군 사당에서 彈琴臺 申將軍祠

탄금대서 술을 어찌 마시겠는가	寧飮琴臺酒
달래강의 물고기도 먹지 못하리.	不食月川魚
탄금대서 술 마시니 시름은 사라지고	琴臺飮酒可消愁
달래강의 귀신 울음 강 너머 가라앉네.	月川鬼泣沈江餘
그때에 배수진을 엉뚱하게 잘못 배워[364]	當年誤學背水陣
나라 위해 죽고 마니 한숨만 자아내네.	畢竟殉國堪欷歔
히데요시 열도의 60고을 집어삼켜	秀吉雄呑六十州
조선의 길을 빌려 중원을 치려 했지.[365]	甘心假途凌三都
왜놈들의 단병접전 천하가 겁내는데	倭奴短兵天下畏
하물며 본 적 없는 조총까지 가져왔네.	礮丸況復東來初
유자의 나라여서 예의만 따지느라	儒者之邦常禮義
글 읽어도 손오 병법[366] 이해하지 못했다네.	讀書不解讀孫吳
다퉈 한 번 죽은들 무슨 보탬 되리오	爭辦一死竟何補

---

363. 신립 1546~1592. 조선 중기의 무장으로, 임진왜란 초기 탄금대 전투에서 전사하였다. 신립의 가계와 생애에 대해서는 김재갑, 「平山申氏武弁考 ─ 신립 장군을 중심으로」, 『학예지』 4(육군사관학교 육군박물관)를, 최근 신립의 패전에 대한 재평가에 대해서는 이헌종, 「신립에 대한 수정적 비판: 탄금대 전투를 중심으로」, 『동의사학』 9·10(동의대학교 사학회, 1996)을, 신립 전설에 대해서는 김정녀, 「신립 전설의 문학적 형상화와 환상적 현실 인식」, 『어문논집』 48(민족어문학회, 2003)을 참조. 신립을 모신 사당은 현재 탄금대 공원 안에 있다.

364. 그때에~잘못 배워 신립이 조령을 지키지 않고 탄금대에 배수진을 쳤다가 패전하였던 사실을 가리킨다.

365. 조선의~치려 했지 도요토미 히데요시(豊臣秀吉)가 일본의 66주를 통일하고 그 여세를 몰아 조선을 침략했던 사실을 말한다. 그때 조선의 길을 빌려 명을 치려 한다는 명분을 내세운 것은 잘 알려진 사실이다. 삼도(三都)는 중국의 중요한 세 도시를 가리키는데, 명을 뜻한다.

366. 손오 병법 원문은 손오(孫吳). 춘추시대 제나라의 손무(孫武)와 전국시대 위나라 오기(吳起)의 병법을 말한다. 두 사람 모두 병법가의 대표로 일컬어지는 인물이다.

속수무책 왜구들을 날뛰게 두었어라.	坐令漆齒成長驅
신공의 날랜 용략 늘 군의 으뜸이라	申公勇略常冠軍
야전에서 몇 차례나 북방 오랑캐 놀래켰지.	野戰數能驚北胡
늠름하게 보검에 통수권을 받았으니[367]	桓桓受鉞下青冥
한 번에 남쪽 근심 없애려 하였다네.	眼中直欲無南虞
한졸들 휴수 빠짐 어이해 알았으며[368]	那知漢卒擠睢水
진도에서 전차 꺾임 어이 차마 보리오.[369]	忍見陳濤摧戰車
이제껏 전장의 피 그대로 남아 있어[370]	至今戰血不成粦
씻어 내도 수면엔 붉은빛이 어려 있네.	水面洗盡紅糢糊

367. 늠름하게~받았으니 　원문의 청명(青冥)은 보검의 이름이다. 신립이 출전하기 전에 선조가 친히 보검을 하사하며, 모든 장수의 생사여탈권을 부여한 사실이 『징비록』에 소개되어 있다.

368. 한졸들~알았으며 　항우의 초나라 군대가 팽성에서 유방의 한나라 군대와 전투를 벌여 크게 승리하였다. 항우의 군대는 여기에 그치지 않고 달아나는 한나라 군대를 추격하였는데, 이때 휴수에 빠져 죽은 한나라 군사들 때문에 물이 흐르지 않을 정도였다고 한다. 『한서』 권 31, 「진승항적전」(陳勝項籍傳) 참조.

369. 진도에서~보리오 　756년 10월, 안사(安史)의 난 토벌 임무를 맡은 방관(房琯)이 함양(咸陽) 동쪽 진도사(陳濤斜)에서 반군을 맞아 우거(牛車) 2000승(乘)을 내세운 진법으로 맞섰다가 크게 패배한 사실을 가리킨다.

370. 이제껏~남아 있어 　원문의 '린'(粦)은 전장에서 병사와 말이 흘린 피가 변한 귀화(鬼火)를 말한다. 장화(張華)의 『박물지』(博物志)에 따르면, 피가 쌓여 오래되면 귀화(鬼火)가 되는데, 이슬처럼 땅과 초목 등에 붙어 있다가 행인이 건드리기라도 하면 사방으로 흩어진다고 한다.

371. 칼날로~오다 노부나가요 　오다 노부나가(織田信長, 1534~1582)는 일본 통일의 토대를 닦은 인물이다. 이후 그의 의자(義子)인 도요토미 히데요시가 일본을 통일한다. 원래의 성이 다이라(平)이기 때문에 평신장(平信長)이라 하기도 한다.

372. 말 머리에~가토 기요마사로다 　가토 기요마사(加藤清正, 1562~1611)는 도요토미 히데요시의 6촌 동생으로 일본 통일에 큰 공을 세웠으며, 임진왜란 때는 조선에 선봉장으로 왔다. 말 머리에 높이 매달았다 함은 조선군의 목을 가리키는 것으로 보인다. 원문의 마지막 글자 '노'(顱)는 오다 노부나가에 대한 표현으로 보아 가토 기요마사를 수식하는 것으로 보이는데 자세하지 않다.

373. 임진년 일 　원문은 용사(龍蛇). 용은 왜란이 일어난 임진년(1592)을 말하고, 사는 그 다음 해인 계사년(1593)을 일컫는다. 이 두 해에 일어난 사건을 묶어 임진왜란이라 말한 것이다.

만 집에서 같은 날 초혼하며 장사하니　　　　萬家同日招魂葬

하늘 땅 무너질 듯 오열 소리 진동했네.　　　天摧地裂聲嗚嗚

칼날로 붉게 물들임은 오다 노부나가요[371]　釖鋒赤盡織田平

말 머리에 높이 매닮 가토 기요마사로다[372]　馬首高懸淸正顱

탄금대의 이 한을 아직 씻지 못했으니　　　　琴臺此恨未足雪

백 년토록 근심 구름 찬 물결에 어렸구나.　　但見愁雲百年縈寒潚

사공과 어부들은 임진년 일[373] 말하는데　　舟人漁子話龍蛇

나는 와 풀숲에서 빈 옛터 헤매노라.　　　　我來草樹迷空墟

저녁이라 까마귀는 제단에 내려앉고　　　　寒雅飛下祭壇夕

지는 볕 거친 사당 모서리에 남았구나.　　　斜陽澹澹荒祠隅

그대 알지 못하는가.　　　　　　　　　　　　君不見

조령에서 창황하게 달아나던 원수[374] 모습　鳥嶺蒼黃元帥走

알겠네 그날 장군 구차하지 않았음을.　　　　始知將軍此日非區區

제천 堤川

십 리 길 구불구불 조도(鳥道)가 비탈지고　　十里縈紆鳥道斜

어쩌다 만난 띳집 신선 거처 비슷하다.　　　偶逢茅屋似仙家

산꼭대기 돌아보니 옅은 눈 보이는데　　　　回頭絶頂看微雪

여기저기 화전에는 메밀꽃이 피었구나.　　　處處山田蕎麥花

---

374. **원수**　상주에서 패한 뒤 조령을 포기하고 신립이 있는 탄금대로 왔다가, 탄금대 싸움의 와중에 탈출한 이일(李鎰)을 가리킨다.

의림지[375] 義林池

유구한 의림지에 가을빛 맑게 드니	義林古池秋耿耿
달과 바람 머금은 물결은 3백 이랑.	貯月含風三百頃
잠기면 맑은 도랑 넘치면 골짝인데	漢爲淸渠溢爲壑
서남쪽 제천 끝의 온 논에 물 대 주네.	西南漑盡堤川境
둑 위의 소나무는 모두 백 년 넘었고	提上松皆百年餘
울긋불긋 사방 산은 안개에 싸여 있네.	紫翠濛濛環四嶺
먼 옛날 신룡이 거처를 옮길 적에	我聞神龍徙宅時
꼬리 흔적 앞 시내 만들었다 말을 하네.[376]	尾痕劃成前溪永
아득한 깊은 시름 끝이 없는 가운데	杳冥幽愁不可際
깊숙한 갈대숲에 학 머리만 보이누나.	但見深蒲露鶴頸
연못 속에 빠진 해 낚지를 못하는데	白日湖心不敢釣
드넓은 빈 하늘만 차갑게 끼쳐 오네.	萬斛空靑逼人冷
한 줄기 물결 빛이 홀연히 변해 가매	波光一道忽中變
절반은 부평초요 반은 구름 그림자라.	半是浮萍半雲影
거울 속엔 강촌의 스무 남짓 집 있는데	鏡裏人家二十戶
아침 해에 사립문은 가지런히 늘어섰네.	朝日照見柴扉整
동정호[377]에 이 몸은 가 보지 못했지만	洞庭笠澤身未到
하로(賀老) 집 문 앞 경치 응당 이와 같으리라.[378]	應似賀老門前景

---

375. 의림지　충청북도 제천에 있는 농업용 인공 연못으로, 삼국시대 이전에 조성되었다고 한다. 의림지의 역사에 대해서는 구완회, 「제천 의림지에 관한 역사적 검토」, 『인문사회과학연구』 7(세명대학교 인문사회과학연구소, 1999) 참조.

376. 꼬리 흔적~말을 하네　이 지역에는 연못을 조성한 것과 관련된 용의 이주 전설이 있었던 듯하다. 의림지를 배경으로 장자못 전설이 전해 와 채록되었는데, 용과 관련된 전설은 아직 보고된 바 없다.

377. 동정호　동정(洞庭)과 입택(笠澤)은 모두 중국 호남성 북부에 있는 태호(太湖)의 별칭이다.

이끼 바위 반질하고 나무는 둥그런데　　　　　苔石如磯一樹圓

홀로 먼 곳 바라보니 한눈에 들어오네.　　　　身孤眺闊能遙領

물 곁의 갈대숲은 바람에 흔들리고　　　　　　水傍蕭蕭茅葦地

들판의 몇몇 밭은 황량하게 남았구나.　　　　可惜平田荒數井

배와 낚시 사 갖추어 이 사이에 늙으면서　　　欲買漁具老此間

연꽃을 희롱하며 작은 배 띄워 볼까.　　　　　手弄荷華泛艖艋

오가며 어쩌다가 역승의 인끈 차니　　　　　　搗來偶佩驛丞印

처음의 은거 꿈을 뉘라서 믿어 줄까.　　　　　誰信初心慕箕穎

고기 아내 어떤 것도 사양치 않았는데[379]　　何肉周妻都未謝

명소에 한 번 드니 참으로 다행이라.　　　　　名區一入眞堪幸

다각다각 말굽 소리 구름 협곡 지나가니　　　馬蹄拍拍穿雲峽

광경 따라 마음 가서 고요할 때 없도다.　　　日馳心遷未得靜

외려 낫네, 올해에 계속해서 숙직 서며　　　　猶勝今年長鎖直

보던 책 끌어안고 궁궐서 잘 때 보다.　　　　坐擁殘書眠晝省

<hr />

378. 하로 집~같으리라　　하로(賀老)는 당나라의 시인 하지장(賀知章)의 별칭이다. 하지장은 동정호 근처에 살면서 동정호의 아름다운 풍경을 노래하였다. 이백이 여기서 하지장을 만나 시인과 풍광을 묶어 칭송한 시가 있다.

379. 고기~않았는데　　남북조 시대의 주이(周顒)와 하윤(何胤)은 모두 불법(佛法)에 정통했던 인물이다. 그런데 이들에게도 수행을 방해하는 것이 하나씩 있었으니, 하윤은 고기를 좋아했고, 주이는 결혼하여 아내가 있었다. 이후 하육주처(何肉周妻)는 수행을 방해하는 것, 또는 수행하기 어려움을 뜻하는 말로 쓰였다. 『남사』(南史) 「주이전」(周顒傳) 참조.

영춘의 노은치³⁸⁰를 넘으며 2수 踰永春蘆隱峙 二首

1

높은 산은 푸르게 먼 하늘에 솟아 있고	急峽蒼蒼薰遠天
흰 구름 단풍 숲에 한 줄기 길 아득하다.	白雲紅樹路茫然
어찌하면 저 위로 곧장 오를 수 있나	問君直上緣何術
고둥 둘레 일백 번 돌아감을 배우시게.	爲學螺螄一百旋

2

장난삼아 소리개의 등 위에 침 뱉는데	戲唾孤鳶背上毛
한 손에 든 하늘에는 솔바람 은은하다.	寥天一握隱松濤
올 때는 날이 금세 저물까 근심터니	來時漫自愁昏黑
석양은 아직까지 열 길이나 남아 있네.	落日還看十丈高

영춘잡절 3수 永春雜絶 三首

1

미관말직 신세로 나그네 삶³⁸¹ 흉내 내어	冷官身世學浮家
동강의 오색 노을 취하듯 마시누나.	醉吸東江五色霞

---

380. 영춘의 노은치 영춘은 충청북도 단양군의 지명으로, 지금은 영춘면으로 남아 있다. 노은치는 영춘면과 어성천면의 접경에 있는 고개 이름이다.
381. 나그네 삶 원문은 부가(浮家). 부가범택(浮家泛宅)이라고도 하는데, 배를 집으로 삼고서 강호에 이리저리 유람함을 말한다.

『다경』에서 물의 등급[382] 따짐은 잘못이니　　　　　枉把茶經來品水
이 산의 모든 물은 차 끓이기 적합하네.　　　　　　此山無水不宜茶

2

아침내 전통(箭筒) 들고 강 반쯤 돌아보니　　　　　終朝牽筈半江巡
남쪽 굴 그윽하고 북쪽 절벽 주름졌네.　　　　　　南窟幽幽北壁皺
특별히 아내 위해 작은 배 옮겨 가니　　　　　　　別爲紅閨移小艇
현관(縣官)이 어이해 현부인(縣夫人)[383]과 같을쏜가.　縣官何似縣夫人

3

가을 들자 산열매들 맛이 한창 좋으니　　　　　　秋來山菓正堪甞
한 곡조 비파 소리 밤 술잔을 권하노라.　　　　　一曲琵琶侑夜觴
임하부인[384] 풍미가 유달리 훌륭하니　　　　　　林下夫人風味好
손님을 머물게 하려 고운 여인 살 것 없네.　　　　不須留客買紅粧

---

382. 물의 등급　　원문은 품수(品水). 찻물의 등급을 말한다. 당나라의 육우는 찻물의 수질을 품평하여 천하의 물맛을 20등급으로 나누었고, 「수품」(水品)이란 저작도 남겼다. 원(元)나라 신문방(辛文房)의 『당재자전·이약』(唐才子傳·李約)에 "이약은 차에 지독한 기호가 있어 육우와 장일신의 수품에 대한 논급에 특히 상세하였다"(約復嗜茶, 與陸羽張又新論水品特詳.)라고 하였다.
383. 현부인　　정·종2품의 처를 모현부인(某縣夫人)이라 일컬었다.
384. 임하부인　　산에 나는 열매인 으름의 별칭이다. 으름이 다 익었을 때의 모양이 여성의 음부와 비슷하다고 하여 붙여진 이름으로, 우리나라에서만 사용되었다.

사인암[385]을 능호공 이인상[386]이 운영석이라고 이름 붙여 주었다 舍人巖 凌壺公贈名雲英石

대치선인[387] 떠나가선 돌아오지 않는데	大癡仙人去不還
석법만은 단양산에 여태껏 남아 있네.	石法乃在丹陽山
단양의 산중에도 가장 깊은 이곳에	丹陽之山最深處
천 길 벼랑 옷깃 떨쳐 꼭대기로 오르네.	振衣千仞凌孱顔
신발 무늬 도끼 자국 거울 위로 떨어지니	靴紋斧劈落鏡裏
그 아래엔 엄실엄실 벽옥 같은 물 흐른다.	下有橫奔璧玉水
아득한 꼭대기에 성근 솔 자라나니	疎松杳杳生其巓
나무 끝 하늘빛을 머리 들어 바라본다.	木末天光昂首視
술잔을 띄우는 곳 조물주의 작품이고	流杯之所自天成
바위 위 바둑판은 지금도 또렷하다.	石上碁局猶分明
귀신이 깎았는가 배운 솜씨 아닐러니	神鎪鬼削不師承
기이하고 빼어난 모습 지어냄이 아니로다.	爭奇鬪秀非經營
이인상(李麟祥)은 날마다 서 말 먹을 갈았고	元靈日磨三斗墨
이윤영(李胤永)[388]은 몇 켤레의 나막신이 닳았네.	胤之著盡幾兩屐

---

385. **사인암** 단양팔경 가운데서도 다시 손꼽히는 경승지. 암벽 아래 너럭바위에는 바둑판과 장기판이 새겨져 있고, 암벽 아래와 옆으로 돌아가며 구석구석에 이황·이인상·이윤영의 글씨가 새겨져 있다. 제각과 관련해 정민, 「사인암과 이인상, 이윤영의 제각」(『문헌과해석』, 2005년 봄) 참고할 것.

386. **이인상** 1710~1760. 능호(凌壺)는 그의 호이며, 자는 원령(元靈)이다. 이인상은 조선 후기의 탁월한 서화가이다.

387. **대치선인** 원나라 때의 유명한 산수화가 황공망(黃公望, 1269~1354)의 호다. 이윤영이 예전 이인상의 집을 찾았을 때, 이인상은 황공망이 그린 산수도 긴 두루마리를 보여준 일이 있었다. 이후 이윤영은 단양 땅의 산수를 보며 황공망의 그림과 방불한 풍경이 이곳에 있는 것에 크게 감탄하였다. 이윤영의 「구담기」(龜潭記)에 관련 내용이 실려 있다.

한때에 놀라 외쳐 미칠 듯 좋아하여 　　驚呼一時狂欲絶

반평생 노니느라 돌아가지 않았다네. 　　半生遨遊歸不得

풍류는 다 스러지고 내 이제야 이르니 　　風流零落我初到

그 곁에 취해 누워 단조에 불 지피리. 　　醉臥願傍燒丹竈

절벽 틈 기어올라 작은 길 찾아내니 　　攀躋壁罅得微徑

사면에 푸른 벼랑 정자 더욱 좋아라. 　　四面青厓亭更好

8월이라 홍라 덩굴 빛깔 짙지 않은데 　　紅蘿八月色未深

그윽한 골짝으로 성근 잎 절로 지네. 　　稀葉自零幽壑陰

푸른 이끼 털어 내어 옛 전자(篆字)[389] 찾노라니 　　手拂蒼苔尋古篆

깃든 새 깜짝 놀라 머리 위서 짹짹댄다. 　　頭邊磔磔驚棲禽

아침노을 동문(洞門) 길에 자욱히 잠겨 있어 　　朝霞鎖盡洞門路

구름 속 닭과 개들[390] 간 곳을 알겠구나. 　　雲中鷄犬知何處

이내 몸 「천태부」[391] 가운데 든 나그네라 　　身是天台賦裏客

산음 길 위의 얘기 문득 다시 떠올리네. 　　却憶山陰道上語

---

388. 이윤영　1714~1759. 윤지(胤之)는 그의 자이고, 호는 단릉(丹陵)이며, 본관은 한산이다. 『주역』에 특히 뛰어났다. 『단릉유고』 15권 4책이 전한다. 이유수(李惟秀)·홍락순(洪樂純)·이인상(李麟祥)·김상묵(金尙默)·이의문(李義文)·김종수(金鍾秀)·김종후(金鍾厚) 등이 제문을 지었는데(『단릉유고』 부록), 특히 이인상 및 김종수와 절친했다. 김종수는 따로 묘표도 지었다.

389. 옛 전자　사인암 벽에는 우탁(禹倬, 1263~1342)이 썼다는 '탁이불군 확호불발'(卓爾弗群 確乎不拔) '독립불구 둔세무민'(獨立不懼 遯世無悶)이란 글씨가 있는데, 시에서 말하는 '옛 전자'는 이를 두고 한 말이다. 그런데 최근 연구에 따르면, 이 글씨는 우탁이 쓴 것이 아니라 조정세(趙靖世)와 이윤영(李胤永)이 각각 쓴 것이라고 한다.

390. 구름 속 닭과 개　원문은 운중계견(雲中鷄犬). 중국의 진(晉)나라 때 갈홍(葛洪)이 엮은 「신선전」(神仙傳)에는 신선이 된 회남자(淮南子) 이야기가 실려 있다. 그가 도사 왕중우(王仲禹)의 지도를 받아 여덟 친구와 더불어 뜰에서 단약(丹藥)을 만들어 먹고 나머지를 남겨 둔 채 하늘로 올랐는데, 그 나머지를 닭과 개가 먹고 하늘에 올랐다고 한다. 곧, 구름 속 닭과 개가 간 곳은 하늘나라인 신선의 세계였는데, 아침에 아스라이 들리는 닭과 개의 신비로운 소리를 이 고사에 빗대어 표현한 것이다.

391. 「천태부」　동진(東晉)의 손작(孫綽)이 지은 글인데, 아름다운 문장의 대명사로 일컬어진다.

진의산장에서 철재 학사께 받들어 부치다

振衣山莊 奉寄徹齋學士

그대 보지 못했나.	君不見
운영석의 기세가 하늘로 날 듯하여	雲英石勢如翺翔
평생을 바라봐도 싫증 나지 않는 것을.	一生不厭長相望
절벽 앞에 집 세우니 맑고도 시원하고	面巖置屋自瀟灑
동서의 방 푸른 산이 빙 둘러 에워쌌네.	碧山圍繞東西房
문에 들면 한 그루 수유 열매 빨갛고	入門一株茱萸紅
비바람에 사람 없고 새만 창을 쪼는구나.	風雨無人鳥啄窓
이름난 곳 여러 성씨 주인 바뀜 탄식하다	歎息名區閱數姓
정공이 새 별장을 지은 것을 기뻐하네.	喜爲鄭公之新庄
주인이야 어이 바로 뜻있는 이 아니리오	主人豈非有心人
처음엔 밭을 사서 단양에서 살려 했지.	買田初欲居丹陽
설령 이 땅에 한 번 오지 않았대도	縱然此地不一到
꿈속 넋 언제나 구름 곁에 있었으리.	夢魂長在雲霞傍
밝은 시절 현주(賢主) 만남[392] 잃어서는 안 되니	明時際會不可失
암혈에 깊이 숨음 생각하지 마옵소서.	巖穴莫思深遁藏
해마다 곡식을 십여 섬씩 날라다가	歲輪粟米十餘斛
고깃배에 부탁하여 경강까지 이르노라.	付與漁船達京江
높은 가을 늦은 저녁 그 맛이 달콤하여	高秋晚飯風味好
숟가락 들 때마다 떠오르는 고향 생각.	一回把匙一思鄕

---

392. 현주 만남　원문은 제회(際會). 좋은 때를 만난다는 뜻이며, 특히 어진 신하가 어진 임금을 만나는 것을 가리킨다.

도담 島潭

태호의 빼어난 절벽 인간엔 드물거니	太湖靈壁人間少
책상 맡서 언제나 연산 작음 싫어했지.	案頭常嫌硏山小
단양의 물가에서 서로 한 번 웃고는	丹陽水次一相笑
지는 해에 노를 저어 흔들림을 기뻐했네.	落日雙槳欣自掉
삼봉은 우뚝해라 기러기 행렬인 듯	三峯落落如雁行
강물의 한 중앙엔 천연히 빼어난 빛.	天然秀色江中央
멀리 보면 주먹 하나 쌓은 듯이 보이다가	遠望只疑堆一拳
다가서면 한 척 배를 감추기에 충분하다.	迫視亦足隱孤航
둥근 모습 애초에 성난 물결 막지 않고	宛轉初無拒水怒
들쭉날쭉 흡사 허공 향해 떠 있는 듯.	參差似欲浮空泝
달빛 속에 산하는 언제나 변함없고	月裏山河長不減
물속에 비친 모습 응당 서로 시샘하리.	鏡中眉黛應相妒
돌부리 푸르러 물빛은 더욱 짙고	石根蒼蒼水色偏
강물은 약함 피해 단단한 곳 향해 가네.	江流避弱恒趨堅
골짝은 언덕 끼고 강 위 한 번 돌아가니	峽束厓靑江一回
뱃길은 물가인 듯 어느새 멀어진다.	舟行似邊還非邊
아득히 등 뒤로 벼랑 주름 바라보니	沼沼背後見皺甓
백곡의 유리를 산기슭에 머금었네.	百斛玻瓈涵小麓
꿈속 넋 돌아와도 길 헤매지 않으리니	魂夢歸來定不迷
석문을 돌아보매 천목산(天目山)[393]과 같구나.	回望石門如天目

---

393. 천목산　원문은 천목(天目). 중국 항주(杭州)의 진산(鎭山)이다. 이곳에서 발원한 초계가 태호(太湖)로 흘러든다.

청풍 가는 배 안에서 清風舟中

뱃길에 짧은 해 하루가 가니	舟行窮短日
급한 여울 뱃사공[394]에 내맡기누나.	灘急信長年
돌 드러나 물고기 바라다뵈고	石出觀魚地
산자락엔 학이 나는 하늘 열렸네.	山低放鶴天
주전(廚傳)[395]은 사방으로 이어 있으니	廚傳方絡繹
술 마시며 어이 감히 오래 머물까.	觴酒敢留連
부러워라 안개 물결 저 너머에서	最羨烟波外
맞이하는 관리가 신선 같구나.	逢迎吏似仙

역관에서, 진사 조진대[396]가 잉어 두 마리를 보내온 것을 사례하다 5수 驛館 謝趙進士〔鎭大〕惠雙鯉 五首

1

퇴근하면 서둘러 대나무[397]와 마주하니	衙罷絛然對此君
고기 끊자 사흘 만에 누린 냄새 싫어지네.	斷屠三日厭羶葷

---

394. 뱃사공   원문은 장년(長年). 뱃사공이란 뜻이다.
395. 주전   주(廚)는 음식점인 주포(廚鋪), 전(傳)은 역마(驛馬)를 내주는 역전(驛傳)으로, 곧 지방을 오가는 관원에게 경유하는 역참(驛站)에서 음식과 역마를 제공하는 것을 말한다.
396. 조진대   1742~?. 자는 이득(而得)이다. 『사마방목』에 영조(英祖) 50년(1774) 식년시(式年試)에 그의 생원 합격 기록이 있다. 본관은 양주이고, 부친은 조창규(趙昌逵)이다.
397. 대나무   원문은 차군(此君). 대나무를 에스럽게 이르는 말이다. 중국 진나라의 왕휘지가 대나무를 가리켜 "어찌 하루라도 이 친구〔此君〕 없이 살 수 있겠는가"라고 한 데서 유래한다.

갑자기 식지가 꿈틀대매[398] 놀라나니 忽驚食指蠕蠕動
붉은 잉어 한 짐 지고 문 앞에 이르렀네. 一擔紅鱗恰到門

2

간곡한 짧은 편지로 그리움을 달래고 丁寧尺素慰相思
진귀한 두 잉어에 젓가락을 대어 보네. 珍重雙魚下箸時
희광(戲廣)의 문인이 꼬막 조개 의논하니[399] 戲廣門人蚶蛤議
오늘 아침 방생지로 향하지는 않으리라. 今朝不向放生池

3

소반의 나물 무침[400]에 몇 번 머리 긁었던가 盤中苜蓿幾搔頭
밥 먹고 낮잠 자니 객수 오램 알겠구나. 攤飯偏知久客愁
국생 불러 취하면서 고기 먹기 바쁘니[401] 喚醉麴生忙解菜
한 봄의 풍미가 붉은 잉어에게 있네. 一春風味赤鯶侯

4

천연스런 지느러미 물결 속에 비치더니 天然鬐鬣映風濤

---

398. **식지가 꿈틀대매** 원문은 식지연연동(食指蠕蠕動). 식지(食指)는 집게손가락이며, 연연(蠕蠕)은 벌레 같은 것이 꿈틀거리는 모양을 말한다. 식지가 움직이면 음식이 생긴다는 것을 비유한 말이다.
399. **희광의~의논하니** 희광은 전통 민속극에 등장하는 인물로, 망나니의 다른 이름이다. 꼬막 조개에 대한 의논의 의미는 자세하지 않다. 다만 송나라의 완열(阮閱)이 지은 『백가시화총구후집』(百家詩話總龜後集) 권27에 보면 꼬막 조개를 한 예로 들어 맛있는 음식에 대한 욕망이 사물을 사랑하는 인(仁)을 능가한다는 이야기가 있다. 이 구절에서 희광의 문인은 박제가 자신을, 꼬막 조개는 잉어를 각각 비유한다.
400. **나물 무침** 원문은 목숙(苜蓿). 콩과에 속하는 일년초 식물로, 우마(牛馬)의 사료 또는 비료로 쓰인다.
401. **고기 먹기 바쁘니** 원문의 해채(解菜)는 해소(解素) 또는 개훈(開葷)이라고도 한다. 종교 의식이나 일반 의례에서 육식을 금하는 규제가 풀림을 뜻한다.

양념으로 버무려서 갖은 맛 조려 내네. 　　　　付與椒蘇百味煞

좋구나, 선생은 배 문지르며 누웠나니 　　　　正好先生押腹臥

맑은 대낮 침상에서 금고(琴高)[402]를 꿈꾸누나. 　　半床清畫夢琴高

5

예부터 좋은 맛은 송강(松江) 농어 손꼽나니[403] 　　由來美味壓松江

구태여 사람 시켜 무창 생각[404]할 것 없네. 　　未必令人憶武昌

집 옮겨 호수 위서 머물러 지내면서 　　　　便擬移家湖上住

복사꽃 흐르는 물에 어부 되기 기약하리. 　　桃花流水約漁郎

『몽오집』의 시에 차운하여 집안사람 심규진에게 보이다

3수　次夢寤集 示沈戚從奎鎭 三首

1

역 높은 곳 앉아 있다 돌아감을 잊었나니 　　驛樓高處坐忘還

홀 괴고 산을 보니[405] 나그네 뜻 아득하다. 　　客意悠悠拄笏間

---

402. **금고**　2천5백 년 전 중국에 존재했다는 가야금의 명인으로, 잉어를 타고 주유하다 신선이 되었다고 한다.

403. **좋은 맛은~손꼽나니**　원문은 미미압송강(美味壓松江). 송강노어(宋江鱸魚)의 고사를 말한 것이다. 옛날 진나라 때 장한(張翰)이 낙양에서 높은 벼슬을 하고 있다가 문득 고향 송강의 농어 맛이 그리워 관직을 버리고 고향으로 돌아갔다는 이야기가 있다.

404. **무창 생각**　원문은 억무창(憶武昌). 무창 지역의 물고기는 맛이 매우 좋다고 한다. 삼국시대 오(吳)의 손호(孫皓)가 도읍을 건업(建業)에서 무창으로 옮길 때 백성들이 무창에 머물러 살고 싶어 하지 않으면서 '무창의 물고기는 먹지 않겠다'고 노래했다 한다.

봄비[406]에 몇 날이나 약간 서늘하더니만 　　數日微凉梅子雨

처마 끝 푸른빛은 미가산[407]의 그림 같네. 　　一簷空翠米家山

돌아올 제 보리 물결 하늘 닿아 푸르고 　　人歸麥浪連天碧

관아 파해 오동 그늘 온 땅에 무늬 진다. 　　衙罷桐陰滿地斑

저물녘 맑은 못서 말 씻는 것 보노라니 　　晚向淸池看洗馬

오사모에 먼지 털며[408] 일 한가함 사랑하네. 　　烏紗紅拂愛官閒

2

백 리 길 편지통이 몇 번을 오갔던가 　　百里郵筒幾往還

장정의 물색이 말발굽 사이 있네. 　　長亭物色馬蹄間

우연히 객사 들러 홍우(紅友)[409]를 찾노라니 　　偶來客舍尋紅友

사람들은 관거(官居)가 푸른 산과 같다 하네. 　　人道官居似碧山

새소리 잦아들 제 방울 소리 고요하고 　　鳥語稀時鈴索靜

나비는 종일 날다 채소 꽃에 앉았구나. 　　蝶飛終日菜花斑

가고 옴 분분해도 마음 더욱 나른해져 　　紛紛迎送心逾懶

그대 와 비로소 파한(破閑)함을 기뻐하네. 　　頗喜君來始破閒

---

405. **홀 괴고 산을 보니**　원문은 주홀(拄笏). 관직에 있는 몸으로서 여유롭고 청아한 정취가 있는
것을 말한다. 이 책 상권 136쪽 각주 159번 참조.

406. **봄비**　원문은 매자우(梅子雨). 『월령광의』(月令廣義)에서 4월에 내리는 비라고 하였다. 음력
4월은 매실이 익을 때이기 때문에 생긴 말이다.

407. **미가산**　송(宋)의 미불(米芾)과 그의 아들 우인(友仁)은 모두 산수화에 능하기 때문에, 화단
에서 두 사람의 산수화를 미가산(米家山)이라 일컬었다.

408. **먼지 털며**　원문은 홍불(紅拂). 붉은색 먼지떨이를 말한다. 이 먼지떨이는 흔히 불가나 도가
의 수행자들이 평소 지니는데, 관리가 이를 들고 있다 함은 그만큼 업무가 한가로움을 말한 것이다.

409. **홍우**　술의 별칭이다. 『학림옥로』(鶴林玉露)의 「홍우」(紅友)에 이런 이야기가 소개되어 있다.
황토촌(黃土村)이란 마을에 유배 중인 소동파에게 늘 술을 대접하던 지주가 있었다. 그 지주가 술
을 대접하면서 "이것이 홍우(紅友)입니다"라고 하자, 동파는 "이 사람은 홍우가 있는 줄은 알아도
황봉(黃封: 임금이 내리는 술)이 있는 줄은 모른다오"라고 하였다.

3

비둘기 소리 속에 술친구 돌아가니	鵓鳩聲裏酒人還
서류 더미 사이에서 종일 시 읊조렸지.	終日哦詩簿領間
달걀빛 새 원고지 갑사[410]에서 온 것이요	卵色新箋來岬寺
사향 내음 관묵은 공산[411]에서 나왔다네.	麝香官墨出公山
사물 밖서 노니니 물고기 천 리 가듯[412]	神遊物表魚千里
책 속에 도가 있네, 표범 무늬 하나처럼.[413]	道在書中豹一斑
돌아갈 뜻 어그러져 앉아 은자[414] 되었나니	歸計差池成坐隱
붉은 누각 푸른 난간 바둑 둠이 한가롭다.	碧欄紅閣奕碁閒

집안사람 심규진에게 부치다 3수 寄沈戚從 三首

1

| 그리움에 다시금 날까지 어둑하니 | 相思況復日冥冥 |
| 헤어진 뒤 말 맨 뜰엔 이끼만 깊어 가오. | 別後苔深繫馬庭 |

410. **갑사** 계룡산 갑사를 일컫는다. 지금은 갑사(甲寺)로 표기하지만, 조선 시대까지만 해도 계룡갑사(鷄龍岬寺)·갑사(岬寺) 등으로 불렸다.
411. **공산** 공주읍 북쪽에 있는 공주의 진산으로, 공주를 지칭하기도 한다. 두 구절은 공주산 먹을 갈아 갑사에서 만든 종이에 시를 쓰는 풍류를 그려 낸 것이다.
412. **물고기 천 리 가듯** 원문은 어천리(魚千里). 고기가 하루에 천 리를 가듯 마음껏 돌아다님을 비유한 것이다.
413. **표범 무늬 하나처럼** 원문은 표일반(豹一斑). 무늬 하나만 보아도 전체를 알 수 있다는 뜻이다.
414. **앉아 은자** 원문은 좌은(坐隱). 앉은 채 은자가 된다고 하여, 수담(手談)과 함께 바둑을 뜻하는 말이다.

훈풍에 수각에서 술자리를 열어 놓고　　　　水閣薰風開酒國
강 하늘 안개비에 시 짓느라 고심했지.　　　江天烟雨阻詩星
세월은 성큼성큼 단오[415]를 재촉하건만　　光陰鼎鼎催懸艾
벼슬길 아득해라 부평초를 배웠구나.　　　宦跡悠悠學泛萍
조각배 사려 하나 찾아감 늦었거니　　　　定買扁舟來遲我
고란사[416] 옆 나뭇잎은 이제 막 떨어지리.　皐蘭寺畔葉初零

2

돌아갈 맘 이끌고서 허공으로 새가 드니　　鳥引歸心入杳冥
따뜻한 날 빈 뜰에선 벌 소리 시끄럽다.　　遙將暖意鬧虛庭
지루한 봄여름에 날은 이제 길어지고　　　支離春夏初長日
서남쪽에 사람 보내 연락함이 몇 번인가.　絡繹西南幾使星
탁자 둘레 솔바람에 집은 흡사 배와 같고　繞榻松濤齋似舫
허공은 비 머금어 나무는 부평 같네.　　　涵空雨色樹如萍
흉년에 남다른 공적 없음 자조하니　　　　年荒自笑無殊績
구휼 백성 사사로이 이백이나 보태었네.　賑口私添二百零

3

올 적엔 눈비가 하늘 검게 가렸더니　　　來時雨雪屬玄冥
어느새 석류꽃이 뜨락 문에 비추이네.　　榴火居然映戶庭
돌아갈 꿈 언제나 대궐 문[417]에 걸려 있고　歸夢尋常懸魏闕

---

415. **단오**　원문은 현애(懸艾). 5월 5일을 말한다. 옛날 초(楚)나라 풍속에, 5월 5일이면 모두 어울려 백초(白草)를 밟고 쑥을 캐서 사람처럼 만들어 문 위에다 매달고는 그것으로 독기(毒氣)가 침범 못하도록 액막이를 삼았다고 한다.
416. **고란사**　충청남도 부여 부소산에 있는 절이다. 앞 시와 이 구절로 보아, 심규진이 공주 또는 부여 일원에서 벼슬살이하고 있었음을 추정할 수 있다.

직함은 규성(奎星)[418]에 부응하기 부끄럽다.	頭衙慙愧應奎星
산비둘기[419] 울어 울어 온 마을에 비 보내고	山鳩喚送千邨雨
못 오리는 마름 풀을 헤치며 길을 여네.	池鴨衝開一道萍
슬프다 담장 둘레 사람은 뵈지 않고	惆悵繚垣人不見
앵두나무 이따금 붉은 꽃잎 떨구누나.	含桃時有數紅零

청림으로 참봉 이교년[420]을 찾아가서 두보의 시에 차운하다 2수 訪靑林李參奉喬年 次杜 二首

1

일 없어 한잔 술로 저물녘을 즐기다가	閒將杯酒樂沈冥
생각잖게 손을 맞아 뜰 아래로 내려서네.	偶爲逢迎一下庭
물색은 양양 땅의 기구전(耆舊傳)[421]과 비슷하고	物色襄陽耆舊傳
천문은 강호의 소미성(少微星)[422]과 한가지라.	天文湖海少微星

417. 대궐 문 원문은 위궐(魏闕). 대궐의 높은 문이다. 『장자』 「양왕」에 "몸은 강호에 있으면서 마음은 대궐 아래 머무네"(身在江海之上, 心居乎魏闕之下.)라는 말이 있다. 시에서는 반대로 몸은 관직에 매여 있으면서도 언제나 귀거래를 꿈꾼다는 뜻으로 사용되었다.

418. 규성 이십팔수 중 하나인 규숙(奎宿)을 가리킨다. 백호칠수의 첫째 성수로, 열여섯 별로 구성되어 있으며, 문운(文運)을 맡았다고 한다.

419. 산비둘기 원문은 산구(山鳩). 비둘기를 말한다. 비둘기는 비를 부르는 새란 뜻으로 환우조(喚雨鳥)라 한다.

420. 이교년 1718~1788. 자는 중수(仲壽)이고, 호는 간곡(艮谷)이며, 본관은 전주(全州)다. 성창(星昌)의 아들이며, 체소재(體素齋) 춘영(春英)의 5대손으로 윤동수(尹東洙)·윤동원(尹東源)의 문인이다. 효성이 지극하며 문필과 학행이 뛰어나 정종대왕이 1784년(정조8)에 문과효의 세자익위사 부수를 제수했지만 나아가지 않았다. 저서로 『간곡유고』(艮谷遺稿) 6권 3책이 있다.

날리는 꽃 비가 되어 지붕 위로 떨어지고 　　飛花冒屋都成雨
버들솜은 부평초 되어 시내 따라 흘러가네. 　　落絮緣溪半化萍
선생께서 참으로 호고(好古)하심 칭송하니 　　歎息先生眞好古
이제 와 이런 도는 찾아볼 길 없다오. 　　如今此道盡凋零

2

경세 향한 처음 마음 스러진 지 오래거니 　　經世初心久已冥
홀로 풍아 추구하며 가풍을 이으시네. 　　獨追風雅繼家庭
삼춘의 집안 살림[423] 호젓한 절과 같고 　　三春井臼連蕭寺
한자리의 형제들[424]은 덕성(德星)이 모인 듯해. 　　一席塤篪聚德星
산에 있어 두 뜻[425]을 품지 않음 기쁘나 　　且喜在山非小草
청평검[426] 그릇되이 높은 가격 부끄럽다. 　　還慙長價誤靑萍
가고 옴에 경전 펼쳐 쉬지 않고 물어보니 　　揭來未了橫經問
앞길 듣는 저녁 이슬 시름겨워 바라보네. 　　前路愁看夕露零

---

421. **양양 땅의 기구전**　진(晉)나라의 습착치(習鑿齒)가 지은 『양양기구전』(襄陽耆舊傳)을 말한다.
이 책은 양양에 살았던 방덕공(龐德公)을 비롯한 여러 고사의 전기를 모은 것이다. 이 구절은 이교
년의 모습을 진나라 때의 고사에 견준 것이다.

422. **소미성**　사대부 또는 처사의 지위를 나타내는 별자리.

423. **집안 살림**　원문은 정구(井臼). 직접 물을 긷고 쌀을 찧으며 손수 부지런하게 집안 살림 꾸리
는 일을 뜻한다. 『열녀전』「주남처전」(周南妻傳)에 "집은 가난하고 어버이는 늙었으니, 자리를 가
리지 않고 벼슬하였으며, 손수 물을 긷고 쌀을 찧었다"(家貧親老, 不擇官而仕, 親操井臼.)라는 구
절이 있다.

424. **형제들**　원문은 훈지(塤篪). 질나팔과 저로, 형제 사이를 말한다.

425. **두 뜻**　원문은 소초(小草). 산중에 있을 때는 환로에서 큰 뜻을 펼칠 것을 꿈꾸다가도 막상 벼
슬자리에 있으면 언제 그랬냐는 듯이 보신에만 연연하는 사람을 풍자하는 말이다.

426. **청평검**　옛날 보검의 이름이다. 이백은 「상한형주서」(上韓荊州書)에서 "바라건대 청평검과
결록옥이 설촉(薛燭)과 변화(卞和)의 문중에서 높은 값이 매겨지기를 바랍니다"(庶靑萍結綠, 長價
於薛卞之門.)라고 한 바 있는데, 자기의 재주를 사 달라는 내용이다.

함재 심염조 학사의 죽음을 슬퍼하며[427] 5수

涵齋沈學士念祖挽 五首

1

문헌엔 안 나와도 사적 너무 놀라운데　　　　文獻無徵事已驚
사귐을 논하면서 평생 잃음 어이하리.　　　　論交何況失平生
구름 위의 학사는 다만 글만 남아 있고　　　　雲間學士書空在
강좌 휴문[428] 역사책은 여태도 못 이뤘네.　　　江左休文史未成
떠나던 날 봄바람은 화극[429] 위로 불어오고　　去日春風吹畫戟
올 때는 눈보라에 붉은 명정[430] 어두워라.　　　來時雨雪黯丹旌
서쪽 교외 길목에서 쓸쓸히 말이 우니　　　　蕭蕭鳴馬西郊路
중원의 만 리 행을 아득히 떠올리네.[431]　　　儻憶中原萬里行

2

중년에 좇아 놀며 화답한 일 생각하니　　　　追遊中歲憶題襟
기미가 서로 맞음 자석 끌림 같았다네.　　　　氣味相求似引針
성채 같은 오언시는 적수 아예 없었고　　　　城屹五言無敵手

---

427. **함재~슬퍼하며**　심염조가 죽은 해는 1783년이므로 이 작품은 초정의 나이 34세 되던 해에 지어진 것이다. 호를 초재(蕉齋)로도 썼다.
428. **강좌 휴문**　강좌는 양자강 동쪽 지방인, 지금의 강소성과 절강성 일대를 가리킨다. 휴문은 양나라 때의 대표 문인인 심약(沈約)의 자이다. 학문이 넓고 시문에 뛰어나 다양한 저술을 남겼다. 이덕무에 따르면 "강좌의 시풍이 심약에 이르러서 음운을 숭상하여 대를 맞추는 것이 정밀해졌다"고 한다.
429. **화극**　당나라 때 3품 이상 고위 관원의 저택 문 앞에 세워 두었던, 채색(彩色)하여 장식한 목창(木槍)이다.
430. **붉은 명정**　원문은 단정(丹旌). 예전 출상(出喪) 시 사용하던 붉은색 명정(銘旌)을 말한다.
431. **중원의~떠올리네**　1778년 3월, 박제가는 처음 중국을 여행할 때 서장관 심염조의 종사관으로 수행하였다.

구품을 논한 것⁴³²은 공변된 맘 드러났지.　　論成九品見公心

그 정신은 계시던 자리에 어려 있고　　精神蔭映吹噓地

해학은 문사들 사이에 전해지네.　　諧謔流傳翰墨林

벼슬길에 지기 있단 말 믿지 않았는데　　不信靑雲知己在

모습 뵙기 이전에도 사귐이 깊었다네.　　未曾謀面已交深

3

숙직 중에 시 논하며 몇 밤이나 지새웠던가　　直裏談詩夜幾闌

굴송(屈宋)⁴³³ 재주 아니면서 벼슬함 부끄러워했네.　慚非屈宋作銜官

풍류 넘쳐 고관⁴³⁴도 낮추어 보았고　　風流自覺朝端少

우리에겐 예우하심⁴³⁵ 특히 너그러우셨네.　　禮數偏於我輩寬

끝없이 좋은 문장 필찰로 전해지고　　絡繹天章傳筆札

왕사⁴³⁶의 고운 모습 의관에 성대했네.　　蟬聯王謝盛衣冠

금문의 한 번 이별 참으로 꿈같은데　　金門一別眞如夢

애끊는 빈 서가에 달빛만 차갑구나.　　腸斷空樑月影寒

4

도도한 세상에서 남의 말 뉘 들으리.　　滔滔誰解聽人言

그래도 초재 있어 속일 수가 없었다네.　　只有蕉齋不可諼

잔단 말도 거둬 주어 나의 시문 알아줬고　　片語堪收知我錄

---

432. **구품을 논한 것**　관리를 고과하여 전형하는 일을 가리킨다.

433. **굴송**　전국시대 초나라의 문인인 굴원(屈原)과 그의 제자 송옥(宋玉)을 말한다. 두 사람 모두 사부(詞賦)의 대가로 굴송이라 통칭된다.

434. **고관**　원문은 조단(朝端). 조정에서 늘어선 신하의 제일 높은 자리를 뜻한다.

435. **예우하심**　원문은 예수(禮數). 신분에 따라 각각 다른 예로 대우함을 가리킨다.

436. **왕사**　진(晉)나라 때의 명상·명신이었던 왕도(王導)와 사안(謝案)을 가리킨다. 두 사람 모두 풍류로 이름이 높았다.

삶의 길이 막혔을 땐 서책도 빌렸었지.	窮途已廢借書軒
조문437을 마치자 청산이 문득 먼데	生芻尊罷靑山遠
새 한 마리 날아올 제 밝은 해가 지는구나.	獨鳥飛來白日昏
하늘 서쪽 고개 돌려 가시는 곳 바라보며	回首天西行部地
차가운 부용당서 한 번 넋을 불러 보네.	芙蓉堂冷一招魂

5

열 줄의 은하수가 밝게 빛남 우러르니	十行雲漢仰昭回
역마는 당음438에서 사제439를 재촉한다.	馹騎棠陰賜祭催
이별의 한 애달파라 장서(張緖)의 버들440이요	別恨消沈張緖柳
높은 이름 쓸쓸해라 이응(李膺)의 홰나무441라.	高名蕭瑟李膺槐
아름다운 행적 천 년에 전해지고	瓊琚玉佩千秋事
부질없는 인생사442 온 세상이 슬퍼하네.	華屋山丘曠世哀
머리 희고 눈 횡하도록 옛일만 생각하며	頭白眡夸偏憶舊

---

437. 조문 원문은 생추(生芻). 『후한서』「서치전」(徐穉傳)에 "곽림종(郭林宗)이 모친상을 당했는데, 치가 조문하러 가서 집 앞에 마른 꼴을 한 묶음 두고는 떠나갔다"(郭林宗有母憂, 穉往弔之, 置生芻一束於廬前而去.)라고 실려 있다. 이후로 생추(生芻)는 조제(弔祭)에 쓰이는 예물을 일컫는다.

438. 당음 주나라 소공(召公)이 서백(西伯)으로 정사를 베풀다가 당감나무 그늘에서 휴식을 취했다는 고사에서 따온 말이다. 이후 선행과 선정을 행하는 지방관을 형용하는 표현으로 쓰였다. 여기서는 심염조의 높은 덕을 가리킨다.

439. 사제 임금이 죽은 신하(臣下)에게 제사(祭祀)를 내려 주는 일을 말한다.

440. 장서의 버들 원문은 장서류(張緖柳). 장서(張緖)는 남제(南齊) 오군(吳郡) 사람인데, 어릴 적부터 문재(文才)가 있었고 풍자(風姿)가 청아하였다. 무제(武帝)가 버들을 궁 앞에 심어 두고 "이 버들의 풍류가 사랑스러우니 장서의 당년(當年)과 같다"라고 하였다.

441. 이응의 홰나무 원문은 이응괴(李膺槐). 괴(槐)는 삼공(三公)의 높은 벼슬은 말한다. 이응은 후한(後漢) 때 사람으로 그에게 한번 인정을 받으면 용문에 올랐다고 할 만큼 높은 명성과 풍도를 떨쳤다.

442. 부질없는 인생사 원문은 화옥산구(華屋山丘). 덧없는 인간의 흥망성쇠를 뜻한다. "살아서 화려한 집 거처하더니, 쓸쓸히 산언덕으로 돌아갔구나"(生在華屋處, 零落歸山丘.)라는 조식(曹植)의 '공후인'(箜篌引) 시구에서 유래했다.

해 저물녘 풍진에서 홀로 서성거리네.　　　　　　　　風塵日暮獨徘徊

차운하여 동료 유득공에게 주다 4수 次贈冷齋寮友 四首

1

우뚝히 옛사람을 사모하노니	嘐嘐慕古人
닭 울어도 비바람에 어둑하구나.	鷄鳴風雨晦
탄식함은 세월이 이리 저물어	所歎年光晏
더위 추위 번갈아 보내옴일세.	炎涼送相代
헤매며 뉘와 함께 이야기할까	倀倀誰與語
곱게 핀 꽃 부질없이 마주하누나.	的的花空對
내 술은 진실로 아니 미쳤고	我酒固非狂
그대 시는 저절로 자태가 곱네.	君詩自多態
이제 이리 만나서 노닌다지만	卽此偶遊戲
우리들 마음 어찌 만족하리오.	寧足愜吾輩
이 몸과 마음 거둬 가지고	收拾向身心
세상 안서 노닐기를 바라는도다.	庶幾遊方內
생명을 연장함은 방법 있나니	延生自有術
애증을 남김 없이 없애는 걸세.	無憎復無愛

2

| 쓰일 만한 재주가 없어서일 뿐 | 自無才適用 |
| 재주 감춤을 배운 것은 아닐세. | 非關學韜晦 |

헛된 이름 성은을 잘못 받아서	虛名誤聖恩
새 명함이 태평세월 만들었구나.	新銜創昭代
평생에 마음 나눈 우리 두 사람	平生二三子
다시금 이날에 마주하였네.	復此日相對
시세 위해 꾸미기는 부끄러우니	恥作時世粧
아녀자의 자태를 어이 지으리.	寧爲兒女態
서로 기약 우뚝한 뜻에 있나니	相期在磊落
뜻을 세워 선배들을 뒤따르리라.	抗志追前輩
오사모 아래에다 이름 감추고	藏名烏帽底
궁궐 문 안에서 세상 피하리.	避世金門內
이 맘 지녀 밝은 임금 보답을 할 뿐	持此報明主
다른 사람 사랑은 받지 않으리.	不受別人愛

3

교정보아 틀린 글자 바로잡고서	校書正偏傍
경서 찔러 의문 난 곳 질문을 하네.	籤經質疑晦
문장은 인품과 관계되나니	文章係人品
어이 다시 시대를 논할 것이랴.	寧復論時代
시경 삼백 편을 두루 꿰나니	淹貫三百篇
그대 재주 혼자서 응대할 만해.[443]	君才可專對
노담은 성인을 몰랐었지만	老聃不知聖
교만한 태도는 경계하였지.	猶復戒驕態

---

443. 혼자서 응대할 만해   원문은 전대(專對). 『논어』「자로」(子路)에 "공자께서 말씀하셨다. 시경 삼백 편을 외우면서도 정치를 맡겼을 때 제대로 해내지 못하고 사방에 사신으로 나가 혼자서 응대하지 못한다면, 비록 많이 외운다 한들 어디에 쓰겠는가?"(子曰, 誦詩三百, 授之以政不達, 使於四方不能專對, 雖多亦奚以爲.)라는 구절이 있다.

방탕하여 돌아옴을 잊게 되면은　　　　　流蕩一忘返

용렬한 무리들과 무에 다르리.　　　　　何異滔滔輩

명성은 죽은 뒤에 있는 법이고　　　　　聲名在身後

의기는 해내에 남아 있다네.　　　　　　意氣存海內

비홍의 그 뜻을 힘써 닦아서　　　　　　勖哉比興義

모름지기 천금처럼 아끼시게나.　　　　千金須自愛

4

지는 해에 기이한 변화가 많아　　　　　落日多奇變

먼 산에 밝고 어둠 갈마드누나.　　　　　遙山遞明晦

나비가 호로록 날아가더니　　　　　　　蝴蝶倏飛去

우는 매미 어느새 대신했구나.　　　　　鳴蟬已相代

속절없이 지나가는 백 년의 사이　　　　騰騰百年間

다만 오직 술이 있어 마주하노라.　　　　惟有酒可對

연꽃 깊어 그윽한 향기가 나고　　　　　深荷發幽香

안개 개니 저녁 자태 곱기도 하다.　　　　晴烟媚夕態

명리의 빗장을 길이 끊고서　　　　　　永謝名利關

문자의 무리를 마음에 두리.　　　　　　寓心文字輩

천지는 먼 곳에 있지 않나니　　　　　　天地不在遠

신선도 곧바로 문 안에 있네.　　　　　　神仙卽戶內

가슴속 가시를 깨끗이 씻어　　　　　　洗盡胸中棘

애오라지 내 아낌을 온전히 하리.　　　　聊以全吾愛

차령에서 車嶺

돌과 나무 서로서로 얽혀 있는 곳	樹石相繆處
어슴푸레 작은 길 통하여 있네.	微分一徑通
주막 연기 추운데도 나오지 않고	店烟寒不洩
골짜기 눈 한낮이나 되어야 녹네.	峽雪午初融
남여 타고 시내를 건너려는데	乍渡肩輿水
모자 옆 부는 바람에 다시 놀라네.	還驚側帽風
갈 길의 멀고 가까움 알고자 하니	欲知行近遠
뺨의 취기 어느새 가시었구나.	頰醉已銷紅

모로원[444]에서 慕老院

찬바람에 구름이 흩어진 뒤에	冷風雲散後
교목에 하루해가 기울어 갈 때.	喬木日斜時
시골 저자 사람 소리 뒤섞여 나고	野市人聲雜
다리엔 말 그림자 위태롭구나.	荒橋馬影危
7년을 벼슬길서 못 놓여나니	七年官未解

---

444. 모로원　『신증동국여지승람』 권17 「공주목」에 '모로원'(毛老院)으로 실려 있다. 현재 역원은 남아 있지 않으며, 충청북도 충주시 모남리 97번지에 원지(院址)만 확인되고 있다. 정기범(鄭技範) 의 『조선후기 음성지역 장시연구』에 따르면, 모로원은 서울과 부산을 잇는 영남대로에서 음성현으로 진입하기 위한 분기점에 해당하는 곳으로, 조선 후기 상업 발달에 따른 상품 유통로로 중요한 역할을 했다.

사흘 길도 오히려 더디기만 해.   三日路猶遲

부러워라, 그대들 낚싯대 들고   羨汝持竿者

조각배로 금강 물가 노니는 모습.   扁舟錦水涯

정월 보름날 규장각 동료들에게 보내다 上元日 寄閣僚

저녁 피리 목멜 제 혼자 문을 닫아거니   暮角嗚嗚獨閉門

타향에서 맞는 가절(佳節) 말하여 무엇하리.   他鄉佳節不須論

문장으로 외람되이 벗의 인정 받았으나   文章謬被故人許

벼슬길서 임금 은혜 보답하지 못하였네.   仕宦未酬明主恩

고요한 밤 처마 풍경 혼자서 소리 내고   月靜簷鈴聞自語

눈 속에 창가 대나무 그림자가 남았구나.   雪深窓竹影猶存

귤 내리던[445] 성대한 일 문득 서로 생각다가 傳柑盛事偏相憶

옛 술자리 흔적 남은 옷소매를 매만지네.   衫袖摩挲舊酒痕

---

445. 귤 내리던   원문은 전감(傳柑). 임금이 신하를 위해 잔치를 베풀면서 귤을 하사한 일이다. 북송(北宋)에서 정월 보름날 근신(近臣)들과 잔치를 베풀 때, 귀척궁인(貴戚宮人)들이 귤〔黃柑〕을 전한 고사에서 나왔다.

차운하여 덕평 유거에 있는 윤원지에게 주다

次贈尹元之德坪幽居

홍진 세상 모두 다 술 취해 깨지 않아	都大紅塵醉未醒
아이 시켜 뜨락을 나서게 하는구나.	肯敎兒子出門庭
구름산서 소를 타는 벗에게 감 기약하고	雲山去約騎牛侶
지각(池閣)에서 한가로이 『상학경』446을 베껴 쓰네.	池閣閒抄相鶴經
높은 버들 몇 번이나 시내 위서 보았던가	高柳幾回溪上望
다듬이 소리 일찍이 객점 향해 드는도다.	春砧曾向店中聽
검은 말과 흰 말은 말하지 마시게나	驪駒白馬休相說
그대 거처 병풍 속에 든 것이 부럽구려.	羨爾幽居入畫屛

평암이 방문하여 역정에서 헤어지며 2수

萍菴見訪 驛亭送別 二首

1

세 번 금강 건너면서 봄 물결 바라보니	錦江三度見春波
한직의 벼슬길서 세월만 보냈구나.	薄宦都將日月過
술에 빠져 새소리 변한 줄 몰랐지만	醒醉不知禽語變
오가는 말 발자국 많은 건 알았다네.	往來眞覺馬蹄多

---

446. 『상학경』 옛날 신선 부구공(浮丘公)이 왕자 진(王子晉)과 학을 타고 놀면서 그에게 가르쳤다는 책 이름이다. 『당서』(唐書) 「예문지」(藝文志)에 보인다.

꿈속서 서액[447]의 청릉[448] 직책 회복하니　　　夢逈西掖青綾直
흥에 겨워 「남산백석가」[449]를 부르노라.　　　興入南山白石歌
여관 숲 하늘 닿고 진흙 길 미끄러우니　　　店樹連天泥路滑
내일 아침 그리움을 그대는 어쩔런가.　　　明朝相憶奈君何

2
남국의 봄 술이 흰빛을 띠었기에　　　南國春醪卷白波
관청서 등불 밝혀 한밤을 지새우네.　　　官齋爇燭夜經過
새벽별 또렷이 못 속에서 반짝이고　　　明星的歷池光動
비단 자리 푸른 나무 그림자 많구나.　　　綺席蒼茫樹影多
병중에도 필력의 건재함은 과시하나　　　病起尚能誇健筆
마음 쇠해 다시금 맑은 노래 못하누나.　　　情衰不復買淸歌
강호의 온 대지에 친한 벗 적으니　　　江湖滿地親朋少
앞길에 만나는 일 몇 번이나 될런고.　　　前路逢迎問幾何

447. **서액**　중서성(中書省)이다. 중서성이 대궐 오른쪽에 있기 때문에 우조(右曹)라 하고, 오른편은 서쪽이 되므로 서액이라 한다.
448. **청릉**　푸른 깁으로 만든 이불로, 궁중에서 숙직하는 것을 뜻하는 말이다. 한(漢)나라 때 상서랑(尙書郞)이 번을 서면 푸른 깁으로 만든 이불〔青綾被〕과 흰 깁으로 만든 이불〔白綾被〕 또는 비단 이불〔錦被〕을 주었던 데서 유래한다.
449. **「남산백석가」**　춘추시대 영척(寧戚)이 수레 아래에서 소를 먹이다가 제나라 환공이 나오기를 기다려 쇠뿔을 두드리며 불렀다는 노래다. 백석가(白石歌)・남산지가(南山之歌)・우각지가(牛角之歌)라고도 한다. 제나라 환공은 이 노래를 듣고 영척을 불러 이야기를 나누었고, 이후 그를 좋아하여 재상으로 기용하였다. 박제가는 평암과 자신의 만남과 지우를 제나라 환공과 영척에 비겨 이렇게 이렇게 표현한 것이다.

이몽로가 찾아와서 李夢老見訪

만나서 매양 한잔 술 더하고 싶었는데	相逢每覺飮巡增
말 않아도 먼저 알고 묘구를 이루누나.	不語先知妙句凝
백제 땅 찬 연기는 옛 나루로 이어지니	百濟寒烟連古渡
2경의 성긴 비에 봄밤 등불 모였도다.	二更疎雨集春燈
창 앞의 대나무는 푸른 옥을 흔들고	窓前好竹搖靑玉
못 속의 물고기는 얼음 속에 노니누나.	池裏游魚冒綠氷
기억하게 우리들 기대고 바라보던 곳	記取詩人憑眺處
붉은 누각 한 굽이에 층층 숲 이루었지.	紅樓一曲樹層層

추정 고국태[450]의 『소지집』 중의 운자에 차운하다 4수
次顧秋亭國泰所知集中韻 四首

1

며칠간 고향 소식 들리지 않고	數日無鄕信
관아에는 손님 발길 끊어졌구나.	官齋斷客踪
때마침 남쪽 나라 달을 맞으니	正逢南國月
아득히 대보름 종 생각나누나.	遙憶上元鍾
천 그루 한정하고 대를 심으니	栽竹限千樹
문 앞에 마주한 건 봉우리 하나.	對門惟一峯

450. **고국태**　박제가 당대 또는 가까운 전대의 청나라 인물로 보이는데, 그 인적 사항이 알려지지
않고 있다.

내 장차 이 땅에서 늙어 가리니　　　　　　　　吾將老此地
뜻있거든 서로 즐겨 좇아 보세나.　　　　　　　有意肯相從

2

어쩌다 금문(金門)에 숨어⁴⁵¹ 몸을 맡기니　　　　偶托金門隱
오악 자취 따르기 정말 어렵네.　　　　　　　　難追五嶽踪
시는『채풍록』에 전할 만하고⁴⁵²　　　　　　　詩傳採風錄
글씨는 경운종(景雲鍾)⁴⁵³과 한가지라네.　　　　書倣景雲鍾
타향살이 술에만 의지하노니　　　　　　　　　作客依紅友
관아 가면 푸른 산과 가까워지네.　　　　　　　之官近碧峯
하늘가 나부끼는 아련한 생각　　　　　　　　　飄然天際想
어린 종과 나귀를 따라오누나.　　　　　　　　短僕一驢從

3

움츠려 관장(官長)을 근심하면서　　　　　　　局促愁官長
소탈한 야인 자취 즐거워하네.　　　　　　　　疎狂樂野踪
명월주(明月珠)는 마침내 싸움 낳으니⁴⁵⁴　　　珠明終按劍
풀 줄기로 어떻게 종을 치리오.　　　　　　　筳小詎撞鍾

---

451. **금문에 숨어**　원문은 금문은(金門隱). 벼슬길에 몸을 숨긴 이은(吏隱).

452. **시는『채풍록』에 전할 만하고**　『채풍록』은 민간의 노래를 모은 책이다. 여기서는『시경』을 가리킨다. 그 시가『시경』에 전할 만큼 훌륭하다고 칭송한 것이다.

453. **경운종**　경양종(景陽鍾)인 듯. 남조(南朝) 제(齊) 무제(武帝) 때 궁궐이 깊어 종소리가 들리지 않았다. 그래서 경양궁(景陽宮)의 누대에 종을 설치하자 궁인(宮人)들이 모두 그 소리를 들을 수 있게 되었다.

454. **명월주는~낳으니**　『사기』「노중련추양열전」(魯仲連鄒陽列傳)에 보이는 "명월주(明月珠)와 야광벽(夜光璧)을 사람 몰래 길가에 던져 놓으면 칼자루를 잡고서 노려보지 않는 자가 없다"(臣聞明月之珠, 夜光之璧, 以闇投人於道路, 人無不按劍相眄者.)라는 구문에서 따왔다. 고국태가 명리를 좇지 않았음을 표현한 것이다.

술 마주해 꽃나무를 사랑하노니	對酒憐芳樹
주렴 당겨 먼 산을 받아들이네.	鉤簾受遠峯
속세 일은 입에도 아니 올리니	未應談俗事
먼 곳[455]에서 따르는 손님 있다네.	有客日邊從

4

가는 사람 뒷모습을 구슬피 보니	悵望歸人背
떠난 말의 자취만 남아 있구나.	空留去馬踪
시내 깊어 이따금 사슴 나오고	澗深時見鹿
절 없어져 종소리는 들리지 않네.	寺廢不聞鐘
아지랑이 봄 나무와 계절 다투고	游氣爭春樹
먼 하늘엔 저녁 산이 곱기도 해라.	遙天媚夕峯
난간 기대 바라보니 들 빛 푸른데	憑欄靑野色
고향 생각 홀연히 일어나누나.	鄕思忽無從

규암[456]에 배를 띄워 거슬러 올라가 창강에 이르다 잡절 5 首 舟泛窺岩 溯流至滄江 雜絶五首

1

| 유비(劉碑)[457]와 소탑(蘇塔)[458]은 여태도 남았던가 | 劉碑蘇塔尙存無 |

---

455. 먼 곳 원문은 일변(日邊). '먼 지방'과 '황제가 사는 수도 근처'의 두 가지 뜻을 지닌다. 여기서는 전자의 의미로 사용되었다. 먼 곳에서 따르는 손님은 박제가 자신을 지칭한다.
456. 규암 충청남도 부여에 자리한 나루터다.

희미한 탑본은 이십여 년 되었네.　　　　　　　拓本依俙卄載餘

떠도는 말[459] 어지러이 지난 일 얘기하니　　　耳食紛紛談往事

하남의 문필가인 녹천(綠天)[460]의 글씨라네.　　河南文筆綠天書

　　비문은 하수량(賀遂良)이 지었고, 탑의 글씨는 권회소(權懷素)가 썼다. 碑爲

　　賀遂良撰, 塔權懷素書.

2

말 머리 뾰족한 그림자 꼿꼿이 떨어지고　　　　馬頭尖影落亭亭

새긴 글씨 또렷하여 눈이 홀연 환해지네.　　　石刻分明眼忽靑

그때에 평제비를 배우지 아니하고　　　　　　　不學當年平濟碣

애꿎게 남에게서 예천명(醴泉銘)[461]을 빌렸구나.　向人空借醴泉銘

3

청산은 술잔 속에 모두 다 들어오고　　　　　　靑山盡入掌中杯

---

457. 유비　당나라 장수 유인원(劉仁願)의 공적을 적은 비문인, 「당유인원기공비」(唐劉仁願紀功碑)를 가리킨다. 현재 국립부여박물관에 있다.

458. 소탑　부여 금성산 아래 읍내에 있는 정림사지 오층석탑(定林寺址五層石塔)을 가리킨다. 이 탑의 탑신 4면에 소정방이 백제를 멸망시킨 공적을 찬양한 「대당평백제국비명」(大唐平百濟國碑銘)이 새겨져 있다.

459. 떠도는 말　원문은 이식(耳食). 듣기만 하고 맛을 안다는 뜻으로, 남의 말을 듣고 그 시비도 판단하지 않은 채 함부로 믿는 것을 의미한다.

460. 녹천　중국 하남성에 있는 당나라의 명필 중 회소(懷素)가 살던 곳인데, 여기서는 소정방 비문의 글씨를 쓴 하남 사람 권회소를 가리킨다.

461. 예천명　당나라 서예가 구양순(歐陽詢, 557~641)이 쓴 「구성관예천명」(九成官醴泉銘)을 가리킨다. 구성궁의 감천(甘泉)을 기리어 위징이 찬미한 글을 비에 새긴 것으로, 지금의 산서성 인유현(麟遊縣)에 있다. 일찍이 박제가에게 수학하였던 추사 김정희(金正喜, 1786~1856)는 "글씨 쓰는 법은 예천명(醴泉銘)이 아니면 손에 익힐 수 없다"(書法非醴泉銘, 無以入手己.)고 하여 이 서법을 중시했다. 여기서는 평제비 문문에 새겨진 글씨가 서예 공부의 체본으로 삼고 싶을 만큼 아름답다는 뜻이다. 정숙희, 「추사 김정희의 서법사상 연구」(경희대 교육대학원 석사논문, 1999.) 참조.

아스라이 돛단배는 절벽 따라 돌아간다.　隱約帆從峭壁廻
비단 이불 좋은 자리 거들떠보지 않고　錦褥華茵都不管
봄추위를 견디며 자온대(自溫臺)[462]로 오른다.　春寒耐上自溫臺

4
한 폭의 맑은 강에 저녁노을 부서지고　一幅淸江碎晚霞
봄 산은 오히려 빗긴 살쩍 비슷해라.　春山猶學鬢雲斜
세상에 무정키는 당나라의 장술러니[463]　無情最是唐朝客
공도 다 못 이루고 낙화들을 묻었도다.　不解功成葬落花

5
몇 무리 원앙새가 서로에게 기대며　鴛鴦數隊自相依
백사장서 느린 걸음 저녁볕을 쬐는구나.　緩步沙頭曬落暉
물에 비친 고운 단장 천고의 일일러니　照水明粧千古事
짝지어 오히려 옛 궁궐로 날아가네.　雙雙猶向故宮飛

462. **자온대**　지금의 충청남도 부여군 백제대교 서단 강변에 20여 미터로 솟은 바위. 백제 왕이 노닐던 곳으로, 백제 때 왕이 강을 건너 왕흥사에 가다가 이 바위에 걸터앉아 잠시 쉬면 바위가 저절로 따뜻해졌다는 내용의 전설이 『동국여지승람』·『삼국유사』·『부여지』(夫餘誌) 등에 전한다.
463. **당나라의 장술러니**　원문은 당조객(唐朝客). 당나라 장수 소정방을 가리킨다. 이 시는 그가 백마를 미끼 삼아 조룡대에서 용을 낚아 부여를 함락시키자 의자왕의 궁녀들이 낙화암에서 뛰어내려 죽은 일을 말한다.

배 안에서, 차운하여 평암에게 부치다 2수 舟中 次寄萍菴 二首

1

갯버들 남실남실 여린 가지 일렁이니
오는 배에 득의롭게 은빛 고기 걸렸구나.
부여 강 위 구름은 마치도 솜과 같고
흥수촌(興首村) 가 백로는 마치도 사람인 듯.
변함없는 성곽에서 옛일을 슬퍼하다
막막한 벌판에서 홀로 봄을 상심하네.
부끄럽다, 젊은 나이 창주의 객이 되니
몇 번을 말을 몰며 몸 굽혀 길 물었나.

浦柳輕明漾麴塵
歸船得意掛銀鱗
扶餘江上雲如絮
興首村邊鷺似人
城郭依依堪弔古
平蕪漠漠獨傷春
空慚早歲滄洲客
幾度驂騑枉問津

2

강물은 십 리의 티끌 먼지 가로막고
복어는 넘실대는 물결 위로 올라온다.
솔잎 집[464] 고요하여 높은 선비 머무나니
오리배[465] 경쾌하게 술친구를 찾아가네.
흰 새가 높이 날자 하늘가엔 비 내리고
수양버들 나부끼니 거울 속은 봄이로다.
부소산(扶蘇山) 옛 자취를 누구에게 물어보리
지는 해 아스라이 나루 찾지 못하겠네.

江面橫遮十里塵
河豚初上水鱗鱗
松毛屋靜留高士
鴨嘴船輕訪酒人
白鳥翻飛天際雨
垂楊搖動鏡中春
扶蘇舊蹟憑誰問
落日蒼茫不辨津

---

464. 솔잎 집　원문은 송모옥(松毛屋). 솔잎을 엮어 지붕을 얹은 집인데, 여기서는 선비의 소박한 거처를 말한다.

465. 오리배　원문은 압취선(鴨嘴船). 배 이름이다. 배의 모양이 넓적하고 길어 오리 주둥이를 닮았기에 불린 명칭이다.

평암이 와서 묵다 萍菴來宿

솔바람 불어오자 대숲 안개 스러지고 　　　　松聲初合竹煙消
누른빛 올라오는 버들개지 보이누나. 　　　　又見輕黃上柳條
나그네 길 노닐다 옛 벗을 만나 보니 　　　　客裏風流逢舊雨
누대 앞 달빛은 봄밤에 담박하다. 　　　　　樓前月色淡春宵
강호의 어디에도 기러기는 오지 않고 　　　　江湖滿地無來雁
풀과 하늘 맞닿은 곳 다리는 끊겨 있네. 　　　青草粘天有斷橋
작은 녹봉 얽매여서 돌아가지 못하니 　　　　斗祿縻人歸不得
거울 속에 나부끼는 서리터럭 견딜밖에. 　　　可堪霜髮鏡中飄

차운하여 종손 윤사에게 보이다 次示宗孫胤思

나그네 처음 올 젠 봄빛이 아직 일러 　　　　二分春色客來初
풍죽이 살랑대는 화각에 머물렀지. 　　　　　風竹猗猗畫閣居
마조(馬曹)⁴⁶⁶가 이따금 말을 보는 것 같으나 　似是馬曹時見馬

---

466. 마조 이 구절은 『진서』(晉書) 「왕휘지전」(王徽之傳)의 내용을 가리킨다. "휘지(徽之)의 자는
자유(子猷)인데, 성품이 걸출하여 얽매이는 데가 없었다. 대사마 환온의 참군이 되어서는 옷과 머
리를 풀어 헤치고 다니면서 관의 일은 돌보지 않았다. 다시 거기장군 환충의 기병참군이 되었다.
환충이 묻기를 '그대는 어느 부서에서 일하는가?' 하니 왕휘지가 대답했다. '아마도 마조(馬曹)일
겁니다.' 또 묻기를 '말을 몇 마리나 돌보는가?' 하니 대답하기를 '말에 대해서도 모르는데 말 숫
자는 어찌 알겠소.' 다시 묻기를 '말이 최근에 몇 마리나 죽었는가?' 하니 대답하기를 '산 말도 모
르는데 어찌 죽은 말을 안단 말이오' 하였다." 당시 박제가가 역정 일을 보고 있었으므로 스스로를
마조(馬曹)에 견주어 이렇게 말한 것이다.

그대 고기 아니거니 어락(魚樂)을 어이 알리.[467]　安知魚樂子非魚
이정(離亭)의 밤비는 꽃나무를 재촉하고　離亭夜雨催花木
작은 저자 청명 맞아 술 수레가 이르렀네.　小市清明到酒車
게으름과 명예 구함 어느 것이 나을는지　懶癖名心終孰勝
글 배우며 도리어 글 구함을 싫어하니.　學書還復厭求書

차운하여 친척 심씨에게 부치다 次寄沈戚

주렴 사이 바람 불어 취한 술 쉬이 깨고　寂寂風簾酒易醒
잠 깬 뒤 푸른 이끼 뜨락에 깔렸구나.　睡餘蒼蘚糝階庭
못가에 비 가늘 제 물고기를 옮겨 풀고　池頭雨細移魚種
대숲 속 푸른 등불 『마경』[468]을 꺼내 읽네.　竹裏燈青讀馬經
시 지음 세상 도와 무슨 관계 있으랴만　詩句詎能關世道
성명이 도리어 임금님께 들리었지.　姓名還自近天聽
세월이 지날수록 임금 은혜 무거우니　年光向晚君恩重

---

467. **그대~어이 알리**　이 구절은 『장자』「추수편」(秋水篇)의 다음 내용을 가리킨다. "장자가 말하기를 '물고기가 밖으로 나와서 노닐고 있으니, 이는 물고기의 즐거움이다' 하자 혜자가 말했다. '그대가 물고기가 아닌데 어찌 물고기가 즐거운 줄을 아는가?' 장자가 말했다. '그대가 내가 아닌데, 어찌 내가 물고기의 즐거움을 모를 줄 아는가?' 혜자가 말했다. '내가 그대가 아니어서 진실로 그대를 모른다면, 그대도 물고기가 아니니 그대도 물고기의 즐거움을 모를 것 아닌가?' 장자가 말했다. '그렇다면 근본을 따라가 보자. 그대가 나더러 물고기의 즐거움을 어찌 아느냐고 물은 것은 이미 내가 그것을 아는 줄 알고서 물은 것이다. 나는 물가의 일을 알고 있다'라고 했다."
468. **『마경』**　이서(李曙, 1580~1637)가 중국에서 전해 온 『신편집성마의방』(新編集成馬醫方)과 마사문(馬師文)의 『마경대전』(馬經大全) 등에서 중요한 것을 뽑아 언해한 『마경초집언해』(馬經抄集諺解) 또는 『마경대전』(馬經大全)을 가리키는 것으로 보인다.

또다시 우정(郵亭) 올라 푸른 산을 바라보네.　　　又上郵亭看翠屏

친척 엄원리가 와서 묵다 嚴戚〔元理〕來宿

솔가지는 난간에 들어 푸르고　　　松枝入欄碧
은촛불이 비추나 외려 그윽타.　　　銀燭照還幽
이 조그만 못 빛을 내 사랑하여　　　愛此小塘色
그댈 위해 높은 누각 머무르노라.　　　爲君高閣留
명산서 밤 이야기 주고받으며　　　名山輪夜語
보슬비에 봄 근심 내맡기노라.　　　細雨屬春愁
천지에 한바탕 휘파람 부니　　　天地一長嘯
술벗은 머리가 하얗게 셌네.　　　酒人今白頭

엄초부에게 화답하여 주다 2수 和贈嚴樵夫 二首

1
표주박에 삿갓 쓰고[469] 구름산을 노닐다가　　　雲山瓢笠托行藏
이따금 집을 옮겨 취향(醉鄕)에 드누나.　　　往往移家入醉鄕
그 옛날 객성(客星)은 태사(太史)를 놀래켰고[470]　　　當日客星驚太史
이제껏 시화는 엄창랑(嚴滄浪)[471]을 말한다네.　　　至今詩話說滄浪

사립문 둘러 있는 배꽃은 싸늘하고　　柴門逈帶梨花冷

옛길에선 희미하게 약초 향기 풍겨 온다.　　古道微聞藥草香

인간 세상 향하여 이름을 전치 마소　　莫向人間傳姓字

엄군평(嚴君平)[472]은 세상과는 까맣게 잊었다오.　　君平已與世相忘

2

산 빛은 누구와 함께 볼거나　　山色共誰看

거문고 이따금 한 번씩 뜯네.　　古琴時一彈

엄초부의 뭉툭한 손 안쓰러운데　　自憐樵指禿

사람들은 술배[473] 넓음 싫어한다네.　　世厭酒腸寬

바닷가 봄날에 낚시를 걷고　　海國春收釣

솔바람에 한낮에도 갓 쓰지 않네.　　松風晝不冠

정녕코 숲 사이 집을 짓고서　　丁寧因樹屋

흰머리로 그윽한 난초 심으리.　　頭白種幽蘭

---

469. 표주박에 삿갓 쓰고　원문은 표립(瓢笠). 승려들이 운유(雲遊)할 때 휴대했던 표주박과 삿갓, 혹은 행적이나 자취를 가리킨다.

470. 객성은 태사를 놀래켰고　원문은 객성경태사(客星驚太史). 후한의 광무제가 엄광을 만나 옛 친구들 이야기를 나누며 나란히 누워 하룻밤을 보내게 되었다. 이때 엄광이 자신의 다리를 슬그머니 광무제의 배 위에 올려놓았다. 다음 날 아침 태사(太史)가 광무제에게 급히 아뢰었다. "어젯밤 천상을 관찰하옵던 바 객성(客星)이 어좌(御座)를 범하였사온데 옥체 무양하시옵니까?" 광무제가 웃으며 말했다. "별일 없었소. 내 친구 엄광과 함께 잤을 뿐이오."

471. 엄창랑　원문은 창랑(滄浪). 『창랑시화』(滄浪詩話)를 지은 중국 송나라 때의 시인 엄우를 가리킨다. 창랑은 그의 호다. 여기에서는 엄초부를 엄우에 비긴 것이다.

472. 엄군평　원문은 군평(君平). 한나라 때 촉 지방 사람이다. 성도의 저잣거리에서 점을 쳐 널리 알려졌다. 시에서 엄광과 엄우, 엄군평을 말한 것은 시를 준 엄초부의 성씨를 염두에 두고 한 말이다.

473. 술배　원문은 주장(酒腸). 주량(酒量)이다. 당나라 맹교와 한유의 「동숙연구」(同宿聯句)에 "그대 위해 술배를 열어 놓으니, 거꾸러져 춤추며 함께 마시세"(爲君開酒腸, 顚倒舞相飮.)라고 하였다.

몽뢰정[474]의 주인 조행원에게 주다 2수 贈夢賚亭主人趙行源 二首

1

아득히 먼 산자락에 벽옥 강물 흐르는데   平遠山前碧玉流

지는 꽃 천 점을 가는 배에 실었구나.   落花千點載歸舟

그때에 잘못하여 창강(滄江) 길을 건넜어도   當年枉涉滄江路

시 잘 쓰던 조의루(趙倚樓)[475]는 보이지 아니하네.[476] 不見詩人趙倚樓

2

봄 강물 부슬비에 느릅나무 절로 울고   春江細雨自鳴榔

개구리밥 무성한데 먼 데 나무 서늘해라.   蘋葉萋萋遠樹凉

선무랑(宣務郎) 적공랑(迪功郎)[477] 모두 다 허망하니 宣務迪功都碌碌

관함에다 새로이 포어랑(捕魚郎)을 적었구나.[478] 頭銜新做捕魚郎

---

474. 몽뢰정 충청남도 청남면 왕진리 나루터 주변에 있는 정자로, 1960년대까지 존재했으나 이후 손실되었다.

475. 조의루 만당(晩唐) 때 시인 조하(趙嘏)를 가리킨다. 자는 승우(承祐)이고, 산양(山陽) 사람이다. 일찍이 두목(杜牧)이 그의 "장적일성인의루"(長笛一聲人倚樓) 구절에 감탄하여 조의루(趙倚樓)라고 불렸다. 여기서는 조행원을 가리킨다.

476. 그때에~아니하네 박제가가 예전에 몽뢰정에 들렀지만 조행원이 마침 자리를 비워 만나지 못했음을 말한 것이다.

477. 선무랑 적공랑 둘 모두 종6품의 문관 품계이다. 적공랑의 다른 이름은 선교랑(宣敎郎)이다. 국조보감 편찬제신 중 감인(監印)으로 참여했던 박제가의 관함이 '규장각검서관 선교랑 제용감주부'였다.

478. 관함에다~적었구나 조행원이 이런저런 벼슬을 버리고 강가에서 고기를 잡으며 지냄을 말한 것이다.

오천당 숙부의 유거 시에 삼가 차운하여 奉次梧川堂叔父幽居韻

우연히 온 것이지 골라 가림 아니니　　偶來非擇勝
떠돌다 절로 이른 궁벽한 마을.　　　　漂泊自荒村
사립문 달빛에 배웅을 하고　　　　　　送客柴門月
홀로 나무 들판을 거닐며 읊네.　　　　行歌獨樹原
자식은 몸소 능히 농사를 짓고　　　　　兒能躬秫畝
아내 또한 꽃밭을 살피는구나.　　　　　婦亦按花園
작은 조카 벼슬한 지 오래되어서　　　　小姪之官久
이따금 사람 보내 안부를 묻네.　　　　　時時遣使存

심규진의 장편시에 차운하다 次沈戚長篇

온갖 일 얻고 잃음 자연에 내맡기니　　萬事乘除付自然
진흙 속에 묻히거나 하늘에 오르기도.　　或蟠泥中或升天
젊어선 권귀(權貴)들을 섬기기 즐기잖고　　少小不肯事干謁
구학에 뒹굴면서 내버려짐 달게 여겼지.　　一邱一壑甘棄捐
처세에는 애초부터 청안 백안[479] 없었고　　處世初無眼淸白
시름을 없애느라 청주 탁주[480] 마셨네.　　消憂惟有酒聖賢
평생의 글솜씨는 애오라지 이뿐이라　　詞翰平生聊復爾

---

479. 청안 백안　원문은 안청백(眼淸白). 죽림칠현 중의 한 사람인 원적(阮籍)은 예의범절에 얽매인 지식인을 보면 속물이라 하여 눈의 흰자위로 보았고, 술과 풍류를 즐기는 자유인을 보면 푸른 눈동자로 보았다고 한다. 청백안(淸白眼)은 감정의 호오를 분명하게 나타낸다는 뜻이다.

시서의 십 년 세월 공부 깊지 못했네.	詩書十載攻未專
행장 떨쳐 서쪽으로 책구루481를 나서서는	輕裝西出幘溝婁
말 달려 의무려산 꼭대기로 올랐었지.	走馬直登巫閭巔
황금대482의 풀빛은 꿈결처럼 아득하고	燕坮艸色迷如夢
서로 만난 의기는 어찌 그리 높았던지.	相逢意氣何翩翩
천 년의 갈석산은 대협객의 소굴이요	千年碣石大俠藪
만 리라 유주 기주 그 옛날의 산천일세.	萬里幽冀舊山川
붓끝의 묘한 솜씨 안장 위서 수습하니	歸鞍收拾筆端妙
수레 속 고운 생각 이별의 맘 애틋하다.	別魂繚繞車中妍
비바람에 문 닫으니 아침 연기 끊기었고	閉門風雨朝煙斷
적막한 책상에서 『태현경』을 지었었네.483	寂寞床書空艸玄
이름이 궁궐까지 이를 줄 알았으랴	豈意聲名達九重
임금께서 불러들여 향안 곁에 두었다네.	召入玉皇香案邊
금강 서쪽 누대는 한가롭기 그지없어	錦西樓臺閒又閒
오사모에 홍불 든 관리는 신선 같다.	烏紗紅拂吏如仙
그 달에 말을 가려 별원에 이르러서	月中調馬到別院
비 온 뒤 차를 달여 새 샘물을 뽐냈었지.	雨後瀹茶誇新泉

480. **청주 탁주** 원문은 주성현(酒聖賢). 청주(淸酒)는 성인이고, 탁주(濁酒)는 현인이라는 말이 있다. 이백의 「월하독작」(月下獨酌)에 "청주는 성인에 비겼고, 탁주는 현인에 견주었지"(已聞淸比聖, 復道濁比賢.)라는 구절이 유명하다.

481. **책구루** 고구려 때의 성 이름이다. 『삼국지』 「동이전」에 고구려가 위나라의 동쪽 경계에 작은 성을 쌓고 조복 등을 비치해 두었다가 중요한 때가 되면 와서 가져갔다는 기록이 전한다. 책구루의 '구루'는 성이란 말로 '고구려'라는 명칭과도 밀접한 상관이 있다. 여기서는 요동 일대를 뜻하는 말로 쓰였다.

482. **황금대** 원문은 연대(燕坮). 연나라 소왕(昭王)이 쌓은 황금대를 말한다. 제나라에 크게 패하여 피폐한 상태에서 왕위에 오른 소왕은 황금대를 쌓고 천하의 재사들을 초빙하여 국력을 크게 신장시켰다. 『사기』 「연소공세가」(燕召公世家)에 보인다.

483. **『태현경』을 지었었네** 원문은 초현(艸玄). 조용히 숨어 사는 것을 뜻한다. 『한서』 「양웅전」(揚雄傳)에 '양웅이 『태현경』을 초(草)하면서 스스로 몸 갖기를 깨끗이 하였다'라는 구절이 있다.

풍류스런 그 문채 무엇과 비슷한가　　　　風流文采定何似
우활하고 멋대로인 이내 몸 우스워라.　　可笑身兼迂與顚
버들솜 날릴 무렵 잠에서 일어나니　　　柳絮欲動眠暫起
살구꽃 안 졌는데 병이 막 낫는구나.　　杏花未落病初痊
새 보느라 가마 밖에 한참을 서성이다　望鳥多在筍輿外
시를 찾아 누각 앞서 혼자서 서 있는다.　尋詩獨立小樓前
온 숲의 맑은 이슬 새벽녘 벼루 열고　一林淸露晨開硏
몇 개의 붉은 등불 밤중에 잔치 여네.　數枝紅燭夜張筵
벼슬 정도 귀홍(歸興)처럼 짙지는 아니하니　宦情不如歸興濃
덧없는 세월이 지금에 삼 년이라.　　光陰荏苒今三年
옛날을 조문하며 당인 비석[484] 읽다가　弔古爲讀唐人碑
저물녘 떠나가 부여 배에 머물렀지.　夕陽去泊扶餘船
시 잘 짓는 심역당을 내 가장 사랑하니　最愛能詩沈繹堂
시인의 「명월」 편[485]과 그 자취 맞닿았네.　接迹風人明月篇
물 사이 두고 바라봄 견우성[486] 같노니　隔水相望如黃姑
밤낮으로 그대 생각 깃발처럼 걸려 있네.　思君日夕心旌懸

---

484. **당인 비석**　원문은 당인비(唐人碑). 앞서 나온 평제비를 가리킨다.
485. **「명월」 편**　『시경』 「월출」(月出)을 말한다. "달이 나오니 환하구나, 저 미인은 눈부시구나. 깊게 맺힌 이 심정을 펼 수 있겠는가, 노심초사할 뿐이네."(月出皎兮, 佼人僚兮, 舒窈糾兮, 勞心悄兮.)
486. **견우성**　원문은 황고(黃姑). 견우성은 하고(河鼓)라고도 한다. 양(梁) 무제(武帝)의 「동비백노가」(東飛伯勞歌)에 "때까치는 동쪽에 제비는 서쪽에 날 듯, 견우와 직녀는 서로 바라보기만 하네"(東飛伯勞西飛燕, 黃姑織女時相見.)라는 구절이 있다.

숙직이 끝나던 날 원중거와 자애 두 어른을 모시고 술을 마시며, 왕사정의 시에 차운하다 3수

脫直日 奉邀玄川紫厓諸老人飮酒 次漁洋 三首

1

행와[487]의 높은 곳에 나무 그늘 짙으니	行窩高處樹陰重
한 번 앎이 만호후의 봉작보다 영예롭네.	一識榮於萬戶封
동이 술은 공융[488]을 능가한다 할 만하고	尊酒敢言追北海
푸성귀는 도리어 곽태의 밥상이라. [489]	艸蔬還復飯林宗
처마 끝엔 살랑살랑 제비가 바람 일고	簷端婀娜翔風燕
다락 한 끝 아스라이 용은 비를 끌고 온다.	樓角蒼茫曳雨龍
폭염에도 해맑은 일 있음을 믿겠나니	始信炎天淸事在
벼슬살이 몇 년 만에 새벽종을 들었네.	幾年烏帽聽晨鍾

2

새로 입은 옷 소매에 술 자국 얼룩지니	新陳衫袖酒痕重
게으름 핑계 대고 필연을 봉하였네.	懶惰仍教筆硏封
두 어른의 수염 눈썹 모두들 옛 빛이요	數老須眉皆古色
여러분의 문체는 우리 중에 으뜸일세.	諸郞文采復吾宗

---

487. 행와　송나라 때 소옹(邵雍)을 좋아했던 사람들이 소옹의 거처와 비슷한 집을 지어 놓고 그가 오기를 기다렸는데, 그 집을 행와(行窩)라 했다. 소옹의 집이 안락와(安樂窩)였으니 돌아다니며 쉰다는 뜻이다. 여기서는 모신 두 어른을 학문과 풍류 높았던 소옹에 견준 것이다. 『송서』「소옹전」에 보인다.

488. 공융　원문은 북해(北海). 후한(後漢)의 공융(孔融)이다. 이 책 상권 131쪽 각주 149번 참조.

489. 푸성귀는~밥상이라　원문은 초소(艸蔬). 성근 채소를 말한다. 『후한서』「모용전」에 나온다. 아침에 모용이 닭을 잡아 반찬을 만들자 임종(林宗) 곽태(郭泰)가 자기를 위해 준비한 것인 줄 알았는데, 나중에 보니 닭은 어머니에게 드리고 자신은 손님과 채소만 가지고 밥을 먹었다는 고사가 있다.

언제나 길 중간에 도연명[490]을 맞이하니　　　尋常半道要元亮
동쪽 머리 육운[491]이 살고 있음 부끄럽네.　　　慚愧東頭住士龍
돌아갈 제 나귀 등에 날 저묾 참 좋으니　　　正好歸時驢背晚
한 바퀴 맑은 달에 궁궐에선 종 울리네.　　　一輪淸月禁城鍾

3

지각엔 이름난 꽃 몇 겹으로 둘려 있고　　　池閣名花繞數重
주천은 깨끗하니 예전에 옮겨 봉해졌네.[492]　　　酒泉瀟灑舊移封
풍류로 한세상에 선배로 추대되고　　　風流一世推先輩
시학은 천추에 정종으로 꼽는구나.　　　詩學千秋認正宗
외람되이 그 명성을 뒤좇으려 하였지만　　　枉把空疎思附驥
도리어 만남 좇아 벼슬길에 올랐었지.　　　還從邂逅忝登龍
녹문[493]에 함께 숨음 평생의 계획이라　　　鹿門偕隱平生計
꿈결에도 신륵사[494]의 종소리가 들려온다.　　　夢入黃驪甓寺鍾

---

490. **도연명**　　원문은 원량(元亮). 원량은 도연명의 자이다. 『송서』 「도잠전」에 "술자리에 필요한 그릇을 가지고 율리 가는 길 중간에서 기다렸다"(齎酒具, 於半道栗里要之.)라는 말이 나온다.

491. **육운**　　원문은 토룡(士龍). 토룡은 진(晉)나라 때 형 육기(陸機)와 함께 형제 재사로 이름났던 육운(陸雲)의 자.

492. **주천은~봉해졌네**　　두보(杜甫)의 시 「음중팔선가」(飮中八仙歌)에 "여양왕은 술 서 말을 먹고야 조정에 나아가는데, 길에서 누룩 실은 수레를 보면 침 줄줄 흘리면서 주천(酒泉) 고을로 옮겨 봉해지지 못하는 것을 한하네"(汝陽三斗始朝天, 道逢麴車口流涎, 恨不移封向酒泉.)라는 구절이 보인다.

493. **녹문**　　동한(東漢)의 방덕공(龐德公)이 녹문산(鹿門山)에 은거하였다고 한다.

494. **신륵사**　　원문은 황려벽사(黃驪甓寺). 황려는 경기도 여주 일대의 한강을, 벽사(甓寺)는 신륵사를 가리킨다. 신륵사에는 벽돌로 쌓은 전탑이 있어 통칭 벽절 또는 벽사로 불려 왔다.

양허당 김재행의 생일 시에 차운하여 부치다

次寄養虛堂金公在行生日詩韻

불효 탄식[495] 반복하여 눈물 자국 새로우니	蓼莪三復淚痕新
어찌 차마 한잔 술로 이날을 축하하리.	忍見杯尊賀此辰
젊어서는 천금이 한마디 말보다 가벼웠는데[496]	少小千金輕一諾
지금에 와 한 달에 아홉 끼를 먹는구나.	如今九食遇三旬
'담운'(淡雲)의 시구 속에 집안 내력 전해 오고	淡雲句裏傳家世
세류도 가운데서 먼 사람 생각나네.[497]	細柳圖中憶遠人
머리 흰 탁문군[498]은 홍취가 거나해도	頭白文君渾漫興
바닷가 달팽이 집 몸 놀리기 어렵구나.	海天蝸屋劣容身

---

495. 불효 탄식　원문은 삼아(蓼莪). 『시경』에 있는 노래 제목이다. 부모님은 날 낳아 주시고 키워 주셨으나, 은혜를 갚기도 전에 돌아가시니 보답할 길이 없어 한탄하는 내용이다. 김재행이 이즈음에 연이어 친상을 당했던 듯하다.

496. 젊어서는~가벼웠는데　천금을 한마디 말보다 가벼이 여긴다는 뜻으로, 한번 약속한 말은 반드시 지키는 것을 말한다. 항우의 부하 중에 계포(季布)라는 장수가 있었다. 그는 체면을 소중히 여기고 신의를 지키는 성격으로 알려져, 한번 허락한 이상 그 약속은 반드시 지켰다. 초나라 사람들은 이런 그를 두고, "황금 백 근을 얻는 것은 계포의 한번 승낙을 얻는 것만 못하다"(得黃金百斤, 不如得季布一諾.)라고 하였다.

497. 담운의~생각나네　김상헌이 심양에서 지은 '맑은 구름 가랑비 내리는 소고사'(淡雲微雨小姑祠)로 시작되는 시를 가리킨다. 김상헌의 이 시가 청나라 왕어양이 엮은 책 『감구집』(感舊集)에 실려 있다. 청음과 한집안인 김재행이 중국에 사신 갔을 때 반정균이 청음의 단운시에 차운하여 시를 써 준 일이 이덕무의 『청비록』 권3, 「반추루」 조에 보인다. 이에 김재행은 세류도를 그려 시와 함께 답례한 일이 있다.

498. 머리 흰 탁문군　원문은 두백문군(頭白文君). 백두(白頭)는 백두음(白頭吟)으로, 본디 전한(前漢) 사마상여(司馬相如)의 처 탁문군(卓文君)이 지은 오언시로, 상여가 무릉(茂陵) 여인을 집으로 데려오려 하자, 탁문군이 시를 지어 상여와는 백발이 되도록 정분을 잊지 못할 것임을 노래했다.

부솔 이교년이 소를 타고 지나다가 역사를 방문하였다

李副率喬年 騎牛過訪於驛舍

소를 타니 십 리도 멀지가 않고	騎牛十里近
문을 닫자 일생이 맑기만 하네.	閉戶一生淸
묘막에서 송가(松檟)⁴⁹⁹를 우러러보고	丙舍瞻松檟
서연(書筵)에 그 이름 머물렀다오.⁵⁰⁰	离筵佇姓名
배운 바 능히 홀로 높이 여기니	自能尊所學
어찌 다시 고상한 뜻 후회하리오.	寧復悔高情
나 또한 강과 바다 그리워하며	余亦思江海
다락 올라 기러기 소리 듣노라.	登樓聽雁聲

차운하여 심규진에게 부치다 次寄沈戚從[奎鎭]

새벽달 어여쁘게 푸른 뫼에 걸려 있고	曉月娟娟掛碧岑
꿈속의 그대 모습 여태도 삼삼해라.	夢中眉宇尙森森
가을 들어 오동나무 수척해짐 깨닫나니	秋來忽覺梧桐瘦
밤에 앉아 귀뚜라미 울음소리 듣노라.	夜坐偏知蟋蟀吟

499. 송가 무덤 앞에 있는 나무를 가리키는데, 조상을 가리키는 말로도 쓰인다. '묘막에서 송가를 우러러보고'는 것은 조상에 대한 정성이 지극했음을 말하는 것으로, 이것을 계기로 추후 정종대왕으로부터 관직을 제수 받는다. 하지만 나아가지 않았다.

500. 서연에~머물렀다오 원문의 이연(离筵)은 세자 시강원의 서연을 가리킨다. 서연에 이름이 머물렀다는 것은 이교년의 벼슬인 부솔을 두고 한 말이다. 부솔은 세자익위사에 속한 정7품 벼슬이다.

육신이 늙어 감을 병으로 먼저 보여 주니　　　　欲老形骸先示病

말 위의 갈림길서 온갖 일 마음 끄네.　　　　臨岐鞍馬揔關心

저 멀리 호숫가에 대숲 집 사랑하니　　　　遙憐竹樹湖邊屋

뉘 알리오 예전부터 문 굳게 닫았음을.　　　　誰識從前閉戶深

이동익 군이 강가에서 약초를 캐다가 물에 빠져 죽었다는 말을 듣고 짓다 2수 聞李君〔東瀷〕緣江采藥溺死 二首

1

공령문 밖에서 초연했으니　　　　超然功令外

악착한 뜻 어이 달게 여겼으리오.　　　　齷齪意何甘

백 번인들 대신해 죽을 수 있지만[501]　　　　可贖其身百

조문 못할 세 일[502]이라 더욱 슬프다.　　　　重憐不弔三

차마 능히 하많은 근심을 끼쳐　　　　忍能貽衆戚

마침내 아들 많음 두렵게 하나.　　　　遂使懼多男

고래 타고 올라감[503]은 천고의 옛일　　　　騎鯨千古事

---

501. 백 번인들~있지만　　원문은 가속기신백(可贖其身百). 『시경』 「황조」(黃鳥)에 "바꿀 수만 있다면, 내 몸이 백 번 죽어도 되련만"(如可贖兮, 人百其身.)이라고 하였다.

502. 조문 못할 세 일　　원문은 불조삼(不弔三). 『예기』 「단궁 상」(檀弓上)에 "겁이 나서 자살한 경우와 압사(壓死)한 경우와 익사(溺死)한 경우에는 죽어도 조문을 하지 않는다"(死而不弔者三, 畏厭溺.)라고 하였다.

503. 고래 타고 올라감　　원문은 기경(騎鯨). 기경어(騎京魚)라고도 하는데, 『문선』 「우럽부」(羽獵賦)에 보인다. 소식은 「화도도주부」(和陶都主簿)에서 "願因騎鯨李, 追此御風列."이라 했는데, '기경이'(騎鯨李)는 이백을 가리킨다. 세속에 이르기를, 이백은 술 취하여 고래를 타다가 깊은 물에 빠져 죽었다고 한다.

남은 한만 강남에 가득하여라.　　　　　　遺恨滿江南

2

꿈속에 옷이 젖어 놀랐었는데　　　　　　夢裏衣驚濕
올 들어 병이 조금 차도 있었네.　　　　年來病或差
구구하게 다리 기둥 안음[504] 아니나　　　區區非抱柱
어이해 살피잖고[505] 모래 품었나.[506]　　邁邁豈懷沙
약초 캐다 마침내 벗 되었으니　　　　　朶藥終須侶
강가에는 집을 두지 말아야 하리.　　　　緣江莫置家
나이 어린 벗님 생각 어쩌지 못해　　　那堪童丱友
가을꽃을 향하여 눈물 흘린다.　　　　　彈淚向秋花

9월 9일 이문원에서 여러 날 숙직하며 남반천 승지에게 술을 보내다 九日鎖直摛文院 送酒南礬泉承旨

벼슬 놓고 한 일도 없으시리니　　　　　休官一事無
시구 얻어 초대하여 부르는구나.　　　　得句費招呼
거침 없이 마셔야 참 명사(名士)거니　　　痛飮眞名士

---

504. **다리 기둥 안음**　원문은 포주(抱柱). 미생(尾生)이 여자와 다리 밑에서 만나기로 약속했는데, 여자는 오지 않고 물만 불어났다. 그런데도 떠나지 않다가 다리 기둥을 껴안은 채 죽고 말았다. 『장자』「도척」(盜跖)에 보인다.
505. **살피잖고**　원문은 매매(邁邁). 돌아보지 않는 모양이다. 『시경』「백화」(白華)에 보인다.
506. **모래 품었나**　원문은 회사(懷沙). 『초사』「구장」(九章)의 편명. 물에 빠져 죽는 것을 말한다.

문장으로 대부 될 이 몇이나 되리.[507]	登高幾大夫
가을 그늘 황새와 맞닿아 있고	秋陰連鸛鶴
궁궐 나무 수유는 차가웁도다.	宮樹冷茱萸
좋은 계절 쓸쓸히 지나고 보니	寂寂違佳節
갇혀서 숙직함이 불쌍도 하다.	應憐鎖直吾

서장관 장령 송전[508]이 연경에 가는 것을 전송하며〔을사년 (1785)〕 送書狀官宋掌令〔銓〕赴燕〔乙巳〕

아득한 만 리 먼 길 수레에 올랐으나	已覺登車萬里空
아직 응당 압록강에 다다르진 못했으리.	未應地到鴨江窮
갈석산에 임해서는 천상인가 의심하고	東臨碣石疑天上
서쪽 장안 웃다 보면 꿈속 일만 같으리라.	西笑長安似夢中
이번 길에 매화는 손님 맞아 희게 피고	此去梅花迎客白
그리움에 등불은 해를 넘겨 붉게 타리.	相思燈火隔年紅
첫 추위에 숙직[509]으로 오래도록 갇혀 있어	初寒久鎖青綾直
애꿎게 행인 향해 세상 풍문 물어보네.	枉向行人問采風

---

507. **문장으로~되나** 『한서』「예문지」의 서문에 이르기를, "옛글에 이르기를 노래하지 않고 읊는 것을 부(賦)라고 한다. 높은 곳에 올라 능히 시를 읊조릴 수 있다면 대부가 될 수 있다고 했다"(傳曰, 不歌而誦謂之賦, 登高能賦, 可以爲大夫.)고 하였다. 기상이 큰 사람이 높은 벼슬을 감당할 수 있다는 말이다.

508. **송전** 1741~1814. 조선 후기의 문신으로 본관은 은진(恩津)이다. 취규(聚圭)의 손자이며, 양필(良弼)의 아들이다. 어머니는 김성윤(金成潤)의 딸이다.

509. **숙직** 원문은 청릉(青綾). 숙직하는 신하를 가리키는 말이다. 이 책 상권 437쪽 각주 448번 참조.

숙직하며 우연히 짓다 直中遇成

잡풀 같은 이 몸이 뭇 꽃들과 함께하니	身同凡卉列群芳
반딧불로 어찌 능히 태양빛을 보태리오.	螢火何能補太陽
눈 쌓인 저녁 산에 하늘은 더욱 검고	雪積暮山天更黑
안개 걸린 대궐 나무 달빛도 희미하다.	烟橫禁樹月微黃
매화가 기운 얻어 봄 돌아옴 기쁘지만	梅花得氣憐春返
오랜 숙직 관심은 긴긴 밤 걱정일세.	豹直關心畏夜長
다만 맑고 한가하여 마음 걸림 없게 되면	但使淸閑無挂戀
대궐 문도 다름 아닌 수운향510과 같은 것을.	金門便是水雲鄕

나이를 묻는 사람이 있어 시로 대답해 주었다

有人問年 詩以答之

편안히 운수 맡겨 근심하지 않았는데	騰騰任運不須愁
내 나이 그대 묻자 웃음이 그치잖네.	君問吾年笑未休
한 개의 여산511을 모두 지나와서는	一箇廬山都過了
서른여섯 봉우리 위에 앉아 있다오.	坐來三十六峰頭

---

510. **수운향** 물이 흘러가고 구름이 떠도는 고장이란 뜻으로, 은자가 사는 곳을 말한다.
511. **여산** 중국 강소성(江西省) 구강현(九江縣)에 있는 산이다. 삼면이 물로 싸여 있고, 서쪽의 만학천암(萬壑千巖)이 항상 안개에 휩싸여 있어 그 진면목을 알 수 없다는 명산이다. 소식이 여산에 왔다가 그 오묘한 아름다움에 넋을 잃고 칠언 절구의 시를 지었으며, 이백도 이 산의 폭포를 보고 「망여산폭포」(望廬山瀑布)라는 시를 남겼다.

정월에 대교[512]의 시에 차운하여 月正 次待教韻

작은 신하 나라 걱정 풍년 기원뿐인데	小臣憂國但祈年
미물도 하늘이 덮어 비춤[513] 두루 아네.	微物偏知覆燾天
그대 고운 얼굴 빌려 한잔 술 들고 나면	借汝顔紅觴一擧
사람 터럭 세게 하는 시간은 빨리 가리.	教人髮白漏頻傳
꼿꼿이 눈 견디며 머리 장식[514] 붙들고서	亭亭耐雪攀花勝
훌훌 나는 난새 탄[515] 신선 그림 붙이누나.	冉冉乘鸞貼畫仙
대궐엔 높다랗게 쌍횃불이 환한데	禁直嵾嶢雙燎晰
천 집 위로 북두칠성 자루 멀리 둥글게 드리우네.	千門斗柄逈垂圓

벗 사천 이희경에게 부치다 寄麝泉李友

하늘이 그대에게 장난질이 너무 심해	天公與爾太俳諧

512. **대교**　조선 시대 예문관과 규장각에 두었던 문관 직이다.
513. **덮어 비춤**　원문은 복도(覆燾). 덮고 비추는 것으로, 은혜를 베푸는 것을 말한다.
514. **머리 장식**　원문은 화승(花勝). 인일(人日: 정월 초이렛날)에 부녀자들이 머리에 꽂았던 장식품이다. 인일에 궁중에서 의식을 치르면서 여러 신하들에게 나누어 주었다.
515. **난새 탄**　원문은 승란(乘鸞). 전설에, 춘추시대 진(秦)나라에 소사(蕭史)란 사람이 퉁소를 잘 불었는데, 목공(穆公)의 딸 농옥(弄玉)이 이를 사모하자, 목공이 자신의 딸을 소사에게 시집보냈다. 소사가 농옥에게 퉁소를 가르쳐 봉명성을 짓게 하니 뒤에 봉황이 날아와 그 집에 머물렀다. 목공이 이에 봉대를 지었다. 어느 날 부부가 모두 봉황을 타고 하늘로 날아 올라갔다. 한(漢)나라 유향(劉向)의 『열선전』(列仙傳)에 보인다. '승란'은 이후 구선(求仙)의 의미로 쓰였다. 승난여(乘鸞女)란 말도 있는데, 이는 목공의 딸 농옥을 가리키는 말로, 이 고사를 이용하여 부채에 그림을 그리곤 했다.

오랜 가난 만들어 내 일마다 맞지 않네.　　　　　幻出長貧事事乖

늙은 부모 생선 반찬 입맛에 달지 않고　　　　　親老不甘魚子飯

추운 아내 까치집을 땔감으로 줍는구나.　　　　　妻寒也拾鵲巢柴

셋방살이 불쌍키는 윤달 맞은 황양(黃楊)[516]이요　頻憐僦屋同楊閏

고향 와도 회수 건넌 귤과 같음 괴이하다.　　　　多怪還鄉似橘淮

나라 안의 시의 명성 참으로 우연일 뿐　　　　　海內詩名眞偶耳

젊은이 즐겨 좇아 몸뚱이를 내맡기네.　　　　　好從年少放形骸

상신일에 임금 수레를 수행하여 사직단에서 곡식 신에게 빌다 上辛日 扈駕 社壇祈穀

주머니에 붓 넣고서[517] 수레를 좇아　　　　橐筆從乘輿

옷깃 여며 재계하고 두궁(杜宮)서 자네.　　　齋祓宿杜宮

제단은 새벽부터 쓸고 닦으니　　　　　　壇壝夙灑掃

상아 홀의 대신들 걸음 옮기네.　　　　　象笏趁群工

지존께서 묵묵히 기도하시자　　　　　　至尊正默禱

하늘이 환하게 밝아 오누나.　　　　　　天宇有昭融

처마 끝에 아침 해 비치어 들고　　　　　甍稜接初日

---

516. 윤달 맞은 황양　　원문은 양윤(楊閏). 윤달을 맞아 액을 당한 황양목(黃楊木)이란 뜻이다. 황양목은 빨리 자라지 않는 나무인데, 윤달이 드는 해에는 다시 작아진다 한다. 소동파의 시에 "정원의 초목은 봄이라 무수한데, 다만 황양목은 윤년 액을 당하누나"(園中草木春無數, 只有黃楊厄閏年.)라는 구절이 있다.

517. 주머니에 붓 넣고서　　원문은 탁필(橐筆). 서류를 넣는 주머니를 들고 관에 붓을 꽂고 제왕과 대신의 좌우에서 글 쓸 준비를 하고 서 있던 일로, 지탁잠필(持橐簪筆)의 준말이다.

장막은 새 바람을 맞아들인다. 帟幕迎新風
신 내림은 저절로 조짐 없으니 神貺自無眹
임금 정성 어이해 다함 있으리. 宸誠寧有窮
매마(枚馬)[518]의 사이에 자취를 두고 托跡枚馬閒
황산(黃散)[519]의 가운데 함께하였지. 列班黃散中
원컨대 시인의 뜻에 견주어 願比風人義
해마다 풍년 들기 노래하세나. 年年歌屢豊

단향[520] 때 삼가 기록하다 壇享恭記

휘장은 성가퀴를 에둘러 있고 列幕帶睥睨
깃발은 사궁(祠宮)을 둘러쌌구나. 旌旗繞祠宮
양과 돼지 희생 잡는 난도(鸞刀)[521] 찬 사람 羊豕鸞刀士
생황 경쇠 연주하는 붉은 옷 악공. 笙磬朱衣工
햇불은 높은 숲을 환히 비추니 蠟炬照高林
가지의 눈 밤중에 모두 녹는다. 枝雪夜俱融
푸른 제단 고요해 더욱 깊은데 更深碧壇靜
별빛은 차갑고 바람도 없네. 星斗寒無風

---

518. **매마** 한대(漢代)의 저명한 문장가 매승(枚乘)과 사마상여(司馬相如)를 말한다.
519. **황산** 황문시랑(黃門侍郎)과 산기상시(散騎常侍)다. 둘 다 문하성의 벼슬아치인데, 진(晉)나라 이후에 상서(尙書)의 주사(奏事)를 함께 관장했다.
520. **단향** 사직단에서 올린 제향을 말한다.
521. **난도** 자루와 칼끝에 방울이 달린 긴 칼로, 옛날 제사에 쓸 희생물을 잡을 때 썼다.

향연은 하늘빛과 하나가 되어	香烟化天色
뭉게뭉게 끝없이 들어가누나.	冉冉入無窮
은은히 패옥 소리 들리더니만	微聞玉佩響
섬돌 모퉁이에서 꺾어서 도네.	折旋階阰中
군왕의 예법 이미 극진했으니	君王禮已摯
신께서 우리에게 풍년 주시리.	神其錫我豊

설날에 임금께서 종묘를 알현하고, 다음으로 영희전[522]·육상궁[523]·창의궁[524]·연우궁[525]·경모궁[526]에 이르러 예를 갖추었다. 앞 운을 써서 구호[527]하다

歲首 上謁太廟 次詣永禧殿 毓祥宮 彰義宮 延祐宮 景慕宮禮也 口號用前韻

| 동방의 신 새 절기 마련하시니 | 蒼暤按新節 |

522. **영희전** 조선 시대 태조·세조·원종·숙종·영조·순조의 영정을 모셨던 전각으로, 원래 이름은 남별전(南別殿)이다.

523. **육상궁** 조선 시대 역대 임금 가운데 정궁(正宮) 출신이 아닌 임금의 생모 신위를 안치한 사당이다. 현재 서울시 종로구 궁정동에 있다.

524. **창의궁** 조선 시대 영조가 왕위에 오르기 전에 살던 집으로, 정조 10년(1786)에 정조의 맏아들 문효 세자의 사당 문희묘를 이 궁 안에 세웠다가 뒤에 폐궁했다.

525. **연우궁** 조선 제21대 임금 영조(英祖)의 후궁이자 추존왕 진종(영조의 첫째 아들)의 생모인 정빈 이씨(靖嬪李氏)의 사당이다.

526. **경모궁** 경모전(景慕殿)이라고도 한다. 1776년 정조가 즉위하고 나서, 비명에 죽은 부친 사도 세자에게 장헌(莊獻)이라는 시호를 올리고 사당을 지어 경모궁이라 했다.

527. **구호** 시제(詩題)의 하나로, 글자로 쓰지 않고 마음에 떠오르는 대로 곧장 읊조린다는 뜻이다. 양 간문제(梁簡文帝)의 '앙화위위신유후순성구호'(仰和衛尉新尉侯巡城口號)에서 비롯되어, 당(唐)에 와서 성행했다.

임금 수레 선궁(先宮)에 이르렀다네.　　　　法駕詣先宮

음악 소리 소호(韶護)[528]를 본떠 만들고　　　聲音象韶護

제도는 「고공기」(考工記)를 참고했다네.　　制度參考工

신과 사람 모두 다 기뻐 즐기니　　　　　神人且悅豫

천지의 기운 먼저 녹아드누나.　　　　　天地氣先融

숲에는 단 이슬 담뿍 내리고　　　　　　脩林集甘露

새들은 상서로운 바람에 우네.　　　　　羽族鳴祥風

수레 멈춰 세워 나무꾼[529]에게 묻고　　　停鑾訪芻蕘

역말 달려 빈궁한 자 구휼하셨네.　　　　馳驛賑貧窮

울창한 남쪽 궁궐 올려다보니　　　　　鬱鬱望南殿

화표가 구름 속에 솟아 있구나.　　　　　華表出雲中

창의문 앞길은 번화도 하여　　　　　　繁華彰義路

한나라의 신풍[530]도 대수롭잖네.　　　　不數漢新豐

---

528. 소호　『좌전』 양공(襄公) 19년 조에서는 은나라 탕왕(湯王)의 음악이라 하였고, 사마상여(司馬相如)의 「상림부」(上林賦) 주에서는 "소(韶)는 순(舜)의 음악, 호(護)는 탕왕의 음악"이라 하였다.

529. 나무꾼　원문은 추요(芻蕘).『시경』「판장」(板章)에 "선민의 말이 있으니, 나무하는 무식한 자에게도 물어보라"(先民有言, 詢于芻蕘.)고 하였다.

530. 한나라의 신풍　원문은 한신풍(漢新豐). 한 고조(漢高祖)가 관중(關中)에 도읍을 정하고 나서, 그의 부친 태상황을 장안(長安)에 모셨다. 그러나 부친이 고향 생각에 즐거워하지 않자, 고조가 고향 풍읍(豐邑)을 본떠 거리와 건물을 짓고 풍읍의 백성을 옮겨 와 살게 하고는 신풍이라고 이름 지었다. 그제야 태상황이 신풍에 살면서 날마다 친구들과 잔치를 열고 유쾌하게 보낼 수 있었다.

[부] 영재의 차운 泠齋次韻

옛 시대 사람에 그대 견주면	君於往代人
오히려 미남궁[531]과 비슷하리라.	其猶米南宮
신분은 백관의 아래 있어도	身居百寮底
시필은 공교롭고 기운 드세네.	氣雄詩筆工
미천한 재주로 거두심 입어	微才見收錄
지극한 다스림 환히 빛났네.	至治際昭融
자류마 고운 먼지[532] 헤치며 가고	紫騮衝軟塵
청서[533]는 실바람에 가리워진다.	青鼠掩輕風
다만 이에 하루아침 영예 얻으니	惟玆一朝榮
십 년의 곤궁을 보상 받았지.	可償十年窮
황문과 산기의 반열에 서고	黃門散騎班
구진[534]과 표미[535]의 사이에 있네.	句陳豹尾中
상신일[536]에 임금 수레 뒤따라가서	上辛從法駕
사직단서 풍년을 기원한다네.	太社祈年豊

---

531. **미남궁**　미불(米芾)을 말한다. 송나라 때 서화(書畵)로 이름이 높았다. 남궁은 그의 호칭이다.
532. **고운 먼지**　원문은 연진(軟塵). 연홍진(軟紅塵)의 약칭으로, 거마의 왕래가 어지럽고 시끄러운 모습을 뜻한다.
533. **청서**　청서필(青鼠筆)로 뛰어난 글솜씨를 비유한다.
534. **구진**　구진(鉤陳)의 오기로 보인다. 구진(鉤陳)은 하늘의 자미원(紫微垣) 안에 있는 별로, 천자의 육군(六軍)을 상징한다. 여기서는 근위군을 뜻한다.
535. **표미**　표범의 꼬리를 꽂아 세워 장식한 수레로, 천자가 탔다.
536. **상신일**　『예기』「월령」에 "맹춘에 천자는 원일(元日), 즉 상신일을 가려 상제에게 곡식이 잘되기를 빈다"고 하였다. 상신일은 '신'(辛) 자가 들어가는 첫 번째 날이다.

김응환[537] 그림 2수 金應煥畫 二首

1

먼 산엔 사람 없고 물에 물결 없으니　　　　遠山無影水無鱗
이 바로 가을날 해 저물려 하는 때라.　　　　政是秋天欲暮辰
안개 서리 지척이라 돌아가지 못한 채　　　　咫尺烟霜歸未得
온 시내 붉은 잎이 수레바퀴 막아서네.　　　　一溪紅葉礙車輪

2

마을 가로 산보하니 술이 설풋 깨는데　　　　村邊杖策酒微醒
모래톱[538] 이어지고 들물은 푸르도다.　　　　沙觜縣縣野水靑
남종화의 묘결을 그 누가 전했던가　　　　　誰向南宗傳妙訣
가을 나무 몇 그루에 띠로 이은 정자 하나.　　　數柯秋樹一茅亭

양두섬섬곡[539] 兩頭纖纖曲

양 끝이 뾰족한 마름쇠[540]에다　　　　　兩頭纖纖鐵蒺藜
반쯤 희고 반쯤 검은 얼룩소로다.　　　　半白半黑斑花犀

---

537. 김응환　1742~1789. 조선 후기의 화가로 본관은 개성이고, 자는 영수(永受), 호는 복헌(復軒)·담졸당(擔拙堂)이다. 의원(醫員) 진경(振景)의 아들이고, 화원이었던 노태현(盧泰鉉)의 외손서(外孫婿)다. 조선 후기 정선파의 대표적 화가 중 한 사람으로, 진경산수의 발전 및 남종산수의 전개에 기여한 바 크다. 대표작으로 《금강산화첩》·〈금강전도〉·〈강안청적도〉(江岸聽笛圖) 등이 있다.
538. 모래톱　원문은 사자(沙觜). 해안에 저절로 생기는 모래톱의 불쑥 나온 부분이다.

퍼덕퍼덕 두 마리 싸움닭인데　　　　　　膈膈膊膊雙鬥鷄

타닥타닥 준마의 말발굽 소리.　　　　　　磊磊落落駿馬蹄

그림책에 쓰다 2수 題畫册 二首

1

눈 온 뒤 하늘은 자욱도 한데　　　　　　空濛雪後天

어슴푸레 숲 사이로 달이 떴구나.　　　　　決潊林間月

추위도 모른 채 자기 멋대로　　　　　　狂來不知寒

두건 버선 벗고서 취해 누웠네.　　　　　醉臥無巾襪

2

오리배는 연이어 드리워 있고　　　　　　延緣鴨觜船

노란 버들 조용히 흔들리누나.　　　　　澹蕩鵝黃柳

육구몽541의 거처를 찾아가려고　　　　　擬訪陸天隨

입택542의 어귀에 집을 옮긴 듯.　　　　　移家笠澤口

---

539. 양두섬섬곡　　잡체시의 한 종류. 고악부(古樂府)에 무명씨의 작품이 있는데, 그 첫구에 "兩頭
纖纖月初生"이란 구절이 있어서 편명이 되었다. 뒷사람들이 이를 모방하여 마침내 잡체시의 한 종
류가 되었다. '양두섬섬'이란 양 끝이 뾰족한 초승달의 모양을 가리킨다. 남조 시대 제나라 왕융(王
融)의 「봉화섬섬시」(奉和纖纖詩)가 유명하다.

540. 마름쇠　　원문은 철질려(鐵蒺藜). 적을 막기 위하여 흩어 두는 마름 모양의 무쇠덩이, 즉 마름
쇠를 말한다.

연경 가는 사천 이희경을 전송하다 送麝泉李君之燕

중국에 명성이 으뜸으로 드높으니	日下聲名伯仲高
삼한 땅의 서기로 술 가운데 호걸일세.	三韓書記酒中豪
모든 사람 다투어 백송선(白松扇)[543]을 사 가고	都人競買白松扇
남쪽 선비 찾아와 청서도(青黍刀)[544]를 보는구나.	南士來看青黍刀
왕회도(王會圖)[545]의 의관엔 옛 풍속 남아 있고	王會衣冠餘舊俗
황화(皇華)의 문답은 우리에게 속해 있네.	皇華問答屬吾曹
행장 떨쳐 서편 나서니 하늘은 드넓은데	急裝西出天空濶
만 리라 장성은 발해 물결 잇닿았네.	萬里城連渤海濤

541. 육구몽　원문은 육천수(陸天隨). ?~881. 중국 당(唐)나라 때 시인으로, 자는 노망(魯望)이며, 강소성(江蘇省) 소주(蘇州) 출생이다. 강호산인(江湖山人)·천수자(天隨子)·보리선생(甫里先生) 등으로 일컬어졌다. 시문에 뛰어났으며, 피일휴(皮日休)와 절친하게 지내 피륙(皮陸)이라고도 하였다. 『입택총서』(笠澤叢書) 3권, 『당보리선생문집』(唐甫里先生文集) 20권, 『송능창화집』(松陵唱和集) 10권 등이 있다.

542. 입택　중국 강소성(江蘇省) 송강(松江)을 옛날에는 화정(華亭)·운간(雲間)·곡수(谷水)·송릉(松陵)·입택(笠澤) 등으로 불렀다. 육구몽이 은거했던 곳이다.

543. 백송선　살을 소나무로 만든 조선 특산의 부채. 일찍이 소동파는 부치면 향에 취하는 고려 백송선을 찬양하여 읊은 바 있다.

544. 청서도　담비 가죽으로 손잡이를 댄 조선 특산의 칼 이름이다. 연행 때 특산품으로 많이 가져갔다.

545. 왕회도　예전 제후와 사이(四夷)가 천자에게 조공을 바치려 모인 조회 모습을 그린 그림이다.

적성 사군에게 부치다. 사군은 막 『송사』를 초(抄)하고 있었다 寄積城使君 使君方抄宋史

가을꽃 해맑은데 작은 누각 거처하며	秋花澹澹小樓居
편안히 앉자마자 한 촉 향연 피우네.	一穗香烟燕坐初
산골 고을 부임한 그 사람 생각컨대	遙憶乘鳧山縣客
헤어진 뒤 자기 키 높이만큼 책546을 지으셨으리.	別來應著等身書

이문원에서 지난 일을 생각하다 摛文院感舊

찌는 더위에 띠를 매니 손님 접대 의욕 없어	炎天束帶懶逢迎
서창에 기대어서 달 밝기만 기다리네.	閒倚西窓待月明
심염조547가 신선 되어 먼저 떠난 뒤로부터	一自蕉齋仙去後
검서관 부를 사람 다시는 못 보겠네.	更無人喚檢書聲

---

546. **자기 키 높이만큼 책** 　원문은 등신서(等身書). 자신의 키와 맞먹는 높이의 많은 저술을 뜻한다. 『송사』(宋史) 「가황중전」(賈黃中傳)에 보인다.
547. **심염조** 　원문은 초재(蕉齋). 초재는 심염조(沈念祖, 1734~1783)의 호이다. 위의 작품은 그가 세상을 떠서 만나 볼 수 없는 것을 안타까워한 내용을 담고 있다.

숙직 중에 군함[548]에 부치면서, 계사에서 복직시켜 발탁해 쓰라는 명이 있으므로, 삼가 지어 감격함을 기록한다

直中 因付軍銜 啓辭有復職調用之命 恭賦志感

본디는 농사짓자 기약했는데	本期事耕稼
어쩌다가 이렇게 금문(金門) 지키네.	偶此直金門
사사로운 안목이 있었음이요	敢有私人目
애초부터 은혜 입음 아니었다네.	初非暗轉恩
꽃 난간서 먹 장난을 구경하였고	欄花窺墨戲
대궐 동산 신발 자국 쌓여 갔었지.	苑翠積鞾痕
시원한 가을 옴이 다만 기쁘니	秖喜秋涼近
돌아가 지존을 모셔야 하리.	還應侍至尊

발을 걷으며 鉤簾

주렴 걷자 새로 돋은 풀이 보이고	鉤簾見新艸
술 대하니 그윽한 정 시원해지네.	對酒愜幽情
옛 솥엔 그윽한 향기 감돌고	古鼎微香宿
봄 못은 보슬비에 울고 있구나.	春池小雨鳴
사귐은 가난에서 무거워지고	交從貧處重
일은 게으를 때 가벼워지네.	事到懶時輕

548. 군함 조선 시대에 직무는 있으나 녹봉이 없는 자, 또는 직무는 없으나 특별히 녹봉을 줄 필요가 있는 자를 임명한 관직.

옛 정을 달래기가 쉽지 않아서   舊好消難遣
시 지어 긴 소리로 읊조리누나.   詩成一曼聲

내각에서 숙직하며 內閣直中

나비가 한 자 남짓 날아가더니   蝶飛纔一尺
홀연 다시 오사모를 뒤따라온다.   忽復趁烏紗
땅 깨끗해 외로운 학 밝게 빛나고   地潔明孤鶴
하늘 맑아 온갖 꽃들 비치고 있네.   天淸照百花
꽃잎 뜬 물 별세계로 통하여 있고   紅泉通別境
붉은 기둥 노을 속에 감춰져 있네.   朱棟隱輕霞
앉아서 봄 벗 찾음 생각하다가   坐憶尋春侶
편복으로 주막집을 들러 본다오.   便衣過酒家

저서 著書

책 짓느라 어쭙잖은 은사549가 되니   著書成小隱
발 그림자 허공에 어리었구나.   簾影自涵空

---

549. **어쭙잖은 은사** 원문은 소은(小隱). 속세를 완전히 초탈하지 못한 은사를 뜻한다.

한낮이 다 되도록 술은 안 깨고   宿醉三竿日
조그만 집 꽃잎은 휘날리누나.   飛花一畝宮
미묘한 말 탄식함도 끊김 오래니   微言嗟久絶
참된 감상 그 뉘와 함께하리오.   眞賞與誰同
연못의 북쪽에는 아지랑이 풀   煙草芳池北
건들바람 맞으며 걸음 옮기네.   移筇燕子風

낮잠 晝眠

옛사람은 밤에도 불 밝혔는데   古人常秉燭
나 이제 낮인데도 잠만 자누나.   今我晝還眠
아는 사람 있을까 염려하지만   但恐有知者
사립 닫고 아무 일 없이 지낸다.   扉關無事然
문장은 대도(大道)에 방해가 되고   文章妨大道
한잔 술에 정과 인연 사절하였네.   杯酒謝情緣
게으름 있는 대로 길러 얻어서   養得九分懶
가는 세월 유유히 좇아가리라.   悠悠從逝年

동이루[550]에서 우연히 짓다 東二樓 偶成

십 년을 서국에서 나들이를 폐하니   十年書局廢閒行
만 리의 교유가 허전하고 정겨웁다.   萬里交遊空復情
어쩌다 난간에 기대 보는 봄 풍경 넉넉하니   偶一憑欄春望足
앞산의 철옥(鐵屋)[551]에는 살구꽃이 환하구나.   前山鐵屋杏花明

당직을 서던 밤에 약간 취해서 直夜小醉

오사모로 본디 마음 등짐 늘 부끄러워   常愧烏紗負素心
밝은 달빛 지는 꽃에 홀로 가만 읊조리네.   落花明月自沈吟
중년에야 세월 빠름 홀연히 깨달으니   中年頓覺光陰速
한잔 술에 의기 깊음 문득 모두 알겠구나.   一飲偏知意氣深
사흘간 숙직 섬은 계율처럼 되었고   傛直三宵成戒律
천 권의 비서성은 원림 속에 있구나.   祕書千卷當園林
오악에 노닐기는 평생의 꿈이어니   齎糧五嶽平生夢
늙으면 하늘 끝서 옥 거문고 안으리라.   頭白天涯抱玉琴

---

550. **동이루** 규장각에 부속된 서실의 하나로, 정조 9년(1785) 이문원 북쪽에 대유재(大酉齋)를 짓고 대유재에 붙여서 동쪽으로 동이루(東二樓)를 지어 서적을 소장했다.

551. **철옥** 흔히 감옥의 비유로 쓰나, 여기서는 으리으리한 궁궐 또는 좋은 집을 가리키는 듯하다.

빗속에 은휘각에서 恩暉閣雨中

술 마시고 읊조리는 저 너머에서	悠悠觴詠外
세상일 한 번 뜨고 가라앉누나.	世事一浮沈
푸른 나무 누각 속에 아스라하고	碧樹樓中遠
향연은 빗속에 자욱하여라.	香烟雨裏深
새 책은 송판을 귀히 여기고	新書憐宋槧
옛 탑본 당임(唐臨)552을 아끼는구나.	古搨惜唐臨
아무리 관직 매임 오래되어도	縱道縻官久
은자의 마음은 그대로여라.	猶然隱者心

강화의 마니산553 꼭대기에서 함께 간 사람의 시에 차운하다 江華摩尼絶頂 次同伴

술 들고 빈 단에서 천 년을 얘기하니	空壇携酒話千年
산 나무 쓸쓸하고 돌길은 매달렸네.	山木蕭蕭石路懸
어촌의 밥 연기는 기러기 그림자 밖에 있고	水國人烟鴻影外
단군의 가을빛은 말발굽 옆에 있네.	檀君秋色馬蹄邊
이제껏 쌓인 기운 지축 위에 떠 있거니	由來積氣浮坤軸

552. **당임** 당임진첩(唐臨晉帖)을 줄여 쓴 말로, 당나라 사람이 진나라 서첩을 임서한 글씨를 뜻한다.
553. **마니산** 인천광역시 강화군 화도면에 있는 산이다. 마리산(摩利山)·마루산·두악산(頭嶽山)이라고도 한다.

어인 일로 찬 물결은 달의 변화에 응하는가. 底事寒潮應月弦

오늘날 천험 요새 필요하지 않으니 今日不須天塹險

석양에 보이느니 고깃배뿐이로다. 夕陽惟見釣魚船

연미정[554]에서 한림 이곤수[555]의 시에 차운하다

燕尾亭 次李翰林〔崑秀〕

다락배 강화도서 북 치고 피리 부니 樓船鼓吹沁州城

언덕에선 다투어 사신 맞이 쳐다보네. 夾岸爭瞻奉使榮

맞이하고 보내는 곳 가장 마음 끄는 것은 最是關情迎送地

쌍봉에 지는 해가 우리 향해 빛남일세. 雙峯落日向人明

　　　마니산을 멀리 바라보면 두 개의 뾰족한 봉우리가 있다. 摩尼遠望有雙尖.

554. 연미정　강화군 강화읍 월곶리에 있는 정자. 한강과 임진강이 합류하여 한 줄기는 서해로, 또
한 줄기는 강화해협으로 흐르는데 모양이 마치 제비 꼬리 같다 하여 연미정(燕尾亭)이라 이름 붙
였다.

555. 이곤수　1762~1788. 본관은 연안(延安), 자는 성서(星瑞), 호는 수재(壽齋)다. 아버지는 판서
성원(性源)이며, 종숙 복원(福源)에게 배웠다. 정조와 학문·제도 등에 관해 토론한 기록인 『일득성
어록』(日得聖語錄)을 남겼으며, 문집 『수재유고』가 간행되었다.

유득공에게 차운하여 보내다 次寄柳惠風

홀로 서서 밝은 임금 모셔 섬기니	獨立事明主
남의 은혜 안 받겠다 맹서하였지.	誓不受人恩
그대에게 나아감 이리 잦은가	赴公一何數
내 본시 문 닫거건 사람이건만.	是我眞杜門
하늘 사람 사이를 살피어 보고	究觀天人際
예악의 근원을 탐구하였지.	窮探禮樂原
본디 마음 진실로 다함 없는데	素心諒未已
세월은 내달리듯 빨리 가누나.	歲月疾如奔
복사꽃 웃는 모습 어제 보더니	昨見桃花笑
오늘은 주렁주렁 살구를 보네.	今看杏子繁
눈앞의 한 잔 술 따라 마시며	眼前一杯酒
천추에 「죄언」(罪言)[556]을 생각하노라.	千秋思罪言

유득공과 함께 숙직하고 나갔는데 송서가 때마침 왔다
同柳惠風出直 宋瑞適至

봄 내내 숙직으로 갇혀 있자니	一春長鎖直

---

556. 「죄언」 당나라 시인 두목(杜牧)이 지은 글이다. 834년 회남절도사 우승유(牛僧孺)의 서기(書記)로 근무할 때 국가의 실책을 따진 「죄언」을 지었다. 국가의 중대사를 직책도 맡지 않은 하급 관리가 말하는 것 자체가 죄가 된다 하여 '죄언'이라 하였다.

벗들과 저절로 소원해지네.	與人自相踈
그대 지금 동쪽 고을 맡고 있다가	君今宰東縣
때마침 낡은 집을 찾아왔구려.	適來主弊廬
보리걷이 가까워 조금 추운데	微涼近麥秋
건너 마을 물레 소리 들리어 온다.	隔巷聞繰車
아침으로 행주의 고기를 먹고	朝餐杏洲魚
저녁엔 화산 채소 익혀 드시리.	暮熟花山蔬
맑은 못엔 상앗대가 푸르거니	晴池綠半篙
세 사람 갖추어 함께 앉았네.	列坐三人俱
집 안에 가진 것 하나도 없어	室中空所有
쓸쓸함 청서도(淸暑圖)[557]와 비슷하구나.	蕭然淸暑圖
오늘은 어쩌다 술 얻었지만	今日偶得酒
뒤주 빔[558] 언제나 편안하여라.	屢空常晏如

나는 이때 주원[559]에 있었는데 화산이 포천에 있었기 때문에 7·8구에서 이를 언급했다. 余時帶廚院, 而花山在抱川, 故七八及之.

---

557. 청서도　선비들이 시냇가 정자 같은 곳에 모여 더위를 식히는 모습을 그린 그림이다. 강세황의 〈벽오청서도〉(碧梧淸暑圖)가 유명하다.

558. 뒤주 빔　안회(顔回)의 누공(屢空)을 가리킨다. 식량이 자주 떨어진다는 뜻이다. 『논어』「선진」(先進)에 "안회는 도(道)에는 거의 이르렀으나, 양식이 자주 떨어졌다"고 하였다.

559. 주원　사옹원(司饔院)의 별칭으로, 조선 시대 임금의 식사와 대궐 안의 식사 공급에 관한 일을 맡아보던 관청이다.

유득공의 「관사에서 받은 시」에 차운하다 次惠風官齋見寄韻

공명 실로 노나라의 원거[560] 새와 비슷하니	功名眞似魯爰居
데면데면 게으른 채 장부나 매만지네.	却把疎慵耐簿書
약초 캠은 구루산[561]을 찾아감이 마땅하고	采藥還應訪句漏
밭 갈 제는 다시금 장저 걸닉[562] 부러워라.	耦耕時復羨長沮
관가 포흠[563] 기한 있어 봄에는 송사 많고	官逋有限春多訟
산골 세금 일정찮아 해마다 화전 일군다네.	峽稅無常歲逐畬
백성 살림 펴기도 전 괴로움 먼저 오니	民産未敷先桎梏
그대 같은 사목 아니면 뉘 그들 돌보리오.	非君司牧孰憐渠

회포를 풀어내어 윤사에게 화답하다 自述和胤思

평생에 벼슬함 원치 않으니	平生不願仕
구복(口腹)에 뜻을 두지 아니하였네.	矢志非口腹

---

560. 원거 바닷새다. 『국어』에 "원거가 노나라 수도 동문에 앉았다가 사흘 만에 날아갔는데, 장문중(臧文仲)이 신인 줄 알고 사람들을 시켜 제사를 지냈다"라고 하였다. 장문중같이 현명한 사람도 그런 실수를 할 정도로 세상의 지식은 끝이 없음을 뜻하는 고사가 되었다. 여기서는 잠깐 있다가 사라진다는 의미로 사용되었다.

561. 구루산 중국 광서성(廣西省) 북류현(北流縣) 동북쪽에 있는 산 이름이다. 진(晉)나라의 도사 갈홍(葛洪)이 여기서 연단술을 닦았다고 한다.

562. 장저 걸닉 춘추시대 은자의 이름으로, 『논어』 「미자」(微子)에 보인다. 이 책 상권 198쪽 각주 316번 참조.

563. 관가 포흠 원문은 관포(官逋). 관청에서 필요한 공사(公私)의 경비를 미리 환곡에서 지급하고는 가을에 그 수효를 환곡의 대여(貸與) 대장에 함께 올려서 받아들이던 것이다.

개연히 마원(馬援)564을 사모하여서	慨然慕文淵
북지에서 농사일565 시험했었지.	北地試田牧
한바탕 웃으며 천금을 흩뿌리면서566	一笑散千金
애오라지 용렬한 자 풍자했었네.	聊以諷碌碌
경세의 자질은 비록 없어도	雖乏經世姿
이를 쓰면 집안 또한 넉넉하리라.	用之家亦足
수죽의 고향으로 집을 옮기니	移居近水竹
송아지 안을 만큼567 깊지는 않네.	未必深抱犢
일만 권의 서책을 쌓아 두고서	藏書一萬卷
열 집이 빌려 가며 돌려 읽누나.	十家相借讀
수레 써서 지고 이는 고단함 덜고	行車息肩背
벽돌 구워 집과 담장 튼튼히 하리.	燒甋固垣屋
고구마 남북으로 온통 심으면	移藷遍南北
흉년에도 마땅히 비축함 있으리.	歲荒當積畜
농사일과 이런저런 집안일들이	耕桑與井臼
품은 줄고 효과는 신속하리라.	力省功更速
어리석음 몸소 나서 깨우쳐서는	將身牖我迷
하나하나 중화의 풍속으로 돌이키리라.	一一返華俗

564. 마원　원문은 문연(文淵)인데, 마원을 가리킨다. 그는 후한의 장수로, 복파장군(伏波將軍)이
라 일컬어졌다. 62세의 고령에도 그 의기가 전혀 줄지 않아 끝내 원정에 나섰다가 전장에서 죽었
다. 『후한서』 「마원전」과 『몽구』 「복파표주」(伏波標柱)에 그 행적이 자세하다.
565. 농사일　원문은 전목(田牧). 마원이 일찍이 문관을 제수 받자, 장구(章句)나 따지며 살기 싫
다 하여 곧 사직하고 변방 고을에 가서 농사일을 하려 했다.
566. 한바탕~흩뿌리면서　가난하여 형수에게 구박을 받은 소진(蘇秦)이 유세에 성공하여 여섯 나
라 재상의 인끈을 차고 돌아와 천금을 풀어 동족들을 구제한 이야기가 『사기』 「소진장의전」에 나
온다.
567. 송아지 안을 만큼　원문은 포독(抱犢). 중국의 하북성 획록현(獲鹿縣) 서쪽에 있는 산 이름이
다. 위(魏)나라 때 백성들이 전란을 피해 송아지를 안고 산에 올랐다 하여 붙여진 이름이다.

의창 제도 세밀히 시행하여서	消詳義倉制
대대로 우리 백성 넉넉케 하리.	世世贍我族
중년에는 집안일 관심 끊고서	中年斷家事
고요히 온갖 욕심 버리려 하네.	蕭然絶嗜慾
시절의 운명 몹시 어긋났기에	時命苦多違
나도 몰래 벼슬길에 얽매이었네.	居然縻爵祿
소금 지던 준마[568]가 백락[569]을 만나	鹽驥遇伯樂
한 번 돌아봄에 마음 다해 따랐지.	心折一回矚
하물며 임금과 아비의 은혜	矧伊君父恩
모두 천륜에 속하는 강상 아닌가.	倫常並天屬
구구하게 팔 년을 보내는 사이	區區八年來
벼슬하기 전 마음[570] 못 이루었네.	未忍遂初服
갈수록 가족들과 멀어지는 듯	似與家人踈
거의 매일 궁궐서 숙직을 서네.	長向禁中宿
자네 온 지 반년이나 지나갔지만	君來已半載
익히 알고 지내질 못했는데	更有知未熟
어제 보내왔던 시를 보자니	昨視寄我作
단번에 마음속을 알게 되었네.	一往見心曲
훌륭해라, 우리들 중 뛰어난 그대	歎息吾宗秀

---

568. 소금 지던 준마　원문은 염기(鹽驥). 소금 실은 수레를 끄는 기마(驥馬)를 말한다. 어진 이가 때를 못 만나 천역에 허덕이는 것이 마치 천리마가 소금 수레를 끄는 것과 같다는 뜻이다. 『사기』「가의전」(賈誼傳)에, "기마가 두 귀를 드리움이여, 소금 수레를 끌고 간다"(驥垂兩耳兮, 服鹽車.)고 하였다.

569. 백락　말을 알아보는 능력이 출중했던 전설적인 인물이다. 한유가 「잡설」(雜說)에서 "세상에 백락이 있은 연후에야 천리마가 있다. 천리마는 늘 있지만 백락은 항상 있는 것이 아니다"(世有伯樂, 然後千里馬. 千里馬常有, 而伯樂不常有.)라고 한 말이 유명하다.

570. 벼슬하기 전 마음　원문의 초복(初服)은 벼슬하기 전에 입던 옷인데, 벼슬길에 나아가지 않는 은거의 뜻을 의미한다.

아침 해처럼 문사 빛이 나누나.　　　　　文詞映初旭

그 명성 까치처럼 날아오르니[571]　　　　時名方鵲起

그대 어찌 구석으로 숨으려 하나.[572]　　丈夫寧雌伏

월급을 나누는 것 아끼지 않고　　　　　不惜分俸錢

그대 위해 작은 집 지어 보리라.　　　　爲君營小築

아아, 힘은 비록 미약하지만　　　　　　吹噓力雖微

질탕한 놀이 기약할 수 있으리.　　　　跌宕緣可卜

나그네는 집 생각 간절도 한데　　　　　客心切歸覲

갈 길이 돌연 서로 재촉하누나.　　　　行役忽相促

푸른 하늘 태양은 이글거리고　　　　　青天有暵熱

먼 길에 한 그루 나무도 없네.　　　　　路遠無樹木

이틀 밤 객점 신세 답답도 한데　　　　關心兩夜店

몽혼만이 부질없이 그리움 쫓네.　　　　繚繞魂空逐

창졸간에 억지로 시를 짓느라　　　　　忽忽强裁詩

말없이 등 심지를 자주 자른다.　　　　悄悄頻剪燭

부디 명주 버린 뜻[573] 군건히 하여　　　請堅棄繻志

---

571. **까치처럼 날아오르니**　원문은 작기(鵲起)다. 『태평어람』(太平御覽)에 "까치는 높은 성 위를 날고 높은 나무 위에 둥지를 틀어, 성이 무너지고 둥지가 꺾이더라도 바람을 타고 날아오른다. 그러므로 군자가 세상에 살면서 때를 얻으면 의리를 행하고, 때를 만나지 못하면 까치처럼 날아오른다"(鵲上高城之絶, 而巢於高樹之顛. 城壞巢折, 陵風而起. 故君子之居世也, 得時則義行, 失時則鵲起也.)라고 하였다.

572. **구석으로 숨으려 하나**　원문은 자복(雌伏)이다. 암컷처럼 가만히 엎드려 있다는 뜻으로, 형세가 굴하여 남의 밑에 있음을 이르는 말, 또는 물러나 은거한 채 벼슬길에 나아가지 않음을 말한다.

573. **명주 버린 뜻**　원문은 기수지(棄繻志). 기수(棄繻)는 한나라 종군(終軍)의 별칭이다. 젊어서 서울에 들어갈 때 관문의 관리가 돌아올 때의 증표로 명주 조각[繻]을 주자, "장부가 장안에 유학할 때는 출세하여 고관이 되어 돌아오는 것이지 증표 따위로 돌아오지 않는다" 하여 버렸다. 『한서』(漢書) 「종군전」(終軍傳)에 보인다. 이로부터 기수지(棄繻志)는 큰 성공을 기약하는 굳은 뜻을 의미했다.

가을에 눈 씻고 다시 보길 바라네. 秋期當拭目

상방⁵⁷⁴에서 숙직하며 尙方直中

빈 뜰에 푸른 이끼 점점이 돋고 碧苔點虛庭
맑은 대낮 새소리 기쁨 젖었네. 淸晝禽聲悅
우물은 언제 적 건지 알 수가 없고 古井不知年
벽돌담은 한 쌍의 패옥과 같네. 石甃宛雙珙
자미성이 가까워 숙연해지니 蕭蕭近紫微
금궐 그리는 마음 끝이 없어라. 依依戀金闕
명산 유람의 뜻 자주 어긋나 名山志屢違
앉은 채 얼굴은 늙어만 가네. 容華坐消歇

장경교⁵⁷⁵ 절구 17수〔짧은 서문과 함께〕 長慶橋 絶句十七首〔幷小序〕

다리는 경모궁 앞에 있는데 너비는 100홀(笏)쯤 된다. 지금 임금께서 즉위

---

574. **상방**   조선 시대 궁중의 재화나 의복을 담당한 관청으로, 상의원(尙衣院)이라고도 했다.
575. **장경교**   서울시 종로구 연건동 128번지 동쪽과 이화동 171번지 서쪽 사이에 있던 다리. 이형석, 「청계천의 명칭과 하계(河系) 연구」, 『한국땅이름학회학술발표회집』(2002) 참조.

원년에 이 이름을 내리셨다. 북쪽으로 성균관과 2리쯤 떨어져 있어 가깝다. 혜화문을 거쳐 들어오는 사람과 재화는 모두 여기를 지나야 한다. 좌우에 벽돌을 노끈처럼 이어 쌓았다. 물이 맑고 얕아 빨래하는 사람이 없다. 나무를 지척의 거리로 심어 척도로 삼았다. 둑을 끼고 있는 집들은 모두 상점이다. 그윽하고 아름답기가 성안의 돌다리 중 으뜸이다. 다만 북경의 고량교(高梁橋)[576]나 노구교(蘆溝橋)처럼 천록(天祿)이나 벽사(辟邪)의 그림을 새기지 않은 것이 안타깝다. 나는 지난해 다리 서쪽 십여 발짝 떨어진 곳으로 이사하였다. 이에 그 경치의 대략을 읊어 뒷날 장고자(掌故者)에게 채택되기를 기다린다.

橋在景慕宮前, 可百笏. 今上元年, 賜今名. 北距太學二里而近. 人物市貨之從惠化門至者, 莫不經過于此. 左右甃石如繩, 其泉淸淺無漂潎, 其種樹以咫尺爲度. 夾岸人居, 皆廛屋也. 幽深靚麗, 當爲城中石橋第一. 恨不作天祿辟邪之屬, 如高梁蘆溝之制也. 余往歲移家, 在橋西十餘步, 玆詠其槩, 以俟掌故者擇焉.

1

장경교와 반수교[577] 잇닿아 늘어섰고	長慶橋連頖水橋
물가의 수양버들 한 줄로 나부끼네.	水邊楊柳一行遙
봄바람이 이리저리 버들솜 휘날리니	東風解作漫天絮
석양에 말 스치는 가지가 어여뻐라.	西日偏憐拂馬條

2

| 다락 앞 푸른 벽돌 곧기가 활시위요 | 樓前碧甃直如弦 |

---

576. **고량교**   북경 서직문(西直門) 밖에 있다. 고량하(高梁河)에 걸쳐 있기에 붙여진 이름이다.

577. **반수교**   반수교(泮水橋)를 말하는 듯하다. 서울시 종로구 명륜동 3가 성균관 앞에 있던 다리로, 반수교 또는 반교라 하였다. 중국 주대(周代)에 제후의 도읍에 설립한 대학을 반궁(泮宮)이라 하는데, 반궁의 동서의 문 이남은 호를 파 물로 둘렀기 때문에 유래된 다리 이름이다.

둑방 저편 찬 물결 엷은 안개 어렸구나.　　　　堤外寒流胃薄烟
갓 이사 온 저자 사람 삼백 호나 되는데　　　　新徙市人三百戶
돌난간 주변에서 때때로 달을 보네.　　　　　一時看月石欄邊

3
복사꽃 시내 한 줄기는 제 몸을 감추었고　　　　桃溪一帶隱河身
봄날이라 저자에는 물쑥 복어 널려 있네.　　　蔞菜河豚小市春
혜화문 밖에는 수레와 말 적은데　　　　　　惠化門外車馬少
빗속에 이따금 꽃 파는 이 보이네.　　　　　雨中時見賣花人

4
어사주[578]와 꿀떡에 돼지의 족발까지　　　　黃封蜜餌配豚蹄
초하루면 궁관이 제사 고기 나눠 주네.　　　月朔宮官賜胙齊
도리어 봄빛 위해 단장이나 한 듯이　　　　却爲春光粧點得
붉은 옷 입은 사람[579] 물 양편에 서 있네.　　朱衣人在水東西

5
수양버들 사이 길에 사당 문은 붉은데　　　　垂楊夾道廟門紅
관사의 푸른 깃발 곳곳이 한결같네.　　　　官邸靑帘處處同
어제의 화려한 임금 행차 끝난 뒤에　　　　昨日翠翠行幸罷
황토에 남은 흔적 무지개처럼 담박하네.　　一痕黃土淡如虹

---

578. **어사주**　원문은 황봉(黃封). 임금이 하사한 술을 말한다.
579. **붉은 옷 입은 사람**　원문은 주의인(朱衣人). 붉은 옷은 제관이 입던 옷이다. 여기서는 궁관을
가리킨다.

6

모래톱서 바라보니 풀들은 무성한데　　　沙頭一望草萋萋
규방에선 몇 번이나 말굽을 원망했나.　　幾度紅閨怨馬蹄
처량하다 깊은 밤 임께서 떠난 뒤에　　　惆悵夜深人去後
꺼져 가는 등불만이 둑길을 비추누나.　　獨留殘炬照芳堤

7

경모궁의 나무 심음 창덕궁과 같은지라　　祠官課樹苑官同
고운 꽃들 잇달아 붉게붉게 피어나네.　　開得名花陸續紅
4월이라 짙은 녹음 가는 길 잊었더니　　　四月繁陰迷去路
어느새 이 몸은 물소리 속에 있네.　　　　不知身在水聲中

8

취마가 용 깃발을 시험함[580] 놀라 보니　　驚看趣馬試龍旗
준마들 대오 이뤄 서서히 길 채우누나.　　隊隊驪黃塞路遲
법안[581]에 그린 무늬 다들 좋다 말을 하니　　盡道法鞍渲染好
푸른 바탕 붉은 무늬 물소의 가죽이네.　　赤文蒼暈水牛皮

9

앵두 시절 지나가고 꾀꼬리도 안 보이니　　櫻桃過盡栗留殘

---

580. 취마가 용 깃발을 시험함　　원문은 취마시용기(趣馬試龍旗). 취마(趣馬)는 말을 맡은 관리이고, 용기(龍旗)는 임금을 나타내는 깃발이다. 경모궁 동북쪽, 지금의 서울시 종로구 명륜동 2가 180번지 북동쪽인 명륜시장 입구에 관기교(觀旗橋)가 있었다. 임금이 성균관에 거둥할 때, 이 다리에서 박석고개를 넘어오는 용기(龍旗)를 바라보았으므로 붙여진 이름이라고 한다. 여기서는 경모궁에 제사를 지내러 오는 임금 행차를 묘사한 것이다.
581. 법안　　임금이 타는 말안장을 일컫는다.

어애송 바람 소리 멀리서도 서늘하다.　御愛松聲百步寒

술꾼의 낮 갈증을 해소하기 좋으라고　好爲酒人消午渴

검서관의 동산 안엔 금단이 시원하다.　檢書園裏冷金丹

　　내 집에 능금나무 두 그루가 있다. 余家有蘋婆二株.

10

푸른 연못 연꽃은 바람에 흔들리고　荷華風動碧池頭

궁궐 주변 논밭에는 가을빛이 가득하네.　占斷宮邊十畝秋

물오리 서너 마리 그대로 남아 있어　留得鳧鷖三四輩

지는 해와 더불어 물가 풍경 만드누나.　與他斜日作汀洲

11

금가루 성근 창서 높은 누각 바라보니　金粉疏窓見倚樓

인평대군[582] 가무(歌舞)턴 곳 강 저편 동쪽일세.　麟坪歌舞水東流

이화정 가장자리 번화하던 곳에는　梨花亭畔繁華地

한량들 찾아와서 활쏘기를 하누나.　付與閒人來射矦

12

슬프다 누대는 석양에 기대었고　惆悵樓臺倚夕曛

기재[583]의 가을빛은 옷에 져 무늬 되네.　企齋秋色落衣紋

홍천취벽[584] 네 글자는 살 사람 하나 없고　紅泉翠壁無人買

---

582. 인평대군　인조의 셋째 아들. 인평대군은 지금의 서울시 종로구 이화동 27번지 자리인 석양
루(夕陽樓)에 살았다. 이 마을에 잉화정이 있어 풍경을 감상하며 노니는 곳으로 유명했다.

583. 기재　지금은 서울시 종로구 동숭동에 귀속된 옛 지명으로 신대동(新垈洞)에 있었다. 중종조
의 문사로 유명하던 기재(企齋) 신광한(申光漢)이 성내의 명승지로 알려진 이 일대에 집을 짓고 살
아서 생긴 이름이다.

높은 다리 올라가 흰 구름만 쳐다보네.　　　　　　却上危橋望白雲

13

누구 집 창문 안에 등잔불이 빛나는가　　　　　誰家窓裏一燈光
얽어 놓은 울타리 가 나뭇잎 누렇구나.　　　　　罷眼籬頭樹葉黃
가을밤 길고 길어 병서 읽기 딱 좋으니　　　　　政好讀兵秋夜永
내어전[585] 가에 가서 쇠기름을 사 온다네.　　　　內魚廛畔買牛肪

14

차가운 풍경 소리 대궐에 가을 드니　　　　　　冷冷鐘磬閟宮秋
궁궐 장막 허공 뜨고 햇불도 촘촘해라.　　　　　御幄浮空蠟炬稠
해 질 무렵 모든 관리 제사 마쳐 나오는데　　　向晚千官陪祭罷
능은문[586] 밖의 달은 갈고리 모양 걸렸구나.　　　稜恩門外月如鉤

15

서리 내린 방죽 길에 낙엽 모두 쓸려 가고　　　霜落河隄葉盡流
술집 등불 저 멀리로 송씨 동네[587] 보이누나.　　　酒燈遙辨宋家串
인간 세상 새벽달을 그 누가 볼 것인가　　　　　人間曉月何人見

---

584. 홍천취벽　　조선 후기의 서화가 강세황은 신광한이 살던 이 일대 바위에 '홍천취벽'(紅泉翠壁) 넉 자를 새겨 신광한의 풍류를 기렸다. 이 구절은 당나라 전기(錢起)의 「산중수양보궐견방」(山中酬楊補闕見訪)의 "日暖風恬種藥時, 紅泉翠壁薜蘿垂."란 구절에서 따온 것이다.

585. 내어전　　내어물전(內魚物廛)으로, 조선 시대 도성 안의 종루(鐘樓)에 설치된 공랑(公廊)에서 각종 수산물을 취급하던 상점이다.

586. 능은문　　명대 황릉에서 지궁(地宮: 무덤)으로 들어가는 문의 명칭이다. 능은(稜恩)은 제사를 지낸 뒤 복을 받는다는 뜻이다. 여기서는 경모궁의 문을 말한다.

587. 송씨 동네　　원문은 송가관(宋家串). 성균관 주변에 있던 송동을 가리킨다. 예전 우암 송시열이 이 동네에 산 적이 있다.

담장을 순찰하는 야불수⁵⁸⁸뿐이라네. 　　　　　　只有巡牆夜不收

16

총총한 그림자가 맑은 하늘 떨어지니 　　　　　忽忽人影落晴空
황혼의 무지갯빛 사라져 뵈지 않네. 　　　　　消却黃昏一半虹
가까운 듯 아득한 듯 분별할 수 없는데 　　　　似近如遙都不辨
다듬이 소리 하늘 뚫고 동쪽으로 말은 간다. 　　攢天砧杵馬行東

17

무밭에는 아득히 물 지난 흔적 있고 　　　　　菁田渺渺水移痕
먼 언덕 눈 속 마을 희미하게 보이누나. 　　　　遠岸微分雪裏村
때로 찾다 날 못 보면 괴이하다 여기지만 　　　　怪我時時尋不見
애시당초 일이 없어 황혼 녘에 앉은 것을. 　　　　了無一事坐黃昏

진령원의 어애송⁵⁸⁹ 노래 眞泠園御愛松歌

그대 보지 못했나 　　　　　　　　　　　　　君不見

---

588. 야불수　궁중에서 정탐을 하거나 밤에 순찰을 도는 순라군을 말한다. 명·청대, 특히 청대에서 통용된 명칭이다.

589. 어애송　서울시 종로구 연건동 66번지 부근에 반송이 있었던 곳을 어애송(御愛松) 터 혹은 반송터라 불렀다. 영조 43년(1767)에 강릉부사 조진세(趙鎭世)가 심었던 소나무로, 정조가 경모궁에 참배한 후 문희묘(文禧廟) 터를 구경하기 위하여 우연히 이곳을 지나다가 사방으로 가지를 뻗어 32개의 기둥으로 떠받친 소나무의 아름다움을 표창하여 어애송이라 하였다.

장경교 서편 머리 가지 뻗은 어애송을	長慶橋西御愛松
묵은 터 전하기는 남이 장군 집이라네.	故址傳是南怡宮
소나무 뉘 심었나 조강릉(趙江陵)[590] 어른이니	種松者誰趙江陵
어느새 그 손주가 늙은이 되었구나.	已見兒孫成老翁
옆 줄기 사방 뻗어 마치 서로 당기는 듯	橫枝四出如相引
서른두 개 기둥조차 다 받치지 못하누나.	三十二柱擎不盡
뻗은 가지 붉은 규룡 내달리는 듯	伸臂走赤虯
쳐든 머리 층균(層菌)이 서리었구나.	昂首結層菌
가지가 쉬 자라니 쳐낼 일 걱정인데	常愁枝易長去礙
하늘 아래 낙산엔 날 개어 푸른빛 쌓였도다.	酪山近天晴積翠
보통 때는 밤중처럼 고요하다가	常如濕夜靜
파도 소리 몰려와 깜짝 놀라네.	波濤驚四集
곁문 열면 덮어 가림 언제나 어여쁘고	虧蔽長憐傍門開
둘러쳐서 사람들 서 있게 함 기쁘구나.	樊援却喜容人立
광주 양주 영평 땅 얘길 들으니	我聞廣楊永
세 고을엔 나무다운 나무 없다네.	三州樹無樹
한 아름 겨우 되면 도끼로 찍어 내니	徒令合抱隨斤斧
우뚝함은 다만 홀로 생민원의 솔을 꼽네.	磊砢獨數生民院
쓸쓸히 지금까지 성삼문 일 전해 오니[591]	寂寥猶傳成謹甫
안흥궁과 사직단은	安興宮社稷壇
몰린 가지 그늘 높아 비 피하기 어렵다네.	枝偏蔭高難避雨

---

590. **조강릉**   조희일(趙希逸, 1575~1638)을 가리킨다. 자는 이숙(怡叔), 호는 죽음(竹陰)·팔봉(八峯), 본관은 임천이다. 명나라 사신 주지번이 왔을 때 김상헌, 유근 등과 접반사가 되어 시문으로 찬탄을 받았다. 서화에도 뛰어났다.

591. **쓸쓸히~전해 오니**   성삼문이 살던 집터가 현재 서울시 종로구 북촌길 19번지 정독도서관 정문에 남아 있다. 어애송이 있는 곳과 가까운 거리이기에 한 말이다.

어이 이 나무가 집 안처럼 덮어 줌만 하랴   豈如此樹偃蓋如屋裏
한 그루가 서린 것이 백무(百武)에 뻗어 있네.   一樹蟠挐一百武
나고 자란 이치는 짐작하기 어렵고   生成定識非人料
특출난 그 모습에 임금님도 웃으셨지.   異數曾見回天笑
지난날 문희묘(文禧廟)⁵⁹² 없을 적을 생각하니   憶昨文禧廟未成
어지러이 귀식(龜食)⁵⁹³을 경영함 수고롭다.   紛紛龜食勞經營
임금께서 아침마다 비궁에서 산보타가   君王朝步自閟宮
그 걸음 자주자주 솔 그늘서 멎었다네.   玉趾屢爲松陰停
깊은 궁궐 어탑(御榻)에서 소나무를 쓰다듬고   深深御榻摩蒼官
부드러운 하늘 향은 푸른 병풍 적시었지.   冉冉天香濕翠屛
지금껏 동산 집엔 광휘가 서려 있어   至今園屋有輝光
사는 이의 영화로움 행인들 말하누나.   行人指設居人榮
오렵송 쓰다듬고 세한(歲寒)의 자태에 기대   摩挲五鬣倚歲寒
붓 놓고 읊조리며 멀리 「천보명」⁵⁹⁴에 화답한다.   放筆高吟遙和天保銘

---

592. 문희묘　1789년 4월 정조가 5세에 죽은 문효세자(文孝世子)를 위해 세운 사당으로, 도성 북부 안국방(安國坊)에 있었다.

593. 귀식　집터를 정한다는 뜻이다.

594. 「천보명」　송나라 황정견(黃庭堅)이 지은 「천보송명」(天保松銘)을 가리킨다. 형주(衡州) 화광산(花光山)의 승려 중인(仲仁)을 위해 지어 준 글이다. 법당 뜰에 있는 소나무를 칭송한 글인데, 임금의 만수무강을 기원하는 뜻을 담아 천보송(天保松)이라 한 것이다.

성대중의 중양아집[595]에 차운하다 9수 次成祕書重陽雅集 九首

1

가을 햇살 짧아도 얘기 나눔 기나긴데 　　　秋暉雖短話能長
쓸쓸한 공관엔 기와이끼 푸르구나. 　　　公館蕭然瓦蘚蒼
언제나 술꾼에겐 얼굴빛 더하였고 　　　每向酒人增氣色
예로부터 산수에서 공명(公明)한 글[596] 지었지. 　　　舊於泉石作平章
기러기 떠나가니 그림자 흔적 없고 　　　冥鴻去去無留影
찬 나비 아직까지 향내음 좇는구나. 　　　冷蝶依依尙趁香
숙직하는 공과 명에 참으로 가볍잖아 　　　鎖直功名眞不薄
또한 장차 힘을 다해 군왕께 보답하리. 　　　且將筋力答君王

2

강수[597]나무 무성하게 궁궐에 뻗어 있고 　　　絳樹扶疎紫籞長
맑은 하늘 산의 빛깔 모두 다 푸르구나. 　　　寥天嶽色共蒼蒼
미관말직 숙직으로 삼매경 없다 해도 　　　微官上直無三昧
가을 선비 슬픈 노래 「구장」(九章)[598]에 담겼도다. 　秋士悲歌有九章

595. **성대중의 중양아집**　　원문은 성비서중양아집(成祕書重陽雅集). 성대중(成大中)의 『청성집』(靑城集) 권3에 실려 있는 「중양절에 태화(太和) 홍원섭(洪元燮)이 돈과 술을 보내와 주계(朱溪) 나열(羅烈)과 형암(炯菴) 이덕무(李德懋) 등이 모여 함께 술을 마시는데 조경유가 또 와서 가지(賈至)의 운자를 써서 시를 지었다」(重陽日 太和使君送錢具酒 會朱溪炯菴許公著共飮 趙景濡亦來 用賈至韻)라는 시를 가리킨다.
596. **공명한 글**　　원문은 평장(平章). 공명정대한 정치를 말하는데, 평장사(平章事)란 직책의 의미도 있다.
597. **강수**　　곤륜산에 있는 나무로, 서쪽으로는 주수(珠樹)·옥수(玉樹)·선수(琁樹)·불사수(不死樹), 동으로는 사당(沙棠)·옥간(琅玕), 남으로는 강수(絳樹), 북으로는 벽수(碧樹)·요수(瑤樹)가 서식하고 있다. 『회남자』「지형훈」(墜形訓)에 보인다.
598. **「구장」**　　굴원(屈原)이 지은 『초사』의 편명이다.

오래 앉자 빈 섬돌 국화 그림자 옮겨 가고　　坐久閒階移菊影
읊조리니 누각에 단풍 향내 밀려드네.　　吟殘小閣落楓香
풍류가 서울에만 있다고 하지 마오　　風流莫說傾都下
술 취한 붓놀림에 일본 왕도 놀랐다네.[599]　　醉墨曾驚日本王

3

금석을 다듬으며 오랜 세월 보내면서　　金石摩挲歲月長
흰머리로 초가집서 삼창[600]을 읽었다네.　　白頭茅屋講三蒼
가을 회포 「한거부」[601]를 아끼어 읽어 보고　　秋懷愛讀閒居賦
취한 붓 미친 듯이 「급취장」[602]을 임서하네.　　醉筆狂臨急就章
석양빛 밝은 노을 다 기이한 빛깔이요　　落照明霞皆異色
서풍에 국화 향기 하늘에서 풍겨 오네.　　西風黃菊自天香
홀로 장차 책 저술해 자식에게 전했으니　　獨將著述傳兒子
몇 사람이 당시에 야왕[603] 땅 살폈던가?　　誰數當時顧野王

4

거울 속 흰머리 길다 하기 어려운데　　難道霜毛鏡裏長

---

599. 술 취한~놀랐다네　성대중은 1763년 통신사의 일행으로 일본에 다녀왔는데, 그때의 일을 말한 것이다.

600. 삼창　진(晉)나라 때 이사(李斯) 등이 편저한 3권으로 된 서적이다. 창(蒼)은 창(倉)이라고도 한다. 진나라 승상 이사(李斯)가 창힐편(倉頡篇) 7장(七章)을 지었으며, 중거부령(中車府令) 조고(趙高)는 원력편(爰歷篇) 6장(六章)을 지었다. 또 태사령(太史令) 호모경(胡母敬)이 박학편(博學篇) 7장을 지었는데, 모두가 옛 주서(籀書)를 합하여 만든 것으로 도합 3천3백 자였다. 세상에서는 이를 삼창이라 부른다.

601. 「한거부」　진나라 때 반악(潘岳)이 지은 「한거부」를 말한다.

602. 「급취장」　「급취편」(急就篇)이라고도 한다. 한나라 때 사유(史游)가 편찬하고, 당나라의 안사고(顏師古)가 주를 달았는데, 물명(物名)·인명(人名) 따위를 수록했다.

갑작스레 온 숲이 파래지니 놀라워라.　　　　　俄驚萬樹改靑蒼

붉은 먹 갈아서『이소경』에 주석(註釋)하고　　研朱夾注離騷譜

칼집을 두드리며[604] 실솔[605] 노래 높이 읊네.　彈鋏高吟蟋蟀章

숙직하는 누대는 술 마시기 적당한데　　　　傺直樓臺宜酒所

비서랑의 몸에선 책 향내만 풍기누나.　　　秘郎眉宇只書香

작은 벌도 오히려 작디작은 의리 있어　　　微蠭尙有區區義

좋은 꽃서 꿀 캐어 여왕벌께 바치네.　　　看採奇花背獻王

5

대 심어 한 해의 유장함을 보태고　　　　種竹都添一歲長

주렴을 대하니 몇 봉우리 푸르구나.　　　鉤簾自對數峯蒼

그대는 태을 노인 청려 불꽃[606] 따랐고　翁從太乙燃藜火

자식은 중서(中書)에서 경서를 베끼노라.[607]　兒入中書寫講章

가업으로 문자의 깨끗함을 가르쳤고　　　家業肯敎文字冷

---

603. 야왕　읍(邑)의 명칭으로, 지금의 하남(河南) 심양(沁陽)에 해당한다. 전국시대 때 진나라는 대장군 백기(白起)에게 대군을 주어 한(韓)나라를 공격하게 하여 한나라의 야왕(野王)을 점령하였다. 야왕은 한나라의 상당(上黨)에서 내륙으로 통하는 교통의 요지였는데, 야왕이 점령당하는 바람에 상당은 고립되고 말았다. 상당의 지방관이 조나라에 보호를 요청하자 조나라는 조괄을 대장군으로 임명하고 40여 대군을 동원, 상당을 접수했다. 상당을 조나라에 뺏긴 진나라는 다시 백기를 파견하여 조괄과 일전을 벌였다. 이 싸움에서 조괄이 죽자 조나라 병사는 백기에게 투항했지만 모두 생매장되었다.『사기』「화식열전」에 보인다. 사마천은 이 사건에 대해 "이익은 지혜를 어둡게 한다"라고 평가했으니, 작은 이익을 위해 국가를 다스리는 요체를 살피지 않은 것을 힐난한 것이다.

604. 칼집을 두드리며　제나라 맹상군의 문객 풍환(馮驩)의 고사.『사기』「맹상군열전」에 보인다.

605. 실솔　『시경』「실솔」에 "지금 귀뚜라미가 당에 있으니, 해가 어느덧 저물었다. 이때 즐거워하지 않는다면 세월이 우리를 버리고 흘러갈 것이다. 지금 비록 즐거워하지 않을 수 없으나, 너무 즐거움에 지나치지 않겠는가. 또한 그 직분에 거처한 바를 돌아보고 생각하여, 비록 즐김을 좋아하더라도 너무 지나치게 하지 말아서 저 양사들이 길이 염려하고 뒤돌아보듯이 한다면 위태롭고 망함에 이르지 않을 것이다"(蟋蟀在堂, 歲聿其莫. 今我不樂, 日月其除. 無已大康, 職思其居. 好樂無荒, 良士瞿瞿.)라고 했다. 때에 맞게 예로써 스스로 즐기기를 바라는 노래다.

봉록으로 받은 돈은 술잔 향기 보태누나.　　　　俸錢輪與酒杯香

고명(高名)도 낮은 벼슬 억누르지 못하나니　　高名不爲卑官壓

강과 바다 마침내 백곡왕(百谷王)이 되는 것을.[608]　江海終成百谷王

6

그윽한 회포 일어 술잔을 당기는데　　　　　幽懷陟覺引杯長

외론 새 나는 곳에 먼빛은 푸르구나.　　　　孤鳥行邊遠色蒼

이 사람 완연하게 물 건너에 있으나[609]　　宛在伊人眞隔水

우린 각자 아름다운 문장을 이루었네.[610]　斐然吾黨各成章

찬 꽃은 저절로 중양절 자태 갖추었고　　寒花自作重陽態

비서랑 책을 펴자 시문 향기 엄습하네.　祕裘初開什襲香

임청[611]의 신악부를 다투어 얘기하니　競說臨淸新樂府

---

606. 청려 불꽃　원문은 여화(藜火). 밤중에 책을 읽거나 열심히 학습하는 것을 뜻한다. 당나라 왕가(王嘉)의 『습유기』(拾遺記) 「후한」(後漢)에 "한나라 유향이 천록각에서 교정했다. 밤에 묵송을 하는데 어떤 늙은이가 청려장을 짚고 와서는 지팡이 끝을 부니 불이 붙어 밝아졌다. 이에 홍문오행의 글과 천문여도의 책을 주었다. 유향이 그 성명을 물으니, '태을지정'이라 했다"(漢劉向校書天祿閣, 夜默誦, 有老父杖藜以進, 吹杖端, 燭燃火明. 取洪範五行之文, 天文輿圖之牒以授焉, 向請問姓名. 云太乙之精.)라고 한 대목이 보인다.

607. 자식은~베끼노라　성대중의 아들 성해응(成海應, 1760~1839)이 1788년 검서관이 된 사실을 말한다.

608. 강과 바다~되는 것을　『노자』에 "강과 바다가 능히 모든 골짜기의 왕이 될 수 있는 까닭은 그것이 낮은 곳에 처하기를 잘하기 때문이다. 그 때문에 능히 온갖 골짜기의 왕이 될 수 있는 것이다"(江海所以能爲百谷王者, 以其善下之, 故能爲百谷王.)라고 했다.

609. 이 사람~있으나　마음속으로 그리는 사람이 멀리 떨어져 있음을 뜻한다. 『시경』 「겸가」(蒹葭)에서 가져온 표현이다.

610. 아름다운 문장을 이루었네　원문은 비연성장(斐然成章). 화려하게 문장을 이루었다는 의미이다. 『논어』 「공야장」에 "子在陳曰, 歸與, 歸與. 吾黨之小子狂簡, 斐然成章, 不知所以裁之."라 했다.

611. 임청　명(明)의 임청(臨淸) 사람인 사진(謝榛)을 말한다. 자는 무진(茂榛)이며, 호는 사명산인(四溟山人)이다. 시가(詩歌)에 능했으며, 당시의 문장이었던 이반룡(李攀龍)·왕세정(王世貞)과 함께 연시(燕市)에 시사(詩社)를 결성하고 장(長)으로 추대되었다.

지금엔 그 누가 조나라 강왕⁶¹²일까?　　　　祗今誰是趙康王

7

석양빛 숲에 들자 그림자 길어지고　　　　樹帶斜暉影許長
가을이 돌아오자⁶¹³ 하늘 문득 짙푸르다.　　天廻肅氣忽深蒼
진부한 말 세상에선 추구⁶¹⁴인 양 여기고　陳言世自輕芻狗
큰 집의 재목으로 예장 나무⁶¹⁵ 먼저 찾네.　大廈材須急豫章
좋은 벗과 우연히 천 리 약속 이루니　　　　佳友偶成千里約
예쁜 꽃 일 년 내내 향기 자주 보낸다.　　　好花頻送四時香
쓸쓸하다 후대의 시인의 마음이여　　　　　蕭條異代騷人感
소왕(素王)⁶¹⁶ 만나 시 산정함 미치지 못했구려.　不及刪詩遇素王

8

단발로 긴 마음을 바보처럼 견주니⁶¹⁷　　癡將短髮較心長

---

612. **강왕**　주나라 성왕은 선왕의 유업을 계승하여 정사에 전념했고, 그 뒤를 이은 강왕(康王) 역시 어진 정치를 폈다. 따라서 주공 단의 섭정 시기부터 강왕 시대까지를 보통 주나라의 황금기로 꼽고 있다. 이 시기를 성강지치(成康之治)라 부른다.

613. **가을이 돌아오자**　원문은 숙기(肅氣). 쌀쌀한 가을 기운을 뜻한다.

614. **추구**　풀로 만든 강아지인데, 제사 때 만들어 쓰고는 아무 데나 버리는 것이다. 『노자』에 "천지는 인자하지 않아서 만물을 추구(芻狗)처럼 여긴다"(天地不仁, 以萬物爲芻狗.)라고 했다.

615. **예장 나무**　원문은 예장(豫章). 예장은 지금의 중국 강서성(江西省) 남창시(南昌市)에 있는 산의 이름이다. 옛날 이 산의 백양나무가 낙양 궁궐의 대들보로 사용되었다. 예로부터 많은 사람이 「예장행」(豫章行)을 지었는데, 예장산의 나무는 국가의 동량이 되는 인재, 또는 반대로 재주가 많아 먼저 자연의 본성을 잃는 것을 의미한다.

616. **소왕**　왕의 지위는 없지만 왕의 덕을 갖춘 인물, 또는 지식과 인격이 거룩한 전무후무한 인물을 가리킨다. 여기서는 공자를 말한다. 왕충(王充)은 『논형』(論衡) 「정현」(定賢)에서 "공자는 왕은 아니었지만, 소왕의 업적이 춘추에 있다"(孔子不王, 素王之業在春秋.)라고 했고, 사마천은 『사기』 「유림열전」에서 공자와 육경을 지극히 존중하여, 공자를 소왕으로 보고 육경이야말로 그 당시 왕의 모범으로 삼을 만하다고 여겼다.

먼 집은 희미하고 석양빛 푸르구나.　　　　　遠屋微茫夕景蒼

고운 임 다시 보기 어려워 슬피 보고　　　　恨望佳人難再得

직녀가 무늬 못 짬 근심스레 바라본다.　　　愁看織女不成章

초롱에 등불 넣자 낙엽 소리 문득 들리고　　籠燈忽聽無邊葉

벼루 씻자 갈수록 진한 향기 끼쳐 오네.　　洗研時聞隔日香

구름안개 나부껴 눈을 스쳐 지나는 듯　　　等是雲煙飄過眼

모름지기 앞뒤로 노왕⁶¹⁸ 얘기할 것 없네.　未須前後說盧王

9

도란도란 경문 얘기 밤 깊어만 가는데　　　霏霏經說夜初長

상구⁶¹⁹와 후창⁶²⁰까지 저 멀리 미쳤다네.　遠遡商瞿及后蒼

글솜씨⁶²¹는 당나라 육첩⁶²²처럼 풍성하고　佔畢富如唐六帖

술잔은 한 고조 삼장(三章)⁶²³처럼 넉넉하네.　酒杯寬似漢三章

---

617. **단발로~견주니** 늙어 머리털은 빠져 짧으나 마음은 깊다는 뜻으로, 몸은 늙었으나 일 처리는 잘한다는 뜻이다.

618. **노왕** 당나라 문학가 노조린과 왕발의 병칭이다. 성대중의 시가 충분히 아름다우니 굳이 이들을 거론할 필요가 없다는 뜻이다.

619. **상구** 노나라 사람으로, 자는 자목(子木)이다. 공자보다 스물아홉 살 손아래다. 공자가 『역경』의 학문을 상구에게 전수하였다. 『사기』「중니제자열전」에 보인다.

620. **후창** 한(漢)나라 사람으로, 자는 근군(近君)이다. 하후(夏候)인 시창(始昌)을 스승으로 섬겼다. 시례(詩禮)에 정통하였으며, 관직이 소부(少府)에 이르렀다. 『예기』의 「곡례」와 「왕제」를 만들었다.

621. **글솜씨** 원문은 점필(佔畢). 책을 엿본다는 뜻으로, 책의 글자만 읽을 뿐 그 깊은 뜻은 알지 못함을 이르는 말이다.

622. **육첩** 당나라 과거 제도로, 진사(進士)와 명경과(明經科) 모두 첩경시(帖經試)가 있었다. 모두 십첩(十帖)인데, 그중 육첩으로도 첩경(帖經)을 통과할 수 있기에 육첩(六帖)이라 하였다.

623. **삼장** 한 고조 유방이 병사들을 이끌고 함양 땅에 들어갔을 때, 함양의 부로(父老)들과 삼장(三章)으로 약속하였는데, 사람을 죽인 자는 죽이고 사람을 상하게 하거나 도적질한 자는 합당한 죄를 준다는 세 가지 항목이다.

다정하여 섬돌 앞 달빛에 홀로 걷고　　　　　多情獨步階前月

맘 즐거워 대숲에서 향을 피우노라.　　　　好事仍燒竹裏香

요즈음 모기령[624]이 정학을 기롱하니　　　　近日毛甡譏正學

오초가 왕 참칭함[625] 웃으며 보노라.　　　　笑看吳楚僭稱王

앞 시의 운을 써서 상주의 사군 홍원섭[626]에게 부치다

寄尙州洪使君元燮 用前韻

누 오르니 하늘 넓고 기러기 나는데　　　　登樓天闊雁飛長

낙락한 우리네들 귀밑털만 무성해라.　　　　落落吾儕鬢又蒼

조령의 가을 구름 검은 일산[627] 따라가고　　鳥嶺秋雲隨皁蓋

공검지[628]의 누른 잎 구리 휘장[629] 때리누나.　劍池黃葉打銅章

624. 모기령　원문은 모신(毛甡). 청나라 학자 모기령(毛奇齡, 1623~1716)을 가리킨다. 원문의 신(甡)은 그의 초명(初名)이다. 자는 대가(大可), 호는 서하(西河)다. 매우 박식하고 고증학에 정통하여 경학·역사·지리 등에 관한 많은 저술을 남겼다. 특히 조선 후기 고증학과 경학을 연구하는 조선조 학자들에게 직·간접적으로 많은 영향을 끼쳤다. 주자(朱子)를 극력 비판하였을 뿐 아니라, 성격이 모난 점으로 말미암아 많은 비판을 받았다.

625. 오초가 왕 참칭함　춘추(春秋) 시대 제후(諸侯)인 오(吳)와 초(楚)가 왕으로 참칭(僭稱)한 일을 가리킨다. 참칭은 제멋대로 스스로 임금이라 일컫는 것을 말한다. 이로부터 두 나라의 임금이 죽으면 '졸(卒)했다'라고 써서 그들의 참람함을 질책했다고 한다.

626. 홍원섭　1744~1807. 자는 태화(太和), 호는 태호(太湖)이며, 본관은 남양이다. 영의정 홍치중(洪致中)의 현손이고, 남원부사 익빈(益彬)의 손자이며, 상윤(相胤)의 아들이다. 문집 『태호집』(太湖集)은 판본으로 간행되었고, 그보다 많은 양의 필사본 문집이 『선고』(先稿)라는 제목으로 따로 전한다.

627. 검은 일산　원문은 조개(皁蓋). 조선 시대 갑과 급제자에게 특별히 주던 검은빛의 수레 포장을 말한다.

이별을 근심하여 삼도몽[630]도 꾸기 싫고　　　　　　離愁厭作三刀夢

글을 지음에는 스승에게도 양보 않네.[631]　　　　　藻思驚輸一瓣香

글씨 명성으로 번거로이 견주지 마소　　　　　　　休把書名煩比擬

사람들이 야랑왕[632]이라 비웃을까 염려되니.　　　恐教人笑夜郎王

　　　홍원섭은 당대의 글씨 잘 쓰는 이를 꼽으면서, 나를 거의 첫자리로 대우하려

　　　하였으나, 나는 진실로 감당하지 못한다. 使君數當代書家, 幾欲虛拇指以待

　　　余, 余固不敢也.

---

628. 공검지　원문은 검지(劒池). 경상북도 상주시 공검면 양정리에 있는 삼한 시대의 저수지이다. 공갈못이라고도 한다.

629. 구리 휘장　원문은 동장(銅章). 고대의 동으로 만든 관인(官印)으로, 당(唐) 이래로는 군현의 장관 혹은 그에 상응하는 관직을 지칭한다.

630. 삼도몽　'영전할 꿈'을 뜻하는 말이다. 진(晉)나라의 왕준이 칼 석 자루가 들보에 걸려 있고 조금 뒤에 칼 한 자루가 더해지는 꿈을 꾼 뒤에, 이의(李毅)에게 물었더니, 삼도(三刀)는 고을 주(州) 자를 가리키고 거기에 칼 하나를 더하면 익주(益州)가 되니 익주의 자사가 될 꿈이라고 해석했는데, 그 뒤에 정말로 익주의 자사가 되었다는 일에서 비롯되었다.

631. 글을~양보 않네　원문의 일판향(一瓣香)은 일주향(一炷香)과 같은 말로, 존경하는 어른을 흠앙(欽仰)할 때 사용한다. 불교 선종(禪宗)에서 장로(長老)가 법당을 열고 도를 강할 때 향을 피워 제삼주향(第三炷香)에 이르면 장로가 "이 일판향을 나에게 도법(道法)을 전수해 주신 아무 법사(法師)에게 삼가 바칩니다"라고 말하는 데서 유래한 것이다. 경수(驚輸)는 박수(怕輸)와 같은 말로 앞을 다투는 심정이나 행위를 뜻한다.

632. 야랑왕　자신의 능력과 분수도 모른 채 잘난 체하고 뽐내는 사람을 말한다. 한(漢)나라 때 남쪽 야만족인 자그마한 야랑국(夜郎國)의 왕이 한나라 황제와 자신을 견주면서 우쭐댔던 고사에서 유래했다.

633. 계수나무　원문은 총계(叢桂). 떨기로 난 계수나무를 말한다. 회남(淮南)의 소산(小山)에는 은사(隱士)가 많이 살았으며, 여기에는 또한 계수나무가 많았다. 한(漢)나라 때 회남왕(淮南王) 유안(劉安)에게 초빙된 인사들 가운데 소산(小山)이라 일컫던 이들이 굴원(屈原)의 고사에 감동된 나머지 「초은사」(招隱士)라는 시부(詩賦)를 지었는데, 그 첫 행에 "계수나무가 떨기로 났네, 산의 깊은 곳에 휘어지고 얽히었네, 가지가 서로서로"(桂樹叢生兮山之幽, 偃蹇連蜷兮枝相繚.)라는 표현이 나온다.

하석 송일휴(宋日休) 유거에 부치다 寄霞石幽居

강물 남쪽 계수나무[633] 떠나온 지 오래러니	水南叢桂別來長
여라 달빛 어여쁘고 바위들 푸르리라.	蘿月娟娟丈石蒼
사해에 마음 둠은 혜숙야[634] 생각이요	四海襟期嵇叔夜
백 년 세월 깨고 취함 하지장[635] 풍류일세.	百年醒醉賀知章
강 위 다리 보슬비에 어부 나무꾼 조촐한데	江橋小雨漁樵冷
가을바람 들 주막엔 안주가 향기롭네.	野店西風果餌香
편사[636]로 도발하던[637] 그곳을 떠올리다	政憶偏師摩壘處
그대가 말을 쏘아 왕 사로잡음[638] 보노라.	看君射馬更擒王

634. **혜숙야** 진(晉)나라 때 죽림칠현(竹林七賢) 중의 한 사람인 혜강(嵇康)을 가리킨다. 숙야는 그의 자다. 『세설신어』「용지」(容止)에 "산공(山公)이 말하기를, '혜숙야(嵇叔夜)의 사람됨은 외로운 소나무가 우뚝하게 서 있는 듯하며, 술에 취하면 높은 옥산(玉山)이 장차 넘어지려는 것 같다'고 했다'라고 했다.

635. **하지장** 659~744. 당(唐)나라 때의 시인으로 자는 계진(季眞)·유마(維摩), 호는 사명광객(四明狂客)·비서외감(秘書外監)이다. 이백(李白)을 현종에게 추천하여 세상에 알렸으며, 그 자신도 풍류로 이름이 높아 두보(杜甫)의 「음중팔선가」(飮中八仙歌)에 실려 있다. 글씨도 잘 썼다고 한다. 744년 귀향한 후 병사했다.

636. **편사** 당(唐)나라 시인 유장경(劉長卿)이 오언시(五言詩)를 잘해 오언장성(五言長城)이란 호를 얻었다. 유장경의 친구 진계(秦系)도 시를 잘했는데, 권덕여(權德輿)가 말하기를 "진계가 몇몇 군사(偏師)로 장성을 공격한다"라고 했다. 적은 단어로 시를 잘 지음을 의미한다.

637. **도발하던** 원문은 마루(摩壘). 적의 성루에 접근한다는 의미로, 당(唐) 교연(皎然) 「수설원외의견희」(酬薛員外誼見戲)에 "遣弓逢大敵, 摩壘怯偏師."란 구절이 보인다.

638. **말을 쏘아 왕 사로잡음** 원문은 사마금왕(射馬擒王). 두보(杜甫)가 「전출색」(前出塞)이라는 제목으로 지은 "挽弓當挽强, 用箭當用長. 射人先射馬, 擒敵先擒王. 殺人亦有限, 立國自有疆. 苟能制侵陵, 豈在多殺傷."라는 시의 3구와 4구를 빌려 온 것이다. 상대방을 쓰러뜨리기 위해서는 상대방이 의지하고 있는 것을 먼저 쓰러뜨려야 한다는 의미를 갖고 있다. 송일휴가 시를 지음에 있어 비유에 능한 것을 찬미한 것으로 보인다.

연경으로 가는 공서 이군을 전송하며 送公瑞李君赴燕

만리장성 다한 곳에 하늘은 길게 들고	天入秦城盡處長
요동벌 가을빛이 아스라이 맞닿았네.	全遼秋色接蒼蒼
행궁의 푸른 기와 용의 기운 피어나고	行宮碧瓦蒸龍氣
사막의 누런 깃발 새 휘장이 펄럭인다.	大漠黃旗拂鳥章
의기는 참으로 천 리 이별 이루었고	意氣眞成千里別
성명은 애오라지 백 년 향기 퍼져 가리.	姓名聊博百年香
특이한 볼거리는 서하객⁶³⁹도 궁하리니	直將異見窮霞客
서장⁶⁴⁰의 대법왕⁶⁴¹은 꼽지도 않는다네.	不數西藏大法王

639. 서하객　원문은 하객(霞客). 명(明)나라 때 『서하객유기』(徐霞客遊記)를 지은 하객(霞客) 서굉조(徐宏祖, 1585~1640)를 가리킨다. 그는 수많은 곳을 여행하며 기이한 견문을 글로 남겼다.

640. 서장　본래 여러 오랑캐 지방의 부락(部落)으로, 토번(吐蕃)이라고도 한다. 『청일통지』(淸一統志)에 따르면 서장은 사천(四川)·운남(雲南) 지방의 변두리에 있는데, 동쪽에서 서쪽까지의 거리는 6천4백여 리이고, 남쪽에서 북쪽까지의 거리는 6천5백여 리라고 한다. 동쪽으로는 사천 경계에 이르고, 동남쪽으로는 운남 경계에 이르며, 서쪽으로는 서역(西城) 회부(回部) 지방의 대사막(大沙漠)에 이르고, 북쪽으로는 청해(靑海) 경계에 이르는데, 북경(北京)까지의 거리는 1만 4천여 리다.

641. 대법왕　일반적으로는 부처를 가리킨다. 여기서는 토번의 대보법왕(大寶法王)을 가리키는 것으로 보인다. 대보법왕이란 칭호는 왕의 작위가 아닌 불교의 존호로, 부처와 다름없는 지혜를 가진 자에게 황제가 지어 준 명칭이다. 『열하일기』「반선시말」(班禪始末)에 이에 대한 자세한 이야기가 있다.

대전의 생신날 근무가 끝난 뒤 옛 동료에게 읊어 보이다

2수 大殿誕日起居罷後 吟示舊寮 二首

1

풍수지탄 처량하다 남은 생을 얘기하며	凄凉風樹話餘生
다시금 왕노(王盧)⁶⁴²의 무리 좇아가는구나.	又趁王盧隊裏行
오사모로 세상 욕심 없다 감히 말하지만	敢道烏紗非世念
거문고를 당겨 봐도 소리를 못 이루네.	援琴猶自不成聲

2

가만히⁶⁴³ 퇴근 늦음 스스로 깨달으니	低回自覺退朝遲
따뜻한 말씀 예전과 변함없음 감격했네.	感激溫言似昔時
두 소매 그득히 주신 과자 가져오니	賜菓携來雙袖重
오늘 문에 기대어 기다릴 이⁶⁴⁴ 누굴런가?	不知今日倚閭誰

---

642. **왕노**　초당(初唐) 시대 문장가의 사걸(四傑)로 불렸던 양형(楊炯)·왕발(王勃)·노조린(盧照鄰)·낙빈왕(駱賓王)을 합쳐 양왕로락(楊王盧駱)이라 하는데, 그 가운데 왕발과 노조린을 말한다. 당(唐) 두보(杜甫)의 「희위육절구」(戱爲六絶句)에 "노조린 왕발로 한묵 잠게 했더라도, 한위가 풍소에 가까움만 못했으리"(縱使盧王操翰墨, 劣於漢魏近風騷.)란 구절이 있다.

643. **가만히**　원문은 저회(低回). 머리를 숙이고 생각에 잠겨 천천히 거닌다는 뜻이다.

644. **문에 기대어 기다릴 이**　원문은 의려(倚閭). 자식이 밖에 나가 돌아오지 않으면 어머니가 문에 기대어 기다린다는 데서 나온 말. 여기서는 자신의 어머니가 이미 돌아가셔서 과자를 가져가도 드실 이가 없음을 말한 것이다.

밤중에 초당에 앉아 蕉堂夜坐

밤 산은 하늘 멀리 흔적이 사라지고 　　　　夜山天遠欲無痕
늙은 나무 대문에선 두드리는 소리[645] 높다. 　剝啄聲高老樹門
등불 가 가을꽃은 옥 벼루를 둘렀는데 　　　燈畔秋花圍玉硏
달빛 아래 찬 잎새는 금술잔에 지는구나. 　　月邊寒葉下金尊
벗들과의 시문 교유[646] 명예 욕심 식었는데 　名心久向題襟冷
그림 읽다 흐려지는 병든 눈 시름겹다. 　　病眼愁從讀畫昏
내일은 그대 함께 칼 얘기 나누리니 　　　明日與君宜說鋋
검은 말 올라타고 내 동산 찾아 주오. 　　翩翩黑衛訪吾園

일본의 방야도[647] 병풍 노래 日本芳埜圖屛風歌

흰 꽃이 어지러이 누런 땅을 비추는데 　　白花迷離照金地
병풍 속 잔치 손님 꽃놀이에 빠져 있네. 　深屛宴客徵花事
기이한 기록에 들지 않는 『오처경』[648]이요 　異聞不數吾妻鏡

645. **두드리는 소리**　원문은 박탁성(剝啄聲). 바둑 두는 소리, 새소리, 문 두드리는 소리 등의 뜻이 있다. 여기서는 밤중에 누가 찾아와 대문을 두드리는 소리로 풀었다.
646. **벗들과의 시문 교유**　원문은 제금(題襟). 당나라 때 온정균(溫庭筠), 단성식(段成式) 등이 평소 주고받은 시를 모아 『한상제금집』(漢上題襟集)이라 하였다. 이후 '제금'은 시문을 주고받으며 마음을 풀어낸다는 뜻으로 사용되었다.
647. **방야도**　벚꽃이 만발한 봄날 교외의 풍경을 그린 병풍 그림. 그림의 내용은 자세하지 않지만, 다만 시의 내용으로 보아 벚꽃이 만발한 들판 풍경을 그린 그림으로 보인다.

나오는 대로 읊어 댐은 앵화의(櫻花義)[649]로다.	信口拈出櫻花義
동해의 동쪽이라 봄빛이 유별나니	東海之東春色別
이 꽃의 풍류가 으뜸이라 일컫누나.	此花風流稱第一
대판성[650] 가운데 비단처럼 쌓여 있고	大版城中堆似錦
낭화강[651] 위로는 눈발처럼 흩날리네.	浪華江上飄如雪
이역이라 꽃다운 향 남다른 공 자랑하니	異域芳香詫殊勳
중국의 구석(九錫)[652]인들 어이 함께 논하리오.	中州九錫何須論
맨발로 칼을 찬 이 누구런가	帶劍跣行者誰子
멈칫멈칫[653] 바구니 들고 꽃시장을 찾는구나.	提籃彳亍來花市
고운 여인 두 뺨은 술에 살짝 취한 듯해	麗人雙頰欲微酡
더운 한낮 붉은 일산 환하게 빛이 나네.	紅徹烘明暄午暑
환한 옷 하나하나 빳빳하여 주름 없고	明衣箇箇硬不皺
어깨 걸친 복장에는 꽃 비단수 놓았구나.	肩幅呀張綻花繡
장막은 알록달록 오색 휘장 드리웠고	帟幕斑爛五色幬
젊은이는 꽃 담요에 편안하게 앉아 있네.	少年狎坐花氍毹
붉은 칠한 둥근 쟁반 국수를 차리었고	柿漆圓盤鋪細麪
금칠한 작은 찬합 나물 반찬 쌓였구나.	泥金小盒堆虀蔞
머리 가에 작은 터럭 잘라 내어 상투 틀고	頭邊少髮剪作髻

648. 『오처경』 일본 최초의 무인가 정권인 가마쿠라 막부(鎌倉幕府)의 사적을 기록한 일기 형식의 역사책으로 51권이 전한다.
649. 앵화의 오처경의 용례로 보아 고유명사로 보이는데 내용은 미상이다. 앵화는 벚꽃을 뜻한다.
650. 대판성 일본의 관서 지방에 있는 오사카 성을 말한다.
651. 낭화강 일본의 대판성 한가운데를 질러 흐르는 강 이름이다.
652. 구석 천자가 특히 공이 있는 사람에게 내리는 아홉 가지 귀중한 물품으로, 거마(車馬)·의복(衣服)·약칙(樂則)·주호(朱戶)·납폐(納陛)·호분(虎賁)·부월(斧鉞)·궁시(弓矢)·거창(秬鬯) 등을 가리킨다.
653. 멈칫멈칫 원문은 척촉(彳亍). 조금 걷다가 멈춰 서서 쉬는 모양.

발가락 끝 나막신을 고리 걸어 끌고 가네.   拇端雙屐鉤成曳

총각머리 어린아이 옛 풍속이 남아 있고   總丱兒童餘古俗

담자를 가로 두름 중국 제도 한가질세.   橫杠擔子猶唐制

서로 만나 제가끔 고향을 알아보니   相逢各自認鄕園

동전 같은 무늬 새겨 앞뒤로 표시했네.   有紋如錢表肩背

솔바람 십 리 길에 높은 집 가려 있어   松濤十里隱高屋

화표주 희미하게 숲 기슭 굽어본다.   華表微茫俯林麓

옷 향기 맥맥하게 시름을 자아내고   衣香脈脈縈愁緖

두 마리 말 끄는 수레 푸른 허공 밟고 가네.   寶馬雙牽踏空綠

열세 살 예쁜 소녀 이빨 아니 물들였고   妖姬十三齒不染

손님 보고 빗질하며 머리 묶지 않았네.   對客梳頭髮未斂

붉은색 귀고리는 흰 손으로 장식하고   紅鐺恰被素手移

저고리로 애써 군이 젖가슴을 가리었네.   繡襦剛辦酥胸掩

봄바람 선선한데 술집 소리 부드럽고   春風流利酒聲柔

물가에 새 잎 나니 붉은 다락 환하구나.   水邊新葉明朱樓

집집마다 꽃비에 철초[654]는 살져 있고   紅雨家家鐵蕉肥

이 사이에 없는 것은 꾀꼬리뿐이라네.   此間但無黃栗留

그림을 어루만져 세 번을 탄식하다   摩挲畫圖三嘆息

다시금 영롱한 황금 장식 아끼노라.   復愛玲瓏釵金飾

종생(宗生)[655]은 다 늙도록 바다 밖 못 나가니   宗生白頭未破浪

청령국 설명할 이 몇이나 있겠는가.   幾人解說蜻蛉國

오규 소라이[656]는 풍아를 떨치었고   徂徠茂卿振風雅

---

654. **철초** 소철의 다른 이름이다.

655. **종생** 식물이 무리 지어 자라는 것을 뜻하는 총생(叢生)과 같다. 여기서는 식물처럼 자라 먼 곳을 다니지 못했다는 뜻으로 사용한 것으로 보인다.

담해 초중의 연사는 성대하였네.[657]　　　　淡海蕉中盛蓮社

만력 연간으로부터 봉공[658]을 의논하여　　　自從萬曆議封貢

백 년간 문물이 삼한 땅과 교통했네.　　　　百年文物通辰馬

어이 다만 번화함만 오랑캐의 으뜸이리　　　詎但繁華雄百蠻

제도 능히 주관(周官) 따름 자못 아낄 만하도다.　頗憐度能周官

긴 노래로 직방기[659]를 이으려 하였으나　　　長歌擬續職方紀

서불[660]은 한 번 가서 천추에 소식 없네.　　　徐市一去秋漫漫

천록을 새긴 필산[661] 노래, 윤암 이희경을 위해 짓다

天祿筆山歌 爲綸菴李生作

　갈대 뿌리 황련[662]처럼 땅에 붙어 있다가　　　蘆根附地如黃連

---

656. 오규 소라이　　원문은 저래무경(徂徠茂卿). 일본의 오규 소라이(荻生徂徠)로, 그의 자가 무경(茂卿)이다. 에도 중기의 유학자 고문사학(古文辭學)의 입장에서 고학(古學)을 제창했는데, 이토 진사이가 『논어』를 중시하고 6경을 경시한 것에 반대하여 공자가 계승하고자 했던 주(周) 이전 고대 선왕의 도를 연구 대상으로 삼았다.

657. 담해 초중의 연사는 성대하였네　　담해(淡海)는 지금의 시가켄(滋賀縣) 마이바라시(米原市)의 옛 지명이다. 초중(蕉中, 1719~1801)은 헤이안 시대의 승려로 조선 관련 외교문서 작성을 주로 한 인물이다. 연사(連社)는 초중이 머물렀던 상국사(相國寺)를 가리키는 것으로 보인다.

658. 봉공　　봉(封)은 책봉이고, 공(貢)은 조공(朝貢)이다. 중세 중국 중심의 동아시아의 국제 질서는, 이웃 나라가 중국에 조공을 하면 그 대가로 중국의 황제가 이웃 나라의 왕이나 왕비 등을 책봉하는 상징적인 주종 관계였다. 여기서는 명나라와 국교 수립 논의가 있었음을 말한 것이다.

659. 직방기　　직방은 중국 주대(周代)의 관명으로, 천하의 지도와 토지 등을 관장했다. 직방기는 천하의 지도와 토지를 기록한 문서다.

660. 서불　　진 시황의 명을 받고 동방에 불로초를 구하러 갔다가 돌아오지 않아 전설적인 인물이 되었다.

천록으로 변했는데 어찌 그리 구불구불한가.	化爲天祿何蜿蜒
모습 따라 깎았으니 힘들이지 않았고	因形鐫削不費力
뿔 하나 우뚝 숫고 두 꼬리 말려 있네.	一角隆起雙尾拳
크게 벌린 성난 입 오히려 기뻐하듯	怒口哆開却似喜
비스듬히 머리 들어 그 앞에 앉아 있네.	昂然側首蹲其前
몸에 붙은 여덟 새끼 모습도 제각각	緣身八雛態各殊
뛰는 놈에 기는 놈, 거꾸로 매달린 놈.	或走而橫或倒懸
늙었다고 가죽이 가렵지 않으리오	老物邪無皮發癢
긁으려다 새끼를 떨어뜨린 듯하네.	意若搔墮其雛然
묻노니, 어디에서 압록강을 건너왔니	問爾何從渡鴨水
바로 어제 유주에서 돌아온 길손 있네.	有客昨日幽州還
학식 많다 다람쥐[663] 분변함 논치 말고	博雅休論辨豹鼠
멀리 놀며 각단[664]을 만난 것 자랑하게.	遠游且誇逢角端
아마 처음 얻었을 땐 만지작거리다가	想其摩挲初得時
몇 번이고 자다 깨어 보면서 밤샜으리.	幾回發視宵無眠

661. 천록을 새긴 필산　천록(天祿)은 고대 상상의 동물이다. 사슴의 몸에 꼬리가 길며, 뿔이 하나 달렸다고 한다. 한대(漢代)에 이를 새긴 서진(書鎭)을 만들었다. 필산(筆山)은 쓰던 붓을 잠시 얹어 놓는 문구로, 보통 그 위가 산처럼 울록볼록하다. 천록필산은 천록을 새긴 필산이다.

662. 황련　황연사(黃連蛇)로, 촉(蜀) 땅에서 나는 뱀인데 황련(黃連) 밭에 산다고 한다. 몸집이 작고 황련화만을 먹는다. 『광양잡기』(廣陽雜記)에 나온다.

663. 다람쥐　원문은 표서(豹鼠). 표문서(豹文鼠)의 줄임말로, 다람쥐의 별칭이다. 다람쥐의 가죽에 표범 무늬가 있어 생긴 말이다. 처음에 사람들이 다람쥐가 어떤 동물인지 알지 못했는데 한나라 때 종군(終軍)이 표문서임을 변증하여 사람들이 그 박식함에 감탄했다고 한다. 곽박(郭璞)의 「이아서」(爾雅序)에 보인다. 이후 표문서는 물명에 박식한 경우를 표현할 때 쓰였다.

664. 각단　전설상의 동물 이름이다. 코 위에 뿔이 있고, 하루에 1만 8천 리를 가며, 여러 나라의 언어를 구사할 줄 안다고 한다. 훌륭한 왕이 자리에 있어 먼 세상의 일까지 밝게 알면, 각단이 글을 받들고 이른다고 한다. 『송서』(宋書) 「부서지」(符瑞志) 하(下)와 『원사』(元史) 「야율초재전」(耶律楚材傳) 등에 나온다.

구지석[665]과 한간[666]의 말 그림을 바꾸었듯   仇池石換韓幹馬
이것이 내게 온 것 인연이 있어서리.   此物歸吾良有緣
솜씨 너무 정교하여 전율이 일어나고   矗矗令人起寒粟
손이 떨려 감히 위를 만지지 못하겠네.   手顫不敢捫其顚
이것이 바다 밖의 금형류(金荊榴)[667]는 아니건만   莫是海外金荊榴
용연[668]의 향처럼 꽃향기를 자아내네.   天生芳氣如龍涎
개인 창서 붓 놓고서 오두마니 바라보니   晴牕閣筆見突兀
진실로 새를 좇아 숲 속에서 노니는 듯.   眞似從禽原藪間

흠당의 시에 화답하다 和欽堂

잠깬 뒤 몽롱한 채 꿈속 세계 물어봐도   憁騰睡罷問黃粱
취향에서 보았던 산천은 다시 없네.   無復山川記醉鄉

665. 구지석 구지는 중국 감숙성에 있는 산 이름으로, 산 정상에 못이 있어 붙여진 이름이다. 이 산에 있는 돌을 말한다. 소식(蘇軾)의 「호중구화시」(壺中九華詩) 자서(自序)에 의하면 "호구(湖口) 사람 이정신(李正臣)이 기이한 돌을 가지고 있는데, 아홉 봉우리가 영롱(玲瓏)하고 마치 격자창 모양으로 생겼으므로, 내가 백금(百金)을 주고 그것을 사다가 나의 구지석(仇池石)과 짝을 만들고 싶었으나, 마침 남쪽으로 옮겨 가게 되어 틈을 내지 못했다. 그래서 우선 이를 '호중구화'라 명명하고 또 시로써 기록하는 바이다"라고 하였다.
666. 한간 당나라 때 사람으로, 말 그림을 잘 그렸다. 〈목마도〉(牧馬圖)가 남아 있다.
667. 금형류 향기가 나는 나무 이름이다. 수(隋)나라 양제(煬帝)가 주관(朱寬)을 시켜 유구(琉球) 땅을 정벌하여 가져오게 한 나무다. 이 나무는 금빛을 띠고 있으며, 나뭇결에 치밀하고 비단과 같은 무늬가 있는데, 매우 향기롭다고 한다.
668. 용연 고래의 병든 위장에서 나오는 일종의 결석(結石)으로, 가장 유명하고 진귀한 향료로 꼽힌다.

지사는 처량하게 늙어 감을 슬퍼하고　　　　　志士凄凉悲老大
초인은 실의한 채 방향(芳香)을 탄식하네.　　　楚人搖落歎芳香
다듬이 소리 요란하게 천 집 달빛 흔들고　　　繁砧搗盡千家月
먼 기러기 줄을 지어 한밤 서리 끌어오네.　　遠雁勾來一夜霜
평생토록 혜업(慧業)[669]을 끊어 내지 못하며　慧業平生消不斷
어린 아들 바쁘게 글씨 씀을 바라본다.　　　又看稚子艸書忙

사천과 녹은의 집에 들러 거문고 연주를 듣고 우산 전겸익의 시에 차운하여 짓다 過麝泉鹿隱 聽琴 次虞山

1

바쁜 중에 우연히 한가함을 얻었으니　　　偶向忙中得少閒
어지러운 세상일엔 관여하지 않으려네.　　紛紛時事不相關
어여뻐라, 글 기운 눈썹까지 올라오고　　　最憐書氣升眉宇
거문고 소리는 손가락 사이 떠다니네.　　　別有琴聲泛指間
만 점의 잎새에선 가을빛이 저물고　　　　萬點葉將秋色去
한 무리 까마귀는 석양에 돌아온다.　　　　一群雅帶夕陽還
맑고 얕은 먼 안개 속 나귀 걸음 느릿하니　遠煙淸淺驢蹄倦

---

669. 혜업　공문의 이치를 깨치는 앎을 혜(慧)라고 한다. 혜업(慧業)이란 그런 지혜로 업을 짓는 것을 뜻하는데, 서화(書畵)와 같은 탈속적인 취향을 뜻하는 것으로 보인다. 조희룡(趙熙龍)의 「한와헌제화잡존」(漢瓦軒題畵雜存)에는 "십 년 동안 매화를 그려 혜업(慧業)을 이루었으니, 좋은 먹과 붓만 있으면 문득 매화 생각이 났다. 이런 시를 지은 적이 있다. '우습다, 근래 혜업을 이뤘으니, 우리 집 붓은 모두 화심(花心)이라네'"(自笑年來成慧業, 吾家毫筆摠花心.)란 말이 있다.

시정(詩情)을 한껏 싣고 푸른 산을 지나누나.　　又馱詩愁過碧山

2

높은 곳에 누웠으니 한가로움 끝이 없고　　高臥眞堪徹底閒
사립문도 술꾼 향해 닫아 두질 않는구나.　　衡門不向酒人關
시내와 저녁 까마귀 밖에서 시는 지어지고　　詩成流水昏鴉外
그림은 이웃집의 가을 나무 사이에 있네.　　畫在隣家秋樹間
세상 사업 쓸쓸하여 은둔[670]을 이뤘으니　　事業蕭然三徑畢
흰머리만 더해진 채 십 년 만에 돌아왔네.　　鬢絲添却十年還
화롯불도 다 식고 주렴도 고요하여　　爐灰自陷風簾靜
누대 앞머리의 첩첩 산을 바라보네.　　看盡樓頭數疊山

3

좋은 약속 비단 띠에 글을 써서 보내오니　　佳約翩翩錦帶書
연경의 새 소식은 『우초신지』[671] 능가하네.　　燕中新聞邁虞初
거문고는 모름지기 완첨(阮瞻)[672]을 배워야 하고　　彈琴須學阮千里
그림은 아무래도 당인(唐寅)[673]을 따라야 하리.　　作畫聊爲唐六如

---

670. **은둔**　원문은 삼경(三徑). 뜰의 좁은 세 길로, 은둔자의 정원을 뜻한다. 도연명의 「귀거래사」에 그 용례가 보인다.

671. **『우초신지』**　장조가 지은 패사소품집. 이 책 상권 176쪽 각주 255번 참조.

672. **완첨**　원문은 완천리(阮千里). 진(晉)나라 때 사람으로 천리(千里)는 그의 자다. 죽림칠현 중한 사람인 완함(阮咸)이 그의 아버지다. 완함은 완적의 조카로, 비파를 잘 탔으며, 악기를 창제했다. 그의 아들 완첨 또한 거문고를 잘 타서 남이 그의 음악을 듣고자 하면 남녀노소, 빈부귀천을 따지지 않고 들려주었다고 한다. 행적에 대해서는 『진서』(晉書) 「완첨전」(阮瞻傳)에 자세하다.

673. **당인**　원문은 당육여(唐六如). 명나라의 화가인 당인(唐寅)으로 자는 백호(伯虎), 호는 육여거사(六如居士)다. 〈강산취우도〉(江山驟雨圖) 등이 대표작이며, 문장에도 뛰어나 『당인집』(唐寅集)을 남겼다. 근래 중국에서 그의 평전이 간행되었으니 참고할 만하다. 문원(文源), 『사대풍류재자지당백호』(四大風流才子之唐伯虎)(광명일보출판사, 2003) 참조.

늙어 가는 홍안(紅顔)에 한숨이 절로 나니　　太息朱顔留不住
어이할까, 누른 잎 남김없이 떨어졌네.　　可堪黃葉落無餘
처마 아래 동홍(童鴻) 처지 쓸쓸함이 안타깝네　　只憐廡下童鴻冷
달팽이[674]도 제 살 집은 가졌다고 들었거늘.　　聞說瓜牛亦有廬

　　사천 이희경 부자가 이때 주인집 바깥사랑을 빌려 쓰고 있었다. 麝泉父子時
　　借主人家外廊.

4

취한 뒤의 신이 들린 붓놀림 놀라워라　　鵲落驚看醉後書
은자[675]가 사는 집에 손이 막 찾아왔네.　　隱囊紅拂客來初
푸른 산은 사조(謝朓)[676] 시의 그것과 비슷하고　　靑山謝朓詩中似
가을 나무 이성(李成)[677]의 그림과 한가질세.　　秋樹營丘畫裏如
지는 해는 단조(丹竈)[678] 밖에 절반쯤 걸려 있고　　斜日半竿丹竈外
낮잠 자고 일어나니 향연(香煙) 한 올 피어나네.　　香煙一穗黑甛餘
십 년의 관리 생활 내 본모습 아니러니　　十年烏帽非眞我
이곳 구름 솔숲에 집을 얽어 지내리라.　　此地雲松好結廬

---

674. 달팽이　원문은 과우(瓜牛). 와우(蝸牛)와 같은 말로 달팽이를 뜻한다. 와우려(蝸牛廬)는 달
팽이 집처럼 작은 오두막을 가리킨다. 여기서는 달팽이에게도 집이 있는데, 그렇지 못한 벗의 처지
를 비유한 것이다.
675. 은자　원문은 은낭홍불(隱囊紅拂). 홍불은 먼지를 털거나 파리를 잡기 위해 중이 지녔던 불
구(拂具)인 불진(拂塵)을 말하는 것으로 보인다. 은낭은 주머니 모양으로 된 몸을 기대는 도구로,
곡침(靠枕)을 말한다. 홍불과 더불어 은자의 모습을 형상화하는 매개물이다.
676. 사조　중국 육조 시대의 시인으로, 송나라의 사령운(謝靈運)과 함께 대사(大謝)와 소사(小謝)로
일컬어졌다. 시는 오언체(五言體)에 능하고, 사경(寫景)에 묘하며, 청신(淸新)한 기풍이 풍부하다.
677. 이성　원문은 영구(營丘). 중국 송나라 때의 예인인 이성(李成)으로, 영구(營丘)는 그의 호다.
술을 좋아했으며, 그림은 물론 거문고와 바둑 그리고 시에도 능했다.
678. 단조　신선의 단약을 제조하던 아궁이를 말한다.

다시 차운하여 사천 이희경 등에게 보여 주다 2수

示麝泉諸子 二首

1

관직 떠난 한가로움 십 년 만에 처음 알아 　　十年初識去官閒

어애송(御愛松) 깊은 곳에 문 닫고 혼자 있네. 　　御愛松深獨閉關

단풍 숲 너머로 학 날린[679] 하늘 높고 　　放鶴天長黃葉外

푸른 기운 사이로 독서대가 돌아드네. 　　讀書臺廻翠微間

하찮은 이름이야 내게 무슨 상관이랴 　　浮名咄咄我何有

지난 일 아득하여 돌이킬 수 없는 것을. 　　往事悠悠都不還

술동이 등에 지고 사슴을 데리고서 　　背負葫蘆携一鹿

다른 날 모두 함께 평산[680]으로 향하리라. 　　他時偕入向平山

2

경전 공부 잠심하여 잠깐 짬도 없거늘 　　兀兀窮經未暫閒

어느 누가 철문관[681]을 활짝 열어 깨뜨리리. 　　何人開破鐵門關

해 질 녘 언제나 하늘 끝을 품었는데 　　每因日暮裹天末

어느새 가을 소리 나무 사이 있구나. 　　已覺秋聲在樹間

저무는 초승달에 그림자 희미하고 　　纖月欲低纔送影

마음 급한 먼 기러기 돌아오지 않았네. 　　遠鴻雖急不成還

---

679. 학 날린　원문은 방학(放鶴). 진대(晉代)의 고승(高僧) 지둔(支遁)은 학을 좋아해서, 선물 받은 학 두 마리가 차츰 죽지가 자라는 것을 보고는 날아가지 못하도록 이를 꺾어 버렸다. 죽지가 상한 학이 축 처져서 울먹이는 듯한 모습을 보이자, 불쌍한 생각이 들어 "하늘을 나는 천성을 어찌 사람의 이목을 위해 희생시키겠는가" 하고는, 죽지가 낫도록 잘 길러서 날려 보냈다 한다.

680. 평산　황해도의 남동쪽에 자리한 지명이다.

681. 철문관　본디 중국 고대의 유명한 관문 중의 하나지만, 여기서는 경전의 깊은 경지로 들어가는 문의 은유이다.

초당도 속 그림과 시 안의 경지에서　　　　艸堂圖裏詩中境
비췻빛 가로 빗긴[682] 벼루를 마주하네.　　　翡翠翎橫對硏山

연암 어른 집에서 앞 시에 차운하다 燕巖室 次前韻

몇 그루 나무 사립문 유난히 한가로워　　　數樹衡門特地閒
천연의 화의(畫意)는 형관(荊關)[683] 그림 한가질세.　天然畫意逼荊關
외로운 마음으로 또 겨울 맞이하니　　　　孤裏又値秋冬際
서로 대함 송석(松石) 사이 있는 듯.　　　相賞眞如松石間
흐르는 물 따라서 약 팔러 갔다가　　　　賣藥偶隨流水去
석양을 등지고 책 빌려 돌아오네.　　　　借書多背夕陽還
무심히 하늘 끝 기러기를 헤다가　　　　無心獨數天邊雁
바보처럼 웃으며 꿈속 산을 바라보네.　　　一笑癡看夢裏山

흠당에서 술에 취해 欽堂醉書

쓸쓸한 인간 세상 마흔 생애 글렀으니　　　寥落人間四十非

---

682. 비췻빛 가로 빗긴　　원문은 비취영(翡翠翎). 청나라 때 1품의 문무 관료들이 찼던 비취영관(翡翠翎管)으로 보이는데, 백옥영관(白玉翎管)과 함께 고관대작의 상징물이었다.
683. 형관　　형호(荊浩)와 관동(關東)을 가리키는데, 모두 송대(宋代) 산수화로 유명한 화가이다.

미친 듯 붓과 먹을 절로 마구 휘갈기네.　　狂來筆墨自橫飛
솔잎 지붕 부서진 집 벌레 외려 남았는데　松毛屋破蟲猶在
달걀빛 하늘 위론 기러기도 날지 않네.　　卵色天空雁亦稀
푸른 산서 전송하며 거푸 술을 마시려니　送客靑山連酒騷
거문고 가락 따라 발 위에 잎이 지네.　　鼓琴黃葉下簾衣
양중·구중 오가던 길[684] 소슬하기 짝이 없고　羊求徑裏偏蕭瑟
지팡이로 시름겨워 늦게 홀로 돌아오네.　愁把枯筇晚獨歸

실의에 젖어서[685] 濩落

올해 계획 모두 다 어그러지고　　濩落今年計
어느새 쓸쓸한 10월 되었네.　　蒼茫十月陰
흰머리에 은둔 계획 늦어만 지고　白頭歸隱晚
누런 잎은 밑둥에 깊이 쌓였네.　黃葉聚根深
새는 약아 쉼 없이 쪼아 대는데　鳥黠無閒啄
올빼미는 추워서 한낮에 우네.　鴟寒有晝吟
이 마음 숨어 사는 은사 아니니　此心非荷蕢
다만 좇아 찾아감이 게으를 따름.　只是懶追尋

684. **양중·구중 오가던 길**　원문은 양구경리(羊求徑裏). 양구는 한나라 애제(哀帝) 때 단정하고 청렴하기로 이름났던 양중(羊仲)과 구중(求仲)을 말한다. 당시에 그들의 벗 장후(蔣詡)가, 왕망(王莽)이 섭정을 하자 벼슬을 그만두고 고향으로 돌아와 은거했다. 이때 외부와 통하는 세 길을 터놓고 하나는 자기가, 나머지 두 길은 양중과 구중이 다니는 길로 삼아 서로 왕래하며 살았다 한다.
685. **실의에 젖어서**　원문은 호락(濩落). 속이 빈 물건이 바람에 날려서 물건에 부딪혀 나는 소리를 형용한다. 전하여 세상에 쓰이지 않아 낙탁한 모양이나 버려져 찾는 이가 없음을 뜻한다.

윤암 이희경 형제와 녹은이 찾아왔기에 어양 왕사정의 시에 차운하여 짓다 綸菴兄弟及鹿隱來訪 次漁洋

말쑥한 차림[686]으로 솔뿌리에 기대어서	方袍瀟灑倚松根
기러기 떠난 가을 하늘 바보처럼 바라보네.	癡對秋空去雁痕
공도는 분명하여 다만 백발 남았고	公道分明惟白髮
석양빛 처량하게 황혼에 가깝구나.	夕陽惆悵近黃昏
몇몇 집 다듬이 소리 모래 언덕 이어지고	數家砧杵連沙岸
몇 그루 수양버들 석문에 드리웠네.	幾樹垂楊護石門
웃으며 책 먼지 털며 옛 친구를 맞이하니	笑拂書塵迎舊雨
창문으로 줄줄이 좀벌레[687]들 달아나네.	晴窓脈脈蠹魚奔

낙산의 가을 생각 2수 酪山秋思 二首

1

한 줄기 맑고 고운 샘이 있어서	明澄一泓泉
바위 아래 자는 사람 비추고 있네.	照人巖底眠
약초 캐던 곳에는 가을이 깊고	秋深行藥地
기댄 다락 위에는 갈바람 소리.	嘯入倚樓天
아득한 뭉게구름 말달리는 듯	泱漭雲如馬
가물가물 나무들 연기 같구나.	凄迷樹化煙

---

686. 말쑥한 차림 원문은 방포(方袍). 네모진 두루마기란 뜻으로, '가사'(袈裟)를 이르는 말이다.
687. 좀벌레 원문은 두어(蠹魚). 책을 읽고 활용할 줄 모르는 사람을 조롱하는 말로도 쓴다.

| 명산은 원래부터 지척이거니 | 名山元咫尺 |
| 사는 곳 궁벽함을 괴이타 마오. | 休怪卜居偏 |

2

어릴 적에 종놈의 말만 믿고서	幼歲信蒼頭
나무꾼 길 깊은 곳 따라갔었지.	誤隨樵徑幽
시내 만나 건너기 어려웠었고	當溪苦難越
짝 잃고 서로 찾음 원망했었네.	失侶恨相求
높은 메 넘었다고 생각했는데	自訝踰曾巘
이제 보니 조그만 언덕이로다.	今來只小丘
풀피리 불던 그때 어제 같은데	吹蔥如昨日
다시 와 노닐게 됨 이제 깨닫네.	始悟此重遊

네 사람을 애도하는 시 4수 四悼詩 四首

1 탄소 유금 柳彈素〔琴〕

싸락눈 높은 가지 쌓여 있는데	米雪集高柯
새벽 찬 해 발 사이로 흔들리누나.	風簾澄寒旭
젊은 시절 갑자기 떠올리자니	忽憶少年時
한밤중 유금 집서 술을 마셨지.	夜飮彈素屋
무릎에 기대 놓고 거문고[688] 타니	倚膝調秬琴

---

688. **거문고**　원문은 혜금(秬琴). 죽림칠현인 혜강이 연주하던 거문고를 가리킨다.

강개하여 곡조를 맺지 못했네.	慷慨不終曲
때마침 하늘에선 눈비가 내려	爾時天雨雪
백탑은 도금한 듯 뭉툭했었네.	白塔禿如鍪
석린(石鱗)[689]의 등불이 흔들리기에	翩翩石鱗燈
깜짝 놀라 일어나 청장[690]서 잤지.	驚起靑莊宿
평생에 몇 번이나 모이겠는가	平生幾聚首
이때 일 평생토록 잇기 어렵네.	此事竟難續
검천으로 가는 길 적막도 한데	寂寞黔川道
외론 무덤 거친 언덕 부쳐 있구나.	孤墳寄荒麓
조문객들 호분[691]을 구슬퍼하고	弔客悲虎賁
집안사람 바보 아재[692] 애통해하네.	家人泣癡叔
부질없이 노수 얘기[693] 전해져 오고	空傳潞水談
골목엔 『주비산경』(周髀算經)[694] 읽는 이 없네.	巷無周髀讀
어이해 중추 달을 기약하리오	詎期仲秋月
슬픈 곡조 삼촉[695]에 울리는구나.	哀絃動三蜀

689. **석린** 돌비늘로, 탑을 둘러싸고 있는 사면의 돌을 비유적으로 표현한 것이다.

690. **청장** 여기서는 이덕무의 집을 가리킨다.

691. **호분** 하(夏)나라 때 임금을 호위하던 용맹한 관원의 이름이다. 뒤에 정예의 무사를 일컫는 이름이 되었다. 『주례』「하관」(夏官)에 용례가 보인다.

692. **바보 아재** 원문은 치숙(癡叔). 진(晉)의 왕담(王湛) 형제를 가리킨다. 덕을 숨기고 표현하지 않아서 사람들에게 바보[痴] 취급을 받았다. 『진서』「왕담전」(王湛傳)에 보인다. 여기에서는 유금을 가리킨다.

693. **노수 얘기** 원문은 노수담(潞水談). 노수는 북경 외곽 통주에 있는 노하를 가리킨다. 유금의 연행 관련 이야기를 말한다.

694. **『주비산경』** 원문은 주비(周髀). 후한 때 편찬된 고대 천문학에 관해 설명한 저자 미상의 책 이름. 유금이 죽은 뒤 천문학 전문가가 다시 없음을 말한 것이다.

695. **삼촉** 본래 하나의 나라였는데, 한(漢)나라 초기에 촉군에 광한군(廣漢郡)을 두었고 무제(武帝) 때 또 건위군(犍爲郡)을 두었는데, 이를 합쳐 삼촉이라 한다. 여기서는 삼한을 가리키는 듯하다.

2 유일 이유동 李有一〔儒東〕

거리는 칠흑보다 캄캄도 하고	市色深於染
옛길은 적막하여 잠든 듯해라.	古道寂如眠
인간 세상 답 쌓인 답답한 말들	人間壹鬱語
그대 기대 한바탕 쏟아 냈었네.	賴爾一相宣
글솜씨와 호협한 기상을 지녀	文心與俠骨
중국도 모기처럼 낮게 보았지.	俯視九州蚊
청삼 입고 태학의 반열에 서니	青衫太學班
몸가짐은 예법에 어김없었네.	禮法頗拘牽
조구696가 생겨남에 웃고 읍하고	笑揖糟丘生
청루의 골목697에서 서로 만났지.	相逢狹斜間
흰 해는 어느새 서녘 향하니	白日忽西馳
청운의 길 더위잡아 오를 수 없네.	青雲不可攀
탁한 세상 뿌리치고 싫다 하면서	翩然厭濁世
떠나가서 다시는 오지 않았지.	去去不復還
세상 그를 당인처럼 미쳤다 하고698	世議唐寅狂
사람들 육배(陸培)699 문장 깜짝 놀랐지.	人驚陸培文
그대들이 마침내 오래 산대도	若輩竟遐壽
반드시 이 사람을 알진 못하리.	未必知斯人

---

696. 조구　술지게미로 쌓은 작은 언덕이란 뜻으로, 술을 가리키는 말이다. 『신서』(新序) 「절사」 (節士)의 "걸왕이 술로 연못을 만들었는데 배도 띄울 수 있을 정도였고, 쌓아 놓은 술지게미는 7리 밖에서도 보였다"(桀爲酒池, 足以運舟, 糟丘足以望七里.)라고 한 고사에서 유래한다.

697. 청루의 골목　원문은 협사(狹斜). 당나라 장안 유곽의 이름이다.

698. 당인처럼 미쳤다 하고　당인(1470~1523)은 명나라의 문인 화가로 천재의 자질을 지녔으나 성 격이 광오(狂傲)하여 세상과 화합하지 못하고 불우하게 살다가 죽었다.

699. 육배　1617~1645. 명나라 절강성 사람. 어려서부터 문명이 높았다. 명나라가 망하자 뜻있는 인사들을 모아 황청 운동을 하다가 자결했다.

| 쇠미한 세상에서 뜻을 품고서 | 敢將衰世意 |
| 술 마시다 제 수명 해치었구려. | 飮酒戕天年 |

3 복초 이광석 李復初〔光錫〕

산언덕엔 살구 잎 환히 밝은데	杏葉明山阿
띳집은 가을 물 저편에 있네.	茅茨隔秋水
예전에 계서 기약[700] 다다랐을 때	昔赴鷄黍期
심계 마을[701] 또렷이 기억나누나.	宛憶心溪里
헤어진 후 얼마나 지나갔던가	離別幾何時
역질 만나 갑자기 세상 뜨다니.	遘厲忽焉死
이 사람[702] 진작부터 예를 좋아해	夫夫夙好禮
엄연한 관중의 선비였다네.	儼然關中士
옷깃 걷고[703] 직재[704]의 문하에 들어	摳衣直齋門
태극의 깊은 뜻을 읊조렸었지.	吟弄太極旨
오롯한 그 사람의 생긴 모습은	一部人貌樣
꼿꼿하여 진흙 찌끼 털어 냈었네.	亭亭擢泥滓

---

700. **계서 기약** 원문은 계서기(鷄黍期). 닭을 잡아 국을 끓이고 기장으로 밥을 지어서, 음식을 대접한다는 뜻이다. 『논어』 「미자」(微子)에, "하조장인(荷蓧丈人)이 공자의 제자 자로(子路)를 자기 집에 초청하여 닭을 잡고 기장밥을 지어 대접했다"(殺鷄爲黍而食之)는 내용이 있다.

701. **심계 마을** 원문은 심계리(心溪里). 심계(心溪)는 이광석이 살았던 곳으로, 그의 호이기도 하다.

702. **이 사람** 원문은 부부(夫夫). '저 남자'라는 뜻인데, 여기서는 이광석을 말한다.

703. **옷깃 걷고** 원문은 구의(摳衣). 옷의 앞자락을 걷어 올린다는 뜻으로, 옛사람들이 손님을 맞이할 때 이러한 동작을 취함으로써 공경함을 드러냈다. 『관자』(管子) 「제자직」(弟子職)에 보인다.

704. **직재** 김종후(金鍾厚, ?~1780)의 호. 조선 후기의 문신으로 본관은 청풍, 자는 백고(伯高), 호는 본암(本庵) 또는 직재(直齋)다. 저서로는 『본암집』이 있고, 편서로 『가례집고』(家禮集考)·『청풍세고』(清風世稿)가 있다.

기이한 글 선비 궁상[705] 내쳐 버리고	奇文破儒酸
배 속마저 푸르게 변화시켰네.	碧色化腔子
마침내 파리 떼의 조문 받으니	竟付蒼蠅弔
유곤[706]의 보살핌이 없었음일세.	嗟無庾袞視
함렴(含斂)[707]은 절차를 어기었으니	含斂違節次
평소 배움 어이 족히 믿을 것인가.	素學安足恃
예우[708]라도 죽어서는 더러워지니	倪迂死不潔
세상일 진실로 이와 같도다.	世事良如此

4 덕조 이벽[709] 李德操 [蘗]

진인(晉人)은 명리를 숭상하여서[710]	晉人尙名理

705. **선비 궁상**   원문은 유산(儒酸). 책만 읽는 유자들의 빈곤한 처지를 말한다.

706. **유곤**   『수신기 하』(搜神記下)에 다음과 같은 설명이 있다. "자가 숙포(叔褒)다. 함녕(咸寧) 연간에 큰 역질이 돌아 그의 두 형이 모두 죽고 말았으며, 그 다음 형인 유비(庾毗) 역시 위험하게 되었다. 전염병의 기세가 심해 부모와 여러 아우들은 모두가 그 지역을 떠나 외지로 옮겨 가야 했지만 유곤만은 홀로 남아 있겠다고 버티었다. 여러 가족 친척들이 함께 떠나기를 강요하자 유곤은 이렇게 말했다. '나는 병을 두려워하지 않습니다.' 그리하여 드디어 스스로 죽어 가는 형을 부지하고 주야로 잠도 자지 않고 보살폈다. 그러고는 사이사이마다 이미 죽은 두 형의 관을 어루만지며 애통해했다. 이렇게 백 일이 넘자 역질도 이미 사그라들고 가족들도 돌아왔다. 유비의 병은 차도가 있었고, 유곤 역시 아무 탈도 없었다."

707. **함렴**   반함과 염습의 절차로, 함렴(含殮) 또는 함렴(含斂)이라고도 한다. 고대 상례에서 죽은 사람의 입에 구슬이나 쌀 몇 낟알을 넣는 의식을 말하는데, 오른쪽·왼쪽·한가운데에 차례로 물려 행한다.

708. **예우**   예우는 원(元)나라 때의 문인화가 예찬(倪瓚)을 말한다. 만년에 전원에 묻혀 명화(名畫)와 전적을 많이 수집해 놓고 스스로 호를 운림거사(雲林居士)라 하였다. 〈어장추제도〉(漁莊秋霽圖)·〈산수도〉·〈사자림도권〉(獅子林圖卷) 등의 그림 작품이 남아 있다. 소탈하고 꾸밈없는 시를 지었으며, 현재 『청비각집』(淸閟閣集) 12권이 남아 있다.

709. **이벽**   1754~1786. 자는 광암(曠庵) 또는 덕조(德操). 다산(茶山)의 큰 자형이었다. 다산은 이벽을 통해 서양 서적을 얻어 읽었으며, 천문·지리·철학·수학 등 실학을 강의하면서 천주학을 논증하고 함께 실천케 하여 신앙의 싹이 움트게 했다.

청담으로 그 시대 어지럽혔지.	淸談亂厭世
덕조는 천지 사방 논의했으니	德操議六合
어찌 실제에서 벗어났으리.	何嘗離實際
필부로 시운(時運)에 관심을 두고	匹夫關時運
파옥(破屋)에서 경제에 뜻을 두었지.	破屋志經濟
가슴속에 기형(璣衡)을 크게 품으니[711]	胸中大璣衡
사해에 그대 홀로 조예 깊었네.	四海一孤詣
사물의 본성을 깨우쳐 주고	物物喩性體
형상의 비례를 밝히었다네.	形形明比例
몽매함[712]이 진실로 열리지 않아	鴻荒諒未開
이름난 말 그 누가 알아들으랴.	名言孰相契
하늘 바람 앵무새에 불어오더니	天風吹鸚鵡
번드쳐 새장 나갈 계획 세웠지.	翻成出籠計
오두막집 남은 꿈을 접어 두고서	蓽廬罷殘夢
푸른 산에 그 지혜를 파묻었구려.	靑山葬靈慧
세월은 잠시도 쉬지 않으니	春秋不暫停
만물은 떠나가지 않음이 없네.	萬化無非逝
긴 휘파람 기러기 전송하면서	高嘯送飛鴻
천지간에 남몰래 눈물 흘리오.	乾坤暗雙涕

---

710. **진인은~숭상하여서** 한말에서 위진에 이르는 시기에 이름과 실제의 문제를 따지는 학풍이 유행했는데, 이를 명리지학(名理之學)이라고 하였다.

711. **가슴속에~품으니** 기형은 선기옥형(璿璣玉衡)이다. 선기옥형은 고대 천문을 관측하는 기구이니, 이벽이 천문학에 조예가 깊었음을 말한 것이다.

712. **몽매함** 원문은 홍황(鴻荒). 태곳적 사물이 섞이어 처음 열리던 시대를 가리키는 말로, 변방의 황량한 곳을 뜻한다.

달밤, 이덕무에게 부치는 짧은 노래 夜月 寄靑莊短歌

낙산과 하늘 사이 밤빛이 누렇더니	駱山界天天夜黃
잠깐 새 달을 토해 반쪽 벽옥 같구나.	須臾吐月如半璜
산꼭대기 나뭇잎은 흩어진 주렴 같아	山頭樹葉如破簾
흐릿하니 맑은 빛을 엉거 두려 하는구나.	迷離似欲凝淸光
동편의 옛집 향해 열 길을 들어가니	向東老屋深十丈
큰 소리로 등불 물려 휘장을 걷는다네.	喝退燈燭褰帷幌
산발 머리 해진 옷을 달빛[713]이 인도하니	亂頭粗服延望舒
술꾼은 예 없음을 상관치 않는다네.	酒人不嫌於禮疏
늙어 죽는 사람살이 진실로 가련하니	老死閭閻眞可憐
남은 인생 모두는 달을 보며 지내리라.	平生見月皆吾餘
서편으로 흐르는 달 부질없이 슬퍼 말자	不須漫惜西流月
서편으로 흘러가도 빛은 더욱 특별하네.	看到西流光更別
물이 찬 듯 넘실대도 축축하니 젖지 않고	盈盈似水仍不濕
안개 낀 듯 뭉실뭉실 일정한 꼴이 없네.	冉冉如煙定無質
기나긴 밤 맑은 경지 즐기잖고 어쩔 텐가	夜長境淸不樂何
앉아 보매 점 하나가 강산에 떠 있구나.	坐看一點浮山河
서른두 개 기둥 버틴 푸른 솔 시렁에선	三十二杜靑松架
송화로 담근 술이 쏟아지려 하는도다.	松花釀酒酒如瀉
미친 노래 한 잔 술로 천 년토록 약속하여[714]	狂歌一飮千留犁
솔 그늘에 취해 눕자 여름 겨울 따로 없네.	松陰醉臥無冬夏

---

713. **달빛**　원문은 망서(望舒). 중국 고대 신화 속에서 달을 운행하는 여신으로, 굴원의 「이소」에 보인다.

714. **약속하여**　원문은 유리(留犁). 본래는 한족왕조(漢族王朝)와 기타 소수민족의 통치자가 화약을 세우는 것을 가리키는 말이었으나, 여기서는 박제가가 이덕무와 약속을 맺겠다는 뜻으로 쓰였다.

흠당이 찾아와 준 데 대해 감사하여 주다 謝贈欽堂見訪

뽕잎은 높은 동산 가득도 한데	桑葉滿高園
까치 소리 띳집에 내려앉누나.	鵲聲在茅屋
다행히 본디 마음 지닌 이 있어	幸有素心人
마침 와서 외로움을 달래 주누나.	時來慰幽獨
아이는 손님 보고 기뻐하면서	稚子喜見客
서둘러 술 익었다 알려 주누나.	忙報酒新熟
떡을 사 붉고 희게 무늬를 놓고	市餠章赤白
싱싱한 나박김치 동동 띄웠지.	冬菹泛黃綠
빈천하여 서로간에 시샘 없나니	貧賤兩無猜
두서없이 속마음을 얘기하누나.	雜然道衷曲
그대는 병이 많아 괴로운데도	念君苦多病
오히려 유자 의복 마다 않누나.	猶未謝儒服
떠돌며 칩거함을 탄식하다가	流離歎瑣琲
작은 다툼 닥쳐옴을 걱정한다네.	偪側憂蠻觸
평생에 키 높이의 책을 지어도	平生等身書
끝끝내 읽어 주는 사람이 없네.	竟無一人讀
먼 생각 어지럽기 옷 주름 같고	遠思紛襞積
가을 산 맑기가 씻은 듯하다.	秋山淡如沐
떠날 때 긴 보습을 손질하여서	行當理長鑱
가시거든 황정(黃精)[715]을 캐어 보시게.	去去黃精斸

---

715. **황정** 땅의 정기를 받아서 사람의 수명을 연장시킨다는 약초 이름이다.

꿀에 절인 지분자[716]를 먹다가 우연히 소동파의 체를 본받아 짓다 服蜜漬地盆子 偶效坡體

하늘은 단 꿀을 잘도 감추니	天公善藏蜜
여러 과실 가운데 나눠 뒀다네.	分藏諸果中
덩굴이 자라고 나무가 나서	蔓生與樹生
갖가지 종류가 끝이 없구나.	種種不可窮
저절로 좋은 맛이 넘쳐흐르니	自有一津津
맛의 옅고 짙음은 상관치 않네.	非關味淡濃
저마다 가지 끝에 달려 있으니	懸在各枝頭
어이해 비바람을 근심하리오.	寧愁雨與風
어리석은 사람은 슬기가 없어	癡人眼無慧
날아다니는 벌만 같지 못하네.	曾不如飛蜂
벌은 유독 몸에서 침을 뱉으니[717]	蜂獨噀膆理
단맛 훔침 스스로 공이라 치네.	偸甘自爲功
청컨대 지분자를 말해 보리라	請說地盆子
포개 쌓음 얼마나 공교로운가.	壘築一何工
둥글기는 도토리를 엎은 듯하고	圓如覆橡房
낱낱이 검붉은빛 머금었구나.	粒粒含殷紅
신맛은 이빨이 움직이는 듯	哀酸動齒牙
좋은 즙이 쉽사리 녹아드누나.	芳液易消融
꿀 있는 곳 자세히 들여다보니	細看蜜在處

716. **지분자** 산딸기의 일종.

717. **벌은~뱉으니** 벌이 꿀을 만드는 과정을 말한 것으로 보인다. 벌이 화분(花粉)을 채취하여 집에다 저장하는 것을, 양봉가들은 보통 "침을 뱉는다"라고 표현한다. 원문의 주리(膆理)는 몸에서 액체를 분비하는 부위를 말한다.

바늘 끝과 더불어 매한가질세.	只與鍼芒同
설탕과 식초를 모두 만드니	造糖兼造醋
같은 단지 다스림은 벌레일러라.	同罌理必蟲
하늘이 한 가지 맛만을 담았더라면	天若貯專味
그것만 좋아해서 아니 두루 통했으리.	偏嗜不相通
이상타, 무더기로 심어 둔 것을	異哉播衆植
나눠 담자 지극히 영롱하구나.	分劑極玲瓏
달디단 성질은 상치 않으니	眞甘性不壞
꿀에 담가 겨울을 나려 한다네.	蜜漬乃經冬
나그네와 명회(名理)를 얘기하면서	與客說名理
미지의 영역 의심 없이 탐색하려네.	將無疑鑿空

판서 윤숙[718] 공께서 수레 타고 누추한 집을 찾아와 지은 작품에 차운하다 次尹判書塾 往駕弊廬之作

가난한 집 수레로 와 묵은 기약 깨뜨리니	席門車轍破幽期
가난하여 술 받아 옴 더딘 것 부끄럽네.	慚愧家貧貰酒遲
해 뜨자 안개 속에 먼 데 집이 눈에 들고	日出煙霏開遠屋
찬 날씨에 까막까치 깊은 가지 모였구나.	歲寒烏鵲聚深枝
높은 이름 오래도록 동림적[719]에 들었었고	高名久入東林籍
악부로는 지금껏 남해 시가 전한다네.	樂府猶傳南海詩

718. 윤숙   1734~1797. 본관은 파평(坡平), 자는 여수(汝受), 시호는 충숙(忠肅)이다. 정조 7년 (1783) 대사간을 거쳐, 황해도병마절도사·중추부판사 등을 역임했다. 영의정에 추증되었다.

밝은 조정 즐겨 향해 큰 자취[720] 남기시고   好向明廷作鴻漸

시세 따라 가볍게 눈썹을 그리시네.[721]   肯隨時世掃蛾眉

그림에 제하다 2절 題畫 二絶

1

두 마리 새 가지 잡고 매달려 있어   雙鳥握枝懸

울 때마다 가지가 흔들리누나.   一啼枝一動

꽃잎은 온통 모두 서쪽 향했고   瓊花盡向西

봄바람 담박하기 꿈결 같구나.   春風淡如夢

2

물이 넓어 연꽃이 작게 보이고   水闊荷華小

날 개자 들오리는 기운 넘치네.   天晴野鴨驕

석양은 정해진 빛깔이 없고   夕陽無定色

가을 버들 사락사락 흩날리누나.   秋柳動瀟瀟

---

719. 동림적   명나라 말에 동림서원을 중심으로 결성된 동림당(東林黨)의 명부를 말한다. 동림당은 도덕성과 학문 능력을 내세워 당시 조정을 비판하여 사회적으로 큰 반향을 불러왔다. 윤숙의 인격과 학식을 칭송한 것이다.

720. 큰 자취   원문은 홍점(鴻漸). 홍점지익(鴻漸之翼). 큰 기러기의 날개는 커서 천 리 먼 길도 날아갈 수 있으므로, 당세의 의표(儀表)가 될 만한 기국(器局)의 비유로 쓰인다.

721. 시세 따라~그리시네   원문의 '소아미'(掃蛾眉)는 눈썹을 그린다는 뜻으로, 당나라 장고(張祜)의 시구 "지분으로 낯빛을 더럽힘이 싫은지라, 가벼이 눈썹 그리고 지존을 조회하네"(却嫌脂粉汚顔色, 淡掃蛾眉朝至尊.)에서 유래한다. 권력에 아첨하지 않으면서 벼슬자리에 있음을 말한 것이다.

녹은과 사천한테 들러 석호의 시에 차운하다. 나는 평소 시를 빨리 짓지 못하지만, 이날 밤에는 술기운에 붓을 달려 같은 운으로 열 수를 지었다

過鹿隱 麝泉 次石湖 余素不善疾作 而是夜爲酒所使 走成十疊

1

우뚝한 봉우리들 절로 호방하건만	歷落嶔崎也自豪
중년의 온갖 느낌 쓸쓸함만 자아내네.	中年百感作牢騷
오랜 병에 시 지으니 정 외려 풍성하고	詩從久病情還勝
가난 속에 살지만 품격 더욱 높다네.	士到長貧品更高
손초의 주루[722]에 달빛은 눈부시고	孫楚酒樓多月色
양웅의 가을 집[723]엔 솔바람이 넘치누나.	楊雄秋室泛松濤
시문으로 놀이 홍을 돋우긴 한다만	祇將翰墨供遊戲
뜬 이름서 헤어나지 못할까 두려워라.	還怕浮名未易逃

2

두 호걸을 배추벌레 비견할 수 있노니[724]	直把螟蛉視二豪
실컷 술 마시며 『이소경』을 읽는다네.[725]	還須痛飲讀離騷

---

722. 손초의 주루   원문은 손초주루(孫楚酒樓). 손초는 진(晉)나라 사람이다. 금릉성(金陵城) 서쪽에 실제 손초루(孫楚樓)가 있었다. 이백의 「완월금릉성서손초주루」(玩月金陵城西孫楚酒樓)란 시에 "아침에 금릉의 술을 사서, 손초루에서 노래하며 마신다"(朝沽金陵酒, 歌吹孫楚樓.)라는 구절이 있다.

723. 양웅의 가을 집   원문은 양웅추실(楊雄秋室). 속기가 전혀 없는 가을날 양웅의 서실(書室)을 말한다. 이하(李賀)의 「녹초봉사」(綠草封事)에 "화려한 거리에 수레 소리 요란한데, 양웅의 추실에는 속세 소리 없구나"(金家香衢千輪鳴, 揚雄秋室無俗聲.)라는 구절이 있다.

724. 두 호걸을~있노니   진(晉)나라 유령(劉伶)의 '주덕송'(酒德頌)에 "술 취한 대인 선생(大人先生) 옆에 두 호걸이 모시고 섰는데, 그 모습이 마치 나나니벌[螺蠃]과 배추벌레[螟蛉] 같았다"라는 말이 있다.

땅 가득 다듬이 소리 가을 하늘 아득하고 　　　　繁砧滿地秋天迥
노송 한 쌍 바람 일고 초승달은 높이 떴네. 　　雙檜吟風細月高
삼경이라 술에 취해 자장(蔗杖)726 놀려 춤을 추고 　蔗杖三更迴醉舞
열 폭의 시전(詩牋)에선 글 물결이 일어나네. 　蠻牋十疊起文濤
내 시에 진심 있음 나 홀로 기뻐하며 　　　　吾詩自喜眞襟在
당시 송시 구속에서 벗어나 짓는다네. 　　　　免作唐逋與宋逃

3

오릉의 의마727요 낙양의 호걸이라 　　　　　五陵衣馬洛陽豪
여러 가지 장식물이 이소보다 풍부하네.728 　雜佩多於正則騷
남부의 풍류는 아직 아니 시들었고 　　　　南部風流非潦倒
이주729의 시 품격 저절로 청고하네. 　　　　伊州詩格自淸高
하늘빛 푸를 제 읊조리며 길을 걷고 　　　　行吟鳥道靑天色
푸른 바다 고래 이빨730 웃으며 뽑았다네. 　笑拔鯨牙碧海濤
박학한 이 찾아가서 일사(逸事)를 얻어듣고 　時向通人徵逸事

---

725. 실컷~읽는다네 　원문의 통음(痛飮)과 독이소(讀離騷)는 모두 세상에 크게 쓰이지 못한 선비
가 울울한 심사를 풀어내는 방식이다. 『세설신어』(世說新語) 「임탄하」(任誕下)에 "명사는 반드시
기재(奇才)일 필요가 없다. 한가로울 때 술을 통음(痛飮)하고 『이소경』을 숙독한다면 명사라 할 만
하다"라고 한 왕효백(王孝伯)의 말이 실려 있다.

726. 자장 　사탕수수로 만든 지팡이다. 위(魏) 문제가 장수들과 술을 마시다가, 한 장수가 방어
술이 좋다는 말을 듣고, 사탕수수 지팡이를 놀려 그의 팔을 세 번 맞힌 일이 있다(『위지』(魏志) 「문
제기」(文帝紀)의 주(注)에 보임). 이로써 문사들의 취흥을 뜻하는 말로 쓰였다. 우람지(于覽之)의
「문경」(聞警)에 "주객은 광흥 일면 자장을 휘두르고, 서생은 힘 약해도 지과를 희롱하네"(酒客狂應
揮蔗杖, 書生弱亦弄枝戈.)라는 구절이 보인다.

727. 의마 　『논어』 「옹야」(雍也)에 "살찐 말을 타고 가벼운 갖옷을 입다"(乘肥馬, 衣輕裘.)란 말이
있는데, 이로부터 생활이 화려함을 뜻하였다.

728. 여러 가지~풍부하네 　원문의 잡패(雜佩)는 허리에 차는 여러 패물들이며, 정칙(正則)은 굴원
을 일컫는다. 화려한 차림이 이소에 나오는 것보다 많다는 뜻이다.

729. 이주 　평안도 의주의 옛 이름이다.

울적한 마음에 종종 취향 찾아가네.　　　　　襟懷往往醉鄕逃

　　　이때 녹은이 이주의 기녀 이야기를 해 주었고, 또 관동에서 노닐며 지은 여러
　　　시들을 보여 주었다. 時鹿隱說伊州妓事, 又示其東遊諸集.

4

그대는 시 영웅에 술조차 호걸이라　　　　　子是詩雄復飮豪
특이한 위체(僞體)731로 시경 이소 이었구나.　別裁僞體繼風騷
골계 풍류 동방삭을 나무라지 않으면서732　滑稽未必譏方朔
근실한 몸가짐은 당존(唐尊)733을 본받았네.　謹勅猶爲效伯高
술 취해 초롱 속 등불 달무리가 어렸는 듯　醉眺篝燈如月暈
찻주전자 끓는 소리 누운 채로 듣누나.　　　臥聞茶鼎作風濤
서생의 식록(食祿)734은 운명과 관련되니　　書生食籍關冥數
백 항아리 찬 김치를 벗어나지 못하리.　　　百甕寒葅恐未逃

5

그 옛적 훌륭한 호걸들을 생각하니　　　　　坐憶飛騰宿昔豪
요동 계주 비바람이 꿈결에도 생생해라.　　遼風薊雨夢騷騷

---

730. 고래 이빨　원문은 경아(鯨牙). 한유의 「조장적」(調張籍)에 "두 손으로 고래의 이빨을 뽑아내
고, 표주박 들어 하늘의 술을 떠 마시네"(刺手拔鯨牙, 擧瓢酌天漿.)란 구절이 있는데, 크고 높은 풍
격을 표현한 말이다.
731. 위체　풍아의 규범을 벗어난 시가를 가리키는 말.
732. 골계~않으면서　한나라 때의 동방삭은 골계담을 잘했던 인물로, 『사기』의 「골계전」에 소개
되어 있다. 석호가 해학과 골계를 즐겨 했다는 뜻이다.
733. 당존　원문은 백고(伯高). 한(漢)나라 때의 당존(唐尊)을 말한다. 경전에 밝고 행실이 근실한
것으로 유명했다.
734. 식록　원문은 식적(食籍). 한 사람의 일생 식록을 기록한 명계의 장부. 황정견(黃庭堅)의 「증
이언심」(贈李彦深)에 "세상에 전해지길 한미한 선비의 식적에는, 일생 백 항아리 김치를 먹어야 한
다네"(世傳寒士有食籍, 一生當飫百甕葅.)란 구절이 있다.

봄 성에선 음악 소리 집집마다 울렸고	春城絃索家家響
들 주막의 배꽃은 나무마다 높았었네.	野店梨花樹樹高
남은 신서(新書) 허준의『동의보감』있나니	賸有新書傳許浚
김도처럼 임금 은혜 입은 자 다시 없네.⁷³⁵	更無恩榜唱金濤
고심함이 참으로 황공 딸과 비슷하니⁷³⁶	苦心政似黃公女
세상 사람 향해서는 말문 닫고 숨었다네.	枉向時人做默逃

> 김도는 연안 사람으로 홍무(洪武) 신해년(1371) 제과(制科)에 급제하였고, 동
> 국의 책으로 천하에 행하는 것은『동의보감』뿐이다. 金濤延安人, 登洪武辛亥
> 制科, 東國書行於天下者, 惟東醫寶鑑而已.

6

크고 높은 의기로 백대 호걸 낮추 보나	落落低看百代豪
「반이소」⁷³⁷도 결국은 「이소」를 배운걸세.	反離騷是學離騷
은하수는 흐릿하게 사람과 멀지 않고	星河髣髴離人近
바람결에 낙엽은 하늘 높이 날리누나.	風葉尋常去地高
등불 아래 거문고는 바람결에 전해 오고	燈下孤琴傳遠籟

---

735. 김도처럼~다시 없네　김도는 공민왕 때 과거에 급제하였다. 홍무(洪武) 2년(공민왕 18)에 중
국에 들어가 제과(制科)에 합격하고, 어버이가 연로하기 때문에 본국으로 돌아왔는데, 왕이 손수
'김도장원 나복산인'(金濤長源蘿葍山人)의 여덟 글자를 써서 하사하였다.

736. 고심함이~비슷하니　황공은 제(齊)나라 사람이다. 두 딸이 모두 국색(國色)이었는데, 이를 너
무 걱정한 나머지 겸사로 늘 용모가 추악하다고 말하곤 했다. 소문이 널리 퍼져 과년하도록 중매
가 없었다. 뒤에 어떤 홀아비가 추악한 용모를 무릅쓰고 혼인했는데, 알고 보니 절색의 미녀였다고
한다. 뛰어난 능력을 가졌으나 신분상의 문제로 세상에 크게 쓰이지 못하는 자신들의 처지를 황공
의 딸에 비유한 것이다.

737. 「반이소」　굴원의 문장은 사마상여보다 우수했음에도, 세상에 용납되지 못하여 「이소」(離騷)
를 짓고 스스로 강물에 투신해 죽은 것을 양웅은 괴상히 여기고 이소의 글을 읽을 때마다 눈물을
흘렸다. 그러면서 그는 때를 만나면 잘되고 때를 만나지 못하면 못 된다고 하면서, 글을 짓되 이따
금 이소의 글을 인용하여 반대로 써서 민산(岷山)으로부터 강물에 던져 굴원을 조문하고 그 글을
「반이소」라 이름했다 한다. 『한서』「양웅전」(揚雄傳)에 보인다.

갑 속의 영웅 검은 찬 파도를 거두었네.　　　匣中雄劔歛寒濤

이름난 향 어디서나 그 자취 드러내니　　　名香到處堪蹤跡

대숲 속에 숨어 버린 예우 처신[738] 우스워라.　　　却笑倪迂竹裏逃

7

시원스레 모자 벗은 초성이 호기로워[739]　　　脫帽翩翩艸聖豪

찬 하늘 수만 잎은 서걱서걱 소리 낸다.　　　寒天萬葉響蕭騷

풍등이 흔들릴 제 노(盧)를 급히 부르다가[740]　　　風燈撩亂呼盧急

어둠에 잠긴 집서 거문고[741] 높이 드네.　　　夜屋蒼茫擧阮高

왕희지도 금곡첩에 비겼으니[742]　　　癡絶自方金谷帖

돌연히 생각 일어 광릉 물결 떠올리네.[743]　　　霍然思起廣陵濤

바다 같은 티끌 먼지 생애가 박복하니　　　軟塵如海生涯薄

738. 예우 처신　　예우는 원(元)나라 때의 문인화가 예찬(倪瓚). 이 책 상권 519쪽 각주 708번 참조.

739. 시원스레~호기로워　　당나라 장욱(張旭)이 초서(草書)를 잘 썼는데, 그는 술을 좋아하여 취한 뒤에 붓을 휘둘렀다. 그의 행동이 광태(狂態)가 있었으므로 사람들이 미친 장전(張顚)이라 불렀으며, 두보의 「음중팔선가」(飮中八仙歌)에서는 장욱에 대하여, "왕공 앞에 모자 벗어 맨머리를 드러내고, 붓 휘둘러 종이에 떨어짐이 구름이나 연기 같다"[脫帽露頂王公前, 揮毫落紙如雲煙]라고 했다. 원문의 초성(艸聖)은 장욱을 초서의 성인이라 높여 부른 표현.

740. 노를 급히 부르다가　　옛날에 목제(木製)의 투자(骰子) 다섯 개로 노는 저포(樗蒲) 놀이에서, 다섯 개의 투자마다 양면(兩面)의 한쪽에는 흑색(黑色)을 칠하고 송아지〔牛犢〕를 그렸다. 한쪽에는 백색(白色)을 칠하고 꿩〔雉〕을 그렸는데, 이 다섯 투자를 한 번 던져서 모두 흑색을 얻으면 노(盧)라고 외친다. 이것이 가장 높은 점수를 얻기 때문이다.

741. 거문고　　원문은 완(阮). 완적의 조카 완함(阮咸)이 처음 만든 악기인 거문고의 다른 이름이다.

742. 왕희지도 금옥첩에 비겼으니　　원문의 치절(癡絶)은 진(晉)나라 때의 유명한 서화가 고개지(顧愷之)를 일컫는 표현. 세상에서 그를 두고 재절(才絶), 화절(畫絶), 치절(癡絶)의 삼절(三絶)로 일컬었다. 금곡(金谷)은 진나라 때의 거부인 석숭(石崇)의 정원으로, 그는 여기에 당대의 명사들을 초청하여 연회를 베풀었다. 이때 술 취한 사람들의 글씨를 모아 놓은 것이 석숭첩(石崇帖)이다. 『세설신어』에 왕희지가 「난정서」(蘭亭序)를 석숭의 「금곡시서」에 견주었다는 말이 나온다.

743. 돌연히~떠올리네　　광릉도는 죽림칠현 중의 하나인 혜강(嵇康)이 정체를 알 수 없는 사람에게서 받았다는 전설의 음악 광릉산(廣陵散)의 곡조를 가리킨다. 왕희지가 자신의 글씨를 석숭의 그것에 견주었던 것처럼, 자신들의 거문고 연주가 광릉산에 필적함을 말한 것이다.

도연명의 글 속으로[744] 빨리 숨고 싶어라.　　　　　徑欲淵明記裏逃

8

자잘하게 문자 새김 호걸이 아니거늘　　　　蟲魚細瑣定非豪
헛되이 시 찾느라 시끌벅적하구나.　　　　　枉用尋詩自繹騷
나무꾼은 돌아와 토란 구워 익히는데　　　　樵客歸來燒芋熟
화인이 사는 곳은 다락 높이 솟았구나.　　　畫人居處起樓高
천 길 대숲 지는 달을 웃으며 바라보다　　　笑看落月千尋竹
하늘 바람 만 리 파도 생각에 감겨드네.　　思入天風萬里濤
약 팔아 알려져도 오히려 괜찮거늘　　　　　賣藥知名猶可耳
누가 또 패릉으로 달아남을 말하는가.[745]　　何人又說灞陵逃

9

종이 위[746]에 호방한 그대 의기 보다가　　　看君意氣擘箋豪
맑은 재주 아름다운 글솜씨[747]를 탄식하네.　歎息清才僕命騷
열흘간 장안에서 느긋이 말을 타니　　　　　十日長安騎馬懶
온종일 눈보라에 술잔 높이 들었다네.　　　一天風雪把杯高

---

744. 도연명의 글 속으로　　원문은 연명기(淵明記). 좁게는 도연명의 「도화원기」(桃花源記)에 나오는 이상향에서, 넓게는 「귀거래사」 등 도연명의 문학에 나오는 은자의 삶을 살고 싶다는 뜻이다.
745. 약 팔아~말하는가　　한(漢)나라 고사(高士) 한강(韓康)은 자(字)가 백휴(伯休)인데, 약을 팔면서 결코 흥정을 허락하지 않았다. 30여 년 동안 명산의 약초를 캐다가 장안(長安) 시장에서 늘 똑같은 값으로 팔아 왔는데, 어느 날 어떤 여자가 그와 흥정하다가 화를 내며 "당신이 뭐 한백휴라도 되기에 값을 깎아 주지 않는가"라고 하자, 자신의 이름이 알려진 것을 탄식하며 패릉산(灞陵山) 속으로 들어가 숨었다 한다. 『후한서』(後漢書) 「일민열전」(逸民列傳)에 보인다.
746. 종이 위　　원문은 벽전호(擘箋豪). 벽전(擘箋)은 글을 짓기 좋도록 일정한 크기로 잘라 낸 종이(재지재지裁紙)를 뜻한다. 『북몽쇄언』(北夢瑣言)에 "나소위는 종이를 자르며 초안을 잡고, 붓을 내리면 곧 문장을 이루었다"(羅紹威擘牋起草, 下筆成文.)라는 구절이 있다.
747. 글솜씨　　원문은 복명소(僕命騷). 문장이 화미한 모양을 말한다.

향연은 가늘어도 꼿꼿이 올라가고　　　　　　香煙瘦欲亭亭立
벼루의 연지에는 잔잔히 물결 인다.　　　　　　硏墨窪成淰淰濤
가난해도 매처(梅妻)[748]가 떠나잖음 아끼나니　　自愛梅妻貧不去
항아[749]가 달 속으로 달아남을 비웃노라.　　　　嫦娥笑煞月中逃

10
문장의 유파 따라 영웅호걸 몇이던가　　　　　文章流別幾英豪
소명 태자 부소체의 특출함을 외려 웃네.　　　　還笑昭明異賦騷
늘어 감에 술자리는 지나침[750] 좋지 않고　　　老去酒無棼尾好
궁해져도 서책만은 키 높이로 쌓였도다.　　　　窮來書有等身高
매화 휘장 달빛 들어 은은히 흰빛인데　　　　　梅幬月入三分白
대숲에 빗긴 안개 몇 자의 파도인 듯.　　　　　竹院煙橫數尺濤
남은 경전 홀로 안고 세상일 근심하니　　　　　獨抱遺經憂世道
어지러운 유가 묵가[751] 절로 서로 달아난다.　　紛紛儒墨自相逃

---

748. 매처　송(宋)나라의 은자(隱者) 임포(林逋)의 고사를 말한다. 임포가 서호(西湖)의 고산(孤山)에 초막을 짓고 20년 동안 출입하지 않은 채 매화를 가꾸고 학을 기르면서 독신으로 살았으므로, 당시에 "매화를 아내로 삼고 학을 자식으로 삼았다"(梅妻鶴子)라 하였다. 고산처사(孤山處士)라고도 한다.

749. 항아　신화 속의 여선(女仙)이다. 활의 명수 예(羿)와 결혼하여 땅에 내려왔다가 불사약을 훔쳐 달 속으로 달아났다.

750. 술자리는 지나침　원문은 남미(棼尾). 잔을 돌리며 술을 마실 때 맨 마지막 사람이 거푸 석 잔을 마시는 것인데, 여기에서는 한 번에 여러 잔을 마시는 정도의 뜻으로 보았다.

751. 어지러운 유가 묵가　『장자』「제물론」에서는 유가와 묵가가 전통적으로 서로 정당성을 주장하며 시비를 다투어 온 사이라는 뜻으로 쓰였는데, 여기서는 시비 분별을 일삼는 속학의 세태를 가리킨다.

이덕무의 아우 검서관 이무상[752]이 묘궁의 행차에 따라가는 날 찾아오다 靑莊弟懋賞檢書 於廟宮陪班日 見訪

띠끌 생각 하나 없음 사랑하노니	愛爾無塵念
오사모 썼는데도 아름답구나.	烏紗亦復佳
가난함은 윤달의 황목 같은데	貧如黃木閏
태상시의 재계[753]보다 더 바쁘다네.	忙過太常齋
형제[754] 함께 무거운 은혜 입었고	花萼承恩重
문장도 나란히 뒤이었다네.	文章接武偕
순반(筍班)[755]에선 얘기 나눌 사람이 없어	筍班無共語
내게 들러 외론 마음 토로하누나.	過我吐孤懷

752. **이무상** 청장관 이덕무의 둘째 동생이다.

753. **태상시의 재계** 원문은 태상재(太常齋). 후한(後漢) 사람인 주택(周澤)의 벼슬은 태상이었다. 그는 직언(直言)을 잘하고 종묘(宗廟)를 극진히 공경했다고 한다. 그가 병이 나서 재관(齋官)에 누워 있을 때 아내가 그의 노병(老病)이 걱정되어 재궁을 엿보며 아픈 곳을 묻자, 택은 매우 화를 내며 아내에게 재금(齋禁)을 범한 죄를 물어 조옥(詔獄)에 내려 사죄하게 했다고 한다. 당시 사람들이 이러한 그의 엄격함을 일러 "세상에 태어나 운명이 기구하여 태상의 아내가 되었구나. 태상은 1년 3백60일에 3백59일 동안 재계한다"라고 말했다. 그후로 남편과 해로하지 못하는 여인을 태상의 아내[太常妻]라고도 한다.

754. **형제** 원문은 화악(花萼). 『시경』「상체」(常棣)에 따르면 "상체의 꽃이여, 그 꽃봉오리 어찌 빛나지 않으리. 무릇 세상 사람은 형제보다 좋은 것이 없네"(常棣之華, 鄂不韡韡. 凡今之人, 莫如兄弟.)라 하였다. 이후 상체꽃[花萼]은 형제나 형제의 우애를 비유한다.

755. **순반** 옥순(玉筍)의 반열(班列). 당나라의 이종민(李宗閔)이 지공거(知貢擧) 벼슬을 할 때 자신의 문하생 중에서 빼어난 인재가 많이 배출되자 당시 사람들이 그들을 일러 옥순반이라고 했다. 곧, 옥순반이란 뛰어난 인재가 많이 모여 있거나 옥당의 관원이 되는 것을 말한다.

경산 이한진[756]의 동산 집에서 성대중·송교관·유득공과 함께 거문고를 듣다가 짓다 京山園屋 偕成秘書 宋敎官 柳奉事 聽琴作

한 사람이 들어도 남지를 않고	一人聞不贏
천 사람이 본대도 닳지를 않네.	千人看不費
향 사르고 거문고 연주하노니	焚香與彈琴
홀로 즐김 마땅히 말할 것 없네.	獨享定無謂
찬 날씨에 몇 사람 맞아들이니	天寒迓數子
저물녘에 의취가 거나하구나.	日暮意曡曡
산 사립에 등 그림자 흩어지더니	山扉燭影碎
눈 쌓인 집 찻물 소리 끓어오르네.	雪屋茶聲沸
매화 가지 새 꽃을 토해 놓으니	新梅吐條肄
자리엔 맑은 기운 머금었구나.	几席含淸氣
거문고 연주하고 노래 부르며	旣彈亦已歌
말술로 웃으면서 위로하였네.	斗酒笑相慰
장난치며 천기를 펴서 보이니	諧謔發天機
툭 터져 거리낄 것 하나 없어라.	坦率無忌諱
주인은 고상한 성품이 있어	主人有高性
뭇사람과 더불어 남다르다네.	與衆自殊彙
잠심하여 옛 음악 공부를 하니	潛心究古樂
몰두하여 재미가 쏠쏠하구나.	忘情薄滋味

---

756. 이한진(李漢鎭) 1732~?. 자는 중운(仲雲)이고, 호는 경산(京山)이며, 본관은 성주이다. 전서를 잘 썼으며, 퉁소를 잘 불어 홍대용이 타는 거문고의 대수(對手)가 되었다.

757. 옛 글씨 원문은 창추(蒼籀). 창힐(蒼頡)과 주문(籒文)이다. 창힐은 한자를 처음 만들었다는 전설의 인물이고, 주문은 주(周)나라 선왕(宣王) 때의 태사(太史) 주(籒)가 창작한 것으로 보통 대전(大篆)이라고 부른다.

게다가 옛 글씨[757]를 사랑하여서   亦復愛蒼籀
이따금씩 먹 장난을 해 보는구나.   時時看墨戲
북산은 아름다워 숨을 만하니   北山佳可隱
나와 함께 이웃을 맺지 않겠소?   許我結鄰未
시 지어 제공께 사례드리나   作詩謝諸公
두릴 만한 후생 못 됨 부끄러워라.   慚非後生畏

———

해제

———

박제가 연보

———

찾아보기

———

이 책에 수록된 작품의 원제 찾아보기

———

『정유각집』 해제

머리말

본 『정유각집』 3책은 초정(楚亭) 박제가(朴齊家, 1750~1805)의 『북학의』를 제외한 시문집 전체를 완역한 것이다. 초정은 18세기 후반 조선 지식사회의 변화를 추동했던 북학파(北學派)의 핵심 인물이다. 초정을 포함해 박지원(朴趾源), 이덕무(李德懋), 유득공(柳得恭), 서상수(徐常修) 등은 이른바 '백탑'(白塔) 주위에 모여 살며 동지적 연대 속에 학술 문예 사상 전반에 걸쳐 새로운 사조를 받아들여, 답보에 놓인 조선 지성계에 신선한 호흡을 불어넣었다.

초정은 서얼 출신이라는 신분 제약에도 불구하고, 세 차례의 규장각 검서관 생활과 네 차례에 걸친 연행 체험을 통해 툭 터진 식견과 국제적 안목을 갖추었다. 특히 연행에서 중국 문사들과 폭넓은 교유를 나누고 그들의 발달한 문물을 직접 목도하면서, 당시 조선이 북벌(北伐)의 원수로 지목했던 청나라가 결코 오랑캐가 아닌, 새로운 학문 사조와 서양 과학으로 무장한 문명국임을 똑똑히 자각하였다. 북벌의 강고한 이데올로기가 북학의 과감한 주장으로 돌아서는 데 있어 그의 저서 『북학의』의 영향은 절대

적이었다.

초정은 사상뿐 아니라 시학(詩學) 방면에서도 구태를 일신하여 혁신적 시풍을 선도했던 당대 일급의 시인이요 이론가였다. 시집 5책에 실려 전하는 1,721수의 시와, 문집 5책 속의 123편의 산문은 실험과 도전으로 가득 차 있다.

초정은 규장각 검서관으로서 조선의 르네상스기를 열었다고 평가되는 학술군주 정조의 문화정책을 최일선에서 수행했다. 그는 또한 18세기 후반 조선과 청의 학술 및 민간 교류의 한 주역이었다. 그는 연행 이전 이미 『한객건연집』(韓客巾衍集)을 통해 청의 지식사회에 자신의 존재를 각인시켰다. 이후 네 차례의 연행에서 국제적 시야와 안목을 갖추고 북학의 새로운 사고 체계를 수립하였다. 적극적으로 청의 인물들과 교유하여 직간접으로 만나 사귄 이가 100명이 넘는다. 교유의 폭도 한족과 만족(滿族), 문인과 무인, 관료와 처사 및 외국인까지 망라하는 광범위한 것이었고, 오랜 기간 지속되었다. 이러한 그의 교유는 선배인 홍대용의 수준을 훨씬 넘고, 후배인 김정희(金正喜), 이상적(李尙迪), 김석준(金奭準) 등에게로 이어졌다. 한중 지식인 교류사에서 그의 위치는 독보적이다.

초정의 시문집은 국사편찬위원회에서 1961년에 원문을 활자본으로 간행하였고, 이후 1986년 여강출판사에서 『정유각전집』을 상하 2책으로 펴낸 바 있다. 또 1992년 아세아문화사에서 일본과 미국 등 해외 도서관에 소장된 초정의 시문집을 엮어 『초정전서』 3책을 펴냈다. 그럼에도 불구하고 그의 시문집은 지금껏 완역되지 못했다. 험벽한 고사와 난해한 용사가 도처에 숨어 있어, 워낙 해독이 어려웠기 때문이다. 결국 지금까지 그는 『북학의』의 저자로 알려졌을 뿐, 정작 그의 작품 세계 전모는 제대로 평가받지 못했다.

금번 『정유각집』의 완역을 계기로 북학파로 대변되는 연암그룹의 내부 동향과 당대 생동하는 지성사의 흐름을 더욱 섬세하게 파악할 수 있을 것으로 본다. 삶의 궤적에 따른 인식 변화, 뜻을 같이한 이들 사이에 오간 우정과 교감, 연행이 계기가 된 타자와의 접촉을 통해 구체화되는 자아의 각성, 유배지에서 역사와 맞대면하는 뜨거운 격정 등 파노라마처럼 펼쳐지는 그의 문학 세계는 그 자체만으로도 충분히 감동적이다.

초정의 생애와 작품 세계

초정은 밀양 박씨 우부승지 박평(朴玶, 1700~1760)과 전주 이씨(1721~1773)의 둘째 아들로 1750년 11월 5일 서울에서 태어났다. 초명은 제운(齊雲), 자는 재선(在先)·차수(次修)·수기(修其)·뇌옹(顙翁) 등을 썼고, 호는 초정(楚亭)·위항도인(葦杭道人)·정유거사(貞蕤居士)·초비당(苕翡堂)·경신당(竟信堂) 등이 있다.

그는 서얼이었다. 젊은 날의 자서전이라 할 「소전」(小傳)^{하권 206p}에서 그는 이름과 호에 대한 내력뿐 아니라, 외모와 성격까지 소상히 밝혔다. 스스로 물소 이마에 칼 같은 눈썹, 초록빛 눈동자에 흰 귀를 지녔다고 묘사한 외모는 날카로운 성미와 예리한 안목을 지닌 비범함을 떠올리게 한다. 가난에 시달리면서도 번화한 사람을 멀리하고 고고한 이와 가까이했다는 언급에서 불우한 처지에 흔들리지 않으려는 강고한 신념을 본다. 굴원의 『초사』(楚辭)를 아껴 호를 초정(楚亭)이라 했다.

그의 생애는 혼인 이전의 학습기와 이후 연암과 이덕무 등과 함께 어울렸던 백탑청연기(白塔淸緣期), 규장각 검서관과 지방관으로 활동한 사환기, 네 차례의 연행 시기를 묶은 연행기, 그리고 만년의 유배기로 대별할 수 있겠다.

초정은 열 살 무렵 이미 『대학』, 『맹자』, 『시경』, 『이소』(離騷)와 진한문선(秦漢文選), 두시(杜詩), 당시(唐詩), 공씨보(孔氏譜), 석주오율(石洲五律)

등을 읽고 비점을 찍을 만큼 재능을 보였다. 15세에 백동수(白東修)의 초어정(樵漁亭) 현판 글씨를 써서 이덕무를 깜짝 놀라게 했다. 이 시기 글 속에서 스스로를 "고인(高人)과 예사(藝士)를 즐겨 따르고, 화벽(畵癖)에 서음(書淫)까지 갖추었다"고 말한 바 있다.

11세 되던 1760년 6월 아버지를 여의면서 경제적인 어려움에 봉착했다. 이후 16~7세까지 묵동(墨洞)과 필애(筆厓) 등 여러 거처를 전전하며 뼈저린 가난을 맛보았다. 이 와중에도 어머니 이씨는 자식 교육에 진력했다. 어려운 살림 속에서도 당대 명류를 청해 자식 교육을 뒷바라지했다. 학습기의 초정의 모습은 「어렸을 때 베껴 적은 『맹자』를 들여다보며」(閱幼時所書孟子敍)^{하권 148p}란 글 속에 잘 나와 있다.

초정은 17세 되던 해에 충무공 이순신의 5대손인 이관상(李觀祥, 1716~1770)의 서녀 덕수 이씨와 혼인했다. 1769년 이관상이 영변부사(寧邊府使)로 부임하면서, 과거 공부를 위해 초정을 함께 데리고 갔다. 그 해에 한살 위 처남 이몽직(李夢直)과 함께 묘향산을 유람했다. 이때 지은 작품이 초정 산문의 최고 걸작으로 꼽는 「묘향산 소기」(妙香山小記)^{하권 155p}다. 그의 문학적 재능이 이때 이미 높은 수준에 올라 있었음을 알 수 있다. 이때 과거 시험의 폐해를 논한 「『서과고』서문」(西課藁序)^{하권 101p}과 이관상이 말을 기르기 위해 세운 마별청(馬別廳)의 상량문으로 장인의 업적을 칭송한 「영변 고마별청의 상량문」(寧邊雇馬別廳上梁文)^{하권 436p}을 지었다. 시 작품으로는 시집 권1에 수록된 「영변의 못가 정자에 쓰다」(題寧邊池亭)^{상권 61p}, 「약산에서 저물녘 돌아오다」(藥山暮歸),^{상권 61p} 「묘향산 보현사」(香山普賢寺)^{상권 62p} 등이 있다.

1차 연행을 다녀온 1778년 이전까지 초정은 박지원, 이덕무, 유득공, 홍대용, 이희경, 이서구, 백동수, 유금(柳琴) 등 문사들과 어울리며 지냈다. 자신과 같은 처지에 있는 서얼 문사들과 시서화를 매개로 지속적인 교유를 나누었다.

초정과 이덕무는 진작에 서로의 존재를 알고 있었지만 1767년 봄 백동수의 집에서 처음 만나 본격적으로 교유했다. 이듬해인 1768년에는 『초정시집』의 평선(評選)을 부탁할 만큼 막역한 사이로 발전했다. 연암 박지원과는 1768~1769년 즈음에 처음 만났다. 당시 백탑을 중심으로 이덕무, 이서구, 서상수, 유금, 유득공이 가까이 살고 있었으므로 그들과 자연스레 친분을 확대해 나갔다. 당시 이들은 한번 갔다 하면 돌아오는 것도 잊고 열흘이고 한 달이고 연거푸 머무르며 시문이나 척독을 주고받았다. 이때 주고받은 시문을 모은 것이 『백탑청연집』(白塔淸緣集)이다. 현재 실물은 전하지 않지만, 초정의 서문을 통해 성대했던 그들의 교유를 짐작할 수 있다. 이러한 교유는 초정이 검서관으로 처음 발탁된 1779년까지 지속되었으며, 십여 년에 걸친 이 기간이 초정 시문학의 전체 틀이 형성된 시기이다.

홍대용과는 1766년 홍대용이 청조 문인들과 교유한 필담을 적은 『회우록』(會友錄)을 보려고 방문하면서 비로소 알게 되었다. 1773년 홍대용이 청대 문인 곽집환(郭執桓)의 『회성원집』(繪聲園集)을 전해 받고, 초정이 편지와 함께 「담원팔절」(澹園八絶)을 지어 청나라로 보내면서 청대 문인과의 교유가 시작되었다. 1777년 유금이 『한객건연집』(韓客巾衍集)을 연경으로 들고 가 청나라 이조원(李調元)과 반정균(潘庭筠)의 서문과 시평을 받은 일을 계기로 청에까지 초정의 이름이 알려졌다.

1772년경에는 이덕무, 유득공과 함께 천안에 있는 전장(田莊)에 다녀왔다. 이때 지은 초정의 작품이 시집 권1에 실린 「소사에서」(素沙)[상권 117p] · 「여관 벽에 쓰다」(題店壁)[상권 118p] · 「온양에서 돌아오며」(還自溫陽)[상권 119p] · 「진수정을 넘어가며」(越眞樹亭)[상권 120p]이다. 24세 되던 1773년 봄에는 금강산을 유람하고 동해로 가서 고기잡이 구경을 했다. 이때 지은, 선입견이나 편견에 사로잡히지 말고 과감히 이를 깨고 나가 객관적으로 사물과 자신을 돌아보아야 한다는 내용의 「바다의 고기잡이」(海獵賦)[하권 26p]와 금강산을 소재로 한 여러 작품이 남아 있다.

1차 연행을 하기 전 해인 1777년 초정은 증광시(增廣試)에 응시했다. 이때 지은 시책(試策)이 이듬해 1778년에 기록한 「선비를 시험하는 일에 대한 책문[정유년(1777) 증광시]」(試士策[丁酉增廣])[하권 39p]이다. 초정은 이 글에서 공령문을 껍질로 규정하고 과거 시험에 대한 반감을 여과 없이 드러냈다. 시험을 주관했던 이명식(李命植)이 "이 글은 시속의 정문(程文)을 가지고 따져서는 안 된다"고 하면서 일등으로 뽑았지만, 과거의 폐해를 바로잡고자 하는 말을 짓다가 오히려 격식에 어긋났다는 점을 들어 다른 시험관이 내쳐서 삼등으로 떨어졌다. 이 해에 왕사정(王士禎)의 회인시를 모방하여 국내외 문사를 대상으로 「장난삼아 왕어양의 세모회인시 60수를 본떠 짓다」(戲倣王漁洋歲暮懷人六十首)[상권 238p] 연작을 지었다.

　　29세 때인 1778년 3월 17일에는 지난 해 동지사 편에 보낸 주문(奏文)에 불손한 구절이 있다는 질책을 받고 이를 해명하기 위한 사절이 떠났다. 이때 이덕무는 서장관 심념조(沈念祖)의 종사관으로, 초정은 정사 채제공(蔡齊恭)의 종사관으로 수행했다. 초정은 연경에서 이덕무와 그림자처럼 동행하면서 반정균, 이정원(李鼎元), 축덕린(祝德麟), 당낙우(唐樂宇) 등과 담론하고 글을 주고받았다. 연경에서 3개월 정도 머문 후 7월 1일에 한양에 도착했다. 이로부터 약 3개월 후인 9월 29일에 연행에서의 체험과 충격을 정리하여 『북학의』(北學議)를 탈고했다. 『북학의』는 조선의 낡은 현실과 청의 선진 문물 및 제도를 객관적으로 인식하고 그 수용 의지를 밝힌 저서로, 초정의 선각자적 식견이 잘 드러난다. 1차 연행은 초정의 삶에 지대한 영향을 미쳤다. 선각자적 의식과 사상의 초석이 되어 경세가와 지식인으로서의 면모를 갖추는 계기를 마련해 주었다.

　　연경에서 돌아온 이듬해인 1779년 3월, 이덕무, 유득공, 서이수(徐理修)와 함께 초대 검서관으로 발탁되었다. 같은 해 6월에 외각검서(外閣檢書), 1781년 5월에는 내각검서(內閣檢書)로 임명되었다. 서얼 신분으로 검서관이 된 자부심과 지근거리에서 정조를 보필하게 된 득의가 이 시기 시

작품에 넘쳐흐른다. 1786년 1월 22일에는 「병오년 1월 22일 조회에 참석했을 때, 전설서 별제 박제가가 품었던 생각」(丙午正月二十二日朝參時 典設署別提 朴齊家所懷)^{하권 196p}을 지어, 상업을 권면할 것을 역설하면서 나라 경제를 좀먹는 사기(四欺)와 삼폐(三弊)를 지적했다. 같은 해 8월 검서관직을 떠났다.

1차 검서관직을 수행하던 1782년부터 1784년까지는 이인역승(利仁驛丞)으로 있으면서, 금정역승(金井驛丞)으로 있던 유득공과 수창했고, 1783년 가을에는 유득공과 함께 충청도 여행을 다녀왔다. 1784년에는 부여 일대를 여행하며 여러 작품을 남겼다. 1785년 늦봄에는 유득공과 함께 강화도에 가서 그곳에 비장된 전적을 교정했다.

1789년 1월 12일 『일성록』(日省錄)에 오류가 많다는 이유로 검서관 서이수를 면직시키고 초정을 검서관에 재임용했다. 이해 4월 이덕무, 백동수와 함께 『무예도보통지』(武藝圖譜通志) 편찬을 시작해서 이듬해 1790년 4월 29일 완간했다. 41세 때인 1790년 5월 27일에는 청나라 건륭제의 팔순잔치를 축하하기 위해 부사 서호수(徐浩修)의 종사관으로 유득공과 함께 2차 연행 길에 올랐다. 이때에는 나빙(羅聘), 장문도(張問陶), 장도악(張道渥), 오조(吳照), 옹방강(翁方綱), 옹방수(熊方受), 철보(鐵保), 팽원서(彭元瑞), 기윤(紀昀) 등 1차 연행 때보다 훨씬 많은 청대 문인들과 시문을 주고받으며 활발히 교유했다.

9월 26일 연경을 출발하여 돌아오면서 「심양잡절 7수」(瀋陽雜絶)^{중권 94p} 등 여러 시편을 남겼다. 압록강을 건너던 날 정조의 부름을 받고 한양에 왔다가 다시 군기시정(軍器寺正)의 직함을 임시로 받고, 연이어 3차 연행 길에 올랐다. 다음 해인 1791년 3월 연경에서 돌아온 직후 연행 과정에서 만난 청대 인물 50인을 대상으로 「회인시, 심여 장사전을 흉내 내다」(懷人詩仿蔣心餘)^{중권 159p} 50수를 지었고, 이후 7월 이덕무, 유득공과 함께 『국조병사』(國朝兵事)를 찬집하라는 명을 받았다.

이 시기 서유구에게 보낸 편지에 따르면, 초정은 이전부터 왼쪽 눈이

상하여 안경을 써도 효과가 없었는데, 이때 오른쪽 눈의 시력마저 혼미해져, 사서(寫書)와 교정을 뜻대로 할 수 없게 되었으니 검서관직에서 물러나야겠다는 뜻을 밝힌 바 있다. 1792년 8월 24일 검서관에서 물러나, 1793년까지 부여현감을 지냈다. 이 시기에 지은 작품은 시집 권3의 후반부에 수록되어 있다. 현령으로 있으면서도 경세가로서의 큰 포부를 실현하지 못한 절망감을 달래면서 낙담 속에 지냈다. 1792년 9월 20일 부인 덕수 이씨가 세상을 떴고, 이듬해인 1793년 1월 25일 지기였던 이덕무마저 세상을 떠났다. 상실감과 허망함은 삶의 의욕을 급격히 실추시켰다. 1793년 5월 27일에는 정사를 잘못했다 하여 추궁을 입었고, 이보다 앞선 1793년 1월 5일에는 이동직(李東稷)의 문체에 관한 상소로 왕의 지적을 받기까지 했다. 정조는 초정에게 자송문을 지어 바칠 것을 명했고, 이에 따라 지은 글이 「비옥희음송〔병인〕」(比屋希音頌〔幷引〕)^{하권 269p}이다. 이 글에서조차 초정은 자신의 문학 주장을 조금도 굽히려 들지 않았다.

45세인 1794년 1월 8일에 초정은 다시 검서관에 복직했다. 1795년 2월 12일 검서관을 그만둔 뒤, 1796년에는 연경 가는 자형 임희택(任希澤)을 위해 「연경잡절. 임은수 자형과 헤어지며 주다. 옛 기억을 더듬어 붓을 달려 140수를 얻었다」(燕京雜絕 贈別任恩叟姊兄 追憶信筆 凡得一百四十首)^{중권 310p}를 지어 주었다. 1797년부터 4차 연행을 떠난 1801년 2월 직전까지 영평현령으로 재임했다. 왕명에 의해 1798년 11월에는 『진소본북학의』(進疏本北學議)를 지었다. 1797년 2월 25일에는 심환지(沈煥之)가 영평현령으로 재직하던 초정을 탄핵했다. 초정의 처신이 불공하고 말이 패려하다 하여 파직을 청했으나 정조는 윤허하지 않았다. 영평현령 시절의 시 작품은 시집 권4 후반부에 수록되어 있다.

1800년 6월 28일 정조가 승하했다. 순조 즉위 후인 1801년 1월 28일 주자서(朱子書) 선본을 구해오라는 왕명을 받고 유득공과 함께 4차 연행 길에 올랐다. 초정의 시문집에서는 어찌된 셈인지 4차 연행의 흔적이 전혀 남아 있지 않다. 동행했던 유득공의 『연대재유록』(燕臺再遊錄)을 통해 볼 때, 초정은 이조원과 진전(陳鱣)을 만나 『정유고략』(貞㼅稿略)의 서문을 받았고 이 교유가 인연이 되어 1803년 경 『정유고략』(2권 1책)이 진전 등에 의해 연경에서 목판본으로 간행되었다. 이후 초정의 시는 오성란(吳省蘭)이 엮은 『예해주진』(藝海珠塵)에 다시 편입되었다.

초정의 4차 연행은 신유사옥(辛酉敎獄)이 벌어지던 어지러운 시기였다. 그가 4차 연행에 선발되었던 것은 친분이 있던 윤행임(尹行恁)이 이조판서로 있었기 때문이었다. 초정이 귀국할 당시 윤행임은 정계의 폭풍에 밀려 실각되었는데, 그 중심에 벽파의 영수였던 영의정 심환지가 있었다. 그해 5월 윤행임은 강진현 신지도에 유배되었다. 같은 해 9월 한양의 동남 성문에 대비 김씨와 심환지를 비방하는 벽보가 나붙었다. 흉서사건(凶書事件)의 범인은 임시발(任時發)로 밝혀졌다. 임시발은 전 현감 윤가기(尹可基)와 친분이 있었고, 윤가기는 이전부터 윤행임과 가까웠다. 임시발의 자복으로 임시발과 윤가기는 9월 6일 능지처참을 당했고, 윤행임은 9월 10일 배소에서 사약을 받았다. 윤가기는 서출 신분으로, 초정과 이덕무와도 친분이 있었기에, 불똥이 초정에게까지 튀었다. 윤가기의 종 갑금(甲金)이 문초 과정에서 "윤가기가 흉언할 때 초정도 같이 있었다"고 진술함에 따라 초정은 곧바로 구속되었고, 9월 15일 한 차례 형장을 받았으나, 불복했다. 9월 16일 초정을 함경도 종성부에 정배하라는 대왕대비의 전명이 내렸다. 이후 강휘옥(姜彙鈺), 조상진(趙尙鎭), 정동관(鄭東觀), 조덕윤(趙德潤), 민기현(閔耆顯) 등이 잇달아 상소를 올려 초정을 재심문하여 처형해야 한다고 주장했지만, 순조는 윤허하지 않고 종성 유배형의 즉각 시행을 명했다. 초정은 곧바로 한양을 떠나 10월 24일에 유배지인 종성에 도착했다.

두 해 뒤인 1803년 2월 6일에 대왕대비는 제도에 찬배된 죄인을 향리 방축하라는 명을 내렸다. 하지만 의금부의 고관들이 대비의 명을 봉행하지 않아 초정의 유배 생활은 계속되었다. 이듬해인 1804년 2월 24일 해를 넘기도록 초정을 석방하지 않았다 하여 당시의 금오당상(金吾堂上)을 즉시 파직하고 초정을 석방케 했다. 1805년 3월 22일에는 향리로 방축된 초정을 사면한다는 명이 내렸다. 이후 초정은 과천의 작은 잔치에 참석하고 (「과천 동각의 작은 잔치」果川東閣小宴),^{증권 662p} 김포 사군에게 써 준 6수의 시 작품을 남겼다(「김포 사군에게 남겨 주다」留贈金浦使君).^{증권 663p} 또 1805년 3월에 친척 형인 박도상(朴道翔)의 제문을 짓고(「집안 형님 참지 박도상 공의 제문」祭族從兄參知公〔道翔〕文),^{하권 432p} 1805년 4월 25일 56세의 일기로 파란만장한 삶을 마감했다. 경기도 광주부 엄현(崦峴)의 선산에 묻혔다. 시집 권5에는 유배를 떠나는 시점부터 생을 마감할 때까지 작품이 수록되어 있다.

아내인 덕수 이씨는 초정이 부여현감으로 있을 때인 1792년 9월 20일 세상을 떠났다. 초정은 이씨와의 사이에서 3남 2녀를 두었다. 맏딸은 남근중(南謹中)에게, 둘째 딸은 윤후진(尹厚鎭)에게 시집갔다. 아들은 장임(長稔), 장름(長廩), 장엄(長㤲) 등 셋이다.

평생 지기였던 이덕무는 그의 첫인상을 "이마가 헌칠하고 눈은 응시하는 듯했으며 낯빛은 부드러운 기남자(奇男子)"로 기억했다. 어린 나이에도 어른의 엄정함을 갖추고, 심지가 굳고 말이 명료하며, 꾸밈없는 질박함을 갖추었다고 그의 문학과 사람됨을 평가했다. 청나라 사람 이조원은 "키는 작지만 군세고 날카로우며 재주와 정감이 풍부하다"고 그를 평가했다.

작품 세계에 대해 연암 박지원은 그의 시를 "고담(古淡)하고 청신(淸新)하며, 자연스럽고 섬세하게 조탁되어 있다"고 평한 바 있다. 청나라 진전도 그 시의 자연스럽고 청신한 점을 높였고, 구한말 김택영(金澤榮)은 기궤(奇詭)와 첨신(尖新)으로 평가했다. 이덕무는 "남의 시를 답습하는 것을 가장 경계한 시인으로 기상이 장렬하고 섬세하다"고 하였고, 『한객건연집』에 서문을 써 준 청나라 이조원은 "백미(百味)가 구존(俱存)하니 천하의 기문(奇文)"이라고 그의 문장을 평했다. 반정균은 문입묘래(文入妙來)라

하여 그 천의무봉한 자연스러움을 극찬했다. 전체적으로 초정의 시에 대한 평가에서는 '청신'(淸新)과 '신기'(新奇) 등의 표현이 자주 보이는데, 그 시의 참신한 비유와 세련된 수사, 감각적 표현과 섬세한 서정을 높이 본 때문이다.

박제가의 문집 현황과 구성

초정의 시문집은 목판으로 간행된 적이 없고, 다양한 필사본만 전한다. 명칭도 저마다 같지 않다. 먼저 국내의 필사본을 보면, 규장각 소장본 『정유각집』(貞蕤閣集)과 『정유시집』(貞蕤詩集), 서울대도서관 소장본 『정유시초』(貞蕤詩抄)와 『정유집』(貞蕤集), 한국은행 소장 『정유각초집』(貞蕤閣初集), 국립중앙도서관 소장본 『정유각집』(貞蕤閣集)과 『초정소고』(楚亭小稿)가 있다. 이밖에 개인 소장으로 홍윤표 소장본 『정유각집』과 안대회 소장본 『박사원집』(朴詞垣集)이 확인된다. 국내 필사본은 필체도 다르고, 완질이 하나도 없다. 국외본은 일본 동양문고본 『정유각시집』(貞蕤閣詩集)과 일본 정가당문고본(靜嘉堂文庫本) 『정유각문집』(貞蕤閣文集)이 있다.

이로 볼 때 박제가의 문집은 『정유각집』이 가장 일반적인 명칭이다. 정유(貞蕤)는 소나무의 별칭인데, 그가 살던 집에 유명한 어애송(御愛松)이 있었기 때문에 자신의 거처를 정유각이라고 했다. 젊은 시절의 시문집에 쓴 연암 박지원의 「초정집서」(楚亭集序)가 남아 있지만, 그의 전체 시문집의 명칭으로 『초정집』은 적절치 않아, 본서에서는 『정유각집』이란 명칭을 취하였다.

본 번역 작업을 위해 참고한 각종 필사본에 수록된 시문 현황은 다음 표와 같다.

소장처	문집명	시 집					문 집				비 고
		권1	권2	권3	권4	권5	권1	권2	권3	권4	
규장각	貞蕤詩集	缺	缺	○	○	○					3권 3책
	貞蕤閣集						○	○	○	○	4권 4책(完本)
서울대 도서관	貞蕤詩抄	○	缺	○	○	缺					3권 3책
	貞蕤集						○	○	○	○	4권 4책(完本)
국립중앙 도서관	貞蕤閣集	○	○	○	○	缺					4권 4책
	楚亭小稿	缺	缺	缺	缺	○					1권 1책
홍윤표 소장	貞蕤閣集	缺	○	○	○	缺					3권 3책
한국은행	貞蕤閣初集	○	缺	缺	缺	缺					1권 1책
안대회 소장	朴詞垣集	○	○	缺	缺	缺					2권 2책
일본 동양문고	貞蕤閣詩集	○	○	○	○	○					5권 5책
일본 정가당문고	貞蕤閣文集							○			5권 5책

초정의 문집인 규장각 소장 『정유각집』과 서울대도서관 소장 『정유집』은 모두 4권 4책의 완본이다. 시집은 필체가 서로 다르고 빠진 부분이 있다. 국립중앙도서관 소장 『정유각집』 중 권2는 일본에서 1966년 반환문화재로 돌려받은 것이다. 『초정소고』는 1권 1책으로 시집 권5만 실려 있다. 홍윤표 소장 『정유각집』은 시집만 3권 3책이고, 한국은행 소장본은 『정유각초집』만 남았다. 이 두 문집은 다른 필사본에 비해 글씨가 해정하다. 안대회 소장의 『박사원집』은 시집 1, 2만 남은 결본이다.

국외본의 경우, 국내본 『정유각시집』이 완질이 없는 데 반해, 일본 동양문고 소장의 『정유각시집』은 5권 5책의 완질이다. 특히 정가당문고본 『정유각문집』은 국내 필사본이 4권 4책으로 완질인데 반해, 5권 5책으로 되어 있고, 목차 구성도 상당한 차이가 난다.

이밖에 초정의 초년 시 작품을 모은 『명농초고』(明農初稿)는 이름만 전할 뿐 실물은 전하지 않는다. 유금이 중국에 소개한 『한객건연집』 소재 초정의 시 작품 100수는 이 책에서 선집한 것이다. 『호저집』(縞紵集)에 청나라 이조원이 쓴 「명농초고서」(明農初稿序)가 실려 있다. 1992년 아세아문화사에서 간행한 『초정전서』본에 수록된 시집 서문과 동일한 것으로 보아, 『초정전서』본 시집 권1은 『명농초고』의 작품을 옮겨 놓은 것이다. 다만 『한객건연집』과 『초정전서』 시집 권1 소재 작품을 대조해 보면, 옮기는 과정에서 다소 삭감을 하거나 교정, 교열을 거쳤음을 알 수 있다.

이밖에 북한 김일성종합대학에 소장된 『초비당외집』(苕翡堂外集)이 있다. 여타의 문집에 누락되고 없는 「묘향산 소기」(妙香山小記)^{하권 155p}가 「검무기」(劍舞記)와 함께 유일하게 실려 있다. 『초비당외집』은 60년대 초 북한 고전문예출판사에서 간행한 『기행문선집』에 번역 수록되면서 알려졌다. 여러 경로로 확인한 결과 이 책은 다른 작품은 실려 있지 않고 「묘향산 소기」와 「검무기」만 수록한 십여 쪽 분량의 소책자라고 한다. 박제가 산문의 걸작이라 할 「묘향산 소기」가 정작 문집에서 사라진 까닭은 알 수가 없다. 4차 연행 때에 중국에 들고 간 필사본 『정유고략』(貞蕤稿略)은 청나라 문인 오성란의 『예해주진』에 실려 있는데, 문 1권과 시 1권으로 나누어져 있다.

현재까지 이루어진 초정 시문의 기초적인 판본 정리 및 간행 작업은 대략 다음과 같다.

1. 『정유집』(貞蕤集), 국사편찬위원회, 1961.
2. 『정유각전집』(貞蕤閣全集) 상·하, 여강출판사, 1986.
3. 『초정전서』(楚亭全書) 상·중·하(이우성 편), 아세아문화사, 1992.
4. 『정유각집』(貞蕤閣集, 한국문집총간 261), 민족문화추진회, 2001.

1과 2와 4는 국내의 여러 필사본을 종합하여 짝을 맞춘 것으로 완전한 문집 체제를 갖추었다고 보기 어렵다. 3의 경우 일본 동양문고본 『정유각시집』과 정가당문고본 『정유각문집』을 합치고, 여기에 초정의 아들 박장엄이 초정이 중국 문인들과 수창한 시문 및 척독을 모아 1809년 6권 2책으로 펴낸 『호저집』(縞紵集, 미국 하버드 연경학사도서관본)과 국내에 있는 『북학의 내외편』(北學議內外篇, 서울대 가람문고본), 『진북학의』(進北學議, 규장각본)를 합쳐 전서로 영인한 것이다.

　간행된 문집이 저본으로 삼은 필사본의 권별 소장처는 다음 표와 같다.

	시 집					문 집				
	권1	권2	권3	권4	권5	권1	권2	권3	권4	권5
1. 『정유집』	서울대	缺	서울대			서울대				
2. 『정유각전집』	서울대	국립	서울대		규장각	서울대				
3. 『초정전서』	일본 동양문고본					일본 정가당문고본				
4. 『정유각집』	국립		규장각			규장각				

　이를 다시 정리한다.

　1. 국사편찬위원회 편 『정유집』은 시집 4권(권1, 3, 4, 5), 문집 4권으로 구성되었다. 서울대도서관 소장본을 저본으로 시집은 임창순 소장본, 『북학의』는 이겸노 소장본에 따라 교정했다. 서울대도서관 소장본과 임창순 소장본이 모두 시집 권2가 빠져 있어 부득이 권2를 제외했다. 탈자나 오자가 적지 않다. 박지원과 청대 문인인 이조원, 진전의 서문이 있다.

　2. 여강출판사 편 『정유각전집』은 상하 2책이다. 영인 시에 국사편찬위원회의 『정유집』에 빠진 시집 권2를 보충했다. 상권은 5권 5책의 시집이며, 하권은 4권 4책으로 문집이다. 『북학의』는 서울대 가람문고본을 저본으로 영인했다. 「병오년 1월 22일 조회에 참석했을 때, 전설서 별제 박제가가 품었던 생각」(丙午正月二十二日朝參時 典設署別提朴齊家所懷)^{하권 196p}은 규장각 소장본 『정조병오소회등록』(正祖丙午所懷謄錄)에서 초정의 소회만을 발췌한 것이다. 하책 후반부에 수록된 『주역』(周易, 건곤 2책)은 초정이 함경도 종성 유배 시절 찬한 것으로 국립중앙도서관 소장본이다. 각기 다른 필사본을 사용하여 글자체가 서로 다르고, 시집에는 서문이 빠졌으며, 문집

에 박지원과 이조원, 진전의 서문이 있다.

3. 이우성 편 『초정전서』(상중하)는 1992년 해외에서 수집해 온 자료들을 모아 엮은 것이다. 상책은 시집 5권 5책, 중책은 문집 5권 5책, 하책은 『진소본북학의』, 『호저집』, 『북학의』가 수록되어 있다. 『초정전서』에 실린 시문집은 각각 5권 5책으로, 국내본 문집과 체제가 다르고 누락 작품이 더러 보인다. 시집은 국사편찬위원회 본 『정유집』이나 여강출판사 본 『정유각전집』과 대동소이하다. 시집에는 이덕무, 반정균, 이조원의 서문이 있는데, 이덕무의 서문은 1768년 초정의 나이 19세 때 엮은 초기 시집에 대한 서문이다. 문집에는 박지원, 이조원 진전의 서문이 있다. 이조원의 서문은 시집과 중복된다.

4. 민족문화추진회 영인 『정유각집』은 시집 5책(필사본)과 문집 4책(활자본)으로 도합 9책이다. 시집 앞에 이덕무, 반정균, 이조원이 쓴 서문이 있다. 문집은 권마다 앞에 목록이 있고, 박지원, 이조원, 진전의 서문이 있다.

문집에 수록된 작품은 거의 비슷하고 편차만 다르다. 다만 『초정전서』본 문집 권3에 실린 「이 동자 묘지명」(李童子墓誌銘)하권 238p과 권4의 「아무개에게 주다」(與人書)하권 377p는 다른 세 문집에는 보이지 않는다. 반면 「임금님의 활쏘기에 관한 기록, 그림과 함께」(御射記 並圖),하권 184p 「문사민의 화권에 쓰다」(題文士敏畵卷),하권 451p 「장인 이관상 공 제문」(祭外舅李公文),하권 407p 「이소 공의 제문」(祭李公爀文),하권 429p 「사위 남제득에게 부치다」(寄南甥),하권 337p 「장름과 장엄에게 부치다」(寄廩裺),하권 359p 「장름과 장엄에게 답하다」(答廩裺),하권 371p 「장임에게 부치다」(寄稔兒),하권 340p 「장임에게 부치다」(寄稔兒),하권 362p 「장임에게 부치다」(寄稔兒)하권 363p는 『초정전서』에는 실려 있지 않지만 다른 세 문집에는 모두 실려 있다. 본서에서는 모두 찾아 수록하였다.

시집은 네 간행물에 실린 시편의 수가 거의 동일하다. '실제'(失題) 작품을 목록에 넣거나 앞 작품의 또 다른 수로 보았기에, 시집마다 한두 수의 차이가 발생하나, 권1은 211제, 권2는 188제, 권3은 162제, 권4는 147

제, 권5는 112제 도합 820제이다. 목차의 순서에 다소 차이가 있고 오자나 탈자가 간혹 보인다. 『초정전서』 소재 작품을 일괄하면 다음과 같다.

		권1	권2	권3	권4	권5	소계
五言	絶句	60	17	19	146	79	321
	律詩	78	48	50	63	36	275
	古詩	25	31	11	14	16	97
七言	絶句	133	77	84	68	83	445
	律詩	118	130	67	88	39	442
	古詩	7	18	14	34	7	80
기타		長短句 1 5언6구 2 6언4구 4		長短句 1 5언6구 50 (懷人詩)		長短句 1 5언2구 1 7언2구 1	61
소계		428	321	296	413	263	1,721

『초정전서』 시집 5책에는 820제 1,721수의 작품이 수록되어 있다. 권1의 경우 칠언절구 60수의 회인시(懷人詩)가 포함되어 있으므로, 이를 감안하다면 칠언율시가 단연 많다. 또한 반정균이 "칠언율시에 뛰어난 재능이 있다"고 평가한 데서도 알 수 있듯 초정의 초기 시를 선집한 『한객건연집』에는 총 100수 중 칠언율시가 45수나 된다. 권2의 경우에도 절구 양식의 응제시를 많이 창작했으나 여전히 칠언율시가 압도적이다. 권3의 경우 칠언절구 「심양잡절 7수」(瀋陽雜絶)^{중권 94p} 「옥하관 절구」(玉河館絶句)^{중권 141p} 12수, 「영수사 온천에서」(靈壽寺湯泉)^{중권 147p} 10수 등과 5언 6구 50수의 회인시(懷人詩)가 포함되어 있다. 권4에는 오언절구 「연경잡절. 임은수 자형과 헤어지며 주다. 옛 기억을 더듬어 붓을 달려 140수를 얻었다」(燕京雜絶 贈別任恩叟姊兄 追憶信筆 凡得一百四十首)^{중권 310p}와 칠언절구 18수의 회인시가 수록되었다. 권5에도 오언절구 「수주의 나그네 노래 79수」(愁州客詞 七十九首)^{중권 620p}가 있다. 전체적으로 본다면 단연 율시의 활용이 많았으며, 그중에서도 칠언율

시에 특장이 있음을 알 수 있다.

　본 역서에서는 전체적인 체제가 비교적 완정하고 글씨도 해정한『초정전서』(아세아문화사)에 수록된『정유각시집』과『정유각문집』을 정본으로 삼고, 여타 판본에서 누락된 작품을 빠짐없이 찾아 수록 보완하였다.

맺음말

　본『정유각집』3책은 여러 필사본을 살펴 아세아문화사본『초정전서』에 수록된 시문집을 기준으로 번역을 진행하였다. 작업 과정에서 여타 판본을 대비하여 오자를 바로잡았고, 그중 중요한 내용은 번역문 하단에 각주로 밝혀 두었다. 또 이 시문집에 빠져 있으나, 여타 다른 문집에 수록된 작품도 해당 시기에 따로 표시하여 첨부함으로써, 명실공히 박제가의 시문집을 총망라하고자 했다. 특별히 북한 김일성대학 소장본『초비당외집』에 수록된「묘향산 소기」의 원문과 번역문을 포함시켜, 그간 이글의 부록격인「검무기」만 수록되어 있던 결락 상태를 보완한 사실을 밝혀 둔다.

　지난 5년간의 작업으로도 여전히 미진하고 부족한 점이 눈에 많이 띈다. 오역도 적지 않을 것이다. 막상 번역을 다 하고 나서도 의미가 분명히 손에 잡히지 않은 경우도 많았다. 부족한 부분은 시일을 두고 계속 바로잡아 나갈 것이다.

　최근 고전학계에서 동아시아적 전망의 수립은 단연 주목 받는 화두의 하나다. 민족의 울타리를 벗어나지 못하던 협소한 시각을 벗고, 중국과 조선과 일본을 잇는 동아시아 지식인의 활발한 교유와 그로 인한 세계관의 변화를 감지하려는 움직임이 자못 활발하다. 탁월한 안목과 폭넓은 시야로 국제적 감각을 지녔던 박제가는 이 새로운 흐름 앞에서 늘 화제의 중심에 위치해 왔다. 이제 이번『정유각집』완역 출간을 계기로 박제가의 작품 세계 전모가 소개된 만큼, 이를 디딤돌 삼아 그의 학문과 사상 및 문예 전반에 대한 본격적인 연구가 새롭게 시작되기를 기대한다.

작성: 정민·박종훈

박제가 연보

1750년(영조 26), 1세
- 11월 5일, 서울에서 밀성(密城) 박씨(朴氏) 감사공파(監司公派)로서 우부승지(右副承旨) 박평(朴玶, 1700~1760)과 전주(全州) 이씨(李氏, 1721~1773)의 둘째 아들로 태어나다.
- 초명(初名)은 제운(齊雲)이다. 자(字)는 재선(在先)·차수(次修)·수기(修其)·뇌옹(纇翁)이고, 호(號)는 초정(楚亭)·위항도인(葦杭道人)·정유거사(貞蕤居士)·초비당(苕翡堂)·경신당(竟信堂)이다.

1760년(영조 36), 11세
- 6월 아버지를 여의다. 이후 16~17세까지 청교(靑橋)·묵동(墨洞)·필애(筆厓) 등으로 이사하며 영락(零落)의 생활을 경험하다.

1764년(영조 40), 15세
- 백동수(白東修)의 '초어정'(樵漁亭)을 방문하여 현판 글씨를 써서 이덕무(李德懋)를 놀라게 하다.

1766년(영조 42), 17세
- 연행(燕行)에서 귀국한 홍대용(洪大容)을 만나다. 청조(淸朝) 문인들과 교유한 필담을 적은 『회우록』(會友錄)에 관심을 갖고 찾아가 비로소 알게 되다.
- 덕수(德水) 이씨(李氏) 절도사(節度使) 이관상(李觀祥, 1716~1770)의 서녀(庶女)와 혼인하다.

1767년(영조 43), 18세

   — 봄, 백동수의 집에서 이덕무와 만나 본격적인 교유를 시작하다.

1768년(영조 44), 19세

   — 『초정시고』(楚亭詩稿)를 엮고, 이덕무가 「초정시고서」(楚亭詩稿序, 『아정유고』雅亭遺稿 권3)를 쓰다.

   — 1768~1769년 무렵, 백탑 북쪽으로 이사 온 연암(燕巖) 박지원(朴趾源)을 찾아가 교유를 맺고 평생 변함없는 관계를 유지하다.

   — 6월 29일, 이덕무와 윤병현(尹秉鉉), 유금(柳琴)과 함께 몽답정(夢沓亭)을 유람하며 시를 지어 시축을 만들다.

   — 12월, 이덕무가 조화(造花)인 '윤회매'(輪回梅)를 만들자 시(詩) 「이덕무가 밀랍을 녹여 매화를 만들고는 윤회화라 이름 붙였다」(懋官鑄蠟爲梅 名曰輪回花)^{상권 125p}를 짓다.

1769년(영조 45), 20세

   — 이관상이 영변부사(寧邊府使)에 제수되어 부임할 때, 사위의 과거 공부를 위해 박제가를 함께 데리고 간 일이 있다. 그 해에 한 살 위인 처남 이몽직(李夢直)과 함께 묘향산을 유람하고 「묘향산 소기」(妙香山小記)^{하권 155p}를 남기다. 또한 이때 과거 시험의 폐단에 대해 논한 「『서과고』 서문」(西課藁序)^{하권 101p}과 이관상이 말을 기르기 위해 세운 마별청(馬別廳)의 상량문으로 장인의 업적을 칭송한 「영변 고마별청의 상량문」(寧邊雇馬別廳上樑文)^{하권 436p}이란 작품을 짓다. 시 작품으로는 시집 권1의 「영변의 못가 정자에 쓰다」(題寧邊池亭)^{상권 61p}・「약산에서 저물녘 돌아오다」(藥山暮歸)^{상권 61p}・「묘향산 보현사」(香山普賢寺)^{상권 62p} 등을 쓰다.

   — 『초정집』(楚亭集)에 박지원이 서문을 쓰다.

1770년(영조 46), 21세

   — 4월, 이덕무와 함께 남한산성을 유람하고 「남한산성에서 석파와 함께」(南漢同石坡)^{상권 92p}・「동림사에서 돌아오는 길에」(東林寺歸路)^{상권 93p}・「법화암」(法華庵)^{상권 93p} 등의 작품을 남기다.

   — 8월, 장인 이관상이 별세하다. 「장인 이관상 공을 슬퍼하며」(外舅李公〔觀祥〕

挽)^{상권 76p}를 짓다.

1771년(영조 47), 22세
─ 겨울, 칠언율시 「아침에 내린 눈」(朝雪)^{상권 122p}을 짓다.

1772년(영조 48), 23세
─ 6월 18일, 홍대용의 집에서 박지원 등과 함께 철현금 연주를 듣다.
─ 『초정집』을 편찬하다.
─ 1772년경, 이덕무, 유득공과 함께 천안에 있는 전장(田莊)에 다녀오다. 이때 지은 작품으로는 시집 권1에 「소사에서」(素沙)^{상권 117p}・「여관 벽에 쓰다」(題店壁)^{상권 118p}・「온양에서 돌아오며」(還自溫陽)^{상권 119p}・「진수정을 넘어가며」(越眞樹亭)^{상권 120p} 등이 있다.

1773년(영조 49), 24세
─ 봄에 금강산을 유람하고 동해를 넘어 고기잡이를 구경하다. 「바다의 고기잡이」(海獵賦)^{하권 26p}와 시집 권1에 「금강산에 들려고 금수정에 올랐는데 동행이 오지 않아 기다리며」(將入金剛 登金水亭 候同伴不至)^{상권 123p}・「팔담에서」(八潭)^{상권 124p}・「동해에 임하여」(臨東海)^{상권 124p} 등의 작품을 남기다.
─ 홍대용이 청조 문인 곽집환(郭執桓, 호는 담원澹園, 자는 봉규封圭)으로부터 『회성원집』(繪聲園集)을 전해 받은 것에 '사가'(四家)가 차운하여 시를 짓다. 9월 2일, 「담원 곽집환에게 주다」(與郭澹園[執桓])^{하권 321p}라는 서간과 함께 「담원팔절」(澹園八絶)을 지어 청나라에 보내다.
─ 이 무렵 홍대용의 정원에 '사가'를 비롯한 연암 등이 몇 차례 모여 시를 주고받으며 교유하는 모임을 가지다.
─ 「「풍수정기」의 뒤에 쓰다」(書風樹亭記後)^{하권 448p}를 짓다.
─ 10월 15일, 모친상을 당하다.
─ 8월 말, 「이사경의 제문」(祭李士敬文)^{하권 418p}을 짓다.
─ 「자형 임은수가 이인역승이 되어 떠나며 시를 청하다」(任恩叟姊兄利仁驛丞臨行請詩)^{상권 101p}를 짓다.

1774년(영조 50), 25세

　— 이희경이 박지원, 이덕무, 박제가의 시문을 엮어 『백탑청연집』(白塔淸緣集)
　　을 펴내다.

1775년(영조 51), 26세

　— 자신의 「소전」(小傳)^{하권 206p}을 쓰다.

1776년(영조 52), 27세

　— 유금을 통해 『한객건연집』(韓客巾衍集)을 연경에 보내다.
　— 3월 25일~27일, 이덕무, 원중거(元重擧) 등과 함께 배를 타고 한강을 유람하
　　며 선릉, 봉은사, 평구를 들르다.
　— 가을, 『『형암선생시집』 서문」(炯菴先生詩集序)^{하권 121p}을 쓰다.
　— 8월, 「『유혜풍시집』 서문」(柳惠風詩集序)^{하권 124p}을 쓰다.
　— 9월 22일, 첫째 딸을 얻다.

1777년(정조 1), 28세

　— 1월 16일, 『한객건연집』에 이조원(李調元)이 서문과 평어를 쓰다.
　— 1월 17일, 이조원의 소개로 『한객건연집』에 반정균(潘庭筠)이 서문과 평을
　　쓰다. 이에 대한 답례로 「갱당 이조원에게 주다」(與李羹堂〔調元〕)^{하권 324p}·「추
　　루 반정균에게 주다」(與潘秋庫〔庭筠〕)^{하권 327p}의 서간과 「기하실이 소장한 운
　　룡산인의 작은 초상화에 쓰다」(題幾何室所藏雲龍山人小照)^{상권 177p} 1수 및 5언
　　시 2수를 보내다.
　— 9월 10일, 이덕무, 이광석(李光錫) 등과 광주(廣州)를 여행하다. 「중양일에
　　심계처사가 성에 들었고, 다음 날은 형암이 자기 아버님을 모시고 그와 함께
　　나왔다. 내가 이를 기쁜 마음으로 부러워하여 광주 걸음을 하게 되었다. 8
　　수」(重陽日 心溪處士入城 翌日炯庵陪其大人 與之同出 余欣然羨之 於是有廣
　　州之行 八首)^{상권 193p}를 짓다.
　— 왕사정(王士禎)의 「세모회인육십수」(歲暮懷人六十首)를 모방한 「장난삼아
　　왕어양의 세모회인시 60수를 본떠 짓다」(戱倣王漁洋歲暮懷人六十首)^{상권 238p}
　　를 짓다.
　— 증광시(增廣試)에 응시하다.

1778년(정조 2), 29세

- 「선비를 시험하는 일에 대한 책문〔정유년(1777) 증광시〕」(試士策〔丁酉增廣〕)^{하권 39p}을 짓다.
- 1차 중국 여행을 하다. 3월 17일 전에 동지사(冬至使) 편에 보낸 주문(奏文)에 불손한 구절이 있다는 질책을 받고 이를 해명하기 위한 사절이 떠나다. 이때 이덕무는 서장관(書狀官) 심염조(沈念祖)의 종사관으로, 박제가는 정사(正使) 채제공(蔡齊恭)의 종사관으로 수행하다. 박제가는 연경에서 이덕무와 그림자처럼 동행하면서 반정균, 이정원, 축덕린, 당락우 등과 담론하고 글을 주고받다.
- 5월 23일, 이덕무와 반정균의 집에 가서 반정균, 이정원을 만나다.
- 5월 24일~25일, 이덕무와 당낙우를 방문하고 교유하다. 천주관 구경 및 유리창의 오류거(五柳居) 책방을 방문하다. 이후 반정균과 자주 교유하는 한편 오류거 책방에서 청대의 많은 도서를 열람하다. 이후 청대 문인과 활발히 교유하다.
- 5월 28일, 이덕무와 오류거 책방에 가서 기서(奇書)를 열람하다. 축덕린의 집으로 가서 축덕린, 이정원 등과 교유하다.
- 6월 8일, 이정원을 방문했으나 만나지 못하고 이기원(李驥元)과 필담하다.
- 6월 9일, 당낙우를 방문하다. 축덕린, 심순심(沈醇心)으로부터 『패문운부』(佩文韻府)와 『소자상운회』(邵子相韻會)를 소개받다.
- 6월 11일, 이덕무와 반정균을 방문하고 이정원, 심순심과 문장을 논하고 이별연을 갖다.
- 6월 15일, 이덕무와 축지당, 당낙우의 집을 방문하고 이정원, 이기원 등과 작별하다.
- 6월 16일, 연경을 출발하여 귀로에 오르다.
- 7월 1일, 서울에 도착하다.
- 9월 29일, 『북학의』(北學議)를 통진(通津)에서 탈고하고, 「『북학의』 자서」(北學議自序)^{하권 126p}를 짓다.

1779년(정조 3), 30세

- 3월, 이덕무, 유득공, 서이수(徐理修)와 함께 초대 검서관으로 발탁되다.
- 6월, 외각검서(外閣檢書)에 임명되다.

- 7월 13일, 「규장각의 8경. 왕명을 받들어」(奎章閣八景應令)^{상권 305p}를 짓다.
- 7월 14일, 정조의 명으로 「응제로 지은 '영주에 올라' 20운」(登瀛洲二十韻應令)^{상권 311p}을 짓다.
- 9월 25일, 연사례에서 정조가 직접 음식을 하사하고, 이때 「규장각에서 연사례가 있던 날 왕명을 받들어 짓다」(奎章閣燕射禮日應令)^{상권 316p}를 짓다.

1780년(정조 4), 31세
- 박산여(朴山如)의 벽오동정(碧梧桐亭)에 박지원, 이덕무, 남공철 등과 모이다. 이덕무는 거미 그림을 그리고, 박제가는 「음중팔선가」(飮中八仙歌)를 초서로 쓰다.
- 8월, 「문징명의 〈간정춘수도〉 화제 뒤에 쓰다」(書文衡山澗亭春水圖畵題後)^{하권 453p}를 짓다.
- 9월 21일, 맏아들 장임(長稔)이 태어나다.
- 11월, 유득공과 함께 왕명으로 『자휼전칙』(字恤典則)을 편찬하다.

1781년(정조 5), 32세
- 5월, 내각검서(內閣檢書)에 임명되다.
- 9월 19일, 철재(徹齋) 정지검(鄭志儉)이 정조의 은총에 감사한 내용의 「기은시」(紀恩詩)에 차운하여 「직각 정지검의 「기은시」를 받들어 화운하다」(奉和鄭直提學紀恩詩)^{상권 356p}를 짓다.
- 10월, 「시학론」(詩學論)^{하권 37p}을 짓다.

1782년(정조 6), 33세
- 1782년부터 1784년까지 이인역승(利仁驛丞)으로 있으면서, 금정역승(金井驛丞)으로 있는 유득공과 수창하다.
- 3월 6일, 이희경과 필운대에 올라 유람한 뒤 「임인년(1782) 3월 6일 윤암 이희경을 이끌고 필운대에 올라 살구꽃을 구경한 뒤, 산 아래 동산의 집에서 몇 잔 마시고 붓을 달려 짓다」(壬寅春季之六 携綸菴李君 登弼雲 眺杏花 小飮于山底園屋 走筆)^{상권 367p}를 짓다.
- 9월 13일, 영조대왕의 탄신일로 정조가 선반(宣飯)을 내려 「문효세자께서 태어나신 지 7일째인 9월 13일은 영조대왕의 탄신일로 음식을 내리셨기에 삼

가 적는다」(文孝世子誕生第七日 爲九月十三日 英宗大王誕辰宣飯恭記)^{상권 381p}
를 짓다.

1783년(정조 7), 34세

— 가을, 유득공과 함께 충청도로 여행을 다녀오다. 이때 「서원」(西原)^{상권 405p}·「충
주 가는 길에 동행에게 보이다」(忠州道中 示人)^{상권 407p}·「제천」(堤川)^{상권 411p}·「의
림지」(義林池)^{상권 412p}·「영춘잡절 3수」(永春雜絶 三首)^{상권 414p}·「사인암을 능호공
이인상이 운영석이라고 이름 붙여 주었다」(舍人巖 凌壺公贈名雲英石)^{상권 416p}·
「도담」(島潭)^{상권 419p} 등의 작품을 짓다.

1784년(정조 8년), 35세

— 1784년에는 부여 일대를 여행하고 「규암에 배를 띄워 거슬러 올라가 창강에
이르다 잡절 5수」(舟泛窺岩 溯流至滄江 雜絶五首)^{상권 440p}·「배 안에서, 차운하
여 평암에게 부치다 2수」(舟中 次寄萍菴 二首)^{상권 443p}·「엄초부에게 화답하여
주다 2수」(和贈嚴樵夫 二首)^{상권 446p}·「몽뢰정의 주인 조행원에게 주다 2수」(贈
夢賚亭主人趙行源 二首)^{상권 448p} 등의 작품을 남기다.

1785년(정조 9), 36세

— 5월, 『백화보』 서문」(百花譜序)^{하권 146p}을 짓다.
— 가을, 『발해고』 서문」(渤海考序, 문집 권2)^{하권 131p}을 짓다.
— 1785년에는 유득공과 함께 늦봄 강화도에 가서 비장된 전적을 교정하고, 왕
래 도중에 「강화의 마니산 꼭대기에서 함께 간 사람의 시에 차운하다」(江華
摩尼絶頂 次同伴)^{상권 474p}·「연미정에서 한림 이곤수의 시에 차운하다」(燕尾亭
次李翰林〔崑秀〕)^{상권 475p} 등의 작품을 남기다.
— 9월 9일, 숙직하며 「9월 9일 이문원에서 여러 날 숙직하며 남반천 승지에게
술을 보내다」(九日鎖直攟文院 送酒南礬泉承旨)^{상권 457p}를 짓다.

1786년(정조 10), 37세

— 1월 22일, 「병오년 1월 22일 조회에 참석했을 때, 전설서 별제 박제가가 품었
던 생각」(丙午正月二十二日朝參時 典設署別提朴齊家所懷)^{하권 196p}을 짓다.
— 6월 26일, 눈병을 이유로 검서관 직을 그만두다.

1787년(정조 11), 38세

— 8월 29일, 검서관 직에 복직되다.

1788년(정조 12), 39세

— 4월, 유금이 죽다. 「네 사람을 애도하는 시 4수」(四悼詩 四首)^{상권 515p}를 써서 애도하다.

— 6월 3일, 둘째 아들 장름(長廩)이 태어나다.

1789년(정조 13), 40세

— 1월 12일, 『일성록』(日省錄)에 잘못 쓴 곳이 많다는 이유로 검서관 서이수를 면직시키고 대신 박제가를 검서관에 재임용하다.

— 4월, 이덕무, 백동수와 함께 『무예도보통지』(武藝圖譜通志) 편찬을 시작하다.

— 12월, 정조가 장용영 춘첩을 50구씩 지으라고 명을 내리다.

1790년(정조 14), 41세

— 3월, 정조가 검서관들에게 〈음중팔선도〉(飮中八仙圖) 서문을 지어 올리라고 명하여 「〈음중팔선도〉 서문」(飮中八仙圖序)^{하권 137p}을 짓다.

— 4월 29일, 『무예도보통지』를 완간하다.

— 5월 27일, 건륭제의 팔순 생일을 축하하기 위해 부사(副使) 서호수(徐浩修)의 종사관으로 유득공과 함께 2차 연행을 가다. 나빙(羅聘), 장문도(張問陶), 장도악(張道渥), 오조(吳照), 옹방강(翁方綱), 옹방수(熊方受), 철보(鐵保), 팽원서(彭元瑞), 기윤(紀昀) 등 1차 연행 때보다 더 많은 청대 문인들과 시문을 주고받으며 활발히 교유하다.

— 7월, 열하와 원명원 등에서 만주인 예부시랑 철보, 한인 이부상서 팽원서, 한인 예부상서 기윤, 만주인 상서 상청(常靑), 한인 내각학사 심초(沈初) 등을 만나다. 기윤을 방문하여 문답하다. 기윤에게 『영재집』·『차수집』을 가져다주다. 기윤이 박제가의 『차수집』을 치하하다. 며칠 후 기윤이 직접 사신 머무는 남관으로 찾아왔으나 외출 중이라 만나지 못하자 시를 쓴 부채를 보내다.

— 8월, 이정원으로부터, 이조원이 『함해』(函海) 185종을 편찬했는데 그의 『우

촌시화』에 '사가'에 관한 것을 기록하여 청조 문인들이 『사가집』을 구하려 한 사실을 알게 되다.

— 9월 1일, 옹방강에게 서호수의 『혼개도설집전』(渾蓋圖說集箋)의 발문을 받으러 가다.

— 9월 3일, 신간 『황청개국방략』(皇淸開國方略)을 구입하지 못해 박제가 유리창 서사에서 삼학사의 최후 사적에 관한 몇 줄을 초록해 오다.

— 9월 26일, 연경을 출발하여 돌아오면서 「심양잡절 7수」(瀋陽雜絶)^{중권 94p} 등 여러 시편을 지었으며, 압록강을 건너던 날 정조의 부름을 받고 한양에 왔다가 10월 24일 군기시정(軍器寺正)의 직함을 임시로 받고 연이어 3차 연행 길에 오르다.

— 9월, 첫딸을 시집보내다.

— 12월 28일, 셋째 아들 장엄(長馣)이 태어나다.

1791년(정조 15), 42세

— 3월, 연경에서 돌아온 직후 연행 과정에서 만난 청대 인물 50인을 대상으로 「회인 시, 심여 장사전을 흉내 내다」(懷人詩 仿蔣心餘)^{중권 159p} 50수를 짓다.

— 3월 17일, 어가(御駕)를 모시고 세심대(洗心臺)에 가서 어제시(御製詩)에 차운하여 「어가를 모시고 세심대에 가서 삼가 어제 시에 화운하다」(陪駕洗心臺 恭和御製)^{중권 208p}를 짓다.

— 7월, 「신해년 7월에 이덕무·유득공과 함께 『국조병사』를 찬집하라는 명을 받들어 비성에 서국을 열었다. 이때 성대중이 마침 숙직 중이었는데, 홍원섭·박지원·옥류 등 여러 분이 우연히 모였다」(辛亥七月 同靑蔣冷庵 奉命纂集國朝兵事 開局於秘晟 而靑城適就直太湖 燕巖玉流諸公 偶集十一首)^{중권 183p}를 짓다. 이때 비성(秘晟)에서 성대중, 홍원섭, 박지원 등이 모였는데, 연암이 송석(松石)을 그리고 「홍담원묘지」를 꺼내 보이다.

— 7월, 이덕무, 유득공과 함께 『국조병사』(國朝兵事)를 찬집하라는 명을 받다.

— 9월, 정조가 명청 패관소설 수입을 금지하라는 명령을 내리다.

1792년(정조 16), 43세

— 이덕무와 박제가에게 자송문(自訟文)을 짓게 하다.

— 4월, 왕명으로 「성시전도, 임금의 령에 응하여」(城市全圖 應令)^{중권 211p}·「금강

산 일만이천 봉, 두 번째 시험에서 임금의 령에 응하여」(金剛一萬二天峯 再試 應令)^{하권 221p}를 지어 바치다.

─ 7월, 『규장전운』(奎章全韻)이 완성되자 정조는 신하들에게 대책문(對策文)을 요구하다. 이때 박제가는 「육서에 대한 대책」(六書策)^{하권 43p}이란 책문을 지었다.

─ 8월 24일, 눈병으로 검서관에서 물러나다.

─ 부여현감으로 부임하여 이듬해 1793년까지 재임하다.

─ 9월 20일, 부인 덕수 이씨(1754~1792)가 별세하다.

─ 겨울, 문체반정이 일어나다.

1793년(정조 17), 44세

─ 1월 5일, 이동직(李東稷)의 문체에 관한 상소로 왕에게 지적을 받다. 자송문을 지어 바치라는 명을 받았고 이 무렵 이덕무로부터 자송문을 쓰라는 편지도 받았으며, 「비옥희음송〔병인〕」(比屋希音頌〔幷引〕)^{하권 269p} 및 『정유고략』 2권을 짓다.

─ 1월 25일, 이덕무(1741~1793)가 별세하다.

─ 5월 27일, 정사를 잘못했다 하여 감죄되다.

─ 부여현감에서 파직되어 서울로 돌아오다. 충청도 암행어사 이조원이 박제가를 근무 태만으로 탄핵하다.

1794년(정조 18), 45세

─ 1월 8일, 검서관에 복직하다.

1795년(정조 19), 46세

─ 2월 12일, 검서관을 그만두다.

─ 3월, 유득공과 함께 『정리통고도설』(整理通考圖說) 4책을 써서 바치다.

1796년(정조 20), 47세

─ 초여름, 「『아정집』 서문」(雅亭集序)^{하권 141p}을 짓다.

─ 연경 가는 자형(姊兄) 임희택(任希澤)을 위해 「연경잡절. 임은수 자형과 헤어지며 주다. 옛 기억을 더듬어 붓을 달려 140수를 얻었다」(燕京雜絶 贈別任恩

叟姊兄 追憶信筆 凡得一百四十首)^{중권 310p}를 짓다.

1797년(정조 21), 48세

- 2월 25일, 심환지(沈煥之)가 영평현령으로 재직하던 박제가를 탄핵, 처신이 불공하고 말이 패려하다 하여 파직할 것을 주청했으나 정조는 "크게 나무랄 일이 아니며, 앞으로 이런 폐단이 없게 하라" 하면서 박제가의 파직을 윤허하지 않다.
- 4월 24일, 담수(澹叟), 신암(信菴)과 함께 광나루에서 배를 띄워 미호(渼湖)로 오르며 「정사년 4월 24일 담수·신암과 함께 광나루에서 배를 띄워 미호로 거슬러 올랐다. 바람에 막혀 하룻밤을 묵고, 말 머리를 나란히 하여 길을 돌려 초계의 분원으로 향했다. 이틀을 머물며 술을 마셨다. 우산 전겸익의 칠언 근체시에서 운을 뽑아 거듭 사용하여 21장을 지었다. 기사와 술회, 논문과 부탁의 말이 서로 뒤섞여 나와 차례가 없다」(丁巳四月二十有四日 舟同澹叟信菴 泛廣津 溯渼湖 阻風一宿 聯騎轉向茗溪分院 留飮二日 拈虞山七言近體詩韻 疊至二十一章 紀事述懷 論文屬示之語 互陳錯出 無倫次焉)^{중권 365p}를 짓다.
- 6월, 유득공과 함께 『어정육주약선』(御定陸奏約選)을 교정(校訂)하다.

1798년(정조 22), 49세

- 11월, 『진소본북학의』(進疏本北學議)를 짓다.
- 정조에게 『북학의』를 바치고 「왕명으로 『북학의』를 시어 올리며」(應旨進北學議疏)^{하권 393p}를 쓰다.

1799년(정조 23), 50세

- 5월 6일, 장녀 윤가기(尹可基)의 자부(子婦)가 사망하다.
- 9월, 영평현령(永平縣令)으로 부임하여 1801년 2월까지 재임하다.

1801년(순조 1), 52세

- 1월 28일, 주자서(朱子書) 선본을 구해 오라는 명을 받고 유득공과 함께 4차 연행에 오르다. 박제가의 시문집에서는 4차 연행에 대한 아무런 행적을 찾아볼 수 없다. 다만 동행했던 유득공의 『연대재유록』(燕臺再遊錄)을 통해 박제가의 행적을 살필 수 있다. 이조원(李調元)과 진전(陳鱣)을 만나 『정유고략』

(貞蕤稿略)의 서문을 받고 이 자리에서의 교유가 인연이 되어 1803년 경 『정유고략』(2권 1책)이 진전 등에 의해 목판본으로 간행되다. 이후 오성란(吳省蘭)이 편찬한 『예해주진』(藝海珠塵)에 다시 편입되다.

— 4월 2일, 기윤을 방문하고 문답하다. 기윤이 한학(漢學) 등에 관심 갖고 송학(宋學)은 숭상하지 않음을 알게 되다. 청대에서 정주(程朱)의 서적을 강론하지 않은 지 오래됨을 알게 되다.

— 4월~6월 이후, 중국의 문인들과 유리창에서 교유하며 시문을 주고받고 저술을 열람하다.

— 6월 11일, 연경에서 귀국하다.

— 9월, 한양의 동남성문에 대비 김씨와 심환지를 비방하는 벽보가 나붙었는데, 이 사건에 연루되어 곧바로 구속되다.

— 9월 15일, 한 차례 형장(刑杖)을 받았으나 불복하다.

— 9월 16일, 대왕대비가 박제가를 함경도 종성부(鍾城府)에 정배(定配)하라는 명(命)을 내리다.

— 10월 24일, 유배지인 종성에 도착하다.

— 11월 5일, 「생일」(生日)^{중권 547p}을 짓다.

1802년(순조 2), 53세

— 6월 28일, 「6월 28일 국상일에 멀리서 곡을 하며 8수」(六月二十八日國祥望哭)^{중권 389p}를 짓다.

— 7월 7일, 「칠석의 노래」(七夕篇)^{중권 586p}을 짓다.

— 9월 16일, 「9월 16일」(九月十六日)^{중권 594p}을 짓다.

— 10월 15일, 「10월 15일 어머니의 기일에」(十月十五日 先妣忌日)^{중권 650p}를 짓다.

1803년(순조 3), 54세

— 2월 6일, 대왕대비가 각 도에 찬배(竄配)된 죄인을 향리방축(鄕里放逐)하라는 명을 내리다. 이때에 「고향으로 돌아가라는 전교를 엎드려 읽다. 계해년(1803) 2월 6일 밤에」(伏讀放逐鄕里傳敎 癸亥二月初六日夜)^{중권 604p}를 짓다.

— 2월 24일, 특별 석방을 받다.

— 6월 28일, 「국상일에」(國恤)^{중권 646p}를 짓다.

— 5월~6월, 「객사 잡절 13수」(旅次雜絶 十三首)^{중권 616p}와 「수주의 나그네 노래

79수」(愁州客詞 七十九首)^{중권 620p}를 짓다.
- 이 무렵 박제가의 『정유고략』(2권 1책)이 중국인 벗 진전 등에 의해 목판본으로 간행되다. 『정유고략』은 이후 오성란 편(編) 『예해주진』에 다시 편입되다.

1804년(순조 4), 55세
- 2월 6일, 기윤이 예전 보내준 시에 차운하여 「기효람이 예전에 보내 준 시에 차운하다. 2월 6일」(追次曉嵐見寄詩韻 二月六日)^{중권 656p}을 짓다.
- 2월 24일, 해를 넘기도록 박제가를 풀어주지 않았다 하여 그 당시의 금오당상(金吾堂上)을 즉시 파직하고 박제가를 풀어주게 하다.

1805년(순조 5), 56세
- 3월 22일, 조정에서 향리로 방축된 박제가를 사면시키라는 명을 내리다.
- 3월, 친척 형인 박도상(朴道翔)의 제문 「집안 형님 참지 박도상 공의 제문」(祭族從兄參知公〔道翔〕文)^{하권 432p}을 짓다.
- 4월 25일, 별세하다. 경기도 광주부 엄현(崦峴)의 선산에 묻히다.

작성: 박종훈

찾아보기

ㄱ

가도(賈島) 190

가토 기요마사(加藤淸正) 410

각단(角端) 506

간수(簡秀)→이정구(李鼎九)

갈산(葛山) 121

갈석산(碣石山) 450, 458

감재(憨齋) 97

강산(薑山)→이서구(李書九)

강서시(江西詩) 337, 338

강세황(姜世晃) 39, 248, 343, 371, 477, 487

강왕(康王) 495

「강의조문」(講義條問) 349

강전(薑田) 327

강전의생(岡田宜生) 260

강좌 휴문(江左休文) 428

개원사(開元寺) 91

개유와(皆有窩) 308, 309, 317

건덕(乾德) 349

걸닉(桀溺) 137, 139, 198, 478

검천(黔川) 516

계해사(揭奚斯) 344, 386

견우성(牽牛星) 184, 451

경모궁(景慕宮) 463, 482, 485, 487, 489

경산(京山)→이한진(李漢鎭)

경암(敬菴)→조연귀(趙衍龜)

경회루(慶會樓) 81

『계림유사』(鷄林類事) 401

계주(薊州) 264, 528

「고공기」(考工記) 464

고국태(顧國泰) 438, 439

고란사(皐蘭寺) 425

고량교(高梁橋) 483

고밀(高密) 214

『고사전』(高士傳) 213, 215, 341

『곤여도설』(坤輿圖說) 355

공검지(恭檢池) 497, 498

공덕리(孔德里) 44

공령문(功令文) 150, 456, 544

공융(孔融) 131, 452

공자(孔子) 72, 132, 139, 148, 169, 198, 227, 274,
    289, 308, 313, 362, 370, 408, 432, 495, 496,
    505, 518

곽담원(郭澹園)→곽봉규(郭封圭)

곽봉규(郭封圭) 189～191

곽태(郭泰) 214, 265, 313, 452

관단마(款段馬) 388

관운장(關雲長) 186, 273

관재(觀齋)→서상수(徐常修)

관중(管仲) 287

관풍각(觀豊閣) 310

관헌(觀軒)→서상수(徐常修)

「광릉산」(廣陵散) 58, 59

광원대사(光源大師)→주규(周奎)

「광절교론」(廣絶交論) 252

광황(光黃) 247

광흥창(廣興倉) 144

「구가」(九歌) 292, 293

구련성(九連城) 271

구루산(句漏山) 478

구순(九巡) 391

구여(九如) 321

구욕무(鸜鴿舞) 250

「구장」(九章) 457, 491

구저(毆楮) 386

구중(求仲) 513

구지석(仇池石) 507

구진(句陳) 465

『군서명목』(群書名目) 398

권덕여(權德輿) 499

권회소(權懷素) 441

귀식(龜食) 490

규암(窺岩) 440

규염객(虯髯客) 239, 240

규장 8경 311

금곡첩(金谷帖) 530

금문(金門) 345, 353, 429, 439, 470

금산(錦山)→김두열(金斗烈)

『금석록』(金石錄) 299

금석산(金石山) 271

금수정(金水亭) 123, 342

금정역승(金井驛丞) 384, 387

금형류(金荊榴) 507

「급취장」(急就章) 492

기거반(起居班) 362

기구전(耆舊傳) 426, 427

기룡(夔龍) 319

「기은시」(紀恩詩) 356

기자(箕子) 73, 243, 267, 289

기주(冀州) 450

기하(幾何)→유금(柳琴)

기하실(幾何室)→유금(柳琴)

김과예(金科豫) 274, 275

김도(金濤) 529

김두열(金斗烈) 253

김복휴(金復休) 233, 234

김성중(金成仲) 240

김안국(金安國) 164

김연숙(金淵叔) 323, 324

김용겸(金用謙) 161, 208, 243

김용행(金龍行) 86, 91, 92, 243

김윤겸(金允謙) 86, 102

김응환(金應煥) 466

김재행(金在行) 101, 245, 254, 454

김정국(金正國) 163, 164

김종후(金鍾厚) 416, 518

김평중(金平仲) 191

ㄴ

나걸(羅杰) 257

낙동(酪洞) 조 진사(趙進士) 314

낙목암(落木菴)→홍희영(洪希泳)

낙빈왕(駱賓王) 501

「난동유거」(蘭衕幽居) 341

난정(蘭亭)→다카노 이케이(高野惟馨)

난타선생(蘭坨先生)→반정균(潘庭筠)

남계(灆溪) 399, 401

남곽자(南郭子) 74

남덕린(南德隣) 168

남동 원옥(南衕園屋) 362

남반천(南礬泉) 457

남사수(南士樹) 375

「남산백석가」(南山白石歌) 437

남소영(南小營) 303

남영(南營) 375

남이청(南而淸) 44

남종화(南宗畵) 226, 466

남학문(南鶴聞) 296, 322

남한산성(南漢山城) 91~93

남현로(南玄老) 331

낭관(郞官) 358, 359, 384

낭도사(浪淘詞) 337

낭화강(浪華江) 260, 503

내이문원(內擒文院) 348

노구교(蘆溝橋) 483

노왕(盧王) 496

노은치(蘆隱峙) 414
노조린(盧照鄰) 496, 501
노하(潞河) 287, 516
노홍을(盧鴻乙) 232
녹문(鹿門) 453
녹은(鹿隱) 508, 514, 526, 528
『논어』(論語) 70, 75, 115, 137, 139, 141, 148, 166,
　　169, 192, 198, 308, 370, 408, 432, 477, 478,
　　494, 505, 518, 527
농장개(瀧長愷) 259
농장성(農丈星) 153, 310
농훈각(弄薰閣) 309
뇌계(瀧溪) 395, 399, 401
뇌문(雷文) 329
『뇌연집』(雷淵集) 396
능은문(稜恩門) 487
능호(凌壺)→이인상(李麟祥)

ㄷ

『다경』(茶經) 415
다카노 이케이(高野惟馨) 260
단성식(段成式) 502
단조(丹竈) 416, 510
단좌헌(端坐軒)→이덕무(李德懋)
단향(壇享) 462
담해(淡海) 505
담헌(湛軒)→홍대용(洪大容)
당낙우(唐樂宇) 293
당원항(唐鶯港) 292
당음(棠陰) 430
당인(唐寅) 509, 517
당임(唐臨) 474
당존(唐尊) 528
당화(唐花) 362
대기(大器)→이만중(李晩中)
대법왕(大法王) 500

대보단(大報壇) 49
대완(大宛) 379
대치선인(大癡仙人)→황공망(黃公望)
대판성(大版城) 503
대황기보(大黃旗堡) 277
덕여(德汝)→임후상(任厚常)
덕평(德坪) 436
도연명(陶淵明) 142, 197, 293, 453, 509, 531
도요토미 히데요시(豊臣秀吉) 409, 410
도총부(都摠府) 284, 356
「독서부용봉」(讀書芙蓉峰) 203
동노하(東潞河) 279
동림사(東林寺) 93
동림적(東林籍) 524, 525
동명왕(東明王) 267
동방삭(東方朔) 380, 528
동벽성(東壁星) 398
동악시단(東岳詩壇) 339
『동의보감』(東醫寶鑑) 529
동이루(東二樓) 318, 473
『동자문』(童子問) 259
동파(東坡)→소식(蘇軾)
동홍(童鴻) 510
두강차(頭綱茶) 404
두궁(杜宮) 461
「두목묘」(杜牧墓) 258
두목지(杜牧之) 299
두보(杜甫) 88, 143, 145, 150, 151, 174, 180, 216,
　　230, 381, 393, 426, 453, 499, 500, 501, 530
「등루부」(登樓賦) 298

ㅁ

『마경』(馬經) 445
마원(馬援) 479
마이(馬夷) 364
마천령(摩天嶺) 272, 324

매마(枚馬) 462

매승(枚乘) 462

매요신(梅堯臣) 178

명성(明成) 328

명월주(明月珠) 439

모기령(毛奇齡) 497

모로원(慕老院) 434

모수(毛遂) 149, 312, 313

목계(木鷄) 326

목은(牧隱)→이색(李穡)

목홍공(木弘恭) 259, 260

몽답정(夢踏亭) 49

몽뢰정(夢賚亭) 448

『몽오집』(夢寤集) 422

묘향산(妙香山) 61, 62

무관(懋官)→이덕무(李德懋)

묵계(墨溪) 337

문거(文擧)→공융(孔融)

문목공(文穆公)→김정국(金正國)

문수문(文殊門) 87

문연각(文淵閣) 166, 329

문효세자(文孝世子) 381, 382, 490

문희묘(文禧廟) 463, 489, 490

미가산(米家山) 423

미남궁(米南宮)→미불(米芾)

미불(米芾) 190, 268, 304, 305, 307, 370, 371, 423, 465

ㅂ

박도룡(朴道龍) 250

박명(博明) 25, 257

박명원(朴明源) 164

박종산(朴宗山) 250

박지원(朴趾源) 53, 82, 104, 130, 181, 183, 192, 193, 211, 212, 233, 239, 240, 512

박학홍사과(博學鴻詞科) 251, 252

반수교(領水橋) 483

「반이소」(反離騷) 529

반정균(潘庭筠) 29, 31, 100, 128, 179, 180, 191, 231, 256, 397, 454

반천학사(礬泉學士) 296

방덕공(龐德公) 215, 427, 453

방성(房星) 392

방야도(芳墅圖) 502

방회(方喜) 340

백거이(白居易) 198, 217, 255, 329, 337, 389, 407

백곡왕(百谷王) 494

백기(白起) 186, 493

백당(白堂) 376

백동수(白東修) 83, 85, 138, 252

백량체(栢梁體) 319

백련봉(白蓮峯) 63

백릉지(白菱紙) 329

백상루(百祥樓) 267, 268

백송선(白松扇) 468

백탑(白塔) 55, 193, 233, 241, 516

범성대(范成大) 219, 224, 526, 528

범승(氾勝) 381

법화암(法華庵) 93, 94

변일휴(邊日休) 241

『병사』(瓶史) 132

『병화사』(瓶花史) 216

보통문(普通門) 267

보통정(普通亭) 104, 107

보현사(普賢寺) 62

복초(復初)→이광석(李光錫)

봉모당(奉謨堂) 305, 306

봉선사(奉先寺) 35, 174

부구공(浮丘公) 313, 436

부성문(阜城門) 180

부소산(扶蘇山) 425, 443

부왕사(扶旺寺) 88, 105, 106

부용봉(芙蓉峰) 203

북사동(北寺洞) 332
북원(北院) 356
북종(北宗) 226
북진묘(北鎭廟) 278
북청부(北靑府) 324
북한도(北漢圖) 187
북한산(北漢山) 87~89, 104~106, 187
북해도(北海道) 325, 337
분하(汾河) 189
불운정(拂雲亭) 308, 316
비백체(飛白體) 306
『비아』(坤雅) 378
비자(非子) 387
비장방(費長房) 276
「빈풍」(豳風) 148
〈빈풍도〉(豳風圖) 151, 311

ㅅ

사고(四庫) 317
사고재(思古齋)→안원(顏元)
사근역(沙斤驛) 224, 383, 399
사도시(司䆃寺) 352
사령운(謝靈運) 510
사마상여(司馬相如) 54, 265, 355, 454, 462, 464, 529
사마천(司馬遷) 239, 313, 362, 493, 495
사인암(舍人巖) 416
사재(思齋)→김정국(金正國)
사제(賜祭) 430
사조(謝朓) 254, 510
사진(謝榛) 494
사천(槎泉)→이희경(李喜經)
산계(山鷄) 397
산영루(山映樓) 106
산운실(山雲室) 297
삼도몽(三刀夢) 498

「삼도서」(三都序) 386
삼례부(三禮賦) 307, 393
삼성혈(三姓穴) 392
삼소헌(三疎軒)→윤가기(尹可基)
삼수재(三秀齋) 301
삼장(三章) 496
삼창(三蒼) 492
삼촉(三蜀) 516
삼통(三通) 354, 355
상구(商瞿) 496
상의원(尙衣院) 352, 366, 482
상저(桑苧) 396
『상학경』(相鶴經) 436
상황산(上皇山) 305
서굉조(徐宏祖) 500
서대초(書帶草) 157, 167, 183
서림(西林)→오영방(吳穎芳)
『서명』(西銘) 134
서묘문(誓墓文) 183
서무수(徐懋修) 371
서상(庶常)→원매(袁枚)
서상수(徐常修) 53, 60, 64, 104, 130, 132, 134, 170, 232, 239, 240, 303, 386
서수라(西水羅) 103
〈서원아집도〉(西園雅集圖) 304
서유년(徐有季) 130, 339
서유본(徐有本) 82
서이수(徐理修) 349, 359, 397
「서인장」(庶人章) 153
서자호(西子湖) 280
서장(西藏) 500
서장관(書狀官) 261, 262, 271, 428, 458
서청(西廳) 358
서청(西淸) 391, 392
『서피집』(西陂集) 390
서향각(書香閣) 306, 320
서호(西湖) 128, 256, 258, 279, 280, 532

서화선(書畫船) 307
서흥(瑞興) 264
『석각황정경』(石刻黃庭經) 374
석거(石渠) 314, 354
석린간(石鱗簡) 383
석마산(石馬山) 183
석만경(石曼卿) 247
석법(石法) 416
석서(碩鼠) 225, 385, 397
석소산방(石巢山房) 304
석치(石癡)→정철조(鄭喆祚)
석파(石坡)→김용행(金龍行)
석파도인(石坡道人)→김용행(金龍行)
석호(石湖)→범성대(范成大)
선기옥형(璿璣玉衡) 520
선무랑(宣務郎) 448
선우기(先友記) 190
설루(雪樓) 260
『설문해자』(說文解字) 166, 398
설옹(雪翁)→유후(柳逅)
설유(薛劉) 198
성대중(成大中) 246, 260, 491, 492, 494, 496, 534
성북둔(城北屯) 332
성주목(星州牧) 322
성초(盛初)→임하상(任夏常)
세검정(洗劍亭) 41, 86
세모회인시(歲暮懷人詩) 238
세심정(洗心亭) 51
소동파(蘇東坡)→소식(蘇軾)
소리장군(小李將軍) 253
소미성(少微星) 157, 184, 426
소사(素沙) 117
소사교(素沙橋) 400
소석산방(小石山房) 137
소소(蘇小) 185
소식(蘇軾) 190, 191, 245, 247, 249, 304, 348, 364, 365, 369, 423, 456, 459, 461, 467, 507,

523
소실산(小室山) 216
소왕(素王) 495
소위정(所謂亭) 159
소유(巢由) 206
소음(篠飮)→육비(陸飛)
소주(蘇州) 280, 373, 468
『소지집』(所知集) 438
소철(蘇轍) 304, 348, 365, 504
소탑(蘇塔) 440, 441
소항(蘇杭) 280
소헌(疎軒)→윤가기(尹可基)
손초(孫楚) 526
솔거(率居) 221
솔경서(率更書) 169
송각(宋閣) 328
송경(宋璟) 365
송교관(宋敎官) 534
『송사』(宋史) 128, 391, 469
송산보(松山堡) 279
송서(宋瑞) 476
송석운룡도가(松石雲龍圖歌) 181
송시열(宋時烈) 488
송일휴(宋日休) 249, 362, 499, 500
송전(宋銓) 458
송첩(宋帖) 362
송판[宋頖] 474
수각(水閣) 49, 375, 425
수운향(水雲鄕) 459
수정루(水精樓) 253
수호(繡虎) 241
숙신(肅愼) 103, 104, 324, 325
순도(舜徒)→홍병선(洪秉善)
순령군(筍令君) 236
순리전(循吏傳) 391
순반(筍班) 533
순욱(筍彧) 236

순천부(順天府) 369
순화비각법첩(淳化秘閣法帖) 374
숭례문(崇禮門) 261
승가사(僧伽寺) 104, 105
『시경』(詩經) 64, 115, 148, 153, 161, 178, 223,
　　229, 234, 259, 269, 307, 308, 310, 318, 320,
　　321, 328, 360, 385, 400, 432, 439, 451, 454,
　　456, 457, 464, 493, 494, 528, 533
『시귀』(詩歸) 110
신륵사(神勒寺) 453
신립(申砬) 409~411
신무문(神武門) 254
신민둔(新民屯) 275
신악부(新樂府) 494
신패(申牌) 359
심계(心溪)→이광석(李光錫)
심계처사(心溪處士)→이광석(李光錫)
심계초당(心溪草堂) 139, 197
심규진(沈奎鎭) 422, 424, 425, 449, 455
심랑(沈郎) 185
심약(沈約) 185, 236, 428
심역당(沈繹堂) 451
심염조(沈念祖) 261, 262, 359, 428, 430, 469
심초(沈初) 258
십삼(十三)→이희경(李喜經)
십삼재(十三齋) 98

ㅇ

아미산(峨嵋山) 177
아집도(雅集圖) 260, 343
안영(晏嬰) 289
안원(顔元) 374
안탕산(鴈蕩山) 260
안흥궁(安興宮) 490
앵무립(鸚鵡粒) 381
앵화의(櫻花義) 503

야랑왕(夜郞王) 498
야불수(夜不收) 488
야왕(野王) 492, 493
야정(冶亭) 256, 257
약산(藥山) 61, 208
양관(陽關) 315
양구(楊口) 300, 301
양덕정(梁德貞) 404
양두섬섬곡(兩頭纖纖曲) 466, 467
「양보음」(梁父吟) 194
양산관(楊山館) 46
양양(襄陽) 302, 426, 427
양웅(揚雄) 76, 140, 163, 187, 243, 325, 450, 526,
　　529
양원(梁園) 361
양자운(揚子雲)→양웅(揚雄)
양중(羊仲) 513
양창서(楊滄嶼) 400
양책관(良策館) 269
양허(養虛)→김평중(金平仲)
양허당(養虛堂)→김재행(金在行)
양형(楊炯) 189, 190, 501
양호(羊祜) 208
양홍(梁鴻) 132, 193, 393
어수당(魚水堂) 306, 319
어애송(御愛松) 486, 488, 489, 511
어양(漁洋)→왕사정(王士禎)
어하(御河) 352
엄군평(嚴君平) 447
엄사만(嚴思晩) 391, 392
엄성(嚴誠) 100, 128, 191, 245
엄원리(嚴元理) 446
엄초부(嚴樵夫) 446, 447
여안(呂安) 113, 297, 298
연광정(練光亭) 63
연미정(燕尾亭) 475
연사(蓮社) 505

연사례(燕射禮) 308, 316
연암(燕巖)→박지원(朴趾源)
연우궁(延祐宮) 463
연자루(燕子樓) 36
열고루(閱古樓) 316, 317
열수당(冽水堂) 255
열자(列子) 385
염서(染署) 351, 352, 359, 393
영목(鈴木) 259
영보정(永保亭) 385, 387, 394, 396
영소(靈沼) 320
영숙문(永肅門) 326, 344
영재(泠齋)→유득공(柳得恭)
영조대왕(英祖大王) 381
영주(瀛洲) 311, 312, 354
영첨(領籤) 356, 357
영춘(永春) 414
영평(永平) 188, 286, 342, 489
영희전(永禧殿) 463
예국(薉國) 337
『예기』(禮記) 166, 307, 309, 321, 456, 465, 496
예천명(醴泉銘) 441
오규 소라이(荻生徂徠) 259, 260, 504, 505
오다 노부나가(織田信長) 410
오산(吳山) 258
오서백저(烏棲白紵) 390
오성란(吳省蘭) 374
오악도(五嶽圖) 133, 342
오영방(吳穎芳) 257
오의항(烏衣巷) 343
『오처경』(吾妻鏡) 502, 503
오천당(梧川堂) 449
오추의(五推儀) 311
오희시(五噫詩) 393
옥동교(玉蝀橋) 397
『옥사집』(玉筒集) 235
옥순반(玉筍班) 395, 533

옥유천(玉乳泉) 264
옥적(玉籍) 312
옥하(玉河) 279, 286
온양(溫陽) 119
온정균(溫庭筠) 241, 502
온조(溫祚) 92, 93
옹문금(雍門琴) 170
완릉(宛陵) 178
완정(玩亭)→이서구(李書九)
완첨(阮瞻) 509
왕계각(汪季角) 266
왕노(王盧)→노조린(盧照鄰)
왕노(王盧)→왕발(王勃)
왕담(王湛) 516
왕발(王勃) 306, 389, 496, 501
왕사록(王士祿) 266
왕사정(王士禎) 238, 286, 372, 452, 454, 514
왕상(王祥) 224
왕서초(王西樵)→왕사록(王士祿)
왕어양(王漁洋)→왕사정(王士禎)
왕융(王戎) 205, 467
왕회도(王會圖) 298, 468
왕휘지(王徽之) 101, 136, 420, 444
왕희지(王羲之) 183, 219, 342, 361, 370, 373, 530
외심(畏心)→윤영희(尹永僖)
요금문(曜金門) 330
요양(遼陽) 264, 276
요양주(遼陽州) 273
요하(遼河) 289, 407
용만(龍灣) 270, 315
용천(龍川) 269
용촌(榕村)→임배후(林配厚)
우게(虞揭) 386
우경당(耦耕堂) 192
우릉(羽陵) 305, 306
우산(虞山)→전겸익(錢謙益)
우암(尤庵)→송시열(宋時烈)

우정(郵亭) 383, 384, 404, 446
『우초신지』(虞初新志) 176, 509
우촌(雨村)→이조원(李調元)
운당곡(簣簹谷) 191
운룡산인(雲龍山人)→이조원(李調元)
운모(雲母) 382, 383
운소(雲巢)→임병호(林秉浩)
운수(雲隨)→이만중(李晩中)
운양나루 144
운영석(雲英石) 416
운전지(雲牋紙) 395
운초(雲椒)→심초(沈初)
운한문(雲漢門) 305, 306
울지탑(尉遲塔) 273, 274
원각암(圓覺岩) 104, 105
원매(袁枚) 258, 260
「원석」(元夕) 231
원옹(元翁)→원중거(元重擧)
원유진(元有鎭) 254
원중거(元重擧) 168, 174, 206, 208, 246, 254, 452
유곤(庾袞) 519
유금(柳琴) 56, 58, 173, 175, 177, 179, 239, 240, 515, 516
유두(流頭) 394
유득공(柳得恭) 53, 54, 56, 96, 101, 126, 130, 172, 173, 203, 225, 227, 240, 241, 294, 295, 305, 349, 352, 353, 355, 366, 370, 383, 384, 389, 390, 397~399, 431, 465, 476, 478, 534
유랑(庾郎) 380
유량(庾亮) 299
유류(楡柳) 지역 285
〈유민도〉(流民圖) 391
유비(劉碑) 440
유사모(柳師模) 254
유안재(遺安齋)→이보천(李輔天)
유연옥(柳蓮玉)→유금(柳琴)
유일(有一)→이유동(李儒東)

유자가(孺子歌) 148
유장(劉章) 186
유장경(劉長卿) 213, 499
유정(劉綎) 279
유환덕(柳煥德) 251, 270, 362
유후(柳逅) 168, 243, 340, 341
유희경(劉希慶) 356
육각봉(六角峯) 66
육구몽(陸龜蒙) 220, 467, 468
육기(陸機) 217, 256, 453
육배(陸培) 517
육비(陸飛) 128, 191, 256
육상궁(毓祥宮) 463
육운(陸雲) 217, 256, 453
육유(陸游) 323, 331
윤가기(尹可基) 54, 70, 236, 237, 241, 294, 298
윤방(尹坊) 284
윤사(胤思) 444, 478
윤선대(尹善大) 132
윤숙(尹塾) 524, 525
윤암(綸菴)→이희경(李喜經)
윤영희(尹永僖) 334
윤원지(尹元之) 436
「윤정」(胤征) 69
율원장(栗園庄) 135
은수(恩叟)→임희택(任希澤)
은휘각(恩暉閣) 474
을지문덕 267, 268
읍루족(挹婁族) 324
읍청정(挹淸亭) 49
읍취옹(挹翠翁) 385
의림지(義林池) 412
의무려산(醫巫閭山) 278, 285, 450
『의상지』(儀象志) 249
의지(毅之)→임홍상(任弘常)
이경지(李耕之) 176
이곤수(李崑秀) 475

이공린(李公麟) 304

이공무(李功懋) 254

이관상(李觀祥) 61, 76

이광석(李光錫) 139, 140, 141, 143, 144, 193, 194,
242, 518

이광섭(李光燮) 138, 253, 254

이광지(李光地) 166

이교년(李喬年) 426, 427, 455

이덕무(李德懋) 25, 27, 29, 48, 51, 53, 55, 56, 59,
66, 71, 78, 101, 104, 107, 108, 125, 126, 130,
138, 158, 168, 171, 174, 179, 192, 193, 203,
208, 219, 221, 223~227, 229, 231, 235, 239,
242, 244~246, 250, 253, 254, 257, 261, 271,
305, 311, 343, 344, 348, 352, 355, 362, 382,
383, 386, 394, 396, 428, 454, 491, 516, 521,
533

이덕유(李德裕) 185

이동익(李東瀷) 456

이만운(李萬運) 244, 245

이만중(李晩中) 242

이몽로(李夢老) 438

이무상(李懋賞) 533

이문원(摛文院) 296, 318, 326, 328, 352~355,
359, 382, 399, 457, 469, 473

이반룡(李攀龍) 260, 494

이백(李白) 111, 143, 177, 397, 407, 412, 427,
450, 456, 459

이벽(李檗) 519, 520

이보천(李輔天) 183

이사조(李思祚) 321, 322

이사천(李麝泉)→이희경(李喜經)

이색(李穡) 350, 352

이서(李曙) 445

이서구(李書九) 56, 209, 210, 213, 215~219, 221,
223, 224, 227, 231, 242

이성(李成) 510

이소(李熽) 127, 246

『이소』(離騷) 51, 56, 76, 120, 150, 309, 493, 521,
526~529

이소도(李昭道) 226, 253

이수당(夷樹堂) 201, 204, 205

이숭운(李崇運) 160, 249

이여강(李汝剛) 170

이영(李寧) 221

이영(李瑩) 247

이영실(李英實) 296, 297

이영장(李英章) 252

이왕(二王) 370

이용휴(李用休) 248

이유동(李儒東) 39, 88, 134, 135, 248, 250, 517

이유수(李儒秀) 255, 416

이윤영(李胤永) 252, 253, 415~417

이응(李膺) 141, 313, 430

이의암(李宜菴) 151

이이안(李易安) 299

이인상(李麟祥) 252, 253, 383, 416

이인역(利仁驛) 101, 383, 384

이적(李勣) 285, 286

이정구(李鼎九) 231, 255

이조원(李調元) 93, 177~180, 241, 255, 397

이종민(李宗閔) 533

이주서(李注書) 251, 252

이토 코레사다(伊藤維禎) 259

이한진(李漢鎭) 138, 534

이혜조(李惠祚) 369

이화정(梨花亭) 486

이희경(李喜經) 98, 102, 127, 130, 133, 156~158,
171, 185, 241, 293, 338, 367, 378, 460, 468,
505, 508, 510, 511, 514, 526

이희명(李喜明) 171

이희산(李羲山) 252, 253

익찬(翊贊)→황윤석(黃胤錫)

인경산(引慶山) 227

인평대군(麟坪大君) 486

인화방(仁和坊) 343
임 참봉(任參奉) 342
임배후(林配厚) 247, 337
임병호(林秉浩) 247
임 봉사(任奉事) 393
임은수(任恩叟) 101, 363
임정(任珽) 46, 343
임종(林宗) 214, 452
임천상(任天常) 334
임청(臨淸) 494
임포(林逋) 128, 532
임하부인(林下夫人) 415
임하상(任夏常) 174, 337
임홍상(任弘常) 53
임화정(林和靖) 128
임후상(任厚常) 325, 334
임희묵(任希默) 331
임희성(任希聖) 243, 244, 334, 343, 364
임희택(任希澤) 46, 292, 363
입사(卄史) 354
입택(笠澤) 220, 412, 467

ㅈ

자류마(紫騮馬) 465
자온대(自溫臺) 442
자운정(子雲亭) 188
자진곡(子眞谷) 194
장건(張騫) 386
장경각(藏經閣) 306
장경교(長慶橋) 387, 482, 483, 488
장경성(長庚星) 177
장귀조(將歸操) 227
장민(張敏) 216
장백산(長白山) 256
장비국(長臂國) 324
장서(張緖) 430

장선(張僎) 164, 166
장열제(莊烈帝) 397
장우(張羽) 218
『장자』(莊子) 74, 89, 137, 173, 181, 222, 326, 369,
    398, 399, 426, 445, 457, 532
장저(長沮) 137, 139, 198, 478
재간(在澗)→임희성(任希聖)
적공랑(迪功郎) 448
적군(翟君) 142
전겸익(錢謙益) 192, 348, 508
전당(錢塘) 31, 241, 256, 279, 397
절운관(切雲冠) 153
정문조(鄭文祚) 251
정민시(鄭民始) 318
정박(鄭樸) 194
정양문(正陽門) 284
정어중(鄭漁仲) 222
정운(停雲) 141, 293
정지검(鄭志儉) 315, 356, 358, 359, 396, 418
정철조(鄭喆祚) 211, 249
정초(鄭樵) 222, 223, 355
정현(鄭玄) 157, 214
정현목(鄭玄穆) 187, 188
제금집(題襟集) 180
제용감(濟用監) 351, 352
제천(堤川) 411, 412
제초(齊楚) 385
조강릉(趙江陵) 489
조계(曹溪) 104
조계사(曹溪寺) 227
조구(糟丘) 517
조대년(趙大年) 128
조도(鳥道) 411
조맹부(趙孟頫) 153, 226, 311, 329
조보지(晁補之) 304, 364
조식(曹植) 219, 390, 430
조연귀(趙衍龜) 247

조윤형(曺允亨) 371
조의루(趙倚樓) 448
조자건(曹子建) 241
조진대(趙鎭大) 420
조태암(趙泰岩) 304
조행원(趙行源) 448
존암(存菴)→이숭운(李崇運)
종남산(終南山) 216
〈종남초당도〉(終南草堂圖) 232
종요(鍾繇) 373
좌소산인(左蘇山人)→서유본(徐有本)
『좌전』(左傳) 255, 464
「죄언」(罪言) 476
『주객도』(主客圖) 255
주규(周奎) 259
주기성(酒旗星) 128
『주비산경』(周髀算經) 516
『주어존고』(奏御存稿) 374
주원(廚院) 477
주이존(朱彝尊) 215
주장(注張) 349
주전(廚傳) 420
주지번(朱之蕃) 264, 489
주허(朱虛) 186
죽림칠현(竹林七賢) 59, 205, 297, 335, 343, 449,
    499, 509, 515, 530
죽타(竹垞)→주이존(朱彝尊)
중목(仲牧)→이정구(李鼎九)
중유(仲有)→남덕린(南德隣)
증성(曾城) 375
지평현(砥平縣) 252
직방기(職方紀) 505
직재(直齋)→김종후(金鍾厚)
직지사(直指使) 395
진계유(陳繼儒) 325
진관(秦觀) 304, 364, 365
진령원(眞冷園) 488

진사왕(陳思王) 219
진수정(眞樹亭) 120
진승(陳勝) 224, 410
진욱(陳旭) 218
진위(振威) 117
진의산장(振衣山莊) 418
진재(眞宰)→김윤겸(金允謙)
진진손(陳振孫) 398
집현문(集賢門) 350

ㅊ

차령(車嶺) 434
착암(窄菴)→유금(柳琴)
창의궁(彰義宮) 463
창힐(蒼頡) 492, 534
『채풍록』(採風錄) 439
책구루(幘溝婁) 450
천록(天祿) 314, 483, 505, 506
천목산(天目山) 419
「천보명」(天保銘) 490
천우각(泉雨閣) 48
천일각(天一閣) 215, 328, 329
「천태부」(天台賦) 417
천태산(天台山) 216, 260
철각도(鐵脚圖) 218, 219, 224
철령(鐵嶺) 324
철보(鐵保) 256
철옥(鐵屋) 473
철위산(鐵圍山) 87, 88
철재(徹齋)→정지검(鄭志儉)
청령국(蜻蛉國) 504
청릉(靑綾) 314, 437, 458
청비각(淸閟閣) 178
청산현(靑山縣) 170
청서도(淸暑圖) 477
청서도(靑黍刀) 468

청석동(靑石洞) 263

청수옥(淸受屋) 109, 110, 112

청장관(靑莊館)→이덕무(李德懋)

청장산인(靑莊山人)→이덕무(李德懋)

청평검(靑萍劍) 427

초계문신(抄啓文臣) 363

초육통(楚陸通) 148

초중(蕉中) 259, 505

총수(蔥秀) 272

총수산(蔥秀山) 264

최중순(崔重純) 249

최태형(崔台衡) 324

최홍(崔鴻) 188

추루(秋庫)→반정균(潘庭筠)

추정(秋亭)→고국태(顧國泰)

〈추청도〉(秋聽圖) 259, 266

축상(竺常) 260

춘당대(春塘臺) 327, 346, 347

춘수택(春水宅) 280

『춘추』(春秋) 69

충훈부(忠勳府) 51

취미(翠眉)→이유동(李儒東)

취진자(聚珍字) 348

치재(卮齋)→임정(任珽)

침류대(枕流臺) 356

ㅌ

탁문군(卓文君) 265, 454

탄금대(彈琴臺) 408~411

탄소(彈素)→유금(柳琴)

탕춘대(蕩春臺) 104, 332

태액지(太液池) 306, 347

태자하(太子河) 276, 285

태진(太眞) 398

『태평어람』(太平御覽) 128, 481

태학(太學) 517

태항산(太行山) 153, 154

태허(太虛)→진관(秦觀)

『태현경』(太玄經) 76, 140, 187, 325, 450

태호(太湖)→홍원섭(洪元燮)

토목와(土木窩)→최중순(崔重純)

통례원(通禮院) 317, 363

통진(通津) 198, 203

ㅍ

『파아집』(罷硪集) 203

파주(坡州) 261, 262

팔담(八潭) 124

『팔자백선』(八子百選) 348

편비(編裨) 389

편사(偏師) 499

평암(萍菴) 346, 437, 443, 444

평원군(平原君) 131, 149, 313

평제비〔平濟碑〕 441, 451

평천장(平泉莊) 185

포어랑(捕魚郎) 448

포자경(鮑紫卿) 279

포천(抱川) 477

포천(鮑泉)→김용겸(金用謙)

표미(豹尾) 465

표암(姜菴)→강세황(姜世晃)

표직(豹直) 353, 356

풍반(馮班) 184

풍정원(馮定遠)→풍반(馮班)

필계(筆溪) 35, 53

필산(筆山) 505, 506

필운대(弼雲臺) 331, 332, 367

ㅎ

하객(霞客)→서굉조(徐宏祖)

하교(河橋) 175, 293

하남(河南) 441

하랑(何郞) 255

하백(河伯) 182

하석(霞石)→송일휴(宋日休)

하수량(賀遂良) 441

하이(鰕夷) 124

하지장(賀知章) 115, 412, 499

학대(鶴臺)→농장개(瀧長愷)

학사원(學士院) 357

한간(韓幹) 507

한강(韓康) 531

「한거부」(閑居賦) 492

한구자(韓遘字) 329

한기(韓琦) 206, 315

한범(韓范) 206

한산주(漢山州) 231

『한상제금집』(漢上題襟集) 502

한석봉(韓石峯)→한호(韓濩)

한원진(韓元震) 165

한유(韓愈) 122, 140, 143, 151, 239, 254, 348,
   447, 480, 528

한조(漢詔) 310

한호(韓濩) 216, 372

함관(咸關) 324

함관령(咸關嶺) 324

함렴(含歛) 519

함재(涵齋)→심염조(沈念祖)

항주(杭州) 100, 128, 191, 256〜258, 280, 373,
   419

행와(行窩) 452

행주(幸州) 117

행주(杏洲) 206, 207, 477

『향렴집』(香奩集) 386

향산(香山) 329

허명애(許明厓) 160

허사(許汜) 205

허생(許生) 239

허신(許愼) 166, 398

허주(許霏) 351

허준(許浚) 529

허한당(虛閑堂)→철보(鐵保)

현도(玄道)→임천상(任天常)

현도국(懸度國) 87, 88

현천(玄川)→원중거(元重擧)

형암(炯菴)→이덕무(李德懋)

형암산인(炯菴山人)→이덕무(李德懋)

혜강(嵇康) 59, 99, 113, 216, 297, 298, 499, 515,
   530

혜금지아(嵇琴之雅) 56

혜숙야(嵇叔夜)→혜강(嵇康)

혜풍(惠風)→유득공(柳得恭)

「혜풍시집서」(惠風詩集序) 386

혜화문(惠化門) 332, 483, 484

혜환(惠寰)→이용휴(李用休)

호분(虎賁) 503, 516

호양(濠梁) 222

혼혼정(混混亭) 333

홍교(虹橋) 55, 287, 291

홍대용(洪大容) 99, 100, 101, 104, 179, 180, 191,
   211, 245, 246, 278, 534

홍병선(洪秉善) 235

홍원섭(洪元燮) 491, 497, 498

홍제교(洪霽橋) 46

홍제원(弘濟院) 261

홍천협(洪川峽) 338

홍희영(洪希泳) 180, 244

화개동(花開洞) 96

화극(畫戟) 428

화랑(畫廊) 380

화산(花山) 477

화산역승(花山驛丞) 394

화산우(花山郵) 399

화성(華省) 309, 377

화중(和仲)→유환덕(柳煥德)

화중(和仲)→이광섭(李光燮)

황강(黃岡) 247

황공(黃公) 529

황공망(黃公望) 415, 416

황금대(黃金臺) 450

황기로(黃耆老) 372

황련(黃連) 505, 506

황보밀(皇甫謐) 129, 341, 386

황봉주(黃封酒) 349, 358

황산(黃散) 462

황양(黃楊) 461

황윤석(黃胤錫) 248

황정견(黃庭堅) 304, 364, 490, 528

황정평(黃精坪) 155

황화(皇華) 468

회령(會寧) 272

『효경』(孝經) 153

효효선생(嘐嘐先生)→김용겸(金用謙)

효효재(嘐嘐齋)→김용겸(金用謙)

후창(后蒼) 496

훈암(薰菴)→이영(李瑩)

흑치(黑齒) 322

흠당(欽堂) 507, 512, 522

흥수촌(興首村) 443

희우정(喜雨亭) 309, 310

이 책에 수록된 작품의 원제 찾아보기 (가나다 순)

ㄱ

家居 絶句三首 122
嘉山 268
閣試春帖子 359
澗屋新秋 040
葛山店舍曉雨 121
感懷 二首 202
薑山原韻 221
江華摩尼絶頂 次同伴 474
兼司直中 366
京山園屋 偕成秘書 宋敎官 柳奉事 聽琴作 534
慶會樓古池 081
苦熱 082
哭張僎幼輔 164
孔德里 044
過鹿隱 麝泉 次石湖 余素不善疾作 而是夜爲酒所使 走成十疊 526
過麝泉鹿隱 聽琴 次虞山 508
觀刈卽事 200
觀齋小酌 二首 303
觀齋新移 064
觀齋夜飮 132
觀穫 155
關侯廟 186
鉤簾 470
九日 次杜 151
九日同李炯菴 放舟洗心亭下 五首 051
九日鎭直擒文院 送酒南彛泉承旨 457
奎章閣燕射禮日應令〔幷小序〕 316
奎章閣八景應令 305

奎章之寶新成 陪進至春塘臺 是日都政 二首 346
葵花 039
禁直秋懷 402
寄懋官出直 343
寄麝泉李友 460
寄尙州洪使君元燮 用前韻 497
寄徐稼雲客中 339
期石坡道人于南漢開元寺 余歷崦峴丙舍暮至 091
寄小石山房 五首 137
寄疎軒嶺南客中 294
寄沈戚從 三首 424
寄燕巖 192
寄寧邊明生 三首 207
寄李十三峽居 378
寄任盛初〔夏常〕江陵子舍 337
寄積城使君 使君方抄宋史 469
幾何柳公歸自燕邸書其夾室 173
寄霞石幽居 499
寄炯菴 071
金淵叔書室 次放翁 323
金應煥畫 二首 466

ㄴ

酪洞趙進士書樓 314
落梅詩 爲蘗泉學士 296
酪山秋思 二首 514
南德隣仲有挽 二首 168
南小營射侯 303
南漢同石坡 092

內閣直中 471
路傍草堂 有琴聲 066
農家獨坐 199

ㄷ

壇享恭記 462
大殿誕日起居罷後 吟示舊寮 二首 501
大黃旗堡遇大風 277
島潭 419
渡燕岐銅津 404
悼鄭君〔玄穆〕三首 187
東郊 081
同湛軒燕巖炯菴登僧伽寺 炯菴先歸 約以歸路
　　會普通亭 而歷北漢遊曹溪 再合觀軒炯菴
　　宿紀行之什 104
東潞河贈鮑紫卿 279
同柳惠風出直 宋瑞適至 476
東林寺歸路 093
東岳詩壇 339
東二樓 偶成 473
登百祥樓 267
登白雲臺絶頂 三首 089
登瀛洲二十韻應令〔幷小序〕311

ㅁ

摩天嶺 俗名會寧 272
梅落月盈 038
免喪後謁李丈爐 苦勸余以詩云 不見子落筆久
　　矣 使其子十三伴宿 四首 127
暝抵上柳川宿 121
暮到麝泉 三首 156
暮到夷樹堂 201
慕老院 434
暮訪麝泉 185
夢踏亭 049

懋官暮至 適有風雨 留之共宿 三首 108
懋官鑄蠟爲梅 名曰輪回花 125
武陵瀑 062
聞澹園郭氏入道山 七首 189
聞李君〔東瀷〕緣江采藥溺死 二首 456
文孝世子誕生第七日 爲九月十三日 英祖大王
　　誕辰宣飯 恭記 381
薇樓夜集疎軒諸人 二首 237

ㅂ

泊杏洲 206
放歌行 演泠菴語 295
訪舜徒僑居讀書觀梅花詩 235
訪李十三 102
訪左蘇山人 082
訪靑林李參奉喬年 次杜 二首 426
白堂口號 376
白門逢朴燕巖〔趾源〕181
白蓮峯早朝賞雪 063
法華庵 093
別洗劍亭 041
病中有懷雨村先生 179
服蜜漬地盆子 偶效坡體 523
奉先寺作 035
奉送尹副使坊之燕 五首 284
奉次梧川堂叔父幽居韻 449
奉和鄭直提學紀恩詩〔幷小序〕356
扶旺寺 夜逢李〔儒東〕次杜 088
北營 067
北鎭廟 二首 278
北漢 087
分談字贈金科豫 275

ㅅ

四悼詩 四首 515

賜上林稻 有會食院中之教 蓋人多不可以升龠
　　分也 恭紀 379
謝梁進士〔德貞〕惠茶 404
思友 二首 203
舍人巖 凌壺公贈名雲英石 416
思齋金文穆公延謚詩韻 163
謝贈欽堂見訪 522
賜耽羅馬 378
三疎軒雪夜 054
三秀齋夜話 301
三次永保亭長篇 寄花山丞 394
尙方直中 482
上辛日 扈駕 社壇祈穀 461
上元翌日送客 043
上元日 寄閣僚 435
徐觀齋東莊 會李懋官 柳惠風諸人 左麓有普
　　德小菴 僧指百餘 客有黃生吹洞簫者 053
西郊早行 043
西臺春望 330
書心溪草堂 六言四首 197
西原 405
書狀官約上馬分韻 下馬題詩 違者有罰 幷報
　　上使及懋官 自坡州始 261
書靑莊館壁 059
書懷 040
瑞興 264
夕訪農舍 150
夕日 散步擒文院堂中 有懷靑莊寮兄 382
洗劒亭水上 余結趺石坡草畫處 086
歲首 上謁太廟 次詣永禧殿 毓祥宮 彰義宮 延
　　祐宮 景慕宮禮也 口號用前韻 463
小閣 045
素沙 二首 117
送公瑞李君赴燕 500
送金淵叔北行 324
送金眞宰〔允謙〕北遊 四首 102
送南承旨鶴聞 赴任星州牧 322

送麝泉李君之燕 468
松山堡 此蓋劉綎戰地 自此多京觀 279
送書狀官宋掌令〔銓〕赴燕〔乙巳〕458
松石雲龍圖歌 戲爲燕巖作 181
送楊口族姪 300
送嚴承旨思晩赴任濟州牧 二首 391
送李懋官之平壤 078
送李正言思祚 赴任結城縣 321
送鄭直閣〔志儉〕之尹龍灣 二首 315
送崔承旨〔台衡〕赴任北靑府 324
宋平丘日休 李寮懋官 小集于柳掌令〔煥德〕南
　　衙園屋 362
送玄道德汝畏心諸君 入金剛山 四首 334
宿南而淸書室 二首 044
宿山雲室 297
宿壺衙呈金司諫復休 233
述懷 四首 170
乘月訪所謂亭 二首 159
柴門 199
示麝泉諸子 二首 511
信宿李處士光錫心溪草堂 九首 139
新晴 次紫齋 097
失題 277
十三書樓 133

ㅇ

夜登練光亭 063
夜訪徐稼雲賃屋讀書 時李懋官柳惠風續至 二
　　首 130
夜訪柳連玉 六首〔幷小序(柳璉)〕056
夜赴亞營 266
野宿 271
夜宿薑山 十首 210
夜與柳徐二寮 書進御製講義條問 翌日 有賜
　　扇之恩 恭紀 四首 349
夜月 寄靑莊短歌 521

夜入礜泉 與青莊李子 劇飮達宵 曉大雪 二首 158

夜坐 再寄惠風 353

夜坐書懷 寄示觀軒 134

夜集許明厓李存菴 160

藥山暮歸 061

約山亭逢李儒東 039

兩頭纖纖曲 466

楊柳詞 送任姊兄之安岳 三首 046

嚴戚〔元理〕來宿 446

驛館 謝趙進士〔鑛大〕惠雙鯉 五首 420

驛亭次西陂集 二首 390

燕尾亭 次李翰林〔崑秀〕475

燕巖室 次前韻 512

染署直中 次杜 351

永肅門外別將廳寅直 四首 344

冷菴次韻 225

冷齋次韻 465

永春雜絕 三首 414

外舅李公〔觀祥〕挽 五首 076

曜金門外卽事 330

遼陽州作 273

龍川良策館 絕句五首 269

雨收 047

雨中 135

元夕集觀齋次元詩 二首 232

元韻〔唐樂宇〕293

元玄川掌苑署直中 遇嘐嘐金公〔用謙〕李懋官
分韻得嶂字 208

月瀨雜絕 四首 095

月夕訪冷菴 294

月正 次待敎韻 460

越眞樹亭 120

踰文殊門 087

柳雪翁〔逈〕挽 二首 340

遺安齋李公〔輔天〕挽 三首 183

踰永春蘆隱峙 二首 414

有人問年 詩以答之 459

有旨書進屛風一事 柳寮爲作長歌 和其意 時
壬寅四月二十日也 370

有歎 四首 037

六角峯 次懋官賞花 066

六月十三日集落木菴 180

綸菴兄弟及鹿隱來訪 次漁洋 514

栗郊 167

栗園庄遇李有一 135

恩叟兄歸自瀋陽 292

恩暉閣雨中 474

挹淸亭 五首 049

義林池 412

義州贈和仲 270

李夢老見訪 438

李懋官鐵脚圖歌 次薑山 219

摛文院 絕句十二首 326

摛文院 絕句五首 354

摛文院感舊 469

摛文院賦雪 十四韻〔幷小序〕359

李副率喬年 騎牛過訪於驛舍 455

夷樹堂夕思 二首 204

李十三齋中 聽雨 098

李汝剛 將觀靑山縣 索詩 170

利仁郵亭 次寄金井柳寮 383

人日立春偕薑山賦 209

仁之書舍 132

日本芳埜圖屛風歌 502

日有食之〔幷小序〕067

任德女〔厚常〕所 次陳眉公 325

臨東海 124

任恩叟娣兄利仁驛丞 臨行請詩 101

壬寅春季之六 携綸菴李君 登弼雲 眺杏花 小
飮于山底園屋 走筆 367

立春詩爲觀齋賦 二首 060

ㅈ

自述和胤思 478

長慶橋 絶句十七首〔幷小序〕 482

將入金剛 登金水亭 候同伴不至 123

再用前韻寄炯菴 三首 229

再次寄淸受屋 六首 112

再次金井丞 時約同遊永保亭 387

著書 471

抵崧京 262

田舍遣悶 283

呈書狀 271

庭臥 047

題幾何室所藏雲龍山人小照 177

題端坐軒 192

除夕 042

題寧邊池亭 061

濟用監 與許奉事〔霆〕遞直 351

題李〔光燮〕和仲廣州庄舍 138

題店壁 118

題趙山人〔泰巖〕石巢山房 二首 304

堤川 411

題洪湛軒所藏潘舍人〔庭筠〕墨蹟 179

題畫 158

題畫 二絶 525

題畫册 二首 467

早發溪山店 向西原 405

朝雪 122

坐幾何室 175

晝眠 472

舟泛窺巖 溯流至滄江 雜絶五首 440

蛛絲 200

酒席拈東坡韻 送李承旨〔惠祚〕赴任順天府
369

舟宿廣興倉下 二更乘潮 至雲陽渡 144

舟中 次寄萍菴 二首 443

舟行雜詠 八首 146

舟還 206

中書省池閣次前韻 331

重陽 094

重陽 鎭直擒文院 時懋官直藥寺 惠甫直尙方
飛牋迭唱 頗勝事也 352

重陽日 心溪處士入城 翌日炯菴陪其大人 與
之同出 余欣然羨之 於是有廣州之行 八首
193

贈妓 266

贈夢賚亭主人趙行源 二首 448

贈別 036

贈別白韌齋〔東修〕客東萊水營 083

贈新民屯藥肆主人次上使 275

贈李耕之 176

池上 036

池上 186

紙鳶 042

紙鳶謠 037

直廬新成 示諸寮 402

直夜小醉 473

直染署兼司 359

直中 因付軍銜 啓辭有復職調用之命 恭賦志
感 470

直中遇成 459

直中雨後 347

眞冷園御愛松歌 488

振威 117

振衣山莊 奉寄徹齋學士 418

集東城 302

ㅊ

次顧秋亭國泰所知集中韻 四首 438

次寄柳惠風 476

次寄沈戚 445

次寄沈戚從〔奎鎭〕455

次寄養虛堂金公在行生日詩韻 454

次金科豫 274

次都事出普通門 267

次杜 示李宜菴 六首 151

車嶺 434

次夢寱集 示沈戚從奎鎭 三首 422

次士樹南主簿 南營水閣避暑之作 375

次雪翁柳公逅 168

次成祕書重陽雅集 九首 491

次示宗孫胤思 444

次沈戚長篇 449

次玉笥集 235

次韻墨溪諸子 337

次韻唐員外鴛港贈別 292

次韻綸菴送之洪川峽 338

次韻方喜 340

次韻疎軒嶺營客中 三首 298

次韻李英實進士移居北岳 296

次韻任姊兄蘭衕幽居 341

次韻任奉事下第 393

次韻任參奉金水亭秋遊 342

次韻秦太虛梅花詩 和任在澗〔希聖〕364

次韻翠眉李儒東 134

次尹判書塾 往駕弊廬之作 524

次李君十三 130

次題疎軒嶺南詩卷 236

次贈冷齋寮友 四首 431

次贈尹元之德坪幽居 436

次惠風官齋見寄韻 478

窄菴詩 四首 058

昌慶宮前桂坊寓直 二首 345

天祿筆山歌 爲綸菴李生作 505

泉雨閣 同憩官得蟬字 048

青石洞 263

清受屋夜坐 六首 109

青莊寮兄 監印八子百選於內擒文院 聞其辨马字音義甚詳 大爲諸學士稱賞 詩以賀之 348

青莊弟懋賞檢書 於廟宮陪班日 見訪 533

青莊次韻 奉獻徹齋學士 396

清風舟中 420

滯雨疎軒 070

滯雨元翁書樓 174

滯雨青莊館示泠菴薑山 227

抄啓文臣講製及御眞奉審日 通禮院官輒與焉 上數稱其勞 歲旣暮 試官講員差備官 以次受賞 任兄恩叟亦蒙胡椒之賜 感而有作 遍求諸和 363

蕉堂夜坐 502

初夏 169

蔥秀 264

蔥秀 272

秋感 贈內 283

秋野 202

秋齋聞雨 083

秋懷 072

春集沈園 六首 078

春寒 229

出直 376

出惠化門 循城而西 二里有倉曰城北屯 居民皆種桃 紅霧蒸城 隔岡有破寺所 謂北寺洞者 二首 332

出黃精坪 155

忠州道中 示人 407

忠勳府 051

厠上 045

卮齋舊宅賞梅 和諸作 343

ㅌ

彈琴臺 申將軍砬祠 409

脫直日 奉邀玄川紫厓諸老人飮酒 次漁洋 三首 452

太常西園 065

太子河 276

通津途中 二首 198

ㅍ

八潭 124
萍菴見訪 驛亭送別 二首 436
萍菴來宿 444
平壤 265
筆溪小集 035
筆溪夜坐 次任弘常毅之 053
弼雲臺次放翁 同南大成〔玄老〕任進士〔希默〕
   331

ㅎ

河橋甥館雨中 175
涵齋沈學士念祖挽 五首 428
香山普賢寺 062
炯菴次韻 223
濩落 513
混混亭 二首 333
忽忽 041

洪湛軒〔大容〕茅亭 次原韻 二首 099
弘濟院送者三十騎贈詩爲別 261
和嘐嘐齋金公用謙雜詠 八首 161
花開洞 次惠風 三首 096
和任夏常次杜奉先寺韻 174
和鄭直學賜稻 三首 380
和仲牧次蘭坨先生元夕 231
和贈嚴樵夫 二首 446
和欽堂 507
還到花山郵 復次柳惠甫長篇韻 却寄擒院同寮
   399
還自溫陽 二首 119
黃昏 136
黃昏訪炯菴 055
曉渡銅雀津 116
曉別 231
曉坐書懷 七首 287
效馮定遠意 三首 184
欽堂醉書 512
戲倣王漁洋歲暮懷人六十首〔幷小序〕 238
戲和柳惠甫尙衣院直中 二首 366